Kohlhammer

Klaus A. Schneewind

Familien-psychologie

2., überarbeitete Auflage

Verlag W. Kohlhammer

Die Deutsche Bibliothek – CIP-Einheitsaufnahme

Schneewind, Klaus A.:
Familienpsychologie / Klaus A. Schneewind. – 2., überarb. Aufl. –
Stuttgart ; Berlin ; Köln : Kohlhammer, 1999
ISBN 3-17-014540-1

2., überarbeitete Auflage 1999

Stuttgart Berlin Köln
Verlagsort: Stuttgart
Umschlag: Data Images GmbH
Gesamtherstellung:
W. Kohlhammer Druckerei GmbH + Co. Stuttgart
Printed in Germany

Vorwort

Noch immer ist die Familienpsychologie eine relativ junge Disziplin, obwohl man ihr in den letzten 10 Jahren im deutschsprachigen Raum eine zunehmende Sichtbarkeit attestieren kann – ablesbar etwa an der Sachgebietsklassifikation der letzten Kongresse der Deutschen Gesellschaft für Psychologie und an der gestiegenen Zahl einschlägiger Publikationen. Dies zeigt sich auch an der Neuausgabe dieses 1991 erstmals erschienenen Buches. Der Text mußte in vielen Teilen umgearbeitet und ergänzt werden. Zugleich war mit der Überarbeitung auch eine Straffung des Texts verbunden.

So ist aus dem vorliegenden Band – mehr als dies bei seinem Vorgänger der Fall war – eine Einführung in die Familienpsychologie geworden, in der neben einer Darstellung des Gegenstands und der Aufgaben der Familienpsychologie fünf weitere Themenbereiche behandelt werden. Diese beziehen sich auf (1) Indikatoren des Wandels familiärer Lebensformen, (2) diverse familientheoretische Ansätze, (3) Prozesse und Befunde familiärer Erziehung und Sozialisation, (4) grundlegende Dimensionen der Familiendiagnostik und (5) verschiedene Ansatzpunkte familiärer Intervention und deren Effektivität zur Lösung familiärer Probleme. Ich habe dabei teilweise auf Textabschnitte zurückgegriffen, die an anderer Stelle publiziert wurden. Dem Hogrefe Verlag, dem Kohlhammer Verlag, der Psychologie Verlags Union und dem Ernst Reinhardt Verlag danke ich, daß sie hierfür ihre Zustimmung erteilt haben.

Danken möchte ich Frau Hilde Maier-Krisch und Frau Dietlind Schnebel, die in gewohnt kompetenter Weise dem Manuskript eine ansprechende Form gegeben haben, wobei Frau Maier-Krisch darüber hinaus die Tabellen erstellt hat. Besonderer Dank gilt auch Frau Barbara Ney, die für dieses Buch – mit Ausnahme der Reproduktion einer Fotographie – sämtliche Abbildungen produziert hat. Darüber hinaus danke ich Frau Dominique Michel und Herrn Fritz Propach für ihre Unterstützung bei der Beschaffung der Literatur. Letztlich geht ein herzlicher Dank an meine Frau Ursula, die das gesamte Manuskript kritisch gelesen hat und durch ihre Nachfragen viele Anstöße zur Präzisierung einzelner Passagen gegeben hat.

München, im Oktober 1998 Klaus A. Schneewind

Inhaltsverzeichnis

1 Familienpsychologie – Profil einer integrativen Disziplin

Übersicht:

Dieses erste Kapitel ist eine Annäherung an den Gegenstand, die Aufgaben und das Selbstverständnis der Familienpsychologie als einer wissenschaftlichen Disziplin, die im Konzert diverser Familienwissenschaften nach wie vor die Rolle eines Neuankömmlings spielt. Ausgehend von zwei sehr gegensätzlichen subjektiven Erfahrungen mit dem Thema »Familie« erfolgt zunächst eine Darstellung der Familienbegriffe, so wie sie sich mit unterschiedlichem Bedeutungsgehalt in den fünf Familienberichten widerspiegeln, die in der Zeit von 1968 bis 1994 dem Deutschen Bundestag vorgelegt wurden. Daran anschließend werden die Besonderheiten eines psychologischen Verständnisses von Familie und Familienbeziehungen herausgearbeitet. Jenseits ihrer unterschiedlichen Formen werden Familien als intime Beziehungssysteme verstanden, die sich im gemeinschaftlichen Lebensvollzug entwickeln. Hierbei lassen sich sowohl spezifische Phasen der Beziehungsentwicklung als auch grundlegende Dimensionen der Beziehungsstruktur unterscheiden.

Es folgt eine Darstellung der Aufgaben der Familienpsychologie, die sich an der Lebenspraxis von Familien orientiert und dabei einerseits die Grundlagen- und Anwendungsforschung und andererseits die familienorientierte Anwendungspraxis als zentrale Aufgabenbereiche benennt. Im engeren Sinne beziehen sich die Aufgaben einer wissenschaftlich betriebenen Familienpsychologie auf die Entwicklung von Theorien und Methoden, auf nicht-interventive und interventive Forschung sowie auf die Vermittlung von Wissen und Handlungskompetenzen. Dabei läßt sich zeigen, daß sich die Familienpsychologie sowohl im intra- als auch im interdisziplinären Vergleich durch eine besondere Herangehensweise an ihren Gegenstand und durch ein besonderes Aufgabenprofil auszeichnet. Abschließend werden einige Thesen vorgestellt, die begründen sollen, warum eine größere Sichtbarkeit der Familienpsychologie im inner- und außerwissenschaftlichen Kontext nützlich ist.

1.1 Was bedeutet Familie? Zwei gegensätzliche Erfahrungen

Im Wonnemonat Mai des Jahres 1990 – so berichtete die Süddeutsche Zeitung am 30.5.1990 – bat die amerikanische Braut Susan Schermerhorn ihren Bräutigam, William Westover, ihr einen dringenden Wunsch zu erfüllen: er möge ihr das Ja-Wort zu ihrer Verehelichung am Grab ihrer Eltern in einem New Yorker Friedhof geben. Susans Zukünftiger erfüllte ihr diesen Wunsch, und dem Vernehmen nach verbrachten beide anschließend ihre Flitterwochen ganz normal im schönen Graceland (Tennessee).

Obwohl wir wenig von diesem jungen Paar wissen, liegen wir mit der Vermutung sicher nicht falsch, daß Susan an diesem ganz besonderen Tag ihres Lebens ihr Glück gern mit ihren Eltern geteilt hätte. Mit dieser ungewöhnlichen Geste hat sie für sich selbst – und wohl auch für ihren Mann – zu erkennen gegeben, wie wichtig ihr ihre Eltern sind und wie sehr sie in ihr noch immer leben.

Gewiß haben die beiden dabei nicht an eine akademische Definition von Familie gedacht, wie sie etwa vom Wissenschaftlichen Beirat für Familienfragen des Bundesfamilienministeriums (1984) ein paar Jahre vor ihrer Eheschließung formuliert worden war und die da lautet: »Familie ist eine Gruppe von Menschen (...), die miteinander verwandt, verheiratet oder verschwägert sind, gleichgültig, ob sie zusammen oder getrennt leben, ob die einzelnen Mitglieder noch leben oder – bereits verstorben – ein Glied in der Entstehung von Familie sind.« (S. 27).

Und doch haben sie mit ihrer besonderen Geste diese Definition nicht nur bestätigt, sondern ihr auch auf ihre persönliche Weise Bedeutung verliehen. Auch schimmert in dem postmortalen Bezug zu den Eltern ein grundlegender existentieller Aspekt durch, auf den der Familientherapeut Duss-von Werdt (1980) mit der Bemerkung hingewiesen hat, daß wir alle unausweichlich Familienmenschen sind: »Jeder hat Vater und Mutter, selbst wenn er sie nie erlebt und gekannt hat. Er ist und bleibt ihr Kind. Man ist nie niemandes Kind. ... diese zwei Existenzdimensionen des Kindlichen und Elterlichen, des Filialen und des Parentalen, machen den *Familienmenschen* aus. Sie liegen jeder Form von tatsächlich wahrgenommener Elternschaft und konkret erfahrener Eltern-Kind-Beziehung voraus als deren Bedingung.« (S. 18).

Einer solchen Einsicht hätte sich – wenn auch zähneknirschend – wohl auch Kurt Tucholsky fügen müssen, der ganz im Gegensatz zu Susan Schermerhorn, der wir ein positives Verhältnis zu ihrer Herkunftsfamilie unterstellen dürfen, nachweislich ein mehr als zwiespältiges Verhältnis zu seiner Familie, insbesondere zu seiner Mutter, hatte. Einen Eindruck davon, daß er sich im Kreise seiner Familie nicht gerade glücklich fühlte, vermittelt diese Fotographie, die den etwa 20jährigen Kurt doch beängstigend eingeklemmt zwischen zwei mächtigen Frauen – seinen beiden Tanten Flora und Agnes – auf dem Familiensofa sitzend zeigt (vgl. Abb. 1.1).

Abb. 1.1: Kurt Tucholsky zwischen seinen beiden Tanten Flora und Agnes (mit freundlicher Genehmigung der deutschen Schillergesellschaft, Marbach a.N.)

Hierzu paßt Tucholskys (1985) Kommentar: »Die Familienzugehörigkeit befördert einen Krankheitskeim, der weit verbreitet ist: alle Mitglieder dieser Innung nehmen dauernd übel. Jene Tante, die auf dem berühmten Sofa saß, ist eine Geschichtsfälschung: erstens sitzt eine Tante niemals allein, und zweitens nimmt sie immer übel – nicht nur auf dem Sofa.« (Band 3, S. 307). Tucholskys Äußerungen zum Thema »Familie« und »Verwandtschaft« fallen denn auch entsprechend deutlich aus: »Als Gott am sechsten Schöpfungstage alles ansah, was er gemacht hatte, war zwar alles gut, aber dafür war auch die Familie noch nicht da. Der verfrühte Optimismus rächte sich, und die Sehnsucht des Menschengeschlechtes nach dem Paradiese ist hauptsächlich als der glühende Wunsch aufzufassen, einmal, nur ein einziges Mal ohne Familie dahinleben zu können.« (Band 3, S. 307).

Auf diesem Hintergrund lautet seine persönliche Definition von Familie und Verwandtschaft: »Die Familie (familia domestica communis, die gemeine Hausfamilie) kommt in Mitteleuropa wild vor und verharrt gewöhnlich in diesem Zustande. Sie besteht aus einer Ansammlung vieler Menschen verschiedenen Geschlechts, die ihre Hauptaufgabe darin erblicken, ihre Nasen in deine Angelegenheiten zu stecken. Wenn die Familie größeren Umfang erreicht hat, nennt man sie ›Verwandtschaft‹.« (Band 3, S. 307).

Auch wenn wir Tucholskys Familiendefinition leicht schmunzelnd zur Kenntnis nehmen, zeigt sich in ihr doch ein häufig anzutreffendes Phänomen, wenn es darum geht, das, was Familie ist (oder sein soll), »auf den Begriff« zu bringen, nämlich das Phänomen einer rhetorischen Vereinnahmung und Bewertung von Familie als einer besonderen Gruppe von Personen und einer besonderen Lebensform.

1.2 Familienbegriffe zwischen Rhetorik und Realität

Der Familiensoziologe Lüscher hat sich der Schwierigkeit, Familie zu definieren, mehrfach in einer familienrhetorischen Perspektive angenommen (vgl. Lüscher, 1995; 1997; Lüscher, Wehrspaun & Lange, 1989) und verbindet damit die Absicht, das Reden über Familie einer ideologiekritischen Analyse zugänglich zu machen. Lüscher (1997) führt den Begriff Familienrhetorik ein als Bezeichnung für »Texte, Bilder und Reden, denen das Bemühen zugrunde liegt, ›die‹ Familie bzw. spezifische Formen von Familie (z.B. familiale Verhaltensweisen) in expliziter, bisweilen impliziter Weise öffentlich zu bewerten und sie als vorbildlich oder unerwünscht darzustellen.« (S. 73, im Original kursiv). Guten Anschauungsunterricht hierfür bieten die öffentlichen Reden von Politikern oder kirchliche Verlautbarungen. So etwa die Rede des deutschen Bundeskanzlers Helmut Kohl, die er am 20. Oktober 1993 anläßlich des 40jährigen Bestehens des Familienministeriums hielt und die in der »Stimme der Familie«, dem Organ des Familienbundes der Deutschen Katholiken, (1994) abdruckt wurde. Dort heißt es:

»Die Familie ist das Fundament unserer Gesellschaft. Unser Grundgesetz stellt Ehe und Familie unter den besonderen Schutz des Staates (die genaue Formulierung des ersten Satzes von Artikel 6 des Grundgesetzes für die Bundesrepublik Deutschland lautet freilich ›Ehe und Familie stehen unter dem besonderen Schutz der staatlichen Ordnung‹, K.A.S.). In der Familie erfahren die Menschen Geborgenheit und Zuwendung. In ihr können am besten Werte vermittelt und Verhaltensweisen eingeübt werden, ohne die eine freie, solidarische und humane Gesellschaft nicht existieren kann: Liebe und Vertrauen, Toleranz und Rücksichtnahme, Opferbereitschaft und Mitverantwortung, Selbständigkeit und Mündigkeit. Als Lebens- und Erziehungsgemeinschaft erbringt die Familie unverzichtbare Leistungen für die Gesellschaft, die andere Institutionen entweder gar nicht oder nur unvollkommen bereitstellen können.« (S. 1–2).

Unverhohlen werden hier im Einklang mit der amerikanischen »family values«-Bewegung Familienwerte beschworen, die zum einen der Stabilisierung bzw. dem Fortbestand des gesellschaftlichen Systems dienen sollen und zum anderen der Familie Leistungen abverlangen, die dem Staat teuer zu stehen kämen, wenn sie von anderen gesellschaftlichen Einrichtungen zu erbringen wären.

Besonders deutlich wird der Wandel von Familienleitbildern bei einer Betrachtung der Familienbegriffe, die den in der Bundesrepublik Deutschland seit dem Jahre 1965 gesetzlich geforderten Familienberichten zugrunde liegen (vgl. Behning, 1997). Seit Bestehen der Bundesrepublik sind bisher fünf dieser Familienberichte erstellt und im Parlament diskutiert worden. Dabei sind in familienrhetorischer Sicht je nach politischer Zielsetzung unterschiedliche Familienbegriffe sichtbar geworden.

So wird etwa in dem *ersten Familienbericht* des Jahres 1968, der vom damaligen Bundeskanzler Ludwig Erhard (CDU) in Auftrag gegeben worden war, die Familie vor allem als eine biologische Reproduktionsgemeinschaft zur Sicherung des Bevölkerungsbestandes gesehen. Unter Familie wird (vgl. Bundestags-Drucksache V/2532, 1968) »eine Gruppe verstanden, in der ein Ehepaar mit seinen Kindern zusammenlebt. Diese reine Eltern-Kinder-Gemeinschaft (›Kernfamilie‹) stellt eine soziale Gruppe besonderer Art dar, gekennzeichnet durch eine biologisch-soziale Doppelnatur und eine in anderen sozialen Gruppen in diesem Umfang nicht anzutreffende ›Totalität‹ der sozialen Beziehungen ... Die (Kern-) Familie bildet eine soziale Einheit, die in ihrer Grundstruktur fast universell verbreitet ist.« (S. 7). Erkennbar wird hier die eheliche Verbindung der beiden »biologischen Geschlechter« als notwendige Voraussetzung für das Entstehen und Fortbestehen von Familie postuliert, was etwa Alleinerziehende als eine mögliche Familienform ausschließt.

Der *zweite Familienbericht* – entstanden unter der Ägide von Bundeskanzler Willy Brandt (SPD) – erschien 1975 und widmete sich schwerpunktmäßig der Familie als einem Ort der Erziehung und Bildung für die nachwachsende Generation. Entsprechend mußte der Familienbegriff erweitert und insbesondere der gemeinschaftliche Lebensvollzug herausgestellt werden. In diesem Bericht wird wie folgt zwischen Kern- bzw. Klein- und Großfamilie unterschieden (vgl. Bundesminister für Jugend, Familie und Gesundheit, 1975): »Familie im engeren Sinne soll das Beziehungsgefüge eines Elternpaares mit einem oder mehreren eigenen Kindern bezeichnen (Kernfamilie). ›Eigene Kinder‹ können sowohl biologisch abstammende als auch adoptierte Kinder sein. Der Begriff der Kernfamilie legt fest, daß Kinder in einer ›vollständigen‹ Familie einen Vater und eine Mutter besitzen. Ist sie ›unvollständig‹, weil ein Elternteil aufgrund von nichtehelicher Geburt, Trennung oder Verwitwung fehlt, kann von Mutter- bzw. Vaterfamilien im Unterschied zur Elternfamilie gesprochen werden. Wohnt eine Familie – gleich ob vollständig oder unvollständig – allein in einem Haushalt, so stellt sie eine Kleinfamilie dar. Die Großfamilie umfaßt demgegenüber eine Kernfamilie, die mit anderen Kernfamilien bzw. anderen Erwachsenen zusammenlebt. Sie ist entweder Verwandtschaftsfamilie oder Wohngemeinschaft/Kommune, je nachdem, ob zwischen den Mitgliedern der Großfamilie (über die Grenze der Kernfamilie hinaus) Verwandtschaftsbeziehungen bestehen oder nicht. Die Kleinfamilie unterscheidet sich von der Großfamilie also danach, ob Eltern mit ihren Kindern, also die Kernfamilie, allein oder mit anderen in einer Haushaltsgruppe vereinigt sind.« (S. 17).

Erkennbar gibt dieser Familienbegriff im Vergleich zu dem sieben Jahre zuvor noch propagierten Familienleitbild die Ehe als ein konstitutives Element von Familie auf. Darüber hinaus werden leibliche und adoptierte Kinder gleichrangig als Voraussetzung für die Bildung einer Familie anerkannt. Gleichermaßen finden auch Alleinerziehende unter diesem Familienbegriff Platz. Und auch der verwandtschaftlichen und nicht-verwandtschaftlichen Großfamilie wird – sofern sie eine Haushaltsgemeinschaft bildet – der Familienstatus zuerkannt.

Der vier Jahre später unter dem Bundeskanzler Helmut Schmidt (SPD) erstellte *dritte Familienbericht* widmete sich vornehmlich der Bedeutung der Familie für den Bildungsweg der Kinder und nimmt die liberale Fassung des Familienbegriffs, der dem zweiten Familienbericht zugrunde lag, teilweise wieder zurück. Als Familie wird nunmehr bezeichnet (vgl. Bundestags-Drucksache 8/3120, 1979), »wenn durch Geburt und/oder Adoption von Kindern aus der Ehe eine biologisch-soziale Kleingruppe zusammenlebender Menschen entsteht. Die familialen Kleingruppen können unterschiedliche Größen, Strukturen und Organisationsformen haben. ... Die vollständige Familie ist eine aus zwei Generationen bestehende Gruppe von Eltern und ihren ledigen Kindern, die zusammen leben. Sie wird auch Kernfamilie genannt. Von unvollständigen Familien (Ein-Elternteil-Familien) ist die Rede bei einer zwei Generationen umfassenden Gruppe, bei der entweder nur die Mutter oder nur der Vater mit ledigen Kindern zusammenleben.« (S. 23). Im Gegensatz zur Familiendefinition des zweiten Familienberichts kommt es also zu einer Wiedereinführung eines ehebegründeten Familienbegriffs und zur Ausklammerung großfamiliärer Lebenformen.

Der *vierte Familienbericht* wird 1986 unter der Kanzlerschaft von Helmut Kohl (CDU) vorgelegt und widmet sich vor allem der Situation der älteren Menschen in der Familie. Entsprechend wird (vgl. Bundesminister für Jugend, Familie, Frauen und Gesundheit, 1986) »über die Familie im engeren Sinne hinaus, bestehend aus Eltern und ihren abhängigen Kindern, ... Familie nicht nur als Zweigenerationenfamilie, sondern als soziale Einheit von drei und mehr Generationen« (S. II) begriffen. Die mehrgenerationale Erweiterung des Familienbegriffs ist vor allem im Hinblick auf die Bedeutung der Familie für die Pflege der älteren Familienmitglieder zu sehen und stellt insofern im Vergleich zu den bisherigen Familienberichten eine Aufgabenerweiterung im Katalog familialer Leistungen dar, die faktisch insbesondere die Frauen der mittleren Generation betrifft.

Der vorläufig letzte *fünfte Familienbericht* wurde 1994 erneut unter der Kanzlerschaft von Helmut Kohl (CDU) vorgelegt und beschäftigt sich unter Einbeziehung der neuen Bundesländer erstmalig mit den in der Bundesrepublik Deutschland beobachtbaren Individualisierungstendenzen, als deren Ursache die »strukturelle Rücksichtslosigkeit« von Wirtschaft und Staat gegenüber familiären Lebenformen erkannt wird. Im fünften Familienbericht (vgl. Bundesministerium für Familie und Senioren, 1994) wird Familie »unabhängig von räumlicher und zeitlicher Zusammengehörigkeit als Folge von Generationen (verstanden), die biologisch, sozial und/oder rechtlich miteinander verbunden sind. ... Konstitutiv für den Familienbegriff ist die biologisch-soziale und auch rechtlich bestimmte Kernfamilienstruktur, nämlich das Vater-Mutter-Kind-Verhältnis.« (S. 23 f.). Allerdings erkennt die Berichtskommission auch die in der Realität beobachtbare Ausdifferenzierung familienähnlicher Lebensformen und führt hierfür in Erweiterung des Kernfamilienbegriffs den Haushaltsbegriff ein, für den »das Zusammenwohnen und Zusammenwirtschaften bei einer Kleingruppe« (S. 24) kennzeichnend ist. Dies impliziert, daß nicht alle Familien – auch nicht alle Kernfamilien – Haushaltsgruppen sind (z.B. wenn Vater, Mutter und ledige Kinder getrennt leben). Zum anderen umfassen Haushaltsgruppen neben der Lebensform Familie auch andere verwandtschaftlich oder nicht-verwandschaftlich begründete Lebensgemeinschaften (z.B. zusammenlebende Geschwister oder homosexuelle Paare).

Auf diese Weise gelingt es, den Begriff der Kernfamilie als eine in der Generationenfolge jeweils herausgehobene Einheit zu kennzeichnen und hinsichtlich der Personenzusammensetzung auf ihren strukturellen Kern zu reduzieren. Eine andere Dimension, nämlich die des Zusammenwohnens und Zusammenwirtschaftens, ermöglicht im Hinblick auf eine zunehmende Pluralisierung von Lebensformen die Einbeziehung anderweitiger Lebensgemeinschaften, die sich in ihrer Personenzusammensetzung mehr oder weniger deutlich von der Kernfamilienstruktur unterscheiden können. Damit ist in familienrhetorischer Sicht vordergründig zwar zunächst eine durch begriffliche Abgrenzungen erzeugte Bewertung von Familie als einer besonders herausgehobenen Lebensform vermieden worden. Allerdings ändert sich diese Einschätzung, wenn man die Frage nach der »gesellschaftlichen Anerkennung« – und damit der rechtlichen Ermöglichung oder finanziellen Unterstützung – unterschiedlicher Varianten von Lebensformen stellt (z.B. wenn es um die Ermöglichung der Eheschließung für homosexuelle Paare oder die Gewährung des »Ehegattensplittings« bei nicht-verheirateten Partnern geht).

Das Instrument der familienrhetorischen Analyse kann somit zumindest zweierlei leisten: zum einen eine kritische Auseinandersetzung mit den Definitionsbestandteilen von Familie, indem ihre konträren, aber in der Definition ausdrücklich ausgeklammerten Bedeutungsvarianten sichtbar gemacht werden. Und zum anderen eine Klärung der Frage, inwieweit die auf diesem Wege benannten alternativen Lebensformen »gesellschaftliche Anerkennung« genießen oder aber auf eine mehr oder minder stark ausgeprägte gesellschaftliche Widerständigkeit stoßen.

Ein gutes Beispiel hierfür ist das lange Zeit als vorherrschendes Paradigma geltende traditionell-bürgerliche Familienleitbild, das seine Wurzeln in der gesellschaftlichen Entwicklung des 19. Jahrhunderts hat und bis in das »goldene Zeitalter« der Familie (vgl. Sieder, 1987, S. 243) der 50er und 60er Jahre unseres Jahrhunderts reichte. Nach Scanzoni, Polonko, Teachman und Thompson (1989) besteht eine Familie, die sich am traditionell-bürgerlichen Familienleitbild orientiert, »aus einem Mann und einer Frau, die legal verbunden in einer dauerhaften und sexuell exlusiven Erstehe mit ihren Kindern in einem gemeinsamen Haushalt leben. Dabei widmet sich der Mann voll dem Berufsleben, während die Frau sich vorwiegend aus der Berufstätigkeit zurückzieht, um volle Verantwortung für Haushalt und Kindererziehung zu übernehmen.« (S. 13).

Wenn man – wie Macklin (1980, S. 176) es getan hat – die in diesem Familienbegriff enthaltenen acht Definitionselemente der »traditionellen« Sichtweise von Familie herausarbeitet und ihnen jeweils ihre »nicht-traditionellen« Alternativen entgegenhält, ergibt sich eine Reihe unterschiedlicher Lebensformen, von denen einige in Tabelle 1.1 angedeutet sind. Darüber hinaus läßt sich durch eine Kombination »nicht-traditioneller« Merkmale untereinander oder durch die Verbindung von »nicht-traditionellen« mit »traditionellen« Merkmalen eine Fülle weiterer »nicht-traditioneller« Lebensformen bilden (z.B. nicht-eheliche Lebensgemeinschaften, die bewußt ohne Kinder bleiben wollen, oder permanent verheiratete Paare, die eine sexuell offene Ehe führen).

Inwieweit diese nicht-traditionellen Lebenformen »gesellschaftliche Anerkennung« genießen, steht auf einem anderen Blatt. Auch wenn sicherlich zutrifft, daß die von Macklin zusammengetragenen Kennzeichen eines traditionell-bürgerlichen Familienleitbilds in den letzten Jahrzehnten ihre normative Verbindlichkeit mehr oder minder verloren haben, stellt sich die Frage, ob der von der Soziologin Beck-Gernsheim (1994) konstatierte Wandel von der Familie als

Tab. 1.1: Gegenüberstellung traditioneller Kennzeichen der Familie und ihrer »nicht-traditionellen« Alternativen (nach Macklin, 1980, S. 176)

»Traditionelle« Perspektive	»Nicht-traditionelle« Perspektive
legal verheiratet	Singles; nicht-eheliche Lebensgemeinschaft
mit Kindern	bewußte Kinderlosigkeit
zwei Elternteile	Ein-Elternteil-Familie (ledig / früher verheiratet)
Permanenz der Ehe	Scheidung, Wiederverheiratung (binukleare Familien, mit oder ohne gemeinsames Sorgerecht, Stieffamilien)
Mann als primärer Verdiener	Androgyne Ehe (einschl. »offene Ehe«, Zweikarrieren-Ehen)
Sexuelle Exklusivität	Außereheliche Beziehungen (z.B. sexuell offene Ehe, Partnertausch)
Heterosexualität	gleichgeschlechtliche intime Beziehungen
Zwei-Erwachsenen-Haushalt	Multi-Erwachsenen-Haushalt (z.B. erweiterte Familien, Kommunen, Wohngemeinschaften)

»Notgemeinschaft« zur Familie als »Wahlverwandtschaft« sich wirklich so radikal vollzogen hat. Das Produkt dieses Wandels bezeichnet Beck-Gernsheim in gewollt paradoxer Formulierung als »postfamiliale Familie«, die im Gegensatz zu den normativen Vorgaben des bürgerlichen Familienleitbilds die Formen und Regeln ihres Zusammenlebens nach eigenen Vorstellungen gestaltet. Weiter oben hatten wir bereits gesehen, daß dieser freien Gestaltungsmöglichkeit des Zusammenlebens bisweilen rechtliche Regelungen und finanzielle Erschwernisse entgegenstehen. Auch werden wir in dem Kapitel zum »Wandel der Familie« (vgl. Kapitel 2) noch genauer erfahren, daß die verschiedenen Spielarten von Lebensformen und Lebensgemeinschaften sich nicht ins Uferlose ausdifferenzieren (vgl. hierzu etwa Mayer, 1990).

An dieser Stelle wird deutlich, daß auch ein mutmaßlich liberalisierter Familienbegriff Gefahr läuft, zu einer familienrhetorischen Formel zu verkümmern. Als Korrektiv hierfür bedarf es der empirischen Familienforschung, wenn man sich ein genaueres Bild von der objektiven und subjektiven Familienwirklichkeit machen will.

1.3 Annäherungen an einen psychologischen Familienbegriff

Unsere bisherigen Überlegungen sind weitgehend von strukturellen Merkmalen zur Definition von Familie bzw. verschiedener Familienformen ausgegangen, wobei vor allem gesellschafts- oder familienpolitische Interessen im Vordergrund standen. Unabhängig von familienpolitischen Erwägungen hat eine Reihe verhaltens- und sozialwissenschaftlicher Autoren versucht, anhand von strukturellen Vorgaben Raum für das Verständnis pluraler familiärer und sonstiger Lebenformen zu schaffen. Hierzu gehört z.B. die von Hoffmann-Riem (1989) erarbeitete Klassifikation für den Bereich nicht-verwandter Elternschaft, die etwa durch Adoption, heterologe Insemination oder die Bildung von Stieffamilien bedingt ist. Ein anderes Beispiel bieten Bien und Marbach (1991), die für den Familiensurvey des Deutschen Jugendinstituts anhand des Konzepts der ego-zentrierten Netzwerke in Verknüpfung mit den Definitionskriterien »Verwandtschaft«, »Haushalt« und »wahrgenommene Familienzugehörigkeit« empirische Häufigkeiten für unterschiedliche Familientypen ermittelt haben.

Schließlich hat Petzold (1996) insgesamt 14 von ihm als ökopsychologisch bezeichnete Merkmale zusammengestellt. In Anlehnung an die auf Bronfenbrenner (1981) zurückgehende Unterscheidung verschiedener Systemebenen (Makro-, Exo-, Meso- und Mikrosystem) nennt Petzold zunächst vier jeweils in Kontrastpaaren angeordnete Merkmale, die er als gesellschaftliche Vorgaben dem *Makrosystem* zurechnet, nämlich (1) legal verheiratete vs. unverheiratete Paare, (2) lebenslanges vs. zeitlich begrenztes Arrangement, (3) gemeinsames vs. getrenntes Einkommen bzw. Vermögen, (4) Zusammenleben vs. Getrenntleben. Weitere vier Merkmale werden als Indikatoren des sozialen Netzwerks dem *Exosystem* zugeordnet. Es sind dies: (5) Blutsverwandtschaft vs. durch Heirat erfolgte Verwandtschaft, (6) eigenständige vs. pflegebedürftige Personen, (7) ökonomisch unabhängige vs. abhängige Partner, (8) Personen aus der gleichen Kultur vs. aus unterschiedlichen Kulturen. Unter Einbeziehung der Kindperspektive ergeben sich auf der Ebene des *Mesosystems* drei Merkmale, und zwar (9) kinderlos vs. mit Kind bzw. Kindern, (10) mit leiblichen vs. adoptierten Kindern, (11) mit eigener vs. Stiefelternschaft. Schließlich werden für die als *Mikrosystem* aufgefaßte Elterngruppe ebenfalls drei Merkmale genannt, nämlich (12) ein Lebensstil als Zweiergemeinschaft vs. als Einzelperson, (13) hetero- vs. homosexuelle Beziehungen und (14) egalitäre vs. dominante/sich unterordnende Rollenaufteilung. Durch eine Verknüpfung dieser 14 ökopsychologischen Merkmale lassen sich nach Petzold 196 verschiedene Familienformen bilden.

So hilfreich solche an bestimmten Strukturmerkmalen orientierten Versuche zur Klassifikation von Familienformen auch sein mögen, so sehr lassen sie die besondere Bindungsqualität und Beziehungsdynamik zwischen den Personen, die eine Familieneinheit bilden, vermissen. Es liegt daher nahe, nach einem prinzipiell anderen Zugang zur Fundierung eines Familienbegriffs zu suchen, in dem der Bindungs- und Beziehungsaspekt im Vordergrund steht.

1.3.1 Bindungs- und Bedeutungsvarianten von Familie

Unabhängig davon, nach welchen strukturellen Gesichtspunkten sich Familien oder familienähnliche Lebensgemeinschaften unterscheiden lassen, besteht ein all diese Lebensformen fundierendes Merkmal darin, daß ihre Mitglieder einen mehr oder minder großen Teil ihres Lebens gemeinschaftlich vollziehen. Durch die Art, Dauer und Intensität des gemeinschaftlichen Lebensvollzugs entstehen Bindungen, die einen Einfluß auf die Personen und ihre Beziehungen untereinander haben. Je nachdem, welche Bedeutung von »Familie« im Vordergrund steht, werden auch andere Arten von Bindungen angesprochen. Karpel und Strauss (1983) haben dies in einer Übersicht veranschaulicht, wobei sie folgende Bedeutungsvarianten von Familie unterscheiden:

(1) Die *funktionale Familie* ist vor allem durch die Art und Weise gekennzeichnet, wie sie in ihrem täglichen Zusammenleben die praktischen Anforderungen des Lebens – von der Haushaltsführung über die Freizeitgestaltung bis zur Kindererziehung – regelt. Dies besagt nicht, daß es in der funktionalen Familie nicht auch zu dysfunktionalen Entwicklungen kommen kann, etwa dann, wenn Basisbedürfnisse einzelner Familienmitglieder wie z.B. das Bedürfnis nach Nahrung und Schutz nicht befriedigt werden.

(2) Für die *rechtliche Familie* werden Bindungen vor allem von außen durch die Normen des Rechtssystems definiert. Bindungen entstehen hierbei z.B. durch die Unterhalts- und Erziehungsverpflichtungen, die Adoptiveltern bei der Annahme von nicht-leiblichen Kinder eingehen. Gleiches gilt für Unterhalts- und Sorgerechtsregelungen bei einer Scheidung, wobei der Fortbestand von »Bindungen« in diesem Fall vor allem auch in langfristigen Zahlungsverpflichtungen besteht.

(3) Die *Familie, wie sie von ihren Mitgliedern gesehen wird*, bezieht sich auf die subjektive Wahrnehmung der einzelnen Familienmitglieder, wer als zur Familie gehörig erachtet wird und wer nicht. Wird etwa das »schwarze Schaf« oder der »verlorene Sohn« zur Familie gezählt? Oder wird der Vater, der »nie zu Hause ist« von den Kindern noch als zur Familie gehörig betrachtet? Hier werden subjektive Abgrenzungen deutlich, die zwischen den einzelnen Familienmitgliedern variieren können, bisweilen aber auch von allen – ausgesprochen oder unausgesprochen – geteilt werden.

(4) Die *Familie mit langfristigen Verpflichtungen* ist gekennzeichnet durch ein hohes Maß an Erwartungen bezüglich Dauerhaftigkeit und Stabilität der wechselseitigen Bindungen. Als Forderung kommt dies wohl am stärksten in dem »Bis der Tod euch scheidet«-Versprechen junger Eheleute zum Ausdruck, das jedoch allzu häufig in der Realität des Lebens nicht eingelöst wird. Wirklich langfristige Bindungen sind jedoch solche, die nicht nur auf Versprechungen beruhen, sondern trotz oder gerade wegen der gemeinsam durchlebten Belastungen und Wechselfälle des Lebens Bestand haben.

(5) Die *biologische Familie* schließlich bezieht ihre Bindungen aus der Tatsache der Blutsverwandtschaft. Auch wenn diese Bindungen durch zusätzliche soziale Beziehungen faktisch gelebt werden, stellen sie doch – wie die moderne Verhaltensgenetik zeigt – eine Einflußquelle des individuellen Verhaltens dar (vgl. Plomin, 1989; Reiss, 1995). Darüber hinaus ist die biologische Familie ein wichtiger, manchmal auch problematischer Bestandteil der Identitätsbestimmung des einzelnen. Man denke etwa an die Suche adoptierter Kinder nach ihren leiblichen

Eltern oder die Auseinandersetzung der Nachkriegsgeneration mit der nazistischen Vergangenheit ihrer Eltern oder Großeltern.

Für die traditionelle Familie sind die von Karpel und Strauss (1983) beschriebenen Varianten des Familienbegriffs und die ihnen zugeordneten Bindungsformen vollkommen deckungsgleich. Mit anderen Worten: Die traditionelle Familie ist zugleich legale, biologische und funktionale Familie. Darüber hinaus nehmen sich alle Familienmitglieder als zur Familie gehörig wahr und sind eingebunden in einen Lebensrahmen mit langfristigem Verpflichtungscharakter. Für alternative familiäre Lebensformen gilt, daß ihnen wenigstens eines der Bedeutungs- und Bindungscharakteristika fehlt, was jedoch nicht in jedem Fall als Defizit erlebt wird. Eine nicht-eheliche Lebensgemeinschaft etwa, für die erkennbar gilt, daß sie weder eine legale noch eine biologische Familie ist, kann dennoch eine funktionale Familie darstellen, deren Mitglieder sich als zugehörig und langfristig aufeinander bezogen erleben. Das Fehlen legaler oder biologischer Bindungen mag sogar als ein wesentliches beziehungsstabilisierendes Moment besonders wertgeschätzt werden.

Ein wichtiger Aspekt der von Karpel und Strauss (1983) vorgestellten Familienbedeutungs- und Bindungsformen besteht darin, daß es für die einzelnen Familienmitglieder je nach Zugehörigkeit zu einer bestimmten Familienform unterschiedlich schwer ist, ihre Mitgliedschaft zu verändern. Sofern sich eine Personengruppe bloß als funktionale Familie definiert, in der es zentral um eine mehr oder weniger gelungene Aufteilung lebenspraktischer Alltagsroutinen geht, kann der einzelne relativ leicht seine Mitgliedschaft aufkündigen. Die Kurzlebigkeit vieler Wohngemeinschaften ist hierfür ein beredter Beleg. Weniger leicht ist dies möglich, wenn man Mitglied einer legalen Familie ist. Im Falle einer Scheidung mögen zwar die Partner auf einer unmittelbaren Verwirklichung ihres Scheidungsbegehrens bestehen, eine rechtskräftige Scheidung kann jedoch nach geltendem Recht frühestens nach einem Trennungsjahr erfolgen. Ähnliches gilt, wenn es nicht um das rechtlich erwirkte Verlassen des Familienverbandes geht, sondern – wie im Falle der Adoption – um das Hinzukommen eines nicht-leiblichen Familienmitgliedes. Auch hier fordert das Gesetz eine Probezeit, die allerdings nicht exakt festgelegt ist, sondern vom Vormundschaftsgericht nach Konsultation der Adoptionsvermittlungsstelle oder des Jugendamts bestimmt wird.

Nicht leicht zu lösen ist auch die in der subjektiven Zugehörigkeitswahrnehmung zu einer Familie wurzelnde Bindungsform. Der Grund hierfür liegt weniger in gesetzlich vorgeschriebenen Fristen, als vielmehr darin, daß solche Zugehörigkeitswahrnehmungen in der Regel gekoppelt sind mit einem Erfahrungsprozeß von Gemeinschaftlichkeit, der einen gewissen Zeitbedarf hat. Wenn auch nicht exakt in den gleichen Zeitquanten findet dieser Zeitbedarf sein Gegenstück in der »Zeit, die es braucht«, bis das Zugehörigkeitserleben erlischt oder zumindest eine andere Qualität erhält, wenn jemand den Familienbund verläßt. So mag etwa ein junger Erwachsener sich immer noch »wie ein Kind« seiner Herkunftsfamilie zugehörig fühlen, obwohl er gar nicht mehr mit ihr zusammenlebt.

Noch schwieriger ist es für den einzelnen, sich aus einer Familie mit langfristigem Verpflichtungscharakter herauszulösen. Karpel und Strauss (1983) bezeichnen die diesem Familientyp zugrundeliegenden dauerhaften Beziehungen als »Lebensbeziehungen« und meinen, daß diese »Dauerhaftigkeit einen wesentlichen Faktor darstellt, der Familienbeziehungen von sozialen oder beruflichen Beziehungen unterscheidet.« (S. 6). Die häufig jahrelange und manchmal nicht zu Ende kommende »Trauerarbeit«, die bei der Auflösung derartiger Lebensbeziehungen – sei es durch Tod, Trennung oder Scheidung – zu leisten ist, macht deutlich, wie schwer es ist, solche Beziehungsverluste zu bewältigen.

Für die biologische Familie gilt schließlich, daß man sich ihrer Mitgliedschaft – ob man will oder nicht – überhaupt nicht entziehen kann. Wie weiter oben bereits erwähnt, hat Duss-von Werdt (1980) darauf aufmerksam gemacht, daß wir aufgrund der existenziellen Gegebenheit des Kindlichen und Elterlichen alle unentrinnbar »Familienmenschen« sind.

Bindungen können nach der Analyse von Karpel und Strauss entweder von außen zugeschrieben werden (wie im Falle der legalen Familie) oder durch mehr oder minder tiefgreifende Formen von Gemeinschaftlichkeit von jedem einzelnen erfahren werden (wie im Falle der funktionalen, wahrgenommenen oder mit langfristigen Verpflichtungscharakter ausgezeichneten Familie). Einen Sonderfall stellen Blutsbande dar, die zum einen auf biologischem Wege genetische Bindungen auch dann schaffen, wenn sie nicht im gemeinschaftlichen Lebensvollzug angeeignet werden und zum anderen auf dem Wege der »sozialen Vererbung« über Generationen hinweg eine familiäre Beziehungsgeschichte entstehen lassen, deren Einfluß in das Beziehungsgeschehen des »Hier und Jetzt« hineinwirkt.

1.3.2 Familien als intime Beziehungssysteme

Historisch gewachsene Beziehungserfahrungen sind erkennbar an Personen gebunden und damit Bestandteil dessen, was man als Beziehungspersönlichkeit bezeichnen kann. Die Beziehungserfahrungen einer Person fließen ein in die konkreten Interaktionen mit anderen Personen, die ihrerseits auf dem Hintergrund ihrer eigenen Beziehungsgeschichte das Interaktionsgeschehen mitbestimmen. Auf dem Wege der Interaktion werden somit zwei oder mehr Beziehungspersönlichkeiten miteinander verknüpft und bilden ein Interaktionssystem. Zugleich schaffen sie durch wiederholte Interaktionen mehr und mehr eine gemeinsame Beziehungsgeschichte, wodurch das Interaktionssystem dieser Personen zu einem Beziehungssystem wird (vgl. hierzu auch Hinde, 1993). Beziehungssysteme haben also zwei Teile, nämlich einen von außen beobachtbaren objektiven Teil, der sich in den wiederkehrenden Interaktionen zwischen zwei oder mehr Personen manifestiert. Darüber hinaus haben sie aber auch einen personintern repräsentierten subjektivenTeil, der sich aus der unabhängig voneinander gemachten und der gemeinsam erfahrenen Beziehungsgeschichte zusammensetzt.

Jede konkrete Interaktion wird somit bestimmt durch die unabhängige und gemeinsame Beziehungsgeschichte der Beziehungspartner. Zugleich wird jede abgeschlossene Interaktionsepisode unweigerlich Bestandteil der gemeinsamen Beziehungsgeschichte und nimmt damit Einfluß auf das nachfolgende Interaktionsgeschehen. Es ist dieser über das Vehikel der Interaktion im ständigem

Fluß befindliche Beziehungsprozeß, der dazu führt, daß menschliche Beziehungssysteme sich zwischen den Polen von Stabilität und Wandel entwickeln.

Diese kurze Skizze menschlicher Beziehungssysteme ist in ihrer Allgemeinheit anwendbar auf alle Arten von Beziehungen, die sich zwischen Personen ergeben können (etwa auf Beziehungen im Berufsleben, zwischen Ärzten und ihren Patienten, zwischen Sportkameraden), aber eben auch auf Familienbeziehungen. Wie jedoch unterscheiden sich nun familiäre Beziehungssysteme von anderen Beziehungssystemen? Eine mögliche Antwort hierzu ist, daß sich familiäre und quasi-familiäre Lebensformen einem Typ menschlicher Gemeinschaftlichkeit zuordnen lassen, der gewöhnlich als *Primärgruppe* bezeichnet wird. Der amerikanische Sozialpsychologe Cooley (1909) hat bereits zu Beginn dieses Jahrhunderts diesen Gruppentyp wie folgt beschrieben: »Unter Primärgruppe verstehe ich jene, die durch ein enges Zusammenleben und durch enge Zusammenarbeit gekennzeichnet sind. Primär sind diese Gruppen in mancher Hinsicht, aber hauptsächlich doch darin, daß sie die soziale Seite und die Ideale des Individuums grundlegend formen. Das Ergebnis dieses engen Zusammenlebens ist, psychologisch gesehen, eine gewisse Verschmelzung von Individuen zu einem gemeinsamen Ganzen, so daß man selbst, zumindest für viele Zwecke, in dieser Gemeinsamkeit und in den Zielen der Gruppe aufgeht.« (S. 23).

Die durch »enges Zusammenleben« und »enge Zusammenarbeit« gekennzeichneten Primärgruppen existieren nicht zweck- oder ziellos, sondern erfüllen eine Reihe von miteinander verschränkten Funktionen. Diese dienen sowohl der individuellen als auch der gesellschaftlichen Bedürfnisbefriedigung, wodurch gerade der Familie in ihren kulturell unterschiedlichen Erscheinungsformen besondere Bedeutung beigemessen wird. Für die gegenwärtige Kernfamilie lassen sich in Anlehnung an Goode (1967) und Neidhardt (1970) folgende Hauptfunktionen unterscheiden:

(1) die *Reproduktionsfunktion*, d.h. die Zeugung von Nachkommen, die auf der individuellen Ebene zur Befriedigung u.a. von sexuellen Bedürfnissen und auf der gesellschaftlichen Ebene zur Sicherung des Personenbestandes der Sozietät führt;

(2) die *Existenzsicherungs- und Produktionsfunktion*, d.h. die Befriedigung individueller physischer und psychischer Bedürfnisse (wie z.B. Ernährung, Schutz, Gesundheit), die auf gesellschaftlicher Ebene eine Voraussetzung für die Verfügbarkeit der einzelnen Person im Produktionsprozeß ist;

(3) die *Regenerationsfunktion*, die auf dem Wege individueller und gemeinschaftlicher Freizeitgestaltung zu einer Kräfteerneuerung und Selbstverwirklichung führen kann. In gesellschaftlicher Sicht dient diese Funktion der Wiederherstellung der Produktionskraft der Gesellschaftsmitglieder;

(4) die *Sozialisations- und Erziehungsfunktion*, die für den einzelnen den Erwerb einer Fülle von Kompetenzen und aus gesellschaftlicher Perspektive die Möglichkeit zur Nutzung dieser Kompetenzen für übergeordnete Zwecke der Gemeinschaft mit sich bringt;

(5) die *Plazierungsfunktion*, bei der es individuell um die Verwirklichung von Bildungs- und Berufsinteressen und gesellschaftlich um die Erhaltung eines im internationalen Vergleich konkurrenzfähigen Bestands an Arbeitskräften geht.

Abgesehen davon, daß der modernen Kleinfamilie von manchen ein deutlicher »Funktionsverlust« oder zumindest eine »Funktionsverlagerung« zugeschrieben wird (vgl. Schäfers, 1990), zeigt sich bei einer Betrachtung verschiedener Phasen im Familienzyklus, aber auch bei der Berücksichtigung unterschiedlicher Familienformen, daß sich die inhaltliche Ausgestaltung einzelner Funktionsbereiche verändert. So spielt etwa die Reproduktionsfunktion für Familien in einer späteren Phase des Familienzyklus in der Regel keine Rolle mehr, wenngleich sich in den letzten Jahren eine zunehmende Verbreitung des Phänomens der »späten Elternschaft« ergeben hat (vgl. Gloger-Tippelt, 1988). Gleiches gilt für eine Reihe nicht-traditioneller Familienformen, wie z.B. kinderlose Ehen sowie nicht-eheliche oder verwandtschaftliche Lebensgemeinschaften ohne Kinder. Und doch qualifizieren sich auch diese Lebensformen als Primärgruppen in dem zitierten Sinne von Cooley (1909), insofern sie »durch enges Zusammenleben und durch enge Zusammenarbeit... die soziale Seite und die Ideale des Individuums grundlegend formen.« (S. 23).

Für die Kennzeichnung von Primärgruppen ist somit weniger entscheidend, ob sie sich hinsichtlich ihrer Bezeichnung, personellen Zusammensetzungen oder Funktionsbestimmungen irgendwelchen vorgegebenen Definitionskriterien fügen. Entscheidend ist vielmehr, welche Voraussetzungen erfüllt sein müssen, damit sie den sich lebenszyklisch wandelnden Entwicklungserfordernissen ihrer Mitglieder gerecht werden können. Primärgruppen weisen in der Regel durch die spezifische Art ihres gemeinschaftlichen Lebensvollzugs einen relativ hohen Grad an interpersonaler Involviertheit auf. Sie können daher auch als *intime Beziehungssysteme* bezeichnet werden, die sich von anderen Beziehungssystemen mit geringerer interpersonaler Involviertheit unterscheiden (vgl. Perlman & Duck, 1987). In diesem Sinne sprechen Kelley und Ko-Autoren (1983) von engen oder intimen persönlichen Beziehungen, wenn sie auf einer »starken, häufigen und sich in unterschiedlichen Aktivitäten äußernden Interdependenzen von beträchtlicher Dauer« (S. 28) beruhen.

Die einzelnen Definitionselemente lassen wichtige Aspekte von engen persönlichen Beziehungen erkennen. So verweist »Interdependenz« auf den systemischen, auf wechselseitige Bezogenheit ausgerichteten Charakter von Beziehungen, »Stärke« thematisiert die Einflußmächtigkeit von Beziehungen, »Häufigkeit« hebt auf den Aspekt wiederkehrender Begegnungen ab, »Aktivitätsvielfalt« stellt die Bedeutung gemeinsamen Tuns in einem mehr oder weniger breiten Spektrum von Handlungskontexten in den Vordergrund und »Dauer« macht darauf aufmerksam, daß persönliche Beziehungen eine zeitliche Erstreckung und Entwicklung im Sinne einer gemeinsamen Beziehungsgeschichte bzw. Beziehungszukunft haben.

Auf diesem Hintergrund qualifizieren sich Familien in ihren unterschiedlichen Erscheinungsformen als intime Beziehungssysteme, die sich anhand folgender vier Kriterien von anderen – insbesondere formellen – sozialen Beziehungssystemen unterscheiden lassen:

(1) *Abgrenzung*. Damit ist gemeint, daß zwei oder mehr Personen ihr Leben in raumzeitlicher Abhebung von anderen Personen oder Personengruppen nach bestimmten expliziten oder impliziten Regeln in wechselseitiger Bezogenheit gestalten. Der Aspekt der raum-zeitlichen Abhebung impliziert zum einen

(2) *Privatheit*, d.h. das Vorhandensein eines umgrenzten Lebensraumes (z.B. eine Wohnung) oder zumindest eines Mediums (z.B. Telefon), in dem ein wechselseitiger Verhaltensaustausch möglich ist, und zum anderen
(3) *Dauerhaftigkeit*, d.h. einen auf längerfristige Gemeinsamkeit angelegten Zeitrahmen, der sich aufgrund wechselseitiger Bindung, Verpflichtungen und Zielorientierung ergibt. Auf diesem Hintergrund gewinnt schließlich ein viertes Kriterium Gestalt, nämlich
(4) *Nähe*, d.h. die Realisierung von physischer, geistiger und emotionaler Intimität im Prozeß interpersonaler Beziehungen.

Dabei können diese Kriterien jedoch durchaus innerhalb und zwischen verschiedenen Beziehungssystemen variieren. Im übrigen erschöpfen sich intime Beziehungen keineswegs in ausschließlich positiv erlebten Akten wechselseitiger physischer, emotionaler oder geistiger Nähe. Berscheid und Peplau (1983) weisen etwa darauf hin, daß die Qualifizierung von Beziehungen als intim oder eng »im wesentlichen synonym mit einflußreich ist; Personen in engen Beziehungen beeinflussen einander in erheblichem Maße – sei es zum Guten oder zum Schlechten«. (S. 13). So können Familienbeziehungen – wie etwa im Falle unglücklicher, aber dennoch stabiler Ehen (vgl. Heaton & Albrecht, 1991) – über lange Zeit Bestand haben oder sich zu »intimen Feindschaften« entwickeln (vgl. Bach & Wyden, 1970).

Deutlich wird dies, wenn wir uns vor Augen führen, welche inhaltlichen Merkmale für enge persönliche Beziehungen generell und somit auch im familiären Kontext kennzeichnend sind. Hierzu sei beispielhaft auf Nelson-Jones (1990) verwiesen, der eine Reihe solcher Merkmale in Form relativ verhaltensnaher Indikatoren aufgelistet hat. Hierzu gehören: (1) Verantwortung zeigen, (2) Achtung zeigen, (3) innere Verpflichtung zeigen, (4) sich kümmern/fürsorglich sein, (5) offen/selbstöffnungsbereit sein, (6) sich sicher fühlen beim Geben und Empfangen von Feedback, (7) Verstehen zu erkennen geben, (8) Ärger konstruktiv gebrauchen, (9) Konflikte gemeinsam regeln, (10) nicht-ausbeutender Sex (sofern Sexualität Definitionsbestandteil der Beziehung ist), (11) gemeinsame Aktivitäten, (12) Zeit zusammen verbringen.

Erkennbar handelt es sich hierbei um eine Liste von Merkmalen, die für »gute« oder gelungene Beziehungen kennzeichnend sind. Es fällt jedoch nicht schwer, diese Liste Punkt für Punkt in eine Negativliste umzuformulieren. Auf diese Weise entsteht durch den Mangel oder das Fehlen der einzelnen Merkmale beziehungsrelevanten Verhaltens ein Kriterienkatalog für »schlechte« oder mißlungene Beziehungen.

Unabhängig davon, welche Qualität eine Beziehung im konkreten Fall annimmt, macht dieser Kriterienkatalog deutlich, daß es sich um Beschreibungsmerkmale handelt, die gleichermaßen zur Kennzeichnung von Beziehungen wie zur Kennzeichnung von Personen herangezogen werden können. Im ersten Fall setzt dies voraus, daß – etwa in einer Zweierbeziehung – beide Partner wechselseitig ein mehr oder minder großes Maß an Verantwortung, Achtung usw. zeigen. Im zweiten Fall liegt der Akzent auf individuellen Verhaltensweisen bzw. entsprechenden Handlungspositionen, so z.B. wenn jemand seinem Partner gegenüber ein bestimmtes Maß an Verantwortung und Achtung zeigt. Beziehungsprobleme entstehen dann häufig dadurch, daß der eine Partner dem anderen ein Zuwenig oder auch Zuviel an beziehungsrelevantem Verhalten zuschreibt (z.B. indem er zu wenig Verantwortung zeigt oder zu fürsorglich ist).

Dies wiederum hat mit den individuellen Ausprägungen der beiden grundlegenden Bedürfnisse nach Verbundenheit einerseits und Autonomie andererseits zu tun (vgl. z.B. McAdams, 1988; Wiggins, 1991). Sie finden auf der Personebene ihren Audruck in unterschiedlichen Bindungsstilen, wie sie auf der Basis von Bowlbys (1969, 1973) bindungstheoretischem Ansatz sowohl für die Kindheit (vgl. Ainsworth, 1979) als auch für das Erwachsenenalter (vgl. Shaver & Hazan, 1993; Feeney & Noller, 1996) beschrieben wurden. Die Bedürfnisse nach Bezogenheit und Autonomie sind zentrale Bestandteile des jeweils individuellen Motivationsschemas und als solche in besonderer Weise beziehungsrelevant. Auf der Beziehungsebene können nämlich die individuellen Motivationsschemata ein mehr oder minder großes Maß an Passung und Flexibilität oder wechselseitiger Anpassung aufweisen. Beziehung oder das, was Wynne (1985) als Gegenseitigkeit bezeichnet, besteht dann in einem gemeinschaftlichen Austarieren der Befriedigung von Verbundenheits- und Autonomiebedürfnissen der Beziehungspartner.

1.3.3 Phasen der Beziehungsentwicklung

Nach Wynne (1985) sind Beziehungsprozesse in einer epigenetischen, d.h. aufeinander aufbauenden Abfolge von Entwicklungsphasen zu sehen. Im einzelnen beschreibt Wynne die folgenden Beziehungsstadien:

(1) *Bindung und Fürsorge.* Hierbei handelt es sich um die affektive Komponente von intimen Beziehungssystemen, die ihren Prototyp im frühen Mutter-Kind-Verhältnis hat. Im Falle einer sicheren Bindung an die Mutter (vgl. Ainsworth et al. 1978; Gloger-Tippelt, 1997) zeigt das Kind in der Gegenwart der Mutter Merkmale wie Vertrauensbereitschaft, Erkundungsinteresse, Tröstbarkeit und das Aufsuchen der mütterlichen Nähe in Notsituationen. Komplementär dazu erweist sich die Mutter zuverlässig in ihrem Fürsorgeverhalten, wobei sie insbesondere aufmerksam und prompt auf die kindlichen Bedürfnisse reagiert. Die in der Bindungs-Fürsorgebeziehung ablaufenden Interaktionen sind durch einen hohen Grad an positiver Emotionalität gekennzeichnet. Sie tragen somit zu einer tiefen emotionalen Involviertheit zwischen Mutter und Kind bei und bilden zugleich das Fundament für ein positives Beziehungsklima im weiteren Fortgang des Mutter-Kind-Verhältnisses. Dies führt schließlich für Mutter und Kind gleichermaßen zu einer intensiven gefühlsmäßigen Verbundenheit.

Abgesehen davon, daß die Bindungs-Fürsorgebeziehung sich bei Kleinkindern nicht nur im Mutter-Kind-Verhältnis, sondern auch im Kontakt des Kindes mit anderen Bezugspersonen – insbesondere mit seinem Vater – nachweisen läßt, stellt sich die Frage, ob dieser Beziehungsaspekt genauso bei anderen Personenkonstellationen beobachtbar ist. Am deutlichsten ist dies in der Phase des Verliebtseins der Fall, für die eine hohe wechselseitige Sensibilität für das Wohlergehen des anderen, gepaart mit intensiven Gefühlen von Zuneigung und dem

Bedürfnis nach Nähe, charakteristisch ist (vgl. Hazan & Shaver, 1987). Das Kernstück der Bindungs-Fürsorgebeziehung, nämlich die Verschränkung von vertrauensvollem Empfangen im Zustand der Bedürftigkeit einerseits und liebevollem Geben aus dem Fundus der Ressourcen andererseits, ist aber durchaus auch in weniger gefühlsintensiven Lebensphasen ein Kennzeichen enger Beziehungen. Dabei kann es zu einem »Rollenwechsel zwischen Fürsorge-Spender und Fürsorge-Empfänger« (Wynne 1985, S.125) kommen, wie er etwa von Ainsworth (1982) für den Fall einer »guten Ehe« beschrieben wurde: »In einer guten Ehe spielt bei Gelegenheit jeder Partner abwechselnd für den anderen die Rolle des Stärkeren oder Klügeren, so daß jeder sich beim anderen geborgen und wohl fühlen kann, und jeder wünscht, mit dem anderen zusammenzubleiben und sich gegen tatsächliche oder drohende Trennung zur Wehr zu setzen.« (S. 26).

(2) *Kommunizieren.* Die Entwicklung und Aufrechterhaltung persönlicher Beziehungen erfolgt auf dem Wege der Interaktion. Interaktion ist das Vehikel für Kommunikation, d.h. den Austausch von Botschaften zwischen zwei oder mehreren Personen. Hierzu bedarf es eines gemeinsamen verbalen und nonverbalen Symbolsystems, das als Medium für den Informationsaustausch dient. Dieses Symbolsystem muß erst eingeübt und in der Praxis des täglichen Umgangs daraufhin überprüft werden, ob man eine »gemeinsame Sprache« spricht. Auf diese Weise kommt es in der Regel zu einer Präzisierung des Bedeutungsgehalts von Sprache für die miteinander in Kommunikation stehenden Personen. Zugleich kann über das Kommunizieren auch eine Verbindung zwischen dem Kommunikationspartner hergestellt werden, die das Erleben von Gemeinschaftlichkeit wach hält. Die Benutzung bestimmter Wörter, eines bestimmten Tonfalls oder gar einer »Privatsprache«, wie man sie häufig zwischen vertrauten Partnern findet, ist ein Beleg für das beziehungsstiftende Moment von Kommunikation in intimen Beziehungssystemen.

(3) *Gemeinsames Problemlösen.* Für diese Stufe seines epigenetischen Schemas sagt Wynne (1985): »Im *gemeinsamen* Problemlösen und *gemeinsamen* Engagement in der Erfüllung fortwährender und neuer Aufgaben sind Beziehungsprozesse am Werk, die den Boden für weiteres Wachstum schaffen.« (S. 129, Hervorhebung im Orginal). Gemeinsames Problemlösen hat sowohl etwas mit den vielen kleinen täglichen Herausforderungen zu tun, als auch mit den schwerwiegenderen Entscheidungen und Konflikten, die sich durch die Entwicklung von Beziehungssystemen unweigerlich ergeben. Im familiären Bereich erinnern die weiter oben beschriebenen Funktionen der Familie sowie die vielfältigen Entwicklungsaufgaben, die sich im Familienlebenszyklus stellen, an die Herausforderungen, die sich für das gemeinsame Problemlösen ergeben.

Im Idealfall erfordert gemeinsames Problemlösen den Einsatz aller Ressourcen, die in einem Beziehungssystem zur Verfügung stehen. Dadurch bietet sich für jeden einzelnen die Möglichkeit, seinen Beitrag zur Problemlösung zu leisten, wodurch sich im Laufe der Zeit innerhalb des Beziehungssystems informelle Rollenmuster ausbilden, die ihrerseits die Verbundenheit der Mitglieder eines Beziehungssystems vertiefen. Dies gilt insbesondere dann, wenn es zur effektiven gemeinsamen Bewältigung von Problemen kommt. Eine positive Bindungs-

Fürsorgebeziehung und eine adäquate Kommunikation sind entsprechend dem epigenetischen Modell von Wynne wichtige Voraussetzungen für das Gelingen gemeinsamer Problemlösungsprozesse.

(4) *Gegenseitigkeit.* Wynne (1995) verbindet mit diesem Begriff die Überprüfung und eventuelle Neugestaltung von eingespielten Beziehungsprozessen angesichts sich ändernder Lebensumstände. In Familien äußern sich veränderte Lebensumstände zum einen durch körperliche und psychische Entwicklungsprozesse der einzelnen Familienmitglieder (z.B. Pubertät, Klimakterium, Ausbildung individueller Interessen), zum anderen aber auch durch familienzyklisch bedingte Ereignisse (z.B. Geburt eines Kindes, Verlassen des Elternhauses) sowie durch äußere Einflüsse auf das Familiensystem (z.B. Arbeitslosigkeit, Wohnungsverlust). Nach Wynne (1985) beginnt Gegenseitigkeit »mit dem Erkennen von Schwierigkeiten, die nicht im Rahmen der bisherigen Beziehungsmuster gelöst werden können, sondern vielmehr eine Überarbeitung derselben und manchmal einen Übergang zu neuen Mustern bedingen... Die Stufe der Gegenseitigkeit schließt unmittelbar an die vorausgehende, das gemeinsame Problemlösen, an, denn auch hier geht es in gewissem Sinne um die Lösung eines Problems, nämlich, ob die Beziehung fortgesetzt werden kann oder soll, und wenn ja, zu welchen Bedingungen.« (S.131).

Gegenseitigkeit ist somit ein übergeordnetes Konzept, das für die vorausgegangenen Beziehungsprozesse neue Abstimmungen zwischen den Beziehungspartnern erforderlich macht. Als Beispiel sei der Übergang zur Elternschaft genannt, der von den Partnern unter anderem eine mehr oder minder umfassende Neuorganisation ihrer Paarbeziehung, ihrer Rollenaufteilung für die Bewältigung alltäglicher Routinen der Lebensführung, ihres beruflichen Engagements, ihrer Beziehung zur Herkunftsfamilie und zu Freunden verlangt (vgl. Schneewind, Vaskovics et al., 1997). Bei echter Gegenseitigkeit verfügt das Beziehungssystem über soviel Flexibilität, daß es für alle Beteiligten zu einer befriedigenden Neugestaltung ihrer Bindungs-Fürsorgebeziehung, ihres Kommunikationsverhaltens und ihres gemeinsamen Problemlösens kommt. Durch eine effektive Lösung seiner Gegenseitigkeitsprobleme gewinnt das Beziehungssystem in seiner Verbundenheit an Tiefe und stabilisiert damit seinen Fortbestand.

1.3.4 Wir- und Ich-Orientierung als grundlegende Strukturmerkmale intimer Beziehungssysteme

Ein wesentliches Verdienst des von Wynne (1985) entwickelten Modells der Genese von Beziehungssystemen ist es, daß einige der Beziehungsaspekte klar zum Vorschein kommen, die einen Beitrag zur Vertiefung der Verbundenheit zwischen den Mitgliedern eines intimen Beziehungssystems leisten und damit auch dessen Dauerhaftigkeit erklären. Einige Punkte sind jedoch bei Wynne nicht oder nur am Rande thematisiert. Auf sie soll im folgenden eingegangen werden.

Zunächst einmal stellt sich die Frage, welche Funktion die wechselseitige Verbundenheit innerhalb eines intimen Beziehungssystems hat. Immerhin stehen intime Beziehungssysteme ja nicht im luftleeren Raum, sondern sie erfüllen bestimmte Zwecke, die in erster Linie etwas mit der Lebenserhaltung und -erweiterung ihrer Mitglieder, in zweiter Linie aber auch mit dem Fortbestand der Primärgruppe selbst sowie anderer übergeordneter sozialer Einheiten zu tun haben.

Der zentrale Punkt dabei ist, daß durch gemeinschaftlichen Lebensvollzug eine Vielfalt von Bedürfnissen und Aufgaben, die mit der Lebenserhaltung und -erweiterung aller Mitglieder zusammenhängen, in der Regel besser befriedigt und bewältigt werden können, als dies durch eine Einzelperson möglich wäre. Dies wird besonders deutlich bei Säuglingen und kleinen Kindern, die für sich gar nicht überlebensfähig wären und daher eine lange Zeit auf die Betreuung durch andere angewiesen sind. Aber auch dann, wenn keine Kinder beteiligt sind, mögen ökonomische, körperliche und psychische Gründe für den »Gruppenvorteil« von intimen Beziehungssystemen sprechen, der ihren Zusammenhalt begründet – ein Aspekt, auf den Hofstätter (1963) mit seiner Unterscheidung von Gruppenleistungen (a) »vom Typus des Hebens und Tragens«, (b) »vom Typus des Suchens« und (c) »vom Typus des Bestimmens« (S. 339 f.) aufmerksam gemacht hat.

Dabei ist »Intimität« im Sinne einer wechselseitigen persönlichen Selbstöffnung über verborgene Gedanken, Gefühle und Phantasien durchaus keine notwendige Voraussetzung für die Konstitution von intimen Beziehungssystemen, worauf auch Wynne hingewiesen hat. Intimität soll vielmehr die mit dem Begriff der interpersonalen Involviertheit bezeichnete wechselseitige Durchflechtung individueller Lebensprozesse bedeuten, die sich angesichts des allgemeinen Ziels der Lebenserhaltung und -erweiterung im gemeinschaftlichen Lebensvollzug gleichsam automatisch ergibt (zu den Varianten des Intimitätsbegriffs vgl. Perlman & Fehr, 1987; Reis & Shaver, 1988; Bagarozzi, 1997). Interpersonale Involviertheit, Intimität, Nähe oder Verbundenheit sind somit gleichbedeutende Begriffe, die auf ein wesentliches Systemmerkmal intimer Beziehungssysteme verweisen.

Obwohl es sich bei diesen Begriffen um die Kennzeichnung eines strukturellen Merkmals von intimen Beziehungssystemen handelt, mithin also um ein überindividuelles Merkmal, ist es dennoch auch in der Erfahrung der einzelnen Mitglieder eines intimen Beziehungssystems verwurzelt. Diese auf Gemeinschaftlichkeit beruhenden Erfahrungen, die im übrigen keineswegs immer dem reflexiven Bewußtsein zugänglich sein müssen, äußern sich auf unterschiedlichen psychischen Ebenen und können unter dem Begriff der *Wir-Orientierung* zusammengefaßt werden (vgl. hierzu auch das Konzept »Beziehungsbewußtsein« bei Acitelli & Duck, 1987). Dabei lassen sich folgende Erfahrungsebenen der Wir-Orientierung unterscheiden:

a) *Gemeinsames Wollen*, d.h. die im gemeinschaftlichen Lebensprozeß gründende Bereitschaft des einzelnen, zumindest einen Teil des individuellen Energiepotentials für die Erreichung gemeinsamer Ziele einzusetzen. Beispielhaft sei hier die Befriedigung der wichtigsten Grundbedürfnisse zur Lebenserhaltung wie etwa Ernährung, Kleidung, Wohnung, Schutz und Pflege genannt.
b) *Gemeinsames Fühlen*, d.h. die aus dem Zusammenleben entspringende Erfahrung von gemeinsam erlebter positiver und negativer Emotionalität. Hierzu

können aus dem Wir-Erleben resultierende Gefühle wie z.B. Glück, Zufriedenheit oder Stolz, aber auch Ärger, Verzweiflung und Scham gehören.

c) *Gemeinsames Wissen*, d.h. ein das gemeinschaftliche Leben fundierender Bestand an Kenntnissen, Überzeugungen, Einstellungen und Werthaltungen, die sich auf unterschiedliche Lebensbereiche beziehen. Hierzu gehört insbesondere das Wissen über die gemeinsamen ökonomischen und sozialen Lebensgrundlagen, über Personen und Personenbeziehungen und über die Traditionen, Normen und Regeln, die den Rahmen für gemeinschaftliches Leben abgeben.
d) *Gemeinsames Tun*, d.h. die Erfahrung einer mehr oder minder koordinierten Aktivitätsausübung, der im Sinne einer »Wir-Wirksamkeit« das Bewußtsein gemeinsamen Könnens entspricht (z.B. »Wir können zusammen arbeiten, zusammen feiern, miteinander reden«, vgl. Bandura, 1995).
e) *Gemeinsame Zielerreichung*, d.h. die Erfahrung, durch gemeinsames Tun auch zum Ziele zu kommen. Im übrigen ist gemeinsames Tun nicht notwendig mit dem Erfolg gemeinsamer Zielerreichung verknüpft. Man mag zwar zusammen arbeiten oder miteinander reden können, dennoch besteht die Möglichkeit, daß das gemeinsame Arbeitsprodukt mißlingt oder daß das Problem, über das geredet wird, ungelöst bleibt.

Die hier akzentuierend unterschiedenen Aspekte der Wir-Orientierung beziehen sich erkennbar auf die allgemeinpsychologischen Grundkategorien der Motivation, der Emotion, der Kognition und des Handelns. Dabei gliedert sich letztere in die Komponenten der Verfügbarkeit von Handlungsmitteln einerseits und des zielerreichenden Einsatzes von Handlungsmitteln andererseits. Die in der Wir-Orientierung zusammengefaßten Ebenen gemeinsamer Erfahrung stehen nicht isoliert nebeneinander, sondern bilden eine Ganzheit. Zugleich tragen sie zur Formierung von Verbundenheit in intimen Beziehungssystemen bei. Je länger in einem intimen Beziehungssystem gemeinschaftlicher Lebensvollzug praktiziert wird und je umfassender die Lebenskontexte sind, in denen dies geschieht, desto stärker kommt es zu einer Durchflechtung der verschiedenen Erfahrungsebenen von Gemeinschaftlichkeit.

Die der Wir-Orientierung entspringende Verbundenheit als Voraussetzung und Konsequenz gemeinschaftlicher Lebenspraxis ist jedoch nur ein strukturelles Merkmal intimer Beziehungssysteme. Darüber hinaus lassen sich intime Beziehungssysteme auch danach beschreiben, inwieweit sie ihren Mitgliedern Raum geben für ihre individuelle Entwicklung. Dabei handelt es sich um Prozesse der *Ich-Orientierung*, die sich zwar von denen der Wir-Orientierung abheben lassen, aber dennoch nach den selben allgemeinpsychologischen Kategorien beschreibbar sind, die auch zur Kennzeichnung der verschiedenen Erfahrungsebenen der Wir-Orientierung herangezogen wurden. Unter Bezug auf diese Erfahrungsebenen läßt sich somit individuelles Wollen, Fühlen, Wissen, Tun und Zielerreichen unterscheiden. Die Erfahrung, daß ich für mich etwas wollen kann (z.B. ein englisches Buch lesen), daß ich dabei etwas fühlen kann (z.B. mich ärgere oder freue), daß ich mir dabei Wissen aneignen kann, daß ich meine englischen Sprachkenntnisse anwenden und daß ich mein Ziel – nämlich das Buch mit Gewinn zu Ende zu lesen – erreichen kann: All dies fördert im Kontext intimer

Beziehungssysteme die Ich-Orientierung und führt auf der Personebene zu individueller Autonomie oder Eigenständigkeit.

Nun verweisen allerdings Begriffe wie Autonomie oder Eigenständigkeit auf einen individualpsychologischen und nicht auf einen beziehungspsychologischen Sachverhalt. Insofern eignen sich diese Begriffe nicht zur Kennzeichnung von Beziehungen. Zu beziehungsbeschreibenden Begriffen werden sie erst dann, wenn die mit ihnen erfaßten Sachverhalte in einen Beziehungskontext gestellt werden. Mit anderen Worten: Erst wenn individuelle Autonomie innerhalb eines Beziehungssystems zugestanden und ermöglicht wird, haben wir es mit einem Beziehungsbegriff zu tun. Zugestandene Autonomie ist somit ein Merkmal von intimen Beziehungssystemen, das sich am Ausmaß der von der Wir-Orientierung abweichenden Ich-Orientierung ihrer Mitglieder ablesen läßt.

Wir-Orientierung und Ich-Orientierung sind zwei miteinander zusammenhängende, jedoch konzeptionell unterscheidbare Sturkturmerkmale von intimen Beziehungssystemen, die zudem noch hinsichtlich ihres Ausprägungsgrades variieren können. So mag bei einem punktuellen Vergleich zweier Familien (A und B) der Beziehungsstil der einen Familie (A) durch einen losen Zusammenhalt bei gleichzeitig stark ausgeprägter individueller Autonomie ihrer Mitglieder gekennzeichnet sein. In einer anderen Familie (B) mag dagegen der Familienzusammenhalt sehr groß und das Ausmaß an Eigenständigkeit der einzelnen Familienmitglieder eher gering sein. Bei einer Gegenüberstellung zweier Familien (C und D) im Zeitverlauf kann sich trotz gleichen Ausgangsniveaus an Wir- und Ich-Orientierung beider Familien herausstellen, daß die eine Familie (C) eine wesentlich geringere Variabilität der beiden Strukturmerkmale aufweist als die andere Familie (D).

Komplexer noch als diese quantitativen Unterschiede sind qualitative Differenzierungen der beiden Strukturmerkmale von intimen Beziehungssystemen. Dies ist darauf zurückzuführen, daß die Gewichtungen und das Zusammenspiel der verschiedenen Erfahrungskategorien, die der Wir- und Ich-Orientierung zugrunde liegen, höchst unterschiedlich ausfallen können und dennoch zu vergleichbaren Ausmaßen der Verbundenheit und zugestandener Autonomie beitragen mögen (vgl. hierzu auch McAdams, 1988). Beispielhaft sei hier erwähnt, daß Verbundenheit sich einmal durch ein gemeinsam erfahrenes emotionales Erlebnis von hoher Intensität (z.B. die gemeinsam durchlebte Trauer über den Verlust eines Freundes) und ein anderes Mal in dem Erfolgserlebnis einer gemeinsam gelösten Aufgabe (z.B. der erfolgreichen Gründung eines Familienbetriebs) etablieren kann. Gleiches gilt für die Erfahrung von zugestandener Autonomie, die sich etwa in der emotionalen Befriedigung beim Anhören eines Musikstückes oder im Erleben eigener Kompetenz bei der Entwicklung eines lauffähigen Computerprogramms manifestieren kann.

Die erfahrungsfundierte Entwicklung der Wir- und Ich-Orientierung mit Blick auf die verschiedenen Erfahrungskategorien nachzuzeichnen ist ein schwieriges Geschäft. Dieses Geschäft wird noch schwieriger, wenn man bedenkt, daß die innerhalb eines intimen Beziehungssystems angeeigneten Beziehungs- und die zugestandenen Individualerfahrungen ihren »Reflex« auch in zugeordneten Erwartungsmustern haben. Mit Reflex ist hier gemeint, daß Erwartungen zwar etwas mit der Auswertung der im gemeinschaftlichen oder individuellen Lebensprozeß erfahrenen Realität zu tun haben, sich aber keineswegs darin erschöpfen. Sie können sich z.B. genauso auf unabhängig vom gegenwärtigen Partner gemachte Beziehungserfahrungen oder auf vermittelte Erfahrungen anderer stützen und somit zu Erfahrungs-Erwartungsdiskrepanzen führen. So können etwa in einer Partnerschaft die Beziehungserwartungen höher sein, als sie eigentlich durch die bisherige gemeinsame Beziehungsgeschichte »gerechtfertigt« sind. Insgesamt kann sich dies als ein Erwartungsdruck in Richtung auf »mehr Nähe« äußern – eine Situation, wie sie häufig in einer beginnenden, mit intensiven Verschmelzungsphantasien einhergehenden Liebesbeziehung anzutreffen ist. Umgekehrt können aber auch Erwartungen hinter den gemeinsamen Beziehungserfahrungen zurückbleiben und eine Erwartungseinstellung in Richtung auf »weniger Nähe« erzeugen, was z.B. bei einem Paar auf verletzende Erfahrungen in der Herkunftsfamilie oder in vorangegangenen Partnerschaften zurückzuführen sein mag. Gleichermaßen können Erwartungen an die zugestandene Autonomie geringer oder größer sein als die innerhalb eines intimen Beziehungssystems faktisch ermöglichte Eigenständigkeit ihrer Mitglieder.

Aus dem Zusammenspiel von Beziehungsgeschichte, aktuellen Beziehungserfahrungen und zukunftsbezogenen Beziehungserwartungen ergeben sich somit Möglichkeiten, die Dynamik von Wir- und Ich-Orientierung genauer zu studieren. Darüber hinaus werden auch die Konsequenzen des Zusammenwirkens von Wir- und Ich-Orientierung als den beiden grundlegenden Strukturmerkmalen intimer Beziehungssysteme für deren Fortbestand und die Entwicklung ihrer Mitglieder einer empirischen Analyse zugänglich. Insofern können von einer in diesem Sinne betriebenen Psychologie intimer Beziehungssysteme wichtige Beiträge zur Formierung einer neuen Wissenschaft erwartet werden – einer Wissenschaft, die Kelley (1986) und Hinde (1993) als »Wissenschaft von den zwischenmenschlichen Beziehungen« bezeichnet haben.

Abschließend sei gesagt, daß ein am Konzept intimer Beziehungssysteme orientierter Familienbegriff zwar offen ist für eine Fülle »nicht-traditioneller« familienähnlicher Lebensformen; dennoch löst er nicht alle definitorischen Probleme, da z.B. auch langfristige Freundschaften, die gewöhnlich nicht mit dem Begriff Familie in Zusammenhang gebracht werden, sich als intime Beziehungssysteme qualifizieren (Gloger-Tippelt, 1989). Selbst wenn man – wie Hofer, Klein-Allermann und Noack (1992) oder Petzold (1992) vorgeschlagen haben – den Geltungsbereich intimer Beziehungssysteme auf intergenerationale Beziehungen eingrenzt, sind damit nicht alle Definitionsprobleme ausgeräumt, da es einerseits generationenübergreifende Beziehungen (z.B. Lehrer-Schüler-Freundschaften) gibt, die nach landläufigem Verständnis nicht als Familienbeziehungen begriffen werden, andererseits aber bestimmte intragenerationale Beziehungen (z.B. Geschwisterbeziehungen) sehr wohl als typische Exemplare von Familienbeziehungen verstanden werden. Hinzu kommt, daß je nach Anzahl und Art der Personen, die einem Familiensystem als zugehörig erachtet werden, sich innerhalb dieses Systems sehr unterschiedliche und komplexe Subsysteme von Familienbeziehungen ergeben können (v. Eye & Kreppner, 1989). Man kommt deshalb nicht darum herum, diejenigen Personen zu spezifizieren, die als Mitglieder eines intimen Beziehungssystems betrachtet werden. Für empirische Zwecke bietet sich daher an, unter Benennung der jeweils spezifischen Personenzusammensetzung »Familien« als Varianten intimer Beziehungssysteme zu begreifen, wobei diese sowohl intra- als auch intergenerationale Personenkonstellationen umfassen können.

1.4 Aufgaben der Familienpsychologie

Themen, die sich mit dem Phänomen Familie oder mit Familienbeziehungen beschäftigen, begleiten uns ständig in unserer alltäglichen Lebenswirklichkeit – und zwar ohne jeglichen akademischen oder wissenschaftlichen Hintergrund. Vielfach machen wir dabei von unserem alltagspsychologischen Sachverstand Gebrauch, so etwa wenn es darum geht, wie man mit Kindern »richtig« umzugehen hat, wie man einen Konflikt mit dem Partner oder der Partnerin handhabt, wie man sich mit den Eigenarten der altgewordenen Eltern arrangiert oder die Trauer beim Tod eines besonders nahestehenden Angehörigen bewältigt. »Wie geht's der Familie?« (so auch der Titel eines 1988 vom Deutschen Jugendinstitut herausgegebenen Handbuchs zur »Situation der Familien heute«) ist häufig eine Frage, die sich in Alltagskonversationen zwischen Bekannten ergibt, meistens wenn man das Thema »Wetter« abgehandelt hat. Wir erfahren dann auf unsere Frage in rhetorisch mehr oder weniger geschönten Formulierungen etwas über den gegenwärtigen Stand des Familienlebens (z.B. über die Schul- und Studienkarrieren der Kinder, die beruflichen Erfolge oder die Fortschritte in den sportlichen Bemühungen der Partner und den Gesundheitszustand der Altvordern). Ungefragt bekommen wir diese Auskünfte auch in den rechtzeitig vor Weihnachten eintreffenden Jahresrückblicksbriefen mancher unserer Freunde und Bekannten. Mit anderen Worten: Familie ist ein Thema, das uns mehr oder weniger berührt und über das man spricht.

Das Leben von Familien und das Leben in Familien stellt somit einen Teil unserer gesamten Lebenswirklichkeit dar, der uns gleichsam »naturwüchsig« gegeben ist und innerhalb dessen wir unser Leben agierend und reagierend gestalten, für manche auch mit der Konsequenz, daß sie sich dem Familienleben entziehen oder es gar zerstören. All das, was das Leben von und in Familien ausmacht, ist u.a. Thema unterschiedlicher Geschäftsinteressen. Dies gilt z.B. für Wirtschaftsunternehmen und Betriebe, die »Familieneinkaufstage« propagieren, »Familienautos« zum Kauf anbieten, von ihren Wasch- und Spülmaschinen behaupten, daß sie »zur Familie gehören«, mit ihrem Bausparprogramm die Verwirklichung des Traums vom »Einfamilienhaus« versprechen oder ihre Hotels als besonders »familienfreundlich« anpreisen.

Darüber hinaus kümmern sich auch staatliche Einrichtungen wie etwa das Gerichtswesen oder – ganz allgemein – die Familienpolitik um die Familie. Man denke z.B. an das Scheidungs-, Unterhalts-, Sorge- oder Erbschaftsrecht bzw. an familienpolitisch motivierte Transferzahlungen wie Kinder- und Erziehungsgeld sowie die Förderung von »familienergänzenden« Einrichtungen (z.B. Kinderkrippen oder Kindergärten) und »familienersetzenden« Institutionen (z.B. Kinderheime oder Jugendwohngruppen).

Eine andere Instanz, die sich ebenfalls mit dem Leben von und in Familien auseinandersetzt, ist die Familienwissenschaft. Genauer gesagt handelt es sich nicht um *die* Familienwissenschaft, sondern um eine Reihe von Familienwissenschaften wie die Familiensoziologie, Familienmedizin oder Sozialgeschichte der Familie, die sich – worauf wir im nächsten Abschnitt noch etwas ausführlicher zu sprechen kommen – jeweils aus ihrer besonderen Fachperspektive mit dem Thema Familie beschäftigen. Ein Bereich – und dazu noch ein relativ junger – unter den verschiedenen Familienwissenschaften ist die Familienpsychologie.

Der besondere Schwerpunkt der Familienpsychologie als einer wissenschaftlichen Disziplin liegt auf dem Verhalten und Erleben von Personen in Beziehung zu ihrer Familie. Dies ist zunächst eine wenig aufregende und reichlich akademisch klingende Terrainabgrenzung, die in ähnlicher Weise etwa auch von L'Abate (1983) – einem der frühen Verfechter der Familienpsychologie als einer eigenständigen Disziplin – vorgenommen wurde. Man fühlt sich an die weit verbreitete Lehrbuch- oder Lexikondefinition von Psychologie als der »Wissenschaft vom menschlichen Verhalten und Erleben« erinnert, wobei freilich durch den Zusatz, daß das Verhalten und Erleben von Personen »in Beziehung zu ihrer Familie« gesehen wird, ein entscheidender, nämlich beziehungspsychologischer Akzent gesetzt wird. Das Leben von und in Familien wird somit als ein von Interaktions- und Kommunikationsprozessen getragener Verlauf wechselseitiger Einflußnahme all derer begriffen, die am Familienleben teilnehmen – und sei es nur in imaginierter Weise (wie etwa in dem moralisierenden Disziplinierungsversuch einer verwitweten Mutter gegenüber ihrem ungehorsamen Sohn: »Was würde nur Dein Vater sagen, wenn er wüßte, wie ungezogen Du zu mir bist.«).

Freilich finden – wie wir in den vorangehenden Abschnitten gesehen haben – diese Prozesse wechselseitiger Einflußnahme nicht nur im »Hier und Jetzt« statt, sondern sie verdichten sich erst durch ihre wiederkehrenden Interaktions- und Kommunikationsepisoden zu einer je besonderen Qualität von Beziehung, die sich aus der gemeinsamen Beziehungsgeschichte speist und auf der sich wiederum der Erwartungshorizont einer mehr oder minder klar vorhersagbaren Beziehungszukunft gründet. Hinzu kommt, daß die Entstehung, Verfestigung – aber auch die Veränderung – von familiären Beziehungen nicht nur in den Beiträgen gesehen werden kann, die von den einzelnen Beziehungspartnern durch ihr jeweiliges Verhalten und Erleben in den Beziehungsprozeß eingebracht werden. Vielmehr sind familiäre Beziehungen und konkrete Beziehungsepisoden stets auch im Kontext ihrer sozio-materiellen Bedingungen zu berücksichtigen. In der Tat macht es einen Unterschied, ob ein Streit über die Notwendigkeit der Anschaffung teurer Designer-Jeans für den Sprößling in einer wohlhabenden oder in einer wegen Arbeitslosigkeit finanziell ausgebluteten Familie stattfindet.

Betrachtet man die Familienpsychologie als eine wissenschaftliche Disziplin, so lassen sich an ihr wenigstens die folgenden drei Aspekte ausmachen:

(1) *Anwendungsfeld der Familienpsychologie.* Gemeint ist hiermit der Gegenstands- oder Phänomenbereich, auf den die Familienpsychologie fokussiert und den wir in erster Annäherung als das Leben von und in Familien beschrieben haben. Es sind dies alle Phänomene und Ereignisse, die die *Lebenspraxis von Familien* kennzeichnen – und zwar auch ohne daß es eine Familienpsychologie

als wissenschaftliche Disziplin überhaupt gibt. Indem die Familienpsychologie sich die familiäre Lebenspraxis zu ihrem Anwendungsfeld macht, kann sie sich diesem in zweierlei Absicht nähern, nämlich einmal als Grundlagenforschung und zum anderen als Anwendungsforschung.

(2) *Familienpsychologie als Grundlagenforschung.* Diese Annäherungsweise an den Gegenstand der Familienpsychologie bemüht sich vor allem um eine wissenschaftlich fundierte Beschreibung und Erklärung der familiären Lebenspraxis. Die Forschungsabsicht ist ausdrücklich nicht-interventiv, d.h. das Leben von und in Familien soll in einer Weise erkundet und begleitet werden, ohne daß mit diesem grundlagenwissenschaftlichen »Eingreifen« in den Lebensprozeß von Familien ein Veränderungseffekt beabsichtigt ist. Daß nicht-intendierte Veränderungen dennoch stattfinden können, steht auf einem anderen Blatt und stellt als methodologisches Problem gewissermaßen die familienpsychologische Variante der Heisenberg'schen Unschärferelation dar. Das grundlagenwissenschaftliche Erkenntnisinteresse ist auf die Produktion von Wissen gerichtet, wobei beispielsweise Fragestellungen folgender Art im Vordergrund stehen: Welche Formen der Beziehungsgestaltung lassen sich in Familien unterscheiden? Welche Einflüsse führen zu bestimmten (z.B. gewaltorientierten) Paar- oder Eltern-Kind-Beziehungen? Wie entwickeln sich Familien über die Zeit? In welcher Hinsicht unterscheiden sich glückliche oder zufriedene Familien von unglücklichen oder belasteten Familien? Wie gehen Paare oder Familien mit Krisen und Herausforderungen um (z.B. Krankheit, ökonomische Schwierigkeiten)? Wie wirken sich bestimmte familiäre Beziehungsmuster (z.B. häufige, intensive und ungelöste Konflikte) auf die nachwachsende Generation aus?

Bei all diesen Fragen geht es nicht nur um eine Beschreibung der Familienwirklichkeit, sondern auch um ein Verständnis für die Entstehung und Veränderung von Familienbeziehungen, mithin also um die Einbettung grundwissenschaftlicher Fragestellungen in einen expliziten familientheoretischen Zusammenhang. Familientheorien wiederum sind »imprägniert« von bestimmten erkenntnis- und wissenschaftstheoretischen Grundannahmen, die ihrerseits die methodologische Position und methodische Herangehensweise familienpsychologischer Forschungsbemühungen entscheidend mitbestimmen – ein Aspekt, auf den wir im dritten Kapitel noch ausführlicher zu sprechen kommen werden.

(3) *Familienpsychologie als Anwendungsforschung.* Dieser dritte Aspekt einer wissenschaftlich betriebenen Familienpsychologie macht sich den Wissensfundus der familienpsychologischen Grundlagenforschung zunutze und versucht ihn in anwendungspraktisches Handeln umzusetzen. Dabei steht ausdrücklich ein interventiver Forschungsansatz im Vordergrund. Wenn z.B. die Grundlagenforschung auf beschreibendem und erklärenden Niveau für bestimmte Formen des elterlichen Erziehungsverhaltens belegen kann, daß die in einem entsprechenden Erziehungskontext aufwachsenden Kinder sich zu selbstbewußten und sozial kompetenten Jugendlichen entwickeln, liegt es nahe, dieses Wissen für praxisorientiertes Handeln nutzbar zu machen – etwa mit der Zielsetzung, daß sich möglichst viele Eltern ein derartiges Erziehungsverhalten aneignen sollten. Eine wissenschaftlich fundierte familienpsychologische Anwendungsforschung würde

im Gegensatz zu einer unkontrollierten Übertragung dieses grundwissenschaftlichen Befundes wenigstens vier Punkte zu berücksichtigen haben:

Erstens müßte eine Reflexion und Rechtfertigung der Ziele und Mittel erfolgen, die einer erzieherisch bewirkten Entwicklung von Selbstbewußtsein und sozialer Kompetenz zugrunde liegen. Hierbei kommen u.a. ethische, anthropologische, rechtliche, religiöse oder pädagogische Überlegungen ins Spiel, die eine Entscheidung darüber ermöglichen sollen, ob bestimmte Interventionsziele und die hierfür vorgesehenden Mittel überhaupt vertretbar sind – im gegebenen Beispiel etwa die Ziele »Selbstbewußtsein« und »soziale Kompetenz« und die Vermittlung von spezifischem elterlichen Erziehungswissen und -handeln. Somit bedarf es zunächst einer *Legitimationsforschung*, um die Frage der Vertretbarkeit eines Interventionsvorhabens zu klären.

Zweitens müßte – eine hinreichende Klärung des ersten Punktes vorausgesetzt – eine technologische Transformation der grundwissenschaftlichen Erklärungen erfolgen, d.h. es müßte genau spezifiziert werden, was Eltern tun sollen und wie sie es tun sollen, um das angestrebte Ziel, nämlich die Entwicklung von Selbstbewußtsein und sozialer Kompetenz, bei ihren Kindern zu erreichen. Dieser Aspekt macht es erforderlich, problemspezifische *technologische Forschung* zu betreiben, um eine angemessene Umsetzung familienpsychologischen Wissens zu ermöglichen.

Drittens müßte, wenn eine entsprechende technologische Transformation entwickelt wurde, der Kontext und das Format der Intervention (z.B. als Wissensvermittlung, Trainingsprogramm, Elternberatung etc. im Rahmen etwa einer Fernsehsendung, eines Workshops oder des natürlichen Umfelds der Familienwohnung) festgelegt werden. Hierzu bedarf es einer entsprechenden *Implementierungsforschung*, um Informationen über die Akzeptanz und Durchführbarkeit eines Interventionsvorhabens zu erhalten.

Viertens müßte schließlich die Wirkung der Intervention hinsichtlich seiner intendierten Effekte überprüft werden, d.h. es müßte bei einem Vergleich von Jugendlichen, deren Eltern ein entsprechendes Interventionsprogramm durchlaufen haben, und Jugendlichen mit Eltern ohne eine derartige Erfahrung (bzw. mit einer mutmaßlich weniger oder auf eine andere Weise wirksamen Intervention) der Nachweis geführt werden, daß die Jugendlichen aus der behandelten Gruppe tatsächlich ein höheres Maß an Selbstbewußtsein und sozialer Kompetenz aufweisen. Die hierfür einschlägigen Vorgehensweisen gehören in den Bereich der *Evaluationsforschung*, die sich damit beschäftigt, ob die Prozesse und Ergebnisse bestimmter Interventionsmaßnahmen zielführend sind oder nicht.

(4) *Familienorientierte Anwendungspraxis.* Neben der familiären Lebenspraxis als dem Anwendungsfeld der Familienpsychologie und den beiden zentralen Herangehensweisen an ihr Anwendungsfeld, nämlich Grundlagen- und Anwendungsforschung, läßt sich noch ein vierter Aspekt unterscheiden, der allerdings nichts mehr mit einem wissenschaftlichen Verständnis von Familienpsychologie im engeren Sinne zu tun hat. Es ist dies die familienorientierte Anwendungspraxis, die – wie weiter oben bereits angedeutet – in vielen gesellschaftlichen Institutionen (z.B. in den Medien, Gerichten, Jugendämtern, Kirchen, Bildungseinrichtungen etc.) zum Tragen kommt. Bezogen auf das Beispiel einer durch elterliches

Erziehungsverhalten begünstigten Entwicklung kindlichen Selbstbewußtseins und sozialer Kompetenz bedeutet dies, daß die Vermittlung des entsprechenden Wissens und der damit verbundenen Handlungsmöglichkeiten auch über die Institutionen der Anwendungspraxis (z.B. über das Medium Fernsehen oder im Rahmen von Volkshochschulkursen) erfolgen kann.

Allerdings dürfte ein Großteil der Aktivitäten, die dem Bereich der familienorientierten Anwendungspraxis zuzuordnen sind, ohne einen Bezug zur Familienpsychologie, d.h. ohne daß familienpsychologisch fundiertes Grundlagen- und Anwendungswissen genutzt wird, vonstatten gehen. Sofern dies der Fall ist, kann einerseits die Familienpsychologie von sich aus viel dazu beitragen, wissenschaftlich fundiertes Anwendungswissen in diese gesellschaftlichen Institutionen hineinzutragen. Andererseits kann sich die Familienpsychologie aber auch von den Anliegen und Problemen, mit denen sich Praxisinstitutionen auseinanderzusetzen haben, für ihre Grundlagen- und Anwendungsforschung anregen lassen (z.B. wenn es darum geht, die »Erziehungsfähigkeit« von potentiellen Adoptiveltern zu klären oder ein Beratungskonzept für Familien mit chronisch kranken Kindern zu entwickeln und zu evaluieren).

Dieser Gedanke einer wechselseitigen Beeinflussung läßt sich auch auf das Anwendungsfeld der Familienpsychologie in Relation zur familienpsychologischen Grundlagen- und Anwendungsforschung sowie in Beziehung zur familienorientierten Anwendungspraxis übertragen. Es ergibt sich dann das in Abbildung 1.2 dargestellte Beziehungsgefüge, das im Sinne eines systemischen Modells als Verflechtung von Forschungspraxis und Anwendungspraxis mit einer familienbezogenen Akzentsetzung zu interpretieren ist.

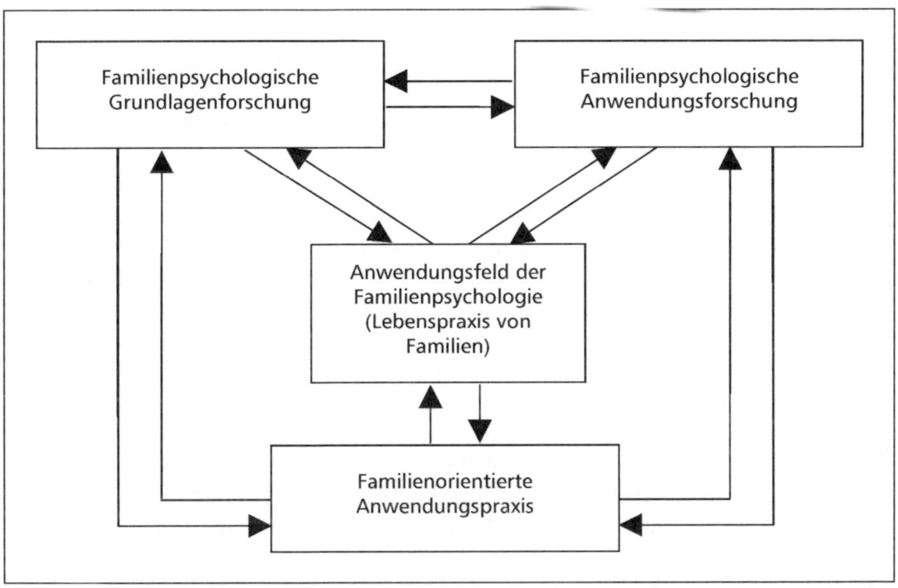

Abb. 1.2: Aufgaben der Familienpsychologie im Kontext von Grundlagen- und Anwendungsforschung sowie familienorientierter Anwendungspraxis

Die Implikationen eines derartigen Systemmodells zur Einbettung der wissenschaftlich betriebenen Familienpsychologie in ihren Anwendungskontext sind vielfältig und markieren zugleich die zentralen Aufgaben der Familienpsychologie. Diese lassen sich in den folgenden fünf Punkten zusammenfassen:

(1) Theorieentwicklung. Diese grundlagenwissenschaftliche Aufgabe bezieht sich gleichsam auf das Fundament der Familienpsychologie als einer wissenschaftlichen Disziplin. Es geht dabei zum einen um erkenntnis- und wissenschaftstheoretische Fragen, die der Beschreibung und Erklärung familiärer Lebenspraxis etwa im Rahmen eines systemisch-kontextualistischen Ansatzes zugrunde liegen, und zum anderen um die Entwicklung empirisch gehaltvoller Theorien, die z.B. in der Lage sind, die Wirkung potentiell belastender Übergänge im Familienlebenszyklus zu erklären.

(2) Methodenentwicklung. Diese ebenfalls grundlagenwissenschaftliche Aufgabe hat ihren Fokus einerseits in der Entwicklung familiendiagnostischer Methoden, die in der Anwendungsforschung und Anwendungspraxis genutzt werden können, und andererseits in der Entwicklung von Verfahren zur Auswertung struktur- und prozeßbezogener Familiendaten im Rahmen von Querschnitts- und Längsschnittsuntersuchungen.

(3) Nicht-interventive Forschung. Erneut handelt es sich hierbei um eine grundlagenwissenschaftliche Aufgabenstellung, bei der es vor allem um eine theoretisch und methodisch fundierte Analyse von Fragestellungen geht, die sich aus dem Anwendungsfeld der Familienpsychologie, d.h. also der familiären Lebenspraxis, ergeben. Hierzu gehört beispielsweise die Analyse grundlegender familiärer Interaktions- und Kommunikationsprozesse oder die Analyse von Entwicklungsphasen und Entwicklungsübergängen im Familienlebenszyklus.

(4) Interventionsforschung. Diese Aufgabenstellung läßt sich dem Bereich der Anwendungsforschung zurechnen und hat es vor allem damit zu tun, die Erkenntnisse der Grundlagenforschung für eine nach wissenschaftlichen Kriterien gesicherte Praxis nutzbar zu machen. Hierbei kommen vor allem die weiter oben bereits genannten Aspekte der Legitimations-, technologischen, Implementierungs- und Evaluationsforschung im Zusammenhang mit der Entwicklung von familienbezogenen Trainings-, Beratungs- und Therapieansätzen zum Tragen.

(5) Vermittlung von Wissen und Handlungskompetenzen. Mit dieser Aufgabenstellung ist die Weitergabe des aus der familienpsychologischen Grundlagen- und Anwendungsforschung resultierenden Wissens und damit zusammenhängender Handlungsmöglichkeiten gemeint. Wenn man davon ausgeht, daß sich familienpsychologische Grundlagen- und Anwendungsforschung vornehmlich im universitären Kontext ereignet, kann sich dieser Vermittlungsprozeß zum einen auf die Lehre und Ausbildung von Studierenden beziehen, die sich später beruflich in bestimmten Bereichen der familienorientierten Anwendungspraxis bewegen (z.B. in Erziehungs- und Familienberatungsstellen, privaten familientherapeutischen Praxen). Zum anderen kann die Vermittlung einer Familienpsychologie für die

Praxis aber auch direkt betroffene Familien ansprechen (z.B. durch offene universitäre Workshops oder universitäre Beratungsstellen), oder sie kann auf indirektem Wege über die Institutionen der familienorientierten Anwendungspraxis erfolgen (z.B. durch Fortbildungsveranstaltungen, Supervision in Praxiseinrichtungen oder medienwirksame Öffentlichkeitsarbeit).

Man kann diese fünf Aufgabenfelder einer wissenschaftlich betriebenen Familienpsychologie auch in spezifische Kompetenzen übersetzen, über die Personen verfügen sollten, wenn sie sich in diesem Berufsfeld – sei es im Forschungs- oder Anwendungskontext – bewegen. Dabei sind je nach dem beruflichen Schwerpunkt einzelne Kompetenzen vertiefter und differenzierter erforderlich. Dennoch gibt die folgende Zusammenstellung, die Ganong, Coleman und Demo (1995, S. 502) ganz allgemein für die Ausbildung von Familienwissenschaftlern und -wissenschaftlerinnen erarbeitet haben, einen Eindruck von wesentlichen Grundqualifikationen, die ebenso für Familienpsychologinnen und -psychologen relevant sind:

- Ein profundes Verständnis der Dynamik des Familienlebens und der Beziehung von Familien zu anderen sozialen Systemen.
- Kenntnis der Wechselbeziehungen zwischen Familiensystemen und der lebensspannen-umfassenden menschlichen Entwicklung.
- Eine breite Kenntnis von Familientheorien.
- Ein umfassendes Verständnis von und für Familien in Randgruppen sowie benachteiligten und unterdrückten Familien.
- Wissen über die Vielfalt von Familien (z.B. bezüglich ethnischer, rassischer oder struktureller Unterschiede).
- Beherrschung der qualitativen und quantitativen Forschungsmethoden (einschließlich der Evaluationsforschung), die in Familienuntersuchungen Anwendung finden.
- Fähigkeit zur Kommunikation mit einem Laienpublikum.
- Fähigkeit zur Kommunikation mit professionellen Kolleginnen und Kollegen.
- Führungskompetenz und administrative Fertigkeiten.
- Fähigkeit zur Lehre auf Hochschulniveau.
- Fähigkeit zur Lehre im kommunalen Bereich (z.B. Erwachsenenbildung, Workshops).
- Kenntnis der berufsethischen Standards, die zum einen die Interaktion mit Familien und zum anderen die Forschungs- und Publikationspraxis betreffen.

Erkennbar liegt das Schwergewicht dieser Zusammenstellung auf einer Sensibilisierung für die Vielfalt und Veränderung von Familiensystemen sowie auf grundlegenden Forschungkompetenzen und Kommunikations- bzw. Lehrkompetenzen. Weitgehend unberücksichtigt bleiben dabei spezifische professionelle Anforderungen, die sich vor allem auf den Bereich der familiären Intervention im Kontext von Training, Beratung, Therapie und Supervision beziehen (vgl. Anderson, Rigazio-DiGilio & Kunkler, 1995; Wissenschaftlicher Beirat für Familienfragen, 1993; Liddle, Breunlin & Schwartz, 1988). Im Kapitel 6 (Familiäre Intervention) werden wir auf das hierbei erforderliche Spektrum von Kompetenzen ausführlicher zu sprechen kommen.

1.5 Familienpsychologie im intra- und interdisziplinären Kontext

Wie in dem vorangegangen Abschnitt bereits erwähnt, ist die Familienpsychologie nur eine von mehreren wissenschaftlichen Disziplinen, die das Thema »Familie« zu ihrem Forschungsgegenstand gemacht haben. 1983 hatten Burr und Leigh versucht, für den Verbund der diversen Familienwissenschaften das Kunstwort »Famologie« (famology) einzuführen – allerdings mit mäßiger Resonanz und noch geringerer Akzeptanz in der »scientific community«. Wir bleiben daher bei der eingeführten Bezeichnung »Familienwissenschaft« und benutzen sie im Plural, um zum einen die Akzentsetzungen der verschiedenen Disziplinen kurz zu skizzieren und zum anderen die Verortung der Familienpsychologie im interdisziplinären Kontext zu veranschaulichen. In intradisziplinärer Sicht steht die Familienpsychologie im Schnittpunkt einer Reihe traditioneller Grundlagen- und Anwendungsfächer der Psychologie. In Abbildung 1.3 sind die wichtigsten intra- und interdisziplinären Verbindungen der Familienpsychologie dargestellt.

Wenden wir uns zunächst dem intradisziplinären Aspekt zu und erinnern wir uns daran, daß wir einerseits die Familienpsychologie als die Wissenschaft vom Verhalten und Erleben von Personen in Beziehung zu ihrer Familie eingeführt hatten und andererseits das Anwendungsfeld der Familienpsychologie als das Leben von und in Familien bzw. die Lebenspraxis von Familien umschrieben haben, wobei grundlagen- und anwendungsorientierte Fragestellungen gleichermaßen bedeutsam sind. Auf diesem Hintergrund wird verständlich, daß in der Familienpsychologie bezüglich ihrer inhaltlichen Ausrichtung vor allem die folgenden Grundlagen- und Anwendungsfächer der Psychologie zusammenfließen:

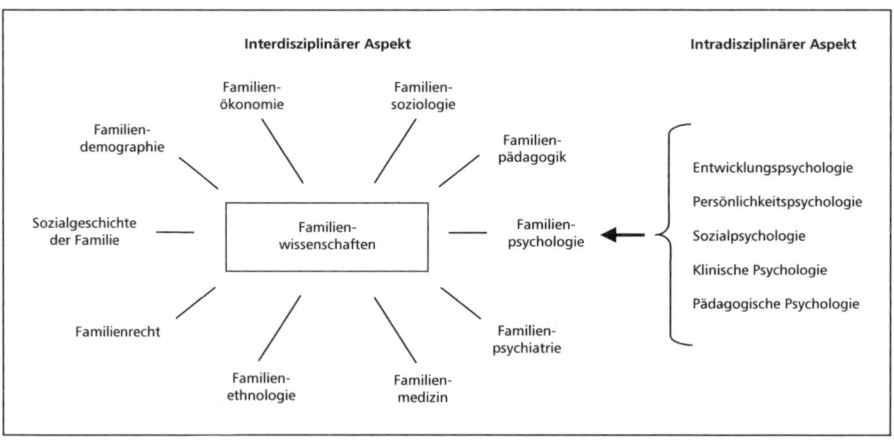

Abb. 1.3: Familienpsychologie im intra- und interdisziplinären Kontext

(1) Entwicklungspsychologie. Diese Teildisziplin der Psychologie betrachtet das Wachsen und Werden menschlicher Individuen über ihre gesamte Lebensspanne (ontogenetische Perspektive) bzw. im Verlauf der Menschheitsgeschichte (phylogenetische Perspektive). Insofern stellt die Familie – sei es als sog. Herkunfts- oder als Zeugungsfamilie – einen wichtigen Entwicklungskontext für die einzelne Person dar. Dies kommt in ontogenetischer Perspektive vor allem im familiären Erziehungs- und Sozialisationsgeschehen sowie in der Strukturierung phasenspezifischer Familienentwicklungsaufgaben zum Ausdruck (vgl. Schneewind, 1994a; Carter & McGoldrick, 1988). In phylogenetischer Sicht werden familienrelevante Themen wie Reproduktionsstrategien, elterliche Investition in ihre Nachkommenschaft oder Bindungsverhalten im Rahmen soziobiologischer bzw. evolutionspsychologischer Ansätze gedeutet (vgl. Troost & Filsinger, 1993; Maiwald & Schreiber, 1991).

(2) Persönlichkeitspsychologie. Diese Grundlagendisziplin der Psychologie beschäftigt sich schwerpunktmäßig mit intra- und interindividuellen Unterschieden in der Gesamtorganisation des Verhaltens und Erlebens von Personen. Sobald nach den Bedingungen und Konsequenzen intra- und interindividueller Persönlichkeitsunterschiede gefragt wird, kommen notgedrungenerweise familiäre Einflüsse mit ins Spiel – sei es unter Berücksichtigung spezifischer Formen der Eltern-Kind-Interaktion (vgl. Halverson & Wampler, 1997) oder im Hinblick auf den Beitrag genetischer Einflüsse, die jeder einzelne in die familiäre Beziehungsgestaltung einbringt (vgl. Reiss, 1995).

(3) Sozialpsychologie. Als weitere psychologische Grundlagendisziplin untersucht die Sozialpsychologie u.a. die Struktur von Gruppen und die zwischenmenschlichen Prozesse, die in ihnen ablaufen. Betrachtet man Familien als Gruppen besonderer Art (vgl. Beutler, Burr, Bahr & Herrin, 1989), so lassen sich viele sozialpsychologische Fragestellungen, die sich z.B. auf Besonderheiten der interpersonalen Wahrnehmung, der Koalitionsbildung innerhalb von Gruppen, der Kommunikation, Konfliktregulation und Problemlösung in Gruppen oder der sozialen Unterstützungsforschung, auch auf die Primärgruppe »Familie« übertragen (vgl. Duck, 1997; Sarason, Sarason & Pierce, 1990).

(4) Klinische Psychologie. Als eine der zentralen Disziplinen der Angewandten Psychologie konzentriert sich die Klinische Psychologie auf die Störungen bzw. Dysfunktionen menschlichen Verhaltens und Erlebens sowie deren Ursachen und Behebung oder zumindest Linderung. Insofern individuelle Verhaltens- und Persönlichkeitsstörungen (z.B. Eßstörungen oder antisoziale Persönlichkeitsstörung) im Kontext von Familienbeziehungen entstehen oder aufrecht erhalten werden, liegt es nahe, nicht mehr nur auf individualtherapeutische, sondern auch auf paar- oder familientherapeutische Interventionsansätze zurückzugreifen. Dies gilt um so mehr, wenn die Auffälligkeiten in mehr oder minder massiven Beziehungsstörungen zwischen den Familienmitgliedern bestehen (z.B. in Form von Gewalt, Mißbrauch, Vernachlässigung, sexuellen Funktionsstörungen). Dies hat zur Entwicklung unterschiedlicher Ansätze der Familien- und Paartherapie (vgl. Piercy, Sprenkle & Wetchler, 1997; v. Schlippe & Schweitzer, 1996; Jacobson &

Gurman, 1995) und ihrer Anwendung auf unterschiedliche Störungsformen geführt (vgl. Hantel-Quitmann, 1997; Pinsof & Wynne, 1995).

(5) Pädagogische Psychologie. Bei der Pädagogischen Psychologie als einer weiteren psychologischen Anwendungsdisziplin liegt das Erkenntnisinteresse in der gezielten Vermittlung von kognitiven, sozio-emotionalen und wertbezogenen Kompetenzen in unterschiedlichen gesellschaftlichen Institutionen. Hierzu gehört neben der Ausbildung in der Schule, der Aus- und Weiterbildung im beruflichen Umfeld und den Fortbildungsmöglichkeiten in diversen Einrichtungen der Erwachsenenbildung vor allem die Familie als ein zentraler Ort der erzieherischen Einflußnahme auf die nachwachsene Generation. Entsprechend geht es im Sinne einer ausdrücklich nicht-klinischen Intervention um die Optimierung von Erziehungsprozessen bzw. die Prävention von Erziehungsschwierigkeiten. In ähnlicher Weise lassen sich optimierende und präventive Ansätze in Form von Wissensvermittlung, Training und Beratung nicht nur auf elterliche Erziehungsprozesse, sondern auch auf die Beziehungsgestaltung zwischen erwachsenen Familienmitgliedern (z.B. Ehepartner, Betreuung von Eltern im Seniorenalter) übertragen (vgl. Schneewind & Graf, 1999; Perrez, 1994; Rossi & Rossi, 1990).

Wenn auch mit unterschiedlichen Akzentsetzungen, ist den genannten Grundlagen- und Anwendungsdiziplinen gemeinsam, daß sie die Persönlichkeitsentwicklung als einen transaktionalen Prozeß zwischen Personen und ihrer soziomateriellen Umwelt begreifen, wodurch sich ein übergreifendes, aus Personen und ihren Umwelten bestehendes Entwicklungssystem ergibt (vgl. Schneewind, 1999). In der Familienpsychologie, in der aus der Sicht jedes einzelnen die übrigen Familienmitglieder und die familiäre Lebenslage einen wichtigen Ausschnitt aus der persönlichen Umwelt darstellen, kommt dieser transaktionale und zugleich systemisch-kontextualistische Ansatz in besonderer Weise zum Tragen. Insofern eignet sich ein derartiger Ansatz vorzüglich als Rahmenmodell für die unterschiedlichen Fragestellungen der familienpsychologischen Grundlagen- und Anwendungsforschung.

Als nächstes richten wir nun den Blick über die intradisziplinären Bezüge der Familienpsychologie hinaus und betrachten in interdisziplinärer Sicht die Verbindungen der Familienpsychologie zu den diversen anderen Familienwissenschaften, die in Abbildung 1.3 wiedergegeben sind.

(1) Familienpsychiatrie. In der Mitte der 50er Jahre hatte sich im Gegensatz zu den Verfechtern einer rein am medizinischen Krankheitsmodell orientierten Psychiatrie ein Lager formiert, das die Entstehung psychischer Krankheiten wie der Schizophrenie auf spezifische interpersonelle Einflüsse zurückzuführen versuchte. Prototypisch hierfür ist die Arbeit von Bateson, Jackson, Haley und Weakland (1956, deutsch 1969), in der sie die Soziogenese von Schizophrenie im Rahmen ihrer sogenannten Doppelbindungstheorie (eine Art Gefangensein in einer engen Beziehung aufgrund widersprüchlicher verbaler und nonverbaler Kommunikationsappelle des Beziehungspartners) zu erklären versuchten. Einige Jahre später kam es im kalifornischen Palo Alto zur Gründung des »Mental Research Institute« (MRI) und damit zur Etablierung eines kommunikationstherapeutischen Ansatzes

zur Behandlung von psychischen Störungen. Neben anderen Instituten, die sich um die gleiche Zeit in den USA um eine Aufklärung interpersoneller Einflüsse auf die Entstehung psychischer Störungen bemühten, trug das MRI zur Entstehung der Familientherapie als einer systemisch-interaktionsorientierten Behandlungsform bei. Inzwischen hat sich eine Vielzahl unterschiedlicher familientherapeutischer Schulen entwickelt (vgl. Kapitel 6), deren Einfluß sich nicht nur im Bereich der Familienpsychiatrie zeigt, sondern sich ebenfalls auf andere psychotherapeutische Settings – von speziellen Fachkliniken bis zu familientherapeutischen Privatpraxen – erstreckt. Darüber hinaus werden viele der familientherapeutischen Methoden inzwischen auch in anderen Kontexten (z.B. in der Sozialarbeit oder im Bereich von Mitarbeitertrainings) angewandt (vgl. v. Schlippe & Schweitzer, 1996; Rosenkranz, 1994).

In familienpsychologischer Sicht ist festzuhalten, daß Familientherapeuten oder Personen, die sich bestimmte familientherapeutische Techniken angeeignet haben, nicht notwendig eine psychologische – insbesondere keine familienpsychologische – Ausbildung durchlaufen haben. L'Abate (1985) hat daher vorgeschlagen, für familientherapeutisch ausgebildete Psychologinnen und Psychologen die Bezeichnung »Klinische Familienpsychologin« bzw. »Klinischer Familienpsychologe« einzuführen, um das zusätzliche psychologische Kompetenzprofil gegenüber nicht-psychologischen Familientherapeutinnen und -therapeuten herauszustellen.

(2) Familienmedizin. Obwohl es auf den ersten Blick einleuchtend ist, daß gesundheitliche Probleme im Kontext von Familien entstehen und auch behandelt werden können, gibt es im deutschsprachigen Raum keine etablierte Fachrichtung mit der Bezeichnung »Familienmedizin« – ganz im Gegensatz zu den USA, wo neben entsprechenden Lehrbüchern (z.B. Doherty & Campbell, 1988; McDaniel, Hepworth & Doherty, 1997) eine Reihe einschlägiger Fachzeitschriften existieren (z.B. Family Medicine, Archives of Family Medicine, Family Systems Medicine). Dies ist um so erstaunlicher, als epidemologische Studien zeigen, daß Familienmitglieder bestimmte gesundheitliche Risikofaktoren (z.B. Alkoholkonsum, Blutdruck, Cholesterinspiegel, Infektionsanfälligkeit) zum einen aufgrund eines gemeinsamen Lebensstils und zum anderen aufgrund genetischer Gemeinsamkeit teilen (vgl. Doherty & Campbell, 1988). Des weiteren wurde nachgewiesen, daß hoher Partnerschafts- und Familienstreß (z.B. bei krisenhaften Übergängen im Familienlebenszyklus oder bei chronischem Konflikt) mit einer deutlichen Senkung der Immunkompetenz einhergeht, was wiederum zu einer erhöhten Krankheitsanfälligkeit beiträgt (vgl. Dura & Kiecolt-Glaser, 1991; Kiecolt-Glaser, Malarkey, Cacioppo & Glaser, 1994).

Darüber hinaus wird z.B. der Umgang mit chronischen Krankheiten, das Problem der Medikamentencompliance, die Spender-Empfänger-Beziehung bei Lebendtransplantationen oder der Erfolg der Reintegration psychisch kranker Personen in starkem Maße von der Art der Beziehungsgestaltung in der Partnerschaft bzw. Familie mitbestimmt, so daß es nahe liegt, medizinische und familienpsychologische Ansätze in dem jeweiligen Behandlungskonzept zusammenzuführen (zu entsprechenden Ansätzen vgl. etwa Koch, Glanzmann & Wenz, 1997; Schneewind, Hillebrand & Land, 1997; Hahlweg, Dürr & Müller, 1995).

(3) Familienethnologie. Da Familienformen, Verwandtschaftsbeziehungen, familiäre Wertvorstellungen, elterliche Erziehungspraktiken oder Rollenmuster in Paar- und Ehebeziehungen in starkem Maß in einen kulturellen Kontext eingebunden sind, geben kulturvergleichende Studien Aufschluß über die Unterschiedlichkeit der familiären Beziehungsgestaltung. Solche Studien ermöglichen u.a. auch eine Relativierung der »Selbstverständlichkeiten« einer eurozentrischen Sichtweise von Familienleben (vgl. Nauck & Schönpflug, 1996; Kagitcibasi, 1996; Trommsdorff, 1989).

Darüber hinaus ergibt sich aus der der Sicht der familienpsychologischen Anwendungspraxis im Hinblick auf eine zunehmend multikulturelle Ausrichtung unserer Gesellschaft ein steigender Informations-, Beratungs- und Therapiebedarf. Dies betrifft beispielsweise die Integration ausländischer Familien, die Behandlung intergenerationaler Konflikte in Ausländerfamilien oder die besonderen Voraussetzungen und Belastungen von bikulturellen Ehen (vgl. Jones & Chao, 1997; Dilworth-Anderson, Burton & Johnson, 1993; McGoldrick, Pearce & Giordano, 1992).

(4) Familienrecht. Rechtliche Regelungen stellen wesentliche Rahmenbedingungen für das Leben von und in Familien dar. Beispielhaft genannt seien das Ehe- und Scheidungsrecht, das Sorge- und Umgangsrecht, das Namensrecht oder das Erbschaftsrecht (vgl. Limbach, 1989; Wissenschaftlicher Beirat für Familienfragen, 1998). Zum Teil strahlen die in diesen Gesetzen festgeschreibenen Regelungen auch auf andere Gesetzeskomplexe wie z.B. das Kinder- und Jugendhilfegesetz (KJHG) aus oder stellen – wie im Falle des Schwangerenberatungsgesetzes – Ergänzungen zu familienrelevanten gesetzlichen Bestimmungen dar (vgl. Wissenschaftlicher Beirat für Familienfragen, 1993).

In vielen familienrechtlichen Fällen ist familienpsychologischer Sachverstand gefragt. Dies gilt beispielsweise für die Arbeit psychologischer Sachverständiger in Familiengerichtsverfahren (vgl. Salzgeber, 1992; Ell, 1990) oder für den Bereich der Scheidungsmediation (vgl. Proksch, 1992; Duss-von Werdt, Mähler & Mähler, 1995) bzw. die Unterstützung bei der Bewältigung von Trennung und Scheidung für Erwachsene und Kinder (vgl. Fthenakis et al., 1995; Siewert, 1983).

(5) Sozialgeschichte der Familie. In historischer Sicht haben sich über die Jahrhunderte hinweg nicht nur die Familienformen, sondern auch die Muster familiären Zusammenlebens deutlich verändert (vgl. Mitterauer & Sieder, 1982; Beuys, 1980; Weber-Kellermann, 1974). Die historische Familienforschung kann dies nachhaltig anhand der Sichtung einschlägiger Quellen wie Kirchenmatrikeln, Aufzeichnungen aus Bürgermeisterämtern oder der Analyse zeitgenössischer Schriften bestätigen. Dabei läßt sich einerseits eine Reihe markanter Veränderungen feststellen, die z.B. eine zunehmende Zahl »gewonnener Jahre« von Frauen aufgrund einer verringerten Geburtenhäufigkeit und höheren Lebenserwartung (vgl. Imhoff, 1981) oder eine Liberalisierung und Emotionalisierung von Paar- bzw. Eltern-Kind-Beziehungen bestätigen (vgl. Ariès, 1975; Schenk, 1988). Andererseits wird aber auch so mancher Mythos – wie z.B. der von der vorindustriellen Großfamilie als der dominanten familiären Lebenform – erschüttert (vgl. Mitterauer, 1980).

In der neueren Geschichte lassen sich Wandlungen familiärer Lebensformen und -stile mit Hilfe repräsentativer Umfragen und Panelstudien gut dokumentieren und können so den in kleineren Zeitabschnitten häufig unbemerkt voranschreitenden epochalen Wandel sichtbar machen (vgl. Peukert, 1991; Köcher, 1985). In Kapitel 2 werden wir uns diesem Thema ausführlicher widmen. Bereits an dieser Stelle sei jedoch gesagt, daß die Kenntnis epochentypischer familiärer Lebensmuster für eine mehrgenerationale Betrachtung von Familienbeziehungen, wie sie z.B. im Rahmen der Methode der Familienrekonstruktion erfolgen, unerläßlich ist (vgl. R. Kaufmann, 1990; Nerin, 1989).

(6) Familiendemographie. Mit den Mitteln der amtlichen Statistik lassen sich über Volkszählungen und Mikrozensus-Erhebungen Aufschlüsse über eine Fülle von Indikatoren bezüglich familiärer Lebensformen gewinnen, die nicht nur wichtige Daten für die Planung unterschiedlicher Politikbereiche (z.B. Sozialpolitik, Familienpolitik, Wohnungsbaupolitik) darstellen, sondern auch Einblick in sich verändernde Haushaltsstrukturen und Lebensformen gewähren. In Deutschland enthalten die regelmäßig vom Familienministerium in Zusammenarbeit mit dem Statistischen Bundesamt herausgegebenen Berichte zur Situation der Familien umfangreiche Informationen zu Lebenformen, Familienstrukturen und zur wirtschaftlichen Lage von Familien (vgl. Engstler, 1998).

Wenn auch nicht auf der Basis von Daten der amtlichen Statistik, sondern auf dem Wege der Rekrutierung großer repräsentativer Stichproben, erlaubt der Familien-Survey des Deutschen Jugendinstituts in ähnlicher und teilweise noch umfassenderer Weise, sich ein Bild von der Stabilität und dem Wandel familiärer Lebensformen zu machen (vgl. Bertram, 1991, 1992). Eine weitergehende Aufbereitung dieser Daten ermöglicht ebenso regionale Analysen familiärer Lebenformen und Lebenslagen, was z.B. für die Sichtbarmachung regionalspezifischer Probleme (z.B. Arbeitsmöglichkeiten, Wohnversorgung, räumliche Infrastruktur für Familien mit Kindern) von großer Bedeutung ist (vgl. Bertram, Bayer & Bauereiss, 1993; Bauereiss, Bayer & Bien, 1997). Aus familienpsychologischer Sicht ergeben sich hierbei vielfältige Anknüpfungsmöglichkeiten wie z.B. die Bereitstellung spezifischer familienbezogener Beratungsangebote bei Arbeitslosigkeit oder Jugenddelinquenz.

(7) Familienökonomie. Familienleben findet in aller Regel unter einem gemeinsamen Dach statt. Im Gegensatz zu früheren Epochen, in denen die Familienwohnung zugleich Produktionsstätte war, ist sie in unserem Kulturkreis mehr und mehr zu einer Stätte des Konsums, des Rückzugs von der Außenwelt, der Erholung, der privaten Kommunikation, der Erziehung und bisweilen der Pflege der älteren Generation geworden. In ökonomischer Sicht ist der Privathaushalt eine Wirtschaftseinheit, in der es neben der Ernährung, Hygiene und Gesundheit ihrer Mitglieder auch um die Aufrechterhaltung der häuslichen Lebensqualität geht (vgl. v. Schweitzer, 1991).

Dies bringt eine Fülle von Aktivitäten und Entscheidungen mit sich, die sich auf die Ernährung, das Einkaufsverhalten, die Investitionsentscheidungen für Konsum- und Unterhaltungsgüter etc. beziehen. Diese Entscheidungen müssen auf der Basis bestimmer verfügbarer und in aller Regel knapper Ressourcen finanzieller und zeitlicher Art getroffen werden. Finanzielles Budget (Wieviel wird für was ausgegeben) und Zeitbudget (Wer macht Was für die Familiengemeinschaft) sind daher wichtige Themen für eine Ökonomik der Familie, die sich dieser Fragen auch mit den Mitteln der modernen empirischen Forschung annimmt (vgl. Krüsselberg, 1987; Krüsselberg, Auge & Hilzenberger, 1986).

Die Aufteilung knapper finanzieller und zeitlicher Ressourcen bietet reichlich Gelegenheit für familiäre Konflikte, insbesondere wenn dabei Dissens über die Entscheidungsmacht und über die Verteilung der Aufgaben zur Aufrecherhaltung der Funktionsfähigkeit des Haushalts bestehen. An dieser Stelle kommen in vielfältiger Weise familienpsychologische Fragestellungen ins Spiel, die sich vor allem um die Rollendefinition der Partner, die Aufteilung von Haushaltspflichten und der Kindererziehung, die Art der Wohnungsnutzung und insgesamt um die Formen der Konfliktregulation drehen. Häufig gewinnen derartige Themen in besonderen Belastungssituation (z.B. Arbeitslosigkeit oder Krankheit) oder bei kritischen Übergängen im Familienlebenszyklus, wie z.B. beim Übergang zur Elternschaft, besondere Bedeutung (vgl. Schneewind, Vaskovics et al., 1997). Daneben gibt es aber auch in unserer Gesellschaft mehr und mehr Familien – insbesondere Einelternteil-Familien –, die in chronischer Armut leben, was insbesondere für die Entwicklung von Kindern und Jugendlichen negative Folgen hat (vgl. Walper, 1995 a; Klocke & Hurrelmann, 1998). Schließlich kommt es in mehr und mehr Familien zu kritischen finanziellen Situationen, die zu einer Überschuldung führen. An dieser Stelle ist die Schuldnerberatung ein wichtiges Instrument, in die in erheblichem Maße auch familienpsychologische Aspekte einfließen (vgl. Korzak & Pfefferkorn, 1992; Wissenschaftlicher Beirat für Familienfragen, 1993).

(8) Familiensoziologie. Die Familie als eine gesellschaftliche Einrichtung, ihre Funktionsweise und Bedeutung für andere gesellschaftliche Institutionen sowie ihre Ausdifferenzierung in unterschiedliche Familien- und Lebensformen steht im Mittelpunkt der Familiensoziologie (vgl. Nave-Herz, 1994; Hill & Kopp, 1995). Sie stellt damit eine wichtige Partnerdisziplin für die Familienpsychologie dar, wobei vor allem bei einer mikrosoziologischen Ausrichtung der Familiensoziologie, die sich vornehmlich mit den innerfamiliären Beziehungen beschäftigt, die Schnittmenge mit zentralen Themen der Familienpsychologie besonders groß ist.

Ohne Zweifel hat dabei die Familienpsychologie als die jüngere der beiden Disziplinen insbesondere von der familiensoziologischen Theorienbildung profitiert (vgl. Kapitel 3). Auf der anderen Seite sind mit dem Hervortreten systemtheoretischer und sozialökologischer Ansätze starke Impulse von der Psychologie ausgegangen, um soziologische und psychologische Konzepte miteinander zu verbinden. Als prominenter Vertreter sei hier Bronfenbrenner (1981) mit seinem Ansatz einer »Ökologie der menschlichen Entwicklung« genannt, den er später ausdrücklich auch auf Familiensysteme angewandt hat (vgl. Bronfenbrenner, 1986). Dabei ist anzumerken, daß Bronfenbrenner sich explizit auf den aus der Psychologie hervorgegangenen feldtheoretischen Ansatz von Lewin (1935) bezieht.

Während in den grundlagenwissenschaftlichen Zugangsweisen der Familiensoziologie und der Familienpsychologie häufig große Ähnlichkeiten bestehen, trifft dies weniger für die Anwendungsorientierung der beiden Disziplinen zu. Hier zeigt sich, daß die Familiensoziologie ihren Schwerpunkt in der Institutionenberatung – insbesondere in der Politikberatung – hinsichtlich der Differenzierung und gesellschaftlichen Funktionsfähigkeit unterschiedlicher Familienformen hat. Hingegen liegt der Fokus der Familienpsychologie auf den Besonderheiten der Familie als einer Gemeinschaft von miteinander in Interaktion stehenden und sich gemeinsam entwickelnden Personen, was gegebenenfalls zur Intervention in konkrete einzelne Familiensysteme führt.

(9) Familienpädagogik. Eine weitere Disziplin, die ähnlich wie die Familiensoziologie eine enge Beziehung zur Familienpsychologie aufweist, ist die Familienpädagogik. Ihr Schwerpunkt liegt vor allem im Bereich der Erziehung von Familien (auch Familienbildung genannt) und der Erziehung in Familien (vgl. Macha & Mauermann, 1997; Paetzold & Fried, 1989). Diese beiden Aufgabenfelder werden häufig unter pädagogisch-anthropologischen Gesichtspunkten, d.h. im Hinblick auf die Legitimation von erzieherischen Zielen und Werten abgehandelt (vgl. Ludwig, 1997; Hamann, 1988). Dabei greift die Familienpädagogik in starkem Maße ebenso auf empirische Befunde der Familiensoziologie und Familienpsychologie zurück.

Die engsten Berührungspunkte zwischen der Familienpädagogik und der Familienpsychologie bestehen im Hinblick auf nicht-klinische Formen der Intervention, die auch unter dem Etikett »psychoedukativer Ansatz« firmieren (vgl. Levant, 1986a). Hierbei geht es – wie unter dem intradisziplinären Aspekt der Pädagogischen Psychologie bereits dargestellt – vor allem um Wissensvermittlung, Training und Beratung im Rahmen von Familienbildungseinrichtungen sowie von Erziehungs- und Familienberatungsstellen. Darüber hinaus finden insbesondere in sozialpädagogischen Berufsfeldern, wie z.B. der Kinder- und Jugendfürsorge oder der Bewährungshilfe, mehr und mehr auch Elemente der familientherapeutischen Praxis Eingang in das Handlungsrepertoire der dort tätigen Personen.

1.6 Statt einer Zusammenfassung: Sechs Thesen zur Sichtbarmachung der Familienpsychologie

Im deutschsprachigen Raum ist die Familienpsychologie im Vergleich zu anderen familienwissenschaftlichen Disziplinen – etwa der Familiensoziologie oder Familientherapie – ein junges Fach, zumindest was ihren Institutionalisierungsgrad anbelangt. Die Familiensoziologie ist seit vielen Jahrzehnten innerhalb der »Deutschen Gesellschaft für Soziologie« mit einer besonderen Gruppierung – der »Sektion für Jugend- und Familiensoziologie« – fest verankert. Und auch die Familientherapie hat durch zwei Organisationen, nämlich die »Deutsche Arbeitsgemeinschaft für Familientherapie« und den »Dachverband für Familientherapie und Systemisches Arbeiten«, seit geraumer Zeit eine für ihre Belange eintretende Standes- und Interessenvertretung gefunden. Für die Familienpsychologie sucht man vergeblich nach einer entsprechenden Fachgruppe oder Sektion innerhalb der »Deutschen Gesellschaft für Psychologie« oder des »Berufsverbandes Deutscher Psychologen«. Zudem gibt es kein angemessenes Publikationsorgan wie etwa eine »Zeitschrift für Familienpsychologie« oder familienpsychologische Kongresse, Tagungen und Workshops, welche die Forschungsbefunde oder Anliegen der Familienpsychologie bündeln oder voranbringen.

In den Reihen der Psychologinnen und Psychologen gibt es sogar Stimmen, die ausdrücklich gegen eine Zusammenführung familienpsychologisch relevanter Themen unter einem einheitlichen Dach der Familienpsychologie votieren. So wird bisweilen die Auffassung vertreten, daß Themengebiete wie familiäre Erziehung und Sozialisation, Familiendiagnostik oder Familienberatung und -therapie traditionellen Subdisziplinen der Psychologie wie der Entwicklungs- und Pädagogischen Psychologie, der Psychologischen Diagnostik oder der Klinischen Psychologie untergeordnet werden sollten. In der Tat gibt es in diesen und anderen Teilgebieten der Psychologie eine Menge an familienpsychologisch Bedeutsamem zu entdecken.

Ist damit nicht ohnehin alles zum Besten bestellt? Kann man nicht die Dinge – so wie sie sind – auf sich beruhen lassen? Immerhin könnte man ja argumentieren, daß im Sinne des bekannten Diktums von George A. Miller – »give psychology away« – dieses Weggeben, d.h. die Dissemination familienpsychologischen Wissens, ohne daß es zuvor zur Formierung einer eigenständigen Disziplin gekommen ist, im Fall der Familienpsychologie gewissermaßen vorauseilend bereits stattgefunden hat.

Selbst wenn man sich ganz und gar nicht gegen ein »give family psychology away« wehrt, muß man diese Position nicht teilen. Ein altes chinesisches Sprichwort besagt, daß sich Berge in Gold verwandeln, wenn Brüder zusammenarbeiten. Wenn dieses Sprichwort denn stimmt, wird es – eine geschlechtssensitive Haltung gebietet dies – sicher nicht ohne Schwestern gehen, und das Verwandlungsprodukt muß auch nicht immer gleich Gold sein. Jedenfalls spricht vieles dafür, der Familienpsychologie ein größeres Maß an *Sichtbarkeit* zu verschaffen. Hierfür gibt es aus der Perspektive der Psychologie eine Reihe von inner- und außerdisziplinären Gründen. Zunächst zu den außerdisziplinären Argumenten, die vor allem etwas mit den Beziehungen zu anderen familienwissenschaftlichen Disziplinen und zu diversen Praxisfeldern zu tun haben. Dies läßt sich an drei Thesen festmachen.

These 1: Eine sichtbare Familienpsychologie führt zu einer Vertiefung interdisziplinärer Kontakte. Im Reigen der Familienwissenschaften stellt die Familienpsychologie nur ein Element dar. Neben der Familiensoziologie und Familientherapie denke man etwa an Disziplinen wie die Pädagogik, Rechtswissenschaft, Wirtschaftswissenschaft, Arbeitswissenschaft, Medizin, Geschichtswissenschaft, die sich – wie wir in dem vorangegangenen Abschnitt gesehen haben – unschwer mit familienpsychologischer Kompetenz verbinden lassen und z.T. schon darauf zurückgreifen. Betrachtet man nur bidisziplinäre – und nicht etwa auch multidisziplinäre – Verknüpfungen, so seien als Beispiele für Beiträge aus der Familienpsychologie genannt: für die *Pädagogik* – Forschungsbefunde zur Entwicklung von Eltern-Kind-Beziehungen; für die *Rechtswissenschaft* – Erkenntnisse zur Dynamik von Trennungs- und Scheidungsprozessen und ihrer Bewältigung; für die *Wirtschaftswissenschaft* – Analysen zur innerfamiliären Budgetplanung und Realisierung von Konsumentscheidungen; für die *Arbeitswissenschaft* – Lösungsvarianten zur Frage der Vereinbarkeit von Familie und Beruf; für die *Medizin* – Hinweise zur Bedeutung familiärer Unterstützung bei akuten und chronischen Krankheiten, für die *Geschichtswissenschaft* – Befunde zur Konstanz und zum Wandel von innerfamiliären Beziehungsformen im Mehrgenerationenvergleich. In all diesen und vielen weiteren bidisziplinären Verbindungen böte sich eine auch organisatorisch vergegenständlichte Familienpsychologie gewissermaßen »selbstverständlich« für eine Kooperation an.

These 2: *Eine sichtbare Familienpsychologie kann verstärkt zur Klärung und Bewältigung von Praxisproblemen beitragen.* Wenn man davon ausgeht, daß familienpsychologisches Wissen nicht nur eine grundwissenschaftliche, sondern ebenso eine praxeologische Komponente hat, spricht vieles für die Zusammenführung dieses Wissens unter einem begrifflichen Dach. Die Bereitstellung von Wissen und die Vermittlung von Handlungskompetenzen zu Erziehungsproblemen, zu Geschwisterrivalitäten, zu Partner- und Ehekonflikten, zu Schwierigkeiten im Umgang mit älteren Familienmitgliedern, zu familiärer Gewalt und Vernachlässigung, zu Trennung, Scheidung und Tod, zum Umgang mit Krankheit, Drogen, Delinquenz und psychischen Störungen im Kontext der Familie sind nur einige Belege für eine praxisrelevante und dennoch wissenschaftlich fundierte Arbeit, die auf dem Fundament der Familienpsychologie beruht.

These 3: *Eine sichtbare Familienpsychologie führt zu einer Forcierung ihrer zukünftigen Entwicklung.* Die Etablierung der Familienpsychologie als einer kohärenten Disziplin wird – eine qualitätvolle Arbeit vorausgesetzt – letztlich zu einer Stärkung ihrer Position und Reputation führen. Dies dürfte mit einer Reihe von handfesten Konsequenzen verbunden sein. Zu erwarten ist auf der grundlagen- und anwendungswissenschaftlichen Ebene eine stärkere Berücksichtigung bei der Vergabe von Forschungsmitteln, auf der praktischen Ebene eine stärkere Nachfrage nach familienpsychologischem Know-how zur Lösung familienbezogener Probleme, auf der Medienebene eine stärkere Berücksichtigung familienpsychologischer Themen und nicht zuletzt auf der politischen Ebene, insbesondere im Bereich der Familienpolitik, eine stärkere Präsenz familienpsychologischen Wissens als Entscheidungshilfe für politisches Handeln. Wie groß gerade in dem zuletzt genannten Bereich – der Familienpolitik – das Defizit an familienpsychologischer Präsenz ist, wird z.B. daran erkennbar, daß an der Erarbeitung des letzten, 1994 für die Deutsche Bundesregierung erstellten fünften Familienberichts keine einzige Psychologin bzw. kein einziger Psychologe, geschweige denn

Familienpsychologin bzw. -psychologe, beteiligt war, obwohl eine Reihe von Themen wie z.B. die Frage des »Wandels des innerfamiliären Zusammenlebens« dies nahegelegt hätte.

Nun lassen sich Thesen von der gerade dargestellten Art leicht aufstellen, wenn man daran interessiert ist, die »Sichtbarkeit« und damit zusammenhängend die Bedeutung bzw. den Einfluß einer Disziplin zur Geltung zu bringen. Eine ganz andere Frage ist, ob die Substanz einer solchermaßen als psychologische Teildisziplin eingeforderte Familienpsychologie eine derartige Argumentation überhaupt hergibt. Wir kommen damit zu den – aus der Sicht der Psychologie – innerdisziplinären Gründen, mit denen sich die Etablierung der Familienpsychologie rechtfertigen läßt. Auch dies soll mit einige Thesen – es sind wiederum drei – kurz erläutert werden.

These 4: *Die Familienpsychologie bezieht sich auf eine Reihe traditioneller und nichttraditioneller Familienformen.* Diese umfassen – neben dem in unseren Regionen leitbildhaft und auch empirisch immer noch vorherrschenden Typus des verheirateten Paares, das mit seinen eigenen und/oder adoptierten Kindern zusammenlebt – Lebensformen wie die sog. Ein-Eltern-Familien, nicht-eheliche Lebensgemeinschaften ohne Kinder und mit Kindern, Wiederverheiratete und Stieffamilien oder homosexuelle Paare. Familien lassen sich dabei als besondere Arten von Primärgruppen begreifen, wobei das Hauptaugenmerk auf den lebens- bzw. familienzyklisch jeweils vorherrschenden Entwicklungsaufgaben und Beziehungsformen liegt, die den Prozeß der gemeinsamen Entwicklung aller Mitglieder eines Familiensystems beeinflussen. Darüber hinaus berücksichtigt die Familienpsychologie, daß eine Person über ihre gesamte Lebensspanne hinweg an unterschiedlichen und in ihrer Personenzusammensetzung wechselnden Familienverbänden beteiligt ist. Diese sich mehr oder minder wandelnden Familienkonstellationen stellen in wesentlichen Teilen den Rahmen für die Erfahrungs- und Beziehungsgeschichte einer Person dar, welche wiederum die Folie für ihr gegenwärtiges und zukünftiges Verhalten bzw. Erleben abgibt. Unabhängig von den jeweils vorfindbaren konkreten Familienformen beinhalten Familienbeziehungen somit wesentliche lebensbegleitende Einflüsse auf die individuelle Persönlichkeitsentwicklung. Die Psychologie hat hierzu – wenn auch in aller Regel nicht unter dem Etikett »Familienpsychologie« – einen reichen Fundus an empirisch gesicherten Erkenntnissen anzubieten.

These 5: *Die Familienpsychologie ist ein integraler Bestandteil der Psychologie.* Als solche orientiert sie sich hinsichtlich ihrer theoretischen, methodischen und empirischen Prinzipien an dem grundlegenden Überzeugungssystem der Psychologie als einer wissenschaftlichen Disziplin. Hierzu gehören etwa die theoretische Fundierung und empirische Untermauerung von Hypothesen, die Anwendung überprüfter diagnostischer Methoden, die Berücksichtigung multipler und differentiell wirkender Einflüsse auf die individuelle und familiäre Entwicklung, die sorgfältige Evaluation von Entwicklungs- und Interventionseffekten sowie der Nachweis der Replizierbarkeit und ethischen Verantwortbarkeit psychologischen Handelns. Im übrigen scheint der Hinweis auf solche Prinzipien durchaus nicht trivial zu sein – und zwar gerade auch im Hinblick auf manche Repräsentanten des familientherapeutischen Lagers – vor allem solche, die keine psychologische Ausbildung durchlaufen haben und die einer wissenschaftlichen Fundierung und Überprüfung ihres praktischen Handelns skeptisch bis ablehnend gegenüberstehen.

These 6: *Die Familienpsychologie kann in besonderer Weise zur Gesamtdisziplin der Psychologie beitragen.* Dies ist insbesondere auf ihren grundlegend systemischen und kontextualistischen Ansatz zurückzuführen, wonach Familien als sich gemeinsam entwickelnde intime Beziehungssysteme in ihrem jeweiligen Lebensumfeld begriffen werden. Dabei können sich auf der individuellen und familiären Ebene funktionale oder dysfunktionale Entwicklungsverläufe ergeben, die es im einzelnen empirisch abzuklären gilt. An dieser Stelle zeigen sich im übrigen am ehesten Anknüpfungspunkte zu anderen familienwissenschaftlichen Disziplinen, insbesondere auch der Familiensoziologie und der Familientherapie. So etwa, wenn die Familiensoziologie sich im Rahmen von Mehrebenenmodellen mit der Erklärung familienrelevanter Phänomene wie z.B. der Veränderung der Geburtenrate oder der Pluralisierung familiärer Lebensformen beschäftigt oder wenn die Familientherapie z.B. im Falle psychosomatischer Krankheiten oder massiver Beziehungsstörungen dysfunktionale Verhaltensmuster unter Einbeziehung derjenigen Personen, die das Problemsystem entscheidend mit aufrecht erhalten, zu verändern versucht.

Eine systemisch-kontextualistische Betrachtungsweise stellt somit nicht nur innerhalb der Psychologie ein integrationsstiftendes Paradigma dar, von dem traditionelle Grundlagen- und Anwendungsfächer wie die Entwicklungs-, Sozial- und Persönlichkeitspsychologie bzw. die Klinische und Pädagogische Psychologie, aber auch die Organisationspsychologie, gleichermaßen profitieren können. Darüber hinaus – und damit schließt sich der Kreis zur ersten These – öffnet die Orientierung an einem systemisch-kontextualistischen Denkansatz außerdem Wege zu einer verstärkten interdisziplinären Zusammenarbeit.

2 Wandel der Familie – Diagnose einer grundlegenden Lebensform

Übersicht:

Das zweite Kapitel beschäftigt sich mit dem Wandel der Familie als einer gesellschaftlichen Institution – dies auf dem Hintergrund einer vor allem im westlichen Kulturkreis festgestellten zunehmenden Pluralisierung und Individualisierung von Lebensformen. Wir beschränken uns dabei auf die Situation in Deutschland, wobei wir zunächst kurz die geschichtliche Entwicklung Deutschlands – insbesondere auch in der Zeit nach dem zweiten Weltkrieg – Revue passieren lassen. Darüber hinaus werden in einer längerfristigen historischen Perspektive die wichtigsten Veränderungen des Familienlebens in Deutschland nachgezeichnet.

Ausführlicher wird der Wandel der Familienstruktur und der Familienbeziehungen für die letzten 30 bis 40 Jahre beleuchtet. Im einzelnen wird dieser Wandel an zehn Indikatoren festgemacht und durch entsprechende Untersuchungsbefunde belegt. Es sind dies Veränderungen hinsichtlich (1) der Heiratsneigung, (2) des nicht-ehelichen Zusammenlebens, (3) des Alleinlebens, (4) der Geburtenzahl, (5) der Scheidungshäufigkeit, (6) der Lebenssituation von Alleinerziehenden, (7) der Bedeutung von Stieffamilien, (8) des gesellschaftlichen Status der Frauen, (9) der Kindererziehung und (10) der ökonomischen Situation von Familien.

Abschließend werden einige – vor allem soziologische – Erklärungsansätze für die Phänomene familiären Wandels dargestellt. Darüber hinaus werden einige Hinweise gegeben, um Familienleben in seinen unterschiedlichen Erscheinungsformen sowohl hinsichtlich gesellschaftlich-politischer Rahmenbedingungen als auch im Hinblick auf die Qualität der Beziehungsgestaltung zu stärken.

2.1 Kurze Skizze der geschichtlichen Entwicklung Deutschlands

Als eine politisch geeinte Nation existiert Deutschland erst seit dem späten 19. Jahrhundert. Allerdings begann seine soziale und kulturelle Identität einige Jahrhunderte vor der christlichen Zeitrechnung. Die alten Germanen setzten sich nach und nach gegen die Kelten durch und kämpften erfolgreich gegen die Invasion der Römer, was im 5. Jahrhundert nach Christus schließlich zum Ende des Weströmischen Reiches führte. Beginnend mit dem fränkischen Reich folgte eine Reihe von Dynastien – u.a. die Sachsen, Salier, Hohenstauffer, und schließlich die Habsburger –, die vom späten 13. Jahrhundert bis zum Ende des »Heiligen Römischen Reiches Deutscher Nation« im Jahre 1806 die Regentschaft in Deutschland innehatten. Allerdings schwand die politische Macht der Kaiser immer mehr aufgrund der zunehmenden Stärke und Autorität der Kurfürsten, die sie wählten.

Anfang des 16. Jahrhunderts lösten die lutherische Reformation und der Bauernaufstand eine Periode beträchtlicher politischer Instabilität im Heiligen Römischen Reich aus, was letztlich zum 30jährigen Krieg (1618–1648) führte. Der Krieg endete mit dem Westfälischen Frieden und brachte den deutschen Landesfürsten – zu dieser Zeit waren es mehr als 300 – volle Souveränität. Dies hatte zur Folge, daß der politische Einfluß Deutschlands unter den europäischen Nationen sich weiter verringerte. Auf der anderen Seite führte aber die relative lokale Unabhängigkeit zu einer erheblichen kulturellen und sozialen Unterschiedlichkeit in den verschiedenen Ländern – eine Entwicklung, die auch im gegenwärtigen Deutschland immer noch lebendig ist. Die napoleonischen Kriege brachten letztlich das Ende des Heiligen Römischen Reiches Deutscher Nation im Jahre 1806 mit sich. Es dauerte jedoch weitere 65 Jahre, bis Otto von Bismarck im Jahre 1871 ein vereintes Deutsches Reich unter preußischer Führung errichtete.

Nach einer Periode relativer Stabilität und ökonomischen Wachstums hatte der 1. Weltkrieg (1914–1918) für Deutschland verheerende Auswirkungen. Neben Gebietsverlusten und schweren Nachkriegssanktionen wurde das Land von der Weltwirtschaftskrise geschüttelt, was – neben anderen epochalen Einflüssen – den Weg für Hitlers Machtübernahme ebnete. Die Naziideologie und der Expansionismus Hitlers und seiner Gefolgschaft führte in den 2. Weltkrieg (1939–1945), und stürzte damit Deutschland und die gesamte Welt in ein weiteres Desaster.

Nach dem Krieg wurde Deutschland in vier Besatzungszonen aufgeteilt. Als jedoch die westlichen Alliierten (USA, Frankreich und Großbritannien) mit der Sowjetunion keine Einigung über die weitere territoriale und politische Struktur Deutschlands erreichen konnten, wurden 1949 zwei getrennte politische Einheiten geschaffen. Im Westen formierte sich die Bundesrepublik Deutschland (Westdeutschland) auf der Basis der Prinzipien der parlamentarischen Demokratie, während im Osten die Deutsche Demokratische Republik (Ostdeutschland) unter einem kommunistischen Regime entstand.

In den 40 Jahren, die der Gründung der beiden deutschen Staaten folgten, kam es zu einer recht unterschiedlichen Entwicklung in politischer, wirtschaftlicher, kultureller und sozialer Hinsicht. Während Westdeutschland eine Periode intensiven Wiederaufbaus und ökonomischer Wohlfahrt erlebte, die zugleich mit einer wiedergewonnenen Souveränität und festen Integration in das westliche politische, ökonomische und militärische System verbunden war, wurde Ostdeutschland ein Teil des unter der Führung der Sowjetunion stehenden Staatenverbunds des Ostblocks mit einer grundlegend kollektivistischen politischen und sozialen Struktur.

Ökonomische Schwierigkeiten führten 1953 zu einem Aufstand der Bürger in Ostdeutschland, der jedoch von den Sowjets niedergeschlagen wurde. In der Folge erhielt auch Ostdeutschland seine staatliche Souveränität, und es begann eine Phase ökonomischer Konsolidierung auf der Basis des politischen Konzepts eines sozialistischen Arbeiter- und Bauernstaates. Dennoch verließen bis zum Jahre 1961 ca. 3,5 Millionen unzufriedene und in der Regel gut ausgebildete Ostdeutsche ihr Land und wurden Bürger Westdeutschlands.

Bereits 1952 hatte die kommunistische Verwaltung der Deutschen Demokratischen Republik Vorkehrungen getroffen, um die Flucht ihrer Bürger nach Westdeutschland zu verhindern, indem sie einen von der Polizei bewachten Sicherheitsstreifen entlang der Grenze zu Westdeutschland schuf. 1961 wurde die Berliner Mauer errichtet und somit Ost- und Westberlin in zwei getrennte Teile gespalten. Damit war das letzte Schlupfloch für diejenigen geschlossen, die Ostdeutschland verlassen wollten. Was folgte, war eine Periode relativer wirtschaftlicher Stabilität und bescheidenen Wohlstands in Ostdeutschland, die ungefähr bis 1980 andauerte. Während dieser Zeit verfolgte Westdeutschland eine aktive Entspannungspolitik, besonders mit der Sowjetunion und den anderen kommunistischen Staaten, die zum Ostblock gehörten. Als Folge hiervon traten die beiden Staaten Deutschlands in eine Phase schrittweiser Normalisierung ihrer Beziehungen ein. 1972 unterzeichneten West- und Ostdeutschland die Ostverträge, die zu formellen Beziehungen zwischen den beiden Staaten führten und den Weg für mehr Kooperation ebneten. Von 1980 an zeichnete sich auf dem Hintergrund einer allgemeinen Erosion der osteuropäischen kommunistischen Staaten und zunehmender wirtschaftlicher Schwierigkeiten eine immer geringer werdende Identifikation der Bürger Ostdeutschlands mit ihrem Staatswesen ab.

Im Jahre 1989 wurde als erkennbares Zeichen des Versagens des ostdeutschen politischen Systems die Berliner Mauer geöffnet. Dies brachte zugleich die Möglichkeit mit sich, daß – wie sich der ehemalige westdeutsche Kanzler Willy Brandt ausdrückte – »zusammenwächst, was zusammengehört«. 1990 kam es auf der Grundlage des politischen, rechtlichen und wirtschaftlichen Systems der »alten« Bundesrepublik Deutschland zur offiziellen Vereinigung der beiden deutschen Staaten. Fünf neue Bundesstaaten, die das Territorium der ehemaligen Deutschen Demokratischen Republik abdeckten, sowie der vereinte Stadtstaat Berlin wurden zu den 10 bereits existierenden Bundesstaaten hinzugefügt und ergaben damit die neue Bundesrepublik Deutschland.

Bezüglich der Vereinigung der beiden Teile Deutschlands läßt sich feststellen, daß 40 Jahre der Teilung ihre Spuren in den Lebensstilen und Mentalitäten der Ost- und Westdeutschen hinterlassen haben, was die Aufgabe, daß das zusammenwächst, was zusammengehört, nicht gerade einfach macht. Dies trifft auch für das Familienleben zu, das sich in verschiedener Hinsicht in dem kollektivistisch orientierten Osten im Vergleich zu dem eher an einem individualistischen Gesellschaftsbild ausgerichteten Westen recht unterschiedlich entwickelte (vgl. Nauck et al., 1995; Schneider, 1994). Einige dieser in den letzten Jahrzehnten beobachtbaren Unterschiede des Familienlebens in Deutschland werden wir im folgenden etwas genauer betrachten. Zunächst wollen wir jedoch eine etwas breitere historische Perspektive einnehmen und einen kurzen Überblick über die Familie in Deutschland als einer sozialen Institution vom 18. Jahrhundert bis zur Gegenwart geben.

2.2 Kurze Geschichte des Familienlebens in Deutschland

Während der vorindustriellen Ära war das Familienleben in Deutschland vornehmlich durch ein besonderes strukturelles Muster der erweiterten Familie gekennzeichnet, die als das »ganze Haus« bezeichnet wurde. Gleichgültig ob es sich dabei um aristokratische, bäuerliche oder Handwerkshaushalte handelte, lebte in diesem »ganzen Haus« neben den eigentlichen blutsverwandten Familienmitgliedern in aller Regel auch eine Reihe anderer Personen. In aristokratischen Domizilen waren es allerlei Bedienstete und Lakaien, auf Bauernhöfen Knechte und Mägde, und in Handwerksbetrieben Gesellen und Lehrlinge.

Das ganze Haus war im wesentlichen eine ökonomische Einheit, die sich um die körperlichen und geistigen Bedürfnisse ihrer Mitglieder kümmerte und zugleich Schutz und Unterstützung für diejenigen, die in Not geraten waren (insbesondere die Kranken und Alten), gewährte. Ehen wurden aufgrund ökonomischer Überlegungen geschlossen, wobei das letzte Ziel darin bestand, den Fortbestand und das Wachstum der Familie als einer Produktionseinheit zu gewährleisten. Arbeit und Familienleben fand im wesentlichen unter einem Dach statt, und es gab eine klare Autoritätshierarchie, wobei der »Pater familias« an der Spitze und die Kinder und Bediensteten am Fuße dieser Hierarchie rangierten.

Das ganze Haus war zugleich aber auch eine Art informelles Erziehungszentrum, in dem die nachwachsende Generation auf dem Wege des »Lernens durch Beobachten und Tun« in die Welt der Arbeit, der Werte und der Normen eingeführt wurde, die die Grundlagen des wirtschaftlichen und sozialen Lebens darstellten. Obwohl während des 17. und 18. Jahrhunderts die Schulpflicht nach und nach durch die lokalen Behörden eingeführt wurde, hatten die ökonomischen Notwendigkeiten des ganzen Hauses deutliche Priorität und überlagerten die formelle Bildung der Kinder (zu weiteren Details des vorindustriellen Familienlebens in Deutschland vgl. Beuys, 1980; Weber-Kellermann, 1974).

Das 18. und 19. Jahrhundert brachte in Europa dramatische Veränderungen in den Lebensbedingungen mit sich, wobei Frankreich und Großbritannien die Vorreiter dieser Entwicklung waren und Deutschland mit einigem Abstand folgte. Insbesondere die Gedanken der Aufklärung führte zu einer zunehmenden Demokratisierung, die eine Abschaffung des aristokratisch-feudalen Systems, eine schrittweise Einschränkung der Macht der Kirchen und enorme Fortschritte im

Bereich der Naturwissenschaften mit sich brachte. Dies wiederum ebnete den Weg für die industrielle Revolution, d.h. den Übergang von einer agrarisch und handwerklich orientierten zu einer industriellen Gesellschaft. Im Gefolge dieses komplexen Wandels in den Lebensbedingungen kam es auch zu grundlegenden strukturellen und funktionalen Veränderungen des Familienlebens. Insbesondere führten Industrialisierung und Urbanisierung zu einer örtlichen Trennung von Arbeits- und Familienleben, und zwar gleichermaßen für die bürgerlichen Familien der oberen Mittelklasse wie für die Familien der Arbeiterklasse. Dies war die Geburtsstunde einer speziellen Familienform, die Parsons (1951) als »isolierte Kernfamilie« bezeichnet hat, d.h. eine besondere Kleingruppe von Personen, die über Heirat und Elternschaft miteinander verbunden sind und innerhalb der Grenzen ihrer häuslichen Privatheit miteinander leben.

In Deutschland ist dieses Modell des Familienlebens zuerst von der oberen Mittelklasse der Biedermeierzeit (ca. 1810 bis 1848) übernommen worden und hat sich dann auf alle weiteren sozialen Klassen, vor allem die Arbeiterklasse ausgebreitet, was letztlich zu einer beachtlichen Homogenisierung des Familienlebens über alle gesellschaftlichen Schichten führte.

Als hauptsächliche Merkmale der bürgerlichen Kernfamilie entwickelten sich (a) eine Emotionalisierung und Intimisierung der Ehe und der Eltern-Kind-Beziehungen, wonach Liebe zum Hauptgrund für Ehe und Elternschaft wurde, (b) die Schaffung der Kindheit als einer besonders hervorgehobenen Periode im individuellen Lebensverlauf, was zu einer größeren Beachtung und familiären Unterstützung der kindlichen Verhaltensentwicklung beitrug, (c) eine Spezialisierung der Rollen innerhalb des Familiensystems, die dem Vater die instrumentelle Rolle des Ernährers und der Mutter die expressive Rolle der Familienbetreuung, insbesondere der Kinderbetreuung, zuwies und (d) eine Privatisierung des Familienlebens, die sich in einem relativ hohen Ausmaß an Nichteinmischung durch andere soziale Institutionen wie Berufswelt, politische Behörden oder Kirchen widerspiegelte (vgl. Peukert, 1991; Rosenbaum, 1982).

Trotz einiger Veränderungen, die zumindest auf der gesetzgeberischen Ebene die Rolle der Frauen und Mütter stärkte (vgl. Limbach, 1988), etablierte sich die bürgerliche Kleinfamilie als das allgemein anerkannte Modell von Familienleben. Darüber hinaus erwies sich dieses Familienmodell in nahezu allen westlichen Industrieländern als sehr beständig und wurde wegen seiner historischen Stabilität als traditionelle Kleinfamilie bezeichnet. In der Tat haben Scanzoni et al. (1989, S. 13) dieses Familienmodell als das »vorherrschende Paradigma« bezeichnet.

In Deutschland bewies dieses Familienmodell bis ungefähr zum Jahr 1970 ebenfalls ein hohes Maß an Stabilität, zugleich aber auch eine beachtliche Anpassungsfähigkeit an sich wandelnde historische und politische Bedingungen. Von 1970 an haben Familienforscher allerdings mehrere Indikatoren des Wandels entdeckt, die von einigen als ein kontinuierlicher Prozeß der »Deinstitutionalisierung«, »Desintegration« und »Disorganisation« der Familie bezeichnet wird (vgl. König, 1946; Tyrell, 1988). Dabei sollte jedoch bedacht werden, daß eine derartige Beschreibung familiären Wandels sich stets auf das Paradigma der traditionellen Kleinfamilie bezieht. Darüber hinaus können Begriffe wie »Desintegration« oder »Disorganisation« irreführend sein, da sie suggerieren, daß familialer Wandel in Richtung einer dysfunktionalen Entwicklung geht. Es liegt daher nahe, daß wir einen genaueren Blick darauf werfen, was sich in den letzten zwei oder drei Jahrzehnten an Wandlungsprozessen im deutschen Familienleben ergeben hat, bevor wir versuchen, die Konsequenzen dieses Wandlungsprozesses zu bewerten.

2.3 Veränderte Muster des Ehe- und Familienlebens in Deutschland

Obwohl es unzweifelhaft Zeichen des Wandels gibt, muß zunächst festgehalten werden, daß aus der Sicht der Kinder die Zwei-Eltern-Familie, die mit ihren Kindern zusammenlebt, nach wie vor der vorherrschende Familientyp ist. Nach den Angaben der amtlichen Statistik traf dies für das Jahr 1996 in den alten Bundesländern für 84,5 % aller Kinder im Alter zwischen 15 und 17 Jahren zu. Wegen der größeren Zahl an unehelichen Geburten und der höheren Scheidungsrate in der ehemaligen DDR, ist die Situation in den neuen Bundesländern etwas unterschiedlich. Trotzdem lebten 1996 auch dort 78,8 % aller Kinder dieser Altersgruppe mit ihren Eltern in einem gemeinsamen Haushalt (vgl. Engstler, 1998). Darüber hinaus ist die traditionelle Kleinfamilie in der subjektiven Beurteilung in allen Altersgruppen – einschließlich Jugendlicher und junger Erwachsener – in hohem Maße akzeptiert. Eine Reihe von Meinungsbefragungstudien zeigt, daß der Großteil der jungen Generation nach wie vor beabsichtigt, zu heiraten und eigene Kinder zu haben (vgl. Allerbeck & Hoag, 1985; Jugendwerk der Deutschen Shell, 1992; Schneewind, Vaskovics et al., 1992). Mit anderen Worten: Sowohl auf der objektiven demographischen als auch auf der subjektiven Meinungsebene deuten alle Befunde auf die Wichtigkeit der traditionellen Zwei-Eltern-Familie als der dominanten Familienform für Kinder hin.

Es muß jedoch genauso erwähnt werden, daß sich in den alten Bundesländern der Prozentsatz verheirateter Paare, die mit ihren unverheirateten Kindern zusammenleben, im Vergleich zu anderen Haushaltsformen von fast 47 % im Jahre 1957 auf knapp 28 % im Jahre 1995 verringert hat und somit einen beträchtlichen strukturellen Wandel in der Zusammensetzung aller privater Haushalte signalisiert. Ein Überblick über die Verteilung der verschiedenen privaten Haushaltsformen auf der Basis von 37.281.000 Haushalten der neuen Bundesrepublik im Jahre 1996 findet sich in Tabelle 2.1 (vgl. hierzu die entsprechenden Daten bei Engstler, 1998, S. 49). Darüber hinaus zeigt diese Tabelle die Verteilung der Haushaltsformen für die alten und neuen Bundesländer auf der Basis von 30.417.000 bzw. 6.810.000 Haushalten.

In den folgenden Abschnitten werden wir einige der strukturellen und funktionalen Veränderungen in den Lebensbedingungen der deutschen Bevölkerung, die im Laufe der letzten Jahrzehnte eingetreten sind, etwas genauer betrachten und dabei untersuchen, welchen Einfluß sie auf die Art und Qualität enger Beziehungen, insbesondere im Hinblick auf die Ehe und das Familienleben, haben. Wir beginnen mit einem Blick auf die Bedeutung der Verehelichung als einer »normativen« Entwicklungsaufgabe im individuellen Lebenslauf.

Tab. 2.1: Privathaushalte 1996 nach Generationszahl und Haushaltstyp in Prozent (nach Engstler, 1998, S. 49)

Haushaltstyp	Alte Bundesländer	Neue Bundesländer und Berlin Ost	Deutschland
Haushalte ohne Kinder	65,2	60,5	64,3
Paarhaushalte	28,1	28,6	28,2
• Ehepaare	24,4	25,4	24,5
• Nichteheliche Lebensgemeinschaften	3,7	3,2	3,6
• Ein-Personen-Haushalte	36,4	30,8	35,4
• Frauen	21,5	19,3	21,1
• Männer	14,9	11,8	14,3
Sonstige Haushalte ohne Kinder	0,7	1,0	0,8
Zwei-Generationen-Haushalte	33,8	38,6	34,7
mit ausschließlich ledigen Kindern	32,9	37,6	33,7
• Ehepaare	26,9	28,3	27,1
• Nichteheliche Lebensgemeinschaften	0,9	3,2	1,3
• Alleinerziehende	5,1	6,1	5,3
Frauen	4,0	5,1	4,2
Männer	1,0	0,9	1,0
mit nicht mehr ledigen Kindern	1,0	1,0	1,0
Haushalte mit drei und mehr Generationen	1,0	0,9	1,0
Haushalte insgesamt	100,0	100,0	100,0

2.3.1 Sinkende Heiratsneigung

Eines der offensichtlichsten Zeichen familiären Wandels ist eine beträchtliche Abnahme der Erst-Ehen im letzten Vierteljahrhundert. So hat z.B. Heilig (1985) verschiedene Alterskohorten von Frauen von 1950 bis 1983 untersucht und dabei registriert, wann sie erstmals geheiratet haben. Für die Zeit von 1950 bis 1972 fand er eine ziemlich stabile Heiratsquote von ca. 90 % für die Alterskohorten der 34jährigen Frauen. Seit 1972 jedoch ist ein ständiges Absinken der Heiratsquote für diese Altersgruppe zu verzeichnen: 1983 waren nur noch 73 % aller Frauen im Alter von 34 wenigstens einmal verheiratet. Neuere Daten, die sich auf den Zeitraum von 1970 bis 1989 beziehen, bestätigen diesen Trend und zeigen darüber hinaus, daß die Abnahme der Heiratsquoten nicht auf eine zeitliche Verschiebung der Eheschließung zurückgeführt werden kann, da die Erst-Ehen von Frauen, die 34 Jahre oder älter sind, über diesen Zeitraum ziemlich stabil geblieben sind (vgl. Bundesministerium für Familie und Senioren, 1994; Schwarz, 1996). Dennoch hat sich das mittlere Heiratsalter westdeutscher Männer und Frauen von 1970 bis 1996 beträchtlich verschoben, und zwar von 25,6 auf 30,1 Jahre für die Männer und von 22,7 auf 27,7 Jahre für die Frauen (vgl. Engstler, 1998).

Die entsprechenden Zahlen für Ostdeutschland zeigen ein etwas anderes Bild. Zunächst ist zwar das Absinken der Heiratsquote – wenn auch von einem höheren Anfangsniveau ausgehend – der Situation in Westdeutschland ziemlich ähnlich. Allerdings tendierten die Ostdeutschen in der Zeit von 1970 bis 1992 dazu, früher zu heiraten. 1996 lag das durchschnittliche Heiratsalter der ostdeutschen Männer bei 29,0 Jahren (1970: 24,0 Jahre), während die ostdeutschen Frauen im Schnitt mit 26,7 Jahren (1970: 21,9 Jahre) eine Ehe eingingen. Es wurde argumentiert, daß diese Unterschiede zwischen Ost- und Westdeutschland hauptsächlich darauf zurückgeführt werden können, daß die jungen Ostdeutschen die Ehe häufig als Vehikel genutzt haben, um sich einerseits von ihrer Herkunftsfamilie zu trennen und sich andererseits in einer ansonsten übermäßig kontrollierten Umwelt ihre eigene Privatsphäre zu schaffen (vgl. Walper, 1995b).

Von besonderer Bedeutung ist eine dramatische Verringerung der Eheschließungen in den neuen Bundesländern in den ersten Jahren nach der Wiedervereinigung. Während die Zahl der Ehen in der deutschstämmigen Bevölkerung sich in den alten Bundesländern nur um 0,3 % verringerte, liegt die entsprechende Zahl für die neuen Bundesländer – allerdings ohne dabei zwischen deutschen und ausländischen Bürgern zu differenzieren – bei 50 %. Dies ist vermutlich auf die instabile soziale und rechtliche Situation zurückzuführen, die mit der Vereinigung der beiden deutschen Staaten einherging. Es bleibt abzuwarten, in welchem Ausmaße und mit welcher Geschwindigkeit sich die Ostdeutschen von ihrer zurückhaltenden Heiratsneigung erholen.

Die Erosion der Ehe als einer sozialen Institution kann auch aus einer veränderten Einstellung bezüglich der Anerkennung der Ehe als einer notwendigen Voraussetzung des Zusammenlebens in einer intimen Beziehung erschlossen werden. Während im Jahre 1963 die überwiegende Mehrheit der jungen Leute bis zu 25 Jahren (genau 86 % der Frauen und 81 % der Männer) davon überzeugt waren, daß die Ehe eine unersetzliche soziale Institution sei, stellen sich die entsprechenden Zahlen für dieselbe Altersgruppe im Jahr 1985 deutlich anders dar: Nur 38 % der Frauen und 30 % der Männer sind der Meinung, daß die Ehe für ein Zusammenleben notwendig sei (vgl. Köcher, 1985). Damit wird deutlich, daß die Legalisierung einer Beziehung auf dem Wege der Ehe in den letzten Jahrzehnten deutlich ihre normative Kraft verloren hat.

Die Frage ist, ob andere eheähnliche Lebensarrangements die Lücke gefüllt haben, die durch die verringerte Heiratsneigung entstanden ist. Zwei mögliche Kandidaten hierfür sind die »Institutionen« der nichtehelichen Lebensgemeinschaft und des Lebens als Single. Wir betrachten nun beide der Reihe nach.

2.3.2 Zunahme an nichtehelichen Lebensgemeinschaften

Demographische Analysen zeigen, daß sich in den alten Bundesländern die Gesamtzahl der unverheiratet zusammenlebenden Paare von 137.000 im Jahre 1972 auf 1.408.000 im Jahr 1996 erhöht hat (vgl. Engstler, 1998). Dies ist eine Zunahme um mehr als das Zehnfache für diesen Zeitraum. Darüber hinaus zeigt sich, daß – zumindest in Westdeutschland – ein struktureller Wandel der nichtehelichen Lebensgemeinschaften stattgefunden hat. Während früher diejenigen, die schon einmal verheiratet gewesen waren, die größte Gruppe der unverheiratet zusammenlebenden Paare darstellte, ist die nichteheliche Lebensgemeinschaft inzwischen ein vor-eheliches Phänomen geworden. Das legt die Vermutung nahe, daß es sich bei diesem Typ von nichtehelicher Lebensgemeinschaft lediglich um eine Übergangsphase im Lebenslauf junger Menschen handelt (vgl. Vaskovics et al., 1990). Darüber hinaus sollte man sich auch vor Augen führen, daß trotz der offensichtlichen Zunahme nichtehelicher Lebensgemeinschaften ihre Bedeutung in quantitativer Hinsicht eher marginal ist. So gilt z.B. für 1996, daß lediglich 8,8 % der jungen Leute im Alter zwischen 18 bis 24 Jahren und 12,5 % in der Altersgruppe von 25 bis 35 Jahren als unverheiratetes Paar zusammenlebten (vgl. Engstler, 1998).

Es gibt jedoch Unterschiede zwischen den neuen und den alten Bundesländern, insbesondere was die jüngste Altersgruppe anbelangt. Im Osten ist der Prozentsatz der unverheiratet zusammenlebenden Paare (12,6 %) deutlich höher als im Westen (7,9 %). Dies geht mit einem anderen Muster einher, bei dem sich ebenfalls ein Unterschied zwischen Ost und West zeigt: Während im Westen lediglich 19,7 % der unverheiratet zusammenlebenden Paare eigene Kinder haben, liegt die entsprechende Zahl im Osten bei 49,8 % (vgl. Engstler, 1998).

Es hat den Anschein, daß im Westen die Geburt eines Kindes zu einer raschen Legalisierung der Beziehung der jungen Eltern führt und damit das bestätigt wird, was Nave-Herz (1988a) als kindorientierte Ehe bezeichnet hat. Hingegen haben die normativen, finanziellen und rechtlichen Bedingungen in der ehemaligen DDR keinen Anlaß zur Verehelichung gegeben, wenn ein Kind unterwegs war. Da der Osten als eine Konsequenz der Wiedervereinigung Deutschlands das rechtliche und sozialpolitische System der alten Bundesrepublik übernommen hat, bleibt abzuwarten, ob die junge Generation in den neuen Bundesstaaten sich an die veränderte Situation anpassen wird.

2.3.3 Leben als Single: ein Lebensstil im Vormarsch

Die Zunahme der unverheiratet zusammenlebenden Paare ist – wie wir gesehen haben – zwar bemerkenswert, aber in quantitativer Hinsicht eher marginal. Dies trifft nicht für den Lebensstil des Alleinlebens zu, der insbesondere in alten Bundesländern mehr und mehr an Bedeutung gewinnt. In der Tat ist der Prozentsatz von Ein-Personen-Haushalten in der Zeit von 1950 bis 1996 von 19,4 % auf 35,4 % gestiegen (vgl. Burkhart & Kohli, 1992; Engstler, 1998). Darüber hinaus läßt sich nachweisen, daß nur ein geringer Teil dieser Zunahme auf ältere Personen, wie etwa verwitwete Frauen, zurückzuführen ist. Vielmehr sind es junge Leute, die es bevorzugen, innerhalb ihrer eigenen vier Wände zu leben. So lebten z.B. 1972 rund 21 % der jungen Männer und 10 % der jungen Frauen im Alter zwischen 25 und 34 Jahren allein, während im Jahr 1996 die entsprechenden Zahlen auf 51,2 % bzw. 34,5 % angestiegen sind (vgl. Engstler, 1998).

Nicht ganz unerwartet gibt es beträchtliche regionale Unterschiede, wenn man städtische und ländliche Regionen betrachtet. In einer regionalspezifischen Studie hat Bertram (1994) gezeigt, daß in Berlin der Prozentsatz der unverheirateten Personen unter 25 Jahren von 70 % im Jahre 1972 auf 90 % im Jahre 1987 gestiegen ist und in der Altersgruppe der 25- bis 45jährigen ein Zuwachs von 21 % auf 43 % zu verzeichnen ist. Im gleichen Zeitraum gab es keine signifikanten Veränderungen für die Gruppe derjenigen, die älter als 45 Jahre sind. Im Gegensatz dazu ist der Prozentsatz der unverheirateten Personen im eher ländlich strukturierten Bundesland Saarland in den entsprechenden Altersgruppen deutlich niedriger als in Berlin. Dennoch erweist sich die Zunahme für die beiden jüngeren Altersgruppen als recht beträchtlich. Für die unter 25jährigen verdreifachte sich die Zahl der Alleinlebenden von 25 auf 70 %, während sich für die Altersgruppe der 25- bis 45jährigen der Prozentsatz von 5 auf 20 % vervierfacht hat. Wenn man davon ausgeht, daß diese Befunde verallgemeinert werden können, dann scheint es eine Art Modellierungs- oder »Spillover«-Effekt von den städtischen zu den eher ländlichen Regionen zu geben, in dem eine allgemein eher reservierte Haltung gegenüber Ehe- und Familienleben zum Ausdruck kommt.

Allein zu leben bedeutet jedoch nicht unbedingt ein Leben ohne einen Intimpartner. Tatsächlich zeigt sich, daß in den städtischen Regionen ungefähr zwei Drittel der sogenannten Singles sich selbst als jemand bezeichnen, der in einer engen Beziehung zu einer anderen Person lebt, wohingegen dies nur für ein Drittel der unverheirateten Personen in den ländlichen Gegenden der Fall ist (vgl. Bertram, 1994). Diese Befunde stehen im Einklang mit einer anderen Studie, in der ca. 50 % der unverheirateten jungen Erwachsenen aus einer gemischten städtischen und ländlichen Stichprobe angaben, daß sie einen festen Partner haben (vgl. Schneewind & Ruppert, 1995).

Alles in allem legen diese Befunde nahe, daß der Lebensstil des »living apart together« für einen bestimmten und offenbar wachsenden Teil der jungen Generation eine beträchtliche Attraktivität besitzt (vgl. Schneider, 1996). Wir haben bisher noch nicht genügend längsschnittliche Daten, um die Stabilität und die möglichen Konsequenzen dieses Lebensstils genauer beurteilen zu können. Obwohl bekannt ist, daß im Osten Deutschlands der relative Anteil unverheirateter Personen, die in Einzelhaushalten leben, ungefähr halb so groß ist wie im Westen, fehlt es an Informationen, die etwas über die Art und Intensität der Beziehungen dieser Personen aussagen, um einen tieferen Einblick in die Situation in den neuen Bundesländern zu gewinnen. Dies macht es um so notwendiger, den Lebenslauf und die Mentalität dieser Gruppe zu studieren, um ein Verständnis dafür zu bekommen, warum diese jungen Leute, obwohl sie sich in der reproduktiven Phase ihres Lebens befinden, sich ganz offenkundig von Ehe und Familie und sogar von der nichtehelichen Lebensgemeinschaft fernhalten.

2.3.4 Kinder: eine rare Kostbarkeit

Seit 1965 befindet sich die Geburtenrate in der alten Bundesrepublik kontinuierlich in einer Abwärtsbewegung. Die zusammengefaßte Geburtenziffer, d.h. die Summe der altersspezifischen Geburten der 15- bis 44jährigen Frauen pro Jahr, fiel von 2,37 im Jahre 1960 auf 1,39 im Jahre 1996 (vgl. Engstler, 1998). Dies bedeutet, daß die Geburtenquote deutlich unter dem Niveau der Bestanderhaltung der deutschen Bevölkerung liegt und damit Deutschland in der Europäischen Union nach Spanien und Italien zu dem Land mit der drittniedrigsten

Kasten 2.1
Zehn Gründe, warum man ohne Kinder besser lebt

1. Kinder machen Stress
Daß Säuglinge schreien, ist nicht nur ein akustischer Horror: Schlaf und Nerven sind dahin, Krabbeln- und Grapschenkönnen verlangen permanente Alarmbereitschaft. Die Trotzphase endet nie. Zwischendurch die Pubertät: Pickel, Pop und Pampigkeit.

2. Kinder machen Sorgen
Kinderkrankheiten. Dann: Kindergarten-Probleme. Dann: Kein Bock auf Schule. Dann: Numerus clausus, ungeliebtes Ausweichfach, vergebliche Jobsuche. Drogen vielleicht, vielleicht Gewalt. Oder Kostgänger bei Mama noch mit 30.

3. Kinder machen Ärger
Der Fußball in der Schaufensterscheibe; die Farbspraydose als Ausdrucksmittel; die beleidigte Erbtante.

4. Kinder machen ein schlechtes Gewissen
Weil man »Glucke« ist oder »Rabenmutter«, zuviel daheim oder berufstätig; weil man sie mit zu hohen Erwartungen belastet oder ihre Talente nicht entdeckt und fördert.

5. Kinder machen dumm
Statt Bildungsurlaub Buddeln im Ostseesand; statt Günter Grass Gebrüder Grimm; statt Politik und Kultur Hipp und Pampers.

6. Kinder machen unfrei
Arbeitgeber, Freunde, Liebespartner kann man wechseln. Die Beziehung zum Kind ist unkündbar.

7. Kinder belasten die Partnerschaft
Mutterfrust ist Gift für die Gattenliebe. Stilleinlagen statt Wonderbra, Müdigkeit, Übergewicht, das Baby im Ehebett.

8. Kinder machen arm
Mütter mit Hochschulabschluß machen rund 800 000 Mark minus in zehn Jahren. Die »Erziehungsleistung« wird mit 27 Mark Rentenanspruch pro Kind und Monat honoriert. Das Kindergeld deckt nur einen Bruchteil kindlicher Konsumzwänge.

9. Kinder zerstören die Karriere
Während der Babypause überholen die Kolleginnen. Bewerbungen gegen zehn Jahre jüngere, kinderlose Überstunden-, Dienstreisen und Ortswechselbereite. Nur 5 Prozent aller höherqualifizierten Jobs in der Bundesrepublik sind Teilzeitjobs.

10. Kinder sind undankbar
Eltern sind immer reaktionär. Jahre der Aufopferung werden abgetan: »War ja nicht meine Idee, in diese beschissene Welt gesetzt zu werden.«

Geburtenquote gemacht hat. Eine ebenso nachdenklich stimmende wie amüsante Zusammenstellung von Gründen, die aus der Sicht von Frauen dagegen sprechen, Kinder in die Welt zu setzen, hat die Journalistin Sabine Paul (1996, S. 43) zusammengetragen (vgl. Kasten 2.1).

Was immer auch zum Geburtenrückgang in deutschen Landen beigetragen haben mag: Es läßt sich zeigen, daß etwa seit 1975 die Entwicklung der zusammengefaßten Geburtenziffern in West- und Ostdeutschland ziemlich parallel abnehmend verlief. Infolge besonderer familienpolitischer Maßnahmen, die im Osten Deutschlands vor allem in den späten 70er und frühen 80er Jahren durchgeführt wurden, erlebte die ehemalige DDR zwar für eine kurze Zeit einen moderaten Anstieg ihrer Geburtenquote. Nach der Wiedervereinigung jedoch kam es zu einem massiven Einbruch, der in Übereinstimmung mit dem bereits erwähnten Abfall der Ehequote zu sehen ist und vor allem auf die unsichere wirtschaftliche Situation in den neuen Bundesländern zurückzuführen ist (vgl. Franz & Herlyn, 1995). In beiden Teilen Deutschlands beabsichtigen ungefähr 90 % aller jungverheirateten Paare eigene Kinder in die Welt zu setzen, wohingegen ca. 3 % aller Paare von Beginn ihrer Ehe an berichten, daß sie bewußt kinderlos bleiben wollen (vgl. Schneewind, Vaskovics et al., 1992; Vaskovics & Rost, 1995). Dennoch zeigt sich, daß aus verschiedenen Gründen im Laufe der Zeit ungefähr 20 % aller verheirateten Paare kinderlos bleiben (vgl. Nave-Herz, 1988b; Schneewind, 1995a, 1997).

Obwohl die Quote der Kindersterblichkeit mit 13 Totgeburten pro 1000 Geburten in Ost- und Westdeutschland gleich niedrig ist, gibt es deutliche Unterschiede zwischen den beiden Teilen Deutschlands, was die Zahl der unehelich geborenen Kinder anbelangt. Hinzu kommt, daß die Unterschiede zwischen Ost und West, obwohl Ostdeutschland schon immer eine höhere Unehelichenquote hatte, in den letzten Jahren immer prononcierter zum Vorschein kommen. 1996 waren 42,4 % der Lebendgeburten in den neuen Bundesländern uneheliche Kinder, während in den alten Bundesländern der entsprechende Prozentsatz lediglich bei 13,7 % lag (vgl. Engstler, 1998). In beiden Fällen wurden ungefähr 35 % der Kinder kurz nach ihrer Geburt durch die Heirat ihrer Eltern legitimiert (vgl. Schwarz, 1995). Trotzdem bleibt der Unterschied, daß im Osten Deutschlands 55 % aller Paare, die als vormals verheiratete oder niemals verheiratete Partner in einer nichtehelichen Lebensgemeinschaft leben, Kinder bzw. Stiefkinder haben. Hingegen gilt dies in Westdeutschland lediglich für 18,6 % aller unverheiratet zusammenlebenden Paare (vgl. Bundesministerium für Familie und Senioren, 1994).

Es bleibt abzuwarten, ob diese Befunde, die konträr zu dem vorherrschenden Muster einer kindorientierten Heirat im Westen Deutschlands stehen, als einen Schritt in Richtung Entkoppelung von Ehe und Elternschaft im Osten Deutschlands zu interpretieren ist, oder ob es sich auch hier nur um eine Übergangsphase handelt, die mit der schwierigen wirtschaftlichen Situation und sozialen Instabilität zu erklären ist, die viele Ostdeutsche nach der Wiedervereinigung getroffen hat.

2.3.5 Bis der Tod euch scheidet?

Ein weiterer Indikator für eheliche und familiäre Instabilität ist Scheidung. Seit den 60er Jahren ist die Scheidungsquote in beiden Teilen Deutschlands konti-

Tab. 2.2: Scheidung und Wiederheirat (1965–1989) in der alten Bundesrepublik Deutschland und der Deutschen Demokratischen Republik (nach Pohl, Störtzbach & Wendt, 1992, S. 14)

Jahr	Zusammengefaßte Scheidungsziffer: von 100 Ehen wurden ... geschieden		Zusammengefaßte Wiederverheiratungsziffer: von 100 Geschiedenen würden ... wieder heiraten			
			Männer		Frauen	
	BRD	DDR	BRD	DDR	BRD	DDR
1965	12,2	–	79	71	75	61
1970	15,9	20,7	68	74	71	62
1975	23,4	30,3	60	69	63	64
1980	22,7	32,0	69	61	71	59
1985	30,2	38,3	58	64	61	64
1986	29,2	39,2	59	67	62	66
1987	30,8	37,6	60	70	63	70
1988	30,6	36,5	61	72	64	72
1989	30,1	36,9	61	71	64	71

nuierlich gestiegen, wobei die relative Zahl der Scheidungen im Osten stets höher war als im Westen. Wenn man zunächst die Entwicklung der Scheidungszahlen bis zur Wiedervereinigung betrachtet, so betrug diese 1989 in den alten Bundesländern 20,4 pro 10.000 Einwohner, während die entsprechende Zahl für die ehemalige DDR bei 30,1 lag (vgl. Schneider, Tölke & Nauck, 1995). Die veränderten Wahrscheinlichkeiten von scheidungsbedingten Eheauflösungen über die Zeit hinweg ist in diesem Zusammenhang noch informativer. Tabelle 2.2 zeigt die zusammengefaßten Scheidungsziffern für West- und Ostdeutschland von 1970 bis 1989. Darüber hinaus sind in dieser Tabelle auch die zusammengefaßten Wiederverheiratungsziffern für den Westen und den Osten Deutschlands zusammengestellt (vgl. Pohl et al., 1992, S.14).

Wie diese Tabelle deutlich macht, ist im Westen Deutschlands über einen Zeitraum von 20 Jahren die Wahrscheinlichkeit, daß eine Ehe in Scheidung endet, von rund 16 % auf ca. 30 % gewachsen, während im Osten die entsprechenden Wahrscheinlichkeiten von etwa 21 % im Jahr 1970 auf knapp 37 % im Jahr 1989 zugenommen haben. Auf der anderen Seite lagen die Wiederverheiratungsquoten für beide Geschlechter im Osten höher. Für 1989 gilt z.B., daß 71 von 100 geschiedenen Männern und Frauen wieder heiraten, wohingegen im Westen lediglich 61 % der geschiedenen Männer und 64 % der geschiedenen Frauen wieder eine neue Ehe eingehen.

Seit 1989 ist die Scheidungsquote im Westen bis 1996 nochmals um mehr als 5 Prozentpunkte auf 35,3 % gestiegen. Hingegen ist sie in den neuen Bundesländern im Zeitraum von 1989 bis 1996 von 36,9 auf 21,4 % gesunken (vgl. Engstler, 1998). Dies ist im wesentlichen auf die Anpassung der neuen Bundesländer an das Scheidungsrecht der alten Bundesrepublik zurückzuführen. Mit großer Wahrscheinlichkeit – dafür spricht der Trend der letzten Jahre – wird der Osten bald auf sein früheres oder zumindest auf das für den Westen charakteristische Niveau zurückkehren.

Bezüglich der Scheidungsquoten gibt es erhebliche Unterschiede zwischen den städtischen und ländlichen Regionen. In den große Städten liegt die Scheidungsquote ungefähr auf der Höhe, wie sie in den USA mit 50 % für das gesamte Land gilt. Mit anderen Worten: in Städten wie Berlin, Hamburg oder München ist davon auszugehen, daß ca. 50 % aller neu geschlossenen Ehen in Scheidung enden. Dennoch nimmt Deutschland mit durchschnittlich 32,4 % (1996) im Vergleich zu anderen Ländern der Europäischen Union einen mittleren Rangplatz bezüglich der Scheidungsquote ein. So haben z.B. Dänemark (49 %) und Großbritannien (40 %) eine wesentlich höhere Scheidungsrate als die Bundesrepublik Deutschland, während Griechenland (13 %) und Italien (12 %) in dieser Hinsicht deutlich niedriger liegen (vgl. Pohl et al., 1992). Trotzdem werden in Deutschland jedes Jahr ca. 140.000 Kinder zu sogenannten »Scheidungswaisen«, obwohl diese Zahl wegen der sinkenden Geburtenrate im Abnehmen begriffen ist.

Bezüglich der Risikofaktoren, die mit Scheidung verbunden sind, hat eine Reihe soziologischer Studien nachgewiesen, daß Variablen wie Alter bei der Heirat, Dauer der Ehe, Zahl der Kinder, regionale Bindung, Konfession, Bildungsstand und soziale Schichtzugehörigkeit mit der Auflösung einer Ehe verbunden sind (vgl. Bohle, 1994; Rottenleuthner-Lutter, 1989). Auf der Ebene subjektiver Scheidungsgründe haben sich Aspekte wie unerfüllte Erwartungen, eheliche Entfremdung, Konflikte und Kommunikationsschwierigkeiten, sexuelle Probleme, Untreue und – auf einem allgemeineren Niveau – das Fehlen einer gemeinsamen Zukunftsperspektive in mehreren Studien als erklärungskräftig erwiesen (vgl. Kiefl & Kummer, 1992; Nave-Herz et al., 1990; Schneider, 1990). Dennoch mangelt es noch an einem kohärenten theoretischen Ansatz, der den Anstieg ehelicher Instabilität erklären könnte.

In soziologischer Sicht stellt sich eheliche Instabilität als Konsequenz eines zunehmenden Liberalisierungs-, Pluralisierungs- und Individualisierungsprozesses in modernen Gesellschaften dar (vgl. Beck & Beck-Gernsheim, 1994). Anders als in früheren Zeiten wird die Ehe als ein soziales Minisystem betrachtet, in dem zwei gleichrangige Partner eine Erfüllung ihrer Bedürfnisse nach Intimität, emotionaler Befriedigung und wechselseitigem Vertrauen in einer ansonsten »herzlosen Welt« suchen. Allzu oft steht der eheliche Alltag nicht in Einklang mit diesen hochgesteckten Erwartungen und hinterläßt einen oder auch beide Partner mit enttäuschten Erwartungen. Dies besagt freilich nicht, daß solche Ehen notwendigerweise in Scheidung enden, wie die vielen stabilen, aber unglücklichen Ehen beweisen (vgl. Hartmann, 1989; Walper, Schneewind & Gotzler, 1994).

Während – wie wir weiter oben bereits gesehen haben – in früheren Zeiten Ehen vornehmlich aus ökonomischen Gründen geschlossen wurden und sich in allgemein akzeptierte soziale Konventionen einfügten, sind Ehen heutzutage zu einer recht prekären Einrichtung geworden. In ihrer »modernen« Bedeutung sind Ehebeziehungen in hohem Maße von den Kommunikations- und Beziehungsfertigkeiten abhängig, mit denen beide Partner ihre Bedürfnisse nach Autonomie und intimer Verbundenheit ausbalancieren (vgl. Schneewind, 1994b). So gesehen stellt sich der Langzeiterfolg einer Ehe oder jeder anderen vergleichbaren intimen Beziehung als ein ko-konstruktiver Prozeß dar, in dem beide Partner als aktive Gestalter ihrer Beziehung auftreten. Die Fähigkeit zu kommunizieren und mit ehelichen Krisen angemessen umzugehen, ist eine wesentliche Ressource, die – wie empirische Langzeitstudien zeigen – Paare zusammenhält oder zumindest es den Partnern erlaubt, auf eine nicht-destruktive Weise auseinanderzugehen, wenn eine Trennung unvermeidbar ist (vgl. Engl, 1997; Welter-Enderlin, 1992; Willi, 1991).

2.3.6 Alleinerziehende Eltern – eine bedrohte Spezies

Im Vergleich zum »normalen Familienleben«, wie es sich als Zwei-Eltern-Familie präsentiert, die mit ihren Kindern unter einem Dach zusammenleben, ist der Anteil an Alleinerziehenden-Haushalten in den alten Bundesländern relativ gering. 1996 gehörten lediglich 5,3 % aller privaten Haushalte zu diesem Haushaltstyp (vgl. Engstler, 1998). Darüber hinaus hat sich die relative Zahl an Alleinerziehenden-Haushalten in den letzten 20 Jahren kaum verändert. Was sich jedoch verändert hat, ist die strukturelle Zusammensetzung von Haushalten mit alleinerziehenden Eltern. Während von 1970 bis 1991 die Zahl der Kinder, die mit einem verwitweten Elternteil (nahezu ausschließlich einer verwitweten Mutter) wegen der nachlassenden Auswirkungen des 2. Weltkriegs von 60 % auf 35 % gesunken ist, hat im gleichen Zeitraum der Prozentsatz von Kindern, die mit einem geschiedenen Elternteil (in ca. 85 % aller Fälle sind es die Mütter) zusammenleben, von 21 % auf 37 % zugenommen (vgl. Bundesministerium für Familie und Senioren, 1994). Angesichts der gestiegenen Scheidungsraten ist dies allerdings kein überraschender Befund.

In den neuen Bundeländern stellt sich die gegenwärtige Situation etwas anders dar. Hier finden wir für das Jahr 1991 mit 8,6 % nicht nur einen höheren Anteil an Alleinerziehenden-Haushalten, sondern einen größeren Prozentsatz an Kindern (44 %), die mit einem ihrer geschiedenen Elternteile zusammenleben, sowie eine relativ größere Zahl an Kindern, die mit einem unverheirateten Elternteil leben, nämlich 37 % im Gegensatz zu 17 % in den alten Bundesländern. Wie bereits erwähnt, kann dies auf die höhere Scheidungsquote und die größere Zahl an unehelichen Geburten in den neuen Bundesländern zurückgeführt werden (vgl. Bundesministerium für Familie und Senioren, 1994).

Obwohl die Langzeiteffekte der Elternschaft von Alleinerziehenden komplex und noch nicht hinreichend gut untersucht sind, gibt es einen Aspekt, der besondere Aufmerksamkeit verdient, nämlich einen alarmierender Mangel an finanziellen Ressourcen in dieser Gruppe. In der Tat machen die Daten der alten Bundesrepublik das Risiko einer zunehmenden »Welfarisation« der Alleinerziehenden deutlich (vgl. Buhr, Voges & Zwick, 1994). In Tabelle 2.3 sind die entsprechenden Daten im Vergleich zu Zwei-Eltern-Familien zusammengefaßt (vgl. Voges, 1994, S.16).

Tab. 2.3: Sozialhilfequoten nach Familientypen in Prozent (nach Voges, 1994, S. 16)

Familientyp	Beobachtungsjahr					Differenz
	1971	1975	1980	1985	1988	1971–88
Ein-Eltern-Familie 1 Kind	4,4	8,3	11,1	16,2	20,0	15,6
Ein-Eltern-Familie 2 Kinder	13,8	20,6	20,4	30,3	34,2	20,4
Ein-Elternfamilie und mehrere Kinder	28,4	34,8	32,4	56,7	61,4	33,0
Paare ohne Kinder	0,8	0,9	0,7	0,9	1,2	0,4
Zwei-Eltern-Familie 1 Kind	0,2	0,4	0,5	1,3	1,9	1,7
Zwei-Eltern-Familie 2 Kinder	0,2	0,5	0,5	1,8	2,4	2,2
Zwei-Eltern-Familie und mehrere Kinder	0,5	1,3	1,3	3,8	5,7	5,2

Der Anteil an alleinerziehenden Familien, die von der Sozialhilfe leben, hat über die Jahre beträchtlich zugenommen. Dabei ist die relative Zahl der in Armut lebenden alleinerziehenden Eltern mit zwei, und mehr noch mit drei oder mehr Kindern besonders drastisch angestiegen. Hingegen ist die Situation der Zwei-Eltern-Familien, obwohl auch sie sich über die Zeit verschlechtert hat, deutlich weniger dramatisch. Im Hinblick auf die bekannten Effekte ökonomischer Deprivation, insbesondere im Hinblick auf die Erziehung und Sozialisation von Kindern (vgl. Nave-Herz & Krüger, 1992; Walper, 1995a), benötigen die Armen unter den alleinerziehenden Eltern besondere Unterstützung bezüglich einer angemessenen Sorge für ihre Kinder und bessere berufliche Möglichkeiten für sich selbst.

2.3.7 Stieffamilien: die unbekannte Größe

Aufgrund technischer Probleme und rechtlicher Regelungen zum Datenschutz ist es schwer, genaue Informationen über die Zahl von Stieffamilien in Deutschland zu erhalten. Auf der Basis einer nichtamtlichen Erhebung, die 1988 in den alten Bundesländern durchgeführt wurde, ist davon auszugehen, daß ungefähr 8,7 % aller Kinder im Alter bis zu 18 Jahren in Stieffamilien oder Stieffamilien ähnlichen Lebensbedingungen aufwachsen (vgl. Nauck, 1991). Aufschlußreicher sind die quasi längsschnittlichen Befunde, die Schwarz (1995) auf der Basis amtlicher Mikrozensusdaten für die Kohorte aller westdeutschen Kinder, die zwischen 1972 und 1976 geboren wurden, mitgeteilt hat. Obwohl 94 % dieser Kinder ehelich geboren wurden, lebten nur noch 70,5 % von ihnen zusammen mit ihren beiden Eltern, nachdem sie das Alter von 15 bis 17 Jahren erreicht hatten. Mit anderen Worten: ungefähr ein Viertel der Kinder aus der Geburtskohorte 1972 bis 1976 leben nicht mehr mit ihren leiblichen Eltern zusammen, wenn sie das Alter der Volljährigkeit erreicht haben. Aufgrund der Wiederverheiratung iher Mütter oder Väter leben ca. 15 % dieser Altersgruppe in Stieffamilien, während weitere 15 % in verschiedenen Arten von Eineltern-Familien leben.

Wenn man unterstellt, daß ein beträchtlicher Teil alleinerziehender Eltern in einer festen Beziehung lebt und somit für ihre Kinder ein Rollenmodell bietet, das zumindest in einigen Aspekten Ähnlichkeiten mit einer Stiefmutter oder einem Stiefvater hat, kann man davon ausgehen, daß ungefähr ein Fünftel bis ein Viertel aller westdeutschen Kinder, die zwischen 1972 und 1976 geboren wurden, in einer Stieffamilie oder einem Stieffamilien ähnlichen Lebenskontext aufwuchsen, bevor sie volljährig wurden. Obwohl für die neuen Bundesländer keine vergleichbaren Daten vorliegen, kann man davon ausgehen, daß der Anteil von Kindern, die in Stieffamilien leben, aufgrund der höheren Scheidungs- und Wiederverheiratungsquoten in der ehemaligen Deutschen Demokratischen Republik noch größer ist.

In Anbetracht der offenkundig großen Zahl von Kindern, die in Stieffamilien oder Stieffamilien ähnlichen Bedingungen leben, ist es besonders unerfreulich, daß in Deutschland – mit der Ausnahme einiger weniger Studien (vgl. Friedl & Maier-Aichen, 1991; Walper, 1995c, 1998) – keine hinreichenden Informationen über die Lebensbedingungen existieren, die für diesen Familientyp kennzeichnend sind. Klinische Studien und repräsentative Untersuchungen, die vor allem in den U.S.A. durchgeführt wurden, legen nahe, daß Stieffamilien verletzlicher als »normale« Zwei-Elternfamilien sind, besonders wenn es um Erziehungsfragen und problematische Familienbeziehungen geht (vgl. Ferry, 1984; Furstenberg, 1987). Eine größere Forschungsintensität in diesem Bereich erscheint daher besonders dringlich.

2.3.8 Der veränderte Status der Frauen

Eine der sichtbarsten Veränderungen, die sich in Deutschland in den letzten zwei oder drei Jahrzehnten vollzogen hat, ist der veränderte Status der Frauen. Zwei Indikatoren, die sich auf die Situation in den alten Bundesländern beziehen, mögen diesen Wandel verdeutlichen. Zum einen hat sich die Beteiligung der Frauen an weiterführenden Bildungseinrichtungen in den letzten dreißig Jahren spürbar erhöht. So ist z.B. der Anteil der Frauen, die eine Hochschule oder Universität besuchen, von 23,7 % im Jahre 1960 auf 38,3 % im Jahre 1990 gewachsen (vgl. Burkhart & Kohli, 1992). Zum anderen hat die Beteiligung der Frauen am Erwerbsleben in den letzten Jahrzehnten deutlich zugenommen. Dies trifft besonders für Frauen in der Altersgruppe von 25 bis 45 Jahren zu, deren Erwerbstätigkeit von 47 % im Jahre 1970 auf 69 % im Jahre 1990 angewachsen ist. Zugleich muß an dieser Stelle jedoch auch betont werden, daß Frauen nach wie vor in Führungspositionen in der Wirtschaft oder Wissenschaft deutlich unterrepräsentiert sind.

Daß Frauen heutzutage besser qualifiziert und in größerer Zahl berufstätig sind, trifft ebenso für Mütter zu. So lag z.B. im Jahre 1972 die Beschäftigungsquote für Frauen mit Kindern im Alter zwischen 6 und 14 Jahren in den alten Bundesländern bei 44,2 %, während sie 1996 auf 62,3 % angewachsen war (vgl. Engstler, 1998).

Die Situation der ostdeutschen Frauen stellte sich von Anfang an völlig anders dar, da das ehemalige kommunistische Regime eine Politik der vollständigen Integration aller Frauen in das Berufsleben verfolgte. Trotz einer wachsenden Arbeitslosigkeit in den neuen Bundesländern nach der Wiedervereinigung, von der vor allem die Frauen betroffen sind, waren 1996 im Osten Deutschlands immer noch 77,9 % aller Mütter mit Kindern im Alter zwischen 6 und 14 Jahren berufstätig. Wie die neuesten Mikrozensusdaten aus dem Jahre 1996 zeigen, existieren die Unterschiede zwischen ost- und westdeutschen Müttern immer noch. Dies zeigt sich auch, wenn man Mütter mit Kindern unter drei Jahren betrachtet. Im Westen sind 42,4 % dieser Mütter berufstätig, wohingegen es im Osten 49,3 % sind (vgl. Engstler, 1998). All dies spricht dafür, daß durch die größere Erwerbsbeteiligung von Frauen, insbesondere von Müttern, deren Doppelbelastung, die aus ihrer Erwerbs- und Familientätigkeit resultiert, eher zu- als abgenommen hat.

Im übrigen bestätigen mehrere neuere Studien eine deutliche Traditionalisierung weiblicher und männlicher Rollenauffassung nach dem Übergang zur Elternschaft (vgl. Schneewind, Vaskovics et al., 1992, 1997), was sich u.a. darin äußert, daß der größere Teil der Arbeiten im Haushalt und der Erziehungsverantwortlichkeiten den Müttern überlassen ist. Hinzu kommt, daß es nahezu ausschließlich die Frauen sind, die sich der Unterstützung und Pflege älterer Familienangehöriger annehmen, wenn diese in Not sind (vgl. Bender, 1993). Es hat daher den Anschein, daß die veränderten Rollenerfordernisse von Frauen sich noch nicht in einem entsprechenden Wandel auf der gesellschaftlichen und intrafamiliaren Ebene ausdrücken, um eine größere Vereinbarkeit und Balance von Berufstätigkeit und Familienleben zu ermöglichen.

2.3.9 Die stille Revolution der Erziehung

Wir haben bereits gesehen, daß mehr als 80 % aller Kinder im Alter bis zu 18 Jahren in Zwei-Eltern-Familien leben, seien es nun ihre leiblichen Eltern oder Stiefeltern. Darüber hinaus hat es den Anschein, daß die Mehrheit der Jugendlichen und jungen Erwachsenen mit der Art und Weise, wie sie erzogen worden sind, recht zufrieden ist. In der Tat berichten Jugendliche, daß ihre Väter und besonders ihre Mütter sehr wichtige Personen in ihrem Leben sind (vgl. Jugendwerk der Deutschen Shell, 1992). 84 % der Jugendlichen sind der Auffassung, daß die Beziehung zwischen ihnen und ihren Eltern gut oder sehr gut ist (vgl. Mansel, Pollmer & Hurrelmann, 1992). Wenn sie gefragt werden, wem sie am meisten vertrauen, nennen 80 % der Jugendlichen ihre Eltern, gefolgt von ihren Geschwistern mit 50 % und Ärzten mit 38 % (Politiker bringen es übrigens nur auf dürftige 2 %). Sie glauben auch, daß ihre Eltern diejenigen sind, die sie in ihrem Denken am meisten beeinflußt haben (61 %), während Freunden (17 %) und Lehrern (8 %) ein wesentlich geringerer Einfluß zugeschrieben wird (vgl. Schnibben, 1994). Eine vorwiegend positive Einstellung zu den Eltern-Kind-Beziehungen ergab sich auch in einer neueren Längsschnittstudie, in der Kinder in einer Zwei-Generationen-Stichprobe von Familien über den Zeitraum von 16 Jahren untersucht wurden, wenngleich die Kinder im Schnitt eine kritischere Haltung einnahmen als ihre Eltern (vgl. Schneewind & Ruppert, 1995).

Die objektiven Bedingungen, um Kinder groß zu ziehen, erwiesen sich in der ehemaligen DDR und in Westdeutschland als ziemlich unterschiedlich. Bedingt durch den großen Anteil berufstätiger Mütter verbrachten die ostdeutschen Kinder einen großen Teil des Tages in außerfamiliären Betreuungseinrichtungen. Dies befand sich im übrigen durchaus in Übereinstimmung mit der Philosophie des kommunistischen Regimes, wonach der Einfluß der Familie als einer »privaten Institution« geschwächt werden sollte.

Im Westen hingegen, wo die Verfassung den Familien ein großes Ausmaß an Autonomie gewährt, wachsen die meisten Kinder, insbesondere bis zum Kindergartenalter, in einem familiären Kontext auf. So besuchten z.B. auch noch drei Jahre nach der Wiedervereinigung mehr als 50 % aller ostdeutschen Kinder im Alter unter drei Jahren eine Kinderkrippe, wohingegen dies nur für 3 % der Dreijährigen im Westen zutraf. Gleichermaßen belief sich die Zahl der 5jährigen Kinder, die 1993 einen Kindergarten besuchten, im Osten auf rund 90 %, im Gegensatz zu ca. 80 % im Westen (vgl. Schwarz, 1995). Dennoch wird der Wert von Kindern im Osten höher eingeschätzt als im Westen. Während nahezu 50 % aller jungverheirateten Paare im Osten davon überzeugt sind, daß Kinder einen Beitrag zu ihrem Glück und ihrer Erfüllung leisten, sind es im Westen weniger als ein Viertel vergleichbarer Paare, die diese Auffassung teilen (vgl. Vaskovics & Rost, 1995).

Was Kindererziehung anbelangt, bedarf ein weiterer wichtiger Aspekt sozialen Wandels besonderer Beachtung. Seit den 70er Jahren ist – zumindest in Westdeutschland – eine sinkende Bedeutung von Wertvorstellungen festzustellen, die auf Pflicht und Gehorsam beruhen, wohingegen für Werte, die dem Themenkreis der Selbstverwirklichung zuzurechnen sind, ein deutlicher Anstieg zu verzeichnen ist (vgl. Klages, 1984; Miegel & Wahl, 1994).

Damit einhergehend haben sich auch elterliche Erziehungsvorstellungen deutlich gewandelt. Mehrere Meinungsumfragen, die seit 1951 regelmäßig durchgeführt wurden, lassen erkennen, daß über einen Zeitraum von mehr als 40 Jahren die Zustimmung zu elterlichen Erziehungswerten, wie Unabhängigkeit und freier Wille, kontinuierlich von 28 % auf 65 % gewachsen ist. Auf der anderen Seite ist die Bedeutung von Werten wie Gehorsam und Unterordnung von 25 % auf 10 % gesunken, während sich mutmaßlich typische deutsche Tugenden wie Fleiß und Ordnungssinn mit einigen Schwankungen auf einem Niveau von ca. 40 % gehalten haben (vgl. Gensicke, 1994; Reuband, 1997).

Die bereits erwähnte Längsschnittstudie, in der zwei familiär miteinander verbundene Generationen von 1976 bis 1992 begleitet wurden, förderte eine zunehmende Liberalisierung und Emotionalisierung der Eltern-Kind-Beziehungen zutage, die im übrigen zu einem größeren Teil auf Generationen- und weniger auf Zeiteffekte zurückzuführen sind (vgl. Schneewind & Ruppert, 1995). Genauer gesagt stellte sich heraus, daß vor allem normative Verbindlichkeiten schwinden, Leistungs- und Konformitätsansprüche reduziert werden, Grenzensetzen zu einer mehr und mehr schwierigen Aufgabe wird, was auch dazu führt, daß die Grenzen zwischen den Generationen weniger klar hervortreten. Darüber hinaus wird Kindern ein größerer Freiheitsspielraum gewährt. Außerdem drücken Eltern ihre Zuneigung zu ihren Kindern mit mehr Offenheit aus.

Es hat den Anschein, daß ein hierarchisch-generationenbezogenes Modell von Eltern-Kind-Beziehungen einem eher partnerschaftlich-egalitären Modell gewichen ist. Freilich gehen damit auch die schwierigen Prozesse des Aushandelns einher, die ein solches Modell im Alltagsleben mit sich bringt. Auf jeden Fall hat es den Anschein, daß die stille Revolution der Erziehung zu dem beigetragen hat, was Klages und Gensicke (1994) als den Wandel von einer »nomozentrischen« (d.h auf gesellschaftlichen Normen beruhenden) zu einer »autozentrischen« (d.h. an selbstbestimmten Leitvorstellungen der Lebensführung orientierten) Mentalität bezeichnen. Es bleibt abzuwarten, in welchem Maße eine autozentrische Haltung sich vornehmlich in einen egozentrischen, hedonistischen und materialistischen Persönlichkeitstyp entwickelt oder ob sie eine Persönlichkeitsorganisation begünstigt, die insofern »realistischer« ist, als sie ein Austarieren zwischen persönlicher Autonomie und einer flexiblen Anpassung an gesellschaftliche Normen ermöglicht (vgl. Gensicke, 1994; Klages & Gensicke, 1994).

2.3.10 Kinder – ein teueres Vergnügen

Ein Aspekt, der im Gegensatz zu allen anderen Indikatoren des Wandels, die wir bisher betrachtet haben, über die Zeit hinweg recht stabil geblieben ist, hat mit der relativen ökonomischen Beeinträchtigung von Familien mit Kindern in Deutschland zu tun. Obwohl Familien unzweifelhaft am Einkommens- und Wohlstandszuwachs in Deutschland teilgenommen haben, ist im Schnitt ihre ökonomische Situation im Vergleich zu kinderlosen Paaren deutlich schlechter einzustufen. In der Tat läßt sich nachweisen, daß in den letzten drei bis vier Jahrzehnten das Pro-Kopf-Einkommen einer Einverdienerfamilie mit zwei Kindern ungefähr 67 % im Vergleich zu einem kinderlosen Einverdienerehepaar ausmacht. Wenn man ein kinderloses Zweiverdienerehepaar zum Vergleich heranzieht, beträgt das Pro-Kopf-Einkommen einer Zweikindfamilie sogar nur noch 38 % und macht damit deutlich, wie groß das Ausmaß an finanzieller Ungleichheit zwischen Paaren mit und ohne Kinder ist (vgl. Schnabel, 1987, und Wingen, 1997, der für das Land Baden-Würtemberg noch ungünstigere Zahlen berichtet). In diesem Zusammenhang muß auch erwähnt werden, daß nur rund 20 % der tatsächlichen monatlichen Kinderkosten durch staatliche Transferzahlungen wie Kindergeld, Kinderfreibeträge oder Erziehungsgeld abgedeckt werden. Wenn man berücksichtigt, daß die Eltern als Steuerzahler zum Teil diese Transferzahlungen selbst finanzieren, fällt der Nettotransfereffekt sogar schmaler aus, d.h. er deckt lediglich 10 % der tatsächlichen Kinderkosten ab (vgl. Bundesministerium für Familie und Senioren, 1994).

Gegenwärtig beruhen die familienbezogenen Transferzahlungen auf einem sog. optionalen dualen System, wobei die Familien – je nach Einkommenslage – zwischen direkten Kindergeldzahlungen und einem jährlichen steuerlichen Kinderfreibetrag wählen können. Seit 1997 stellen sich die direkten Kindergeldzahlungen wie folgt dar: 220.– DM für das erste und zweite Kind, 300.– DM für das dritte und 350,– DM für jedes weitere Kind. Der jährliche Kinderfreibetrag beläuft sich auf 6.912,– DM, womit im übrigen Familien in den oberen Einkommensgruppen, d.h. mit einem hohen Grenzsteuersatz, begünstigt werden.

Diese Zahlen sind auf dem Hintergrund zu sehen, daß 1994 die durchschnittlichen Kosten für zwei Kinder mit 1.413 DM zu veranschlagen waren, was ungefähr 30 % des Netto-Einkommens einer Einverdienerfamilie mit zwei Kindern in der mittleren Einkommenskategorie ausmacht. Darüber hinaus wurde in Deutschland 1986 ein Erziehungsgeldgesetz eingeführt, das Eltern für einen Zeitraum von zwei Jahren nach der Geburt ihres Kindes einen Betrag von bis zu 600 DM pro Monat für die Pflege und Erziehung ihres Kindes bezahlt und darüber hinaus eine Wiedereinstellungsgarantie in den früheren Arbeitsplatz bis zu drei Jahre nach der Geburt des Kindes vorsieht.

Die bisher erwähnten Berechnungen beziehen sich vornehmlich auf Kinderkosten, sofern sie aktuelle Ausgaben umfassen, ohne jedoch ein finanzielles Entgelt für Kindererziehung und kinderbezogene Haushaltsaktivitäten zu berücksichtigen. Würde man alle diese gewöhnlich unbezahlten Tätigkeiten entsprechend vergüten und diesen Betrag zu den bereits erwähnten Kinderkosten hinzuaddieren, würden sich die monatlichen Ausgaben auf 3.362 DM oder 70 % des monatlichen Familieneinkommens belaufen.

Die Gesamtkosten für die Pflege und Erziehung eines Kindes von der Geburt bis zum 18. Lebensjahr summieren sich auf einen Betrag von 400.000 bis 450.000 DM (vgl. Bundesministerium für Familie und Senioren, 1994). Dabei zieht diese Berechnung nicht den Einkommensverlust desjenigen Elternteils (gewöhnlich der Mutter) in Betracht, der seine Berufstätigkeit aufgibt und sich statt dessen der Kindererziehung und dem Haushalt widmet. Es liegen Schätzungen vor, wonach – je nach Berufsqualifikation der Mutter – ein zehnjähriger Ausstieg aus dem Berufsleben ein Einkommensdefizit von 300.000 bis 540.000 DM ausmacht (vgl. Galler, 1991).

All diese Berechnungen beziehen sich auf die Situation im Westen Deutschlands. Im Osten, wo 1992 das monatliche Netto-Einkommen einer Familie mit zwei Kindern ungefähr 73 % des Einkommens einer vergleichbaren Familie im Westen betrug, ist die ökonomische Situation von Familien im Schnitt noch ungünstiger. Auf jeden Fall verdeutlichen diese Zahlen, in welch gewaltigem Ausmaß Familien zur Pflege und Sozialisation der nachfolgenden Generation beitragen – eine Generation, die immerhin das »Humanvermögen« für die zukünftige Entwicklung unserer Gesellschaft darstellt.

Obwohl die reinen monetären Kinderkosten von Eltern oder auch potentiellen Eltern in der Regel deutlich unterschätzt werden, stellen sie für das Familienbudget eine Belastung dar, die nicht übersehen werden kann. Neben anderen Gründen sind hohe Kinderkosten eine wesentliche Einflußgröße zur Erklärung der niedrigen Geburtenquoten in Deutschland (vgl. Schneewind, Vaskovics et al., 1992, 1997). Einige haben sogar schon darauf hingewiesen, daß dies letztlich zu einem Aussterben der Deutschen führen kann. In der Tat ist dieses Argument herangezogen worden, um Politiker dazu zu bewegen, Familien eine größere Unterstützung angedeihen zu lassen. Selbst wenn man nicht zu solchen pro-natalistischen und manchmal sogar nationalistischen Auffassungen Zuflucht nehmen möchte, scheint es unter dem Gesichtspunkt der Verteilungsgerechtigkeit ein vernünftiges und politisch vertretbares Ziel zu sein, die relative ökonomische Deprivation von Familien aufzuheben und – zumindest auf finanzieller Ebene – Chancengleichheit für diejenigen, die Kinder großziehen, und solchen, die es nicht tun, herzustellen.

2.4 Erklärungs- und Veränderungsansätze familiären Wandels

Um den Wandel des Ehe-und Familienlebens in Deutschland, den wir in den letzten Abschnitten beschrieben haben, erklärbar zu machen, wurde eine Reihe soziologischer Theorien herangezogen. Ein besonderer theoretischer Strang bezieht sich dabei auf die Prozesse der Modernisierung und Individualisierung, die in den meisten westlichen Industrienationen erkennbar geworden sind. Für diese Gesellschaften sind die folgenden Merkmale charakteristisch: (a) sie beruhen auf einem politischen System, in dem Liberalismus und eine repräsentative Demokratie vorherrscht, (b) sie erfreuen sich eines relativen ökonomischen Wohlstands, (c) sie favorisieren ein pluralistisches Wertesystem und (d) sie legen Wert auf individuelle Aktivität und Selbstverantwortlichkeit mit all ihren Risiken innerhalb einer zunehmend komplexer werdenden Welt (vgl. Beck, 1986; Beck & Beck-Gernsheim, 1994).

Ein anderer Ansatz verweist auf die Prozesse einer immer stärker voranschreitenden gesellschaftlichen Differenzierung und Segmentierung, die in modernen Gesellschaften einzelnen Personen, Paaren und Familien gleichermaßen ein hohes Maß an »Optionalität« in der Gestaltung ihres Lebens einräumen (vgl. Kaufmann, 1988; 1995). Als Konsequenz daraus ist die Verfügbarkeit verschiedener Lebensoptionen mit einer Vielzahl von Zukunftsentwürfen und »möglicher Selbste« verbunden (vgl. Markus & Nurius, 1986), die jedoch zugleich auch in einer größeren Zahl »prekärer Identitäten« (Kaufmann, 1988) oder nur schwach integrierter »Patchwork-Identitäten« (Keupp, 1994) ihren Niederschlag finden können. Dem liegt die Annahme zugrunde, daß derartige brüchige Identitäten auf etablierte soziale Institutionen wie Ehe und Familie zurückwirken und somit zu ihrer allmählichen Destabilisierung beitragen (vgl. Beck-Gernsheim, 1992).

Obwohl auf einem abstrakten Niveau solche soziologischen »grand view« Theorien durchaus ihre Verdienste haben, um den Wandel des Ehe- und Familienlebens in Deutschland verstehbar zu machen, darf nicht übersehen werden, daß es auch einen Erklärungsbedarf hinsichtlich der Spezifität unterschiedlicher Lebensoptionen gibt. Um dieses Argument zu verdeutlichen, wollen wir einen Blick auf die traditionelle Zweikindfamilie werfen, die – obwohl sie immer noch Deutschlands vorherrschende Familienform ist – Gefahr läuft, an Boden zu verlieren.

Eine Reihe soziologischer Analysen zeigt, daß dieser Familientypus in eher ländlichen und weniger modernisierten Gegenden Deutschlands überrepräsentiert ist (vgl. Burkhart & Kohli, 1992; Strohmeier, 1993). Da diese Regionen Schwierigkeiten haben, den Übergang von der klassischen Industriestruktur (z.B. Bergbau, Stahlproduktion, Schiffsbau) zu einer postindustriellen Wirtschaft (z.B. moderne Kommunikations- und Computertechnologie) zu realisieren, sind die wirtschaftlichen Rahmenbedingungen in diesen Regionen unterdurchschnittlich ausgeprägt. Eine Konsequenz dieser Entwicklung ist, daß traditionelle Kernfamilien eher zu dem weniger wohlhabenden Teil der deutschen Gesellschaft gehören. Darüber hinaus haben die »Wohltaten« der Individualisierung und Pluralisierung, die – so sieht es eine Reihe soziologischer Analysen – zentrale Aspekte einer »modernisierten Modernität« darstellen, diese Gruppe weitgehend nicht erreicht. Bedingt durch hohe Arbeitslosenquoten, einen Mangel an »modernen« Berufsqualifikationen und einer gewissen örtlichen Seßhaftigkeit weisen die Lebensoptionen derer, die diesem Segment der deutschen Gesellschaft zugehören, wenig Unterschiedlichkeit auf. Vielmehr hat es den Anschein, daß ihre Biographien in Richtung eines mehr traditionellen Lebensstils kanalisiert worden sind. Das traditionelle Familienmodell ist dabei ein herausgehobenes Beispiel einer dararatig kanalisierten Lebensoption. Im übrigen trifft dies gleichermaßen für die Zweielternfamilien im Osten Deutschlands zu, wo entsprechende Analysen ebenfalls für eine schrittweise Verarmung dieses Familientyps sprechen (vgl. Strohmeier & Schulze, 1995).

Auf diesem Hintergrund können wir spekulieren, daß typische Familienwerte wie Solidarität, überdauernde Verpflichtung und Heimatverbundenheit, die lange Zeit Garanten der Stabilität in einer mutmaßlich ökonomisch sicheren Welt bedeuteten, mehr und mehr aus der Mode kommen. Im Hinblick auf die Herausforderungen eines hochgradig wettbewerbsorientierten und marktabhängigen ökonomischen Systems, das von den Prinzipien einer »verschlankten Produktion« diktiert wird und unter einem permanenten Innovations- und Veränderungsdruck steht, wird ein ganz bestimmtes Muster von Qualifikationen erwartet, um den entsprechenden Arbeitsbedingungen gerecht zu werden. Für viele »Jobs« wird auf der individuellen Ebene neben einem hohen Grad an professioneller und sozialer Kompetenz eine Reihe persönlicher Qualifikationen wie Flexibilität, rasche Anpassungsfähigkeit und Bereitschaft zur regionalen Mobilität verlangt (vgl. Sennett, 1998). Dabei sollte nicht übersehen werden, daß Männer und Frauen gleichermaßen mit diesen Anforderungen eines »postmodernen« Persönlichkeitstyps konfrontiert werden, da es kaum mehr einen Unterschied im Ausbildungsniveau zwischen den Geschlechtern gibt.

Regionale Analysen zeigen, daß die Kennzeichen eines derartigen Persönlichkeitstyps stärker in urbanen und modernisierten Gegenden – und dort wieder besonders unter jungen Menschen – vorherrschen. Dabei soll jedoch nicht vergessen werden, daß es in den urbanen Regionen durchaus auch andere Formen einer »modernen« Mentalität unter den Jugendlichen und jungen Erwachsenen gibt, so z.B. eine vornehmlich hedonistisch-materialistische Orientierung oder eine idealistische Gegenkultur (vgl. Klages & Gensicke, 1994).

Jedenfalls scheint die beobachtete Pluralisierung von Lebensstilen, die als Folge eines vor mehreren Jahrzehnten einsetzenden Modernisierungsprozesses zu sehen ist, inzwischen einen Punkt der Polarisierung erreicht zu haben, der zumindest für das traditionelle Familienleben eine massive Herausforderung darstellt (vgl. Strohmeier, 1993). In der Tat sind die Lebensbedingungen und das Wertesystem des traditionellen Kleinfamilienmodells kaum mit den Anforderungen eines »modernen« Lebensstils in Einklang zu bringen, wo langfristige Verpflichtungen eher kontraproduktiv und eine Haltung der Unverbindlichkeit und des leichten Rückgängigmachens zeitlich begrenzter Verpflichtungen an der Tagesordnung sind.

Sich auf eine Langzeitbeziehung einzulassen und sie durchzuhalten ist – insbesondere wenn diese Beziehung durch eine Ehe legalisiert wird – im Hinblick auf die gestiegenen Scheidungsraten und die langandauernden ökonomischen

Konsequenzen einer Scheidung zu einer ziemlich riskanten Lebensoption geworden. Darüber hinaus ist Elternschaft ein irreversibles und – wie wir gesehen haben – teueres Unterfangen, das auf seiten der Eltern die Bereitschaft voraussetzt, auf lange Zeit die Verantwortlichkeit für ihre Kinder zu übernehmen. Offenkundig passen solche Erfordernisse nicht leicht mit einem Lebensstil zusammen, der sich in den verschiedenen Spielarten einer »modernen« Mentalität äußert. Dennoch hat es den Anschein, daß ein größerer Teil der jüngeren Generation, insbesondere wenn sie in einem städtischen Umfeld lebt, sich von der Vision einer grenzenlosen Optionalität eines modernen Lebensstils angezogen fühlt und auch versucht, zumindest einige Aspekte dieser Vision in ihr reales Leben zu integrieren.

Was bedeutet dies alles nun für die Zukunft der »Familie in Deutschland«? Insbesondere stellt sich die Frage, welche Maßnahmen unternommen werden sollen, um Familien oder familienähnliche Arrangements zu unterstützen, vorausgesetzt man ist davon überzeugt, daß das Familienleben – in welcher Form es sich auch immer abspielt – eine derartige Unterstützung überhaupt verdient. Im folgenden sollen hierzu abschließend noch einige Überlegungen angestellt werden.

Als erstes müssen wir uns vergegenwärtigen, daß der Prozeß der Modernisierung – sei es nun die erste oder zweite Modernität im Sinne von Beck (1996) – mit all seinen Auswirkungen nicht rückgängig gemacht werden kann. Zweitens sollten wir davon ausgehen, daß das Vorherrschen einer autozentrischen, d.h. stark auf die Selbstgestaltungsbedürfnisse des einzelnen ausgerichteten Mentalität (vgl. Klages & Gensicke, 1994) in der Zukunft kaum rückgängig gemacht werden kann. Drittens sollten wir aufgrund allgemein anthropologischer Überlegungen dennoch davon ausgehen, daß die Menschen prinzipiell über die Bereitschaft und das motivationale Potential verfügen, sowohl ihre individuelle Autonomie als auch ihre soziale Verbundenheit zu entwickeln. Individuelle Autonomie und soziale Verbundenheit können als zwei aufeinander bezogene Teile der gesamten persönlichen Identität betrachtet werden. Insofern kommt es auf die Balance zwischen diesen beiden grundlegenden motivationalen Systemen an, durch welche die besondere Art der autozentrischen Mentalität einer Person zum Ausdruck kommt.

Die Erfahrungswelt der Familie ist ein ausgezeichnetes Medium, um die motivationalen und verhaltensmäßigen Bereitschaften als Teil des Autonomie-Verbundenheitssystems zu erwerben. So gesehen ist die Qualität der elterlichen Erziehung für die Persönlichkeitsentwicklung der nachwachsenden Generation von besonders großer Bedeutung. Der Wandel der elterlichen Erziehung in den letzten Jahren signalisiert – wie wir gesehen haben – einen starken Liberalisierungseffekt der Eltern-Kind-Beziehungen, der das Ziel einer balancierten Identitätsbildung der Kinder untergraben kann, wenn das elterliche Erziehungsverhalten zu egalitär und nachsichtig ausgeprägt ist. Eine autoritative Erziehung im Sinne von Baumrind (1971), d.h. ein warmes, unterstützendes, aber dennoch forderndes und zugleich Grenzen setzendes Erziehungsverhalten, ist daher besonders gefragt. Allerdings fand Baumrind selbst, daß dieser besondere Erziehungsstil allenfalls von 10 % der von ihr untersuchten Stichprobe praktiziert wurde, was zugleich deutlich macht, wie schwierig ein solcher Erziehungsstil in der alltäglichen Erziehungspraxis umzusetzen ist (vgl. Baumrind, 1991).

Autoritative Erziehung setzt sozial kompetente Eltern voraus, die in der Lage sind, ihre eigene Beziehung als Paar in einer befriedigenden und konstruktiven Weise zu gestalten. Für beide Fälle, d.h. für Eltern-Kind- und Paar-Beziehungen, stellt eine präventive Entwicklung von angemessenen Beziehungsfertigkeiten wie aktives Zuhören, Selbstöffnung, Umgang mit positiven und negativen Gefühlen, Konfliktregulierung und Problemlösung eine wichtige Basis dafür dar, daß Paare und Eltern Krisen und problematische Situationen besser meistern können (vgl. Perrez, 1994; Schneewind & Graf, 1999). Zugleich gedeihen auf diesem Boden wechselseitig befriedigende, wachstumsorientierte und dauerhafte Beziehungen. Die Bildung und Aufrechterhaltung solcher Beziehungen ist dabei als ein selbstkonstruktiver Prozeß der gemeinsamen Entwicklung zu sehen, der im übrigen durchaus im Einklang mit einer sozialverträglichen autozentrischen Mentalität steht. In letzter Konsequenz bedeutet ein derartiger Ansatz, daß Beziehungen im Kontext von Ehe und Familie (und ihren verschiedenen nicht-institutionalisierten Ablegern) in gewisser Weise reinstitutionalisiert werden, diesmal jedoch auf der Basis von Prozessen, die einer sozial verantworteten Selbstentwicklung zugrunde liegen und nicht so sehr auf einer weitgehend reaktiven Anpassung an von außen vorgegebene Normvorstellungen beruhen (vgl. Schneewind, 1994b).

Auch wenn die Betrachtung von Partnerschaft und Elternschaft von einem beziehungspsychologischen Standpunkt aus besonders erhellend sein mag, ist dies doch nur die eine Seite der Medaille. In der Tat ist es schwierig, das, was wir als wechselseitig befriedigende, wachstumsförderliche und verläßliche Beziehungen bezeichnet haben, zu entwickeln, wenn Paare und Familien nicht in einer unterstützenden Umwelt leben. In Deutschland wurde in letzter Zeit gehäuft darauf hingewiesen, daß die durchschnittliche Familie unter einer »strukturellen Rücksichtslosigkeit« zu leiden hat (vgl. Kaufmann, 1995; Bundesministerium für Familie und Senioren, 1994). Dabei bezieht sich strukturelle Rücksichtslosigkeit nicht nur auf die weiter oben bereits erwähnte relative ökonomische Deprivation von Familien, sondern insbesondere auch auf eine Reihe schwerwiegender Unvereinbarkeiten der Arbeitswelt und des Familienlebens. Diese äußern sich z.B. in einem Fehlen von Tagesbetreuungseinrichtungen für Kinder, in einem Mangel an Teilzeitarbeitsplätzen für Mütter, in unflexiblen Öffnungszeiten von Kindergärten und Schulen oder in einem mangelnden Angebot an preiswerten Wohnungen für Familien. An dieser Stelle wird deutlich, daß ein erheblicher politischer Handlungsbedarf besteht, um angemessene Rahmenbedingungen zu schaffen, damit junge Leute das Abenteuer wagen, eine eigene Familie zu gründen.

3 Familientheorien – Annäherungen an die Ordnung familiärer Wirklichkeiten

Übersicht:

Im dritten Kapitel stehen theoretische Zugänge zur familiären Lebenspraxis im Vordergrund. Zunächst gehen wir der Frage nach, warum Familientheorien überhaupt erforderlich oder nützlich sind. Dabei wird eine grundsätzliche Unterscheidung zwischen subjektiven und wissenschaftlich fundierten Familientheorien getroffen. Im Anschluß daran werden auf dem Hintergrund eines transaktionalen Verständnisses von Person-Umwelt-Beziehungen einige grundlegende anthropologische Annahmen dargestellt, die in die Konzeption von Familientheorien einfließen. Darüber hinaus gehen wir auf drei unterschiedliche erkenntnis- und wissenschaftstheoretische Positionen – nämlich die positivistische, interpretative und kritische Sicht von Wissen und Wissenschaft – in ihrer Anwendung auf Familientheorien ein.

Es folgt eine Darstellung von sieben familientheoretischen Ansätzen, die z.T. in unterschiedlichen Varianten existieren und für die Erschließung familiärer Wirklichkeiten als besonders wichtig erachtet werden. Im einzelnen sind dies: (1) die Familiensystemtheorie, (2) die Familienentwicklungstheorie, (3) die Familienstreßtheorie, (4) dimensionale und typologische Ansätze, (5) die Bindungstheorie, (6) die Austauschtheorie und schließlich (7) ein integratives Systemmodell der Familienentwicklung.

3.1 Warum Familientheorien?

»Theorien sind nichts anderes als die Vorurteile von Professoren« meinte der Schriftsteller Mark Twain und gab damit einen nicht gerade ausgeprägten Respekt vor der akademischen Zunft zu erkennen. Ganz im Gegensatz dazu steht das berühmte Diktum von Kurt Lewin – allerdings selbst ein Professor und damit aus der Sicht von Mark Twain mit Vorsicht zu genießen –, wonach es nichts Praktischeres gäbe als eine gute Theorie.

Theorien gibt es in Hülle und Fülle – auch solche, die sich mit der Lebenspraxis von Familien beschäftigen. Vor allem gibt es genügend *subjektive Theorien* über das Leben von Familien, die sich in Form persönlicher Überzeugungen zu erkennen geben und häufig in Gestalt beschreibender, erklärender oder wertender Aussagen ihren Ausdruck finden. Beispiele hierfür sind etwa: »Familie Meier führt ein harmonisches Familienleben« (beschreibende Aussage), »Kein Wunder, daß der kleine Fritz von den Müllers Schulschwierigkeiten hat, wenn Frau Müller den ganzen Tag im Büro arbeitet und sich nicht um ihren Sohn kümmert« (erklärende Aussage), »Die Schmitts sollten endlich lernen, ihren Kindern Grenzen zu setzen« (wertende Aussage). Hinter diesen auf Einzelfälle bezogenen Aussagen stehen häufig generalisierte persönliche Überzeugungen wie »Die meisten Familien führen ein harmonisches Familienleben«, »Wenn Mütter sich nicht um ihre Kinder kümmern, führt das zu Schulschwierigkeiten« oder »Eltern sollten lernen, ihren Kindern Grenzen zu setzen«.

Persönliche Überzeugungen dieser Art – seien es nun singuläre oder generelle Aussagen – können durchaus ein mehr oder minder kohärentes Überzeugungssystem darstellen, das sich auf persönliche Erfahrungen stützt und insofern gewissermaßen eine empirische Fundierung hat. Sie können sogar im Sinne von Kurt Lewin für den Inhaber eines solchen persönlichen Überzeugungssystems eine »gute« Theorie sein, weil das Muster an persönlichen Überzeugungen nämlich »praktisch« ist, indem es Orientierungen anbietet, Erkenntnissicherheit verschafft und handlungsleitend wirkt. Nur: persönliche Überzeugungssysteme dieser Art sind und bleiben subjektive Theorien. Sie sind damit klar von wissenschaftlichen Theorien abzugrenzen, die sich in ganz bestimmter Weise ihrem Gegenstand nähern, wobei dieser Gegenstand im übrigen auch in den subjektiven Theorien bestehen kann, die Personen über Familien oder Familienbeziehungen im besonderen und allgemeinen haben.

Allgemein gesprochen bestehen *wissenschaftliche Theorien* aus systematisch aufeinander bezogenen Annahmen, die empirisch überprüfbar sind (vgl. Rudner, 1966). Hierzu sind nach Klein und White (1996) fünf Komponenten erforderlich, nämlich »(a) Begriffe, (b) Beziehungen zwischen den Begriffen, (c) Hypothesen, (d) Beziehungen zwischen den Hypothesen und (e) die empirische Welt der Beobachtung.« (S. 3).

(1) Begriffe. In einer Wissenschaftssprache sind Begriffe wichtige grundlegende Bestandteile, für die es bestimmte Einführungs- und Verwendungsprozeduren gibt. Insbesondere qualifizieren sich wissenschaftliche Begriffe oder Termini als explizit eingeführte Zeichen für etwas außersprachlich zu Bezeichnendes (vgl.

Kamlah & Lorenzen, 1967; Schneewind, 1969). Zugleich gliedern sie die außersprachlich gegebene Welt, indem die beobachteten Phänomene »auf den Begriff« gebracht werden. Erst durch dieses explizite In-Beziehung-Setzen eines bestimmten Begriffs mit einem bestimmten Wirklichkeitsausschnitt wird eben dieser Wirklichkeitsausschnitt zum Phänomen. Mit anderen Worten: Durch den über einen kognitiven Akt erfolgenden begrifflichen Zugriff auf die Welt wird diese als solche konstituiert bzw. konstruiert und zugleich in ihrer Bedeutung festgelegt. Wissenschaftliche Begriffe sind somit Konstrukte, die gewissermaßen eine besondere (theoretische) Brille darstellen, durch die die Welt betrachtet und erschlossen wird. Auf weitere Differenzierungen von wissenschaftlichen Begriffen wie etwa Beobachtungsbegriffe, intervenierende Variable oder hypothetische Konstrukte (vgl. McCorquodale & Meehl, 1948) soll an dieser Stelle nicht weiter eingegangen werden.

Allerdings müssen wir festhalten, daß es nicht genügt, einen Begriff einfach einem vermuteten Sachverhalt oder einer beobachteten Tatsache zuzuordnen. Seine eigentliche Bedeutung erhält der Begriff erst dann, wenn es zu einer definitorischen Festlegung eben dieser Bedeutung kommt. Definitionen beinhalten eine Bedeutungsexplikation, die einen Begriff und das mit ihm bezeichnete Phänomen in all seinen Facetten für den kundigen Verwender des Begriffs verständlich machen.

Nehmen wir als Beispiel für das bisher Gesagte den Begriff »aggressiv«. Wenn wir etwa beobachten, daß Max seinen kleineren Bruder Fritz während des Spielens mit dem Arm in die Seite gestoßen hat, genügt diese Beobachtung nicht, um von einem aggressiven Akt zu sprechen, wenn »aggressiv« definitorisch als ein absichtlich schädigendes Verhalten eingeführt ist. Wir müßten also bei der Beobachtung dieser Episode neben dem Stoßen von Max auch noch Hinweise dafür haben, daß dies nicht etwa aus Ungeschicklichkeit, sondern mit Absicht erfolgt ist. Schädigendes Verhalten bezieht sich allerdings nicht nur auf Verhaltensweisen wie »mit dem Arm in die Seite stoßen«, sondern auf eine ganze Klasse unterschiedlicher Verhaltensweisen, die eine physische Beeinträchtigung des Adressaten umfassen (z.B. wenn Fritz über das ausgestreckte Bein von Max stolpert oder wenn Fritz aus der Hand von Max ein Bauklotz auf den Kopf fällt). Alle diese Verhaltensweisen können im Prinzip ohne absichtliches Zutun von Max stattgefunden haben. Zu aggressiven Akten werden sie erst, wenn ihnen erkennbar eine schädigende Intention zugeschrieben werden kann. Wenn wir bei Max gegenüber seinem Bruder gehäuft aggressive Verhaltensweisen unterschiedlicher Art beobachten können, werden wir ihm das Prädikat (Kamlah & Lorenzen, 1967, sprechen statt von Prädikat von Prädikator) »aggressiv« – zunächst mit der Einschränkung »gegenüber seinem Bruder Fritz« – zuschreiben. Und wenn wir darüber hinaus beobachten, daß Max sich auch gegenüber anderen Kindern (z.B. in der Schule oder in einer Spielgruppe) oder sogar gegenüber Erwachsenen aggressiv verhält, dann werden wir ihm das Prädikat »aggressiv« mit deutlich geringerer Einschränkung hinsichtlich seines Anwendungsbereichs zusprechen und ihm womöglich Aggressivität als eine ihn besonders charakterisierende Persönlichkeitseigenschaft unterstellen. Wir sagen dann »Max ist aggressiv« und erwarten von ihm gehäuft unterschiedliche aggressive Verhaltensweisen in verschiedenen sozialen Situationen.

Noch etwas wird an diesem Beispiel deutlich, nämlich daß Begriffe wie »aggressiv« nicht im luftleeren Raum existieren, sondern an einen Akteur gebunden sind, der dieses aggressive Verhalten anderen zuteil werden läßt. Wir haben in unserem Beispielsfall davon gesprochen, daß dem Akteur Max das Prädikat »aggressiv« zugeschrieben bzw. zugesprochen wird. Allgemeiner werden Personen durch einen derartigen Prozeß des Zusprechens zum »Besitzer« eines bestimmten Prädikats und sind als solche gewöhnlich durch Eigennamen ausgewiesen. Noch allgemeiner können wir von Entitäten sprechen, denen derartige Prädikate zugesprochen werden. Entitäten können dabei nicht nur einzelne Personen sein, sondern auch bestimmte Personengruppen (z.B. die Familie Meier), Angehörige einer bestimmten Nation (z.B. die Deutschen), aber genauso Tiere (z.B. der Haushund von Meiers), Objekte (z.B. das Familienauto) oder Situationen (z.B. eine Spielsituation). Mit Entitäten können – wie in den eben genannten Beispielen – bestimmte einzelne Personen, Objekte, Situationen etc. oder größere Mengen bzw. die Gesamtzahl von Exemplaren, die einer bestimmten Entität zugehören, gemeint sein.

(2) Beziehungen zwischen Begriffen. Ohne allzu tief in die Rekonstruktion von Wissenschaftssprachen einzutauchen, wollen wir dennoch festhalten, daß es – wie in dem obigen Zitat von Klein und White (1996) beschrieben – auch Beziehungen zwischen Begriffen gibt. So z.B. wenn zwei oder mehr Begriffe in einer Aussage miteinander verbunden und einer Entität zugesprochen werden. Für den uns bereits bekannten Max könnte etwa zutreffen, daß er nicht nur dazu neigt, sich aggressiv zu verhalten, sondern außerdem leicht reizbar ist oder schnell eifersüchtig wird – sei es nun in eingeschränkter Weise gegenüber seinem Bruder Fritz oder in verallgemeinerter Weise gegenüber anderen Kindern oder Erwachsenen.

(3) Hypothesen. Einen weiteren bedeutsamen Schritt in Richtung der Konstruktion wissenschaftlicher Theorien stellen Hypothesen dar. In der einfachsten Form verbinden Hypothesen zwei Begriffe in einer bestimmten Weise miteinander. Eine solche Hypothese könnte lauten: »Wenn Max auf Fritz eifersüchtig ist, behandelt er Fritz aggressiv.« Derartige, in Form einer »Wenn-Dann«-Aussage formulierte Verbindungen zwischen zwei Begriffen stellen das Fundament von Erklärungen dar. In unserem Beispielsfall kann dies sogar heißen, daß die Eifersucht von Fritz die Ursache für sein aggressives Verhalten ist – auch wenn damit nicht gesagt ist, daß die Eifersucht auf seinen Bruder die einzige Ursache für seine Aggressivität ist. So könnte Max beispielsweise durch Fritz provoziert oder von einem anderen Kind zu einem aggressiven Akt angestachelt worden sein. Dennoch würde dies der Hypothese keinen Abbruch tun, daß u.a. auch Eifersucht eine Ursache für Fritzens Aggressivität sein kann.

(4) Beziehungen zwischen Hypothesen. An dieser Stelle gelangen wir schnell zum nächsten Punkt wissenschaftlicher Theorienbildung, nämlich der Beziehung zwischen verschiedenen Hypothesen. So bleibt in unserem Beispiel bislang ungeklärt, warum Max eifersüchtig wird. Dies könnte etwa damit zu tun haben, daß die Mutter von Max dazu neigt, seinem Bruder mehr Beachtung zu schenken

oder Privilegien zukommen zu lassen als ihm, was wiederum dadurch erklärbar wird, daß zwischen Fritz und seiner Mutter eine enge Koalition gegen Max und seinen Vater besteht, die sich ihrerseits zu einer Allianz gegenüber der Mutter und Fritz zusammengetan haben. Daß dies überhaupt passieren konnte – so läßt sich in einer weiteren Hypothese vermuten – ist vor allem darauf zurückzuführen, daß die Eltern der beiden Brüder als Partner und Eltern Probleme miteinander haben und deswegen ihre »natürliche« Partner- und Elternallianz aufgegeben haben.

Wir brechen an dieser Stelle die Suche nach weiteren Erklärungshypothesen für die Aggressivität von Max ab, nicht ohne festgestellt zu haben, daß wir unversehens mit einem derartigen Hypothesengeflecht auf das Terrain familienpsychologischer Theorienbildung vorgestoßen sind. Wenn wir über den singulären Fall der Beziehungen von Max, Fritz und seinen Eltern hinaus eine Verallgemeinerung der Vermutungen vornehmen, die in dieser Verknüpfung von Hypothesen zum Ausdruck kommen, ergeben sich Rudimente einer auf einen bestimmten Gegenstandsbereich fokussierten familienpsychologischen Theorie mit einer allgemeinen – man kann genausogut sagen: gesetzesartigen – Gültigkeitsunterstellung.

(5) Empirische Überprüfung von Theorien. Wohlgemerkt handelt es sich bei Theorien, die auf der Basis von sporadischen Beobachtungen oder auch bloß gedanklichen Mutmaßungen entstanden sind, zunächst einmal lediglich um Gültigkeitsunterstellungen mit Verallgemeinerungsanspruch. Damit aus diesen verallgemeinerten Gültigkeitsbehauptungen Gültigkeitsbestätigungen werden, bedarf es ihrer empirischen Überprüfung. An dieser Stelle ist die fünfte und letzte Komponente im Sinne des von Klein und White (1996) vorgestellten Konzepts wissenschaftlicher Theorien angesprochen, wonach wir uns in »die empirische Welt der Beobachtung« zu begeben haben, wenn wissenschaftliche Theorien empirisch gehaltvoll sein sollen. Mit anderen Worten: Auf der Basis wohldefinierter wissenschaftlicher Termini als Bestandteile explizit formulierter Hypothesen ist auf dem Wege empirischer Beobachtung zu prüfen, ob sich diese Hypothesen in der Wirklichkeit erhärten lassen.

Die empirische Prüfung von Theorien stellt somit den Lackmustest für deren Bewährung und Brauchbarkeit dar. Das Vehikel für diesen Test ist die empirische Forschung mit ihren unterschiedlichen methodischen Herangehensweisen. Diese wiederum werden allerdings u.a. auch durch die Wahl einer bestimmten theoretischen Position entscheidend mitbestimmt. Da die empirische Überprüfung von Theorien stets nur zu einer mehr oder minder zufriedenstellenden Passung von Theorie und erklärungsbedürftiger Wirklichkeit führt, stellen die Unzulänglichkeiten theoretischer Erklärungsversuche zugleich einen Motor für die Veränderung von Theorien und die Initiierung neuer Forschungsfragestellungen dar. Theorien sind somit keine statischen Gebilde, sondern sie weisen eine Veränderungsdynamik auf, die durch das Streben nach mehr Erkenntnissicherheit und Brauchbarkeit gekennzeichnet ist.

Dieser für Theorien allgemein zutreffende Gedanke gilt natürlich auch für den speziellen Bereich der familienpsychologischen Theoriebildung, wobei zwischen reiferen und weniger ausgegorenen Theorien unterschieden werden kann. Sofern eine bestimmte familienpsychologische Theorie, wie z.B. die von Gottman (1994) entwickelte Theorie zur Erklärung von Unzufriedenheit und Instabilität in Paarbeziehungen, in der Grundlagenforschung eine hinreichend solide empirische Bestätigung erfahren hat, trägt dies nicht nur zu einer Befriedigung des Bedürfnisses nach Erkenntnissicherheit bei, sondern bereitet – wie im ersten Kapitel bereits dargestellt – zugleich den Boden für eine anwendungsorientierte Umsetzung im Sinne einer entsprechenden Interventions-, Evaluations- und Implementierungsforschung, die ihrerseits expliziten wissenschaftlichen Kriterien der Bewährungskontrolle unterliegt. Für den Fall der Prävention von Beziehungsstörungen in Partnerschaften kann aufgrund der gegenwärtigen wissenschaftlichen Befundlage mit einigem Fug und Recht behauptet werden, daß bestimmte Präventionsprogramme für viele – wenn auch nicht für alle – Paare, die ein entsprechendes Programm durchlaufen haben, gemessen an einer Reihe von Kriterien wie z.B. Qualität der Kommunikation, Art der Konfliktbewältigung, Ausmaß an Beziehungszufriedenheit oder Anzahl von Trennungen und Scheidungen, erfolgreich sind (vgl. Thurmaier, 1997; van Widenfelt et al., 1997; Schneewind & Graf, 1999).

Die beiden wichtigsten Antworten auf die Frage »Warum Familientheorien?« bestehen zum einen in einer wissenschaftlich objektivierbaren Erkenntnissicherheit und zum anderen in einer nachgewiesenen Brauchbarkeit bzw. Nützlichkeit zur Lösung von Fragen und Problemen, die sich in der Lebenspraxis von Familien ergeben. Bei allem Respekt vor der schriftstellerischen Leistung und dem aphoristischen Humor von Mark Twain: es gibt nichts Praktischeres als eine gute Theorie.

3.2 Grundlegende Annahmen von Familientheorien

Über ihren Erklärungsanspruch, ihre gegebenenfalls empirisch erhärtete Erkenntnissicherheit und ihre nachgewiesene Nützlichkeit hinaus zeichnen sich wissenschaftliche Theorien außerdem dadurch aus, daß sie auf einer Reihe von grundlegenden Annahmen – auch Propositionen genannt – basieren. *Propositionen* sind Bestandteile des theoretischen Rahmens, innerhalb dessen spezifische Hypothesengefüge formuliert und einer empirischen Überprüfung zugeführt werden. Als Beispiel seien die zentralen Propositionen eines bestimmten theoretischen Rahmenmodells, nämlich des auf George Herbert Mead (1934) zurückgehenden Symbolischen Interaktionismus, genannt. Hill und Kopp (1995) führen in Anlehnung an Nock (1987) die folgenden vier Propositionen des Symbolischen Interaktionismus an:

- »Menschen leben in einer symbolischen und physischen Umwelt, und sie verfügen über komplexe Sets von Symbolen. Symbole sind mentale Abstraktionen mit bestimmten Bedeutungen. Die Bedeutungen von Symbolen werden in Interaktion mit anderen erlernt.
- Menschen fällen Urteile. Man lernt nicht nur die Bedeutung von Symbolen, sondern auch deren Bewertung. Wir verstehen und beurteilen unsere symbolische Welt.

- Menschen entwickeln einen *sense of self.* Sie lernen sich selbst von anderen unterscheiden und entwickeln ein Selbstkonzept in der Interaktion mit anderen.
- Menschen handeln aktiv und reagieren auf Impulse ihrer Umgebung. Menschen reagieren jedoch nicht nur auf ihre Umgebung, sondern schaffen sich diese Umwelt durch ihre symbolgeleiteten Interpretationen selbst und reagieren dann auf diese. Die Welt, auf die eine Person antwortet, ist eine mentale Konstruktion dieser Person.« (S. 88).

Propositionen dieser Art sind nicht nur für eine familienpsychologische Sichtweise bedeutsam, sondern lassen auch erkennen, daß sie letztlich von einem Menschenbild getragen sind, in das eine Reihe von anthropologischen Grundlagen einfließt. Menschenbilder haben mit den grundsätzlichen Sichtweisen des Person-Umwelt-Bezugs zu tun. Je nachdem, ob Personen und Umwelten als aktive oder passive Einheiten gesehen werden, lassen sich nach Montada (1995) unterschiedliche Theoriengruppen des Person-Umwelt-Bezugs unterscheiden, nämlich exogenistische, endogenistische, Selbstgestaltungs- und interaktionistische Theorien. Wir betrachten im folgenden etwas ausführlicher die anthropologischen Grundlagen von interaktionistischen bzw. transaktionalen Theorien des Person-Umwelt-Bezugs, bei denen sowohl Personen als auch Umwelten als aktive Einheiten gesehen werden (vgl. Sameroff, 1975). Eine graphische Veranschaulichung eines integrativen Modells des Person-Umwelt-Bezugs findet sich in Abbildung 3.1.

Die zentralen anthropologischen Grundlagen dieses Modells und ihre daraus ableitbaren Weiterungen für die Beschäftigung mit Person-Umwelt-Transaktio-

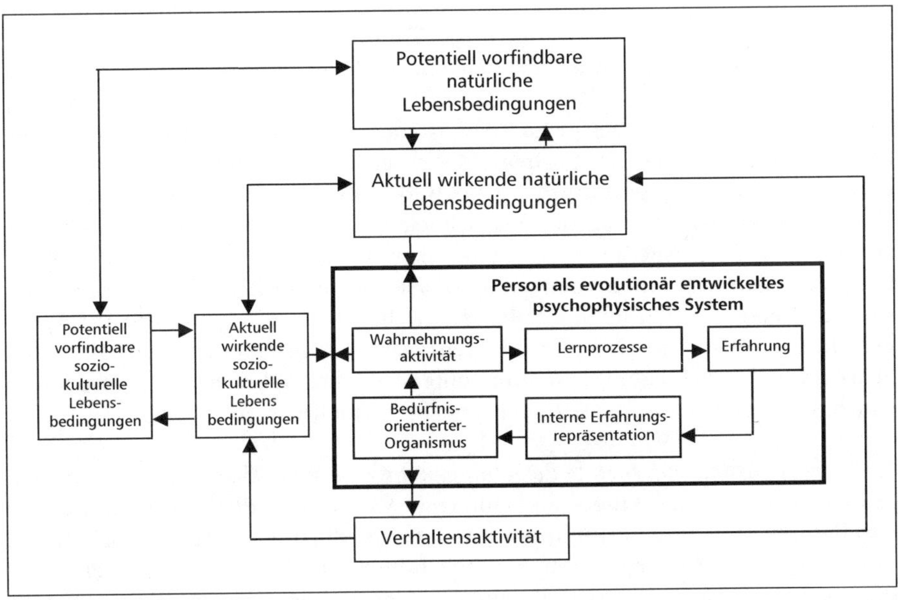

Abb. 3.1: Ein integratives Modell des Person-Umwelt-Bezugs

nen, die auch für die familienpsychologische Theorienbildung von Belang sind, sollen in den folgenden sechs Präpositionen zusammengefaßt und kurz erläutert werden (vgl. Schneewind, 1999; Schneewind & Pekrun, 1994):

(1) Menschen entwickeln sich in Transaktion mit ihrer Umwelt. Gemeint ist damit, daß – wie Magnusson (1995) sich ausdrückt – das menschliche Individuum funktioniert und sich entwickelt »in einem kontinuierlich voranschreitenden reziproken Interaktionsprozeß mit seiner Umwelt.« (S. 24). Ein wichtiger Aspekt dessen, was wir in Anlehnung an Sameroff (1975) als Transaktion und Magnusson als »kontinuierlich reziproken Interaktionsprozeß« bezeichnen, besteht darin, daß die Analyse von Entwicklungsprozessen ein systemisches, am Prinzip der zirkulären Kausalität orientiertes Denken erforderlich macht. So wird etwa im Rahmen der Analyse elterlicher Erziehung nicht mehr allein danach gefragt, wie Eltern die Entwicklung ihrer Kinder beeinflussen, sondern umgekehrt auch, welche Auswirkungen Kinder auf das Erleben und Verhalten ihrer Eltern haben. Familien qualifizieren sich entsprechend dieser Sichtweise als mehr oder minder komplexe Beziehungssysteme, in denen alle Beteiligten agierend und reagierend sich selbst in das Beziehungssystem einbringen und dadurch zu ihrer eigenen Entwicklung sowie zur Entwicklung der anderen Beziehungspartner und des gesamten Familiensystems im Sinne eines Ko-Konstruktionsprozesses beitragen.

(2) Menschen sind lernfähige und auf Lernen angewiesene Wesen. Im Vergleich zu anderen Lebewesen ist der Mensch aufgrund der besonderen Ausgestaltung seines evolutionär entwickelten psychophysischen Systems in viel stärkerem Maße ein lernfähiges, zugleich jedoch genauso auf Lernen angewiesenes Wesen. Dies äußert sich zum einen in einer relativen Instinktungebundenheit und – damit einhergehend – in einer erhöhten Plastizität der Verhaltensentwicklung. Zum anderen ist damit aber zudem die Voraussetzung für den Ausgleich des »Defizits« einer weitgehenden Freiheit von endogenen Verhaltensprogrammen gegeben: Statt in seiner Lebenstätigkeit ausschließlich auf »naturgegebene« Lebensbedingungen festgelegt zu sein, ist der Mensch prinzipiell fähig, seine Lebensbedingungen in erheblichem Maße selbst zu gestalten, was wiederum auch auf seine Selbstgestaltung zurückwirkt. In Abgrenzung zur natürlichen Umwelt lassen sich die von der Menschheit im Verlauf ihrer Geschichte selbst geschaffenen Lebensbedingungen unter dem Begriff Kultur zusammenfassen. Die kulturellen Lebensbedingungen umfassen sowohl die historisch gewachsenen sozialen Lebensformen als auch die materiellen und geistigen Hervorbringungen. In ihrer Gesamtheit repräsentieren sie das Muster eine soziokulturellen Struktur, wobei sich Familien in ihren unterschiedlichen Erscheinungsformen als eine besonders bedeutsame soziale Lebensform qualifizieren.

(3) Menschen sind auf soziale Beziehungen angewiesene Wesen. Dies äußert sich zuallererst darin, daß Kinder als »unfertige Wesen« auf die Welt kommen, die zur Befriedigung ihrer grundlegenden Lebensbedürfnisse relativ lang auf die Pflege und Unterstützung älterer, bereits erfahrener Personen – in aller Regel sind dies die Eltern oder andere Familienmitglieder – angewiesen sind. Der Schweizer Zoologe Portmann (1944) hat in diesem Zusammenhang vom »extra-uterinen

Frühjahr« des Menschen gesprochen. Getragen von einer im allgemeinen schützenden und pflegenden Umgebung wächst ein neugeborenes Kind in eine Gruppe von Menschen – wie gesagt, ist dies in aller Regel die Familie – hinein, wobei neben den vorherrschenden natürlichen Umweltbedingungen bestimmte sozio-kulturelle Lebensbedingungen kennzeichnend sind. Dabei werden nicht alle potentiell vorfindbaren natürlichen und sozio-kulturellen Lebensbedingungen wirksam, sondern nur diejenigen, mit denen das Kind aktuell in Berührung kommt. Insofern stellen die Umweltarrangements, die Familien aufgrund ihrer materiellen und sozialen Lebensbedingungen anbieten oder auch nicht bereitstellen können, vor allem in den frühen Lebensphasen wichtige Entwicklungsbedingungen für das Kind dar.

(4) Menschen sind erfahrungsbildende Wesen. Sofern das In-Berührung-Kommen mit den aktuell beeinflussenden natürlichen und sozio-kulturellen Lebensbedingungen psychische Wirkungen hervorrufen kann, macht dies die Annahme erforderlich, daß Menschen grundsätzlich die Fähigkeit zur Erfahrungsbildung auf dem Wege des Lernens haben. Dabei wird unterstellt, daß Lernen ein aktiver Aneignungsvorgang ist. Dieser setzt wiederum einen bedürfnis- bzw. zielorientierten Organismus voraus, der sich zum einen durch Wahrnehmungsaktivität mit seinen aktuellen natürlichen und sozio-kulturellen Lebensbedingungen in Beziehung setzt und zum anderen durch Verhaltensaktivität auf diese ein- bzw. zurückwirkt. Wie dieser Aneignungsvorgang zu einem bestimmten lebensgeschichtlichen Zeitpunkt abläuft und zu welchen psychischen Wirkungen er führt, hängt wesentlich von drei Voraussetzungen ab, nämlich (a) dem erreichten biologisch-kognitiven Reifungsniveau des Menschen, (b) seiner im bisherigen Lebensgang akkumulierten Erfahrung und (c) dem Ausschnitt an natürlichen und sozio-kulturellen Lebensbedingungen, mit denen er jeweils aktuell in Berührung kommt. Wiederum spielen dabei familiäre Lebens- und Erfahrungskontexte eine zentrale Rolle.

(5) Menschen sind zur internen Erfahrungsrepräsentation fähig. Mit dieser Annahme wird unterstellt, daß die durch soziale Lernprozesse erworbenen Erfahrungen personintern aufbewahrt und wenn nötig auch wieder abgerufen werden können. Es formiert sich dadurch ein autobiographisches Gedächtnis, von dem Bruhn (1990, S. 95) sagt, daß es »für die Identität des Selbsts sorge, insbesondere des Selbsts in Beziehung zu anderen und zur Welt«. Dabei lassen sich grundsätzlich drei Ebenen unterscheiden, nämlich (a) die Ebene des Unbewußten in seinen unterschiedlichen, nicht nur in psychoanalytischer Sicht konzipierten Erscheinungsformen, (b) die Ebene des unmittelbaren phänomenalen Erlebens äußerer Gegebenheiten und innerer Zustände und (c) die Ebene des reflexiven Bewußtseins, das sich vor allem auf das Symbolsystem der Sprache stützt. Die Fähigkeit zum Erwerb und zur Anwendung von Sprache eröffnet dem Menschen nicht nur die Möglichkeit zur inneren Verständigung über sich und seine Welt – und zwar unabhängig von den aktuellen Kontexten, in denen er seine Erfahrungen gemacht hat. Darüber hinaus ermöglicht Sprache dem Menschen auch, sich auf dem Wege der Kommunikation mit anderen Menschen zu verständigen und die Bedeutung sprachlicher Symbole im Kontext zwischenmenschlichen Lebens aus-

zuhandeln. Es ist dies der Aspekt, auf den – wie bereits erwähnt – die von George Herbert Mead (1934) entwickelte Theorie des Symbolischen Interaktionismus besonders aufmerksam gemacht hat. Im übrigen ist wiederum die Familie – der Ausdruck »Muttersprache« bezeugt dies – in aller Regel der bedeutendste Kontext für den frühen Erwerb und Gebrauch von Sprache und somit für die Erschließung einer bedeutungshaltigen Welt.

(6) Menschen sind handlungsfähige Wesen. Neben einer inneren und äußeren Verständigung besteht eine weitere wichtige Funktion von Sprache darin, zukünftige Zustände sowie die Vorgehensweisen, wie diese zu erreichen oder zu vermeiden sind, gedanklich vorwegzunehmen. Anders ausgedrückt: Sprache ist Voraussetzung für Handeln im Sinne einer absichtsvollen, zielgerichteten Aktivität, sei es als einzelne Person oder gemeinschaftlich, wie etwa im Kontext der Familie. Handlungsfähigkeit beinhaltet zugleich, prinzipiell zwischen verschiedenen Handlungswegen bzw. -mitteln wählen und entscheiden zu können. Dieser grundlegende Aspekt von Handlungsfähigkeit stellt somit die Basis für das subjektive Erleben und die objektivierbare Verwirklichung menschlicher Autonomie und Freiheit dar. Individuelle und gemeinschaftliche Handlungsfähigkeit ist nicht nur eine wesentliche Voraussetzung für das Erreichen von Zielen, sie ist auch Vorbedingung für neue Zielsetzungen und die ihnen zugeordneten Handlungen. Diese können sich freilich nur im Rahmen entsprechender Bedingungen der Handlungsermöglichung entfalten. Mit anderen Worten: die Entwicklung von individueller oder gemeinschaftlicher Handlungsfähigkeit bedarf entsprechender objektiver Gelegenheitsstrukturen, was ganz allgemein für den gesellschaftlichen Kontext, speziell aber auch für die Familie als einem besonderen Lebenskontext innerhalb des gesellschaftlichen Systems zutrifft. Die Ermöglichung individueller und gemeinschaftlicher Handlungsfähigkeit enthält im Kern ebenso ein innovativ-veränderndes Moment, das entsprechend dem Prinzip transaktionaler Entwicklung gleichermaßen der Motor für Veränderungen auf der individuellen Ebene wie auf der Ebene der sozio-kulturellen Lebensbedingungen sein kann.

3.3 Erkenntnis- und wissenschaftstheoretische Positionen von Familientheorien

Die im vorangehenden Abschnitt dargestellten grundlegenden Annahmen, die in ein transaktionales Verständnis des Person-Umwelt-Bezugs mit seinen Implikationen für Familien als einem besonderen Umweltkontext einfließen, stellen nicht nur die Basis für konkrete familientheoretische Ansätze dar. Darüber hinaus markieren sie auch den Rahmen, innerhalb dessen unterschiedliche erkenntnis- und wissenschaftstheoretische Positionen zur Geltung kommen.

Zentral geht es dabei um die Frage, welches Verständnis von »Wissen« sich mit bestimmten wissenschaftlichen Familientheorien verbindet. Außerdem stellt sich die Frage, ob wertende oder normative Aussagen – also solche, die Vorstellungen darüber enthalten, wie Familien bzw. Familienbeziehungen sein sollen – Bestandteile wissenschaftlicher Familientheorien sind oder nicht. Je nachdem, wie diese Frage beantwortet wird, unterscheiden sich auch die Kriterien zur Beurteilung von Familientheorien, d.h. wann eine Theorie als »gut« oder »schlecht« bewertet wird. Damit zusammenhängend ergibt sich als weitere Frage, welche Ziele wissenschaftliche Familientheorien verfolgen und schließlich die Frage, welcher Stil wissenschaftlichen Arbeitens mit einer bestimmten erkenntnis- und wissenschaftstheoretischen Postion einhergeht.

Eine kritische Auseinandersetzung mit den diversen Familientheorien unterschiedlicher Reichweite kommt an einer Klärung dieser Fragen nicht vorbei. Angesichts der Fülle vorfindbarer Familientheorien (vgl. die zusammenfassenden Darstellungen in Boss et al., 1993; Burr et al., 1979; Day et al., 1995; Klein & White, 1996; Nave-Herz & Markefka, 1989) mag es hilfreich sein, einige zentrale erkenntnis- und wissenschaftstheoretische Positionen herauszuarbeiten, die der Konzeption spezifischer Familientheorien zugrunde liegen. Klein und White (1996) haben dies getan und unterscheiden drei solcher grundlegenden Sichtweisen in ihrer Anwendung auf die wissenschaftliche Beschäftigung mit Familien bzw. Familienbeziehungen. Es sind dies die positivistische, interpretative und kritische Sicht von Wissen und Wissenschaft. Zugleich haben Klein und White (1996, S. 48) anhand der oben genannten Fragen eine handliche Zusammenfassung dieser drei Positionen erarbeitet, die im Kasten 3.1 wiedergegeben ist.

Ein Blick auf die in Kasten 3.1 enthaltene Skizze der drei wissenschafts- und erkenntnistheoretischen Positionen macht deutlich, daß es sich dabei in der Tat um unterschiedliche wissenschaftliche Kulturen handelt. Dabei gewinnt man den Eindruck, daß insbesondere die positivistische Postition und die beiden häufig als postpositivistische Positionen zusammengefaßten Sichtweisen des interpretativen und kritischen Paradigmas kaum miteinander vereinbar sind. Dennoch scheint es Brückenprinzipien zu geben, wenn man die Prozesse der Theoriekonstruktion, empirischen Forschung und Wissensgenerierung als systematische Erklärung von Familienphänomenen bzw. als konsensuelles Wissen begreift, wie es beispielsweise Lavee und Dollahite (1991) mit ihrem Systemmodell wissenschaftlicher Aktivitäten in der Familienwissenschaft vorgeschlagen haben.

Ein besonders brisanter und Dissens erzeugender Punkt hängt mit der Frage zusammen, ob – wie im Paradigma kritischer Theorien – normative Aussagen Bestandeile wissenschaftlicher Familientheorien sein sollen oder nicht. Nun ist spätestens seit den einschlägigen Ausführungen von Max Weber (1919) zum Thema »Wissenschaft als Beruf« bekannt, daß es so etwas wie eine »wertfreie«, d.h. von bestimmten Vorannahmen unabhängige Wissenschaftspraxis nicht gibt. Genauer hat dies Albert (1965) spezifiziert, indem er zwischen der »Wertbasis von Sozialwissenschaften«, »Wertungen im Objektbereich der Sozialwissenschaften« und dem »eigentlichen Werturteilsproblem«, nämlich der Frage, »inwieweit sozialwissenschaftliche Aussagen selbst den Charakter von Werturteilen haben müssen« (S. 189) unterschieden hat.

Anlaß zu ernsthaftem Dissens gibt nur der zuletzt genannte Aspekt, da außer Zweifel steht, daß die Praxis wissenschaftlichen Arbeitens zum einen stets selektiv ist (z.B. aufgrund der Auswahl von Fragestellungen, Theorien, Methoden, Veröffentlichungsstrategien etc.) und zum anderen wertende Aussagen (z.B. Aus-

Kasten 3.1
Drei wissenschaftstheoretische Positionen der Familienwissenschaft

Positivistische Sicht von Wissen. Es gibt objektive Wahrheiten, Prozesse oder Realitäten von Familien, die es zu entdecken gilt.

Werte: Die Familienwissenschaft kann und sollte wertneutral, wenn nicht wertfrei sein.

Kriterien zur Beurteilung von Familientheorien: Gute Theorien sollten rational konstruiert sein (d.h. intern konsistent, einfach, kohärent, klar, explizit, generell, abstrakt). Gute Theorien sollten darüber hinaus empirisch relevant sein (d.h. testbar, gut übereinstimmend mit den Daten).

Ziele: Erklärung und Vorhersage.

Wissenschaftlicher Stil: Analytisch, kausal, deduktiv oder induktiv, deterministisch oder probabilistisch, faktisch, logisch, materialistisch, mechanistisch, beobachtend, planvoll, präzise, quantitativ, strukturell etc.

Interpretative Sicht von Wissen. Wahrheit ist subjektiv, und alles Wissen über Familien wird erzeugt durch die Interpretation von Akteuren, die sich miteinander im Gespräch befinden.

Werte: Die Familienwissenschaft ist wertrelevant, und Familienwissenschaftler/innen sollten sich ihrer Werte bewußt werden und für sie offen sein.

Kriterien zur Beurteilung von Familientheorien: Gute Theorien sollten literarische Qualität haben (d.h. Eleganz, Einfallsreichtum, narrative Kraft). Gute Theorien sollten darüber hinaus auf Daten beruhen, die auf den Erfahrungen der Familienmitglieder gründen.

Ziel: Verstehen.

Wissenschaftlicher Stil: Künstlerisch, beziehungsreich, existentiell, hermeneutisch, humanistisch, intuitiv, metaphorisch, phänomenologisch, postmodern, prozessual, selbst-reflexiv, sensitiv, spektakulär, symbolisch etc.

Kritische Sicht von Wissen. Wahrheit wird durchgesetzt durch diejenigen, die die Macht zur Gestaltung von Wissen haben.

Werte: Familientheorien sind werthaltig. Alle Werte sollten dargelegt und in Frage gestellt werden, um Gelegenheiten für Veränderungen zu schaffen.

Kriterien zur Beurteilung von Familientheorien: Gute Theorien kontextualisieren Phänomene und ermöglichen Pluralismus. Gute Theorien sollten darüber hinaus emanzipatorisch sein, Veränderungen vorschreiben, die ethische Position der Theoretiker/innen erkennbar machen und gut mit deren persönlichen Erfahrungen übereinstimmen.

Ziele: Emanzipation und Stärkung der Macht von unterdrückten Personen und sozialen Gruppen.

Wissenschaftlicher Stil: Konstruktivistisch, dialektisch, feministisch, liberal oder radikal, makroskopisch, pluralistisch, postmodern, prozessual, relativistisch etc.

sagen von Eltern zu Zielen, die sie hinsichtlich der Erziehung ihrer Kinder verfolgen) durchaus Gegenstand wissenschaftlicher Theorien sein können und auch sind (vgl. etwa Goodnow & Collins, 1991).

Hingegen scheiden sich die Geister an der Frage, ob z.B. Vorstellungen darüber, wie Eltern ihre Kinder erziehen sollen, Bestandteile wissenschaftlicher Aussagensysteme sind. Wenn es um die Beschreibung, Erklärung oder das Verstehen familiärer Lebenspraxis geht, haben in der Sicht einer grundlagenwissenschaftlichen Theorienbildung und Forschung präskriptive Aussagen in der Tat keinen Platz in Familientheorien. Anders sieht es aus, wenn es um anwendungsorientierte Forschung geht. Wir verweisen hier auf die bereits im Kapitel 1.4 zur Klärung der Aufgaben der Familienpsychologie gemachten Ausführungen zur Legitimation von Zielen, zur technologischen Transformation empirisch gehaltvoller Theorien zu Zwecken einer wissenschaftlich fundierten Intervention sowie zur Überprüfung der Implementierung und Evaluation von Interventionen. Kritischer Punkt ist dabei vor allem die Legitimation von Zielen, die sich nicht aus einem erklärenden oder verstehenden Wissenschaftsverständnis speist, sondern letztlich auf die Festlegungen und Begründungen anderer Disziplinen und Instanzen, wie Theologie, Sozialphilosophie, Ethik, Pädagogik, Politik oder Wirtschaft, angewiesen ist.

Dennoch fließen Wertungen – wie immer sie auch legitimiert werden – in den Ablauf praktischen Handelns ein und sollten als maßgebliche Bestimmungsgrößen interessengeleiteten Handelns entsprechend kenntlich gemacht werden (vgl. hierzu die Vorschläge von Prim & Tilmann, 1973, zur Grundlegung einer kritisch-rationalen Sozialwissenschaft). Grundlagenwissenschaftlich informierte Anwendungsforschung kann auf diesem Wege wesentliche Beiträge zur Lösung von Fragen und Problemen der Lebenspraxis von Familien und ihrer Mitglieder leisten.

Nachdem wir uns nun mit einigen wichtigen Voraussetzungen der familienpsychologischen Theorienbildung vertraut gemacht haben, können wir uns in den folgenden Abschnitten einigen ausgewählten Familientheorien zuwenden.

3.4 Die Familiensystemtheorie

Obwohl bereits im Jahr 1926 der amerikanische Soziologe Burgess (1926, S. 3) mit seiner Definition von Familie als einer »Einheit interagierender Persönlichkeiten« auf den Systemzusammenhang aufmerksam gemacht hatte, der zwischen den einzelnen Personen und der Familie als einer Institution gelebter familiärer Beziehungen besteht, wurde dieser Gedanke erst mit der Verbreitung der allgemeinen Systemtheorie (vgl. v. Bertalanffy, 1956) vermehrt auch in den Familienwissenschaften aufgegriffen. So haben etwa Bavelas und Segal (1982, S. 10 f) folgende Definition vorgeschlagen: »Ein Familiensystem ist eine besondere Gruppe von Personen, zwischen denen Beziehungen bestehen; diese Beziehungen werden durch die Mitglieder etabliert, aufrechterhalten und erkennbar gemacht, indem sie miteinander kommunizieren.«

In der neueren familienorientierten Anwendung der Systemtheorie – so z.B. in der Familienprozeßtheorie von Broderick (1993) – werden Familien als offene, sich entwickelnde, zielorientierte und sich selbst regulierende Systeme betrachtet. Dabei wird im Sinne eines transkybernetischen Modells auch die Einbindung des Familiensystems in ihre materielle und soziale Gelegenheitsstruktur ausdrücklich mit beachtet. Eine derartige Sichtweise knüpft vor allem an die einflußreichen theoretischen Konzeptionen von Bronfenbrenner (1981) zur Frage einer menschlichen Entwicklungsökologie und den diversen Ansätzen der systemischen Familientherapie an (vgl. P. Minuchin, 1985; Whitchurch & Constantine, 1993).

Betrachtet man die Familie als ein System von Personen, die über das Vehikel der Kommunikation miteinander in Beziehung stehen, so lassen sich – je nach Perspektive – unterschiedliche Supra- und Subsysteme unterscheiden. Zu den Suprasystemen gehört etwa die erweiterte Familie, die Nachbarschaft, die Kirchengemeinde, etc. Eine feinere Differenzierung von Suprasystemen ist von Bronfenbrenner (1981, S. 38 f.) vorgeschlagen worden. Er unterscheidet zwischen Mikro-, Meso-, Exo- und Makrosystemen, wobei die Familie und ihre einzelnen Mitglieder als ein *Mikrosystem* zu begreifen ist (vgl. Bronfenbrenner, 1986), das eingebettet ist in übergreifende Systeme wie das *Mesosystem* (z.B. Bekanntschafts-, Freundschafts- und Verwandtschaftsbeziehungen), das *Exosystem* (z.B. Gemeindeorganisation, Unternehmensstruktur, Schulsystem) sowie das *Makrosystem* (z.B. die kulturelle, politische, rechtliche oder wirtschaftliche Orientierung einer Gesellschaft).

Abbildung 3.2 veranschaulicht die verschiedenen Systemtypen und ihre über die Zeit hinweg analysierbaren Wechselbeziehungen, wobei auch das intrapsychische sowie das organische und zellulare System berücksichtigt ist. Diese Abbildung geht auf v. Schlippe (1984, S. 28) zurück, der sich seinerseits auf die entsprechenden Vorstellungen bei Miller (1978) und Bronfenbrenner (1981) bezieht.

Einige Kernaspekte der Familiensystemtheorie, die für die nicht-interventive Familienforschung ebenso bedeutsam sind wie für die interventionsorientierte Familienberatung und -therapie, sollen im folgenden genannt werden.

(1) Ganzheitlichkeit. Die Familie wird als eine Einheit betrachtet, in der die einzelnen Mitglieder durch Interaktion und Kommunikation miteinander »vernetzt« sind. Dieser Aspekt hat die Aufmerksamkeit von einer vornehmlich intrapersonalen zu einer interpersonalen Sichtweise verlagert. Bestimmte personspezifische Probleme (z.B. das Bettnässen eines Kindes, die Alkoholprobleme eines Partners) werden somit nicht mehr ausschließlich als ein individuelles Problem begriffen, sondern in ihrem systemischen Kontext betrachtet, d.h. sie werden als Verhaltensformen gesehen, die zumindest partiell durch spezifische Familienbeziehungen hervorgerufen bzw. aufrechterhalten werden.

(2) Zielorientierung. Familien richten ihr gemeinschaftliches Leben nach mehr oder minder expliziten Zielen aus, die dem Zusammenleben in der Familie Sinn und Kontinuität geben sollen. Solche Ziele können je nach Lebens- und Familienphase inhaltlich eine unterschiedliche Ausgestaltung haben, d.h. sich in unter-

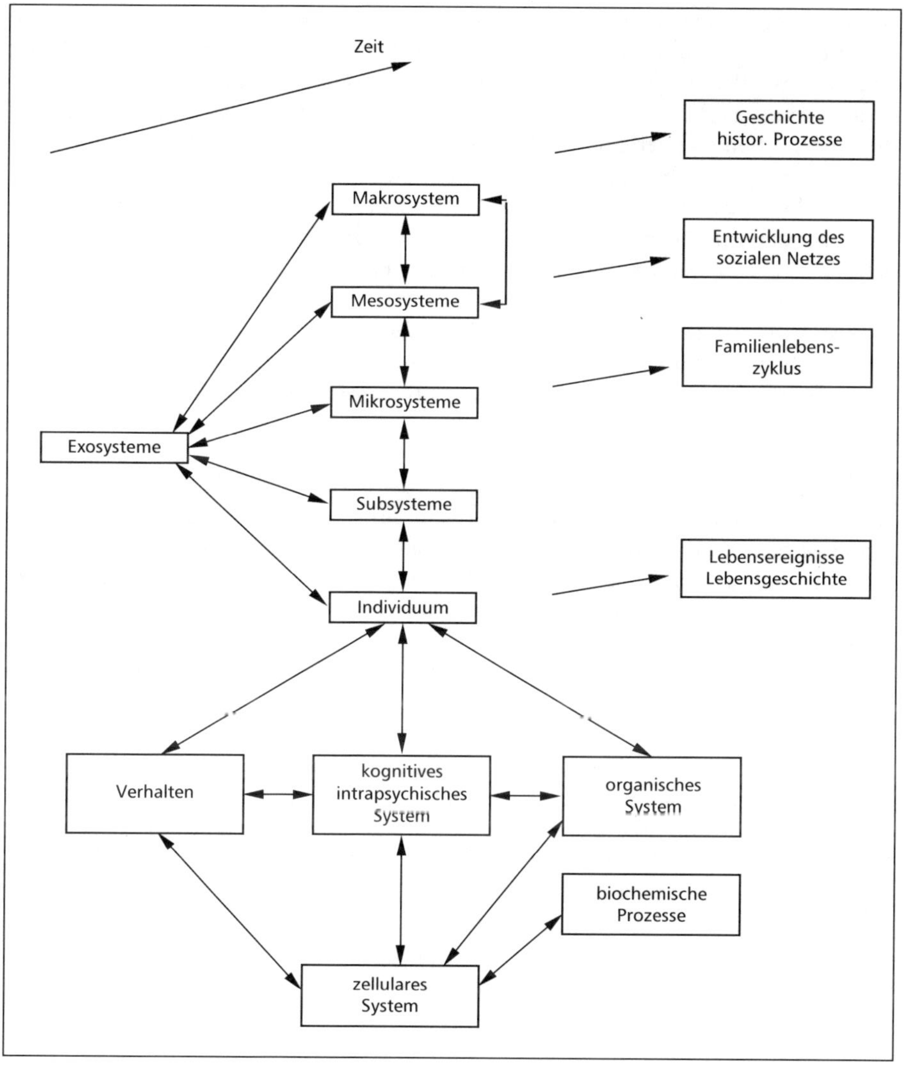

Abb. 3.2: Einbettung des Mikrosystems »Familie« in eine Hierarchie anderer Systemtypen (nach v. Schlippe, 1984, S. 28)

schiedlichen Familienentwicklungsaufgaben äußern (vgl. den folgenden Abschnitt) oder in unterschiedlichen Phasen des Familienlebenszyklus zu eher »zentrifugalen« (distanz-erhöhenden) oder eher »zentripedalen« (nähe-förderlichen) Tendenzen führen (vgl. Combrinck-Graham, 1985).

(3) Äqui- und Multifinalität. Das Sprichwort »Viele Wege führen nach Rom« ist eine Metapher dafür, daß ein bestimmtes Ziel auf unterschiedliche Art erreicht werden kann. Genau dies meint im Kontext der Systemtheorie der Begriff der

Äquifinalität. Angewandt auf die Prozesse der Familienentwicklung heißt dies, daß z.B. das Ziel des Familienzusammenhalts auf sehr unterschiedliche Weise realisiert werden kann, so etwa durch gemeinsame Unternehmungen, Pflege gemeinsamer Hobbies, Telefonate, Familienfeste, Erinnerungen an gemeinsam durchgestandene Krisen etc. Multifinalität (bisweilen auch als Äquipotentialität bezeichnet, vgl. Sauber et al., 1993; Simon & Stierlin, 1984) bezieht sich hingegen auf den Umstand, daß ein und dasselbe Ereignis zu unterschiedlichen Wirkungen oder Endzuständen führen kann. So können etwa gemeinsame Unternehmungen in einer Familie nicht nur den Familienzusammenhalt befördern, sondern ebenso zu gehäuften Konflikten führen. Dies wiederum kann auf längere Frist dazu beitragen, daß Kinder und Jugendliche sich aus der familiären Gemeinsamkeit ausklinken und sich außerfamiliären Gruppierungen anschließen, deren Wertvorstellungen konträr zu denen ihrer Eltern sind.

(4) Regelhaftigkeit. Die Beziehung zwischen den Mitgliedern einer Familie lassen insbesondere bei längerer Beobachtung bestimmte Regelhaftigkeiten erkennen. Diese werden teilweise bewußt als Familienrituale gepflegt (z.B. Einhaltung gemeinsamer Essenszeiten, Gute-Nacht-Geschichten), teilweise bestimmen sie aber auch unausgesprochen das Verhalten der einzelnen Familienmitglieder (z.B. wer, wann – evtl. noch mit wem – das Badezimmer benutzt). Die handlungsleitende Regelstruktur einer Familie kann aus den spezifischen Interaktionsmustern, d.h. den Gleichförmigkeiten der Interaktionen zwischen den einzelnen Familienmitgliedern, erschlossen werden.

(5) Zirkuläre Kausalität. Das in einer Familie beobachtbare Interaktionsgeschehen und die daraus abstrahierbaren Interaktionsmuster weisen statt linearer Kausalität die Kennzeichen zirkulärer Kausalität auf. Damit ist der wechselseitige Beeinflussungsprozeß zweier oder mehrerer Personen gemeint, der sich über eine bestimmte Zeitspanne hinweg analysieren läßt. Im Mittelpunkt des Interesses stehen somit nicht einseitig gerichtete, von einer einzelnen Person ausgehende Verhaltensweisen, sondern der Interaktionszyklus selbst, der – wie etwa bei einem sich heftig streitenden Paar – als eine nicht weiter reduzierbare Einheit anzusehen ist.

(6) Rückkoppelung. Mit Rückkoppelung oder Feedback ist ein Prozeß gemeint, der durch das von der Ausgangslage abweichende Verhalten eines bestimmten Familienmitglieds ausgelöst wird und Effekte bei den übrigen Familienmitgliedern hervorruft, die ihrerseits wieder auf das Verhalten aller anderen zurückwirken. Es wird grundsätzlich zwischen einer positiven (oder abweichungs-verstärkenden) und einer negativen (oder abweichungs-dämpfenden) Rückkoppelung unterschieden. *Positive Rückkoppelung* tritt dann auf, wenn es zwischen z.B. zwei Partnern zu einer Ärgereskalation kommt, die etwa von verbalen Unmutsäußerungen über Türenschlagen bis zur Anwendung physischer Gewalt führen kann. Positive Rückkopplung ist prinzipiell veränderungsorientiert, da die durch sie zum Ausdruck kommenden eskalierenden Interaktionsprozesse nicht beliebig fortgeführt werden können und somit nach neuen Lösungen verlangen. *Negative Rückkoppelung* zielt hingegen auf die Rückkehr zu einer Ausgangslage ab, die

vor dem Eintreten der »Störung« bestand, beispielsweise wenn eine Mutter ihr schreiendes Kind beruhigt, indem sie es in den Arm nimmt, hin und her wiegt und mit sanfter Stimme auf es einredet. Negative Rückkoppelungsprozesse sind grundsätzlich stabilitätsorientiert, d.h. mit ihrer Hilfe soll ein Systemzustand wiederhergestellt werden, der vor dem destabilisierenden Ereignis bestand.

(7) Homöostase. Mit Homöostase ist die Aufrechterhaltung und Ausbalancierung des in einer Familie wirkenden Kräftegleichgewichts gemeint. Homöostase wird gewöhnlich durch negative Rückkoppelungsprozesse hergestellt, indem sich die Familie an etablierten Zielen, Regeln und Handlungsabläufen orientiert. Ein Festhalten an allzu starren Regeln (z.B. wenn Jugendliche – unabhängig von ihrem Alter – um 20 Uhr zu Hause zu sein haben) mag jedoch zu erheblichen intrafamiliären Spannungen führen. Flexibel organisierten Familien gelingt es in der Regel, unter veränderten Bedingungen zu einer entsprechenden Anpassung des Familiensystems und zugleich zu einer erneuten relativen Stabilität zu gelangen. Speer (1970) hat hierfür den Begriff der Morphogenese eingeführt, der im Gegensatz zu Morphostase die Entwicklung von neuen Strukturen innerhalb eines Familiensystems bezeichnet.

(8) Wandel erster und zweiter Ordnung. Eng verknüpft mit dem Problem der Anpassungsfähigkeit einer Familie ist die Frage, von welcher Art die Veränderung ist, die sich bei einer Familie gegebenenfalls einstellt. Watzlawick, Weakland und Fisch (1974) sprechen in diesem Zusammenhang von Wandel erster und zweiter Ordnung. Mit Wandel erster Ordnung meinen sie »den Wandel von einem internen Zustand zu einem anderen innerhalb eines selbst invariant bleibenden Systems.« (S. 29 f). Dies gilt für Interaktionssequenzen, in denen zur Lösung eines Problems – wie Watzlawick et al. (1974) sich ausdrücken – »mehr desselben« herangezogen wird und damit »die Lösung selbst das Problem ist«. (S. 51). Ein Beispiel hierfür wäre etwa das Vorgehen von Eltern, die ihr Kind bestrafen, weil es sein Zimmer nicht aufgeräumt hat, und beim nächsten Mal, wenn das Zimmer wieder nicht aufgeräumt ist, das Kind noch härter bestrafen. Wandel zweiter Ordnung besteht hingegen nach Watzlawick et al. (1974) in einer Veränderung, die »das System selbst ändert«. (S. 30). Änderungen in den Kommunikationsregeln oder im Rollenverständnis der Partner sind Beispiele hierfür (vgl. auch Kasten 3.2).

(9) Grenzen. Ein wesentliches Merkmal lebender Systeme ist, daß sie sich gegenüber anderen Systemen mehr oder minder abgrenzen. So lassen sich etwa innerhalb eines Familiensystems diverse Subsysteme nach Generationen (z.B. Eltern- oder Geschwistersubsystem) oder nach dem Geschlecht (z.B. Mutter-Tochter- bzw. Vater-Sohn-Subsystem) bilden. Die Familiengrenzen ändern sich je nach der Entwicklungsphase, in der die Familie steht. Äußerlich ist dies z.B. an den personellen Zu- und Abgängen in einer Familie (z.B. durch Geburt, Tod, Ablösung, Trennung) erkennbar (vgl. Boss, 1980). Aber auch in einer Neuaufteilung von Familien- und Individualzeit oder in der veränderten Nutzung einer gemeinsamen Wohnung kann sich der Wandel von Grenzen innerhalb einer Familie niederschlagen.

Kasten 3.2
Wandel zweiter Ordnung: ein Fallbeispiel

Ein anschauliches Beispiel, das ein Ablösungsproblem beschreibt und zugleich demonstriert, wie man auf unkonventionelle Weise einen Wandel zweiter Ordnung herbeiführen kann, ist bei Watzlawick et al. (1974) nachzulesen. Es geht dabei um ein junges Ehepaar, das um eine Paartherapie nachgesucht hatte, weil beide unter einer starken Abhängigkeit von den Eltern des Mannes litten. Die Eltern kamen im Jahr mehrfach für längere Zeit zu Besuch und übernahmen jedesmal sofort die gesamte Haushaltsführung. Watzlawick et al. geben hiervon eine drastische Beschreibung: »Die junge Frau wird aus der Küche verbannt, während die Schwiegermutter alle Mahlzeiten zubereitet und Berge von Lebensmitteln einkauft; sie wäscht alles Waschbare und stellt die Möbel um, während der Vater die beiden Wagen wäscht und überholt, Laub zusammenrecht, das Gras mäht, Bäume beschneidet, pflanzt und jätet. Wenn alle vier ausgehen, zahlt der Vater unweigerlich für alle Ausgaben« (S. 143). Sämtliche Versuche des jungen Ehepaares, sich ein wenig Freiraum zu bewahren, waren nicht nur kläglich zum Scheitern verurteilt, sondern verstärkten auch noch die Wut- und Schuldgefühle der beiden jungen Leute.

Vor dem nächsten Besuch der Eltern erhielt das Paar von ihren Therapeuten die Anweisung, ihr Haus nicht – wie bisher – ihren Eltern in einem möglichst aufgeräumten Zustand zu präsentieren. Vielmehr sollten sie möglichst viel Müll und unabgewaschenes Geschirr ansammeln, den Garten in einem unansehnlichen Zustand belassen, die Autos vernachlässigen und sich kommentarlos alle Ausgaben von den Eltern bezahlen lassen.

Die beiden jungen Leute hielten sich einigermaßen an diese Instruktion, und der Erfolg war, daß die Eltern ihren Besuch vorzeitig abbrachen. Watzlawick et al. berichten hierzu folgendes Detail: »Vor der Abreise hatte der Vater seinen Sohn zur Seite genommen und es ihm freundlich, aber unmißverständlich klargemacht, daß er und seine Frau viel zu verwöhnt wären, sich anscheinend vollkommen daran gewöhnt hatten, von den Eltern bedient und versorgt zu werden und daß es nun höchste Zeit sei, sich als Erwachsene zu benehmen und weniger von ihnen abzuhängen« (S. 145). Was offenkundig stattgefunden hatte, war die strukturelle Veränderung in den Beziehungen zwischen den Eltern und dem jungen Paar – eine Veränderung, die ohne großen therapeutischen Aufwand die Ablösung von der Elterngeneration herbeiführte.

(10) Offenheit vs. Geschlossenheit. Die Offenheit bzw. Geschlossenheit von Systemen bezieht sich – allgemein gesprochen – auf das Ausmaß an Austausch von Materie, Energie und Information zwischen dem System und seiner Umwelt. Obwohl es im Falle von Familien schwerfällt, von absoluter Offenheit oder Geschlossenheit zu sprechen, lassen sich dennoch relative Unterschiede zwischen Familien feststellen, wie bereits Kantor und Lehr (1975) gefunden haben. Relativ geschlossene Familiensysteme sind durch ein hohes Maß an starren Außengrenzen gekennzeichnet – erkennbar etwa an einer geringen Zahl von Besuchskontakten, schwerer telefonischer Erreichbarkeit, hohen Zäunen, heruntergelassenen Rollos etc. Hingegen zeichnen sich relativ offene Familien durch klare, aber durchlässige Grenzen aus (vgl. Minuchin, 1977), was sich etwa in der Häufigkeit

von Besuchen und Gegenbesuchen, der Ermöglichung von Übernachtungen durch erwachsene Freunde oder Freunde der Kinder, gemeinsame Unternehmungen mit anderen Familien etc. äußert.

(11) Selbstorganisation. Ein wichtiger Aspekt von lebenden Systemen besteht darin, daß sie innerhalb ihrer Grenzen zur Selbstorganisation im Sinne von Selbstherstellung bzw. -erhaltung fähig sind (vgl. Böse & Schiepek, 1989; Fischer, 1991). Dieses von Maturana (1981) auch als Autopoiese (griechisch: autos = selbst, poiein = machen) bezeichnete Merkmal von lebenden Systemen ist für den »naturwüchsigen« Familienentwicklungsprozeß, aber genauso für therapeutische Interventionen von größter Bedeutung. Familien besitzen in hohem Maße eine Selbstanpassungsfähigkeit an sich verändernde inner- und außerfamiliäre Gegebenheiten (z.B. Reifungsprozesse von Kindern, ökonomische Krisen). Dies qualifiziert sie als weitgehend autonome Einheiten – und zwar unabhängig davon, ob die Entwicklungseffekte funktional oder dysfunktional sind.

(12) Internes Erfahrungsmodell. Ein theoretischer Ansatz, der die Familie als System begreift, läuft Gefahr, das System zu verdinglichen und damit die Person aus dem Blick zu verlieren (vgl. L'Abate & Jurkovic, 1987; Massey, 1985), was z.B. Duhl und Duhl (1980) zu der Bemerkung veranlaßt hat, daß es schwer sei, ein System zu küssen. Familienbeziehungen sind allerdings auch im »internen Erfahrungsmodell« einer Person repräsentiert (vgl. Abschnitt 3.2 dieses Kapitels; Schneewind & Pekrun, 1994). Überträgt man das Konzept des internen Erfahrungsmodells auf die Familiensystemtheorie, so besagt dies, daß ein Familiensystem nicht nur von außen, d.h. durch eine Registrierung familiärer Interaktionsmuster erfaßbar wird. Darüber hinaus ist es ebenso wichtig zu wissen, welche interne Repräsentation jemand von sich, von seinen Familienmitgliedern und deren Beziehungen untereinander sowie von seinen eigenen familiären Beziehungen entwickelt hat. Im familienspezifischen internen Erfahrungsmodell einer Person findet sich somit ihr subjektives Wissen von der Familienrealität. Ein Beispiel hierfür ist etwa ein Kind, das recht genau »weiß«, wie es seine Eltern dazu bringt, ihm einen bestimmten Wunsch zu erfüllen, obwohl diese es eigentlich gar nicht wollen.

Die dargestellten Kernaspekte der Familiensystemtheorie beinhalten eine besondere Herangehensweise zum Verständnis von Familien als intimen Beziehungssystemen. Die Geltung eines systemischen Denkansatzes ist jedoch nicht nur auf die Familiensystemtheorie beschränkt, sondern läßt sich ebenfalls auf die anderen nun folgenden theoretischen Modelle übertragen.

3.5 Die Familienentwicklungstheorie

Neben dem auch für die Familienwissenschaften bedeutsamen Struktur-Funktionalismus von Talcott Parsons (1956) und dem schon früher von George Herbert Mead (1934) ins Leben gerufenen Symbolischen Interaktionismus ist die Familienentwicklungstheorie eine vor allem im anglo-amerikanischen Sprachraum entstandene und gepflegte theoretische Perspektive zur Analyse von Familienverlaufsprozessen. Die Hauptvertreter dieses Ansatzes sind Familiensoziologen, deren zentrales Anliegen das Studium des Familienlebenszyklus ist (vgl. Aldous, 1978, 1996; Duvall, 1977; Hill & Mattessich, 1979; Mattessich & Hill, 1987; Rodgers & White, 1993).

Aldous (1996, S. 11) bezeichnet den familienentwicklungstheoretischen Ansatz als einen »begrifflichen Bezugsrahmen« (conceptual framework), der auf einigen grundlegenden Annahmen aufbaut. Sie nennt vor allem drei dieser Grundannahmen, nämlich daß (1) familiäres Verhalten im »Hier und Jetzt« von den vergangenen Erfahrungen der einzelnen Familienmitglieder abhängt und auch deren Zukunftserwartungen mitbestimmt, (2) trotz einer zunehmenden Pluralisierung familiärer Lebensformen diejenigen Familien, die sich in der selben Lebensphase befinden, dazu tendieren, vergleichbare Verhaltensmuster zu zeigen und (3) Familien und ihre Mitglieder im Laufe ihres Zusammenlebens mit bestimmten Aufgaben konfrontiert werden, die sie sich auf dem Hintergrund ihres bisher erreichten Entwicklungsstands entweder selbst stellen oder von außen in Form gesellschaftlicher Erwartungen an sie herangetragen werden.

Der Kerngedanke der Familienentwicklungstheorie besteht darin, die Familie als ein System von Rollenträgern zu sehen, wobei sich die Rollen aufgrund normativer Veränderungen im Familienlebenszyklus wandeln. So besteht beispielsweise die Position eines Familienmitglieds aus mehreren Rollen, die insgesamt ein Rollenmuster ausmachen. In einer Entwicklungsperspektive ist dieses Rollenmuster im Laufe der Zeit Veränderungen unterworfen, die sich als Rollensequenz bzw. positionelle Karriere niederschlagen. Auslöser für solche Rollenänderungen sind Übergänge zwischen verschiedenen Phasen im Familienlebenszyklus, so z.B. wenn mit der Geburt des ersten Kindes für den Mann neben die Rolle des Familienernährers und des Partners die Rolle des Vaters tritt.

Betrachtet man das Familiensystem als einen Verbund verschiedener Positionen, so ergibt sich zu einem bestimmten Zeitpunkt des Familienlebenszyklus ein Rollenkomplex, d.h. eine aufeinander bezogene Struktur von individuellen Rollenmustern. Ähnlich wie sich die positionelle Karriere einer Einzelperson im individuellen Lebenszyklus ändert, wandelt sich auch über die verschiedenen Phasen des Familienlebenszyklus hinweg der gesamte familiäre Rollenkomplex und führt zu einer jeweils typischen *Familienkarriere*. Die Entwicklung von Familienkarrieren wird vor allem durch Veränderungen in der Machtstruktur, der Affektstruktur und der Kommunikationsstruktur erkennbar (vgl. Aldous, 1978, 1996).

Zur Kennzeichnung der verschiedenen Phasen des Familienlebenszyklus wurde in Analogie zu den individuumsbezogenen Entwicklungsaufgaben nach Havighurst (1953) das Konzept der *Familienentwicklungsaufgaben* herangezogen. Gemeint sind damit normative Erwartungen an die gesamte Familieneinheit bezüglich der Funktionen, die für den einzelnen und die Gesellschaft erfüllt werden müssen. Hill und Rodgers (1964) haben unter Berücksichtigung (a) der sich ändernden Familiengröße (von der kinderlosen Ehepartnerbeziehung bis zur Phase des »leeren Nests« bzw. Partnerverlusts), (b) der Altersentwicklung des ältesten Kindes (vom Säuglingsalter bis zum Erwachsenen) und (c) der aktiven elterlichen Beteiligung am Erwerbsleben (von der Berufstätigkeit bis zur Pensionierung) ein Acht-Phasen-Modell des Familienlebenszyklus konzipiert. Es sind dies die Phasen (1) der Kinderlosigkeit, (2) der Geburt des ersten Kindes, (3) der Vorschulzeit, (4) des Schulalters, (5) der Adoleszenz, (6) der Entlassung des jungen Erwachsenen aus dem Familienverband, (7) der nachelterlichen Gefährtenschaft und (8) des beruflichen Rückzugs.

Freilich kann es sich bei dieser Phaseneinteilung lediglich um ein grobes Raster handeln, da nicht-normative Lebensereignisse (z.B. Scheidung, Tod, Arbeitslosigkeit) und historisch bzw. gesellschaftlich bedingte Ereignisse (z.B. Krieg, sozialer und technologischer Wandel) unberücksichtigt bleiben. Auch im Bereich einer entwicklungsorientierten Familientherapie hat der Gedanke des Familienlebenszyklus Eingang gefunden (vgl. Liddle, 1983; Carter & McGoldrick, 1988). So haben z.B. Carter und McGoldrick (1988, S. 15) eine Reihe von stufenkritischen Familienentwicklungsaufgaben beschrieben, die in Tabelle 3.1 zusammengefaßt sind.

Tab. 3.1: Normative Veränderungen im Familienlebenszyklus und Familienentwicklungsaufgaben (nach Carter & McGoldrick, 1988, S. 13)

Normative Übergänge und Phasen im Familienlebenszyklus	Für die weitere Entwicklung erforderliche Veränderungen im Familienstatus (Wandel zweiter Ordnung)
1. Verlassen des Elternhauses: alleinstehende junge Erwachsene	a. Selbstdifferenzierung in Beziehungen zur Herkunftsfamilie b. Entwicklung intimer Beziehungen zu Gleichaltrigen c. Eingehen eines Arbeitsverhältnisses und finanzielle Unabhängigkeit
2. Die Verbindung von Familien durch Heirat	a. Bildung des Ehesystems b. Neuorientierung der Beziehungen mit den erweiterten Familien und Freunden, um den Partner einzubeziehen
3. Familien mit jungen Kindern	a. Anpassung des Ehesystems, um Raum für ein Kind bzw. Kinder zu machen b. Koordinierung von Aufgaben der Kindererziehung, des Umgangs mit Geld und der Haushaltsführung c. Neuorientierung der Beziehungen mit der erweiterten Familie, um Eltern- und Großelternrolle mit einzubeziehen
4. Familien mit Jugendlichen	a. Veränderungen der Eltern-Kind-Beziehungen, um Jugendlichen zu ermöglichen, sich innerhalb und außerhalb des Familiensystems zu bewegen b. Neue Fokussierung auf die ehelichen und beruflichen Themen der mittleren Lebensspanne c. Hinwendung auf die gemeinsame Pflege und Sorge für die ältere Generation

Fortsetzung siehe nächste Seite

Tab. 3.1: Fortsetzung

Normative Übergänge und Phasen im Familienlebenszyklus	Für die weitere Entwicklung erforderliche Veränderungen im Familienstatus (Wandel zweiter Ordnung)
5. Entlassen der Kinder und nachelterliche Phase	a. Neuaushandeln des Ehesystems als Zweierbeziehung b. Entwicklung von Beziehungen mit Erwachsenenqualität zwischen Kindern und Eltern c. Neuorientierung der Beziehungen, um Schwiegersöhne/-töchter und Enkelkinder einzubeziehen d. Auseinandersetzung mit Behinderungen und Tod von Eltern (Großeltern)
6. Familien im letzten Lebensabschnitt	a. Aufrechterhalten des Funktionierens als Person und Paar angesichts körperlichen Verfalls. Erkundung neuer familiärer und sozialer Rollenoptionen b. Unterstützung einer zentraleren Rolle der mittleren Generation c. Im System Raum schaffen für die Weisheit und Erfahrung der Alten; Unterstützung der älteren Generation, ohne sich zu stark für sie zu engagieren d. Auseinandersetzung mit dem Tod des Partners, dem Tod von Geschwistern und anderen Gleichaltrigen sowie die Vorbereitung auf den eigenen Tod. Lebensrückschau und Integration

Im Hinblick auf die zunehmende Pluralisierung familiärer Lebensläufe haben dieselben Autorinnen auch für den Fall der Scheidung bzw. der Wiederverheiratung entsprechende Familienentwicklungsaufgaben zusammengestellt. Diese geben zugleich Hinweise für geeignete Ansatzpunkte zur präventiven bzw. therapeutischen Unterstützung von Familien, die in solchen kritischen Übergängen einer professionellen Begleitung bedürfen. Tabelle 3.2 gibt einen Überblick über Entwicklungsaufgaben für diese im Sinne des traditionell-bürgerlichen Familienmodells nicht-normativen Phasen des Familienlebens (vgl. Carter & McGoldrick, 1988, S. 18).

Schließlich ist zu erwähnen, daß neben dem gesamten Familiensystem ebenso Subsysteme wie z.B. das Eltern-Kind-Subsystem (vgl. Cusinato, 1994; Tseng & Hsu, 1991) oder das Geschwister-Subsystem (vgl. Goetting, 1986) unter dem Gesichtspunkt einer lebenslangen Entwicklung analysiert wurden. Auch hier sind altersgemäß funktionale Entwicklungsaufgaben bzw. dysfunktionale Entwicklungsrisiken zusammengestellt worden, die nützliche Hinweise für die Familiendiagnostik und die praktische Arbeit mit Familien beinhalten (vgl. Schneewind & Schmidt, 1999).

Tab. 3.2: Nicht-normative Veränderungen im Familienlebenszyklus und Familienentwicklungsaufgaben (nach Carter & McGoldrick, 1988, S. 22)

Nicht-normative Übergänge und Phasen im Familienlebenszyklus	Für die weitere Entwicklung erforderliche Veränderungen im Familienstatus (Wandel zweiter Ordnung)
Nachscheidungsphase	
A. Alleinerziehende Eltern	a) Einrichten flexibler Besuchsregelungen mit dem Expartner b) Umgestalten des eigenen Netzwerkes an Sozialbeziehungen
B. Alleinlebende (nicht sorgeberechtigte Eltern)	a) Ausfindigmachen von Wegen, um eine effektive elterliche Beziehung zu den Kindern aufrechtzuerhalten b) Umgestalten des eigenen Netzwerkes an Sozialbeziehungen
Wiederverheiratung und Rekonstituierung der Familie	a) Umstrukturierung der Familiengrenzen, um die Einbeziehung des neuen Partners – Stiefelternteils zu ermöglichen b) Neuordnen der Beziehungen zwischen den Subsystemen, damit eine Vernetzung der verschiedenen Systeme möglich wird c) Bereitstellen von Beziehungsmöglichkeiten für alle Kinder mit ihren biologischen (nicht-sorgeberechtigten) Eltern, Großeltern und anderen Mitgliedern der erweiterten Familie d) Austausch von Vergangenheit und Geschichte, um die Integration der Stieffamilie zu verbessern

Eine wesentliche Schwäche der Familienentwicklungstheorie ist, daß sie nicht im eigentlichen Sinne des Wortes eine Theorie ist, sondern allenfalls eine Beschreibung von aufeinanderfolgenden Phasen. Dabei besteht keineswegs Einigkeit darüber, wieviele Phasen den Familienlebenszyklus ausmachen. Je nach den verwendeten Einteilungskritierien werden zwischen zwei und vierundzwanzig Phasen unterschieden (vgl. Mattessich & Hill, 1987). Darüber hinaus besteht genausowenig Einigkeit darüber, welche Ereignisse exakt Wandlungsprozesse im Familienlebenszyklus auslösen. So sind einige Autoren der Auffassung, daß es im wesentlichen phasenspezifische Familienentwicklungsaufgaben sowie besondere Herausforderungen einzelner Familienmitglieder sind, die dem Entwicklungsprozeß Richtung und Gestalt geben (vgl. Carter & McGoldrick, 1988).

Neuerdings haben White und seine Koautoren (vgl. White, 1991; Rodgers & White, 1993; Klein & White, 1996) angesichts der Pluralisierung familiärer Lebensformen eine Reformulierung des familienentwicklungstheoretischen Ansatzes vorgenommen. Statt von einer Zusammenstellung phasenspezifischer normativer Vorgaben auszugehen, betrachten sie Familienentwicklung als einen Prozeß, bei dem Übergänge von einer Entwicklungsstufe zur anderen (z.B. vom Paar-System zum Eltern-Kind-System) durch die Wahrscheinlichkeit erkennbar werden, mit der bestimmte gesellschaftlich geprägte Erwartungen eingelöst bzw. aufgrund der Unvereinbarkeit der Erwartungen unterschiedlicher gesellschaftlicher Institutionen verletzt werden (z.B. wenn von jung verheirateten Paaren einerseits die baldige Gründung einer Familie, andererseits aber auch eine langandauernde berufliche Qualifizierung erwartet wird).

Klein und White (1996) bezeichnen diese Variante der Familienentwicklungstheorie als strukturelle Perspektive, die sich ihrer Ansicht nach vor allem für demographische und kulturvergleichende Analysen eignet. Im Unterschied dazu sprechen sie von einer interaktionalen Perspektive, die sich eher für beziehungsorientierte Analysen mit einem entwicklungspsychologischen Akzent anbietet. In diesem Zusammenhang vertritt eine Reihe von Autoren die Auffassung, daß normative und nicht-normative Übergangskrisen den wesentlichen Motor für den Familienentwicklungsprozeß darstellen (vgl. Cowan, 1991; Klein & Aldous, 1979; Rapoport, 1963). An dieser Stelle wird die Bedeutung familienstreßtheoretischer Ansätze erkennbar, auf die wir als nächstes eingehen.

3.6 Die Familienstreßtheorie

Ähnlich wie die Familienentwicklungstheorie hat sich auch die Familienstreßtheorie im Lager der anglo-amerikanischen soziologischen Familienforschung entwickelt. Aufbauend auf früheren Arbeiten zur Auswirkung der Weltwirtschaftskrise der 30er Jahre auf das Familienleben (vgl. Angell, 1936; Cavan & Ranck, 1938) hatte Hill (1949) die Folgen kriegsbedingter familiärer Trennung und Wiedervereinigung in der Zeit während und nach dem Zweiten Weltkrieg untersucht. In diesem Zusammenhang entwickelte er ein Familienkrisenmodell und ein Phasenmodell zur Bewältigung von Familienstreß. Das Familienkrisenmodell wird von Hill (1958, S. 141) auch als *ABCX-Modell* bezeichnet und von ihm selbst wie folgt zusammengefaßt: »A (das Stressorereignis) – in Interaktion mit B (den Krisenbewältigungsressourcen der Familie) – in Interaktion mit C (die Definition einer Familie von diesem Ereignis) – erzeugt X (die Krise).« Mit dem Phasenmodell zur Bewältigung von Familienstreß gibt Hill eine globale Beschreibung des familiären Anpassungsprozesses auf krisenauslösende Ereignisse (vgl. Mederer & Hill, 1983; Boss 1987, 1988): Ausgehend von einem bestimmten Organisationsniveau der Familie führt der krisenauslösende Stressor (a) zu einer Phase der Desorganisation, innerhalb derer (b) eine Erholungsphase eingeleitet wird, die (c) je nach Qualität der Krisenbewältigung in ein neues Organisationsniveau der Familie einmündet.

McCubbin und Patterson (1983) haben Hills ABCX-Modell zu einem *doppelten ABCX-Modell* ausgebaut, das für eine Vielzahl empirischer Untersuchungen als forschungsleitendes Rahmenkonzept dient (vgl. Figley & McCubbin, 1983; McCubbin & Figley, 1983; Boss, 1987, 1988). Die Autoren begründen ihre Erweiterung damit, daß es durch eine Krise zu einer Anhäufung von Stressoren kommen kann. Dies verlangt von der Familie zum einen eine erneute Einschätzung der Krisensituation und ihrer Bewältigungsmöglichkeiten; zum anderen ergibt sich die Frage, welche Ressourcen einer Familie neben denen, die bereits vor der Krise bestanden, zusätzlich zur Verfügung stehen. Diese beiden Aspekte bestimmen das konkrete Krisenbewältigungsverhalten der Familie. Je nach der Qualität der Krisenbewältigung kommt es dadurch zu einer mehr oder minder gelungenen Anpassung der Familie an die veränderten Gegebenheiten. Eine graphische Veranschaulichung des doppelten ABCX-Modells befindet sich in Abbildung 3.3.

Es ist wichtig, zwischen Familienstreß und Familienstressoren zu unterscheiden. Boss (1988) definiert Familienstreß als »Druck oder Spannung im Familiensystem« (S. 12), wodurch eine Veränderung des relativen Gleichgewichts in der Familie ausgelöst werden kann. Als Familienstressor bezeichnen hingegen McCubbin und Patterson (1983) »ein auf die Familie einwirkendes Lebensereignis oder Übergangsstadium, das im sozialen System der Familie Veränderungen hervorruft bzw. das Potential zur Veränderung in sich trägt.« (S. 8).

In der Regel sind mit einem Familienstressor weitere Familienbelastungen gekoppelt, so z.B. wenn mit der Arbeitslosigkeit des Haupternährers einer Familie neben finanziellen Einbußen eine erhöhte Unsicherheit in den inner- und außerfamiliären Rollenbeziehungen auftritt. Somit sind Familienstressoren zunächst als objektive Ereignisse anzusehen, die jedoch ihre spezifische streßauslösende Wirkung erst dann erhalten, wenn sie von der Familie und den einzelnen Mitgliedern in einer bestimmten Weise wahrgenommen werden. So kann etwa Arbeitslosigkeit von der Familie als ein selbstverschuldetes Versagen oder als eine Herausforderung für die Suche nach einer befriedigenderen Berufstätigkeit interpretiert werden. Die subjektive Deutung eines Stressors durch die Familie stellt somit bereits eine wesentliche Voraussetzung für seine Bewältigung dar.

Das Ausmaß von systemischem Streß in der Familie hängt neben der Art eines Stressors und seiner Begleitumstände davon ab, welche Bewältigungsmöglichkeiten einer Familie zur Verfügung stehen, um die Streßquelle unter Kontrolle zu bekom-

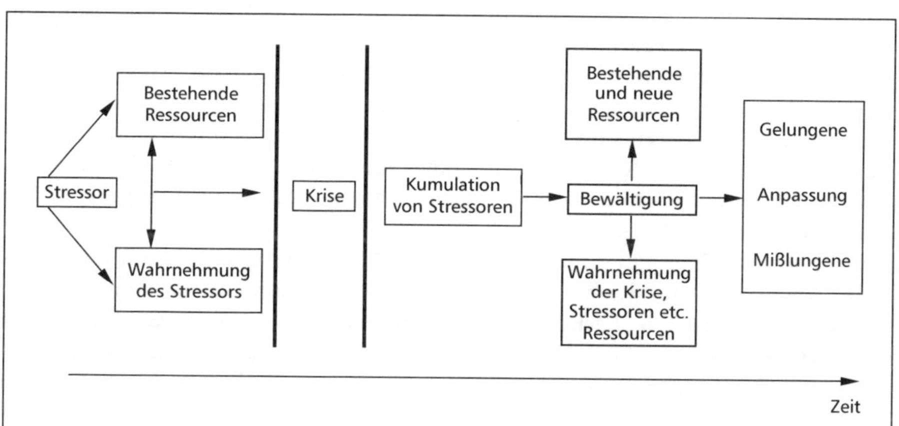

Abb. 3.3: Das doppelte ABCX-Streßmodell (nach McCubbin & Patterson, 1983, S. 12)

men. Dabei spielen drei Gesichtspunkte eine Rolle: erstens die familieninterne Definition von Stressoren, zweitens die individuellen und familiären Bewältigungsressourcen sowie drittens funktionale und dysfunktionale Bewältigungsformen.

(1) Familieninterne Definition von Stressoren. Je nach dem, wie die Familie einen Stressor definiert, folgt daraus, ob er als Herausforderung oder Belastung empfunden wird. Dabei spielen auch erwartbare Konsequenzen und antizipierte Bewältigungsmöglichkeiten eine wesentliche Rolle. So haben etwa Needle, Glynn und Needle (1983) für den Fall der Drogenabhängigkeit eines jugendlichen Familienmitglieds folgende Aspekte herausgestellt, die typisch sind für die Definition dieses Ereignisses durch die Familie: (a) Besorgtheit (d.h. Kummer um die Gesundheit und Sicherheit des Jugendlichen); (b) Angstgefühle (etwa wegen eines erhöhten Selbstmord- und Todesrisikos des Jugendlichen); (c) Verantwortlichkeits- und Schuldgefühle (z.B. Selbstvorwürfe der Eltern hinsichtlich ihrer erzieherischen Kompetenz); (d) innerfamiliäre Verbreitung der Drogenabhängigkeit (beispielsweise die Sorge, daß Geschwister von dem drogenabhängigen Jugendlichen »angesteckt« werden); (e) Irritation über Nebeneffekte (z.B. Befürchtungen wegen einer zunehmenden Interesselosigkeit, Passivität oder emotionalen Entfremdung des drogenabhängigen Jugendlichen); (f) Ruf der Familie (z.B. durch Isolation in der Nachbarschaft oder Erniedrigung des familiären Selbstwertgefühls).

Durch die Art der Definition eines Stressors wird häufig die effektive Bewältigung eines streßauslösenden Ereignisses behindert. Im Falle professioneller Hilfe ist es daher von besonderer Bedeutung, die subjektive Definition eines Familienstressors in Erfahrung zu bringen, um Ansatzpunkte für familienadäquate Bewältigungsmöglichkeiten zu finden (vgl. Karpel, 1986).

(2) Individuelle und familiäre Bewältigungsressourcen. Zu den individuellen Bewältigungsressourcen zählen vor allem persönlicher Wohlstand, Bildungsniveau, gesundheitliches Wohlergehen und psychische Voraussetzungen in Form bestimmter Persönlichkeitsdispositionen. Zu letzteren gehören insbesondere ein hohes Selbstwertgefühl, ein geringes Ausmaß an Selbsterniedrigung oder Hilf- und Hoffnungslosigkeit sowie stark ausgeprägte Selbstwirksamkeits- und Kontrollüberzeugungen (vgl. Pearlin & Schooler, 1978; Seligman, 1992; Bandura, 1995).

Interne Ressourcen des Familiensystems liegen vor allem in der Art und Weise, wie eine Familie ihr Zusammenleben organisiert und sich mit ihrer Außenwelt in Beziehung setzt. Hierzu sind insbesondere Merkmale des familiären Zusammenhalts, der familiären Anpassungsfähigkeit sowie der familiären Kommunikations- und Problemlösungsfertigkeiten zu rechnen (vgl. Olson & Stewart, 1991; Moos & Schaefer, 1993).

Über soziale Unterstützungssysteme ist die Familie eingebunden in umfassendere Lebenskontexte, die bei der Bewältigung von Familienstreß behilflich sein können (vgl. Pilisuk & Parks, 1983). In Anlehnung an Cobb (1982) lassen sich dabei vier Formen von sozialer Unterstützung unterscheiden, nämlich (a) *informationelle Unterstützung*, d.h. das Wissen darum, von anderen wertgeschätzt zu werden und von ihnen Rat oder emotionalen Beistand zu erhalten; (b) *instrumentelle Unterstützung*, d.h. die Verfügbarkeit von Personen oder Institutionen, die bei der Erschließung neuer Bewältigungsmöglichkeiten behilflich sein können; (c) *aktive Unterstützung*, d.h. die tatkräftige Hilfe bei der Bewältigung von Alltagsproblemen (z.B. in Form nachbarschaftlich organisierter Fahrgemeinschaften oder Kinderbetreuungshilfen); (d) *materielle Unterstützung*, d.h. die Bereitstellung von Geld, Gütern und Dienstleistungen, womit zum Teil auch die Maßnahmen der kommunalen oder staatlichen Familienpolitik gemeint sind, die dazu beitragen sollen, familiäre Dauerbelastungen erträglicher zu machen.

(3) Funktionale und dysfunktionale Bewältigungsformen. Nicht alle Bewältigungsversuche sind erfolgreich und führen zur Linderung von Familienstreß. Mißlungene oder inadäquate Bewältigungsversuche können die Lage einer Familie eher verschlimmern als verbessern und tragen somit zu Akkumulation von Familienstressoren bei. So nennt etwa Voydanoff (1983) im Zusammenhang mit familiären Strategien zur Bewältigung von Arbeitslosigkeit ineffektive Bewältigungsformen wie sozialen Rückzug, erhöhtes Gesundheitsrisiko aufgrund falscher Sparmaßnahmen (z.B. bei der Krankenversicherung) oder offensichtlich dysfunktionale Verhaltensweisen wie erhöhten Alkohol- und Drogenkonsum oder Gewalttätigkeit gegenüber Familienmitgliedern (vgl. Kieselbach, 1988).

In neuerer Zeit ist eine Reihe von Ergänzungen und Erweiterungen des familienstreßtheoretischen Ansatzes zu verzeichnen. So haben Burr und Klein (1994) ein Stufenmodell des familiären Streß-Coping-Prozesses beschrieben und auch empirisch untersucht, das von drei unterschiedlich intensiven Belastungsniveaus und entsprechend zugeordneten Copingstrategien ausgeht. Das niedrigste Belastungsniveau – von Burr und Klein (1994) als *Level-I-Streß* bezeichnet – bezieht sich auf »familienübliche« Stressoren (z.B. Zeitdruck, Schulprobleme von Kindern), die mit vertrauten Copingstrategien zu bewältigen versucht werden (z.B. bessere Terminplanung, Organisation von Nachhilfestunden). Es handelt sich hierbei um eine strukturerhaltende oder assimilative Form der Streßbewältigung, die in der Terminologie von Watzlawick, Weakland und Fisch (1974) als Beispiel für einen Wandel erster Ordnung zu sehen ist (vgl. hierzu die Konzeption eines integrativen Familienstreßmodells von Schneewind, 1987).

Das nächst höhere Belastungsniveau (*Level-II-Streß*) umfaßt Ereignisse, die sich im Kontext potentiell krisenhafter Übergänge im Familienlebenszyklus einstellen (z.B. Übergang zur Elternschaft, Übergang in die »empty nest« Phase) und eine andere, d.h. strukturverändernde bzw. akkommodative Form der Streßbewältigung im Sinne eines Wandels zweiter Ordnung nahelegen (z.B. Neuordnung des Rollenverständnisses junger Eltern, neue Kommunikations- und Kooperationsformen zwischen Ehepartnern in der Phase der nachelterlichen Gefährtenschaft).

Das massivste Belastungsniveau (*Level-III-Streß*) ergibt sich, wenn grundlegende Lebens- und Wertkonzepte einer Familie in Frage gestellt werden (z.B. durch die Geburt eines geistig behinderten Kindes oder eine lebensbedrohliche Erkrankung eines Familienmitglieds wie etwa Krebs oder Aids). In diesen Fällen kann eine radikale Umgewichtung des gesamten Wertekanons und der grundlegenden Lebensphilosophie einer Person oder einer ganzen Familie die zentrale Copingstrategie sein (z.B. wenn durch eine lebensbedrohende Krankheit intensivere Formen des Lebensgenusses, des Verhältnisses zur Arbeit, zu Freunden oder zu transzendentalen Fragen ausgelöst werden).

Für den deutschsprachigen Raum haben Perrez und Mitarbeiter (vgl. Perrez, 1997; Perrez, Berger & Wilhelm, 1998) an der Universität Fribourg in Anlehnung an das transaktionale Streßmodell von Lazarus (vgl. Lazarus, 1991; Lazarus & Launier, 1981) und unter Einbeziehung emotions- und attributionstheoretischer Elemente eine Erweiterung des Streßkonzepts auf familienbezogene Stressoren und deren Verarbeitung vorgenommen. Auf der Basis einer Klassifikation von drei Stressorentypen (Alltagswidrigkeiten, kritische Lebensereignisse und chronische Stressoren) haben Perrez, Berger und Wilhelm (1998) mit der Entwicklung des *Familien-Self-Monitoring Systems* (FASEM), das sowohl in einer computergestützten als auch in einer Tagebuchvariante vorliegt, vor allem einen wichtigen Beitrag zur einer verhaltens- und lebensnahen Erfassung von familiären Stressoren sowie deren Verarbeitung und Bewältigung geleistet. Ebenfalls an der Universität Fribourg hat Bodenmann (1995, 1998) das Konzept des paarbezogenen dyadischen Coping theoretisch und methodisch präzisiert und in einer Reihe empirischer Studien erfolgreich eingesetzt.

Die Arbeitsgruppe um Laux an der Universität Bamberg hat unter Berücksichtigung familiärer Belastungen, Bewältigungsformen und Ressourcen mit Hilfe selbstentwickelter qualitativer und quantitativer Methoden die Zusammenhänge zwischen familiärer Streßbewältigung und gesundheitlichem bzw. physischem Wohlbefinden untersucht (vgl. Laux et al., 1991; Laux & Schütz, 1996). An der Universität München haben Schneewind und Weiß (vgl. Schneewind & Weiß, 1996, 1999; Weiß, 1998; Weiß, Schneewind & Olson, 1995) auf dem Hintergrund des von Olson (vgl. Olson, 1996b; Olson & Stewart, 1991) entwickelten *Multisystem Assessment of Health and Stress* (MASH)-Modells ein Instumentarium – den Gesundheits- und Streßfragebogen (GuS) – entwickelt. Mit Hilfe des GuS können Stressoren, Bewältigungsformen und Ressourcen auf vier Systemebenen, nämlich Person, Beruf, Partnerschaft und Familie, erfaßt und empirisch erfolgreich mit gesundheitlichen bzw. Wohlbefindens- und Zufriedenheitsindikatoren verknüpft werden (vgl. Weiß, 1998; Weiß, Schneewind & Olson, 1995; siehe auch Kap. 5).

Insgesamt gesehen stehen somit sowohl auf der theoretischen als auch auf der methodisch-empirischen Ebene fundierte Ansätze zur Untersuchung von verschiedenen Varianten von Familienstreß sowie dessen individuelle und gemeinschaftliche Verarbeitung und Bewältigung zur Verfügung. Es ist damit eine wichtige Ausgangsbasis für die professionelle Entwicklung, Anwendung und Evaluation von familienbezogenen Streßpräventionsprogrammen geschaffen, wie sie z.B. von Laux und Schütz (1996) gefordert und von Bodenmann (1996) für Paarbeziehungen in Form des »Freiburger Streßpräventionsprogramms« bereits verwirklicht wurde.

3.7 Familiendimensionen und Familientypen

Ein wesentliches Anliegen der psychologischen Familienforschung ist es, zentrale Aspekte der familiären Beziehungsstruktur empirisch faßbar zu machen. Aus der Fülle der Ansätze, die zum Zweck der Familienklassifikation, -diagnose und

-evaluation entwickelt worden sind, seien im folgenden exemplarisch drei Konzeptionen kurz skizziert.

3.7.1 Der Familienklima-Ansatz

Im Rahmen seiner Sozialklimaforschung hat Moos (1974) unter der Bezeichnung »Family Environment Scale« (FES) ein Fragebogeninstrument entwickelt, das insgesamt zehn Aspekte des familiären Beziehungssystems umfaßt (vgl. Moos & Moos, 1986). Diese zehn Aspekte lassen sich drei übergeordneten Strukturdimensionen von Familiensystemen zuordnen, die in der deutschsprachigen Adaption der Moos'schen Familienklimaskalen sich wie folgt beschreiben lassen (vgl. Schneewind, 1988; Schneewind, Beckmann & Hecht-Jackl, 1985):

(1) Positiv-emotionales Klima. Bei einer Gegenüberstellung der beiden Pole dieser Dimension ergibt sich auf der einen Seite das Bild eines harmonischen, auf wechselseitigem Verständnis und emotionaler Zuwendung beruhenden Familienlebens, in dem auch Konflikte in einer weitgehend befriedigenden Weise geregelt werden können. Auf der anderen Seite finden sich entsprechend Familien mit geringer Familiensolidarität und einem hohen Konfliktpotential, wobei die Art und Weise, wie mit Konflikten umgegangen wird, als wenig befriedigend erlebt wird.

(2) Anregendes Klima. Familien, die auf dieser Dimension hohe Werte erzielen, zeigen ein hohes Maß an Offenheit nach innen und außen, d.h. sie können sich einerseits komplikationslos über ihre Erfahrungen austauschen, andererseits tun sie aber auch viel dafür, sich aktiv um neue Erfahrungen im sozialen, kulturellen und Freizeitbereich zu bemühen. Ganz anders dagegen gilt für Familien mit einer niedrigen Ausprägung auf dieser Dimension, daß ihr Familienleben durch ein hohes Maß an Eintönigkeit, Passivität und emotionaler Ausdrucksarmut gekennzeichnet ist.

(3) Normativ-autoritäres Klima. Der gemeinsame Nenner dieser Dimension ist das Ausmaß an Normorientierung innerhalb einer Familie. Familien mit einer stark ausgeprägten Normorientierung bestehen auf einer starren Einhaltung und Überwachung familieninterner Regeln, einem geordneten und vorhersehbaren Ablauf des Familienlebens und einer starken Orientierung an Leistung und Erfolg. Umgekehrt gilt für Familien mit geringer Normorientierung, daß sie mit Familienregeln eher flexibel und weniger konsequent umgehen. Darüber hinaus legen sie außerdem weniger Wert auf ein Zusammenleben, in dem Ordnung, Planung und Leistungsethos dominante Leitprinzipien sind.

Diese für das gesamte Familiensystem kennzeichnenden Merkmale ihrer Beziehungsstruktur lassen sich – mit entsprechenden Anpassungen – auch auf einzelne Subsysteme des Familiensystems wie die Partnerbeziehung oder die Geschwisterbeziehung übertragen (vgl. Krämer, 1992; Schneewind, 1993b, Schneewind & Kruse, 1999). Basierend auf diesen Grunddimensionen der familiären Beziehungsstruktur können darüber hinaus spezifische Familien- und Paartypen gebildet werden, die sich im Rahmen quer- und längsschnittlicher Analysen der psychologischen Familienforschung als nützlich erwiesen haben (vgl. Schneewind, 1993b; Schneewind et al., 1992; Schneewind & Ruppert, 1995).

3.7.2 Das Circumplex-Modell

Ebenfalls mit der Zielsetzung einer Klassifikation bzw. Typenbildung von Familiensystemen hat Olson mit seinen Mitarbeitern ein Circumplex-Modell entwickelt, für dessen Erfassung das Circumplex of Assessment Package (CAP) verfügbar ist (vgl. Olson & Lavee, 1989; Olson, 1990). Das Circumplex-Modell besteht aus drei Dimensionen, nämlich Kohäsion, Anpassungsfähigkeit (neuerdings von Olson, 1996a, auch als Flexibilität bezeichnet) und Kommunikation. Mit Hilfe dieser Dimensionen können gleichermaßen Paar- und Familiensysteme erfaßt werden. Olson und Lavee (1989) erläutern die drei Dimensionen wie folgt: »*Familienkohäsion* ist definiert als das Ausmaß der emotionalen Bindung, das die Familienmitglieder untereinander haben...; *Familienanpassungsfähigkeit* ist definiert als die Fähigkeit eines Ehe- oder Familiensystems, seine Machtstruktur, Rollenbeziehungen und Beziehungsregeln im Hinblick auf situations- oder entwicklungsbezogenen Streß zu ändern. ...*Kommunikation* erweist sich für Paare und Familien als wesentliches unterstützendes Moment für die beiden anderen Dimensionen.« (S. 168 f.).

In die Definition der beiden zentralen Dimensionen Kohäsion und Anpassungsfähigkeit fließen in starkem Maße systemtheoretische Konzepte, vermischt mit inhaltlichen Aspekten des Familienlebens, ein. Dabei unterscheiden Olson und McCubbin (1982) hinsichtlich der Kohäsionsdimension vier Ausprägungsgrade, nämlich »losgelöst«, »getrennt«, »verbunden« und »verstrickt«, die sie in ihrer Anwendung auf unterschiedliche Aspekte des Familienlebens tabellarisch zusammengefaßt haben (vgl. Tab. 3.3, die der Übersetzung von Wicki, 1997, S. 25 entnommen ist).

In ähnlicher Weise haben Olson und McCubbin (1982) auch Indikatoren für die Dimension Anpassungsfähigkeit zusammengestellt, wobei sie ebenfalls vier Abstufungen von »chaotisch« über »flexibel« und »strukturiert« bis zu »rigid« vornehmen. Tabelle 3.4 informiert – wiederum in der Übersetzung durch Wicki (1997, S. 27) – über die entsprechenden Indikatoren in ihrer Anwendung auf unterschiedliche Systemaspekte der Familie.

Jede dieser beiden Dimensionen wird – wie aus den Tabellen 3.4 und 3.5 ersichtlich – in vier Abschnitte unterteilt. Durch eine Kombination der vier Abschnitte aus den Dimensionen Kohäsion und Anpassungsfähigkeit ergeben sich 16 Typen von Paar- und Familiensystemen, auf die wir im Kapitel 5 noch einmal zurückkommen.

Neuerdings hat Olson (1993a; 1996a) ein dreidimensionales Circumplex-Modell entwickelt, das neben den beiden Basisdimensionen »Kohäsion« und »Anpassungsfähigkeit« bzw. »Flexibilität« die Dimension »Erster und zweiter Wandel« enthält. Mit dieser neuen Dimension hofft Olson, das von ihm theoretisch erwartete, aber empirisch häufig nicht eingelöste Postulat der Kurvilinearität der beiden Basisdimensionen besser einordnen zu können.

Tab. 3.3: Indikatoren der Familienkohäsion (nach Olson & McCubbin, 1982)

	losgelöst	getrennt	verbunden	verstrickt
Emotionale Bindung	sehr schwach	schwach bis mäßig	mäßig bis stark	sehr stark
Gegenseitige Unabhängigkeit	hoch	mäßig	mäßig	gering
Familiäre Grenzen				
– äußere:	offen	halboffen	halboffen	geschlossen
– innere:	geschlossen	halboffen	offen	verwischt
– zw. Generationen:	rigid	klar	klar	verwischt
Koalitionen	schwach, meistens ein Sündenbock	klare Koalition der Eltern	starke Koalition der Eltern	Eltern-Kind-Koalitionen
Zeit	max. Zeit getrennt v. Familie (physisch und/oder emotional)	Zeit zusammen und getrennt ist wichtig	Zeit zusammen ist wichtig, Zeit allein bei triftigen Gründen erlaubt	max. Zeit zusammen
Freiraum	max. persönlicher Freiraum (physisch und emotional)	Privatsphäre und Familiensphäre vorhanden	max. Familiensphäre, minim. Privatsphäre	sehr wenig oder keine Privatsphäre
Freunde	v.a. individuelle Freunde, die man alleine trifft	individuelle und gemeinsame Freunde	individ. Freunde; festgelegte Aktivitäten mit gemeins. Freunden	kaum individuelle, v.a. gemeinsame Freunde, die man gemeinsam tifft
Entscheidungen treffen	v.a. individuelle Entscheidungen	vorwiegend indiv. Entscheidungen; Fähigk. zu gemeinsamen Entscheidungen	Familie an den meisten individ. Entscheidungen beteiligt. Entsch. werden mit Rücksicht auf die Familie gefällt	Alle Entscheidungen müssen in der Familie beschlossen werden
Interessen und Erholungsmöglichkeiten	v.a. individ. Familienaktivitäten	einige spontane Familienaktivitäten; individ. Aktivitäten werden unterstützt	einige festgelegte Aktivitäten; Familie ist in individuelle Interessen involviert	die meisten oder alle Aktivitäten oder Interessen der Familie werden geteilt

Tab. 3.4: Indikatoren der Anpassungsfähigkeit (nach Olson & McCubbin, 1982)

	chaotisch	flexibel	strukturiert	rigid
Durchsetzungsvermögen	passiver und aggressiver Stil	i.a. durchsetzungsfähig	i.a. durchsetzungsfähig	passiver oder aggressiver Stil
Kontrolle	beschränkte Führung	egalitär, mit fließenden Übergängen	demokratisch, mit stabilem Führer	autoritäre Führung
Disziplin	Laisser-faire; sehr nachsichtig	demokratisch; unvorhersehbare Konsequenzen	demokratisch; vorhersehbare Konsequenzen	autokratisch; übermäßig streng
Aushandeln	endlose Verhandlungen; wenig Problemlösungen	pos. Aushandeln; gute Problemlösungen	strukturiertes Aushandeln; gute Problemlösungen	begrenztes Aushandeln; wenig Problemlösungen
Rollen	dramatische Rollenwechsel	Rollenbildung und -teilung; fließender Rollenwechsel	Rollenteilung kommt vor	Rollenrigidität; stereotype Rollen
Regeln	dramatische Regelveränderungen; viele implizite, wenig explizite Regeln, selten durchgesetzt	einige Regeländerungen; eher implizite, oft gesetzte Regeln	wenig Regeländerungen; eher explizite als implizite Regeln, meistens durchgesetzt	rigide Regeln; viele explizite, wenig implizite Regeln, streng durchgesetzt
System-Feedback	v.a. positive, wenig negative Rückkoppelungen	mehr positive als negative Rückkoppelungen	mehr negative als positive Rückkoppelungen	v.a. negative, wenig positive Rückkoppelungen

In einer großangelegten Studie haben Olson und Mitarbeiter nachgewiesen, daß Familien im Verlaufe des Familienlebenszyklus unterschiedliche Ausprägungen auf den beiden grundlegenden Familienstrukturdimensionen – Familienkohäsion und Familienanpassungsfähigkeit – erhalten (vgl. Olson et al., 1989). Darüber hinaus haben Olson und Killorin (1985) eine Clinical Rating Scale (CRS) für das Circumplex-Modell entwickelt (vgl. auch die revidierte Fassung der CRS von Olson, 1993a), mit deren Hilfe durch geschultes Personal die zentralen Beziehungsstrukturdimensionen eingeschätzt werden können. Erste empirische Befunde zu diesem Fremdbeobachtungsinstrument bestätigen seine Tauglichkeit zur Unterscheidung von funktionalen und dysfunktionalen Familienbeziehungsformen (vgl. Thomas & Olson, 1993).

3.7.3 Familienparadigmen

Familientypen lassen sich auch als Paradigmen interpretieren, d.h. als globale Sichtweisen, nach denen Familien nicht nur ihre zentralen Wertvorstellungen ausrichten, sondern ebenso die Wirklichkeit ihres Verständnisses von Familie und ihrer sozialen Beziehungen konstruieren (vgl. Reiss, 1981). Aufbauend auf einer einflußreichen Arbeit von Kantor und Lehr (1975) hat Constantine (1986, 1993) vier Familienparadigmen beschrieben:

(1) Das geschlossene Paradigma, das Constantine (1993) als den Prototyp einer »stabilen, sicheren Familie, die auf traditionelle Autorität und Normkonformität Wert legt, um den Fortbestand etablierter Familienmuster zu gewährleisten« beschreibt (S. 46). Bei diesem Modell steht die Familienidentität an erster Stelle, und erst danach kommt die Individualität des einzelnen.

(2) Das Zufallsparadigma versteht sich als Antithese zum geschlossenen Paradigma, in dem es zu einer Akzentuierung von Wandel gegenüber Stabilität kommt. In den Worten von Constantine (1993) ist dieses Familienmodell durch »kreative Individualität und egalitäre Autonomie gekennzeichnet. Das Individuum kommt zuerst, und die kollektiven Bedürfnisse der Familie werden durch eine spontane Synergie von individueller Initiative und Einfallsreichtum befriedigt«. (S. 46).

(3) Das offene Paradigma, die Synthese aus geschlossenem und Zufallsparadigma, steht fur ein modernes, kommunikationsorientiertes, »demokratisches« Familiensystem, in dem es nach Constantine (1993) zu einer »Integration von Wandel und Stabilität kommt, zugleich aber auch eine Verbindung der Bedürfnisse und Interessen einzelner Familienmitglieder mit denen der gesamten Familie hergestellt wird« (S. 46). Diese zum Teil im Widerspruch stehenden Tendenzen werden durch den Prozeß des gemeinsamen Aushandelns aufgelöst, weswegen kommunikative Kompetenzen in diesem Typus von Familie einen besonders hohen Stellenwert haben.

(4) Das synchrone Paradigma, das Constantine (1993) als Antithese zum offenen Paradigma sieht. Hierbei handelt es sich um ein ruhiges, harmonisches Familienleben, das jedoch nach Constantine (1993) auf einem unausgesprochenen Verständnis von Familienregeln beruht, die von allen akzeptiert werden und insofern auch wenig Kommunikation und Aushandeln erforderlich machen. Es wird angenommen, daß ein solches Modell von Familienleben weniger für den westlichen, d.h. individualistisch geprägten Kulturraum zutrifft, sondern eher in den kollektivistischen Kulturen der östlichen Hemisphäre anzutreffen ist.

Möglichkeiten zur Erfassung unterschiedlicher Familienstile im Sinne der von Constantine entwickelten paradigmatischen Familientheorie finden sich etwa bei Bloom (1985) für die drei zuerst genannten Familienparadigmen und bei Constantine, Guise und Okun (1988) für das synchrone Familienparadigma. Für familientherapeutische Zwecke ist das Wissen um den jeweiligen Familienstil besonders wichtig, da dies ein leichteres »Einschwingen« in die Interaktionsgepflogenheiten der Familie ermöglicht und zugleich auch Hinweise auf erfolgversprechende therapeutische Interventionen bietet.

3.8 Die Bindungstheorie

Aufbauend auf neopsychoanalytischen und ethologischen Vorstellungen von der menschlichen Persönlichkeits- und Beziehungsentwicklung (vgl. Sandler & Rosenblatt, 1962; Bowlby, 1969) hat in den letzten Jahren unter dem Stichwort »Bindungstheorie« zunehmend eine theoretische Position in die familienpsychologische Forschung Eingang gefunden, die sich als außerordentlich fruchtbar und forschungsanregend erwiesen hat. Einer der Hauptproponenten der Bindungstheorie ist der englische Kinderpsychiater Bowlby (1969, 1973, 1980), der davon ausgeht, daß vor allem in der frühen Entwicklung des Menschen enge affektive Beziehungen zu den Pflegepersonen hergestellt werden. Dieses »affektive Band« soll dem menschlichen Säugling zum einen Schutz vor lebensbedrohlichen Beeinträchtigungen und sonstigen Widrigkeiten bieten, auf die er wegen seines noch nicht ausgebildeten Repertoires an Bewältigungsmöglichkeiten nicht angemessen reagieren kann. Zum anderen soll die affektive Bindung an eine oder mehrere Pflegepersonen eine möglichst sichere Basis für die Erkundung und schrittweise Eroberung der Welt darstellen. Es werden damit theoretisch zwei miteinander verschränkte Motivations- und Verhaltenssysteme unterstellt, die einerseits einem Bedürfnis nach Bindung oder Bezogenheit und andererseits einem Bedürfnis nach Autonomie im Sinne einer eigenständigen Weltaneignung entspringen.

Ein weitereres wichtiges theoretisches Konzept ist der von Bowlby (1969) eingeführte Begriff des *internen Arbeitsmodells*, durch welches spezifische Bindungserfahrungen personintern repräsentiert werden – eine Annahme, die auch wesentlicher Bestandteil der neopsychoanalytischen Objektbeziehungstheorien und -therapien ist (vgl. Cashdan, 1988; Westen, 1990). Im Sinne von Bretherton (1992) sind interne Arbeitsmodelle affektiv getönte Vorstellungen über sich selbst und wichtige Bezugspersonen, die sich aufgrund der Interaktion mit diesen Personen ergeben. Je nachdem welche Bindungserfahrungen gemacht wurden, entwickeln sich unterschiedliche mentale Repräsentationen vom Selbst und von den Bezugspersonen, von denen angenommen wird, daß sie auch in einer lebenslangen Perspektive die Selbst- und Beziehungsentwicklung mit beeinflussen (vgl. Grossmann & Grossmann, 1991).

Für die frühe Kindheit haben vor allem Ainsworth und ihre Mitarbeiter (1978) mit Hilfe des sog. Fremde-Situationstests, bei dem es in standardisierter Weise um eine kurze Sequenz von Verlassens- und Wiedervereinigungsepisoden zwischen Mutter und Kind in einem unvertrauten Setting mit einer fremden Person geht, unterschiedliche kindliche Reaktionsmuster auf die Wiedervereinigung mit der Mutter gefunden. Dabei hatten sich zunächst drei Bindungsstile ergeben, nämlich (a) Kinder mit einem *sicheren Bindungsstil*, die bei der Wiedervereinigung mit der Mutter keine Zeichen von Vermeidungsverhalten zu erkennen geben und die Nähe der Mutter suchen, (b) Kinder mit einem *vermeidenden Bindungsstil*, die ihre Mutter beim Wiedereintritt in den Untersuchungsraum ignorieren und vermeiden sowie schließlich (c) Kinder mit einem *ängstlich-ambivalenten Bindungsstil*, die deutliche Zeichen eines Annäherungs-Vermeidungskonflikts gegenüber ihrer Mutter zu erkennen geben. Main und Solomon (1990) haben diesen drei kindlichen Bindungsstilen später noch einen vierten hinzugefügt, den sie als *des-*

organisierten Bindungsstil bezeichnen und der sich durch ein starkes Oszillieren zwischen Sicherheit und Nähe einerseits und Furcht andererseits auszeichnet.

Für diese Bindungsstile hat sich zum einen gezeigt, daß die zentralen Bezugspersonen – in der Regel die Mütter – ein jeweils charakteristisches Pflege- und Erziehungsverhalten zeigen. So zeichnen sich die Mütter sicher gebundener Kinder vornehmlich durch ein hohes Maß an Zugänglichkeit, Responsivität und Wärme aus, während die Mütter von Kindern mit einem vermeidenden Bindungsstil sich eher abweisend, starr, kontaktunfreudig und feindselig verhalten. Die Mütter von Kindern mit einem ängstlich-ambivalenten Bindungsstil erweisen sich hingegen als wenig einfühlsam und sind zugleich aufdringlich und inkonsistent in ihrem Verhalten (vgl. Ainsworth et al., 1978; Feeney & Noller, 1996). Für den desorganisierten Bindungsstil werden auf der Elternseite unverarbeitete Traumatisierungen (z.B. aufgrund von Verlust- oder Mißhandlungserfahrungen) vermutet, was sich in starken Affektschwankungen im Verhältnis zum Kind niederschlägt.

Zum anderen konnte in einer Reihe von Studien nachgewiesen werden, daß die Qualität des Bindungsstils bis zu einem gewissen Grade auch die Art der Sozialbeziehungen in anderen Kontexten (z.B. im Kindergarten und in der Schule) und die Entwicklung individueller Differenzen hinsichtlich einer Reihe von Persönlichkeitsmerkmalen (z.B. Selbstvertrauen, soziale Kompetenz, emotionales Wohlbefinden) vorherzusagen vermag (vgl. zusammenfassend Gloger-Tippelt, 1997; Sroufe, Carlson & Shulman, 1993).

Von besonderer Bedeutung ist die Reaktivierung von frühen Beziehungserfahrungen und Bindungsstilen in späteren Liebesbeziehungen, worauf vor allem Hazan und Shaver (1987) in einem vielbeachteten Beitrag aufmerksam gemacht haben. Seitdem wurde, anknüpfend an diesen Gedanken, eine Fülle von weiterführenden theoretischen Analysen und Forschungsstudien durchgeführt (vgl. zusammenfassend Shaver, Collins & Clark, 1996; Feeney & Noller, 1996). Als besonders einflußreich hat sich dabei eine von Bartholomew (1990) vorgeschlagene Konzeptualisierung von vier Bindungsstilen im Erwachsenenalter erwiesen. Diese beruht auf einem Vierfelder-Schema, welches positive bzw. negative mentale Repräsentationen vom Selbst und vom Anderen miteinander verknüpft. Es ergeben sich dann prototypische Beschreibungen eines sicheren, abweisenden, ängstlichen und besitzergreifenden Bindungsstils, die in Tabelle 3.5 in der Übersetzung von Doll, Mentz und Witte (1995) wiedergegeben sind.

Diese Klassifikation ist in dreierlei Hinsicht von Belang:

Erstens eröffnen sie Forschungsfragestellungen, die dem Ursprung bzw. den frühen Beziehungserfahrungen dieser Bindungsstile auf den Grund gehen. Hierbei ist vor allem das von Main und Goldwyn (1985) entwickelte Erwachsenen-Bindungsinterview zu nennen, mit dessen Hilfe spezifische Bindungsrepräsentationen in der Herkunftsfamilie erfaßt werden können und somit eine beziehungsgeschichtliche Erklärung aktueller Bindungsstile ermöglichen (vgl. Furman & Flanagan, 1997).

Zweitens ergeben sich Möglichkeiten, die Paardynamik von Partnern mit unterschiedlichen Bindungsstilen zu untersuchen. So haben einige Studien auf der Paarebene Zusammenhänge zwischen den Bindungsstilkonstellationen der Partner und deren Kommunikations- und Konfliktverhalten analysiert (vgl. Cohn et al.,

Tab. 3.5: Bindungsstile von Erwachsenen (nach Bartholomew, 1990, in der Übersetzung von Doll, Mentz & Witte, 1995, S. 158f)

Bindungsstil	Beschreibung
Sicher	Ich finde, daß es ziemlich leicht für mich ist, anderen gefühlsmäßig nahe zu sein. Es geht mir gut, wenn ich mich auf andere verlassen kann und wenn andere sich auf mich verlassen. Ich mache mir keine Gedanken darüber, daß ich allein sein könnte oder daß andere mich nicht akzeptieren könnten.
Abweisend	Es geht mir auch ohne enge gefühlsmäßige Bindung gut. Es ist sehr wichtig für mich, mich unabhängig und selbständig zu fühlen, und ich ziehe es vor, wenn ich nicht von anderen und andere nicht von mir abhängig sind.
Ängstlich	Ich empfinde es manchmal als ziemlich unangenehm, anderen nahe zu sein. Ich möchte Beziehungen, in denen ich anderen nahe bin, aber ich finde es schwierig, ihnen vollständig zu vertrauen oder von ihnen abhängig zu sein. Ich fürchte manchmal, daß ich verletzt werde, wenn ich mir erlaube, anderen zu nahe zu kommen.
Besitzergreifend	Ich möchte anderen gefühlsmäßig sehr nahe sein, aber ich merke oft, daß andere Widerstände dagegen errichten, mir so nahe zu sein, wie ich ihnen nahe sein möchte. Es geht mir nicht gut, wenn ich ohne enge Beziehung bin, aber ich denke manchmal, daß andere mich nicht so sehr schätzen wie ich sie.

1992; Feeney, Noller & Callan, 1994; Kobak & Hazan, 1991; Pistole, 1989). Eine Zusammenschau der Befunde macht deutlich; daß Paare mit einem sicheren Bindungsstil zu konstruktiveren Konfliktlösungsstrategien im Sinne von weniger Negativität, angemessenerer Affektregulation und kompetenteren Formen der »Beziehungsreparatur« (z.B. Abbrechen von eskalierenden Konfliktinteraktionen, Sich-Einlassen auf die Position des anderen, Verwendung von Humor) neigen, als dies bei Partnern mit unsicherem Bindungsstil der Fall ist.

Drittens liegt es nahe, die Beziehungen zwischen elterlichen Bindungsstilen und dem kindlichen Bindungstyp genauer zu untersuchen. Während die Verknüpfung zwischen spezifischen Formen des elterlichen Erziehungsverhaltens und dem kindlichen Bindungstyp relativ viele Studien angeregt hat (vgl. zusammenfassend Belsky, 1990; Grossmann & Grossmann, 1991; Rothbard & Shaver, 1994) trifft dies für die Frage, inwieweit sich elterliche Bindungs- und Konfliktstile auf die Qualität der Eltern-Kind-Beziehungen auswirken, nur in sehr eingeschränktem Ausmaß zu (vgl. Ricks, 1985). Dies gilt um so mehr, wenn die Bindungs- und Konfliktstile beider Elternteile und deren unterschiedliche Konfiguration bzw. Passung berücksichtigt werden. In einer der wenigen bindungstheoretisch orientierten Studien zu dieser Thematik haben Cohn et al. (1992) für eine Stichprobe mit Vorschulkindern den Nachweis erbracht, daß für den Fall eines bei beiden Eltern bestehenden unsicheren Bindungsstils ein weniger kompetentes Erziehungsverhalten im Sinne geringerer emotionaler Zuwendung und reduzierter elterlicher Strukturierung der Eltern-Kind-Interaktionen zu verzeichnen ist als bei Eltern, die beide über einen sicheren Bindungsstil verfügen. Die Autoren interpretieren diesen Befund als Beleg dafür, daß die Konstellation zweier unsicher gebundener Eltern als Risikofaktor für elterliche Erziehungskompetenz anzusehen ist, was sich im übrigen auch in einer geringeren emotionalen Expressivität ihrer Kinder äußert.

Der besondere Wert des bindungstheoretischen Ansatzes liegt darin, daß er nicht nur strukturelle und prozessuale Aspekte der Beziehungsgestaltung sichtbar macht, sondern ebenso in einer transgenerationalen Perspektive einen Erklärungsrahmen für die Vermittlung von Bindungserfahrungen und deren Repräsentation in Form von Bindungsstilen anbietet (vgl. Van Ijzendoorn & Bakermans-Kranenburg, 1996).

3.9 Die Austauschtheorie

Ausgehend von lerntheoretischen Prinzipien, wie sie insbesondere von Homans (1972) zur Analyse von interpersonalen Prozessen herangezogen wurden, hat sich unter der Bezeichnung »Austauschtheorie« eine theoretische Richtung entwickelt, die davon ausgeht, daß soziale Beziehungen – insbesondere auch enge oder intime persönliche Beziehungen – unter Rückgriff auf Kosten-Nutzen-Überlegungen analysiert werden können. Diesem Ansatz liegt eine utilitaristische Denkweise zugrunde, die von Coleman (1990) als methodologischer Individualismus bezeichnet wurde. Der austauschtheoretische Ansatz beruht auf einer Reihe von grundlegenden Annahmen über die Natur des Menschen und das Wesen von Beziehungen, die von Sabatelli und Shehan (1993) in einigen wenigen Punkten zusammengefaßt wurden. Bezüglich der *Natur des Menschen* sind es die folgenden sechs Punkte:

»(1) Menschliche Individuen streben nach Belohnungen und vermeiden Bestrafungen.

(2) In der Interaktion mit anderen versuchen menschliche Individuen den Nutzen für sich selbst zu maximieren und die Kosten zu minimieren. Da es jedoch nicht möglich ist, die tatsächlichen Belohnungen und Kosten, die in der Interaktion mit einer anderen Person involviert sind, zu kennen, bevor diese Interaktion erfolgt, orientieren sich Menschen in ihrem Verhalten an den Erwartungen, die sie hinsichtlich der Belohnungen und Kosten haben.

(3) Menschliche Individuen sind rationale Wesen, die innerhalb der Grenzen der ihnen zur Verfügung stehenden Informationen ihre Belohungen und Kosten kalkulieren sowie Alternativen in Betracht ziehen, bevor sie handeln.

(4) Die Standards, die Menschen benutzen, um Belohnungen und Kosten zu beurteilen, variieren von Person zu Person und können sich im Laufe der Zeit verändern.

(5) Die Bedeutung, die Menschen dem Verhalten anderer beimessen, variiert von Person zu Person und kann sich über die Zeit hinweg verändern.

(6) Je mehr der Wert einer Belohnung die eigenen Erwartungen übertrifft, um so geringer wird der Wert dieser Belohnung in Zukunft sein.« (S. 396).

Die grundlegenden Annahmen über das *Wesen von Beziehungen* werden von Sabatelli und Shehan (1993) wie folgt zusammengefaßt:

»(1) Soziale Austauschbeziehungen sind durch wechselseitige Abhängigkeit (Interdependenz) gekennzeichnet, d.h. die Fähigkeit, in einer Beziehung Vorteile zu erzielen, ist abhängig von der Fähigkeit, anderen Belohnungen zukommen zu lassen.
(2) Die sich entwickelnden Erfahrungen in Beziehungen steuern nachfolgende Interaktionen.
(3) Soziale Austauschbeziehungen werden durch Normen der Gegenseitigkeit reguliert.
(4) Soziale Austauschbeziehungen werden durch Normen der Fairneß reguliert.
(5) Die Interaktionsdynamik innerhalb von Beziehungen und die zeitliche Stabilität von Beziehungen ist eine Folge kontrastierender Niveaus von Attraktion und Abhängigkeit derjenigen Personen, die an einer Beziehung teilnehmen.« (S. 396).

Diese Grundannahmen der Austauschtheorie sind auf eine Vielzahl von beziehungspsychologisch relevanten Phänomenen angewandt und z.T. erweitert worden. So analysieren z.B. Hill und Kopp (1995) Phänomene wie Partnerwahl und Heirat, Fertilität, Interaktion in der Familie und Ehescheidung unter austauschtheoretischen Gesichtspunkten. Wir veranschaulichen im folgenden den austauschtheoretischen Ansatz am Beispiel des von Rusbult und ihren Mitarbeiter/innen enwickelten Investment-Modells zur Erklärung des Ausmaßes an Verpflichtung (commitment) als einer wesentlichen Bestimmungsgröße für die Aufrechterhaltung bzw. Auflösung von Beziehungen (vgl. Rusbult, 1980; Rusbult, Dirgotas & Verette, 1994; Rusbult & Arriaga, 1997).

Das *Investment-Modell* geht von der Annahme aus, daß das Niveau an subjektiv empfundener Verpflichtung oder Einbindung in eine Beziehung von drei Einflußgrößen bestimmt wird, nämlich (a) dem *Zufriedenheitsniveau*, das durch eine positive Balance von Belohnungen und Kosten zugunsten der Belohnungsseite im alltäglichen Zusammenleben der Partner gekennzeichnet ist, (b) der *Qualität von Alternativen*, was voraussetzt, daß ein Vergleich zwischen der Attraktivität der aktuellen Beziehung und anderen potentiellen Beziehungen angestellt wird, und (c) dem *Ausmaß an Investitionen*, die von den Partnern in eine Beziehung eingebracht wurden (z.B. in Form von Kindern, gemeinsamen Besitzes, gemeinsam durchgestandenen Krisen etc.) und die insofern als beziehungserhaltende Ressourcen gewertet werden können. Das Investment-Modell sagt voraus, daß bei hohem Zufriedenheits- und Investitionsniveau und bei gleichzeitig geringer Qualität von Beziehungsalternativen das Ausmaß an Verpflichtung und Bindung an die Beziehung besonders hoch ist und daher auch der Fortbestand der Beziehung in hohem Maße wahrscheinlich ist, wofür sich entsprechende empirische Belege ergeben haben (vgl. z.B. Rusbult, 1980; Rusbult & Buunk, 1993).

Einer der Vorteile des austauschtheoretischen Ansatzes im allgemeinen und des Investment-Modells im besonderen besteht darin, daß eine starke Fokussierung auf Prozesse der Beziehungsdynamik stattfindet. Mit anderen Worten: das Ausmaß an Verpflichtung und Bindung kann sich rasch ändern, wenn einer oder mehrere der drei Modellparameter sich verändern, insbesondere wenn die für eine Beziehung geltenden Normen der Verteilungsgerechtigkeit (z.B. bezüglich der Arbeitsteilung in einer Partnerschaft) und der Fairneß (z.B. durch Affairen) verletzt werden. Andererseits kann durch den Aufbau beziehungsförderlicher Gemeinsamkeiten (z.B. Stärkung von Kommunikations- und Konfliktregelungskompetenzen, Aktivierung befriedigender gemeinsamer Aktivitäten) viel zur Erhöhung des beiderseitigen Zufriedenheitsniveaus und zur Erweiterung des Ressourcenpotentials der Beziehung beigetragen werden (vgl. hierzu die in Kapitel 6 dargestellten Beziehungstrainings).

3.10 Ein integratives Systemmodell der Familienentwicklung

Nachdem wir nun eine Reihe von theoretischen Ansätzen kennengelernt haben, die für die Familienpsychologie nützlich sind, soll abschließend ein integratives Rahmenmodell vorgestellt werden, in dem unterschiedliche partialtheoretische Ansätze Platz haben. Insbesondere in Anknüpfung an die Konzepte der Familiensystem-, Familienentwicklungs- und Familienstreßtheorie läßt sich ein theoretisches Modell formulieren, dessen Kerngedanke darin besteht, den Familienentwicklungsprozeß als eine Sequenz von entwicklungsbezogenen Stressoren und Ressourcen zu sehen (vgl. Schneewind, 1990a, 1992). Wichtige Überlegungen und Vorarbeiten hierzu stammen von Markman und Koautoren (1986) sowie von Carter und McGoldrick (1988), die vor allem familienbezogene Stressoren, nicht aber auch familiäre Ressourcen in den Blick genommen haben. Eine graphische Veranschaulichung dieses Modells findet sich in Abbildung 3.4.

Das Modell geht vom Zeitpunkt der Partnerfindung aus, wonach zwei bis zum Zeitpunkt ihrer Begegnung voneinander unabhängige Personen auf dem Hintergrund ihrer individuellen Erfahrungs- und Beziehungsgeschichte eine Beziehung entwickeln und damit eine gemeinsame Beziehungsgeschichte schaffen. Als Personen sind sie nicht nur in ihr aktuelles Paar- bzw. Familiensystem eingebunden, sondern auch in das Mehrgenerationensystem ihrer jeweiligen Herkunftsfamilien sowie in eine Reihe weiterer extrafamiliärer Systeme (z.B. im Kontext von Beruf, Freizeit, Freundschaft sowie in die besonderen Gegebenheiten ihrer politischen, sozialen und ökonomischen Lage).

Man kann davon ausgehen, daß sich auf allen vier Systemebenen in der Vergangenheit im Prozeß der Lebensbewältigung belastende, aber auch unterstützende Erfahrungen gebildet haben, die sich bis zur Gegenwart zu einem *Potential an vertikalen Stressoren und Ressourcen* verdichtet haben. Hierzu gehören etwa auf der Stressorenseite fehlende bzw. dysfunktionale Bewältigungsstrategien im Umgang mit Lebensproblemen und auf der Ressourcenseite die Verfügbarkeit entsprechender Fertigkeiten zur adäquaten Problembewältigung. Innerhalb und zwischen den einzelnen Systemebenen kann man sich somit eine Bilanzierung des vertikalen Stressoren- und Ressourcenpotentials vornehmen, die sich als Indikator für das Ausmaß an Verletzlichkeit des Beziehungsgeschehens auf der jeweiligen Systemebene begreifen läßt.

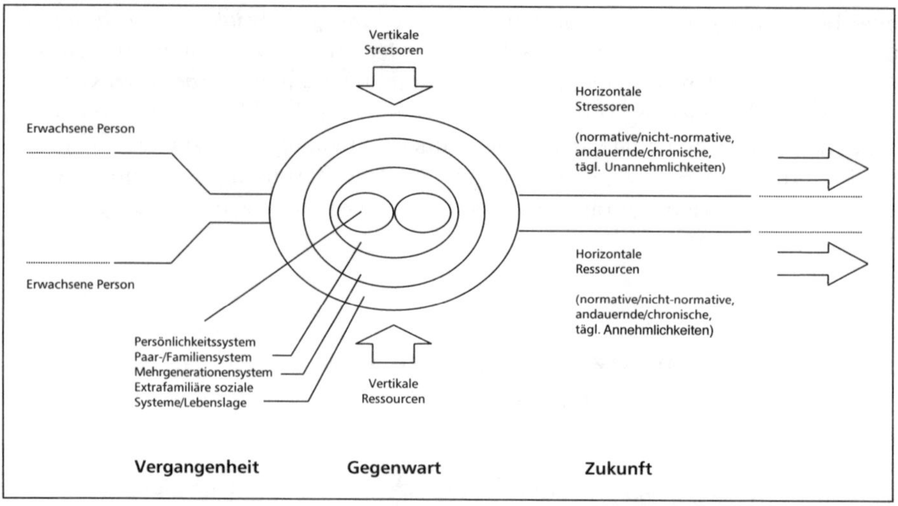

Abb. 3.4: Ein Systemmodell der Familienentwicklung unter Berücksichtigung entwicklungsbezogener Stressoren und Ressourcen

Mit dieser zu einem bestimmten Zeitpunkt gegebenen Ausstattung an vertikalen Stressoren und Ressourcen begibt sich nun das Paar auf den Weg seiner weiteren Entwicklung. Es trifft dabei in der Gegenwart und in der Zukunft auf neue Lebensherausforderungen, die sich als horizontale Stressoren und Ressourcen bezeichnen lassen. Bei horizontalen Stressoren handelt es sich um Ereignisse, die sich auf den verschiedenen Systemebenen einstellen und das Paar belasten (z.B. eine schwere Krankheit, eine Liebesaffäre mit einer anderen Person, der Tod eines nahestehenden Verwandten, die plötzliche Kündigung des Arbeitsverhältnisses). Weniger häufig untersucht, aber theoretisch wie praktisch genauso bedeutsam sind horizontale Ressourcen, d.h. Ereignisse im Lebensgang, die das Paar- oder Familiensystem stärken (z.B. die Entdeckung eines neuen Hobbys, das gemeinsame Durchstehen einer Krise, die Teilnahme an einer gelungenen Familienfeier, das Kennenlernen neuer Freunde).

Horizontale Stressoren und Ressourcen lassen sich weiter aufgliedern in (a) *normative und nicht-normative Ereignisse bzw. Übergänge im Lebenszyklus* (z.B. vorhersehbare Ereignisse im Vergleich zu unerwarteten Ereignissen wie etwa der Tod eines betagten Elternteils im Gegensatz zum Unfalltod eines Kindes); (b) *dauerhafte oder chronische Lebensumstände* (z.B. das Einsetzen einer schweren Krankheit, kontinuierliche Beziehungsverschlechterung der Partner); (c) *alltägliche Unannehmlichkeiten oder Widrigkeiten* (z.B. der verpaßte Bus, der Rüffel vom Chef), aber auch *alltägliche Annehmlichkeiten* (z.B. der unerwartete Blumenstrauß vom Partner, das aufmunternde Telefonat mit einem Freund), wie sie z.B. von Kanner et al. (1981) oder Eckenrode und Bolger (1995) untersucht wurden.

Im Zusammentreffen der vertikalen und horizontalen Dimension von Stressoren und Ressourcen entscheidet sich, wie ein Paar oder Familiensystem mit gegenwärtigen und zukünftigen Herausforderungen umgeht. Das momentan

Tab. 3.6: Beispiele für vertikale bzw. horizontale Stressoren und Ressourcen in vier entwicklungsrelevanten Systemen

Systemeinheit	Stressoren			Ressourcen		
	vertikal	horizontal		vertikal	horizontal	
		Gegenwart	Zukunft		Gegenwart	Zukunft
Individuelles System	niedriger Selbstwert, Mangel an arbeitsbezogenen Kompetenzen	Probleme mit dem Arbeitgeber	drohender Arbeitsplatzverlust	hoher Selbstwert, gute Arbeitsqualifikation	sicherer Arbeitsplatz	Aufstiegschancen
Paar/Familiensystem	Mangel an Intimität, beeinträchtigte Kommunikation	aktueller Ehekonflikt	Trennung/Scheidung	hohes Maß an Intimität, gute Kommunikation	konstruktives Problemlösen	Erwartung weiteren Zusammenseins (nachelterliche Phase)
Mehrgenerationen-System	Vorgeschichte von Vernachlässigung/Mißhandlung in der Ursprungsfamilie	Gesundheitsprobleme der Eltern/Schwiegereltern	Vorwegnahme der Pflege der Eltern/Schwiegereltern	Vorgeschichte des Angenommenseins in der Ursprungsfamilie	Belohnende Besuche der Eltern/Schwiegereltern	keine Anspruchshaltung der Eltern/Schwiegereltern
Extrafamiliäres soziales System (z.B. soziales Netzwerk)	Vorgeschichte geringer formeller und informeller Unterstützung (z.B. von der Gemeinde oder den Freunden)	Verlust eines guten Freundes	Drohende Schliessung eines Gemeindezentrums	Vorgeschichte einer optimalen Integration	Hilfe erfahren von einem guten Freund	zu erwartende stabile Fortdauer von bestehenden Freundschaften

gegebene vertikale Stressoren-Ressourcenpotential ist dabei eine wesentliche Bestimmungsgröße für die Art der Auseinandersetzung und die Qualität der Bewältigung von sich ändernden Lebensumständen auf der horizontalen Dimension. Gleichzeitig werden im fortlaufenden Lebensprozeß horizontale Stressoren und Ressourcen in die vertikale Dimension integriert. Sie konsolidieren oder verändern damit die jeweils aktuelle Bilanz im vertikalen Stressoren-Ressourcenbereich und bilden zugleich eine stets neue Ausgangslage für die Auseinandersetzung mit den als nächstes anstehenden gegenwärtigen und zukünftigen Herausforderungen, d.h. also mit Ereignissen, die in diesem Konzept den Status von horizontalen Stressoren und Ressourcen haben. Ein Beispiel, wie sich vertikale und horizontale Stressoren bzw. Ressourcen mit den unterschiedlichen Systemebenen verknüpfen lassen, findet sich in Tabelle 3.6 (siehe Seite 117) (vgl. Schneewind, 1990a).

Das hier vorgestellte Modell eignet sich als forschungsanregendes und -leitendes Rahmenkonzept, und zwar gleichermaßen für die nicht-interventive wie für die interventive Forschung im Bereich der Familienpsychologie, wobei eine prozeß- bzw. entwicklungsorientierte Perspektive im Vordergrund steht.

4 Familiäre Erziehung und Sozialisation – Eckpfeiler der Persönlichkeitsentwicklung

Übersicht:

Das vierte Kapitel beschäftigt sich mit den Grundlagen und mit ausgewählten Ergebnissen der Erziehung und Sozialisation in Familien. Als erstes werden grundlegende evolutionstheoretische und verhaltens- bzw. verhaltensentwicklungsgenetische Aspekte beleuchtet, die vor allem zur Relativierung einer ausschließlich milieutheoretischen Sicht familiärer Erziehungs- und Sozialisationsprozesse beitragen. Es folgt eine kurze Darstellung gesundheitlicher Aspekte im Kontext der Familie, wobei familiäre Gewalt als eine besondere Facette gesundheitsbeeinträchtigender Familienbeziehungen zu sehen ist.

Ein weiterer Abschnitt widmet sich grundlegenden Vorstellungen darüber, wie man sich das Zusammenwirken von biologisch-genetischen und ökologisch-situativen Einflüssen auf die Gestaltung sowie auf die Effekte familiärer Erziehungs- und Sozialisationsprozesse vorzustellen hat.

Es folgt eine überblicksmäßige Darstellung ausgewählter Befunde der familiären Erziehungs- und Sozialisationsforschung, der eine Gliederung nach den wichtigsten System- bzw. Subsystemeinheiten von Familienbeziehungen zugrunde liegt. Im einzelnen wird auf folgende Beziehungskonstellationen eingegangen: (1) die Paarbeziehung, (2) die Elternbeziehung, (3) Eltern-Kind-Beziehungen, wobei ein ausführlicher Exkurs sich mit der Frage beschäftigt, ob und inwieweit die Trennung bzw. Scheidung der Eltern ein Entwicklungsrisiko für Kinder und Jugendliche darstellt, (4) Geschwisterbeziehungen und (5) Mehrgenerationenbeziehungen.

4.1 Zur Bedeutung familiärer Erziehung und Sozialisation

Im Konzert der Erziehungs- und Sozialisationsinstanzen, die auf die menschliche Persönlichkeitsentwicklung Einfluß nehmen, wird der Familie eine besondere Bedeutung zugeschrieben. In soziologischer Sicht nimmt die Familie als eine gesellschaftlich anerkannte Form menschlichen Zusammenlebens eine vermittelnde Stellung zwischen den umfassenderen Sozialgebilden einer Sozietät (d.h. den Institutionen des politischen, wirtschaftlichen, bildungsbezogenen, religiösen und kulturellen Systems) und dem Individuum ein. »Sie verklammert«, wie Goode (1967) sagt, »das Individuum mit der weiteren Sozialstruktur.« (S. 13). Dabei wird der Familie eine Reihe von Funktionen zugewiesen, zu denen neben der Reproduktions-, Existenzsicherungs-, Produktions-, Plazierungs- und Regenerationsfunktion (vgl. Neidhardt, 1970) als eine »Zentralfunktion« (vgl. Schäfers, 1990) vor allem die Aufgabe der Erziehung und Sozialisation gehört. Lüscher (1989) unterscheidet in diesem Zusammenhang zwischen Aufgaben und Leistungen von Familie. Als wesentliche Aufgabe sieht er die Gestaltung einer »Lebensform für verläßliche Beziehungen zwischen den Generationen und Geschlechtern«, die – vermittelt durch Tätigkeiten wie »Haushalten, Wohnen, Pflegen, Erziehen, interne und externe Beziehungen« – zu zwei miteinander verknüpften Leistungen führen soll, nämlich der Herausbildung von »individueller und kollektiver Identität«. (S. 101 f.).

In der Unterscheidung zwischen parentaler und filialer Generation wird die »biologisch soziale Doppelnatur« (König, 1974) der Familie erkennbar. Zum einen ist – im Falle der leiblichen Elternschaft – eine genetische Gemeinsamkeit zwischen den Generationen gegeben, die jeden unentrinnbar zum »Familienmenschen« macht (vgl. Duss-von Werdt, 1980). Zum anderen werden durch die früh einsetzenden, lang andauernden, vielfältigen und intensiven Einflüsse, denen die nachwachsende Generation zunächst und in aller Regel im Kontext der Familie ausgesetzt ist, wichtige Lernerfahrungen in Gang gesetzt, die das Fundament für die weitere, auch außerfamiliäre Lebensbereiche tangierende Entwicklung des einzelnen abgeben. Von daher liegt es nahe, dem individuellen Entwicklungsprozeß im Kontext der Familie besondere Beachtung zu schenken.

Die wissenschaftliche Auseinandersetzung mit dieser Thematik hat im Bereich der Psychologie zunehmend an Differenzierung und Komplexität gewonnen. Dabei lassen sich grob folgende Entwicklungsetappen nachzeichnen:

(1) Mütterliches Erziehungsverhalten als »Einbahnstraße«. Die erste Etappe ist vor allem durch zwei wesentliche Aspekte gekennzeichnet: einmal durch die nahezu ausschließliche Betonung der Mutter als zentraler Instanz der (früh-) kindlichen Persönlichkeitsentwicklung, vor allem aufgrund früher, am »klassischen Trieb-Strukturmodell« ausgerichteter psychoanalytischer (vgl. Greenberg & Mitchell, 1983) und bindungstheoretischer Erklärungsansätze (vgl. Bowlby, 1969; Ainsworth et al., 1979; Sroufe, 1979), zum anderen durch die Perspektive einer einseitig gerichteten, von der Elternperson zum Kind verlaufenden Einflußrichtung,

wonach das Kind im Sinne eines Prägungsprozesses als der mehr oder minder passive Empfänger mütterlicher Sozialisationsbemühungen betrachtet wird (vgl. Thomae, 1959).

(2) Der Beitrag des Kindes. Eine nächste wichtige Etappe bestand in der allmählichen Durchsetzung einer Sichtweise, wonach Kinder von ihrer Geburt an aktiv lernende, soziale und einzigartige menschliche Wesen sind. Insbesonders der Nachweis frühester Verhaltens- und Temperamentsunterschiede bei Säuglingen (vgl. Thomas & Chess, 1970) und die Konzeption von Mutter-Kind-Beziehungen als einem Prozeß wechselseitiger Anpassungen hat dazu geführt, das »Einbahnstraßenmodell« der kindlichen Persönlichkeitsentwicklung als zu simplifizierend aufzugeben und Kinder in gewissem Umfang als »Produzenten ihrer eigenen Entwicklung« zu sehen (vgl. Bell, 1968; Lerner & Busch-Rossnagel, 1981).

(3) Der Vater gerät ins Blickfeld. Ein dritter weiterführender Schritt bestand in der Konzentration des Forschungsinteresses auf die Vaterrolle – dies zunächst mit der ausdrücklichen Frage, ob Väter sich gleichermaßen für die Pflege und Erziehung ihrer Kinder eignen wie Mütter (vgl. zusammenfassend Lamb, 1976; Fthenakis, 1984; Werneck, 1998). Mittlerweile gibt es eine reichhaltige Forschungsliteratur hierzu, die Fthenakis (1984, S.7 f) in zwei Feststellungen zusammenfaßt: (a) Die vorliegenden Untersuchungsbefunde »liefern empirische Evidenz dafür, daß sich Väter und Mütter in gleichem Maße für die Pflege ihres neugeborenen Kindes eignen und daß Väter sich in solchen Fähigkeiten engagieren, wenn ihnen hinreichend Gelegenheit geboten wird«; (b) bezüglich der Unterschiede und Ähnlichkeiten von Müttern und Vätern im Umgang mit ihren Kindern »zeigen die vorliegenden Arbeiten ein konsistentes Bild: in den erfaßten Dimensionen elterlichen Verhaltens gibt es mehr Ähnlichkeiten zwischen Müttern und Vätern als Unterschiede«.

(4) Die Familie als System. Während das Studium von Vater-Kind-Beziehungen noch analog zur Untersuchung von Mutter-Kind-Interaktionen auf der Analyse von Zweierbeziehungen beruhte, bestand der nächste Schritt in einer Ausweitung der Untersuchungseinheit auf drei oder mehr Interaktionspartner in der Familie (vgl. Belsky, 1984). Dabei ergab sich der Nachweis von Sozialisationseffekten zweiter Ordnung (Bronfenbrenner, 1979), worunter die indirekte Wirkung von nicht unmittelbar an dyadischen Interaktionen beteiligten Familienmitgliedern zu verstehen ist. Dabei stand zunächst der Einfluß des Vaters auf die Mutter-Kind-Beziehung im Vordergrund (vgl. Clarke-Stewart, 1978). So zeigte sich z.B., daß Mütter bei ihren Bemühungen, ihre kleinen Kinder zu disziplinieren, erfolgreicher waren, wenn der Vater anwesend war (vgl. Lytton, 1980). Von da war der Weg nicht mehr weit zu einer systemischen Sichtweise von Familienbeziehungen, in der auch »Beziehungen zwischen Beziehungen« (z.B. Beziehungen zwischen Ehe- und Eltern-Kind-Beziehungen und deren wechselseitige Beeinflussung) zum Thema gemacht wurden (vgl. Belsky, 1981).

(5) Die Familie im epochalen und sozio-kulturellen Kontext. Die letzte und zugleich die höchste Komplexitätsstufe erreichende Phase der Familienforschung

ist durch die Einbeziehung säkularer Veränderungen der Familienstruktur und des Erziehungsverhaltens (vgl. Ariès, 1975; Mitterauer & Sieder, 1980; Hareven, 1982) sowie durch die verstärkte Berücksichtigung der konkreten Lebenslagen, innerhalb derer sich familiäres Leben abspielt (vgl. Bronfenbrenner, 1981) gekennzeichnet. Vor allem die einflußreichen theoretischen Überlegungen von Bronfenbrenner (1981; 1994) haben im Sinne seines »Prozeß-Person-Kontext-Modells« zur Berücksichtigung außerfamiliärer Einflüsse (z.B. aus dem Bereich der Herkunftsfamilie, des sozialen Netzwerks und des Arbeitslebens) sowie sozio-ökonomischer und gesellschaftlich-ideologischer Faktoren auf das System familiärer Beziehungen geführt.

Daraus resultierten nicht nur entsprechende Modellvorstellungen, in denen es zu einer Verknüpfung der inner- und außerfamiliären Einflußgrößen auf den Erziehungs- und Sozialisationsprozeß kam (vgl. Belsky 1984; Cowan & Cowan 1987; Schneewind, Beckmann & Engfer, 1983; Schneewind & Ruppert, 1995), sondern auch eine Reihe von empirischen Studien, die in enger Anlehnung an diese Modellvorstellungen vor allem den Prozeß der frühen Familienbildung und -entwicklung längsschnittlich untersuchten (vgl. Belsky, Rovine & Fish, 1989; Cowan & Cowan, 1994; Petzold, 1991; Schneewind, Vaskovics et al., 1997). Dies schließt nicht nur den Übergang zur Ersteltemschaft sondern ebenso die Veränderungen des Familiensystems ein, die durch die Ankunft eines zweiten Kindes bzw. weiterer Kinder zu verzeichnen sind (vgl. Kreppner, 1988; Voß, 1995). Inzwischen sind diese Modelle unter Einbeziehung der gesamten individuellen und familiären Lebensspanne sowie kultureller und epochaltypischer Aspekte ergänzt und verfeinert worden (vgl. Gerris, deBrock & Kentges-Kirschenbaum, 1991; Petzold & Nickel, 1989; siehe auch Kap. 3.10). Sie bieten sich somit als forschungsleitende Orientierungshilfe für eine entwicklungsbezogene Untersuchung familiärer Erziehungs- und Sozialisationsprozesse an.

Bevor wir auf bestimmte Konstellationen von Familienbeziehungen im einzelnen eingehen, sollen zunächst einige grundlegende Aspekte familiärer Entwicklung und Sozialisation angesprochen werden. Es sind dies neben evolutionstheoretischen und verhaltensgenetischen Ansätzen einige Überlegungen zu den Themen Gesundheit und Gewalt im Kontext von Familien. Daran anschließend werden wir uns mit einigen grundlegenden Mechanismen von Entwicklung und Sozialisation auseinandersetzen.

4.2 Evolutionstheoretische Perspektiven familiärer Sozialisation

Die Evolutionstheorie geht von der Grundannahme aus, daß das letzte Ziel in der Entwicklung einer Spezies darin besteht, ihr Überleben zu sichern. Dies geschieht auf dem Wege der Selektion von Individuen, die in gegebenen Umwelten die besten Repoduktionschancen haben. In diesem Zusammenhang haben MacArthur und Wilson (1967) zwischen r-selegierten und K-selegierten Organismen unterschieden, für die entsprechende Reproduktionsstrategien angenommen werden. Während r-selegierte Organismen sich unter instabilen und populationsdezimierenden Umweltbedingungen rasch vermehren müssen, eine kurze Reifezeit haben und zugleich wenig Energie in die Betreuung ihres Nachwuchses investieren, gilt für K-selegierte Organismen, daß sie sich in stabileren Umwelten entwickeln, eine geringere Fertilitätsrate aufweisen, eine längere Reifezeit durchmachen und mehr in die Pflege ihres Nachwuches engagieren.

Für den Menschen gilt, daß er zur Gruppe der höchst entwickelten K-selegierten Organismen gehört. Dennoch werden auch innerhalb der Spezies Mensch individuelle und Gruppenunterschiede angenommen, die auf den Mechanismus der r- und K-Selektion zurückgeführt werden (vgl. Draper & Belsky, 1990). Aufbauend auf diesem Gedanken haben Belsky, Steinberg und Draper (1991) einen evolutionstheoretischen Erklärungsversuch für zwei unterschiedliche Typen von Sozialisationskontexten und den sich daraus ergebenden Entwicklungspfaden unterbreitet. Der erste Typ ist durch eine instabile und stressorenreiche Familienumwelt gekennzeichnet (z.B. geringe materielle Ressourcen, starke eheliche Konflikte, psychische Störungen), die bei den Eltern zu abweisenden, insensitiven und inkonsistenten Sozialisationspraktiken führen. Diese wiederum erzeugen bei den Kindern eine unsichere Bindung, Mißtrauen, sozialen Opportunismus und – je nach Geschlecht – eine aggressiv-antagonistische (Jungen) oder ängstlich-depressive Haltung (Mädchen). Zugleich kommt es zu einer rascheren körperlichen Reifung und einem früheren Eintritt in die Pubertät, an die sich Verhaltensmuster einer eher r-orientierten Reproduktionsstrategie anschließen. Indikatoren hierfür sind insbesondere eine früh einsetzende sexuelle Aktivität, eine jeweils kurzfristige und unstabile Paarbindung sowie eine reduzierte Investition in elterliches Verhalten.

Der zweite Sozialisations- und Entwicklungstyp ist gekennzeichnet durch stabile familiäre Umwelten (d.h. vor allem angemessene materielle, soziale und psychische Ressourcen, hohes Ausmaß an ehelicher Harmonie), die ein unterstützendes, emotional positives und auf die Bedürfnisse des Kindes eingehendes Elternverhalten begünstigen. Dieses wiederum führt auf seiten der nachwachsenden Generation zu einer sicheren Bindung, einer vertrauensvollen Grundhaltung gegenüber der Welt sowie zu wechselseitig befriedigenden Sozialbeziehungen. Im körperlichen Bereich kommt es zu einer verlängerten Reifezeit und zu einem späteren Einsetzen der Pubertät. Unter diesen Vorausetzungen werden sexuelle Beziehungen später aufgenommen, die Paarbindung erweist sich als längerfristig und dauerhafter und die Bereitschaft, sich für elterliche Pflege- und Erziehungstätigkeiten zu engagieren, ist stärker ausgeprägt. Zusammengenommen sprechen all diese Merkmale für das Wirken einer am Mechanismus der K-Selektion orientierten Reproduktionsstrategie. Obwohl es für diese theoretischen Überlegungen keinen direkten empirischen Test gibt, belegen die Autoren an einer Fülle einschlägiger Studien, die sich auf die Verknüpfung einzelner Einflußgrößen beziehen, die Plausiblität ihres theoretischen Modells. Es zeichnet sich somit ein Weg ab, wie die Entstehung allgemeiner differentieller Sozialisationsmuster erklärbar gemacht werden kann.

4.3 Verhaltensgenetik und familiäre Sozialisation

Eine alternative Erklärungsmöglichkeit für die von Belsky et al. (1991) evolutionstheoretisch interpretierten Befunde der familiären Sozialisationsforschung besteht darin, daß die individuellen und Gruppenunterschiede weitgehend auf die Wirkung genetischer Faktoren zurückzuführen sind. In der Tat hat die Verhaltensgenetik in den letzten Jahren erhebliche Fortschritte gemacht (vgl. z.B. Asendorpf, 1994; Loehlin, 1992; Plomin, 1995; Plomin & Rende, 1991; Rowe, 1997) und dadurch zu einer Präzisierung der Wirkungsannahmen von Erziehungs- und Sozialisationseinflüssen beigetragen. Wesentliche Befunde der Verhaltens- bzw. Verhaltensentwicklungsgenetik lassen sich wie folgt zusammenfassen:

(1) Geht man davon aus, daß sich die Varianz individueller Differenzen im Rahmen verhaltensgenetischer Familienstudien neben einem Meßfehleranteil in einen gemeinsamen und spezifischen genetischen Anteil und ebenso einen gemeinsamen und spezifischen Umweltanteil zerlegen läßt (mögliche Genotyp-Umwelt-Kovariations- oder Interaktionseinflüsse bleiben dabei unberücksichtigt), so liegen je nach untersuchtem Persönlichkeitsmerkmal die Varianzschätzungen für den gemeinsamen und/oder spezifischen genetischen Anteil im Schnitt zwischen 30 und 50 Prozent (vgl. Asendorpf, 1988).

(2) Der Einfluß genetischer Faktoren nimmt im Laufe der Entwicklung zu, wie anhand des Vergleichs von eineiigen und zweieiigen Zwillingspaaren bzw. von leiblichen und adoptierten Geschwisterpaaren belegbar ist (vgl. Scarr, 1992). Dies wird auf die im Entwicklungsgang immer stärker zu Buche schlagende Wirkung einer aktiven Genotyp-Umwelt-Kovariation zurückgeführt (vgl. Plomin, DeFries & Loehlin, 1977).

(3) Bestimmte familienbezogene Umwelterfahrungen wie z.B. das Ausmaß an wahrgenommener elterlicher Zuwendung (nicht aber Unterschiede bezüglich der wahrgenommenen elterlichen Kontrolle) weisen eine deutliche genetische Komponente auf und machen damit deutlich, daß auch die Wirkung von Umwelten genetisch »imprägniert« sein kann (vgl. Plomin, 1989, 1995; Rowe, 1997).

(4) Der Einfluß von sog. »nicht-geteilten« familiären Umwelten (z.B. unterschiedliche Behandlung von Geschwistern durch ihre Eltern) ist insbesondere für die Variation sozio-emotionaler Persönlichkeitsmerkmale größer als der Einfluß gemeinsamer Umwelten (z.B. sozio-ökonomischer Status der Familie). Für Plomin und Daniels (1987) ist dies eine wichtige Erklärung dafür, warum Geschwister aus ein und derselben Familie sich so unterschiedlich entwickeln (vgl. auch Dunn & Plomin, 1996).

Die zuletzt genannten Befunde haben – paradoxerweise innerhalb eines verhaltensgenetischen Forschungsprogramms – dazu geführt, sich genauer um eine Taxonomie jener spezifischen Umwelteinflüsse zu bemühen, die innerhalb und außerhalb des Familienkontexts mit der Entstehung individueller Unterschiede verknüpft sind. Dabei muß – wie oben bereits erwähnt – mitbedacht werden, daß Eltern und Geschwister nicht nur eine gemeinsame, sondern darüber hinaus eine spezifische genetische Ausstattung aufweisen, so daß im Sinne der aktiven Genotyp-Umwelt-Kovariation auch die spezifischen Umwelteinflüsse eine genetische Komponente beinhalten können (vgl. Reiss, 1995; Rowe, 1997). Scarr (1992) geht so weit zu behaupten, daß im Rahmen »normaler« spezies-typischer Entwicklungsspielräume Personen ihre Umwelten im Sinne der aktiven Genotyp-Umwelt-Kovariation ausschließlich selbst konstruieren, indem sie sich Umwelten aussuchen, die mit ihren Interessen, Fähigkeiten und Persönlichkeitsmerkmalen korrespondieren. Demnach spielen Umweltanregungen zwar durchaus eine wichtige Rolle für die individuelle Entwicklung, dies jedoch nur in einer differentiellen Weise, die es dem einzelnen aufgrund seines Genotyps erlaubt, sich aus dem objektiven Angebot an Umwelteinflüssen »seine« Umwelt anzueignen. Für die familäre Sozialisationsforschung würde dies bedeuten, daß das Augenmerk weniger auf die Einflüsse gemeinsamer, sondern stärker auf die Wirkungen spezifischer familiärer Umwelten gelenkt werden sollte. Wir greifen die Scarrschen Überlegungen weiter unten im Zusammenhang mit der Diskussion grundlegender Mechanismen von Entwicklung und Sozialisation noch einmal auf.

4.4 Gesundheitliche Aspekte

Während der verhaltensgenetische Ansatz zur Erklärung individueller Unterschiede vor allem das Gewicht auf die Wirkung von Genotypen legt, orientiert sich die ökologische Perspektive eher an den Gegebenheiten der Umwelt als den entscheidenden Bedingungen für die menschliche Verhaltensentwicklung. Betrachtet man Partnerschaft, Ehe und Familie als zentrale Bestandteile der sozialen Ökologie von einzelnen Personen, so stellt sich die Frage, ob Personen, die in unterschiedliche partnerschaftliche oder familiäre Lebensformen eingebunden sind, sich auch hinsichtlich ihres Gesundheitszustands unterscheiden.

Eine Reihe von Studien belegt etwa, daß vor allem das Leben in einer ehelichen Beziehung im Vergleich zu alleinlebenden, geschiedenen oder verwitweten Personen im Schnitt mit einem höheren Maß an körperlicher und seelischer Gesundheit einhergeht (vgl. Dilling, Weyerer & Castell, 1984; Ross, Mirowsky & Goldsteen, 1990). Litwack und Messeri (1989) berichten, daß für Nicht-Verheiratete überzufällig häufig eine Reihe von Todesursachen wie Herzinfarkt, Schlaganfall, Leberzirrhose, Krebs, Verkehrsunfall, Mord und Selbstmord nachweisbar ist, wobei dies insbesondere für Todesarten mit einer stark ausgeprägten Verhaltenskomponente (z.B. Unfall oder Selbstmord) gilt. Vor allem bei Männern scheint sich eine Ehe positiv auf ihren Gesundheitszustand auszuwirken. Interessanterweise macht es bei der Gruppe der Nicht-Verheirateten keinen Unterschied, ob sie unverheiratet allein oder mit anderen zusammenleben. Wenn man hingegen auch differentielle Aspekte berücksichtigt, ergeben sich allerdings deutlich unterschiedliche Effekte. So ist es z.B. wenig überraschend, daß das Ausmaß psychischen Wohlbefindens eng an das subjektive Empfinden ehelicher Zufriedenheit gekoppelt ist (vgl. Gove, Hughes & Style, 1983). Außerdem zeigen psychoneuroimmonologische Untersuchungen, daß in Partnerschaften, in denen häufiger und destruktiver Konflikt vorherrscht, die Immunkompetenz der Partner deutlich sinkt, was wiederum die Anfälligkeit für Krankheiten erhöht (vgl. Kiecolt-Glaser et al., 1994).

Im Gegensatz zu einem im Schnitt gesundheitsförderlichen Zusammenwirken von Ehe und individuellem Gesundheitszustand läßt sich dies für ein Leben mit Kindern nicht nachweisen. Vor allem wenn die Kinder noch im Elternhaus leben, schneiden Eltern – und hier vor allem die Mütter – im Vergleich zu kinderlosen Paaren schlechter ab (vgl. McLanahan & Adams, 1987; Gove, 1984). Auch solche Ergebnisse bedürfen jedoch einer differentiellen Betrachtung, die den Lebenskontext der Familien mit berücksichtigt. Ausreichende finanzielle Ressourcen der Familien, eine positiv erlebte und gut bezahlte Arbeitstätigkeit der Mütter, leicht erreichbare und erschwingliche Kinderbetreuungseinrichtungen sowie eine partnerschaftliche Unterstützung der Mütter im Haushalt und bei der Kinderbetreuung sind einige der Bedingungen, die sich auf den Gesundheitszustand beider Eltern positiv auswirken. Umgekehrt wirken sich Armut, Arbeitslosigkeit, fehlende Kinderbetreuungsinstitutionen und mangelnde intrafamiliäre Unterstützung besonders abträglich auf den Gesundheitszustand von Eltern aus (vgl. Ross et al., 1990).

4.5 Gewalt in der Familie

Ein Gesundheitsrisiko besonderer Art ist die zunehmende Verbreitung familiärer Gewalt, worunter neben physischer Gewalt und sexuellem Mißbrauch auch psychische Gewalt (z.B. autoritärer Zwang, Vernachlässigung, verbaler Mißbrauch) zu sehen ist – und dies nicht nur gegenüber Kindern und Jugendlichen, sondern genauso zwischen Partnern sowie vermehrt gegen ältere Familienangehörige (vgl. Engfer, 1993; Arias & Taylor-Pape, 1994; Haugaard, 1994; O'Leary & Jouriles, 1994). Verläßliche Zahlen zu den Vorkommenshäufigkeiten der einzelnen Delikte sind nicht verfügbar (vgl. Honig, 1988; Schneider, 1995). Schätzungen für die alten Länder der Bundesrepublik Deutschland laufen darauf hinaus, daß jährlich (a) etwa 4 Millionen Frauen von ihren Ehemännern mißhandelt werden, (b) etwa 100.000 Kindesmißhandlungen erfolgen und (c) bei ca. 10.000 registrierten Fällen sexuellen Mißbrauchs von Kindern und Jugendlichen, die sich vornehmlich im familiären Umfeld ereignen, mit einer Dunkelziffer gerechnet werden muß, die – je nach Schätzung – zwischen 150.000 bis 300.000 Delikten liegt. Immerhin wurden nach einer 1989 durchgeführten Erhebung bei 303 Beratungsstellen mit unterschiedlicher Trägerschaft 2.605 gesicherte und weitere 3.099 wahrscheinliche Fälle von sexuellem Mißbrauch bei Kindern und Jugendlichen behandelt (vgl. Burger & Reiter, 1993) .

Zu den Ursachenfaktoren, die die Entstehung von Gewaltbereitschaft in der Familie begünstigen, gehören u.a. ein niedriger sozio-ökonomischer Status, sozialer und struktureller Streß, ein negatives Selbstbild der Mißhandelnden, unrealistische Erwartungen an Kinder und Partner sowie nicht zuletzt auch Erfahrungen von Gewalt in der Herkunftsfamilie (vgl. Engfer, 1993; Schneider, 1995). So verweisen Kaufman und Zigler (1987) in ihrem Überblick über mehrere einschlägige Studien darauf, daß bei auffällig gewordenen Familien in ca. 30 % der Fälle eine »intergenerationale Übertragung« von Gewalt stattgefunden habe, während bei unauffälligen Familien der entsprechende Wert maximal bei 4 % liegt.

Prospektivstudien, die als ein wichtiges methodisches Vehikel der Ursachenforschung in diesem Bereich zu sehen sind, bestätigen im wesentlichen die genannten Befunde (vgl. Egeland, Jacobvitz & Papatola, 1987). Besonders wichtig erscheint in diesem Bereich, durch Prävention die Entstehung und Eskalation von Gewalthandlungen frühzeitig zu unterbrechen. Vor allem in den USA sind hierzu entsprechende Präventionsprogramme durchgeführt worden, allerdings ohne daß die Erfolgsraten beeindruckend hoch waren. Auch für die Bundesrepublik Deutschland gibt es entsprechende Präventionsansätze (z.B. über pädiatrische Vorsorgeuntersuchungen oder Besuchsdienste von Kinderschwestern), wobei jedoch wegen fehlender Evaluationsstudien keine Wirksamkeitsnachweise belegbar sind (vgl. Engfer, 1993).

4.6 Mechanismen der Entwicklung und Sozialisation

Betrachtet man die Entwicklung von Personen – wie in Kapitel 3 dargestellt – als einen transaktionalen Prozeß, so stellt sich die Frage, welche Mechanismen diesen Prozeß im einzelnen steuern. Hierzu ist es zwischen Scarr (1992) und Bronfenbrenner (vgl. Bronfenbrenner & Ceci, 1993, 1994) zu einer Kontroverse gekommen, die von grundsätzlicher Bedeutung für die Entwicklung von Person-Umwelt-Systemen und damit für Erziehungs- und Sozialisationsprozesse im Kontext der Familie ist.

Aufbauend auf ihren früheren Überlegungen zur Genotyp-Umwelt-Kovariation (vgl. Scarr & McCartney, 1983) geht Scarr (1992) – wie weiter oben bereits dargestellt – davon aus, daß bei einer normalen Variation gattungstypischer Genotypen und unter der Voraussetzung einer normalen spezies-typischen Bandbreite von Umwelten die Entstehung beobachtbarer Differenzen zwischen Menschen auf den jeweiligen individuellen Genotyp zurückzuführen ist. Scarr nimmt an, daß zwar geeignete Umwelten vorhanden sein müsssen, damit sich die Anlagen eines Menschen entwickeln können. Die Aneignung dieser Umwelten wird jedoch ausschließlich durch das Wirksamwerden individueller Genotypen bestimmt. Dabei wird eine hohe Variation menschlicher Umwelten unterstellt, innerhalb derer unterschiedliche, aber funktional äquivalente Möglichkeiten zur individuellen Erfahrungsbildung gegeben sind.

Als Belege für ihre Theorie führt sie eine Reihe von Befunden aus der verhaltensgenetischen Forschung an. Hierzu gehören vor allem Ergebnisse, wonach (a) gemessene Intelligenzleistungen bei getrennt aufgewachsenen eineiigen Zwillingen annähernd gleich hoch korrelieren wie bei gemeinsam aufgewachsenen eineiigen Zwillingen (vgl. Bouchard et al., 1990), (b) eineiige im Gegensatz zu zweieiigen

Zwillingen einen hochgradig synchronen Verlauf ihrer Intelligenzentwicklung zeigen (vgl. Wilson, 1983), (c) in der selben Familie aufgewachsene Adoptivgeschwister mit zunehmendem Alter keine Gemeinsamkeiten in ihrer intellektuellen Entwicklung aufweisen (vgl. Scarr & Weinberg, 1977), (d) der Einfluß nichtgeteilter (non-shared) Umwelten innerhalb und außerhalb der Familie einen wesentlich größeren Beitrag zur Erklärung individueller Unterschiede leistet als der Einfluß geteilter (shared) Umwelten (vgl. Plomin & Daniels, 1987), (e) die Effekte von Interventionsbemühungen zur Veränderung kindlicher Intelligenzleistungen eher bescheiden und von kurzer Dauer sind (vgl. Clarke & Clarke, 1989). Scarr (1992) kommt aufgrund dieser und weiterer Befunde zu dem Schluß, daß »elterliche *Unterschiede* hinsichtlich ihres Erziehungsstils, ihrer sozialen Schichtzugehörigheit und ihres Einkommens geringe Effekte auf meßbare *Unterschiede* in der Intelligenz, den Interessen und der Persönlichkeit bei ihren Kindern haben.« (S. 10, Hervorhebungen im Original kursiv). Eltern könnten daraus den Schluß ziehen, daß sie – abgesehen von einem unterstützenden und anregungsreichen Milieu – keine größeren Anstrengungen zur Erziehung und Sozialisation ihrer Kinder unternehmen müssen, da diese aufgrund ihrer genotypischen Ausstattung ihre Entwicklung ohnehin selbst in die Hand nehmen.

Auch Bronfenbrenner und Ceci (1993) gehen wie Scarr von einer genotypischen Beeinflussung der Verhaltensentwicklung aus. Im Gegensatz zu Scarr bezweifeln sie jedoch, daß Unterschiede in den Fähigkeiten unter der Voraussetzung normaler spezies-typischer Umwelten ausschließlich genotypisch bestimmt sind. Statt dessen schlagen sie ein *bio-ökologisches Modell* zur Erklärung individueller Unterschiede vor, das die Art des Zusammenwirkens von genetischen und Umwelteinflüssen genauer spezifiziert. Ihre Kritik setzt dabei an Scarrs Unterstellung an, daß normale spezies-typische Umwelten »durchschnittlich erwartbare Umwelten« sind, die ein unterstützendes und anregungsreiches Entwicklungsmilieu beinhalten. In der Tat stellt Scarr (1992) in einer Fußnote ihres Artikels fest: »Die gesamte Theorie hängt davon ab, ob die Menschen eine vielfältige Umwelt haben, aus der sie ihre Erfahrungen wählen und konstruieren können. Die Theorie trifft daher nicht auf Leute zu, die wenig Wahlmöglichkeiten und Gelegenheiten für Erfahrungen haben, die sich mit ihren Genotypen zur Passung bringen lassen.« (S. 9). Es hat somit den Anschein, daß Scarr, wenn sie von normalen spezies-typischen Umwelten oder von durchschnittlich erwartbaren Umwelten spricht, eigentlich optimale Entwicklungsumwelten vor Augen hat, bei denen die Menschen entsprechend ihrer genetischen Ausstattung sozusagen aus dem Vollen schöpfen können.

Optimale Umwelten sind jedoch eine keineswegs überall anzutreffende Realität (vgl. Bronfenbrenner, 1992; Garbarino & Kostelny, 1993). Im Gegenteil: Bronfenbrenner (1992) hat anhand einer Zusammenschau einschlägiger Längsschnittstudien den Nachweis geführt, daß insbesondere in den USA in den letzten dreißig Jahren eine dramatische Verschlechterung des Wohlergehens von Kindern und Familien, der Qualität der Lebensumwelten und gesundheitlichen Versorgung sowie der Verfügbarkeit unterschiedlicher Unterstützungsangebote zu verzeichnen ist. Die entwicklungsbeeinträchtigenden Konsequenzen dieser veränderten Lebensbedingungen sind mittlerweile gut dokumentiert und veranlassen Bronfenbrenner und Ceci (1993) zu der Feststellung, daß es schwierig sei, solche Veränderungen und ihre Konsequenzen primär als die Produkte genetisch begründeter Dispositionen zur Rekonstruktion der eigenen Umwelt zu interpretieren.

Die beiden Autoren setzten sich darüber hinaus auch detailliert mit den empirischen Belegen auseinander, die Scarr (1992) zur Stützung ihrer Position angeführt hat. So weisen sie u.a. darauf hin, daß (a) sozio-emotionale Persönlichkeitsmerkmale bei gemeinsam aufgewachsenen eineiigen Zwillingen im Vergleich zu Intelligenzmaßen und kognitiven Fähigkeiten wesentlich niedriger korreliert sind (vgl. Goldsmith, 1983), was für einen beachtlichen Anteil von Umwelteinflüssen an der Gesamtvariation von Persönlichkeitsmerkmalen spricht; (b) der Beitrag von innerfamiliär gemeinsamen Umwelteinflüssen zur Gesamtvariation von Intelligenzkennwerten deutlich höher einzuschätzen ist als der Effekt spezifischer Umwelteinflüsse (vgl. Asendorpf, 1988), was der globalen These von Scarr widerspricht, wonach Unterschiede zwischen Familien keinen Zusammenhang mit individuellen Differenzen ihrer Kinder aufweisen; (c) der für sozio-emotionale Persönlichkeitsmerkmale charakteristische hohe Anteil an nicht-geteilten Umwelteinflüsssen nach bisherigen Erkenntnissen nicht auf genetischem Wege (z.B. über genotypisch gesteuerte Merkmale des Elternverhaltens) vermittelt wird (vgl. Plomin & Daniels, 1987).

Wichtiger noch als diese verhaltensgenetisch begründeten Einschränkungen der Scarrschen Position sind die konstruktiven Vorschläge, die Bronfenbrenner und Ceci (1993, 1994) zur Präzisierung der Wirkungsweise von genetischen und Umwelteinflüssen auf die Verhaltensentwicklung im Rahmen ihres bio-ökologischen Entwicklungsmodells machen. Die Autoren gehen davon aus, daß das individuelle genetische Potential nur in der Auseinandersetzung mit entsprechend entwicklungsförderlichen Umwelten phänotypisch zur Geltung gebracht werden kann. In den Worten von Bronfenbrenner und Ceci (1993) heißt dies, daß »menschliche Entwicklung durch zunehmend komplexer werdende Interaktionsprozesse zwischen einem aktiven, sich entfaltenden Organismus und den Personen, Objekten und Symbolen in seiner unmittelbaren Umwelt stattfindet.« (S. 316). Diese Interaktionsprozesse sollten, um Entwicklungseffekte zu erzeugen, mit einer gewissen Regelmäßigkeit und Dauerhaftigkeit erfolgen. Zusammenfassend werden sie als *proximale Prozesse* bezeichnet und umfassen Aktivitäten wie konkrete Eltern-Kind-Interaktionen, Spielen, Lesen, etc. »Proximale Prozesse sind« – so Bronfenbrenner und Ceci (1993) – »die primären Motoren der Entwicklung« (S. 317) und ereignen sich als solche in proximalen Settings (z.B. Familie, Gleichaltrigengruppe, Arbeitsplatz), die ihrerseits in einen breiteren distalen Umweltkontext (z.B. soziale Schichtzugehörigkeit, kulturelles Wertesystem) eingebettet sind.

Individuelle genetische Potentiale umfassen nicht nur Bereitschaften für angepaßtes oder sozial wünschenswertes Verhalten (z.B. intellektuelle Leistungen, prosoziales Verhalten), sondern auch für fehlangepaßtes Verhalten (z.B. Aggressivität, psychopathologische Störungen). Bronfenbrenner und Ceci argumentieren nun, daß positive genetische Potentiale vor allem durch günstige proximale Prozesse in einer vorteilhaften und stabilen Umwelt zur Entwicklung kommen. Zugleich ist unter diesen Bedingungen die Erblichkeit dieser Merkmale am stärksten ausgeprägt. Umgekehrt gilt, daß negative Genotypen bei ungünstigen proximalen Prozessen, die im Kontext beeinträchtigender und instabiler Umwelten stattfinden, sich phänotypisch voll entwickeln können und somit die höchste Erblichkeit erreichen (vgl. hierzu auch Bronfenbrenner, 1995; Ceci & Hembrooke, 1995).

Obwohl empirische Belege für derartige differentielle Erblichkeiten noch ausstehen, läßt sich an einer Reihe von Studien zeigen, daß unterschiedliche Konstellationen von proximalen Prozessen und Umweltkontexten differentielle Entwicklungseffekte hervorbringen. So wurde etwa für den Bereich der kognitiven Entwicklung nachgewiesen, daß Mütter aus der sozialen Mittelschicht in stärkerem Maße als Mütter der Unterschicht davon überzeugt sind, daß ihre zehn Monate alten Babys über eine Reihe von Kompetenzen verfügten und sie als Mütter Einfluß auf die Entwicklung ihrer Kinder nehmen könnten (vgl. Tulkin & Covitz, 1975). Diese Überzeugung fand ihren Niederschlag in den konkreten Mutter-Kind-Interaktionen, die sich bei Mittelschicht-Müttern in einem größeren Umfang an kognitiv förderlichen Aktivitäten im Umgang mit dem Kind (z.B. Vokalisationen, gemeinsamer spielerischer Umgang mit Objekten) äußerten. Diese proximalen Prozesse waren gute Prädiktoren für den kognitiven und sprachlichen Entwicklungsstand der Kinder, als sie im Alter von sechs Jahren erneut untersucht wurden, und erklärten somit Leistungsunterschiede von Kindern aus der Unter- und Mittelschicht (vgl. Tulkin, 1977).

Neuere Untersuchungen haben den u.a. von Kohn und Schooler (1983) postulierten kausalen Vermittlungsmechanismus, der von der sozialen Schichtzugehörigkeit über das elterliche Wert- und Überzeugungssystem zu konkreten Eltern-Kind-Interaktionen verläuft, zugleich aber auch Wechselwirkungen zwischen diesen Einflußgrößen beinhaltet, in seinen Entwicklungsauswirkungen auf Kinder überzeugend nachweisen können (vgl. Luster & Kain, 1987; Luster, Rhoades & Haas, 1989; Steinberg et al., 1991).

Wechselwirkungseffekte zwischen Umweltkontexten und proximalen Prozessen auf die Entwicklung von Kindern und Jugendlichen zeigen sich auch für eine Reihe negativ bewerteter sozio-emotionaler Entwicklungsmerkmale wie Aggressivität, Delinquenz, Alkohol- und Drogenkonsum oder frühe sexuelle Aktivität. Dabei stellte sich heraus, daß unter benachteiligenden und instabilen Umweltbedingungen (z.B. unsichere Lebensumstände und Arbeitsbedingungen, zerrüttete Familienverhältnisse, Scheidung und Trennung) proximale Prozesse synergistisch wirken. Wenn Eltern sich in ihrer Erziehung im Sinne von Baumrind (1971) nicht »autoritativ« verhalten, also ihr Kind nicht emotional unterstützen, kindliche Aktivitäten nicht überwachen und keine Handlungsspielräume gewähren, werden negative Entwicklungsverläufe noch verstärkt. Auf der anderen Seite wird aber auch der Einfluß benachteiligender Lebensumstände auf die Entwicklung unangepaßten Verhaltens bei den Kindern deutlich reduziert, deren Eltern sich im Umgang mit ihren Kindern an einem autoritativen Erziehungsstil orientieren (vgl. Dornbusch et al., 1987; Moorehouse, 1991; Steinberg et al., 1991).

Bronfenbrenner und Ceci (1993) schließen für all diese umweltabhängigen Entwicklungseffekte zwar nicht aus, daß diese auch eine genetische Komponente enthalten können. Sie machen jedenfalls konkrete Vorschläge, wie man diesen genetischen Anteil in empirischen Untersuchungen abschätzen könnte. Letztlich entscheidend ist für sie jedoch, daß das individuelle genetische Potential nur soweit zur Entfaltung kommen kann, wie die konkreten Umweltbedingungen es zulassen. Dabei steckt bei jeder einzelnen Person ihr zwar bislang noch nicht meßbares, aber sicher nicht uneingeschränkt wirksames genetisches Potential ebenso die Grenzen für den Verlauf ihrer individuellen Entwicklung ab wie ihre faktisch wirksamen und ebenfalls mehr oder minder eingeschränkten Entwicklungsgelegenheiten und -anregungen.

Die von Bronfenbrenner und Ceci vorgebrachten Überlegungen lassen sich gut mit den Risiko- und Vulnerabilitätsmodellen in Einklang bringen, die in dem relativ neuen Forschungsgebiet der Entwicklungspsychopathologie als theoretische Orientierung dienen (vgl. Cicchetti, 1993; Kusch & Petermann, 1996). Dabei wird häufig zwischen Schutz- und Risikofaktoren unterschieden, die sich auf der biologischen, psychischen und sozialen Ebene manifestieren und zugleich im Entwicklungsprozeß miteinander interagieren. Ein über die Zeit sich stabilisierendes oder gar zunehmendes Ungleichgewicht von Schutz- und Risikofaktoren erhöht die Wahrscheinlichkeit für dysfunktionale Entwicklungsverläufe, in denen sich z.B. Depressivität oder Aggressivität manifestieren können.

Dabei darf freilich nicht übersehen werden, daß Entwicklungs-und Persönlichkeitsstörungen sich nicht »automatisch« als Konsequenz bestimmter Risiko- bzw. mangelnder Schutzfaktoren vorhersagen lassen. Dies hieße die Plastizität und Selbstorganisationsfähigkeit menschlicher Entwicklung zu unterschätzen. Selbst unter extrem abträglichen Entwicklungsbedingungen finden sich bestimmte Kinder und Jugendliche, die sich scheinbar unbeeindruckt von diesen ungünstigen Umständen positiv oder zumindest unauffällig entwickeln. Solche Kinder zeigen ein hohes Maß an Widerstandsfähigkeit (Resilienz), wobei sie häufig auf für den Außenstehenden verborgene Ressourcen (z.B. Sich-Ablenken in aversiven Situationen, Orientierung an einer entfernten Identifikationsperson) zurückgreifen (vgl. Lösel & Bliesner, 1990).

Die von Bronfenbrenner und Ceci (1993, 1994) vorgestellte Konzeption von Entwicklung entspricht dem im Kapitel 3 beschriebenen allgemeinen Entwicklungsmodell einer systemisch-kontextualistischen Person-Umwelt-Interaktion bzw. -Transaktion (vgl. auch die konsequente Anwendung dieses Gedankens auf die Analyse von Beziehungs- und Entwicklungsprozessen von Kindern und Jugendlichen bei Ambert, 1997, sowie Parke & Buriel, 1997). In dieser allgemeinen Formulierung geht dieses Entwicklungsmodell jedoch nicht auf persönlichkeitsspezifische Aspekte der Person-Umwelt-Transaktion ein. Hierzu hat Caspi (1997) in Anlehnung an Konzepte, die zunächst im Bereich der Verhaltensentwicklungsgenetik diskutiert worden waren (vgl. Plomin, DeFries & Loehlin, 1977; Scarr & McCartney, 1983), drei verschiedene Formen von Person-Umwelt-Transaktionen vorgestellt, die auf der Basis spezifischer Ausgangslagen des individuellen Persönlichkeitssystems zur Klärung der Frage herangezogen werden können, wie spezifische Verläufe der individuellen Persönlichkeitsentwicklung zustande kommen. Ohne an dieser Stelle im einzelnen auf einschlägige Forschungsbefunde eingehen zu können, sollen die drei Varianten von Person-Umwelt-Transaktionen kurz vorgestellt werden:

(a) Reaktive Person-Umwelt-Transaktionen. Dieses Transaktionskonzept geht nach Caspi (1997) davon aus, daß »verschiedene Personen, die derselben Umwelt

ausgesetzt sind, diese in einer unterschiedlichen Weise erfahren, interpretieren und auf sie reagieren«. (S. 355). Ein Beispiel hierfür ist etwa die von Dodge (1986) entwickelte und später erweiterte (vgl. Crick & Dodge, 1994) Theorie der sozialen Informationsverarbeitung, wonach sich zeigen läßt, daß aggressive Kinder im Vergleich zu nicht-aggressiven Kindern bei anderen Kindern häufiger bestimmte uneindeutige Hinweisreize als Ausdruck einer aggressiven Haltung interpretieren und daraufhin selbst häufiger aggressiv reagieren, wobei sie der Überzeugung sind, daß eine aggressive Problemlösungsstategie für sie mehr Vorteile bringt als eine nicht-aggressive Strategie.

(b) Evokative Person-Umwelt-Transaktionen. Nach Caspi (1997) ist dieser Typ von Person-Umwelt-Transaktionen dadurch gekennzeichnet, daß »Personen aufgrund ihrer besonderen Persönlichkeitsmerkmale bei anderen ganz bestimmte Reaktionen hervorrufen.« (S. 357). Ein Beispiel hierfür ist, daß erziehungsschwierige Kinder im Gegensatz zu unauffälligen Kindern bei ihren Müttern und auch bei Müttern, die kein erziehungsschwieriges Kind haben, gleichermaßen negative Emotionen und kontrollierende Reaktionen hervorrufen (vgl. Anderson, Lytton & Romney, 1986). Auf Dauer werden so zwischen erziehungsschwierigen Kindern und ihren Eltern negative Transaktionszyklen aufrechterhalten und stabilisiert.

(c) Proaktive Person-Umwelt-Transaktionen. Nach Caspi (1997) »treten proaktive Transaktionen dann auf, wenn Personen selbst ihre Umwelten auswählen oder schaffen.« (S. 355). Beispiele hierfür sind etwa Freundschaftswahlen von Kindern und Jugendlichen, die nach dem Gesichtspunkt der Übereinstimmung von äußerer Erscheinung, Wertvorstellungen und Verhaltensweisen erfolgen und damit zu einer Konsolidierung des eigenen Persönlichkeitssystems beitragen (vgl. Cairns & Cairns, 1994). In ähnlicher Weise läßt sich auch die Wahl von (Ehe-) Partnern nach dem Prinzip des »assortative mating« (selektive Partnerwahl) erklären. So fanden z.B. Caspi und Herbener (1990) in einer 10jährigen Längsschnittstudie, daß Ehepartner, die sich zu Beginn ihrer Ehe in bestimmen Persönlichkeitsmerkmalen ähneln, über die Zeit ihre Persönlichkeit weniger verändern. Die Autoren interpretieren dies als einen Beleg dafür, daß sich die Partner aufgrund ihrer ähnlichen Persönlichkeitsausstattung selbst ein Beziehungssystem schaffen, das die Kontinuität der Persönlichkeitsentwicklung gewährleistet.

Nun gibt es allerdings nicht nur Kontinuität, sondern auch Wandel in der individuellen Persönlichkeitsentwicklung, die mit normativen und nicht-normativen Übergängen im Lebenslauf einer Person bzw. im Familienlebenszyklus einhergehen. Wie diese Übergänge und Wendepunkte gemeistert werden, hängt in starkem Maße von der Wechselwirkung zwischen Persönlichkeit und Entwicklungskontext ab. So konnten beispielsweise Sampson und Laub (1993) für antisoziale und sozial unauffällige Kinder nachweisen, daß beide Gruppen weniger Delinquenz und abweichendes Verhalten zeigen, wenn sie über stärkere familiäre Bindungen und ein höheres Engagement am Arbeitsplatz verfügen. In ähnlicher Weise neigen verhaltensauffällige Mädchen mit einer stark ausgeprägten Planungskompetenz im Gegensatz zu vergleichbar verhaltensgestörten Mädchen ohne diese Kompetenz weniger dazu, Freunde oder Partner mit abweichendem Verhalten zu wählen, wodurch sie sich günstigere Bedingungen für ihre weitere Persönlichkeitsentwicklung schaffen (vgl. Quinton et al., 1993). Allgemein scheinen somit auch Diskontinuitäten der Persönlichkeitsentwicklung auf spezifische Merkmale des biographisch geformten Persönlichkeitssystems zurückführbar zu sein – ein Gedanke, der gut mit dem oben genannten Resilienzkonzept in Einklang zu bringen ist.

Nachdem wir nun einige wichtige Voraussetzungen für ein systemisch-kontextualistisches Verständnis familiärer Sozialisations- und Erziehungsprozesse kennengelernt haben, sollen in den nun folgenden Abschnitten dieses Kapitels die wichtigsten familiären Beziehungskonstellationen dargestellt und anhand exemplarischer Forschungsbefunde illustriert werden.

4.7 Familienbeziehungen

Familienbeziehungen müssen sich keineswegs auf dyadische Beziehungskonstellationen beschränken. So lassen sich etwa in einer vierköpfigen »traditionellen« Kleinfamilie, bestehend aus Mutter, Vater, Tochter und Sohn, neben sechs Dyaden (z.B. Mutter-Vater, Vater-Tochter, Tochter-Sohn) vier Triaden (z.B. Mutter-Vater-Tochter) und eine Tetrade, d.h. die gesamte Familie, als Beziehungseinheiten bilden (vgl. v. Eye & Kreppner, 1989).

Dabei sind Relationen, die zwischen diesen Beziehungseinheiten existieren, ebensowenig berücksichtigt wie die intra- und intergenerationalen Beziehungen, die einzelne zu Mitgliedern der erweiterten Familie (z.B. zu Schwägerinnen und Schwagern oder zu Tanten, Onkeln und Groß- bzw. Urgroßeltern) unterhalten, ganz zu schweigen von den Beziehungen, die sich im erweiterten Familienkreis zwischen bestimmten Personengruppierungen (z.B. zwischen dem Familienverband mütterlicher- und väterlicherseits) ergeben können (vgl. Kaiser, 1993). Auf diesem Hintergrund wird verständlich, daß Familienbeziehungen ein komplexes Geflecht von sich wechselseitig beeinflussenden Beziehungseinheiten umfassen, was auch bei der folgenden Darstellung von vier ausgewählten, erziehungs- und sozialisationspsychologisch mutmaßlich besonders relevanten Beziehungskonstellationen stets mitbedacht werden sollte.

4.7.1 Beziehungen auf der Paar- und Elternebene

Paare gelten nach Satir (1990) als die Architekten des Familiensystems. Insofern kommt der Qualität der Paarbeziehung für den Familienentwicklungsprozeß eine besondere Bedeutung zu. Dies gilt gleichermaßen für die Beziehungen der Partner zu ihren jeweiligen Herkunftsfamilien wie für den Übergang zur Elternschaft und den darauf folgenden Prozeß der Familienentwicklung. Da mit der Pflege und Erziehung eigener Kinder der Paarbeziehung eine neue Dimension hinzugefügt wird, in der Fragen des gemeinsamen Umgangs mit den Anforderungen der Kinderbetreuung im Mittelpunkt stehen, soll im folgenden zwischen der Paarbeziehung im engeren Sinne und der Elternbeziehung unterschieden werden.

4.7.1.1 Paarbeziehung

Ein umfassendes kontextuelles Modell zum Verständnis des Verhaltens und Erlebens in Partnerschaften haben Bradbury und Fincham (1991) entwickelt. Sie unterscheiden dabei zwischen einem proximalen und einem distalen Kontext. Dabei bezieht sich der proximale Kontext auf situationsimmanente Auslösebedingungen der partnerschaftlichen Interaktion im »Hier und Jetzt«, während der distale Kontext diejenigen Rahmenbedingungen der Partnerschaft beinhaltet, die z.B. als Persönlichkeitsmerkmale oder als Gegebenheiten der individuellen bzw. gemeinsamen Beziehungsgeschichte den Hintergrund für das aktuelle Interaktionsgeschehen abgeben.

Bezüglich des *distalen Kontexts* der Paarbeziehung belegt eine Reihe von Studien, daß bestimmte Persönlichkeitsmerkmale der einzelnen Partner die Qualität der Paarbeziehung entscheidend mit beeinflussen. Von besonderer Bedeutung sind hierbei prospektive Längsschnittstudien, die eine Prognose der Partnerschaftsentwicklung aufgrund von Persönlichkeitsmerkmalen gestatten, die bereits vor dem Kennenlernen der Partner erfaßt wurden. So zeigte sich etwa, daß Persönlichkeitsmerkmale wie positives Selbstwertgefühl, prosoziale Orientierung, emotionale Stabilität und Bedürfnis nach Intimität zu einer günstigen Prognose für die künftige Partnerschaftsentwicklung beitragen (vgl. Skolnick, 1981; Kelly & Conley, 1987; McAdams & Vaillant, 1982; zusammenfassend: Karney & Bradbury, 1995; Engl, 1997). Zumindest teilweise kann die Entstehung solcher Persönlichkeitsdispositionen auf belastete Beziehungen in der Herkunftsfamilie zurückgeführt werden (vgl. Elder, Liker & Cross, 1984; Quinton & Rutter, 1988; Vierzigmann, 1993). Auf diesem Wege scheint sich insbesondere auch eheliche Instabilität zu übertragen: eine Reihe von Studien zeigt, daß elterliche Trennung oder Scheidung mit einer erhöhten Instabilität der Ehen ihrer Kinder einhergeht (vgl. Diekmann & Engelhardt, 1995; McLanahan & Bumpass, 1988).

Zum *proximalen Kontext* der Paarbeziehung haben vor allem Unterschiede des Kommunikationsverhaltens und -erlebens bei glücklichen und unglücklichen Paaren das Forschungsinteresse auf sich gezogen (vgl. Fincham & Bradbury, 1990; Fuller & Fincham, 1994; Gottman, 1998; Hahlweg, 1991; Karney & Bradbury, 1995). Nach einer Übersicht von Halford, Kelly und Markman (1997) sind es insbesondere vier Merkmalsbereiche, die eine Unterscheidung zwischen glücklichen und unglücklichen Paaren ermöglichen, nämlich (a) ineffektive Kommunikations-, Konfliktregelungs- und Problemlösungsfertigkeiten (vgl. Hahlweg, 1991), (b) ein auch in nicht konflikthaften Situationen merklich reduziertes Ausmaß an positiven Beziehungserfahrungen im alltäglichen Kontakt der Partner (vgl. Gottman, 1994), (c) eine wechselseitig vornehmlich stabile, internale und globale Zuschreibung von negativen Absichten und Eigenschaften der Partner, die vor allem in Konfliktsituationen die Wahrscheinlichkeit für den Einsatz destruktiver Konfliktregulierungsstrategien erhöht (vgl. Fiedler & Ströhm, 1991; Noller, Beach & Osgarby, 1997), und (d) ein Vorherrschen von ungünstigen Beziehungserinnerungen bei der Rekonstruktion der gemeinsamen Beziehungsgeschichte (vgl. Buehlman, Gottman & Katz, 1992).

Auch hier kommt prospektiven Längsschnittstudien eine große Bedeutung zu, wenn es darum geht, die Stabilisierung bzw. Erosion der Qualität der Partnerschaft im Zeitverlauf zu erklären (vgl. Engl, 1997; Kurdek, 1993; Markman et al.,

1988; Gottman 1994; Huston & Vangelisti, 1991; Walper, Schneewind & Gotzler, 1994). Als Beispiel für eine derartige prospektive Längsschnittstudie sei die Untersuchung von Kurdek (1993) genannt, deren Ergebnisse im Kasten 4.1 etwas ausführlicher dargestellt sind (vgl. Schneewind, Vierzigmann & Backmund, 1995)

Die Auswertung interaktionsanalytischer Daten von prospektiven Längschnittstudien kann bisweilen auch zu überraschenden Ergebnissen führen. So konnten z.B. Gottman und Krokoff (1989) nachweisen, daß »negative« Verhaltensweisen von Ehemännern (z.B. die Bereitschaft, Konflikte offensiv anzugehen) zwar bei

Kasten 4.1
Welche Ehen enden in Scheidung ?

Dieser Frage ging der amerikanische Psychologe Larry A. Kurdek (1993) in einer prospektiven Längsschnittsstudie nach. Über einen Zeitraum von fünf Jahren befragte er – jeweils im Abstand von einem Jahr – eine Gruppe von 286 frisch verheirateten Paaren. Nach Ablauf der fünf Jahre waren 64 dieser jungen Ehen geschieden. Zwei Fragen stellen sich dabei: zum einen, ob es schon zu Beginn der Ehe Hinweise auf Unterschiede zwischen den stabilen und instabilen Paaren gibt, und zum anderen, ob und gegebenenfalls in welchen Bereichen es im Verlauf der Partnerschaft zu Veränderungen kommt, die zwischen den geschiedenen Paaren und denen, die fünf Jahre nach ihrer Heirat noch zusammen waren, differenzieren.

Zur Beantwortung dieser Fragen stützt sich Kurdek auf vier Datenbereiche, nämlich (a) sozio-demographische Informationen (z.B. Ausbildungsniveau, Einkommen), (b) Persönlichkeitsmerkmale (z.B. Neurotizismus, dysfunktionale Beziehungsvorstellungen), (c) Beziehungsvariablen (z.B. Bekanntschaftsdauer, Ehezufriedenheit) und (d) Diskrepanzmaße, die etwas über die Unterschiedlichkeit der Partner hinsichtlich der erhobenen Persönlichkeits- und Beziehungsmerkmale aussagen.

Die Ergebnisse zeigen, daß in allen vier Datenbereichen sich schon zu Beginn der Ehe die stabilen von den instabilen Partnerschaften unterscheiden lassen. *Soziodemographische Risikofaktoren* für den Bestand einer Ehe sind geringes Einkommen des Ehemannes, ein niedriges Bildungsniveau der Ehefrau sowie eine vorausgegangene Scheidung bei einem der beiden Partner. *Risikofaktoren auf der Persönlichkeitsebene* sind hohe Neurotizismuswerte und unrealistische Überzeugungen, was eine funktionierende Partnerschaft ausmacht (z.B. die Überzeugung, daß Meinungsverschiedenheiten zerstörerisch sind oder daß die sexuelle Beziehung perfekt sein muß). Besondere *Risikofaktoren auf der Beziehungsebene* sind eine kurze Bekanntschaftsdauer des Paares, das Führen von getrennten Kassen und die Stiefvaterschaft der Ehemänner – allesamt Indikatoren, die auch nach den Befunden anderer Studien mit einer eher schwach ausgeprägten Bindung an das Partner- und Familiensystem einhergehen. Als weitere frühere Hinweise für Scheidungsanfälligkeit erweisen sich starke Diskrepanzen zwischen den Partnern hinsichtlich des Stellenwerts einzelner Beziehungsaspekte, vor allem was die Bedeutung von Autonomie in der Ehe und von außenorientierten Heiratsmotiven (z.B. Zustimmung der Eltern) anbelangt.

Fortsetzung siehe nächste Seite

Kasten 4.1
Fortsetzung

Neben diesen schon zu Beginn der Ehe nachweisbaren Frühindikatoren für eine Scheidung kommt es auch im Verlauf der Ehebeziehung zu Veränderungen, die eine Differenzierung zwischen stabilen und instabilen Ehen ermöglichen. Diese zeigen sich vor allem im Bereich des Beziehungserlebens: Im Vergleich zu Paaren, die ihre Ehe aufrechterhalten, ist bei den geschiedenen Paaren über die Zeit hinweg ein deutliches Absinken ihrer Ehezufriedenheit, ihres Vertrauens in die Beziehung, der Bedeutung einer wechselseitigen Verbundenheit und der intrinsischen, d.h. aus sich selbst heraus gespeisten Motivation zur Aufrechterhaltung der Ehe festzustellen. Darüber hinaus nehmen bei den Geschiedenen auch die Diskrepanzen zwischen den Partnern im Zeitverlauf deutlicher zu als bei den weiterhin Verheirateten. Dies zeigt sich vor allem in der unterschiedlichen Wahrnehmung der ehelichen Bindung und der intrinsischen Ehemotivation.

Insgesamt belegen die Ergebnisse dieser Prospektivstudie, daß es sowohl unterschiedliche Ausgangsbedingungen als auch Veränderungen im Beziehungsprozeß einer Ehe gibt, die ein erhöhtes Scheidungsrisiko mit sich bringen. Die Kenntnis dieser Risikofaktoren weist somit auch den Weg für mögliche Ansatzpunkte zu einer Scheidungsprävention, die nach den Befunden dieser Studie auf individueller, paarbezogener und gesellschaftlicher Ebene anzusetzen hätte.

beiden Partnern eine ungünstige Einschätzung der aktuellen ehelichen Zufriedenheit zur Folge haben, jedoch drei Jahre später mit einer Zunahme an Ehezufriedenheit bei beiden Partner einhergehen. Es hat den Anschein, daß ein gewisses Ausmaß an Konfliktbereitschaft, wenn diese nicht zugleich an destruktive Formen der Partnerbeziehung gekoppelt ist (z.B. Kommunikationsverweigerung, starres Bestehen auf der eigenen Position), langfristig einen positiven Effekt für die Qualität der Partnerbeziehung hat.

Aus dem Bereich der nicht-interventiven Paarbeziehungsforschung ergibt sich in nahezu allen Studien, daß mit zunehmender Ehedauer die Qualität der Paarbeziehung im Schnitt abnimmt. Dieser Trend hält insbesondere während der Zeit des Zusammenlebens mit Kindern und Jugendlichen an. Wie eine Reihe von quer- und längsschnittlich angelegten Studien dokumentiert, scheint erst in der Phase der nachelterlichen Gefährtenschaft die durchschnittliche Ehezufriedenheit wieder zuzunehmen (vgl. Belsky, 1990; Glenn, 1990). Von besonderem Interesse ist die Frage, ob und inwieweit sich durch das Hinzukommen eines oder mehrerer Kinder die Qualität der Ehebeziehung verschlechtert. Mehrere Längsschnittstudien scheinen diesen Trend zu bestätigen (vgl. z.B. Brüderl, 1989; Cowan & Cowan, 1994; Petzold, 1991). Allerdings ist die Forschungslage hierzu nicht einheitlich. So konnte eine Reihe von Studien zwar einen Ehedauereffekt, nicht aber einen Elternschaftseffekt nachweisen, der für die durchschnittliche Verschlechterung der Paarbeziehung verantwortlich zu machen ist (vgl. McHale & Huston, 1985; White & Booth, 1985; Schneewind, 1993b). Erneut scheint es wichtig zu sein, nicht nur Durchschnittswerte zu betrachten, sondern differentielle Entwicklungsverläufe zu untersuchen, bei denen vor allem das Ausgangsniveau der Paarbeziehung vor dem Übergang zur Elternschaft berücksichtigt wird (vgl. Belsky, 1991; Schneewind et al., 1992).

Als Beispiel für das Erfordernis, differentielle Entwicklungsverläufe in die Betrachtung einzubeziehen, sei die Längsschnittstudie von Schneewind et al. (1992) genannt, in der soziodemographisch vergleichbare, jung verheiratete Paare mit und ohne Kind über zwei Jahre u.a. hinsichtlich ihrer Ehezufriedenheit befragt wurden. Für die Paare mit und ohne Kind fanden die Untersuchungen zeitsynchron statt, wobei die erste Erhebung zu einem Zeitpunkt durchgeführt wurde, als die Mütter der werdenden Eltern sich im letzten Schwangerschaftstrimester befanden. Während der ersten Erhebung schätzten beide Partner unabhängig voneinander ihr Eheklima ein (vgl. Schneewind 1993b). Aufgrund dieser Einschätzungen wurden drei Gruppen von Paaren gebildet: (a) Paare mit positivem Eheklima, d.h. beide Partner (m = männlich, w = weiblich) zeigten eine Konfiguration der Eheklimaskalen, die für starken Zusammenhalt, hohe Anregung und geringe wechselseitige Kontrolle spricht (m +, w +); (b) Paare mit negativem Eheklima, d.h. beide Partner nahmen einen geringen Zusammenhalt, wenig Anregung und starke Kontrolle in ihrer Paarbeziehung wahr (m -, w -); (c) Paare mit gemischtem Eheklima, d.h. einer der beiden Partner erlebte das Eheklima positiv und der andere negativ (m +, w – bzw. m -, w +). Als »abhängige Variable« wurde zum Meßzeitpunkt I (d.h. vor Geburt des ersten Kindes in der Gruppe der werdenden Eltern) sowie jeweils ca. ein bzw. zwei Jahre später (Meßzeitpunkt IV und V) das Ausmaß an Ehezufriedenheit erfaßt. Abbildung 4.1 dokumentiert für die drei Paargruppen den Verlauf der Ehezufriedenheit über die zwei Jahre hinweg, wobei zusätzlich noch innerhalb jeder Paargruppe unterschieden wurde, ob es sich um Eltern oder Nicht-Eltern handelt.

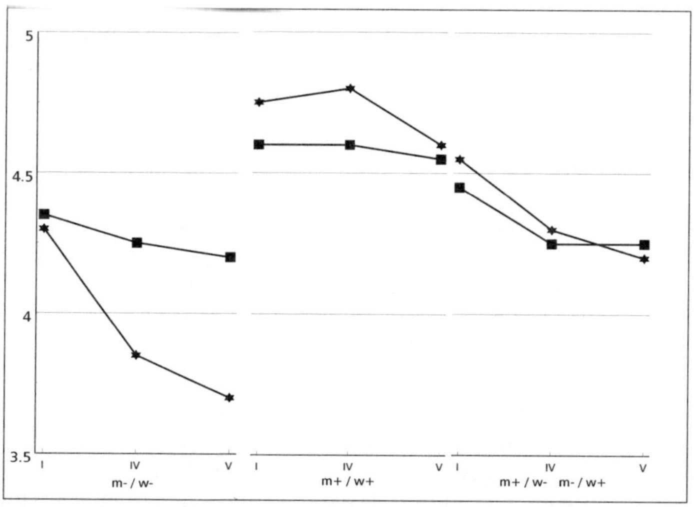

Legende: Meßzeitpunkte: I = vor Geburt; IV = 1 Jahr nach der Geburt; V = 2 Jahre nach der Geburt.
■ = ohne Kind, ✱ = mit Kind; m = männlich, w = weiblich.

Abb. 4.1: Entwicklung der Paarzufriedenheit bei Eltern und Nichteltern in Abhängigkeit unterschiedlicher Ausgangsniveaus des Paarklimas

Abbildung 4.1 macht deutlich, daß sich lediglich für die Paare mit negativem Eheklima eine differentielle und statistisch gesicherte Entwicklung der Ehezufriedenheit zwischen den Eltern und Nicht-Eltern ergibt. Die Befunde sprechen recht eindeutig dafür, daß das Kind zum »Stressor« für die Ehe wird, wenn die Paarbeziehung – und zwar aus der Sicht beider Partner – schon vorher eher ungünstig eingeschätzt wurde. Hingegen ist es offenkundig hilfreich, wenn wenigstens ein Partner eine positive Wahrnehmung des Eheklimas hat. Auch wenn die Ehezufriedenheit im Zeitverlauf merklich absinkt, unterscheiden sich in dieser Gruppe Paare mit und ohne Kind nicht. Am günstigsten stellen sich die Ergebnisse für die Paare mit positivem Eheklima dar: nicht nur, daß diese Paare ihre Ehezufriedenheit über die Zeit weitgehend beibehalten; die Paare mit Kind weisen in dieser Gruppe sogar etwas erhöhte, allerdings statistisch nicht signifikante Ehezufriedenheitswerte auf. Im Hinblick auf die in den folgenden Abschnitten dargestellten Befunde zu einer systemischen Sichtweise von Eltern-Kind-Beziehungen legen die Ergebnisse dieser Studie nahe, vor der Entscheidung zur Elternschaft erst einmal die hierfür erforderlichen Voraussetzungen auf der Paarebene zu klären (vgl. hierzu das Präventionsprogramm »Kinder ja oder nein?«, Schneewind & Gehring, 1993).

4.7.1.2 Elternbeziehung

Um die Anforderungen des Erziehungsalltags angemessen bewältigen zu können, ist es erforderlich, daß die Eltern als »Erziehungsteam« gut funktionieren. Obwohl z.B. die strukturelle Familientherapie im Sinne von S. Minuchin (1977) großen Wert darauf legt, zwischen der Paar- und Elternebene zu unterscheiden, gibt es interessanterweise wenige empirische Studien, die sich ausdrücklich dieser Unterscheidung gewidmet haben. Anknüpfend an entsprechende psychoanalytische Konzeptionen (vgl. Cohen & Weissman, 1984), verwenden Gable, Belsky und Crnic (1992) zur Beschreibung der Elternbeziehung den Begriff »Elternallianz«. Gemeint ist damit die Fähigkeit der Eltern, eine Erziehungspartnerschaft einzugehen, d.h. die erzieherischen Aktivitäten des jeweils anderen zu akzeptieren bzw. respektieren und zugleich sich selbst als ein wechselseitiges Unterstützungssystem bei der Bewältigung des Erziehungsalltags zu begreifen.

Es hat sich gezeigt, daß Unstimmigkeiten auf der Elternebene nachweislich mit einer geringeren Selbstkontrolle und Belastbarkeit sowie mit Verhaltensauffälligkeiten auf der Seite der Kinder gekoppelt sind (vgl. Block, Block & Morrison, 1981). Darüber hinaus gibt es auch Belege dafür, daß eine belastete Paarbeziehung mit einer reduzierten elterlichen Kooperation einhergeht (vgl. Floyd & Zmich, 1991), wenngleich die Qualität der Paarbeziehung und der Elternallianz in unterschiedlicher Weise zur Verhaltensentwicklung des Kindes beitragen (vgl. Frank et al., 1986). In einer systemischen Betrachtungsweise können Konflikte auf der Elternebene zu einer weiteren Erosion der Paarbeziehung führen, was wiederum eine zunehmende Aufweichung der Elternallianz und die Bildung von Eltern-Kind-Koalitionen im Gefolge haben kann. Belsky und seine Mitarbeiter (1991) haben z.B. nachgewiesen, daß es dabei gehäuft zu einem geschlechtsspezifischen Effekt dahingehend kommt, daß bei einem zunehmenden Zerfall der Elternallianz die Mutter-Kind-Beziehung enger wird, während sich die Vater-Kind-Beziehung verschlechtert.

Besonders groß ist die Gefahr einer derartigen Triangulation der Kinder bei Trennungs- und Scheidungsfamilien. Eine Reihe von Studien bestätigt, daß es insbesondere bei einem Fortbestand von Konflikt und Feindseligkeit in der Nachscheidungsphase bei gleichzeitig geringer elterlicher Kooperation zu einem derartigen Triangulationseffekt kommt, wobei sich dieser Effekt in der Regel auf eine Distanzierung und Entfremdung der Vater-Kind-Beziehung auswirkt (vgl. Buchanan, Maccoby & Dornbusch, 1991; Napp-Peters, 1988). Auf der anderen Seite berichten Coysh und Mitarbeiter (1989), daß es nach einer Trennung oder Scheidung auch wieder zu einer erhöhten Bereitschaft zur elterlichen Kooperation kommen kann. Dies ist vor allem dann der Fall, wenn beide Partner eine befriedigende neue Paarbeziehung eingegangen sind, die es ihnen ermöglicht, die Verletzungen und Kränkungen aus ihrer früheren gemeinsamen Partnerschaft in einem anderen und weniger negativen Licht zu sehen.

4.7.2 Eltern-Kind-Beziehungen

Das aufgrund empirischer Studien akkumulierte Wissen zur Thematik der Eltern-Kind-Beziehungen hat in der Psychologie zu einer selten anzutreffenden Situation geführt. Unabhängig von den bevorzugten theoretischen Positionen (z.B. psychoanalytische Objektbeziehungstheorie, Bindungstheorie, soziale Lerntheorie) und ebenso unabhängig von den gewählten methodischen Zugangsweisen (z.B. Laborexperiment, Feldstudien, Beobachtungs-, Interview oder Fragebogenverfahren) ergibt sich – zumindest für den westlichen Kulturkreis – eine Konvergenz der Forschungsbefunde, die sich auf einen Nenner bringen läßt: kompetente Eltern haben auch kompetente Kinder. Genauer heißt dies: Eltern, die auf die Erziehung ihrer Kinder mit Zuneigung und emotionaler Wärme, mit klaren und erklärbaren Regeln, mit der Bereitstellung entwicklungsangemessener Anregungsbedingungen und mit der Gewährung sich erweiternder Handlungsspielräume Einfluß nehmen, können im Schnitt damit rechnen, daß ihre Kinder sich zu selbstbewußten, emotional stabilen, sozial kompetenten, selbstverantwortlichen und leistungsfähigen Personen entwickeln (vgl. Schneewind, 1994a).

Allerdings sind die dargestellten Beziehungen zwischen den Merkmalen des elterlichen Erziehungsverhaltens und kindlichen Persönlichkeitsmerkmalen – wie eingangs dargestellt – nicht als Resultat eines deterministischen »Einbahnstraßen-Modells« zu sehen. Vielmehr handelt es sich um einen transaktionalen Prozeß, der im Sinne des systemtheoretischen Denkens eine zirkuläre Struktur aufweist. Verfestigen sich solche Transaktionszyklen über die Zeit hinweg, so führt dies – je nach den altersgestuften kindlichen und elterlichen Entwicklungsaufgaben – zu einer sich wechselseitig verstärkenden Beziehung besonderer Qualität. Wenn etwa – um an einer beliebigen Stelle des Transaktionszyklus zu beginnen – die Elternperson sich abweisend und strafend verhält, kann dies beim Kind dazu führen, daß es sich unverstanden und nicht akzeptiert fühlt und daher verschlossen und aggressiv reagiert. Dies wiederum mag bei den Eltern Ärger und das Gefühl von Hilflosigkeit auslösen und damit erneut den Boden für ein abweisendes oder strafendes Verhalten gegenüber dem Kind bereiten. Belege für eine derartige transaktionale Sichtweise von Eltern-Kind-Beziehungen sind vor allem

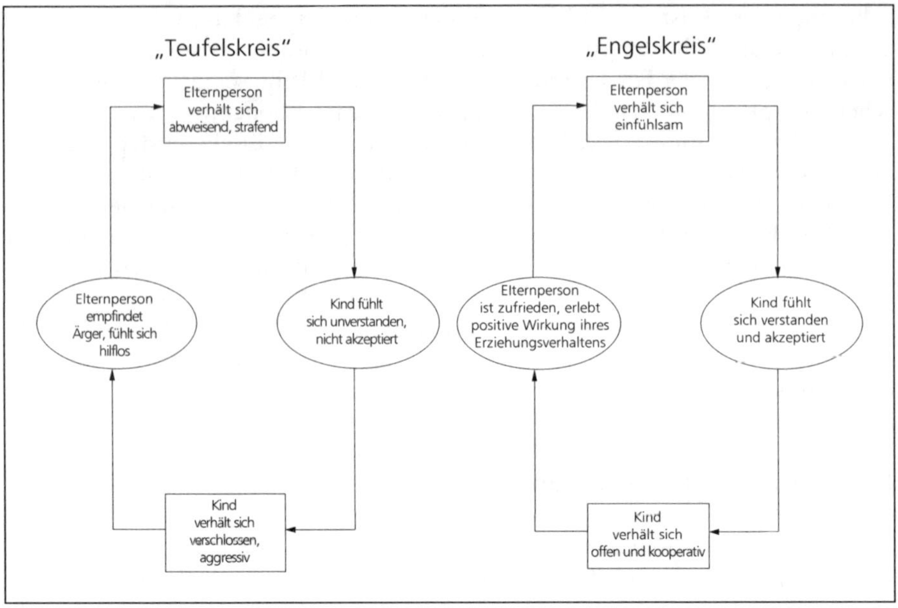

Abb. 4.2: Beispiele für einen »Teufelskreis« und einen »Engelskreis« in der Eltern-Kind-Transaktion

von der Bindungstheorie (vgl. Bowlby, 1969; Ainsworth et al., 1978) sowie von der sozialen Lerntheorie (z.B. Patterson, 1982; Dishion, Patterson & Kavanagh, 1992) beigebracht worden. Ein Beispiel für einen »Teufelskreis«, aber auch für einen »Engelskreis« einer derartigen Eltern-Kind-Transaktion findet sich in Abbildung 4.2.

Besondere Aufmerksamkeit hat in diesem Zusammenhang das im Rahmen der Bindungstheorie entwickelte Konzept des »internen Arbeitsmodells« erlangt, (vgl. Main, Kaplan & Cassidy, 1985; Bretherton, Ridgeway & Cassidy, 1990; sowie Kapitel 3.8). Interne Arbeitsmodelle stellen die vom Individuum aktiv gestalteten internen Repräsentationen der kognitiven und emotionalen Aspekte von Beziehungserfahrungen mit relevanten Personen dar und bestimmen insofern als personspezifische Erwartungsmuster die zukünftige Beziehungsgestaltung (vgl. Sroufe & Fleeson, 1986). Der Auf- und Ausbau interner Arbeitsmodelle erfolgt im Säuglings- und frühen Kindesalter vornehmlich im Kontakt mit den primären Bezugspersonen, d.h. in der Regel mit den Eltern. Dabei lassen sich auf seiten der Kinder grob zwei Kategorien von Bindungsformen unterscheiden (auf Untergruppierungen wird an dieser Stelle nicht weiter eingegangen), die als sichere bzw. unsichere Bindung bezeichnet werden.

In einer Reihe von Studien ist mittlerweile gut dokumentiert, welche elterlichen – insbesondere mütterlichen – Verhaltensweisen zu einem sicheren Bindungsmodus führen. Dies ist vor allem ein sensibles, auf die Verhaltensappelle des Kindes prompt reagierendes, mäßig stimulierendes, auf das Tempo des Kindes angepaßtes und von positiven Emotionen begleitetes Elternverhalten. Zeigen

Eltern hingegen im Kontakt mit ihren Kindern ein überwiegend unresponsives, exzessiv bzw. unbehutsam über- oder unterstimulierendes und emotional unbeteiligtes Verhalten, so ist die Wahrscheinlichkeit groß, daß sich auf seiten des Kindes eine unsichere Bindung entwickelt (vgl. Isabella, Belsky & v. Eye, 1989; Malatesta et al., 1989; Gloger-Tippelt, 1992). In der weiteren Entwicklung ergeben sich je nach Bindungsmuster deutliche Unterschiede hinsichtlich der sozioemotionalen Kompetenzen der Kinder, wobei diese nach den Ergebnissen neuerer Längsschnittstudien auch auf den außerfamiliären Bereich (z.B. im Kontext von Kindergarten und Schule) übertragen werden (vgl. Grossmann & Grossmann, 1991; Cohn, Patterson & Christopoulos, 1991).

Wenn auch nicht in einer naiv-deterministischen Weise, so doch im Sinne eines »reziproken Determinismus« (Bandura, 1986) entscheidet die Qualität der frühen Eltern-Kind-Beziehung über den Fortgang der weiteren Beziehungsgestaltung. Es spricht jedenfalls vieles dafür, daß emotional angepaßte und sozial kompetente Kinder es ihren Eltern erleichtern, einen Erziehungsstil zu praktizieren, den Baumrind (1967) als »autoritativ« benannt hat und der sich durch eine klare Vermittlung kompetenzfördernder Verhaltenserwartungen, die Überwachung entsprechender Verhaltensweisen, die Unterstützung von Selbständigkeit, ein erkennbares emotionales Engagement und schließlich eine offene Kommunikation, die auch die Position des Kindes berücksichtigt (vgl. Darling & Steinberg, 1993) auszeichnet. Ein derartiger Erziehungsstil erleichtert – obwohl er nach Baumrinds (1991) eigenen Untersuchungen lediglich für etwa ein Zehntel aller Eltern-Kind-Beziehungen zutrifft – außerdem den Ablösungsprozeß von Jugendlichen und jungen Erwachsenen aus dem Elternhaus (vgl. Steinberg & Silverberg, 1986; Steinberg, Elmen & Mounts, 1989; Schneewind & Braun, 1988).

Bei all diesen Befunden darf nicht vergessen werden, daß die Qualität von Eltern-Kind-Beziehungen von einer Reihe von Einflußgrößen moderiert und bisweilen unterminiert wird. Auf diesen Umstand hat insbesondere Belsky (1984) mit seinem Prozeßmodell des elterlichen Erziehungsverhaltens aufmerksam gemacht, das in leicht abgewandelter Form in Abbildung 4.3 wiedergegeben ist.

Selbst wenn für derartig komplexe kontextualistische Modelle nur vereinzelt querschnittliche (Conger et al., 1994; Schneewind, Beckmann & Engfer, 1983) bzw. längsschnittliche (vgl. Cowan et al., 1994; Schneewind & Ruppert, 1995; Schneewind, Vaskovics & et al., 1992) Belege vorliegen, so haben sich doch für die Beziehungen zwischen den einzelnen Komponenten des in Abbildung 4.3 dargestellten Prozeßmodells klare Hinweise dafür ergeben, daß dieses Modell hinsichtlich seiner forschungsleitenden und anwendungspraktischen Implikationen außerordentlich hilfreich ist (vgl. Luster & Okagaki, 1993).

Einige Forschungsbefunde zu diesem Modell sollen im folgenden kurz vorgestellt werden. Hierzu gehören:

(1) Temperamentsmerkmale des Kindes: ein »schwieriges« Temperament erschwert den Eltern ihre Pflege- und Erziehungsaufgaben, während »pflegeleichte« Kinder den Erziehungsalltag ihrer Eltern erleichtern (vgl. Anderson, Lytton & Romney, 1986; Lerner, 1993);

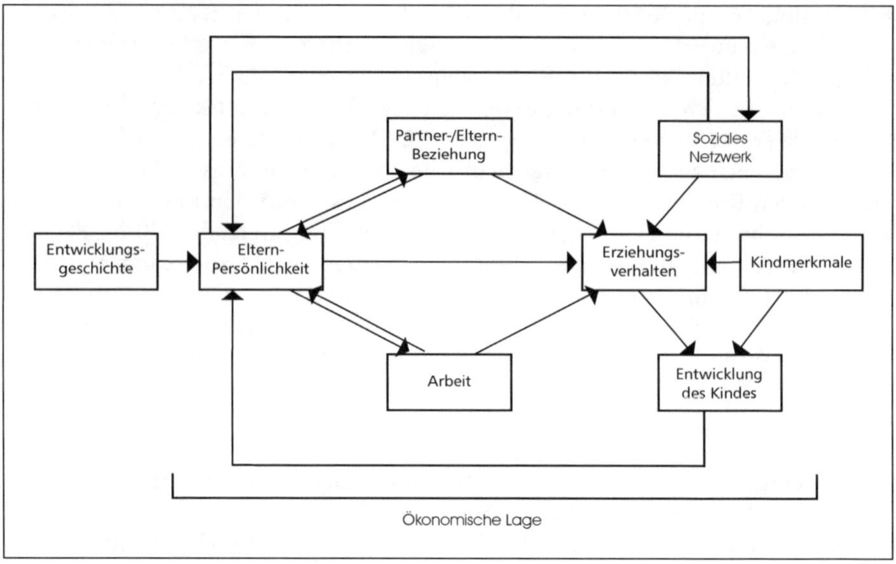

Abb. 4.3: Ein Modell der Einflußgrößen und Effekte von Eltern-Kind-Beziehungen (in Anlehnung an Belsky, 1984)

(2) Elterliche Persönlichkeitsmerkmale: Eltern mit geringer Ich-Stärke, mangelndem Selbstvertrauen, geringem erziehungsrelevantem Wissen und niedriger Einschätzung ihrer erzieherischen Kompetenzen gehen weniger einfühlsam und entwicklungsfördernd mit ihren Kindern um als selbstbewußte, empathiefähige und warmherzige Eltern. Diese verfügen über ein differenziertes Erziehungs- und Entwicklungswissen und führen Entwicklungsfortschritte ihrer Kinder auf ihre eigenen Bemühungen zurück. Zudem verstehen sie es, flexibel und angemessen mit den sich ändernden Entwicklungserfordernissen ihrer Kinder umzugehen (vgl. Cox et al., 1989; Goodnow, 1988; Okagaki & Johnson-Divecha, 1993);

(3) Beziehungserfahrungen in der Herkunftsfamilie: negative Erfahrungen mit den eigenen Eltern, sei es im direkten Umgang mit ihnen oder durch die Beobachtung einer konflikthaften Beziehung, schwächen die elterliche Erziehungskompetenz bei der nachwachsenden Generation, wohingegen positive Erfahrungen und Vorbilder in der Ursprungsfamilie zu einem kompetenten Umgang mit den eigenen Kindern beitragen (vgl. Cummings & Davies, 1994; Ricks, 1985; Meyer, 1988; Cohn et al., 1992);

(4) Ehebeziehung und Elternallianz: eine belastete Paarbeziehung und mangelnde Übereinstimmung in der elterlichen Koordination der Kinderbetreuung erhöhen die Wahrscheinlichkeit für eine Beeinträchtigung des Erziehungsverhaltens. Demgegenüber tragen Zufriedenheit mit der Paarbeziehung und eine Erziehungspraxis, in der sich die Eltern als gut aufeinander abgestimmtes Team ver-

stehen, zu einer positiven Gestaltung der Eltern-Kind-Beziehung bei (vgl. Belsky et al., 1991; Howes & Markman, 1989; Schneewind, 1995b);

(5) Arbeitsplatzerfahrungen: belastende, unbefriedigende und energie-absorbierende Arbeitsbedingungen reduzieren die Fähigkeit von Eltern, sich mit ungeteilter Aufmerksamkeit auf die Belange ihrer Kinder einlassen zu können, während Eltern für ihre Kinder psychisch leichter erreichbar sind, wenn sie von belastenden Erfahrungen am Arbeitsplatz frei sind (vgl. Spitze, 1988; Crouter & McHale, 1993);

(6) Soziale Unterstützung: Eltern, die in ihrem sozialen Umfeld wenig auf formelle und informelle Unterstützungsmöglichkeiten zurückgreifen können bzw. in Quartieren mit geringer Kindorientierung leben, neigen dazu, im Kontakt mit ihren Kindern weniger sensibel und geduldig und auch weniger überzeugt von ihren Einwirkungsmöglichkeiten auf deren Entwicklungsgang zu sein. Umgekehrt findet sich bei Eltern, die über ein engmaschiges Netzwerk an Unterstützung verfügen und vielfältige Kontakte zu Familien in vergleichbarer Familiensituation pflegen, häufiger ein gelassenener und sicherer Umgang mit ihren Kindern (vgl. Crockenberg, 1981; Crockenberg & McCluskey, 1986);

(7) Ökonomische Lage: Armut, Einkommensverluste und Arbeitslosigkeit – bisweilen aber ebenso materieller Überfluß – wirken sich abträglich auf ein unterstützendes, einfühlsames und entwicklungsförderliches Elternverhalten aus. Hingegen stellt eine gesicherte ökonomische Situation, in der die Kinder die Erfahrung machen können, daß in der Familie – auch hinsichtlich der Erfüllung eigener Wünsche – behutsam mit den vorhandenen Ressourcen umgegangen wird, die Basis für eine gedeihliche Eltern-Kind-Beziehung dar (vgl. Lempers, Clark-Lempers & Simons, 1989; McLoyd, 1989; Walper, 1997).

All diese Einflußgrößen auf die Eltern-Kind-Beziehung sind nicht als unabhängige Determinanten zu verstehen. Vielmehr wirken sie – häufig in einer komplexen Weise – zusammen und führen somit zu einer kumulativen Beeinträchtigung der elterlichen Erziehungskompetenz (vgl. Belsky & Isabella, 1988; Hannan & Luster, 1991; Menaghan & Parcel, 1991).

Als Beispiel sei eine Studie von Hannan und Luster (1991) genannt, in der die Autoren den Einfluß von Risikofaktoren auf die Qualität der häuslichen Umwelt überprüften. Als Meßinstrument verwendeten sie das *Home Observation for Measurement of the Environment* (HOME) Inventar nach Caldwell und Bradley (1984), das sich in einer Reihe von Studien als ein guter Indikator für das häusliche Anregungspotential zur kindlichen Entwicklung bewährt hat. An der Studie nahmen 602 Mütter mit Kindern im Alter zwischen 1 und 2 Jahren teil. In Anlehnung an das Modell von Belsky (1984) wurden folgende acht Risikofaktoren untersucht: (1) frühes Alter der Mutter bei der Geburt des ersten Kindes, (2) niedriges Bildungsniveau, (3) geringes Selbstwertgefühl, (4) niedrige Intelligenz, (5) niedriges Einkommen, (6) nicht vorhandener Partner, (7) große Kinderzahl, (8) schwieriges Temperament des Kindes. Die

Abbildung 4.4 zeigt die Wahrscheinlichkeit, mit der Mütter, bei denen eine unterschiedliche Anzahl an Risikofaktoren gegeben ist, zur Gruppe derjenigen gehören, für die eine niedrige Qualität der häuslichen Umwelt festgestellt wurde.

Die Abbildung 4.4 belegt eindrucksvoll die kumulative Wirkung von Risikofaktoren für die Gestaltung der häuslichen Entwicklungsumwelt von Kleinkindern. Wenn keiner der in dieser Untersuchung erfaßten Risikofaktoren nachweisbar ist, beträgt die Wahrscheinlichkeit, daß die Mütter ihr Kind in einer wenig anregenden häuslichen Umgebung aufziehen, 11 %, während bei gleichzeitigem Vorhandensein von sechs Risikofaktoren die Wahrscheinlichkeit um genau das achtfache auf 88 % steigt.

Die Ergebnisse dieser und ähnlicher Studien machen deutlich, daß Familien mit multiplen Risikofaktoren einer besonderen Beachtung bedürfen. Präventive Maßnahmen müssen hier an unterschiedlichen Punkten ansetzen, wobei neben einer im engeren Sinne psychologischen Unterstützung zur Stärkung der elterlichen Erziehungskompetenz auch kommunale und familienpolitische Hilfen gefordert sind.

Als ein besonderes Entwicklungsrisiko von Kindern und Jugendlichen wird die Trennung bzw. Scheidung ihrer Eltern angesehen. Im Hinblick auf die quantitative und qualitative Bedeutung dieses Phänomenes wollen wir im folgenden dieser Thematik in familienpsychologischer Perspektive einen etwas ausführlicheren Exkurs widmen.

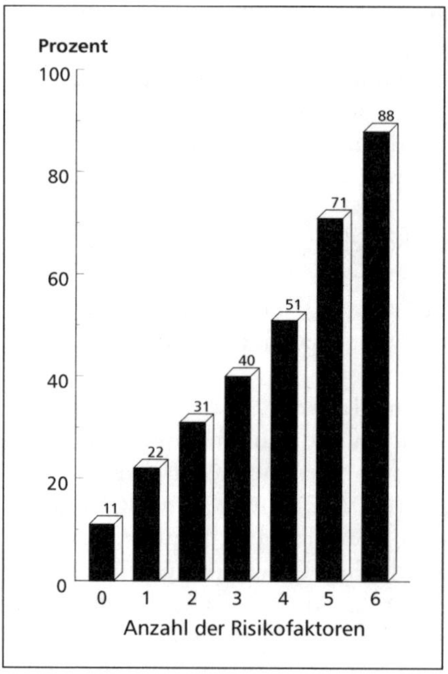

Abb. 4.4: Kumulation von Risikofaktoren und ihre Auswirkung auf die Qualität des Anregungspotentials in der häuslichen Umwelt (nach Hannan & Luster, 1991)

4.7.3 Exkurs: Scheidung – Entwicklungsrisiko für Kinder und Jugendliche?

1996 wurden in Deutschland 175.550 Ehen geschieden, wobei in 55 Prozent dieser Ehen minderjährige Kinder lebten. Ebenfalls bezogen auf das Jahr 1996 lebten 9,6 Prozent oder in absoluten Zahlen rund 1, 4 Millionen aller minderjährigen Kinder in Deutschland bei einem verheiratet getrennt lebenden oder geschiedenen Elternteil (vgl. Engstler, 1998; eigene Berechnungen).

Diese Zahlen machen die quantitative Bedeutung von Trennung und Scheidung als einem möglichen Entwicklungsrisiko für Kinder und Jugendliche deutlich. In familienpsychologischer Sicht wollen wir das Scheidungsgeschehen zunächst als Prozeß betrachten, dann ein kurzes Resümee der Scheidungsauswirkungen auf Kinder ziehen und im Anschluß daran wesentliche Anpassungsprozesse nach der Scheidung diskutieren. Abschließend sollen in diesem Exkurs noch einige Hinweise auf mögliche scheidungsbezogene Interventionen bei Kindern und Jugendlichen gegeben werden.

4.7.3.1 Scheidung als Prozeß

Betrachtet man Scheidung als einen Prozeß, der sich über einen mehr oder minder langen Zeitraum erstreckt, dann laufen der eigentlichen rechtlichen Scheidung häufig Jahre einer konfliktreichen Ehebeziehung oder Trennung voraus. Nach der rechtlichen Scheidung kommt es zu einer Umstrukturierung und Reorganisation des Familiensystems, wobei auch dann, wenn Kinder von der Scheidung betroffen sind, in vielen Fällen – ob verheiratet oder nicht – neue Partner mit ins Spiel kommen. Bezogen auf den eigentlichen Scheidungsprozeß lassen sich nach Bohannon (1970) die folgenden sechs, zum Teil einander überlappenden Stationen unterscheiden:

1. *Die emotionale Scheidung*, die sich in einem Verlust an positiver Emotionalität und offener Kommunikation sowie einem hohen Maß an kränkendem Verhalten zwischen den Partnern äußert.
2. *Die rechtliche Scheidung*, die zum einen eine legale Beendigung der Ehebeziehung bedeutet, zum anderen aber auch die Möglichkeit einer legalen neuen Eheschließung eröffnet.
3. *Die ökonomische Scheidung*, durch welche die Aufteilung von Geld und Besitz sowie der Umfang von Unterhaltszahlungen – auch an die Kinder – geregelt wird.
4. *Die ko-elterliche Scheidung*, die sich – wenn Kinder von der Scheidung betroffen sind – auf das Sorgerecht sowie die Besuchs- und Umgangsregelungen bezieht.
5. *Die gemeindebezogene Scheidung*, die vor allem das von den beiden Ehepartnern gemeinsam aufgebaute und nach einer Scheidung sich häufig abrupt verändernde Netz an Sozialkontakten im Verwandtschafts-, Freundes- und Nachbarschaftskreis tangiert.
6. *Die psychische Scheidung*, die eine innere Ablösung von der Ehebeziehung und gleichzeitige Wiedergewinnung von Autonomie und Eigenständigkeit erfordert.

All diese verschiedenen Aspekte des Scheidungsprozesses – insbesondere aber die ko-elterliche Scheidung – haben einen Einfluß darauf, wie Kinder eine Scheidung erleben und verarbeiten. Von zentraler Bedeutung ist dabei das Alter der Kinder, und zwar nicht aus rein chronologischen Gründen, sondern weil Kinder je nach ihrem Alter sich kognitiv und sozio-emotional in unterschiedlicher Weise mit den Umständen einer Scheidung auseinandersetzen. Einige Beispiele sollen dies verdeutlichen (vgl. Coleman & Ganong, 1993).

So geben etwa *Kleinkinder im Alter zwischen drei Monaten und zwei Jahren* häufig Zeichen von Bindungsangst zu erkennen, was darauf zurückgeführt werden kann, daß die primäre Bezugsperson – in der Regel die Mutter – wegen ihrer Scheidungsprobleme weniger gelassen und einfühlsam mit ihrem Kind umgeht.

Kinder im Alter von drei bis fünf Jahren reagieren vor allem darauf, daß ein Elternteil nicht mehr im Hause ist. Dabei beziehen sie häufig das elterliche Fernbleiben wegen des in dieser Altersstufe vorherrschenden egozentrischen Denkens auf sich selbst und glauben, daß sie – wenn sie nur ein »guter« Junge oder ein »gutes« Mädchen sind – den verlorenen Vater oder die verlorene Mutter wieder zurückholen können.

Kinder im Alter zwischen sechs und acht Jahren verstehen allmählich den Konflikt zwischen ihren Eltern und können zudem erkennen, daß die Gegensätze zwischen ihren Eltern unüberbrückbar sind. Auch wenn sie selbst wenig Hoffnung haben, wünschen sie sich dennoch, daß es zu einer Versöhnung zwischen den Eltern kommt. Mit Freunden reden sie eher selten über die Scheidung ihrer Eltern, obwohl gerade dies für ihre spätere Anpassung an die Scheidungsfolgen sehr hilfreich wäre.

Wenn *Kinder neun bis zwölf Jahre* alt sind, können sie in der Regel die Gründe nachvollziehen, die zur Entzweiung ihrer Eltern geführt haben, ohne dabei sich selbst die Schuld zu geben. Sie entwickeln jedoch häufig starke Ambivalenzgefühle gegenüber einem Elternteil oder gegen beide Eltern. Im Falle der Wiederverheiratung treten darüber hinaus häufig Loyalitätsprobleme gegenüber dem »neuen« und dem leiblichen Elternteil auf.

Jugendliche zwischen dreizehn und neunzehn Jahren akzeptieren in aller Regel das Faktum einer Scheidung. Abgesehen von Scheidungen in Stieffamilien, wo Jugendliche dieser Altersgruppe häufig u.a. sich selbst als Scheidungsursache wahrnehmen, stellen sie in aller Regel keinen Bezug zwischen der Scheidung ihrer Eltern und ihrer eigenen Person her. Auch neigen sie nunmehr eher dazu, positive Verhaltensänderungen bei ihren Eltern bzw. bei sich selbst als Folge der Scheidung zu deuten.

4.7.3.2 Scheidungsauswirkungen auf Kinder

Die im vorigen Abschnitt dargestellte differentielle Wirkung von Scheidung auf Kinder unterschiedlichen Alters thematisiert nur eine von vielen Variablen (wie z.B. Geschlecht, elterlicher Erziehungsstil, Kindtemperament, Qualität der Nachscheidungsbeziehung zwischen den Eltern, ökonomische Situation, Unterstützung im sozialen Umfeld), die man zu berücksichtigen hat, wenn es um eine differenzierte Evaluation von Scheidungseffekten bei Kindern und Jugendlichen geht. Dennoch fehlt es nicht an Versuchen, Unterschiede zwischen Kindern herauszustellen, die aus Scheidungs- bzw. Nichtscheidungsfamilien stammen. In der Regel handelt es sich dabei um Querschnittsstudien, die – wenn überhaupt – nur unzulänglich den Kontext bzw. die Entwicklungsgeschichte der miteinander verglichenen Familien berücksichtigen und von daher hinsichtlich ihrer Aussagekraft mit Vorsicht zu beurteilen sind. Da jedoch die Fülle der Studien beachtlich ist – in der Metaanalyse von Amato & Keith (1991a) wurden z.B. 92 Studien ausgewertet –, lassen sich aus den durchschnittlichen Effektstärken zumindest einige Trends ablesen, die im folgenden, gegliedert nach einzelnen Verhaltensbereichen, kurz dargestellt werden sollen (vgl. zusammenfassend hierzu Amato & Keith, 1991a, 1991b; Emery, 1988; Fthenakis, 1995; Offe, 1992; Perrez, 1996).

1. *Externalisierende Verhaltensauffälligkeiten*, wie z.B. Aggressivität und Delinquenz, zeigen sich bei Kindern – insbesondere bei Jungen – aus geschiedenen Familien häufiger als bei Kindern aus vollständigen Familien. Die in Querschnittsstudien gefundenen Geschlechtsunterschiede sind jedoch in Längsschnittsstudien nicht mehr nachweisbar, da Mädchen aus Scheidungsfamilien im Jugendalter ebenso viele psychische Probleme zu erkennen geben wie ihre männlichen Altersgenossen (vgl. Hetherington, 1993).
2. *Internalisierende Verhaltensauffälligkeiten* wie Ängste, Depressionen oder psychosomatische Störungen werden zwar als unmittelbare Reaktion auf die Scheidung berichtet, zeigen aber langfristig ein inkonsistentes Bild, so daß vermutlich differentielle Einflüsse dafür verantwortlich gemacht werden müssen, wenn sich diese Störungen verfestigen.
3. *Schul- und Leistungsprobleme* sind bei Kindern aus Scheidungsfamilien häufiger anzutreffen als bei Kindern aus vollständigen Familien. Dies betrifft insbesondere die im Schnitt schlechteren Schulnoten, eine häufigere Nichtversetzung in die nächsthöhere Klasse sowie die erhöhte Wahrscheinlichkeit von Schulausschluß oder Schulabbruch von Scheidungskindern.
4. Auch hinsichtlich ihres *Sozialverhaltens* sind Scheidungskinder ihren Altersgenossen aus vollständigen Familien unterlegen. Sie zeigen z.B. ein geringeres Ausmaß an sozialer Aktivität, verhalten sich eher scheu und zurückhaltend, sind weniger prosozial orientiert und häufiger in Konflikte mit Gleichaltrigen verwickelt. Zudem sind sie häufiger als Nicht-Scheidungskinder in der Klientel von professionellen Helfern anzutreffen.
5. Das *langfristige psychische und physische Wohlbefinden* ist nach den Befunden einer Metaanalyse von Amato und Keith (1991b) bei Scheidungskindern ebenfalls beeinträchtigt. Im Erwachsenenalter zeigen sie mehr gesundheitliche Probleme, befinden sich auf einem geringeren sozio-ökonomischen Niveau und führen schlechtere Ehen als ihre Altersgenossen aus vollständigen Familien.
6. Auch bezüglich der *Einstellung zur Ehe* und des eigenen *Ehescheidungsrisikos* unterscheiden sich Erwachsene aus geschiedenen und vollständigen Familien. Nach den Ergebnissen einschlägiger Studien erwarten Erwachsene aus Scheidungsfamilien seltener, daß ihre eigene Ehe erfolgreich sein wird. Außerdem schreiben sie ihren zukünftigen Ehepartnern eine geringere Verläßlichkeit zu. Darüber hinaus wurde in mehreren Studien bestätigt, daß die Ehen von Personen, die als Kinder und Jugendliche eine Scheidung ihrer Eltern erlebt haben, häufiger geschieden werden als die Ehen von Personen, die in vollständigen Familien aufgewachsen sind (vgl. Diekmann & Engelhardt, 1995).

Auch wenn die für die einzelnen Verhaltensbereiche gefundenen Unterschiede zwischen Kindern aus Scheidungsfamilien und vollständigen Familien statistisch gesichert sind, ist das Ausmaß der Unterschiede, gemessen an deren Effektgröße, eher gering. Hinzu kommt, daß manche der Unterschiede sich einebnen, wenn außer der Familienstruktur weitere Variablen in die Analyse einbezogen werden. Dies trifft z.B. für den zuletzt genannten Befund zu, wonach Personen, die aus Scheidungsfamilien stammen, für ihre eigene Ehe ein höheres Scheidungsrisiko aufweisen als Personen aus vollständigen Familien – ein Ergebnis, das auch Kulka und Weingarten (1979) in ihrer Studie fanden. Wenn sie jedoch in ihrer Analyse weitere Variablen wie Alter, Wohnort, sozio-ökonomischer Status der Herkunftsfamilie oder religiöse Bindung berücksichtigen, ist der Unterschied zwischen den beiden Familienformen nicht mehr nachweisbar. Solche Befunde machen darauf aufmerksam, daß die Effekte von Scheidung nicht allein auf die Veränderung der Familienstruktur zurückgeführt werden können, sondern im gesamten Lebenskontext der Familie und ihrer Mitglieder gesehen werden müssen. Noch wichtiger ist, nicht nur die mutmaßlichen Effekte einer Scheidung auf die Entwicklung von Kindern zu studieren, sondern Prozesse, die zu diesen Effekten führen. Einen Schritt in diese Richtung stellen vergleichende Längsschnittsstudien dar, die Aufschluß über die Entwicklung von Scheidungs- und Nichtscheidungskindern über einen längeren Beobachtungszeitraum ermöglichen.

4.7.3.3 Anpassungsprozesse nach der Scheidung

Eine der wenigen Längsschnittsstudien, die eine Bewertung der Anpassungsleistungen und -schwierigkeiten von Scheidungskindern im Vergleich zu Kindern aus vollständigen Familien erlaubt, ist die *Virginia Longitudinal Study of Divorce and Remarriage* (vgl. Hetherington et al., 1982; Hetherington, 1993). In dieser Studie wurden Scheidungs- und Nichtscheidungsfamilien über einen Zeitraum von 11 Jahren zu fünf Zeitpunkten untersucht. In Deutschland haben Schmidt-Denter und Beelmann (1995) eine vergleichbare Studie auf den Weg gebracht, deren zusammenfassende Befunde unlängst publiziert wurden. In der amerikanischen Untersuchung zeigt sich, daß Scheidungskinder vor allem im ersten Jahr nach der Scheidung erhebliche Anpassungsprobleme haben. Danach flachen – vor allem bei den Mädchen – die Unterschiede zwischen Scheidungs- und Nichtscheidungskindern ab, nehmen aber in der pubertären Phase – auch hier insbesondere bei den Mädchen – wieder zu. Im Alter von 15 Jahren finden sich bei den Scheidungskindern im Schnitt mehr Verhaltensprobleme aus dem externalisierenden und internalisierenden Bereich, mehr Probleme im Sozialkontakt und häufigere Schulschwierigkeiten. Darüber hinaus sind klinische Auffälligkeiten bei Scheidungskindern in dieser Altersgruppe zwei- bis dreimal häufiger anzutreffen.

Auch hier können jedoch moderierende Effekte die Befundlage verändern. So fand etwa Zaslow (1988, 1989), daß Scheidungskinder, die beim gleichgeschlechtlichen Elternteil aufwachsen, weniger psychische Probleme haben als Kinder, die nach der Scheidung mit ihrem gegengeschlechtlichen Elternteil zusammenleben. Dieser Befund läßt sich als Bestätigung für die Hypothese interpretieren, daß die Verfügbarkeit eines »passenden« Geschlechtsrollenmodells zu einer günstigeren

Identitätsentwicklung und besseren sozialen Anpassung von Scheidungskindern führt. Es zeigt sich allerdings auch, daß der Ersatz des fehlenden Elternteils durch einen Stiefvater oder eine Stiefmutter nicht notwendig mit einer Reduzierung von Verhaltensauffälligkeiten einhergeht. Hetherington (1993) berichtet, daß Scheidungskinder, die durch die Wiederheirat ihrer sorgeberechtigten Mütter zu Stiefkindern wurden, eine ähnliche Problembelastung aufweisen wie Kinder, die mit ihren alleinerziehenden Müttern zusammenleben – ein Befund, der auf spezielle Probleme von Stieffamilien hinweist.

Von besonderer Bedeutung ist die Frage, ob spezifische familiäre Verhältnisse, die bereits vor der Scheidung zu Verhaltensauffälligkeiten auf seiten der Kinder führten, eine bessere Erklärung für die nach der Scheidung beobachtbaren Verhaltensprobleme von Kindern abgeben als das »kritische Ereignis« Scheidung. Solche Fragen können nur durch prospektive Längsschnittstudien beantwortet werden, von denen es allerdings leider nur sehr wenige gibt. Block et al. (1986) konnten in einer derartigen Prospektivstudie z.B. nachweisen, daß insbesondere Jungen bereits ein Jahr vor der eigentlichen Scheidung ihrer Eltern in höherem Maße externalisierende Verhaltensauffälligkeiten (wie z.B. motorische Unruhe, Impulsivität und emotionale Labilität) zeigten als ihre Altersgenossen aus vollständigen Familien. Solche Befunde verweisen darauf, wie wichtig genauere Analysen der innerfamiliären Beziehungsprozesse vor und nach einer Scheidung sind.

Folgende Einflüsse scheinen in besonderer Weise die Entwicklung und Verfestigung von Verhaltensauffälligkeiten bei Kindern und Jugendlichen zu begünstigen: (a) ein hohes Ausmaß an *interparentalem Konflikt* im Sinne häufiger und feindselig ausgetragener Streitepisoden zwischen den Eltern, ohne daß es zu einer konstruktiven Konfliktlösung kommt; (b) ein hohes Ausmaß an *elterlicher Uneinigkeit und fehlender Gemeinsamkeit* in der Ausübung ihrer Erzieherrolle; (c) ein wenig kontrollierendes und inkonsistentes *Disziplinierungsverhalten* der Eltern – insbesondere auf seiten des sorgeberechtigten Elternteils; (d) ein elterlicher *Erziehungsstil*, der sich durch geringe emotionale Nähe und Unterstützung auszeichnet und (e) ein *»schwieriges« Kindtemperament*, das den Eltern ihre Erziehungsaufgabe erschwert. All diese Einflüsse müssen in einem systemischen Zusammenhang gesehen werden und können zudem durch das Wirken weiterer familieninterner und -externer Stressoren (z.B. Persönlichkeitsprobleme und geringe Bewältigungsfertigkeiten der Eltern, fehlende finanzielle Ressourcen, Arbeitslosigkeit, mangelnde soziale Unterstützung) noch verstärkt werden (vgl. Patterson et al., 1989).

Einen wichtigen Befund, der diese Sichtweise unterstützt, haben Schmidt-Denter, Beelmann und Hauschild (1997) in ihrer Kölner Längsschnittsstudie zu familiären Anpassungsleistungen nach einer Trennung der Eltern zu Tage gefördert. Die Autoren wählten einen differentiell-typologischen Ansatz, indem sie drei Gruppen von Eltern hinsichtlich ihrer (Ex-) Ehepartnerbeziehung unterschieden. In der ersten Gruppe bestanden aus der Sicht beider Partner auch nach der Trennung bzw. Scheidung noch relativ positive Beziehungen. Die zweite Gruppe war dadurch gekennzeichnet, daß einer der Partner eine eher positive und der andere eine eher negative Beziehungswahrnehmung aufwies, während in der dritten Gruppe beide Partner ihre Beziehung deutlich negativ einschätzten. Es ergaben sich klare Unterschiede zwischen diesen drei Gruppen bezüglich der elternseits erlebten Belastungen, der Qualität der Eltern-Kind-Beziehungen, der kindlichen Wahrnehmung der Familienbeziehungen und der kindlichen Symptombelastung im Hinblick auf Verhaltensauffälligkeiten. Dabei stellten sich in all den genannten Merkmalsbereichen die günstigsten Werte für die Eltern mit einer noch relativ positiven Partnerbeziehung ein, während die ungünstigsten Verhältnisse bei den Eltern mit negativer Gestaltung ihrer Partnerbeziehung anzutreffen waren.

Insgesamt verweisen die genannten Befunde auf die Bedeutung kontextualistischer Prozeßmodelle, in denen Scheidung nicht mehr als ein von vorneherein pathogenes Ereignis begriffen wird (vgl. Schneewind et al., 1995). Vielmehr wird in solchen Modellen das Phänomen Scheidung als eine transitorische Phase im (Familien-)Lebenszyklus gesehen (vgl. Fthenakis, 1995), die sich um so mehr als ein Entwicklungsrisiko für Kinder und Jugendliche darstellt, je vielfältiger, intensiver und langdauernder die Entwicklungsbeeinträchtigungen sind, mit denen sie sich auseinanderzusetzen haben, ohne daß sie auf entsprechende Bewältigungsressourcen zurückgreifen können. An dieser Stelle wird die Relevanz interventiver – insbesondere auch präventiver – Maßnahmen erkennbar.

4.7.3.4 Scheidungsbezogene Intervention bei Kindern und Jugendlichen

Abgesehen von der individual- und familientherapeutischen Behandlung von Kindern, die im Zusammenhang mit einer Scheidung massive klinische Störungsbilder entwickeln, gibt es eine Reihe psychoedukativer Ansätze, die im Sinne einer sekundären oder tertiären Prävention das Auftreten von Verhaltensstörungen bzw. deren Intensivierung oder Verfestigung verhindern sollen. Hierbei läßt sich nach kind-orientierten, familien-orientierten und system-orientierten Programmen unterscheiden (vgl. Grych & Fincham, 1992).

Kind-orientierte Programme versuchen zumeist in einem Gruppensetting und häufig im Kontext der Schule, den Kindern Bewältigungsstrategien zu vermitteln, die ihnen den Umgang mit den Konsequenzen einer Scheidung erleichtern sollen (vgl. hierzu das von Fthenakis et al. entwickelte Gruppeninterventionsprogramm für Trennungs- bzw. Scheidungskinder, 1995). Dabei geht es vor allem um die Klärung von Vorstellungen und Phantasien, die Kinder im Zusammenhang mit der Scheidung entwickeln; um die Auseinandersetzung mit eigenen Gefühlen wie Wut, Ärger, Trauer und Deprimiertheit; um die Bewältigung von schwierigen Situationen (z.B. Streit zwischen den Eltern); um die Aufrechterhaltung einer guten Beziehung zu beiden Eltern oder um die Nutzung von sozialer Unterstützung (z.B. im Umfeld der Gleichaltrigen).

Familien-orientierte Programme haben die Eltern als Adressaten und zielen vornehmlich auf die Verringerung interparentaler Konflikte, die Aneigung und Durchsetzung klarer Regeln im Erziehungsalltag und die Stärkung der persönlichen Bewältigungskompetenzen der Eltern im Umgang mit der Scheidung ab (vgl. Siewert, 1983).

System-orientierte Programme konzentrieren sich insbesondere auf die Kontextveränderungen, die sich bei einer Scheidung ergeben können. Hierzu gehören z.B. Einschnitte im Freundeskreis des Kindes, die sich durch einen Wohnortwechsel ergeben, mögliche Vorurteile von Lehrern und Schulkameraden, die Konsequenzen finanzieller Einbußen, die Festlegung von Unterhaltszahlungen und vor allem auch die Handhabung des Sorgerechts und der Besuchsregelungen. Diese Themen sind häufig Gegenstand einer *Scheidungsmediation*, die sich in einer vorgerichtlichen Klärung darum bemüht, die abträglichen Effekte einer Scheidung möglichst gering zu halten (vgl. Proksch, 1992). Eine methodisch vertretbare Evaluation all dieser Programme unter Einbeziehung von Kontroll- bzw. Vergleichsgruppen ist Mangelware. Wo sie dennoch erfolgte, sind die Ergebnisse ermutigend und geben einer praxisorientierten Forschung neue Impulse (vgl. Grych & Fincham, 1992).

Prävention kann allerdings noch zu einem früheren und strategisch besonders wichtigen Zeitpunkt ansetzen, nämlich bei der Partnerbeziehung selbst. Neuere Befunde zur langfristigen Wirkung der Vermittlung von Kommunikations- und Beziehungsfertigkeiten für Paare zeigen, daß durch entsprechende Präventionsprogramme nicht nur die Scheidungsrate gesenkt werden kann, sondern die Paare auf Dauer mit ihrer Partnerschaft zufriedener sind und Probleme konstruktiver zu lösen vermögen (vgl. z.B. Markman et al., 1993; Schneewind & Graf, 1999; siehe auch Kap. 6). Auch auf diesem indirekten, aber effektiven Wege lassen sich scheidungsbedingte Entwicklungsrisiken für Kinder und Jugendliche minimieren – und zwar dadurch, daß es zum einen möglicherweise gar nicht erst zur Scheidung kommt und zum anderen die Kinder in ihren Eltern kompetente Modelle für einen konstruktiven Umgang mit Konflikten erleben.

4.7.4 Geschwisterbeziehungen

Geschwister können in Krisenzeiten hilfreiche Dienste erweisen. Dies läßt sich auch im Zusammenhang mit unserem Exkurs behaupten, in dem wir der Frage nachgegangen waren, ob Trennung und Scheidung ein Entwicklungsrisiko für Kinder darstellt. So konnten Beelmann und Schmidt-Denter (1991) zeigen, daß Geschwisterkinder die Auswirkungen einer Scheidung ihrer Eltern leichter bewältigen als Einzelkinder. Das Zusammenrücken der Geschwistergruppe stellt offenkundig in vielen Fällen eine Ressource dar, die es den einzelnen Kindern erleichtert, besser mit den Widrigkeiten belasteter Familienverhältnisse zu Rande zu kommen.

Unabhängig von diesem speziellen Forschungsbefund hat in den letzten Jahren die Zahl der Veröffentlichungen, die sich mit Fragen der Geschwisterbeziehung beschäftigen, deutlich zugenommen (vgl. Brody, 1998; Cicirelli, 1994; Kasten, 1992, 1993; Bedford, 1993; v. Salisch, 1993). Mittlerweile gibt es eine Reihe von Studien, die belegen, daß sich durch das Hinzukommen weiterer Kinder zum Familienverband nicht nur die Paarbeziehung der Eltern und die Gestaltung der weiteren Eltern-Kind-Beziehung verändert, sondern auch das Familienklima insgesamt (vgl. Brüderl, 1989; Kreppner, 1988; Schneewind, 1978; Voß, 1995). Die Geschwisterbeziehung stellt einen Beziehungstypus besonderer Art dar, da sie in der Regel die am längsten währende, unaufkündbare und annähernd egalitäre menschliche Beziehung ist, die auf einer gemeinsamen Vergangenheit beruht (vgl. Bedford, 1993; Cicirelli, 1994).

Im Hinblick auf geschwisterliche Rivalitätsverhältnisse hatte bereits Adler (1920) die Bedeutung von Geschwisterkonstellationen auf die menschliche Persönlichkeitsentwicklung hervorgehoben. Toman (1991) hat seit Mitte der 50er Jahre diesen Gedanken aufgegriffen und zu einer Theorie weiterentwickelt, in der Geschlechts- und Rangkonflikte – aber auch Verluste in der Geschwisterreihe – als wesentliche Determinanten nicht nur das innerfamiliäre Beziehungsgeschehen beeinflussen, sondern genauso außerfamiliäre Beziehungen wie Freundschaften und Paarbeziehungen. So konnte Toman (1962) etwa nachweisen, daß Ehen, deren Partner inkompatible Geschwisterkonstellationen aufweisen (d.h. die hinsichtlich des Geschlechts oder der Rangposition in der Geschwisterreihe keine dem Partner entsprechenden Erfahrungen in ihren Herkunftsfamilien gemacht hatten), häufiger in Trennung und Scheidung endeten, als dies bei Ehepartnern mit komplementären Geschwisterrollen der Fall war. Trotz der hohen Plausibilität der Geschwisterkonstellationstheorie und einzelner empirischer Belege hierzu gibt es auch kritische Stimmen, die darauf hinweisen, daß bei isolierter Betrachtung die Geschwisterposition lediglich einen geringfügigen Beitrag zu Erklärung der Unterschiedlichkeit von Persönlichkeitsmerkmalen leistet (vgl. Ernst & Angst, 1983).

Aus entwicklungspsychologischer Perspektive ist es wichtig, daß es nicht nur unterschiedliche Typen von Geschwisterbeziehungen gibt (vgl. Gold, 1989; Scott, 1990), sondern daß es ebenso Veränderungen in der Qualität der Beziehungen im geschwisterlichen Lebenszyklus gibt. So ergibt sich trotz erheblicher Unterschiede zwischen einzelnen Geschwisterpaaren im Schnitt eine bis zur mittleren Lebensphase abnehmende Nähe zwischen Geschwistern, die im späten Erwachsenen- und vor allem Seniorenalter wieder deutlich zunimmt (vgl. Bedford, 1993). Besonders in der frühen Entwicklungsphase haben ältere Geschwister eine Art von »Pionierfunktion« für die nachkommenden jüngeren Geschwister (vgl. Schmidt-Denter, 1993), was etwa Rodgers und Rowe (1988) im Hinblick auf das Sexualverhalten von Jugendlichen nachweisen konnten. Zugleich fungieren ältere Geschwister – insbesondere ältere Schwestern – auch als Modelle und »Lehrerinnen« für ihre jüngeren Geschwister (vgl. Cicirelli, 1985).

Eine für Eltern immer wieder von neuem erstaunliche Beobachtung ist die Unterschiedlichkeit ihrer Kinder, obwohl sie doch – wie die Eltern meinen – unter so ähnlichen Bedingungen aufwachsen und ein hohes Maß an Gleichbehandlung erfahren. Die Forschung belegt allerdings die zuletzt genannte elterliche Überzeugung nicht. Neben der Tatsache, daß Geschwister – wenn es sich nicht um eineiige Zwillinge handelt – im Schnitt lediglich 50 % ihres Genpools teilen, ist für die Unterschiedlichkeit von Geschwisterpaaren vor allem die ungleiche Behandlung durch ihre Eltern, die Konfrontation mit unterschiedlichen Umwelten, die Qualität der Geschwisterbeziehung selbst, aber auch Unterschiede in der aktiven Aneignung objektiv gleicher Umweltgegebenheiten verantwortlich zu machen (vgl. Dunn & Plomin, 1996; Hoffman, 1991). Insbesondere wenn Eltern ihre Kinder unterschiedlich behandeln, erhöht dies den Konflikt in der Beziehung zwischen den Geschwistern und führt dazu, daß sie als Jugendliche größere Probleme miteinander haben (vgl. Brody, Stoneman & Burke, 1987; Stoneman & Brody, 1993). Auf der anderen Seite scheint jedoch eine enge Geschwisterbeziehung – vor allem wenn es sich um den Kontakt zu Schwestern handelt – das persönliche Wohlbefinden zu stärken (vgl. Cicirelli, 1989; O'Bryant, 1988).

Goetting (1986) hat für den Lebenszyklus von Geschwistern altersspezifische Entwicklungsaufgaben zusammengestellt, wobei insbesondere im späteren Lebensalter die Solidarität der Geschwister gefordert ist. Es geht dabei einerseits um die Herausforderungen, die sich im Zusammenhang mit der Regelung zur Betreuung und Pflege der alten Eltern ergeben. Hierbei zeigt sich ein starker geschlechtstypischer Effekt in dem Sinne, daß weibliche Geschwister im Vergleich zu ihren Brüdern stärker in die Pflicht genommen werden (vgl. Aldous, 1978; Brody, 1996). Andererseits geht es auch um die wechselseitige Unterstützung der Geschwister selbst, wenn sie im Alter auf finanzielle Hilfe oder Betreuung bei Gesundheitsproblemen angewiesen sind. Geschwisterliche Hilfe wird in diesen Fällen vor allem dann in Anspruch genommen, wenn keine eigenen Partner oder Kinder existieren (vgl. Gold, 1989; O'Bryant, 1988). Häufiger scheinen jedoch Geschwisterbeziehungen im Alter durch eine verstärkte psychologische Unterstützung gekennzeichnet zu sein, etwa wenn es darum geht, sich Rat zu holen oder sich wechselseitig in der gemeinsamen Sichtweise von Alltagsproblemen zu bestätigen (vgl. Avioli, 1989; Cicirelli, 1988).

4.7.5 Mehrgenerationenbeziehungen

Während die Wahrscheinlichkeit, mit Geschwistern aufzuwachsen, aufgrund des Geburtenrückgangs und des Schrumpfens von Kernfamilien geringer geworden ist, hat sich wegen der zunehmenden Lebenserwartung die Chance erhöht, daß drei oder gar vier Generationen des erweiterten Familiensystems gleichzeitig leben. Damit ergeben sich auch Voraussetzungen dafür, daß es zwischen Groß- und Urgroßeltern und ihren Enkeln bzw. Urenkeln zu aktiv gelebten Beziehungen kommen kann (vgl. Kaiser, 1993; Bien, 1994; Lüscher & Schultheis, 1993). Selbst wenn diese Beziehungen in der Regel von allen Beteiligten als positiv empfunden werden, hängt die Qualität der generationenüberspringenden Beziehungen in starkem Maße von der dazwischen stehenden, vermittelnden Generation ab. So zeigt sich etwa, daß Enkelkinder zu ihren Großeltern vor allem dann eine enge und emotional positive Beziehung haben, wenn auch die Beziehung zwischen ihren Eltern und den Großeltern nah und unkompliziert ist (vgl. Matthews & Sprey, 1985; Whitbeck, Hoyt & Huck, 1993).

Eine besondere Rolle spielen Großeltern im Falle von Trennung und Scheidung ihrer erwachsenen Kinder, wobei einiges dafür spricht, daß Großeltern nicht nur eine finanzielle und emotionale Auffangstation für ihre geschiedenen Kinder sind, sondern sich auch stärker um ihre Enkel kümmern (vgl. Gladstone, 1988; Johnson, 1988). Es gibt allerdings Zeichen dafür, daß sich die Kontaktintensität einige Zeit nach der Scheidung wieder auf das Ausmaß reduziert, das vor der Scheidung bestanden hat (vgl. Ahrons & Bowman, 1982; Johnson, 1988).

Insgesamt scheint die Beziehung zwischen Großeltern, Eltern und Enkeln eine delikate Balance von Engagement und Gewährenlassen erforderlich zu machen. So kann es vorkommen, daß beim Übergang zur Elternschaft aus der Sicht der jungen Eltern die Unterstützung der Großeltern zwar durchaus willkommen ist. Ein Zuviel davon wird aber schnell als »Einmischung« in die Belange der jungen Familie interpretiert, zumal der neugewonnene Status der Elternschaft zu einer klareren Abgrenzung von den Herkunftsfamilien führt (vgl. Thomas, 1990; Schneewind, Vaskovics et al., 1992).

Weiter oben hatten wir bereits festgestellt, daß es bei einer Reihe von Symptomen wie eheliche Instabilität oder Gewalthandlungen in der Familie Belege dafür gibt, wonach es zu einer intergenerationalen Übertragung kommt (vgl. Diekmann & Engelhardt, 1995; McLanahan & Bumpass, 1988; Kaufman & Zigler, 1987). Gleiches trifft auch für die intergenerationelle Übertragung von Eltern-Kind-Beziehungen zu (vgl. van Ijzendoorn, 1993; Schneewind, 1996; Schneewind & Ruppert, 1995, 1996). In der zuletzt genannten Studie handelt es sich um eine 16jährige Längsschnittsuntersuchung an 200 westdeutschen Familien, in der für die Zeit zwischen 1975 und 1992 eine deutliche Liberalisierung des elterlichen Erziehungsverhaltens im Generationenvergleich festgestellt werden konnte. So zeigte sich etwa, daß elterliche Erziehungsziele wie Konformität und Leistungsehrgeiz im Generationenvergleich deutlich zurückgegangen sind. Hingegen haben auf der Ebene der Erziehungseinstellungen Elternmerkmale wie Nachgiebigkeit oder Ausdruck von Gefühlen zugenommen, während hinsichtlich der Erziehungspraktiken eine Abnahme an körperlicher Bestrafung bei gleichzeitiger Zunahme an liebevoller Zuwendung zu verzeichnen ist.

Trotz dieser deutlichen Verschiebungen im Generationenvergleich läßt sich aber auch nachweisen, daß die relative Position der Parental- und Filialgeneration hinsichtlich der diversen Erziehungsstilmerkmale über die Zeit hinweg weitgehend erhalten geblieben ist. Mit anderen Worten: ein junger Vater, der aus einem Elternhaus stammt, in dem er relativ streng erzogen worden ist, wird zwar heute gegenüber seinen Kindern weniger Strenge walten lassen, dennoch wird er im Vergleich zu anderen jungen Vätern zu denen gehören, die im Kontakt mit ihren Kindern härter durchgreifen (vgl. Schneewind, 1996).

Von besonderem Belang sind Längsschnittsstudien, die über mehrere Generationen hinweg die Übertragung von Familienbeziehungen dokumentieren. In diesem Zusammenhang ist vor allem die vier Generationen umfassende Studie von Elder und seinen Mitarbeitern zu nennen (vgl. Elder, Liker & Cross, 1984). Die Autoren dieser Studie konnten zeigen, daß Kinder, die in ihrer Herkunftsfamilie ein unsensitives, kontrollierendes und feindseliges Elternverhalten erfahren hatten, als Erwachsene zu emotionaler Labilität und Unkontrolliertheit neigten. Darüber hinaus gingen diese Persönlichkeitsmerkmale mit belasteten Ehebeziehungen sowie mit Problemen am Arbeitsplatz einher. Diese Bedingungskonstellation führte wiederum zu einer Beeinträchtigung der Qualität ihres elterlichen Erziehungsverhaltens im Kontakt mit den eigenen Kindern. Diese neigten als Erwachsene ihrerseits zu Verhaltensauffälligkeiten und Eheproblemen und gingen infolgedessen weniger einfühlsam mit ihren Kindern um. Auch diese Kinder zeigten – wie ihre Eltern – gehäuft Merkmale einer instabilen Persönlichkeitsentwicklung und erzeugten somit – nunmehr in der vierten Generation – erneut die Effekte ungünstiger Sozialisationsbedingungen, unter denen sie selbst aufgewachsen waren.

Eine britische Längsschnittsstudie, in der das Elternverhalten von jungen Frauen, die in ihrer frühen und mittleren Kindheit wegen schwieriger Familienverhältnisse in einem Heim erzogen worden waren, mit dem Elternverhalten von Frauen aus unauffälligen Familienverhältnissen verglichen wurde, zeigten sich ähnliche Befunde (vgl. Quinton & Rutter, 1988). Erwähnenswert ist aber auch, daß es bei belasteten Eltern-Kind-Beziehungen in der frühen oder mittleren Kindheit nicht notwendig zu einer Übertragung dieser Beziehungserfahrungen auf die nächste Generation kommen muß. Rutter (1987) hat selbst Belege dafür beigebracht, daß es neben den ungünstigen Bedingungen früher Eltern-Kind-Beziehungen auch schützende Einflüsse im Lebensumfeld der Kinder geben kann (z.B. enger Kontakt zu einer bestimmten Person im Verwandtschaftskreis, positive Beziehungserfahrungen in der Schule).

Auch in späteren Lebensabschnitten kann es kompensierende Erfahrungen geben, (z.B. eine verläßliche und befriedigende Partnerbeziehung), die zu einer Stärkung der Eltern-Kind-Beziehung führen und insofern – wie in der weiter oben bereits erwähnten Studie von Quinton et al. (1993) – den generationsübergreifenden Zyklus an negativen Beziehungserfahrungen durchbrechen. Es sind dies im Sinne von Werner und Smith (1982) Entwicklungsbedingungen, die junge Menschen – auch wenn sie verletzlich sind – »unbesiegbar« machen. Selbst unter höchst belastenden Lebensumständen gibt es offenbar Pfade der Hoffnung in eine bessere Zukunft. An dieser Stelle bieten sich Ansatzpunkte für eine präventiv orientierte Familienentwicklungspsychologie (vgl. L'Abate, 1990; Perrez, 1994; Schneewind & Graf, 1999), die ihr Augenmerk nicht nur auf vulnerabilitätserhöhende, sondern ebenso auf belastbarkeitsstärkende Bedingungen der Entwicklung von Personen im familiären Beziehungskontext lenkt.

5 Familiendiagnostik – Zugänge zum Individuum und System

Übersicht

Das fünfte Kapitel thematisiert die zentrale Rolle der Familiendiagnostik im Rahmen familienpsychologischer Forschungs- und Anwendungspraxis. Anhand von zehn Grunddimensionen werden zentrale Positionen und methodische Zugangsweisen der familiendiagnostischen Erkenntnisgewinnung dargestellt. Zugleich werden exemplarisch einige der gebräuchlicheren familiendiagnostischen Verfahren skizziert und hinsichtlich ihres diagnostischen Ertrags beurteilt.

Bei den zehn Grunddimensionen der Familiendiagnostik handelt es sich um folgende Aspekte, die jeweils in einer dichotomen Gegenüberstellung abgehandelt werden: (1) erkenntnistheoretische Annahmen (linear vs. zirkulär), (2) begriffliche Orientierung (theoretisch vs. nicht-theoretisch), (3) Anwendungsschwerpunkt (Forschung vs. klinische Praxis), (4) Schwerpunkt der Analyse (strukturell vs. prozeßorientiert), (5) Ebene der Diagnostik (individuell vs. systembezogen), (6) Repräsentationsmodus (verbal vs. bildhaft-metaphorisch), (7) Zeitperspektive (Vergangenheit vs. Gegenwart vs. Zukunft), (8) Datenquelle (Insider vs. Outsider), (9) Datenart (subjektiv vs. objektiv), (10) Erhebungs- und Auswertungsmodus (qualitativ vs. quantitativ).

5.1 Grunddimensionen der Familiendiagnostik

Wenn wir – wie im ersten Kapitel ausführlich dargelegt – Familien als sich gemeinsam entwickelnde Personen innerhalb des Kontexts von engen oder intimen Beziehungssystemen begreifen, ist die Diagnose und Beurteilung von Familien sowohl aus der Forschungs- als auch aus der Anwendungsperspektive eine zentrale Aufgabe der Familienpsychologie. Allgemein gesprochen ist nach Grotevant (1989) *Diagnostik* »der Prozeß der Informationssammlung im Rahmen der Forschung oder der klinischen Arbeit. In der Forschung beinhaltet Diagnostik typischerweise die Operationalisierung theoretischer Konstrukte zum Zweck der Hypothesentestung oder Erkundung. In der klinischen Praxis beinhaltet Diagnostik die Sammlung von Informationen, die zur Diagnose sowie zur Behandlung und Beurteilung des Erfolgs der Intervention erforderlich sind.« (S. 108).

Im Fall der *Familiendiagnostik* zielen die einzuholenden Informationen vornehmlich auf die Struktur und die Prozesse von intimen Beziehungssystemen ab, sofern sie ihre einzelnen Mitglieder beeinflussen bzw. von ihnen beeinflußt werden. Darüber hinaus hat die Familiendiagnostik auch Informationen zu berücksichtigen, die sich auf andere nicht-familiäre Beziehungssysteme beziehen. In Abhängigkeit vom grundlegenden Erkenntnisinteresse, d.h. Forschung oder kli-

Tab. 5.1: Grunddimensionen der Familiendiagnostik

I	**Erkenntnistheoretische Annahmen:** linear vs. zirkulär
II	**Begrifflich Orientierung:** theoretisch vs. nicht-theoretisch
III	**Anwendungsschwerpunkt:** Forschung vs. klinische Praxis
IV	**Schwerpunkt der Analyse:** strukturell vs. prozeßorientiert
V	**Ebene der Diagnostik:** individuell vs. systembezogen
VI	**Repräsentationsmodus:** verbal vs. bildhaft-metaphorisch
VII	**Zeitperspektive:** Vergangenheit vs. Gegenwart vs. Zukunft
VIII	**Datenquelle:** Insider vs. Outsider
XI	**Datenart:** subjektiv vs. objektiv
X	**Erhebungs- und Auswertungsmodus:** qualitativ vs. quantitativ

nische Praxis, können die Ziele der Familiendiagnostik sehr unterschiedlich sein, obwohl sie – wie wir später noch sehen werden – keineswegs miteinander unverträglich sein müssen.

Informationssammlung in der Familiendiagnostik beinhaltet naturgemäß die Anwendung bestimmter Verfahren und Techniken. Statt eines Überblicks über die Fülle der Methoden, die in der Familiendiagnostik Verwendung finden – eine Aufgabe, um die sich eine Reihe von Autoren in den letzten Jahren Verdienste erworben hat (z.B. Cierpka, 1988, 1996; Filsinger, 1983; Hank, Hahlweg & Klann, 1990; Grotevant & Carlson, 1989; Jacob & Tennenbaum, 1988; Markman & Notarius, 1987; Touliatos, Perlmutter & Straus, 1990) – werden wir im folgenden ausführlicher auf eine Reihe von Kriterien eingehen, die eine Beurteilung der verschiedenen Ansätze der Familiendiagnostik erlauben. Die in Tabelle 5.1 wiedergegebenen zehn Dimensionen werden für diesen Zweck als besonders wichtig erachtet.

In den folgenden Abschnitten werden wir nun die Gegensätzlichkeiten diskutieren, die in jeder dieser zehn Dimensionen enthalten sind. Zugleich werden wir beispielhaft auf entsprechende diagnostische Methoden eingehen, wie sie in verschiedenen Anwendungsfeldern der Familiendiagnostik zum Einsatz kommen.

5.2 Erkenntnistheoretische Annahmen: linear vs. zirkulär

Bei diesem familiendiagnostischen Beurteilungskriterium handelt es sich um einen der grundlegendsten Aspekte, der Auskunft darüber gibt, wie man sich in der familienpsychologischen Forschung oder Praxis prinzipiell dem Studium von Familien nähert. Dabei lassen sich zwei paradigmatische Ansätze unterscheiden. Zum einen ist dies der *linear-reduktionistische Ansatz*, der auf kausalen oder konditionalen Beziehungen beruht, die dem Typus von »Wenn-Dann«-, »Ursache-Folgen«- oder »A führt zu B«-Aussagen zuzurechnen sind. Ein Beispiel für eine linear-reduktionistische Denkweise wäre etwa, wenn das zunehmende Umsorgen eines Ehemanns gegenüber seiner Frau als Folge einer depressiven Stimmungslage von seiten der Frau gesehen wird.

Die Verfechter eines gänzlich unterschiedlichen Ansatzes, die viel der Arbeit von Gregory Bateson (1982) verdanken, würden annehmen, daß es *rekursive* oder *zirkuläre Beziehungen* zwischen den früher als Ursache und Folge bezeichneten Phänomenen gibt. Entsprechend dieser Auffassung macht die Unterscheidung zwischen Ursache und Folge keinen Sinn mehr, da es von der Art der Gliederung oder – wie Watzlawick, Beavin und Jackson (1967) es genannt haben – von der »Interpunktion« einer Sequenz von Interaktionsereignissen abhängt, ob ein bestimmtes Ereignis als Ursache oder Effekt konstruiert wird. Mit anderen Worten: Vor der Henne gibt es immer schon ein Ei – oder umgekehrt.

So kann etwa das gerade angeführte Beispiel einer depressiven Frau, die bei ihrem Mann ein größeres Ausmaß an Aufmerksamkeit »verursacht«, ganz unterschiedlich interpretiert werden, wenn man nach wiederkehrenden Ereignissen im Interaktionsfluß dieses Paares Ausschau hält und diese in einer zirkulären Weise ordnet. Es könnte z.B. sein, daß die erhöhte Aufmerksamkeit des Ehemannes seine Frau dazu »veranlaßt«, sich von ihrer depressiven Stimmung zu erholen, was wiederum ihren Mann dazu bringt, sich weniger um sie zu kümmern. Dies mag jedoch bei der Frau eine weitere depressive Episode auslösen, was ihren Mann wiederum dazu bewegt, ihr mehr Zeit und Aufmerksamkeit zu widmen. Und so geht das »Spiel« weiter und weiter. Abb. 5.1 zeigt die zirkuläre Struktur dieser Interaktionsabfolge. Zugleich macht Abb. 5.1 auch sichtbar, daß Ursachen und Folgen miteinander verschränkt sind oder genauer, daß ein und dasselbe Ereignis das eine Mal »Ursache« und das andere Mal »Folge« sein kann, je nachdem, wo man in dem Interaktionskreis mit seinen Erklärungsbemühungen beginnt.

Obwohl das Konzept der »zirkulären Kausalität« recht überzeugend klingt und auch zu einer wirklich systemischen Sichtweise von interpersonalen Beziehungen zu führen scheint, sollte nicht unerwähnt bleiben, daß wir damit immer

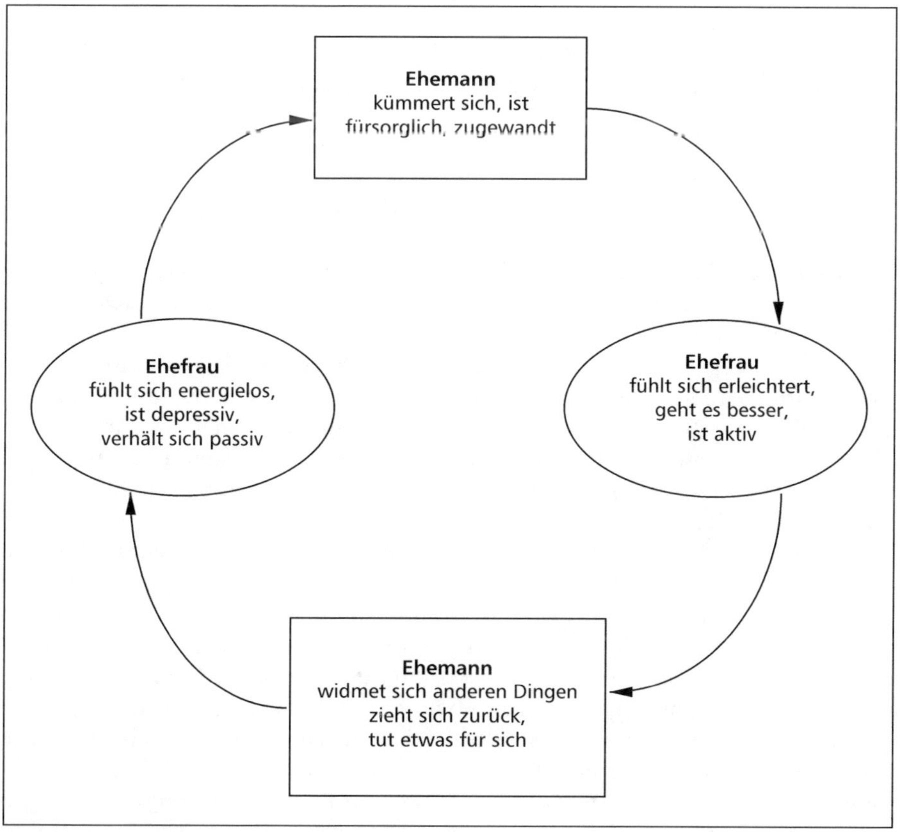

Abb. 5.1: Zirkuläre Struktur einer Partnerbeziehung

noch nicht die »ganze Geschichte« kennen, die hinter den beobachtbaren Wechselbeziehungen von zwei oder mehr Personen stehen. Um dies zu veranschaulichen, wollen wir uns nochmals der schon erwähnten Interaktion zwischen dem Ehemann und seiner depressiven Frau zuwenden. Können wir wirklich die Zirkularität des Verhaltensaustausches zwischen diesen beiden Partnern als eine hinreichende Erklärung für ihr Verhalten akzeptieren? Sind wir nicht versucht zu fragen, woher es denn eigentlich kommt, daß die Frau die Nähe und Unterstützung ihres Mannes wünscht, und warum er möglicherweise ein Bedürfnis nach größerer Distanz und Bewegungsfreiheit hat?

Um solche Fragen zu beantworten, müßten wir uns um weitere Informationen zu den persönlichen Bedürfnissen beider Partner bemühen. So könnte es z.B. sein, daß es bei den beiden eine fehlende Balance zwischen zwei grundlegenden Strebungen gibt, die von Bakan (1966) als »Eigenständigkeit« (agency) und »Gemeinschaftlichkeit« (communion) bezeichnet wurden. Möglicherweise hat sich die Intensität dieser grundlegenden Bedürfnisse bei beiden Partnern unterschiedlich entwickelt, wobei das Bedürfnis nach Absonderung und Distanz bei dem Ehemann stärker ausgeprägt ist, während das Bedürfnis nach Nähe und Zusammengehörigkeit im Leben der Ehefrau das dominante Thema ist. Vorausgesetzt, diese Annahmen ließen sich mit Hilfe entsprechender diagnostischer Instrumente bestätigen (vgl. McAdams, 1988; Wiggins, 1991), so würde dies das zirkuläre Paarverhalten in einem anderen Licht erscheinen lassen. Im übrigen wäre dies eine »lineare« Erklärung, da die beiden einander gegenüberstehenden persönlichen Bedürfnissysteme zumindest teilweise als Kausalfaktoren begriffen werden können, die das zirkuläre Interaktionsmuster dieses Paares hervorbringen.

Wenn wir noch einen Schritt weitergehen, können wir uns fragen, welche Bedingungen dazu geführt haben mögen, daß der Ehemann ein ausgeprägteres Streben nach Eigenständigkeit entwickelt hat, während sich bei seiner Frau das Bedürfnis nach Nähe stärker durchgesetzt hat. Früher oder später würden wir wahrscheinlich um eine gründlichere Analyse der Entwicklungsgeschichte beider Partner nicht herumkommen. Dabei hätten wir ein besonderes Augenmerk auf die Erfahrungen zu legen, die sie in ihren entsprechenden Herkunftsfamilien oder in anderen relevanten sozialen Bezügen gemacht haben. Wir können annehmen, daß diese Beziehungserfahrungen ihren persönlichen Beziehungsstil im Kontakt mit anderen Personen entscheidend mitgeformt haben. Dies trifft auch für die beiden Basisbedürfnisse nach Eigenständigkeit und Gemeinschaftlichkeit zu. Durch eine Rekonstruktion der Entstehungsbedingungen dieser persönlichen Bedürfnisdispositionen, die noch immer im gegenwärtigen Persönlichkeitssystem aktiv sind und somit einen Einfluß auf das momentane Beziehungsgeschehen haben, könnte es gelingen, einen umfassenderen und tiefergehenden Einblick in das Beziehungsgefüge dieses Paares zu gewinnen.

So betrachtet, muß »lineares« und »zirkuläres« Denken sich nicht notwendig ausschließen. Vielmehr können sich – wie wir an dem obigen Beispiel gesehen haben – Konzepte wie persönliche Bedürfnisse als nützliche lineare Erklärungen anbieten. Diese Konzepte beziehen sich gewissermaßen auf kondensierte Erfahrungen innerhalb des Kontexts von zirkulär geordneten Beziehungserfahrungen in der Vergangenheit und nehmen als solche auf gegenwärtige Beziehungen Einfluß, wobei diese wiederum einem Muster von zirkulären Interaktionen folgen.

Daß lineare und zirkuläre Ansätze sich gegenseitig ergänzen, kann auch mit Blick auf eines der wichtigsten Werkzeuge der Familiendiagnostik – das Familieninterview – demonstriert werden. Tomm (1989; 1994) hat vorgeschlagen, Interviewfragen in vier Kategorien zu gruppieren, je nachdem, ob der Interviewer *lineare* oder *zirkuläre Annahmen* verfolgt oder ob er *orientierende Fragen* (d.h. Fragen, die sich auf eine Definition oder Spezifikation des Problems beziehen) oder *beeinflussende Fragen* (d.h. Fragen, die eine therapeutische oder veränderungsauslösende Absicht verfolgen) stellt. Im Rahmen der Familiendiagnostik – insbesondere während des ersten Familieninterviews – wird der Interviewer sich vornehmlich auf orientierende Fragen mit linearer oder zirkulärer Ausrichtung beziehen. Wir werden uns daher auf diese beiden Typen von Fragen beschränken.

Linear orientierende – oder einfach lineare – Fragen werden nach Tomm (1989) mit einer »investigatorischen Absicht« gefragt. In diesem Fall versucht der Interviewer die Besonderheiten eines präsentierten Problems herauszufinden. Wenn wir uns erneut dem Beispiel des Paares mit der depressiven Ehefrau zuwenden, kann der Interviewer an die Frau eine Reihe von linearen Fragen stellen, um ein genaueres Bild von den Symptomen, dem Beginn, den Begleitumständen, den subjektiven Erklärungen etc. ihrer Depression zu bekommen. Die Fragen können z.B. von den Definitionskriterien für Depression nach dem DSM IV inspiriert sein (Saß et al. 1998; Kühner, 1997) und sich wie folgt anhören: »Haben Sie Schlafprobleme?«, »Bleiben Sie länger im Bett liegen als gewöhnlich?«, »Gibt es etwas, worüber Sie sich wirklich Sorgen machen?«, »Wie erklären Sie sich selbst, daß Sie sich bedrückt und energielos fühlen?« etc. Natürlich können dieselben Fragen in entsprechender Umformulierung genauso an den Ehemann gerichtet werden, um seine Sichtweise von den Besonderheiten der depressiven Verstimmung seiner Frau zu erfahren. Auch in diesem Fall wäre jedoch der Typus der Fragen linear und die Frageabsicht investigatorisch.

Im Gegensatz dazu würden zirkuläre Fragen auf die Einbettung des präsentierten Problems in einen Beziehungskontext abzielen. Die Annahme dabei ist, daß das symptomatische Verhalten nicht bloß als eine isolierte Einheit besteht, sondern vielmehr als ein Ereignis, auf das andere Personen, die mit dem »Symptomträger« mehr oder weniger verbunden sind, unterschiedlich reagieren. Nach Tomm (1989) stellt der Interviewer diese Fragen mit einer »exploratorischen Absicht«, um die Muster von wiederkehrenden Ereignissen aufzudecken, die mit dem präsentierten Problem einhergehen. Eine Sequenz von zirkulären Fragen und ihre entsprechenden Antworten kann sich dabei in einer Weise entwickeln, wie sie in dem folgenden Interviewausschnitt wiedergegeben wird:

Interviewer: »Was, glauben Sie, geht in Ihrem Mann vor, wenn Sie sich abgeschlagen fühlen und am Morgen nicht aufstehen wollen?«
Ehefrau: »Ich glaube, er macht sich Sorgen um mich.«
Interviewer: »Und wie zeigt er, daß er sich Sorgen macht?«
Ehefrau: »Er ist dann wirklich nett zu mir. Er bringt mir Tee und etwas zu essen. Dann nimmt er meine Hand und spricht mit mir. Er tut wirklich alles, damit ich mich wohlfühle und daß es mir besser geht.«
Interviewer: »Er kümmert sich wirklich um Sie, nicht wahr? Und was fühlen Sie dabei?«

Ehefrau: »Naja, ich habe so etwas wie gemischte Gefühle. Auf der einen Seite genieße ich es natürlich, wenn er bei mir bleibt und eine Menge Dinge mit mir macht. Auf der anderen Seite fühle ich mich ein bißchen schuldig, daß ich nicht richtig selbst für mich sorgen kann. Es stört mich auch, daß ich ihm soviel von seiner Zeit stehle.«
Interviewer: »Und welches der beiden gemischten Gefühle wird schließlich die Oberhand behalten?«
Ehefrau: »Naja, es kommt dann schon vor, daß ich mir sage, reiß dich zusammen und benimm dich nicht so wie ein hilfloses, dummes kleines Mädchen, und dann stehe ich gewöhnlich auf und versuche etwas im Haus zu machen.«
Interviewer: »Sie fühlen sich also dann besser?«
Ehefrau: »Nicht wirklich besser, aber wenigstens ein bißchen erleichtert. Ich versuche halt, irgendwie weiterzumachen.«
Interviewer: »Und was, glauben Sie, geht in Ihrem Mann vor, wenn Sie anfangen, im Haus zu arbeiten?«
Ehefrau: »Ich weiß nicht, aber ich glaube, er ist auch ein bißchen erleichtert. Wissen Sie, er ist furchtbar beschäftigt und braucht wirklich eine Menge Zeit, um mit seiner Arbeit fertig zu werden.«
Interviewer: »Was also passiert, ist, daß er sich mehr seiner Arbeit widmet, wenn es Ihnen wieder besser geht?«
Ehefrau: »Ja, so ist es.«
Interviewer: »Und Sie, was machen Sie dann?«
Ehefrau: »Naja, ich fange dann wieder an, vor mich hinzubrüten und habe das Gefühl, wieder in dieses schwarze Loch zu fallen.«

Dieser Interviewausschnitt demonstriert, wie der Interviewer herauszufinden versucht, welche Beziehungen in der Sicht der Ehefrau zwischen ihren eigenen Verhaltensweisen, Gefühlen und Gedanken und den entsprechenden Verhaltensweisen, Gefühlen und Gedanken ihres Ehemannes bestehen. Der Interviewer könnte natürlich dem Ehemann ähnliche Fragen stellen, oder er könnte ein Paar-Interview durchführen, indem er mit seinen zirkulären Fragen zwischen den beiden Partnern hin und her springt. Vorausgesetzt, daß der Interviewer in beiden Fällen zu ähnlichen Ergebnissen kommt, würde dies das zirkuläre Interaktionsmuster bestätigen, das in Abb. 5.1 dargestellt ist.

Der potentielle Nutzen von zirkulären Fragen als einem Hilfsmittel zur »Kontextualisierung« von Ereignissen, die auf den ersten Blick isolierte und funktionell schwer zu deutende Phänomene zu sein scheinen, ist von einer Reihe von Autoren überzeugend unter Beweis gestellt worden (vgl. Selvini Palazzoli et al. 1981; Penn 1982; v. Schlippe & Schweitzer, 1996; Tomm, 1985). Diese Autoren unterscheiden zwischen verschiedenen Arten von zirkulären Fragen. Darüber hinaus erläutern sie an entsprechenden Beispielen, wie zirkuläre Fragen gefragt werden können. Im übrigen bietet ein gründliches Training in der Durchführung von Interviews auf der Basis von zirkulären Fragen eine gute Möglichkeit, die systemische Sichtweise im Bereich der Familiendiagnostik verstehbar zu machen (vgl. Fleuridas, Nelson & Rosenthal 1986; Terry 1989; v. Schlippe, Molter & Böhmer, 1994). Dennoch sollten wir uns daran erinnern, daß sowohl lineare als auch zirkuläre Fragen ihre Vorteile haben, wenn man ein Familien- bzw. familienorientiertes Interview durchführt. Wir können daher schlußfolgern, daß jemand, der ein Familiengespräch führt, für diese Aufgabe am besten vorbereitet ist, wenn er beide Fragetypen in einer flexiblen und intelligenten Weise einsetzen kann.

5.3 Begriffliche Orientierung: theoretisch vs. nicht-theoretisch

So sehr wir es auch beklagen mögen: Eine einheitliche Theorie der Familie ist nicht in Sicht. Statt dessen gibt es eine Fülle von »Schulen«, »Modellen«, »Paradigmen«, »theoretischen Ansätzen«, »Konzeptualisierungen« etc. Parallel dazu ist ein stetiges Anwachsen der Zahl an Variablen und Techniken zu verzeichnen, die im Bereich der Familiendiagnostik Anwendung finden. So haben z.B. Grotevant und Carlson (1989) in ihrem Überblick über 70 Meßinstrumente und Kodierungsschemata zur Familiendiagnostik gefunden, daß mit diesen Instrumenten mehr als 450 verschiedene Familienvariablen erfaßt werden. Noch eindrucksvoller ist die Liste von nahezu 1.000 Verfahren zur Erfassung von Familienvariablen, die in dem von Touliatos, Perlmutter und Straus (1990) herausgegebenen »Handbook of family measurement techniques« aufgeführt sind.

Wie kann man sich auch nur annäherungsweise in diesem Dschungel an Informationen zurechtfinden? Gibt es irgendwelche Richtlinien, die einem helfen können, die Spreu vom Weizen zu trennen?

Zuallererst hängt es natürlich von der bevorzugten theoretischen Grundhaltung eines Familienpsychologen ab, welche Verfahren er – wenn er sich schon nicht mit seiner »Intuition« oder seinem »gesunden Menschenverstand« begnügen will – für Zwecke der Diagnose und Beurteilung von Familien anwendet. Vermutlich wird kaum jemand der Feststellung widersprechen, daß z.B. ein psychoanalytisch orientierter Familientherapeut mit seinem Schwerpunkt auf unbewußten Prozessen der Übertragung und Gegenübertragung ganz andere Verfahren der Familiendiagnostik verwendet als ein verhaltenstheoretisch orientierter Familientherapeut, der sich vornehmlich mit dem offen beobachtbaren Verhalten der miteinander interagierenden Familienmitglieder beschäftigt. In beiden Fällen würden jedoch die entsprechenden Ansätze zur Familiendiagnostik von theoretischen Überlegungen geleitet sein. Auf der anderen Seite des Theoriekontinuums finden wir Ansätze der Familiendiagnostik, die – manchmal sogar in voller Absicht – ohne jeglichen Theoriebezug sind. Wir nennen diese Ansätze daher »nicht-theoretisch«, obwohl wir uns darüber im klaren sind, daß es so etwas wie eine »theoriefreie« Diagnostik nicht gibt. Vielmehr soll behauptet werden, daß vortheoretische Annahmen schon immer einen Einfluß auf die Selektion und die Anwendung von konkreten diagnostischen Verfahren haben.

Ein Beispiel für einen relativ »nicht-theoretischen« Ansatz ist die Methode der »klinischen Listen«, die Fisher (1976) in seinem kritischen Überblick über die Dimensionen der Familiendiagnostik als eine Hauptquelle von diagnostischen Methoden bezeichnet. Nach Fisher (1976) beziehen sich diese Listen auf »eine

Anzahl von Dimensionen, die aus der klinischen Erfahrung abgeleitet wurden und sich als hilfreich für die klinische Diagnose von Familien erwiesen haben. Sie alle haben zum Ziel, den Praktiker mit einem brauchbaren Format zur Familiendiagnostik zu versorgen und zwar ohne die zusätzliche Komplikation von ›theoretischen Formulierungen‹.« (S. 374). So besteht z.B. der Ansatz zur Familiendiagnostik, der von der Group of Advancement of Psychiatry (1970) vorgeschlagen wurde, aus einem zwölf Punkte umfassenden Leitfaden. Dieser Leitfaden umfaßt Kategorien wie: präsentiertes Problem, Zusammensetzung der Familie, intergenerationaler Kontext, Entwicklungshintergrund der Eltern, Verlauf der Familienentwicklung etc. und orientiert sich stark an der traditionellen fallbezogenen Anamnese-Methode in ihrer Anwendung auf den Funktionsbereich Familie.

Wenn wir uns auf dem Theoriekontinuum noch einmal eher dem theorieorientierten Pol zuwenden, können wir uns die Frage stellen, ob die Bindung an eine bestimmte Theorie auch gewährleistet, daß wir uns mit unserer Familiendiagnostik sicher fühlen können. Leider stimmt das so nicht. In vielen Fällen sind die Bindeglieder zwischen Theorie und Diagnostik ziemlich schwach, und es hat den Anschein, daß eine Stärkung dieser Bindeglieder eine wichtige Aufgabe ist, um den Fortschritt auf dem Gebiet der Familiendiagnostik in Gang zu bringen. Grotevant (1989, S. 109) hat die folgenden fünf Prinzipien vorgeschlagen, die bei der Verfolgung dieses Ziels hilfreich sein können.

(1) »Theorie sollte die Domäne des untersuchten familiären Funktionsbereichs spezifizieren, so daß die gesamte relevante Domäne ausgelotet werden kann.« Die relevanten Domänen können sich z.B. auf ein einziges Konzept (etwa Familienmacht oder Familienkonflikt) beziehen, oder sie können größere Funktionsbereiche der Familie umfassen (z.B. strukturelle Merkmale, Kontrolle und Sanktionen, Emotionen und Bedürfnisse, kulturelle Aspekte), wie sie Fisher (1976) in seinem Aufsatz dargestellt hat.

(2) »Theorie sollte zu klaren Definitionen von Konstrukten und Variablen beitragen.« Obwohl dies gewöhnlich als eine grundlegende Erfordernis anerkannt wird, hat sich dennoch gezeigt, daß synonym gebrauchte Konzepte wie »Familienkohäsion« buchstäblich unkorreliert waren, wenn sie mit unterschiedlichen Instrumenten gemessen wurden. Dieser Befund ließ Oliveri und Reiss (1984, S. 33) zu der Schlußfolgerung kommen, daß im Bereich der Messung von Familienkonzepten »die Dinge selten das sind, was sie zu sein scheinen«. Eine mögliche Lösung für dieses Problem ist die Anwendung von Skinners (1987) »Konstrukt-Validierungs-Paradigma«, das eine sorgfältige Beachtung von theoretischen, strukturellen und externen Validierungsaspekten fordert, wenn theoretisch fruchtbare Familienkonzepte entwickelt werden sollen.

(3) »Theorien sollten zu Entscheidungen über diagnostische Strategien anregen.« Eine wichtige Implikation dieses Prinzips besteht darin, daß die gesammelten Informationen mit den grundlegenden Annahmen einer Theorie in Einklang stehen sollten. So würde es z.B. wenig sinnvoll sein, den Familien-Rorschach-Test (vgl. Loveland, Wynne & Singer, 1963; Willi, 1973) in der Absicht anzuwenden,

mit den entsprechenden Daten Minuchins (1977) Modell der strukturellen Familientherapie zu untermauern.

(4) »Theorie sollte für das Dilemma der ›Analyseebene‹ eine hilfreiche Funktion haben.« Wie wir später noch sehen werden, wenn wir uns mit dem Thema »Mehrebenendiagnostik« auseinandersetzen, macht es einen Unterschied, ob Familiendiagnostik sich auf ein individuelles Familienmitglied, auf ein Subsystem innerhalb der Familie (z.B. das Ehepaar- oder Geschwister-Subsystem) oder auf das Familiensystem als Ganzes bezieht. In Abhängigkeit von der Systemebene, auf der die Daten erhoben wurden, können die Ergebnisse bei einem Vergleich über die verschiedenen Ebenen sehr unterschiedlich ausfallen. Dies ist besonders wahrscheinlich, wenn unterschiedliche Erhebungsmethoden auf verschiedenen Systemebenen angewandt wurden. Daher sollte eine Theorie idealerweise nicht nur die erfaßten Konstrukte auf den verschiedenen Systemebenen spezifizieren, sondern auch deren Beziehungen über die verschiedenen Systemebenen hinweg.

(5) »Zwischen Theorie und Diagnostik sollte eine interaktive Beziehung bestehen.« Bei diesem Prinzip geht es um die dynamische Beziehung von Theoriebildung und die Entwicklung bzw. Verfeinerung von entsprechenden diagnostischen Techniken. Ein Teil dieses Vorgangs findet seinen Ausdruck in den Revisionen von einigen der besser bekannten familiendiagnostischen Instrumente. Dies ist z.B. der Fall mit Olsons *Family Adaptability and Cohesion Evaluation Scales* (FACES), die zwischenzeitlich durch zwei Revisionen gegangen sind und nunmehr als FACES III verfügbar sind (vgl. Olson, Portner & Lavee, 1985).

Wenn man diese fünf Prinzipien noch einmal Revue passieren läßt, dann stellt sich die Frage: gibt es überhaupt positive Beispiele für eine theoriegeleitete Entwicklung von familiendiagnostischen Instrumenten? Je nachdem, welche Maßstäbe man anlegt, sind solche Beispiele tatsächlich schwer zu finden. Trotzdem werden wir zwei entsprechendeVerfahren kurz vorstellen, obwohl einschränkend gesagt werden muß, daß sie sich beide noch mehr oder weniger auf dem Stand von Forschungsinstrumenten befinden und einer weiteren Verbesserung bedürfen.

Das erste Beispiel ist das *Family Assessment Measure* (FAM III), das von Skinner, Steinhauer und Santa-Barbara (1983) entwickelt und von Cierpka und Frevert (1995) als *Familienbögen* (FB) für den deutschen Sprachraum adaptiert wurde. Auf der Basis einer Erweiterung des *McMaster Model of Family Functioning* (vgl. Epstein, Bishop & Levin, 1978) konzipierten die Autoren ein *Process Model of Family Functioning*, für das Steinhauer (1987) eine detaillierte Beschreibung vorgelegt hat. Eine kurze Zusammenfassung, die jeweils in Klammern die relevanten theoretischen Konstrukte enthält, findet sich in einem Beitrag von Skinner (1987). Dort heißt es: »das umfassende Ziel der Familie ist die erfolgreiche Erfüllung einer Reihe von grundlegenden, entwicklungsorientierten und krisenbezogenen Aufgaben (*Aufgabenerfüllung*). Eine erfolgreiche Aufgabenerfüllung beinhaltet die Differenzierung und Ausübung von unterschiedlichen Rollen (*Rollenverhalten*); Kommunikation von wesentlichen Informationen (*Kommunikation*) einschließlich der Äußerung von Affekten (*Affektausdruck*); das Ausmaß und die Qualität des Interesses, das die Familienmitglieder aneinander haben

(*Involviertheit*); und den Prozeß, durch den die Familienmitglieder sich wechselseitig beeinflussen (*Kontrolle*). In einer allgemeineren Perspektive kann die Art und Weise, wie die Familie Aufgaben definiert und wie sie mit der Erfüllung ihrer Aufgaben umgeht, zu einem großen Teil von spezifischen kulturellen Bedingungen und Einflüssen des Familienhintergrunds bestimmt sein (*Werte und Normen*).« (S. 440).

Um die sieben theoretisch abgeleiteten Konstrukte zu erfassen (d.h. Aufgabenerfüllung, Rollenausübung etc.) haben die Autoren einen entsprechenden Fragebogen entwickelt. In seiner gegenwärtigen Form besteht die deutsche Version des FAM III – die *Familienbögen* (vgl. Cierpka & Frevert, 1995) – aus drei Skalen zur Erfassung von Stärken und Schwächen von Familien auf drei Systemebenen, d.h. der Ebene der gesamten Familie, der Ebene der dyadischen Beziehungen innerhalb der Familie (z.B. Ehefrau-Ehemann, Mutter-Kind) und der Ebene der individuellen Familienmitglieder. Auf allen drei Systemebenen werden dieselben theoretischen Konstrukte erfaßt und erlauben somit Vergleiche über die verschiedenen Ebenen hinweg. Die Autoren geben an, daß sie die Familienbögen als ein Meßinstrument zur Erfassung des Therapieprozesses und -erfolges sowie als ein Verfahren zur Analyse von Familienprozessen in Forschungsstudien entwickelt haben. Obwohl die Familienbögen noch einer weiteren psychometrischen Verfeinerung bedürfen, muß den Autoren attestiert werden, daß sie dieses Instrument konsequent auf der Basis theoretischer Überlegungen entwickelt haben. Auch versprechen die Familienbögen eine beträchtliche Nützlichkeit im Anwendungsbereich von klinischen und Forschungsfragestellungen (vgl. Adler et al., 1994; Benninghoven et al., 1996).

Das zweite Beispiel einer theorieorientierten Methodenentwicklung bezieht sich ebenfalls auf ein Selbstberichtverfahren, das in diesem Fall auf Minuchins (1977) Modell der strukturellen Familientherapie beruht. Das Verfahren trägt den Namen *Structural Family Interaction Scale-Revised* (SFIS-R) und wurde von Perosa, Hansen und Perosa (1981; vgl. auch Perosa & Perosa, 1982) entwickelt. Die SFIS-R umfaßt folgende acht faktorenanalytisch gewonnenen Subskalen: (1) Partnerkonflikt – mit Lösung/ohne Lösung, (2) Elternkoalition/generationsübergreifende Triaden, (3) Vater-Kind Kohäsion/Entfremdung, (4) Mutter-Kind Kohäsion/ Entfremdung, (5) Flexibilität/Rigidität, (6) Vermeidung/Ausdrucksfreude, (7) Familienkonflikt Vermeidung/Zulassung, (8) Überbehütung/Autonomie.

Hinsichtlich der Informationen zur Validität steckt die SFIS-R noch in den Kinderschuhen. Trotzdem ist es bislang das einzige Selbstberichtverfahren, das auf der Basis von Minuchins Theorie entwickelt wurde und somit für all diejenigen von besonderem Interesse sein könnte, die mit dem Ansatz der strukturellen Familientherapie arbeiten.

Wie jede andere Theorie auch haben die beiden soeben genannten theoretischen Ansätze ihre spezielle »Bandbreite des Nutzens« (Kelly, 1955). Dies birgt die Gefahr in sich, daß die Sicht eines Forschers oder Klinikers vom Funktionsniveau einer Familie ungerechtfertigterweise eingeschränkt wird. Aus diesem Grund ist es besonders wichtig, verschiedene familiendiagnostische Instrumente aus unterschiedlichen Theorien miteinander zu vergleichen und empirisch zu beurteilen (vgl. Bloom 1985; Hampson, Beavers & Hulgus, 1989). Dies ist ein Weg zur Annäherung an das Ziel einer genaueren und umfassenderen Diagnostik der Funktionsbereiche, die für das Familienleben wichtig sind. An dieser Stelle sind noch erhebliche Forschungsanstrengungen erforderlich.

5.4 Anwendungsschwerpunkt: Forschung vs. klinische Praxis

Obwohl allgemein anerkannt wird, daß der Fortschritt einer wissenschaftlichen Disziplin wesentlich von der Wechselwirkung und der gegenseitigen Befruchtung der Grundlagenforschung einerseits und ihrer praxisorientierten Anwendung andererseits abhängt, sind die Ziele von Forschung und Praxis in vielerlei Hinsicht unterschiedlich. Dies trifft auch für den Bereich der Familienpsychologie und speziell für die Familiendiagnostik zu.

In der *Familienforschung* besteht die Hauptaufgabe der Familiendiagnostik darin, empirische Indikatoren für theoretische Konstrukte bereitzustellen und deren Nützlichkeit als Definitionselemente dieser Konstrukte zu demonstrieren. Wenn diese Konstrukte hinreichend empirisch verankert sind, können die Beziehungen, die unter ihnen bestehen, anhand theoriegeleiteter Hypothesen überprüft werden. Familiendiagnostik dient somit primär dem Ziel, eine empirische Basis zur Überprüfung, Verfeinerung und Erweiterung von Theorien zu ermöglichen, die etwas über die Funktionsweise von Familien aussagen.

Wir wollen dies am Beispiel des Konzepts »Familienmacht« verdeutlichen. Nach McDonald (1980) hat man zunächst zwischen verschiedenen *Machteinheiten* wie Ehemacht, Elternmacht, Kindermacht, Geschwistermacht oder Verwandtschaftsmacht zu unterscheiden. Darüber hinaus ergeben sich für jede dieser Machteinheiten unterschiedliche *Machtdomänen*. In Anlehnung an Cromwell und Olson (1975) gibt es wenigstens drei verschiedene Machtdomänen, nämlich *Machtgrundlagen* (d.h. Ressourcen wie Autorität, ökonomische, affektive, persönliche, kognitive Grundlagen der Macht), *Machtprozesse* (d.h. Kontrollversuche wie Beeinflussung, Überredung, Durchsetzung) und *Machtergebnisse* (d.h. Kontrolle durch Entscheidungsfindung, Definition von Familienwirklichkeiten etc.).

Wenn ein gewisses Maß an begrifflicher Klarheit erreicht ist, müssen die verschiedenen Komponenten von »Familienmacht« anhand geeigneter empirischer Indikatoren operationalisiert werden. So kann z.B. die ökonomische Machtgrundlage in der ehelichen Machteinheit durch die relativen Differenzen von Besitztümern, Einkommen etc. zwischen den Partnern erfaßt werden. Nach einer zufriedenstellenden Erfassung der verschiedenen Komponenten des Konstrukts »Familienmacht« kann dann die Angemessenheit einer Theorie der Familienmacht, wie sie z.B. von Szinovacs (1987) mit ihrem »dynamischen Modell der Familienmachtausübung« entwickelt wurde, überprüft werden.

Wie wir diesem Beispiel entnehmen können, ist eine forschungsorientierte Familiendiagnostik im wesentlichen gleichbedeutend mit einer adäquaten Messung familientheoretischer Konstrukte. Nach Carlson (1989) beinhaltet dies die beiden folgenden Aspekte: »Das Ausmaß, mit dem vorgegebene abstrakte Konzepte in einer rationalen und empirischen Korrespondenz mit der Realität stehen (Validität); und die Schaffung guter Regeln, d.h. Regeln, die wiederholt empirisch getestet werden können (Reliabilität). Das Interesse des Familienforschers besteht somit in der Entwicklung von diagnostischen Verfahren für sein Erkenntnisobjekt, die Familie, die als reliable und valide Indikatoren von theoretisch definierten Konstrukten dienen und als solche die wiederholte Erfassung von Phänomenen ermöglichen.« (S. 172).

Im Gegensatz zur Theorieprüfung in der Familienforschung dient die *Familiendiagnostik im Bereich der klinischen Praxis* recht unterschiedlichen Zielen (vgl. hierzu die zusammenfassende Darstellung von Schneewind & Schmidt, 1999, für den Bereich der Klinischen Entwicklungspsychologie). Der Hauptzweck der Familiendiagnostik besteht hier darin, den Kliniker dabei zu unterstützen, bei der Behandlung einer bestimmten Familie eine Reihe von begründeten Entscheidungen zu treffen (vgl. L'Abate, 1994). Das übergeordnete Ziel der klinischen Familienpsychologie ist letztlich eine möglichst wirkungsvolle Intervention. In Anlehnung an eine von Hawkins (1979) vorgeschlagene Abfolge von Verfahrensschritten bei der individuellen Verhaltensdiagnostik und Intervention unterscheidet Carlson (1989, S. 163) die folgenden fünf Stufen der Familienbehandlung. Dabei ist auf jeder dieser Stufen eine etwas unterschiedliche Zugangsweise der Familiendiagnostik erforderlich.

5.4.1 Abklärung familiärer Dysfunktionen

Auf dieser ersten Stufe besteht die Aufgabe darin, angemessene Methoden für eine *Breitband-Familiendiagnostik* einzusetzen. Dabei hängt es freilich von den Standards eines Klinikers ab, wieviel er im Hinblick auf Kriterien wie Umfang, nachgewiesene Vorhersagevalidität, Kosten-Nutzen-Relation etc. in die diagnostische »Screening-Phase« der Familienbehandlung zu investieren bereit ist. Darüber hinaus kann auch das professionelle Arbeitsumfeld (z.B. Universitätsklinik, private Praxis) einen Einfluß darauf haben, welche diagnostischen Sondierungsverfahren ausgewählt werden.

So kann es etwa in der Praxis eines Familienmediziners wichtig sein, daß er auf ein leicht anzuwendendes und schnell auszuwertendes Instrument zurückgreifen kann, um sich einen Eindruck vom allgemeinen Funktionsniveau der Familie eines Patienten zu machen. Zu diesem Zweck hat Smilkstein (1978) den Familien-APGAR entwickelt. Der Familien-APGAR ist ein aus fünf Items bestehendes Sondierungsinstrument, das die folgenden Funktionsaspekte der Familie erfassen soll: (1) Anpassung oder Problemlösefähigkeit in der Familie, (2) Partnerschaftlichkeit oder Teilen von Verantwortlichkeit und Entscheidungsfindung, (3) Wachstum, (4) Zuneigung, (5) Entscheidungsfähigkeit oder die Bereitschaft, mit anderen Familienmitgliedern Zeit, Raum und materielle Güter zu teilen. Die befragte Person hat fünf Aussagen, die sich auf die genannten fünf Kategorien beziehen, anhand von drei Antwortkategorien (»trifft fast immer zu«, »trifft manchmal zu«, »trifft fast nie zu«) zu beantworten. Obwohl es sich bei dem Familien-APGAR erkennbar um ein recht einfaches Meßinstrument handelt, ist seine Nützlichkeit für klinische und Forschungszwecke in einer Reihe von Studien nachgewiesen worden (vgl. Smilkstein, Ashworth & Montano, 1982).

Ein anderes, für klinische Zwecke vermutlich geeigneteres Verfahren zur Erfassung von Familieninformationen in der Sondierungsphase ist die »telefonische Beziehungskarte«, die von Blasio, Fischer und Prata (1986) entwickelt wurde. Diese Autoren schlagen vor, bereits *vor* der ersten Familiensitzung ein kurzes Telefoninterview durchzuführen. Interviewpartner ist in der Regel das Familienmitglied, das den Kontakt zur Beratungsstelle gesucht hat. Die Daten werden nach einem vorgegebenen Raster erfragt. Hierzu gehören etwa Informationen über die überweisende Person, den Anrufer, die Gründe für die Nachfrage nach Familientherapie, die Zusammensetzung der Kernfamilie (einschließlich anderer Personen, die im Haushalt leben), eine kurze Beschreibung der Familienmitglieder, die Zusammensetzung der erweiterten Familie und deren Beziehungen zur Herkunftsfamilie. Diese Informationen können dann dem Therapeuten oder Berater bei seiner Entscheidung helfen, wen er zur ersten Familiensitzung einladen möchte und welche diagnostischen Verfahren angewandt werden sollten, um ein differenziertes Bild der Familie zu bekommen.

5.4.2 Klinische Familiendiagnose

Das zentrale Ziel dieser Phase ist es, eine Spezifizierung und Bestätigung der Hypothesen über die Funktionsweise einer Familie zu erhalten. Idealerweise sollten auf dieser Stufe die für die Familiendiagnostik ausgewählten Verfahren über ein hohes Maß an Entscheidungsgenauigkeit verfügen, d.h. sie sollten valide Unterscheidungen zwischen einzelnen Familien ermöglichen und sie hinsichtlich des Typs und des Schweregrads einer Dysfunktion richtig klassifizieren. Wenn z.B. in einer bestimmten Familie das dominante Problem eheliche Uneinigkeit ist, dann sollte das diagnostische Instrument Informationen über Art und Ausmaß von Konflikten in unterschiedlichen Bereichen der ehelichen Kommunikation liefern (vgl. O'Leary, 1987).

Im folgenden werden wir einige Beispiele zur Erfassung von Beziehungen in Partnerschaften darstellen. Die einzelnen Instrumente werden dabei in aufsteigender Reihenfolge hinsichtlich des notwendigen Aufwandes an Training, Auswertung und Datenanalyse vorgestellt.

(1) *Selbstbeurteilungsverfahren.* Eines der besser bekannten Verfahren zur Erfassung der Qualität von Partnerbeziehungen ist die von Spanier (1976) entwickelte *Dyadic Adjustment Scale* (DAS), die unter der Bezeichnung *Fragebogen zur Beurteilung einer Zweier-Beziehung* (FBZ) auch für den deutschen Sprachraum adaptiert wurde (vgl. Böning & Henss 1983; Hank, Hahlweg & Klann, 1990). Anhand von 32 Aussagen mit unterschiedlichen Antwortmöglichkeiten werden mit Hilfe dieses Fragebogens vier partnerschaftliche Beziehungsaspekte, nämlich »Übereinstimmung«, »Erfüllung«, »Zusammenhalt« und »Ausdruck von Gefühlen« erfaßt.

Ein konzeptionell umfassenderes Instrument wurde von Snyder (1981) unter der Bezeichnung *Marital Satisfaction Inventory* (MSI) entwickelt. Dieses Verfahren ermöglicht es, neun spezifische Bereiche der Partnerinteraktion zu erfassen.

Hierzu gehören die Skalen »affektive Kommunikation«, »Kommunikation in Problemlösungssituationen«, »gemeinsam verbrachte Zeit«, »Uneinigkeit über Finanzen«, »sexuelle Unzufriedenheit«, »Rollenorientierung«, »familiengeschichtlicher Hintergrund von Belastungen«, »Unzufriedenheit mit Kindern«, »Konflikte über Kinder«. Darüber hinaus lassen sich Kennwerte für die globale Partnerschaftsbelastung sowie für eine Konventionalitätsskala bestimmen, wobei letztere erfaßt, inwieweit eine Person ihre Beziehungen in einer sozial erwünschten Weise darstellt.

Für den deutschen Sprachraum steht der *Fragebogen zur Partnerschaftsdiagnostik* (FPD) von Hahlweg (1996) zur Verfügung, der drei Instumente umfaßt, nämlich den Partnerschaftsfragebogen (PFB), der die drei Skalen »Steitverhalten«, »Zärtlichkeit« und »Gemeinsamkeit/Kommunikation« mißt; die Problemliste (PL), die eine Erfassung wesentlicher Konfliktbereiche in der Partnerschaft ermöglicht, und den anamnestisch orientierten Fragebogen zur Lebensgeschichte und Partnerschaft (FLP).

Verwiesen sei auch auf die *Paarklimaskalen* (vgl. Schneewind, 1993b; Schneewind & Kruse, 1999), die auf der Basis von neun, hier nicht weiter aufgezählten Primärskalen drei faktorenanalytisch gewonnene Sekundärdimensionen, nämlich »Positiv-emotionales Klima«, »Anregendes Klima« und »Normativ-autoritäres Klima« erfassen. Darüber existiert im Rahmen des weiter unten ausführlicher dargestellten *Familiendiagnostischen Test-Sytems* (FDTS) ein Modul zur Erfassung der Ehepartnerbeziehung (EB-Testsystem) mit den inhaltlichen Dimensionen »Zärtlichkeit«, »Konflikt«, »Resignative Unzufriedenheit« und »Unterdrückung« (vgl. Schneewind, 1988a; Schneewind, Beckmann & Hecht-Jackl, 1985).

Ein spezielles Verfahren zur Messung des dyadischen Coping – der *Fragebogen zur Erfassung von dyadischem Coping als generelle Tendenz* (FDCT-2) – wurde von Bodenmann (1995) entwickelt und in einer Reihe von Untersuchungen hinsichtlich seiner Brauchbarkeit überprüft (vgl. Bodenmann, 1998). Dabei geht es um die Fähigkeit der gemeinsamen Belastungsbewältigung in Partnerschaften. Hierzu stehen insgesamt 14 Skalen zur Verfügung (z.B. emotionales supporties Coping, ambivalentes dyadisches Coping), die das Ausmaß an Positivität und Negativität der gemeinsamen Bewältigungsanstrengungen und die Inanspruchnahme dyadenexterner sozialer Unterstützung abbilden.

(2) *Quasi-Beobachtungsverfahren.* Für diese Kategorie kann die *Spouse Observation Checklist* (SOC), die von Weiss und Perry (1979) entwickelt wurde, als ein Beispiel für die sogenannte »teilnehmende Beobachtung in der Familiendiagnostik« (vgl. Margolin, 1987) gesehen werden. Die SOC verlangt von den Partnern, daß sie täglich die Auftretenshäufigkeit von angenehmen und unangenehmen Verhaltensweisen des Partners anhand von 12 Kategorien erfassen (z.B. Zuneigung, Kommunikation, persönliche Gewohnheiten etc.). Wenn auf der Seite der Partner Motivations- und Kooperationsbereitschaft vorausgesetzt werden kann, ist die SOC ein nützliches Instrument, um auf dem Wege der teilnehmenden Beobachtung wichtige Indikatoren für partnerschaftliche Unstimmigkeiten unter natürlichen Umgebungsbedingungen zu registrieren.

Eine methodische und technische Innovation stellt das *Familien-Self-Monitoring-System* (FASEM) von Perrez, Berger und Wilhelm (1998) dar, das zwar für

Familien konzpiert wurde, aber auch auf dyadische Beziehungen angewandt werden kann. Die Familienmitglieder erhalten einen entsprechend programmierten Palmtop-Computer, über den zu festgelegten Zeitpunkten bzw. Ereignisssen während des Tages die jeweiligen Zielpersonen gebeten werden, Angaben über die momentane Situation und die Anwesenheit anderer Personen zu machen sowie weitere Informationen zu geben (z.B. zu ihrer gegenwärtigen Stimmung, die Beurteilung der Interaktion mit einer anderen Person, deren Ursachenzuschreibung, Kontrollierbarkeit und Bewältigung). Neben der computer-gestützten Version des FASEM gibt es auch eine Bookletversion mit ähnlichen Vorgaben zur Erfassung von Interaktionsepisoden, die methodisch dem Prinzip standardisierter Tagebuchaufzeichnungen folgt. Mit beiden Verfahren besteht die Möglichkeit einer verhaltens- und erlebensnahen Erfassung von wichtigen Beziehungsvariablen im biotischen Kontext, die sich in ersten Untersuchungen als sehr ergiebig erwiesen hat (vgl. Perrez, Berger & Wilhelm, 1998).

(3) *Beobachtungsorientierte Schätzskalen.* In dieser Kategorie von Instrumenten zur Erfassung von Partnerbeziehungen gibt es nur wenige methodisch einigermaßen abgesicherte Verfahren (vgl. Thomas, 1996). Neben der *Clinical Rating Scale* von Olson und Killorin (1985) bzw. Olson (1993a), auf deren Beschreibung wir später zurückkommen, ist hier die *Marital Communication Rating Scale* (MCRaS) zu nennen, die von Borkin, Thomas und Walters (1980) entwickelt wurde. Es handelt sich hierbei um eines der wenigen Verfahren zur Einschätzung des Kommunikationsverhaltens von Paaren. Die Methode erfordert von trainierten Ratern, die Interaktion eines Paares zu beobachten und anschließend jeden Partner anhand von 37 Beobachtungskategorien zu beurteilen. Diese lassen sich in vier allgemeinere Kategorien gruppieren, nämlich »Inhalt der Konversation« (d.h. positive oder negative Äußerungen, Meinungskundgaben und Informationen), »stimmliche Merkmale« (z.B. Sprechdauer, Lautheit), »Konversationskontrolle« (z.B. Bitte um Meinungsäußerung und Information), »Repräsentation der Bezugsperson« (z.B. Äußerungen, die eine konfuse oder verzerrte Kommunikation erkennen lassen). Obwohl nach Aussagen von Borkin et al. (1980) das Training zum Erlernen dieser Methode ungefähr 20 Stunden benötigt, kann die Abgabe der Schätzurteile selbst in etwa 5-10 Minuten erfolgen. Die MCRaS kann daher besonders nützlich sein, um spezifische Defizite in den verbalen und stimmlichen Kommunikationsmustern eines Paares zu diagnostizieren.

(4) *Beobachtungsorientierte Kodierungssysteme.* Diese Kategorie bezieht sich auf die aufwendigsten Erhebungsverfahren im Hinblick auf das erforderliche Ausmaß an Zeit, Training, Kodierung und Datenanalyse. Kötter und Nordmann (1996) geben einen ausführlichen Überblick über entsprechende mikro- und makroanalytische Verfahren. Wir greifen zwei Beispiele heraus und nennen zunächst das *Marital Interaction Coding System* (MICS), das bereits zweimal revidiert wurde und nunmehr als MICS III verfügbar ist (vgl. Weiss & Summers, 1983). Nach Markman und Notarius (1987) ist das MICS im Bereich der Familiendiagnostik »wahrscheinlich das am weitesten verbreitete und am häufigsten evaluierte Beobachtungssystem.« (S. 372). Wie alle Beobachtungsprozeduren erfordert auch das MICS irgendeine Form von beobachtbarer Paar-Interaktion, die dann von

trainierten Beobachtern kodiert werden kann. Idealerweise wird die Paar-Interaktion videographiert und anschließend anhand von 32 Verhaltenskategorien kodiert. Diese Verhaltenskategorien lassen sich unter acht weiteren Verhaltensklassen, wie z.B. »Problembeschreibung«, »Beschuldigung« oder »Veränderungsvorschläge« zusammenfassen. Die verbleibenden Kodes beziehen sich auf spezifische Aspekte der Empfängeraufmerksamkeit oder des Sprachstils.

Für den deutschen Sprachraum existiert das *Kategoriensystem für Partnerschaftliche Interaktion* (KPI), über das Hahlweg, Feinstein und Müller (1988) ausführlich berichten. Anhand von insgesamt 26 Subkategorien werden Sprecherqualitäten und Zuhörerfertigkeiten in positive (z.B. Selbstöffnung in Form direkten Ausdrucks von Gefühlen), negative (z.B. Nicht-Übereinstimmung durch ablehnende Einwürfe) und neutrale (z.B. sachliche Problembeschreibung) Kategorien gruppiert. Darüber hinaus besteht auch ein Kodierungsschema für nonverbales Verhalten, mit dessen Hilfe positive und negative Aspekte der Mimik, des Tonfalls und der Köperhaltung erfaßt werden können. Dieses Verfahren hat sich in empirischen Untersuchungen gut bewährt, so z.B. in Studien zur Partnerzufriedenheit und -stabilität oder im Rahmen von Langzeitstudien zur Effektivität von Paartrainings (vgl. Engl, 1997; Thurmaier, 1997). Dies gilt auch für das von Gottman und seinen Mitarbeitern entwickelte Rapid Couples Interaction Coding System (RCISS) und das Specific Affect Coding System (SPAFF), das in ähnlicher Weise wie das KPI zur differenzierten Erfassung des Sprecher- und Zuhörerverhaltens sowie des nonverbalen Verhaltens entwickelt wurde (vgl. Gottman, 1994, 1996).

Die genannten Verfahren sind erkennbar recht zeitaufwendige und kostspielige Ansätze zur Erfassung von Partnerbeziehungen. Aus diesem Grund werden es diese Verfahren schwer haben, sich in der Praxis eines Familienberaters oder -therapeuten durchzusetzen – auch wenn mehr und mehr Computer in die Praxisräume einziehen und entsprechende Software-Programme verfügbar sind. Schon heute plädieren einige Autoren für die Einbeziehung beobachtungsorientierter Kodierungssysteme in eine Standardbatterie der klinischen Familiendiagnostik (vgl. Floyd, Weinand & Cimmarusti 1989; L'Abate & Bagarozzi, 1993).

5.4.3 Diagnostisch gestützte Behandlungsplanung

Die diagnostische Phase bei der Beurteilung von Familien sollte dem klinischen Familienpsychologen nicht nur valide Informationen über die Funktionsweise einer Familie liefern. Darüber hinaus sollten die diagnostischen Informationen den Kliniker auch dabei unterstützen, angemessene Behandlungsziele auszuwählen, die Abfolge der Behandlungseinheiten zu spezifizieren und schließlich Kriterien für den Behandlungserfolg zu bestimmen. Um solche Entscheidungen zu treffen, muß der Kliniker die gegebenen diagnostischen Informationen auf extreme Profilausprägungen oder relative Häufigkeiten durchforsten, die als Indikatoren für den Schweregrad eines Familienproblems angesehen werden können.

Wenn sich z.B. bei der Diagnostik einer belasteten Paarkommunikation herausstellen sollte, daß das hauptsächliche Problem in einer negativen Kommunikation, d.h. einer Abwertung der Äußerungen des anderen durch Nichtübereinstimmung, Leugnung, Unterbrechung, Abwendung etc. besteht, kann dies den Kliniker zu der Entscheidung bringen, seine Behandlung mit irgendeiner Art von Kommunikationstraining im Therapieraum zu beginnen (vgl. Gilbert & Shmukler, 1996). Sollte das Kommunikationstraining erfolgreich sein, kann der Kliniker die Behandlung entweder beenden oder den nächsten Schritt in einer Abfolge von multiplen Behandlungszielen angehen.

5.4.4 Diagnostische Begleitung des Behandlungsablaufs

Während des Behandlungsprozesses mag es für den Kliniker an der einen oder anderen Stelle wünschenswert sein, Informationen über die Wirksamkeit seiner Interventionen einzuholen. Idealerweise möchte sich der Kliniker davon ein Bild machen, wie das Interaktionsmuster einer bestimmten Familie sich geändert hat und welchen Einfluß diese Veränderungen auf die subjektiven Sichtweisen der Familienmitglieder bezüglich ihrer Beziehungen haben. Dies erfordert die Anwendung von familiendiagnostischen Verfahren, die einerseits hinreichend veränderungssensitiv sind, sich andererseits aber resistent gegenüber Methodenartefakten (z.B. Testwiederholungseffekte, Anfälligkeit für Antwortstile) erweisen. Hinzu kommt, daß aus der Sicht des Klinikers diese Instrumente möglichst ökonomisch und leicht anwendbar sein sollten, ohne daß sie den Behandlungsprozeß allzusehr beeinträchtigen.

Wenn wir nochmals auf unser Beispiel eines belasteten Paares zurückkommen, so können im Prinzip alle die bereits erwähnten Erhebungsmethoden für die Zwecke einer behandlungsbegleitenden Diagnostik verwendet werden. So könnte z.B. die *Spouse Observation Checklist* (SOC) dem Paar als Hausaufgabe mitgegeben werden, wobei die Zielsetzung wäre, Veränderungen auf dem Wege der teilnehmenden Beobachtung zu erfassen. Zusätzlich würde es gleichermaßen wichtig sein, eine unabhängige Beobachtung innerhalb des Therapieraumes durchzuführen, wobei entsprechende Rating- oder Kodierungssysteme Verwendung finden könnten.

5.4.5 Evaluation nach Abschluß der Behandlung

Wenn eine angemessene Zeit nach Abschluß der Behandlung verstrichen ist, mag es wünschenswert sein, einige Informationen über die Dauerhaftigkeit der Veränderungen einzuholen, die durch die Intervention beabsichtigt wurden. Idealerweise sollte diese Evaluation so durchgeführt werden, daß zumindest einige der Erhebungsverfahren, die auch während der diagnostischen und therapiebegleitenden Phase eingesetzt wurden, nochmals Anwendung finden.

So wäre es z.B. wichtig, etwas darüber zu erfahren, ob das veränderte Kommunikationsverhalten eines Paares über die Zeit stabil geblieben ist. Darüber hinaus kann es sein, daß der Kliniker an Informationen über mögliche unbeabsichtigte Nebeneffekte der Behandlung – seien sie positiver oder negativer Art – interessiert ist. In einer systemischen Sichtweise wäre zu klären, ob das veränderte Paarkommunikationsverhalten Auswirkungen auf andere dyadische Familienbeziehungen, z.B. auf die Eltern-Kind-Beziehungen, hat. Dies würde allerdings eine breitere diagnostische Perspektive erforderlich machen, die andere Subsysteme der Familie oder das gesamte Familiensystem mit einbezieht. Dementsprechend müßten auch die familiendiagnostischen Verfahren einer solchen Zielsetzung angepaßt werden.

Wenn wir einen Blick auf die verschiedenen familiendiagnostischen Phasen innerhalb eines behandlungsorientierten Kontexts werfen, wird deutlich, daß klinische Familienpsychologen/innen, wenn sie eine explizite Erfassung von Familienvariablen anstreben, sich genaue Gedanken darüber machen müssen, auf welche Methoden sie zurückgreifen. Hinzu kommt, daß die methodischen Standards für eine solide Messung von Familienvariablen besonders hoch anzusetzen sind, wenn die entsprechenden Meßinstrumente für klinische Zwecke eingesetzt werden. So behauptet etwa Carlson (1989) in ihrem methodologischen Vergleich von familiendiagnostischen Methoden im Forschungs- und klinischen Kontext, daß Reliabilitäts-Koeffizienten und Kennwerte der differentiellen Vorhersagevalidität für Zwecke der klinischen Praxis wesentlich höher sein müßten als für Forschungszwecke, da die diagnostischen und Behandlungsentscheidungen im klinischen Kontext besonders weitreichend seien.

In Wirklichkeit ist jedoch die Anwendung psychometrisch abgesicherter Verfahren der Familiendiagnostik keineswegs weit verbreitet. Im Gegenteil: Häufig bevorzugen Kliniker Methoden ohne nachweisliche Reliabilität oder Validität (vgl. Boughner et al., 1994; Fraenkel, 1995). Wie kann man sich dies erklären? Nehmen Kliniker/innen die Möglichkeiten der Familiendiagnostik nicht zur Kenntnis? Ist es ihnen zu lästig, mehr oder minder strukturierte Verfahren der Familiendiagnostik zusätzlich zur »klinischen Erfahrung« und »Intuition« anzuwenden? Schließlich mag der Kliniker sich fragen: »Sind alle diese zugegebenermaßen interessanten und wissenschaftlich überzeugenden diagnostischen Methoden wirklich geeignet, mir bei meinen klinischen Entscheidungen zu helfen?«

Die Auseinandersetzung mit diesen Fragen ist unerläßlich, wenn wir nicht Forschung und klinische Praxis als unvereinbare Gegensätze betrachten wollen, sondern – in einer wirklich systemischen Sicht – beide Zugangsweisen als sich gemeinsam entwickelnde Erkenntnisquellen begreifen, die sich gegenseitig ergänzen und befruchten. Wir wollen uns daher speziell auf einen Punkt konzentrieren, der die Gegensätzlichkeit von Forschung und klinischer Praxis zum Gegenstand hat und zugleich einige Hinweise für ein nützliches Miteinander von Forschung und klinischer Praxis gibt. Es ist dies der Aspekt der Behandlungsnützlichkeit.

5.4.6 Behandlungsnützlichkeit in der klinischen Praxis

In einem programmatischen Aufsatz haben Hayes, Nelson und Jarrett (1987) eine Unterscheidung zwischen der strukturellen und funktionalen Angemessenheit von diagnostischen Methoden vorgeschlagen. *Strukturelle Angemessenheit* bezieht sich dabei auf die Erfordernisse der klassischen psychometrischen Theorie, d.h. die Reliabilität und Validität der gemessenen Variablen. Im Gegensatz dazu bezieht sich die *funktionelle Angemessenheit* auf die *Behandlungsnützlichkeit* einer bestimmten diagnostischen Methode, d.h. den positiven Einfluß, den sie auf das Behandlungsergebnis hat.

Mit ihrem Fokus auf einer individuumsorientierten Diagnostik argumentieren Hayes, Nelson und Jarrett (1987, S. 972), daß »es hilfreich sein kann, sich zu vergegenwärtigen, daß bisweilen der diagnostische Prozeß Behandlungsnützlichkeit aufweisen kann, ohne daß die Daten des diagnostischen Berichts in irgendeiner Weise reliabel sind... Angenommen, Kliniker unterscheiden sich erheblich in der Weise, in der sie einen bestimmten projektiven Test interpretieren. Solch ein Test wäre dann weder reliabel noch valide. Wenn ausschließlich die tatsächlichen Testbefunde Berücksichtigung fänden, würde der Test auch keine Behandlungsnützlichkeit aufweisen, da dieselben Testleistungen zu unterschiedlichen Kennwerten, Diagnosen oder Profilen und somit zu unterschiedlichen Behandlungsempfehlungen führen würden. Selbst unter diesen Umständen könnte jedoch der Prozeß der Durchführung dieses ›unreliablen‹ Tests für Behandlungsnützlichkeit sprechen. Z.B. könnte der Kliniker während der Testdurchführung den Klienten beobachten und somit ungewollt mehr über dessen Persönlichkeit erfahren. Der Kliniker könnte sich daraufhin im Laufe der Behandlung effektiver verhalten, obwohl er womöglich nicht in der Lage ist, die Beziehungen zwischen dem Test, der Persönlichkeit des Klienten und der klinischen Entscheidung zu formulieren.«

Diese Bemerkungen sind natürlich gleichermaßen für den Bereich der Familiendiagnostik von Bedeutung. So kann z.B. die Durchführung einer *Familienskulptur* – einer metaphorischen Methode der Familiendiagnostik, auf die wir weiter unten noch zu sprechen kommen – den Kliniker nicht nur in einer ganzheitlichen und außerdem auch recht unaufwendigen Weise über wichtige Aspekte der Familie als einem intimen Beziehungssystem informieren. Darüber hinaus kann die Durchführung einer Familienskulptur Hinweise für eine Behandlungsstrategie geben, die letztlich den Behandlungserfolg positiv beeinflußt – und dies, obwohl die Reliabilität und Validität dieser Methode nicht bekannt ist.

Bedeutet dies, daß das Konzept der Behandlungsnützlichkeit uns dazu einlädt, überhaupt auf Forschung zu verzichten? Ganz im Gegenteil: Hayes, Nelson und Jarrett (1987) argumentieren, daß wir ohne Zweifel immer noch auf Forschung angewiesen sind. Aber es sollte ihrer Meinung nach eine neue Art von Forschung sein, die dazu beiträgt, die Effekte der Behandlungsnützlichkeit anhand entsprechender Forschungspläne nachzuweisen. Einer dieser Forschungspläne ist z.B. das »manipulated assessment design«, bei dem verschiedene diagnostische Methoden nach dem Zufall bei zwei oder mehr Gruppen von Familien angewandt werden, um ihren Einfluß auf den Behandlungserfolg zu überprüfen. Darüber hinaus ist es besonders wichtig, die internen Regeln aufzudecken, die ein Kliniker bei der Selektion, Kombination und Gewichtung der verschiedenen Arten von Informationen während des diagnostischen Prozesses verwendet.

Die Beantwortung solcher Fragen können einen neuen Typus von familiendiagnostischer Forschung anregen, der weit über die traditionellen Ansätze hinausgeht, die sich mit einer Verbesserung gemessener Familienvariablen hinsichtlich ihrer Reliabilität und Validität beschäftigen. Wir können daher mit Carlsons (1989) Schlußfolgerung übereinstimmen, wenn sie sagt: »Die Bestimmung der

Behandlungsnützlichkeit von familiendiagnostischen Verfahren für den klinischen Gebrauch kann als eine Forschungsrichtung angesehen werden, die ebenso wichtig ist wie klassische psychometrische Validierung und Theorienbildung, zugleich aber diese eher traditionellen Sichtweisen ergänzt.« (S. 172 f.)

5.5 Schwerpunkt der Analyse: strukturell vs. prozeßorientiert

Obwohl es auf den ersten Blick den Anschein hat, als ob diese Grunddimension der Familiendiagnostik dem im vorangegangenen Abschnitt dargestellten Aspekt sehr ähnlich ist, erfordert die Unterscheidung einer strukturellen gegenüber einer prozeßorientierten diagnostischen Vorgehensweise doch eine gesonderte Behandlung. In der Tat sieht sowohl in der Forschung als auch in der klinischen Praxis die Auswahl von Erhebungsmethoden recht unterschiedlich aus, wenn man eher an dauerhaften strukturellen Aspekten des Familienlebens interessiert ist oder sich mehr auf die mutmaßlich weniger stabilen prozeßhaften Merkmale familiären Zusammenlebens konzentriert.

Um dies zu illustrieren, wollen wir einen Blick auf Minuchins (1977) *Modell der strukturellen Familientherapie* werfen. Wie bereits die Bezeichnung sagt, liegt die Betonung dieses Modells auf den strukturellen Merkmalen des Familienlebens, insbesondere auf solchen Aspekten wie System- und Subsystemgrenzen, generationenübergreifende Koalitionen oder Qualität der dyadischen Beziehungen innerhalb der Familie. Um diese Merkmale der Familienstruktur zu erfassen, läßt sich ein strukturelles Diagramm erstellen, das in kondensierter Weise ein Bild von der Interaktionsstruktur, den Koalitionen und Grenzen einer bestimmten Familie gibt. Für diese Zwecke hat Minuchin (1977, S. 73) eine Reihe von Symbolen entwickelt, die in Abb. 5.2 wiedergegeben sind.

Die Konstruktion eines Struktur-Diagramms hat zur Voraussetzung, daß die Familie über eine entsprechend lange Zeit befragt und hinsichtlich ihres verbalen und nonverbalen Verhaltens beobachtet wurde. Diese Beobachtungen können sich z.B. auf die Sitzordnung beziehen, die sich ergibt, wenn die Familienmitglieder »ihre« Stühle im Therapieraum einnehmen. Als ein Beispiel für die Erstellung eines strukturellen Familiendiagramms geben wir den Fall einer Familie wieder, der von Martin und Cierpka (1988, S. 66f) in abgekürzter Form beschrieben wurde (s. Kasten 5.1).

Auf der Basis dieser kurzen Beschreibung der Familie läßt sich ein Strukturdiagramm zeichnen (vgl. Abb. 5.3), das dem Therapeuten bei der Planung und Umsetzung seiner nächsten Behandlungsschritte helfen kann (vgl. Joraschky, 1996).

Ein anderes Ziel einer *strukturell orientierten Familiendiagnostik* besteht in der Zuordnung von Familien zu bestimmten Familientypen. *Familientypen* beziehen sich auf Gruppen von Familien, die sich hinsichtlich bestimmter Aspekte des Familienlebens unterscheiden. Die Konstruktion von Familientypen hängt in

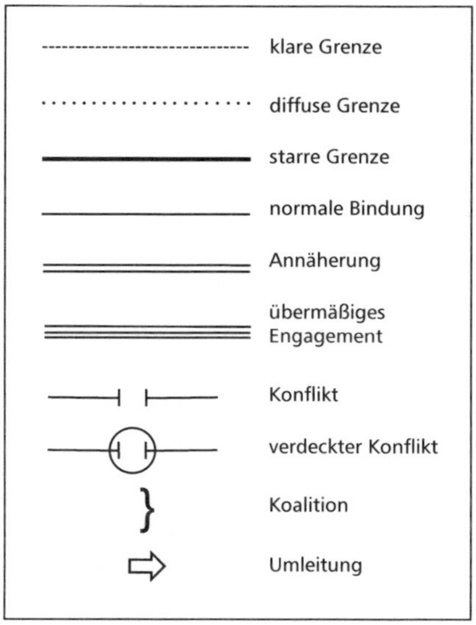

Abb. 5.2: Symbole zur Erstellung von Familienstrukturdiagrammen (nach Martin & Cierpka, 1988, S. 66)

erster Linie von den Daten ab, die zur Klassifikation von Familien verwendet werden. Unabhängig von den verschiedenen Ansätzen zur Klassifikation von Familien kann eine Familientypologie für Forscher und Kliniker gleichermaßen hilfreich sein, sei es z.B. zur Vorhersage der zukünftigen Familienentwicklung, sei es zur Auswahl eines optimalen Behandlungsprogramms für eine bestimmte Familie.

Kasten 5.1
Fallbeispiel zur Erstellung eines Strukturdiagramms

Vater und Mutter, beide 50 Jahre alt; 2 Söhne, 20 und 13 Jahre alt; IP (= identifizierter Patient) ist der Vater. Der Vater nahm wegen seiner extremen Zwanghaftigkeit, seiner Zornesausbrüche und dem Gefühl, immer mehr aus der Familie ausgeschlossen zu werden, ein Einzelgespräch wahr und wurde auf Vorschlag des Familientherapeuten mit seiner Familie zu einem familiendiagnostischen Interview eingeladen. Die Mutter bildet mit ihren beiden Söhnen eine Einheit, einen ›Kristenstab‹; der Vater bleibt ausgeschlossen bzw. er schließt sich durch seine Zwanghaftigkeit und seine Zornesausbrüche selbst aus.

Der ›Krisenstab‹ berät darüber, wie auf die Stimmung des Vaters zu achten ist und wie man sich am besten verhält. Nur verdeckt darunter wird der Wunsch des Vaters nach einem Bündnis mit seinen Kindern deutlich, besonders zum jüngsten Sohn, der sich seinerseits auch sehr den Kontakt zum Vater wünscht; die Mutter verhindert dies jedoch weitgehend. Der Konflikt zwischen dem Paar ist offen. Die Frau redet viel und klagend, die Geschwister untereinander haben einerseits wegen des Altersabstands, aber auch weil sie ›Einzelkämpfer‹ sind, relativ wenig Kontakt miteinander. Der älteste Sohn hat zwar eine Freundin, in der Familie hat er jedoch den Vater aus dessen Position verdrängt. Die Generationsgrenze erscheint hier zu durchlässig. Die Familie hat wenig Außenkontakte. Der Mann wünscht dies nicht, die Frau hat sich ihm angepaßt.

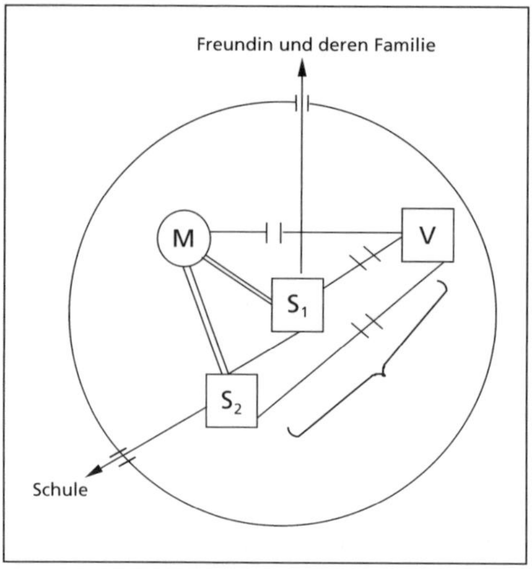

Abb. 5.3: Beispiel eines Familienstrukturdiagramms (nach Martin & Cierpka, 1988, S. 67)

Um den typologischen Ansatz zu verdeutlichen, kommen wir noch einmal auf das bereits in Kapitel 3 beschriebene *Circumplex-Modell* von Olson zurück (vgl. Olson, Sprenkle & Russell, 1979), in dessen Rahmen eine Reihe von familiendiagnostischen Verfahren entwickelt wurde, die nunmehr als *Circumplex Assessment Package* (CAP) verfügbar sind (Olson & Lavee, 1989; Olson, Russell & Sprenkle, 1983). Wir erinnern uns, daß das Circumplex-Modell aus drei Dimensionen be-

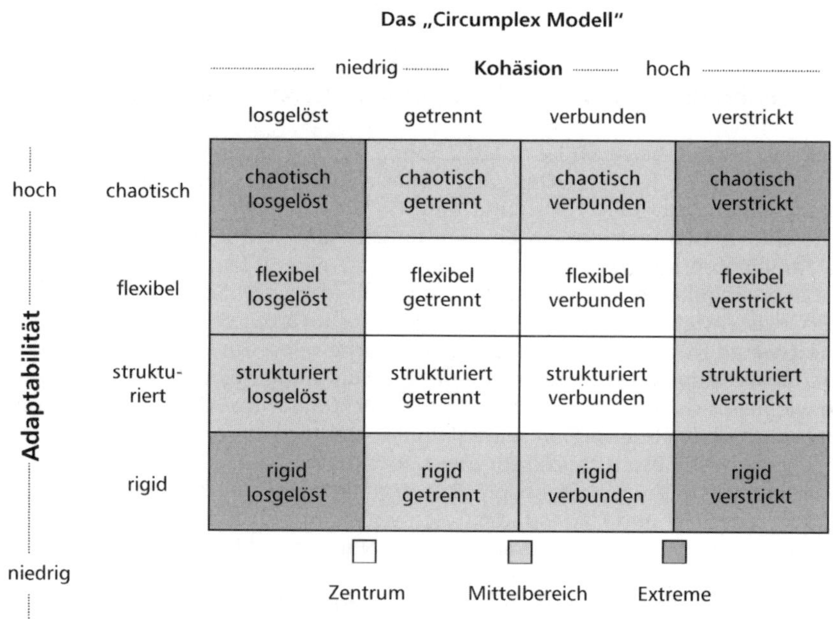

Abb. 5.4: Das Circumplexmodell (nach Olson, Russell & Sprenkle, 1979)

steht, nämlich Kohäsion, Anpassungsfähigkeit und Kommunikation, wobei die letztere als »unterstützende Dimension« bezeichnet wird. Mit Hilfe dieser Dimensionen können gleichermaßen Paar- und Familiensysteme erfaßt werden.

Bei einer graphischen Darstellung verwendet Olson gewöhnlich nur die beiden Dimensionen Kohäsion und Anpassungsfähigkeit. Jede dieser beiden Dimensionen wird in vier Abschnitte unterteilt. Die vier Abschnitte der Kohäsionsdimension rangieren von »losgelöst« (sehr niedrig) über »getrennt« (niedrig), »verbunden« (durchschnittlich bis hoch) bis zu »verstrickt« (sehr hoch). Hingegen variieren die entsprechenden Abschnitte der Anpassungsfähigkeitsdimension von »rigide« (sehr niedrig) über »strukturiert« (niedrig bis durchschnittlich), »flexibel« (durchschnittlich bis hoch) bis »chaotisch« (sehr hoch). Eine Kombination der vier Abschnitte auf den Dimensionen Kohäsion und Anpassungsfähigkeit ergibt die in Abbildung 5.4 wiedergegebenen 16 Typen von Paar- und Familiensystemen.

Zur Erfassung dieser Paar- und Familientypen haben Olson und seine Kollegen einen aus 20 Items bestehenden Fragebogen entwickelt, der von ihnen – je nach Untersuchungseinheit – als MACES (für *Marital Adaptability and Cohesion Evaluation Scales*) oder FACES (für *Family Adaptability and Cohesion Evaluation Scales*) bezeichnet wird. Beide Fragebögen wurden in der Zwischenzeit zweimal überarbeitet und firmieren nunmehr unter der Bezeichnung MACES III und FACES III. Darüber hinaus enthält das *Circumplex Assessment Package* entsprechende Selbstberichtsverfahren, um das Ausmaß an Kommunikation und Zufriedenheit auf Paar- bzw. Familienebene zu erfassen. Im deutschen Sprachraum liegen die FACES III als *Familien-Fragebogen* (FFBO-III) vor (vgl. Hank, Hahlweg & Klann, 1990). Über klinische Erfahrungen mit dem Circumplex-Modell berichtet zusammenfassend Olson (1996a). Erfahrungen mit einer deutschsprachigen Version der FACES II berichten v. Schlippe und Schweitzer (1988) sowie Thomas (1988).

Aufbauend auf der theoretischen Konzeption des Circumplex-Modells haben Olson und Killorin (1985) eine *Clinical Rating Scale* (CRS) entwickelt, die nunmehr in der dritten Revision vorliegt (vgl. Olson, 1993b). Diese Skala wurde speziell für die Anwendung im klinischen Bereich eingeführt und fällt somit unter die Kategorie der beobachtungsorientierten Schätzskalen. Auf der Basis von zwanzig spezifischeren Ratings erlaubt die CRS dem Kliniker, eine globale Einschätzung des Paar- und Familiensystems auf allen drei Dimensionen des Circumplex-Modells, nämlich Kohäsion, Anpassungsfähigkeit (bzw. Flexibilität) und Kommunikation. Zusätzlich können spezielle Kennwerte für dyadische Koalitionen und »losgelöste« Individuen ermittelt werden. Die bisherigen Erfahrungen mit der CRS sind sehr ermutigend (vgl. Walsh & Olson, 1989; Thomas & Olson, 1993).

Wir wenden uns nun den eher *prozeßorientierten Ansätzen der Familiendiagnostik* zu. Hier finden wir eine Fülle von Methoden, die eine mehr oder minder detaillierte realzeitliche Analyse von beobachtbaren Familieninteraktionen ermöglichen. Diese Instrumente gehören zur Kategorie der beobachtungsbezogenen Kodierungssysteme, die wir im vorangegangenen Abschnitt bereits kennengelernt haben. Mittlerweile gibt es eine Reihe von vorzüglichen Überblicksdarstellungen (vgl. Beaucom & Adams, 1987; Jacob & Tennenbaum 1988; Grotevant & Carlson, 1987; Kötter & Nordmann, 1996; Markman & Notarius, 1987). In diesen Übersichten finden sich eine detaillierte Beschreibung und eine kritische Beurteilung der verschiedenen Kodierungsschemata, die zur Erfassung von Interaktionen von Paaren und Familien entwickelt wurden. Buchstäblich alle diese Instrumente wurden im Rahmen von Forschungsvorhaben konzipiert. Dabei stand die Absicht im Vordergrund, das Beziehungsverhalten nach einer Reihe von Dimensionen wie »Dominanz«, »Affektivität«, »Kommunikationsfertigkeiten«, »Informationsaustausch«, »Konflikt«, »Unterstützung« und »Bestätigung« faßbar zu machen (vgl. Markman & Notarius, 1987).

Wir werden uns nicht weiter mit den Feinheiten und Problempunkten der Beobachtungsmethode (z.B. Abgrenzung der Verhaltenskategorien, Auswahl von Beobachtungssituationen, Zeitrahmen) beschäftigen. Statt dessen wollen wir kurz auf zwei allgemeinere Strategien zur Analyse von Beobachtungsdaten im Rahmen der Familiendiagnostik eingehen.

Eine *erste Strategie* beruht darauf, die Fülle der Daten, die bei einem Beobachtungsvorgang anfallen, auf handhabbare Einheiten zu reduzieren. Dies geschieht, indem eine Häufigkeitsauszählung für die kodierten Ereignisse durchgeführt wird. Angenommen, ein bestimmter Kode bezieht sich auf die Unterbrechungen, die in einer laufenden Familienunterhaltung auftreten. Die Auszählung aller Unterbrechungen pro Person würde einen Häufigkeitswert für die Kategorie »Unterbrechung« durch jedes einzelne Familienmitglied ergeben. Die absoluten individuellen Häufigkeiten können dann unter Berücksichtigung der anderen Verhaltenskategorien des Kodierungssystems in relative Häufigkeiten transformiert werden.

Obwohl die als Unterbrechungen kodierten Ereignisse zweifellos innerhalb des Kontexts einer Familienunterhaltung auftraten und somit als Markiervariablen eines interaktiven Prozesses angesehen werden können, wollen wir vermutlich auch etwas darüber erfahren, warum sie sich ereignet haben und was passierte, nachdem sie aufgetreten sind. Dies bringt uns zur *zweiten Strategie* der Analyse von realzeitlichen Beobachtungsdaten, nämlich der sequenziellen oder Zeitreihen-Analyse. Allgemein gesprochen ermöglicht die *sequenzielle Analyse* von Familieninteraktionen eine Klärung der Frage, was vor und nach dem Verhalten eines bestimmten Familienmitglieds erfolgte. Auf diese Weise können Gleichförmigkeiten und Verknüpfungen innerhalb solcher Ereignisketten sichtbar gemacht werden. So können wir z.B. bei der Beobachtung einer bestimmten Familie herausfinden, daß immer dann, wenn der Sohn eine in Gang befindliche Familienunterhaltung unterbricht, dies sehr häufig einen kritischen Kommentar seines Vaters zur Folge hat.

Eine sorgfältige ereignisbezogene Sequenzanalyse setzt neben entsprechender methodischer Erfahrung die erforderliche Apparateausstattung und Computersoftware zur Datenanalyse voraus (vgl. Gottman & Roy, 1990) – ganz zu schweigen von dem immensen Zeitbedarf solcher Analysen. Gottman (1979) schätzt, daß eine Stunde videographierter Familieninteraktion etwa 30 Stunden zur Kodierung und Datenanalyse erforderlich macht. Es verwundert daher nicht, wenn beobachtungsbezogene Kodierungssysteme zur Familiendiagnostik in der klinischen Praxis so gut wie nicht verwendet werden. Wie wir weiter oben bereits festgestellt haben, kann sich dies allerdings ändern, wenn es zu ökonomischeren Lösungen bezüglich der Kodierung und Analyse von Interaktionsdaten kommt.

In jedem Fall kann jedoch die Kenntnis der begrifflichen und methodischen Grundlagen von beobachtungsbezogenen Kodierungssystemen den Praktiker für bestimmte Arten und Sequenzen von Interaktionen sensibilisieren, die er auch ohne genaue Aufzeichnung und Auswertung »sehen« kann, wenn er mit einer bestimmten Familie arbeitet.

Um die Bedeutung und Qualität einer verhaltensorientierten Analyse von Beziehungen zu veranschaulichen, soll kurz das von Rogers und Farace (1975) entwickelte *Relational Communication Coding System* (RELCOM) beschrieben werden. Das RELCOM konzentriert sich hauptsächlich auf einen Aspekt der verbalen Interaktion, nämlich die Konversationskontrolle. Das Kodierungssystem ist daher auf den Dominanzaspekt innerhalb dyadischer Beziehungen beschränkt. Aufbauend auf entsprechende Konzepte von Bateson (1982) unterscheiden Rogers und Farace zwischen zwei allgemeinen Typen von Beziehungen, nämlich symmetrische und komplementäre Beziehungen. Sowohl Symmetrie als auch Komplementarität äußern sich in der grammatikalischen Form und dem Antworttypus der Botschaften, die zwischen zwei oder mehr Personen ausgetauscht werden. Als erstes verlangt das RELCOM vom Kodierer, sogenannte »Typen von Botschaften« zu konstruieren. Jedem dieser Typen von Botschaften wird ein dreistelliger Kode zugeordnet. Die erste Ziffer bezieht sich auf den Sprecher, die zweite auf die grammatikalische Form (z.B. Behauptung, Frage, Gesprächsüberleitung) und die dritte auf die Antwortfunktion, die auf die unmittelbar vorausgegangene Botschaft eines anderen Sprechers bezogen ist (z.B. Unterstützung, Antwort, Anordnung, Ablehnung). Die so kodierten Typen von Botschaften werden dann nach drei Kategorien klassifiziert, die von Rogers und Millar (1988, S. 297) als grundlegende Definitionsmerkmale einer Beziehung betrachtet werden. Es sind dies sogenannte »one-up«, »one-down« und »one-across« Bewegungen, die wie folgt definiert sind: Ein Versuch, eine bestimmte Beziehungsdefinition durchzusetzen, wird als one-up Bewegung bezeichnet, ein Akzeptieren der Beziehungsdefinition des anderen ist eine one-down Bewegung und eine nichtfordernde, nicht-akzeptierende, nicht-einschränkende Bewegung wird als ein one-across Manöver bezeichnet.

Wenn die beziehungsdefinierenden Bewegungen innerhalb des Systems bestimmt sind, ermöglicht dies eine Analyse der Abfolge von Kontrollbotschaften. Die kleinste Einheit einer solchen Sequenz wird als »Transakt« bezeichnet. So wäre z.B. ein *komplementärer Transakt* dadurch gekennzeichnet, daß die Kontrollrichtungen gegensätzlich sind, d.h. auf eine one-up folgt eine one-down Bewegung oder umgekehrt. In *symmetrischen Transakten* würde die Kontrollrichtung dieselbe sein, d.h. es kommt jeweils zu einer Verbindung von zwei one-up, zwei one-down oder zwei one-across Bewegungen. In sogenannten *Übergangstransakten* ist eine one-up oder one-down Bewegung mit einem one-across Manöver verknüpft.

Schließlich können noch größere Sequenzen von Kontrollmustern unterschieden werden. So besteht z.B. eine von den Autoren als »doppelter Transakt« bezeichnete Sequenz aus drei one-up Bewegungen, die für kompetitive Symmetrie oder Konflikt kennzeichnend sind. Rogers und Millar (1988, S. 298) geben ein Beispiel für solch ein konflikthaftes Kontrollmuster anhand eines Ausschnitts aus einem Dialog zwischen zwei Ehepartnern (vgl. Abb. 5.5).

Dialogausschnitt		Kontrolle der Beziehung: Typ der Botschaft	Kontrollrichtung	Transakt	Doppelter Transakt
V:	Was hast Du von mir erwartet, als wir geheiratet haben?	V: 123	↓←→		
M:	Naja, hm...Ich habe eigentlich keine Erwartungen an Dich gehabt.	M: 214	↑	↓↑	
V:	Ich habe von Dir erwartet, daß Du Dich um mich kümmerst.	V: 113	→	↑→	↓↑→
M:	(in herausforderndem Ton) Hab ich das nicht getan?	M: 222	↑	→↑	↑→↑
V:	Ja. Hab´ ich mich beklagt?	V: 111/ 112*	↓ ↑	↑↓ ↓↑	→↑↓ ↑↓↑
M:	Hast Du.	M: 214	↑	↑↑	↓↑↑
V:	Nein! Nein	V: 112	↑	↑↑	↑↑↑
M:	Ruhe!	M: 212	↑	↑↑	↑↑↑
V:	Nein, nein, ... nein	V: 112	↑	↑↑	↑↑↑

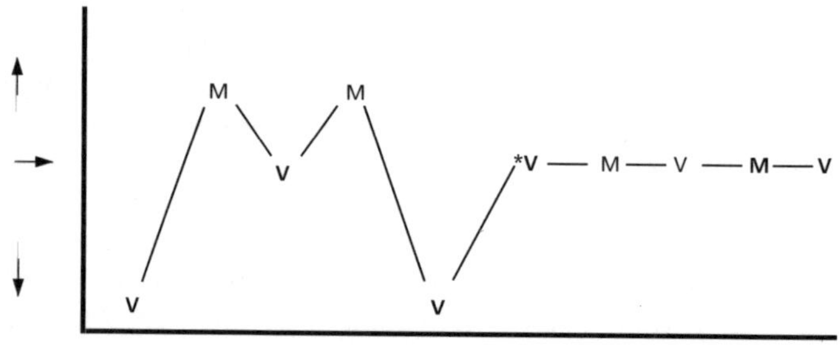

* nach dem Rogers-Farace-System können Botschaften doppelt kodiert werden

Abb. 5.5: Veranschaulichung des Relational Communication Coding System (nach Rogers & Millar, 1988, S. 298)

Die Art und Weise, wie diese symmetrischen kompetitiven Bewegungen sich im Situationsverlauf aufbauen, scheint für die Eskalation von negativer Wechselseitigkeit bei beziehungsgestörten Paaren typisch zu sein. Dagegen sind unbelastete Paare eher in der Lage, diesen sich verstärkenden Teufelskreis an negativen Interaktionen zu durchbrechen, indem sie zu nicht-behauptenden oder komplementären Transaktionen finden (vgl. Gottman 1979, 1998).

Darüber hinaus hat es den Anschein, daß diese beziehungsdefinierenden Interaktionseinheiten die Bausteine für die strukturellen Aspekte einer Beziehung darstellen, die ihrerseits als wiederkehrende Muster von Interaktionsabfolgen gesehen werden können (vgl. Hinde, 1993). So kann z.B. eine in Minuchins Strukturdiagramm (vgl. Abb. 5.2 und 5.3) als konflikthaft symbolisierte Beziehung auf den unsystematischen Beobachtungen der Familieninteraktionen durch einen Kliniker beruhen. In einer systematischeren Analyse könnten diese Interaktionen sich als ein Kontrollmuster von der Art herausstellen, wie es in Abb. 5.5 dargestellt ist. Die Aufdeckung der Gleichförmigkeiten solcher Kontrollmuster stellt dann die Basis für die Durchführung geeigneter präventiver und korrektiver Behandlungsmaßnahmen dar.

Abgesehen von den verschiedenen Aufgaben, die strukturelle und prozeßorientierte Ansätze im Bereich der Familiendiagnostik erfüllen, wäre es wünschenswert, ihre Verknüpfung auf begrifflicher Ebene zu überprüfen. Dies macht eine »Strukturalisierung« von Kodierungssystemen anhand einer Reihe von »Kerndimensionen« erforderlich, wie sie z.B. von Markman und Notarius (1987) in ihrer vergleichenden Übersicht über verschiedene Beobachtungsmethoden vorgeschlagen wurde. Bisher mangelt es jedoch an einem empirischen Nachweis dafür, daß abstraktere Konzepte, wie »Dominanz« oder »Affektivität«, die sich auf Beobachtungsverfahren berufen, mit entsprechenden Konstrukten übereinstimmen, die ihre Datenbasis in Selbstberichtmethoden oder Ratingverfahren haben.

5.6 Ebene der Diagnostik: individuell vs. systembezogen

Eine der grundlegenden Zielsetzungen der Familiendiagnostik besteht in einer Abklärung der Beziehungen zwischen den verschiedenen Familienmitgliedern. Um dieses Ziel zu erreichen, erscheint ein systemorientierter Ansatz, der zwischen verschiedenen Ebenen des Familiensystems unterscheidet, am geeignetsten (vgl. Cromwell & Peterson, 1983). Obwohl dies grundsätzlich eine einleuchtende Idee ist, stellt sich bei genauer Betrachtung heraus, daß die Dinge ein bißchen komplizierter sind als angenommen.

Ein wichtiger erster Problempunkt hat mit der Frage zu tun, auf welche *strukturelle Einheit der Familie* man sich beziehen möchte. So gibt es z.B. in einer Kernfamilie, die aus vier Personen (Mutter, Vater, Tochter und Sohn) besteht, 15 strukturelle Einheiten oder Gruppierungen: Neben den *vier Einzelpersonen* (Mutter, Vater, Tochter, Sohn) gibt es *sechs Dyaden* (Mutter-Vater, Mutter-Tochter, Mutter-Sohn, Vater-Tochter, Vater-Sohn, Tochter-Sohn), *vier Triaden* (Mutter-Vater-Tochter, Mutter-Vater-Sohn, Mutter-Tochter-Sohn, Vater-Tochter-Sohn) und *eine Tetrade* (d.h. die gesamte Familie, bestehend aus Mutter-Vater-Tochter-Sohn). In Abhängigkeit von der Zahl der Familienmitglieder steigt die Zahl ihrer Gruppierungen exponentiell (vgl. v. Eye & Kreppner, 1989).

Somit muß zunächst einmal entschieden werden, auf welche Familiengruppierung man sich beziehen will, wenn bestimmte familiendiagnostische Methoden angewandt werden. Dabei ist zu berücksichtigen, daß die Gruppierung von Familienmitgliedern innerhalb des Familiensystems noch nicht die Beziehungen einer Familie zu außerfamiliären Systemen (z.B. Schule, Arbeitsplatz, Gemeinde) einschließt. Aus pragmatischen Gründen unterscheiden wir deshalb im folgenden vier Ebenen der Diagnostik, nämlich die Ebene der individuellen Familienmitglieder, die Ebene familiärer Subsysteme, die Familiensystemebene und die Suprasystemebene. Abschließend gehen wir auf einige Erhebungsinstrumente ein, die gleichzeitig Beziehungen auf mehreren Systemebenen zu erfassen gestatten.

5.6.1 Individuelle Familienmitglieder

Das primäre Ziel dieser diagnostischen Zugangsweise besteht darin, über ein bestimmtes Familienmitglied Informationen zu gewinnen, und zwar unabhängig von seiner Beziehung zu anderen im Familienverband lebenden Personen. Die entsprechenden diagnostischen Methoden beziehen sich dabei im wesentlichen auf den Ansatz der traditionellen differenziellen und Persönlichkeitspsychologie. Diese Art von Diagnostik gibt Aufschluß über intrapsychische Strukturen und Prozesse einer bestimmten Person. Hierzu gehören Informationen zu Persönlichkeitsbereichen wie Motivation, Affektivität, Intelligenz, Temperament, Selbstkonzept, Sozialverhalten etc. Alle diese individuellen Daten werden als Hinweis auf Verhaltensdispositionen betrachtet, die in irgendeiner Weise innerhalb des Individuums repräsentiert sind. Unter bestimmten Situationsanforderungen werden diese Verhaltensdispositionen aktiviert und äußern sich dann im offen beobachtbaren Verhalten.

Eine derartige Sichtweise der individuellen Diagnostik ist durchaus vertretbar, solange nicht vergessen wird, daß im Laufe der Persönlichkeitsentwicklung buchstäblich alle der soeben genannten Persönlichkeitszüge in der einen oder anderen Weise von sozialen Kontextbedingungen beeinflußt wurden, wobei die Familie vermutlich zu den bedeutsameren Einflußgrößen gehört. Darüber hinaus sollten wir uns vergegenwärtigen, daß alle Persönlichkeitsmerkmale – auch solche, die auf den ersten Blick kontextlos zu sein scheinen – »kontextualisiert« werden können, wie wir weiter oben im Zusammenhang mit der Technik des zirkulären Fragens bereits gesehen haben (vgl. Abschnitt 5.2).

Schließlich sollte nicht unerwähnt bleiben, daß im Rahmen einer individuumsbezogenen Diagnostik zwar jeweils eine bestimmte Person das Ziel der Diagnostik ist, was jedoch nicht notwendig bedeutet, daß diese Person auch als Datenquelle fungiert. Obwohl Selbstberichtsmethoden, wie z.B. Fragebögen oder Selbsteinschätzungen, in der individuellen Diagnostik sehr verbreitet sind, können Daten, die von wichtigen anderen Personen stammen (z.B. von Familienmitgliedern, Lehrern, Arbeitskollegen und natürlich auch professionellen Familienpsychologen) gleichermaßen wichtig sein. So gibt es z.B. für die von Achenbach und Edelbrock (1983) entwickelte *Child Behavior Checklist*, für die eine deutschsprachige Fassung vorliegt (vgl. Arbeitsgruppe für Kinder-, Jugendlichen- und Familiendiagnostik, 1994) – ein Verfahren, das ein relativ umfassendes Bild von den schulischen, sozialen und Problemverhaltensweisen eines Kindes oder Jugendlichen gibt –, neben einer Selbstberichtsversion auch eine Eltern- und eine Lehrerfassung. Im übrigen könnten die diagnostischen Daten im Prinzip ebenso auf einem Konsensusprozeß beruhen, so z.B. wenn eine Mutter und ein Vater sich auf eine gemeinsame Beurteilung ihrer Tochter oder ihres Sohnes zu einigen haben.

5.6.2 Familiäre Subsysteme

Diese Ebene der Diagnostik beinhaltet dyadische Beziehungen sowie Beziehungen höherer Ordnungszahl. Voraussetzung ist dabei, daß die Zahl der Personen in einer Gruppierung um mindestens eine Person niedriger sein muß als die Gesamtzahl der Familienmitglieder. Die meisten Instrumente, die bisher entwickelt wurden, beziehen sich jedoch nur auf die Erfassung dyadischer Beziehungen.

Einige der Instrumente, die zur *Erfassung von Paar- bzw. Ehebeziehungen* entwickelt wurden, haben wir bereits in früheren Abschnitten dieses Kapitels kennengelernt. Hierzu gehören etwa die *Dyadic Adjustment Scale* (DAS), die *Marital Adaptability and Cohesion Evaluation Scales* (MACES) oder das *Marital Interaction Coding System* (MICS). Wir werden daher im folgenden einige Beispiele zur Erfassung von Eltern-Kind- und Geschwisterbeziehungen kurz Revue passieren lassen.

Je nach den methodischen Standards, die man zu tolerieren bereit ist, sind die verfügbaren Verfahren zur *Erfassung von Eltern-Kind-Beziehungen* nicht sehr zahlreich. So fanden z.B. Jacob und Tennenbaum (1988) in ihrem Überblick über entsprechende Erhebungsmethoden, daß »nur vier Instrumente einer detaillierteren Betrachtung würdig seien, was klar auf ein Fehlen programmatischer, empirischer und theoretischer Bemühungen hinweist, obwohl Eltern-Kind-Beziehungen in den Theorien zur Entstehung, zum Verlauf, zu den Effekten und zur Behandlung von Störungen im Kindesalter eine Schlüsselrolle eingeräumt wird.« (S. 169).

Grotevant und Carlson (1989) nehmen in dieser Hinsicht eine etwas liberalere Haltung ein, was dazu führt, daß sie in ihrem Überblicksbericht 23 Selbstberichtsfragebögen zur Erfassung von »Eltern-Kind-Beziehungen« aufnahmen, von denen allerdings die meisten Forschungsinstrumente sind. Eines dieser Verfahren ist das *Child Report of Parental Behavior Inventory* (CRPBI), das ursprünglich von Schaefer (1959) entwickelt wurde und später von Margolin und Weintraub (1977) auf einen 56 Items umfassenden Fragebogen gekürzt wurde. Mit Hilfe des CRPBI können drei faktorenanalytisch abgeleitete Dimensionen erfaßt werden, nämlich »Akzeptanz versus Zurückweisung«, »psychologische Autonomie versus psychologische Kontrolle« und »energische Kontrolle versus lasche Kontrolle«. Diese Dimensionen haben sich bei einer Reihe von untersuchten Gruppen, die sich hinsichtlich Alter, Geschlecht und kulturellem Hintergrund unterschieden, als stabil erwiesen und können somit als wichtige Aspekte von wahrgenommenen Eltern-Kind-Beziehungen betrachtet werden.

Ein anderes potentiell nützliches Selbstberichtsverfahren ist das *Parent Perception Inventory* (PPI), das von Hazzard, Christensen und Margolies (1983) entwickelt wurde. Es verlangt vom Kind, daß es neun positive (z.B. zusammen verbrachte Zeit, positive Bewertung, Gewährung von Unabhängigkeit) und neun negative (z.B. Entzug von Privilegien, kritisieren, nörgeln) elterliche Verhaltensweisen beurteilt, wobei die Einschätzungen für Mutter und Vater getrennt erhoben werden. Auf der Grundlage der kindperzipierten elterlichen Verhaltensweisen lassen sich vier Subskalen bilden, nämlich Mutter positiv, Mutter negativ, Vater positiv und Vater negativ. Neuerdings haben die Autoren auch eine Elternversion des PPI entwickelt. Dadurch wird es möglich, übereinstimmende und divergierende Sichtweisen desselben Verhaltens aus der Perspektive der Eltern und der Kinder zu erfassen. Obwohl das PPI noch weiterer Entwicklungsarbeit bedarf, ist es ein ökonomisches und klinisch nützliches Verfahren, das insbesondere bei der Erfassung von Veränderungen der Eltern-Kind-Beziehung über die Zeit gute Dienste leisten kann.

Für den deutschen Sprachraum existiert eine Reihe von Fragebogeninventaren zur Erfassung von Eltern-Kind-Beziehungen (z.B. Stapf, Herrmann, Stapf & Stäcker, 1972; Krohne & Pulsack, 1995; Peterander, 1993; Schumacher et al., i. Dr.), die sich z.T. auf kindseits oder elternseits perzipierte bzw. aktuelle oder retrospektiv erhobene Aspekte des elterlichen Erziehungsverhaltens beziehen (vgl. zusammenfassend hierzu Ratzke, Gebhardt & Zander, 1996). Ein umfassendes Inventar zur Diagnostik von Eltern-Kind-Beziehungen ist in dem vom Verfasser und Mitarbeitern entwickelten *Familiendiagnostischen Test-System* (FDTS) enthalten (vgl. Schneewind, 1988a; Schneewind, Beckmann & Hecht-Jackl, 1985) und wird weiter unten kurz vorgestellt (vgl. Abschnitt 5.6.5).

Zum Zwecke der *Erfassung von Geschwisterbeziehungen* finden sich in der einschlägigen Literatur nur sehr wenige strukturierte Erhebungsinstrumente. In diesem Fall kamen Jacob und Tennenbaum (1988) zu dem Schluß, daß »lediglich ein Instrument zur Erfassung von Geschwisterbeziehungen hinreichend entwickelt ist, um eine detaillierte Beurteilung zu rechtfertigen.« (S. 66). Es handelt sich dabei um den von Furman und Buhrmester (1985) entwickelten *Sibling Relationship Questionnaire* (SRQ). Der SRQ besteht aus 51 Items, die die befragten Personen im Hinblick auf ein bestimmtes Geschwister zu beantworten haben. Eine Faktorenanalyse der Items erbrachte vier Dimensionen, nach denen sich Geschwisterbeziehungen strukturieren lassen, nämlich »Wärme/Nähe«, »relativer Status/Macht«, »Konflikt« und »Rivalität«. Jacob und Tennenbaum (1988) kommen zu dem Resümee, daß das SRQ »in der Hauptsache dazu verwendet wird, um bei klinisch unauffälligen Personen herauszufinden, nach welchen unterschiedlichen Gesichtspunkten sie ihre Geschwisterbeziehungen wahrnehmen. Bisher gibt es keine Untersuchungen aus dem Bereich der Kinderpsychopathologie, der Behandlungsforschung oder sonstiger klinisch-theoretischer Anwendungen.« (S. 69). Abgesehen von einer Anpassung der Familienklimaskalen an das Geschwistersystem (vgl. Krämer, 1992) gibt es auch in Deutschland keine standardisierten Erhebungsinstrumente. Die Erfassung von Geschwisterbeziehungen in unterschiedlichen Lebenskontexten stellt somit einen Forschungsbereich dar, der in Zukunft verstärkter Aufmerksamkeit bedarf.

5.6.3 Familiensystem

Bei weitem die größte Zahl an familiendiagnostischen Verfahren wurde bisher zur Erfassung ganzer Familiensysteme entwickelt. In ihrem umfassenden Überblick über Meßinstrumente der Familiendiagnostik haben Grotevant und Carlson (1989) insgesamt 47 Instrumente dokumentiert. Diese umfassen 13 Kodierungssysteme zur Erfassung von Familieninteraktionen, 8 familienbezogene Ratingskalen, 17 Selbstberichtsfragebögen zur Familie als einer Einheit und 9

Selbstberichtsverfahren zur Erfassung von Familienstreß und zur Diagnostik familiären Bewältigungsverhaltens. Es kann nicht die Aufgabe dieses Abschnitts sein, alle diese Instrumente hier im einzelnen darzustellen, zumal wir an anderer Stelle einige dieser Verfahren, wie etwa das *Family Assessment Measure* (FAM III) bzw. die *Familienbögen* (FB) oder die *Family Adaptability and Cohesion Evaluation Scale* (FACES III) bereits kennengelernt haben. Einen deutschsprachigen Überblick über fünf familiendiagnostische Fragebogeninventare geben Benninghoven, Cierpka und Thomas (1996). Speziell hingewiesen sein soll auf die von Moos (1974) entwickelte *Family Environment Scale* (FES), die vom Autor unter der Bezeichnung *Familienklimaskalen* (FKS) für den deutschen Sprachraum adaptiert wurde. Die Familienklimaskalen sind Bestandteil des *Familiendiagnostischen Test-Systems* (FDTS), das im übernächsten Abschnitt dieses Kapitels beschrieben wird.

5.6.4 Suprasysteme

Es ist eine Binsenweisheit, daß Familien nicht in einer kontextlosen Sphäre leben, sondern in größere außerfamiliäre Systeme eingebettet sind (vgl. Bronfenbrenner, 1981). Somit ist die Erfassung solcher Systeme und ihrer Beziehungen zur Familie unerläßlich, wenn man an einem globalen Verständnis der familiären Lebensumstände interessiert ist. Trotz der Bedeutung dieses Aspekts gibt es nur wenige diagnostische Verfahren, die umfassend darüber informieren, wie sich die Familie mit ihrer äußeren Welt in Beziehung setzt. Um sich hierzu einen Überblick zu verschaffen, müßten unterschiedliche Forschungsstränge durchforstet werden, um Aspekte wie schulische und berufliche Beziehungen, Beziehungen zur erweiterten Familie, Freundschaftsbeziehungen oder Beziehungen zu formellen Institutionen (z.B. Gemeinden, Sozialfürsorge, Kirchen) zu analysieren. Dabei müßte die Verknüpfung mit dem Familiensystem stets im Vordergrund stehen.

Exemplarisch wollen wir kurz einen vielversprechenden Ansatz beschreiben, der – auch wenn er noch keiner genaueren methodischen Analyse unterzogen wurde – einen Einblick in die Beziehungen der Familie mit ihrer Außenwelt gestattet. Das Instrument wurde unter der Bezeichnung »eco-map« (zu deutsch etwa »Umwelt-Landkarte«) zuerst von Hartman (1978) eingeführt. Weitere Hinweise zu dieser Methode finden sich bei Holman (1983) sowie bei Sherman und Fredman (1986). Nach Hartman (1978) ist die Umwelt-Landkarte im wesentlichen »eine einfache Papier- und Bleistiftsimulation, die in einer dynamischen Weise das ökologische System kartographiert, innerhalb dessen Grenzen sich der Lebensraum einer Person oder einer Familie abbildet. Es erfaßt die wichtigen unterstützenden und konfliktgeladenen Verknüpfungen zwischen der Familie und ihrer Welt. Es demonstriert den Fluß der Ressourcen bzw. die Defizite und Deprivationen.« (S. 476).

Um dieses Ziel zu erreichen, wird in der Mitte eines Blattes Papier ein großer Kreis plaziert, der den Familienhaushalt graphisch darstellen soll. Der Kreis wird dann mit den Symbolen der Familienmitglieder gefüllt, wobei auf eine Notation zur Darstellung des Familienstammbaums zurückgegriffen wird, auf die im nächsten Abschnitt noch detaillierter einzugehen ist. Als nächstes werden um den Kernfamilienkreis eine Reihe kleinerer Kreise angeordnet, die für diverse extrafamiliäre Systeme, wie Schule, Arbeitsplatz, erweiterte Familie, Freizeiteinrichtungen, Gesundheitssystem, Kirche etc. stehen. Je nach den besonderen Lebensumständen einer bestimmten Familie können zusätzliche Einheiten hinzugefügt werden. In einem dritten Schritt wird die Qualität der Beziehungen, die zwischen der Familie und ihren außerfamiliären Systemen bestehen, erfaßt. Hierzu werden durchgezogene Linien für starke und gestrichelte Linien für schwache Verbindungen gezeichnet. Streß- oder konfliktreiche Beziehungen werden durch quergestrichelte Verbindungslinien zwischen der Familie und ihren entsprechenden Außenweltsystemen markiert. Schließlich wird durch Pfeile entlang der Verbindungslinien noch angegeben, in welche Richtung Ressourcen oder Energieströme fließen. Ein Beispiel für eine noch leere Umweltkarte, die der Leser für seine eigene Familie ausfüllen kann, ist in Abb. 5.6 wiedergegeben. Daten zu entsprechenden Fallstudien finden sich bei Hartman (1978) oder Holman (1983).

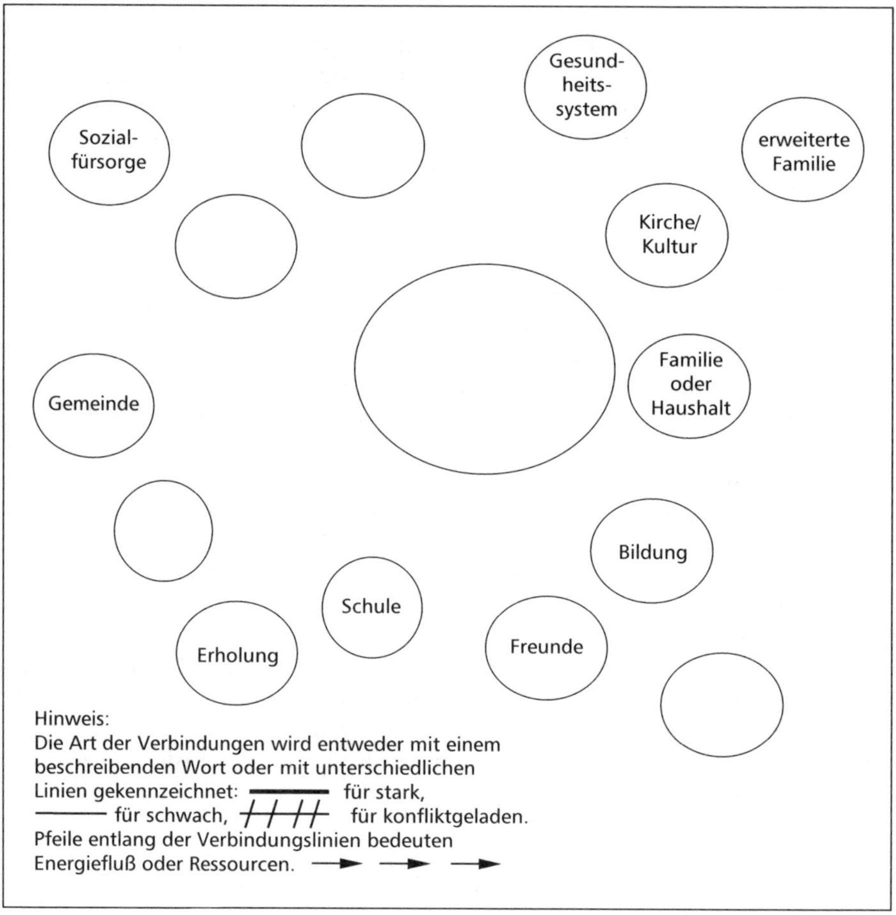

Abb. 5.6: Beispiel einer unausgefüllten Umwelt-Landkarte (nach Holman, 1983, S. 34)

Ursprünglich war die Methode der Umwelt-Landkarte vornehmlich dazu entwickelt worden, um professionell in der Familienarbeit tätigen Personen dabei zu helfen, die Fülle der diagnostischen Informationen zu ordnen, die sich vor allem in den frühen Phasen der Familienarbeit ergeben. In der Zwischenzeit empfiehlt Hartman die Verwendung der Umwelt-Landkarte als ein Hilfsmittel zum Interviewen von Familien. Dabei entwickelt der Interviewer gemeinsam mit der Familie deren Umwelt-Landkarte als eine Art kooperatives Projekt. Einer der Vorteile dieses Ansatzes ist es, daß er eine ganzheitliche und integrative Veranschaulichung des Lebensraums einer Familie ermöglicht. Darüber hinaus steht dieser Zugang in Übereinstimmung mit einem Stressor-Ressourcen-theoretischen Modell der Familie, das nicht nur die Schwächen, sondern auch die Stärken einer bestimmten Familie in den Blick nimmt. Dies wiederum führt häufig zu wertvollen Hinweisen auf mögliche Interventionsansätze, da neben innerfamiliären Beziehungen der ökologische Kontext einer Familie als eine mögliche Ressource in den Behandlungsplan einbezogen werden kann.

5.6.5 Mehrebenen-Familiendiagnostik

Im Hinblick auf die unterschiedlichen Systemebenen, nach denen Familienbeziehungen gegliedert werden können, und unter Berücksichtigung der Tatsche, daß Familiendiagnostik einen mehrdimensionalen Ansatz zur Erfassung von Familienbeziehungen erforderlich macht (vgl. Cromwell & Peterson, 1983), wurde vom Autor und seinen Mitarbeitern das *Familiendiagnostische Test-System* (FDTS) entwickelt (vgl. Schneewind, 1988a; Schneewind, Beckmann & Hecht-Jackl, 1985; Schneewind & Ruppert, 1995). Abbildung 5.7 vermittelt in graphischer Form die Struktur des FDTS.

Das FDTS besteht aus einem Satz von insgesamt 29 Fragebögen, die – je nach der spezifischen familiären Beziehungskonstellation – zwischen 4 und 13 Beziehungskonstrukte zum Gegenstand haben. Besondere Aufmerksamkeit wurde bei der Entwicklung des FDTS dem *Eltern-Kind-Subsystem* gewidmet, wobei vier Eltern-Kind-Konfigurationen (nämlich Mutter-Sohn-, Mutter-Tochter-, Vater-Sohn-, Vater-Tochter-Dyaden) unterschieden werden. In jeder Dyade wird die Eltern-Kind-Beziehung sowohl aus der Perspektive der Elternperson als auch aus der Perspektive des entsprechenden Kindes erfaßt. Es ergeben sich somit acht verschiedene subjektive Gesichtspunkte der Personen, die an einer dyadischen Eltern-Kind-Beziehung beteiligt sind. Darüber hinaus haben wir drei verschiedene Beziehungsaspekte innerhalb des Eltern-Kind-Subsystems unterschieden. Es sind dies: (a) Eltern-Kind-Einstellungen (z.B. Permissivität, Behütung, Inkonsistenz), (b) Eltern-Kind-Ziele (z.B. Leistungsehrgeiz, Konformität, Selbständigkeit), (c) Eltern-Kind-Verhalten (z.B. Belohnung, Bestrafung, Ausdruck von Ärger). Nimmt man die drei Beziehungsaspekte, die vier Eltern-Kind-Konfigurationen und die zwei Perspektiven innerhalb jeder dieser Konfigurationen zusammen, so addieren sich die verschiedenen Tests innerhalb des Eltern-Kind-Subsystems zu insgesamt 24 Einzeltests.

Neben den vier dyadischen Konstellationen des Eltern-Kind-Subsystems wurde das *Ehe-Subsystem* als eine weitere wichtige Beziehungsdyade erfaßt. Die

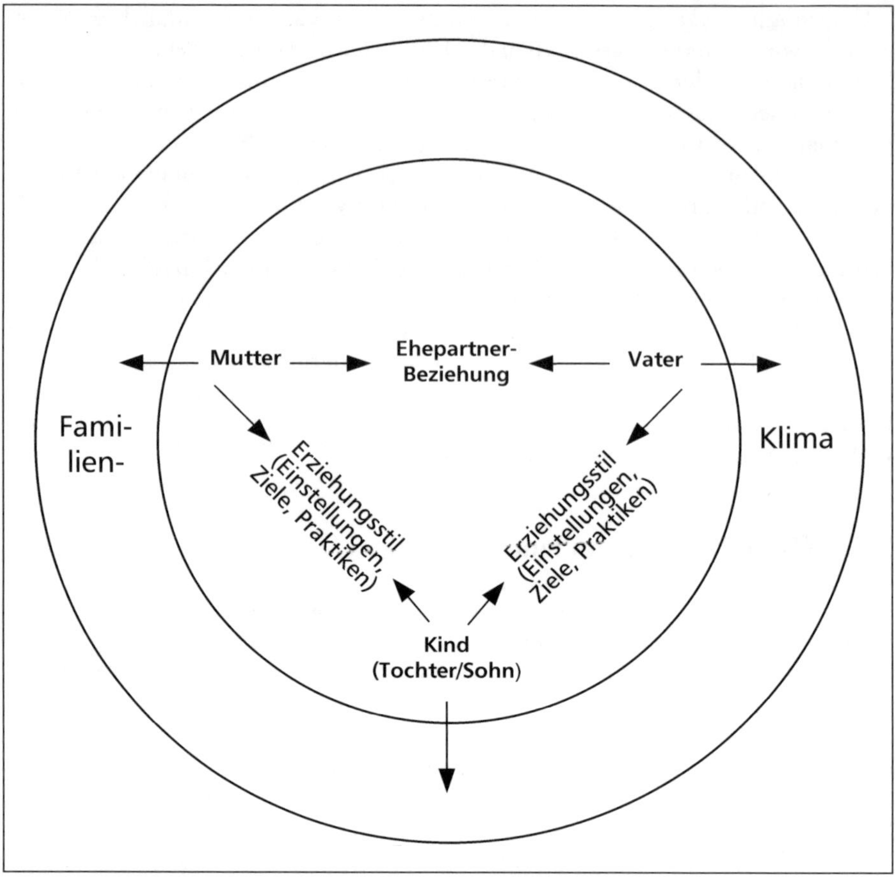

Abb. 5.7: Die Struktur des FDTS auf Subsystem- und Systemebene

entsprechenden Fragebögen umfassen – wie im Abschnitt 5.4.2 bereits erwähnt – vier Aspekte der wahrgenommenen ehelichen Interaktionen, nämlich »Zärtlichkeit«, »Konflikt«, »Resignative Unzufriedenheit« und »Unterdrückung«, und zwar jeweils aus der Sicht der Ehefrau und des Ehemannes.

Zur Erfassung des *gesamten Familiensystems* wurde schließlich die *Family Environment Scale* (FES) von Moos (vgl. Moos, 1974; Moos & Moos, 1986) unter der Bezeichnung »Familienklimaskalen« für den deutschsprachigen Raum adaptiert (vgl. Schneewind, 1988b). Die *Familienklimaskalen* (FKS) bestehen aus 10 Subskalen, die verschiedene Aspekte der emotionalen Beziehungsqualität, des persönlichen Wachstums und der Systemerhaltung (z.B. »Zusammenhalt«, »Selbständigkeit«, »Kontrolle«) erfassen. Auch bei der Entwicklung der Familienklimaskalen wurde darauf geachtet, daß das wahrgenommene Familienklima aus der Perspektive der beiden Eltern und des jeweiligen Kindes erfaßt werden kann, was letztlich zu drei konzeptionell gleichartigen Erhebungsinstrumenten führt.

Das FDTS ist als ein modulares Testsystem konzipiert. Dies bedeutet, daß die Subtests entsprechend den speziellen Interessen des Benutzers bzw. der Benutzerin verwendet werden können. Zugleich ergibt sich die Möglichkeit, die diagnostische Informationsbasis sukzessive zu erweitern, wenn die Fragestellung dies wünschenswert erscheinen läßt. Inzwischen wurde das FDTS bzw. einzelne seiner Module in einer Reihe von Studien erfolgreich eingesetzt (vgl. z.B. Schmidt-Denter & Beelmann, 1995; Schmidt-Rinke, 1982; Schneewind, 1990b; Schneewind & Ruppert, 1995; Seiffge-Krenke, 1997).

Als ein weiteres Verfahren der Mehrebenen-Familiendiagnostik soll kurz der von Schneewind und Weiß (1996) auf der Basis des Coping and Stress Profile (CSP) von Olson und Stewart (1991) entwickelte *Gesundheits- und Streß-Fragebogen* (GuS-Fragebogen) vorgestellt werden. Der GuS-Fragebogen basiert auf dem ebenfalls von Olson konzipierten und bereits in Kapitel 3 erwähnten *Multisystem Assessment of Health and Stress* (MASH) Modell (vgl. Olson, 1996b; Olson & Stewart, 1991), in dem Streß, Ressourcen und Anpassung auf der individuellen, Partnerschafts- und Familienebene und zusätzlich auch auf der extrafamiliären Ebene »Arbeit« miteinander verknüpft werden können. Der GuS-Fragebogen besteht aus insgesamt 305 Items, die 35 Skalen zugeordnet werden können. Ein Überblick über die Struktur des Gus-Fragebogens und die Zuordnung der einzelnen Skalen zu den verschiedenen Systemebenen bzw. inhaltlichen Aspekten (d.h. Streß, Ressourcen und Anpassung) findet sich in Tabelle 5.2.

Eine Veröffentlichung des GuS-Fragebogens ist in Vorbereitung (vgl. Schneewind & Weiß, 1999). Erste Befunde bestätigen die Nützlichkeit dieses Instruments – auch im Zusammenhang mit persönlichkeitsdiagnostischen Verfahren (vgl. Weiß, 1998; Weiß, Schneewind & Olson, 1995; Schneewind & Graf, 1998).

Bevor wir diesen Abschnitt abschließen, sollte noch auf zwei Probleme einer Mehrebenen-Familiendiagnostik hingewiesen werden. Ein *erstes Problem* besteht darin, daß die diagnostischen Erhebungen auf unterschiedlichen Systemebenen den subjektiven Gesichtspunkt eines individuellen Familienmitglieds wiedergeben. Dies ist vor allem dann der Fall, wenn Selbstberichtsmethoden eingesetzt werden. Die entsprechenden Instrumente erfassen somit Beziehungen nicht *auf* einer bestimmten Systemebene, sondern vielmehr individuelle Wahrnehmungen *in bezug* auf eine bestimmte Systemebene. Dies führt zu der Frage, wie die verschiedenen subjektiven Gesichtspunkte integriert werden können, um ein »wahres« Bild von den Beziehungen innerhalb einer Familie zu gewinnen. Dies ist ein bislang ungelöstes Problem, für das verschiedene statistische Lösungen (z.B. Durchschnittsbildung über Individuen, Berechnung von Differenzmaßen, Zerlegung der erhobenen Variablen in unterschiedliche Varianzkomponenten) vorgeschlagen wurden (vgl. Fisher et al., 1985; Sierwald, 1996).

Eine andere Strategie zur Gewinnung von Beziehungsdaten geht von bestimmten Arrangements der Datensammlung aus. Eines davon ist die von Strodtbeck (1951) entwickelte *Technik der aufgedeckten Unterschiede* (»revealed difference technique«). Im Kern beruht diese Methode darauf, daß zunächst alle Familienmitglieder gebeten werden, unabhängig voneinander ihre subjektiven Sichtweisen von der Funktionsweise ihrer Familie wiederzugeben, indem sie z.B. einen der Selbstberichtsfragebögen zur Erfassung der gesamten Familie ausfüllen. Als nächstes wird die Familie mit den Diskrepanzen, die zwischen den Kennwerten

Tab. 5.2: Überblick über die Skalen des Fragebogens „Gesundheit und Streß" (Schneewind & Weiß, 1996)

	Individuum	Arbeit	Partnerschaft	Familie
Streß	Persönlicher Streß Streßübertragung	Arbeitsstreß	Partnerschaftsstreß	Familienstreß
Ressourcen (Verhalten)	Persönl. Problemlöse-fertigkeiten Persönliche Zeit Freizeiterholung Körperliche Aktivität	Problemlösefertigkeiten Arbeit	Problemlösefertigkeiten Partnerschaft	Problemlösefertigkeiten Familie
Ressourcen (Einstellungen)	Selbstwertgefühl Personale Kontrolle Weltanschauung Religiöser Glaube			
Ressourcen (Zwischenmenschliche Beziehungen)	Bevorzugter Grad an Nähe Bevorzugter Grad an Flexibilität Ausdrücken von Gefühlen Unterstützung durch andere	Kohäsion in der Arbeitsgruppe Flexibilität am Arbeitsplatz Kommunikation am Arbeitsplatz	Kohäsion in der Partnerschaft Flexibilität in der Partnerschaft Kommunikation in der Partnerschaft	Kohäsion in der Familie Flexibilität in der Familie Kommunikation in der Familie
Anpassung	Körperl. Gesundheit Emot. Wohlbefinden Lebenszufriedenheit	Zufriedenheit mit der Arbeit	Zufriedenheit mit der Partnerschaft	Zufriedenheit mit der Familie

der verschiedenen Familienmitglieder bestehen, konfrontiert und dann darum gebeten, eine gemeinsame Lösung zur Beantwortung des Fragebogens zu finden. Dies ermöglicht es, zum einen den Beitrag eines bestimmten Familienmitglieds zum Familienentscheidungsprozeß aufzuklären. Zum anderen bietet sich bei einem solchen Vorgehen eine ausgezeichnete Gelegenheit zur Beobachtung von Familieninteraktionen. Eine Variation der Technik der aufgedeckten Unterschiede ist die von Ferreira (1963) erstmals eingesetzte *Technik der nicht-aufgedeckten Unterschiede*. In diesem Fall werden die Familienmitglieder gebeten, eine übereinstimmende Lösung für eine bestimmte Aufgabe (z.B. Ausfüllen eines Familienfragebogens) zu finden, ohne daß ihnen die Standpunkte der jeweils anderen Familienmitglieder bekannt sind. Für dieses Format spricht, daß es den Entscheidungsprozeß im tatsächlichen Leben besser nachbildet. In jedem Fall können mit der Technik der aufgedeckten bzw. nicht-aufgedeckten Unterschiede sowohl individuelle als auch Beziehungsdaten gleichzeitig analysiert werden.

Ein *zweites Problem* einer Mehrebenen-Familiendiagnostik hat mit der Frage zu tun, wie die Informationen, die auf den verschiedenen Systemebenen gewonnen wurden, zu einem kohärenten und umfassenden Bild von der Familie zusammengefaßt werden können. In der Tat sind die Befürworter eines Mehrebenen-Ansatzes der Familiendiagnostik (z.B. Cromwell & Peterson, 1983) dafür kritisiert worden, daß sie die komplexen theoretischen und methodologischen Überlegungen nicht berücksichtigt hätten, die sich bei einer Verknüpfung der Daten über die verschiedenen Systemebenen hinweg ergeben. Obwohl in einigen Fällen die interpretative Synopse von Daten, die von unterschiedlichen Systemebenen stammen, in einer psychologisch plausiblen Weise möglich ist (vgl. Bagarozzi, 1989; Floyd, Weinand & Cimmarusti, 1989; Sierwald, 1996), fehlt es bislang an einem überzeugenden Konzept zur Integration von Familiendaten, die auf unterschiedlichen Ebenen des Familiensystems gewonnen wurden.

5.7 Repräsentationsmodus: verbal vs. bildhaft-metaphorisch

Die im Rahmen der Familiendiagnostik gesammelten Daten können – je nachdem, wie sie von einem professionellen Familienwissenschaftler bzw. von den untersuchten Familienmitgliedern intern repräsentiert werden – grob in zwei Kategorien unterteilt werden. Die beiden *Repräsentationssysteme* sind zum einen der verbale und zum anderen der bildhaft-metaphorische Modus.

Zunächst einige Bemerkungen zum *verbalen Modus*. Hier werden alle Familiendaten einschließlich der Familienbeziehungen innerhalb des semiotischen Systems der Sprache repräsentiert. Die semantischen, syntaktischen und pragmatischen Aspekte der Sprache kommen ins Spiel, wenn wir in einer beschreibenden, erklärenden oder vorschreibenden Weise über Beziehungen sprechen. Alltagssprachliche Beispiele für diese Aussagetypen sind etwa: »Unsere Beziehung wird immer schlechter« (beschreibend); »Wir haben Schwierigkeiten in unserer Beziehung, weil Du zuviel arbeitest« (erklärend); »Du solltest mehr Zeit mit mir verbringen« (vorschreibend). Entsprechende Aussagetypen lassen sich auch bei Verwendung einer wissenschaftlichen Terminologie finden, wie folgende Beispiele zeigen: »Die Beziehung zwischen A und B ist gekennzeichnet durch negative Reziprozität« (beschreibend); »Die Ärgereskalation zwischen A und B ist auf einen Mangel an Kommunikationsfertigkeiten zurückzuführen« (erklärend); »A und B sollten sich an einem Trainingsprogramm zur Verbesserung von Kommunikationsfertigkeiten beteiligen« (vorschreibend). Alle diese behauptenden Aussagen können in Fragen umformuliert werden und somit Bestandteile bestimmter Erhebungsmethoden bzw. entsprechender diagnostischer oder Behandlungshypothesen werden.

Die meisten familiendiagnostischen Verfahren, die in der Forschung oder für klinische Zwecke Verwendung finden, beruhen auf dem verbalen Modus. Dies trifft natürlich für alle Varianten von Selbstberichts- und Interviewmethoden zu. Aber auch die verschiedenen Arten von beobachtungsbezogenen Schätzverfahren und Kodierungssystemen basieren auf dem verbalen Modus, da das beobachtete Interaktionsverhalten bestimmten verbalen Kategorien mit spezifizierter semantischer Bedeutung zugeordnet werden muß. Da eine Reihe von ihnen bereits in vorangehenden Abschnitten dieses Kapitels dargestellt wurden, wenden wir uns nun dem zweiten Repräsentationsmodus zu, d.h. der bildhaft-metaphorischen Repräsentation.

Dem *bildhaft-metaphorischen Modus* liegt die Annahme zugrunde, daß die Beziehungen einer Person mit ihrer Familie intern in einer metaphorischen Weise kodiert sind und auf nicht-verbalem Wege ausgedrückt werden können. Der Vorteil dieses Zugangs zur Familiendiagnostik besteht darin, daß die entsprechenden Techniken auch bei Kindern und Erwachsenen mit geringen sprachlichen Ausdrucksmöglichkeiten problemlos eingesetzt werden können.

Ein Beispiel für den bildhaft-metaphorischen Modus ist ein Verfahren, das unter der Bezeichnung »Familienskulptur« vor allem im klinischen Bereich breite Anwendung gefunden hat. Als eine nützliche Methode der Familientherapie ist die *Skulpturtechnik* zuerst von Duhl, Kantor und Duhl (1973) beschrieben worden. Hinweise zu Erweiterungen und Veränderungen der Familienskulpturtechnik finden sich z.B. in den Arbeiten von Arnold, Joraschky und Cierpka (1996), Constantine (1978), Gehring, (1998) oder L'Abate, Ganahl und Hansen (1986). Eine Integration zweier wichtiger systemdiagnostischer bzw. -therapeutischer Techniken, nämlich die Verbindung der Skulpturtechnik mit der Technik des zirkulären Fragens, haben v. Schlippe und Kriz (1993) vorgeschlagen.

Bei einer Familienskulptur werden die Familienmitglieder gebeten, sich selbst als ein Ensemble von lebenden Statuen im Raum zu plazieren – ähnlich der Anordnung der heiligen Familie in einer Weihnachtskrippe. Die Personen werden aufgefordert, alle Formen nicht-verbaler Ausdrucksmöglichkeiten zu nutzen, um so z.B. den Abstand zwischen den Personen, die Körperhaltung, Gestik, Blickrichtung, kurz alle körperlichen Symbole, die einen unmittelbaren Eindruck von der Qualität der Familienbeziehungen verschaffen, auszudrücken. Mit Blick auf die Praxis der Familientherapie kommentieren L'Abate, Ganahl und Hansen (1986) die verschiedenen Funktionen der Skulpturtechnik wie folgt: »Sie kann auf aktive Weise inaktive oder sprachunfähige Mitglieder einbeziehen; die Klarheit der Kommunikation innerhalb der Familie erhöhen; den Ausdruck von Emotionen erleichtern; die Bewußtheit von den internen und Interaktionserfahrungen der Teilnehmer fördern; für den Therapeuten wie für die Familie neue Einsichten in die Funktionsweise der Familie ermöglichen; die Erfahrungen der Familie in der Therapie intensivieren; einige Aspekte ihrer Erfahrungen betonen oder entschärfen; Familienmitglieder bei der Differenzierung ihrer Wahrnehmung helfen; die Familie zu einem volleren Bewußtsein ihrer Verbundenheit bringen, und zwar in einer Weise, wie es mit linear verbalen Repräsentationen niemals möglich wäre.« (S. 166).

Die Anwendungsmöglichkeiten der Skulpturtechnik sind buchstäblich unbegrenzt. Constantine (1978) hat einen Überblick über verschiedene Typen von Skulpturtechniken gegeben, die von einer einfachen Verräumlichung (d.h. Nähe versus Distanz zu einer bestimmten Person, zu einem Rollenbestandteil oder zu einem Ereignis) bis zu einer vollentwickelten Systemskulptur reicht, in der eine metaphorische Vergegenständlichung des Beziehungsgefüges der gesamten Familie erfolgt. Darüber hinaus können Skulpturen entlang einer Zeit- oder Lebenslinie geordnet werden, sie können als Manifestationen von tatsächlichen, idealen oder erwarteten Beziehungen gestaltet werden, sie können zur Erfassung von stabilen, eigenschaftsähnlichen Aspekten von Beziehungen oder zur Registrierung dynamischer Interaktionsmuster der Familie verwendet werden. Nicht zuletzt kann die Familienskulpturtechnik auch als eine Interventionsmethode zur Familienbehandlung sowie als Hilfsmittel beim Training und bei der Supervision von Familientherapeuten eingesetzt werden. Die Methode der Familienskulptur ist somit ein flexibel und vielfältig nutzbares Instrument bei der Arbeit mit Familien. Vor allem Praktiker greifen auf diese Technik gern zurück, obwohl es kaum Informationen zu den üblichen psychometrischen Gütekriterien für diese Methode gibt. Dies ist vermutlich darauf zurückzuführen, daß es – abgesehen von einigen technischen Hinweisen – keine standardisierte Anleitung zur Durchführung einer Familienskulptur gibt.

Eine bemerkenswerte Ausnahme stellt die Adaptierung der Familienskulpturtechnik im Bereich der Methodenkategorie der *symbolischen Figurenplazierung* dar (vgl. Gehring & Schultheiss, 1987). Aufbauend auf der *Kvabaeck Family Sculpture Technique* (KFST), die von Kvebaek, Cromwell und Fournier (1980) eingeführt wurde, entwickelten Gehring und Wyler (1986) unter der Bezeichnung »Family System Test« (FAST) ein ähnliches standardisiertes Verfahren, das mittlerweile auch als publizierter Test vorliegt (vgl. Gehring, 1993). Der FAST soll zwei zentrale familiäre Beziehungsdimensionen, nämlich »Kohäsion« und »Macht«, erfassen. Dabei wird wie folgt vorgegangen: Die untersuchten Personen werden gebeten, kleine Holzfiguren, die für die einzelnen Mitglieder ihrer Familie stehen, auf einem quadratischen Brett von definierter Größe zu plazieren. Als erstes sollen sie angeben, wie nah oder entfernt die Familienmitglieder sich zueinander fühlen, indem sie die entsprechenden Distanzen zwischen ihnen herausfinden. Als nächstes sollen sie die Figuren auf zylindrische Blöcke von unterschiedlicher Höhe stellen, wobei die Höhe dieser Blöcke das Ausmaß an Macht oder Einfluß eines bestimmten Familienmitglieds in Bezug auf den Rest der Familie darstellen soll. Das Ergebnis ist schließlich eine symbolische Plazierung aller Familienmitglieder auf dem Skulpturbrett. Ein Beispiel für das Endergebnis einer Skulpturdiagnostik ist in Abbildung 5.8 wiedergegeben.

Abb. 5.8: Der Familien Systemtest (nach Gehring, 1993)

Unter Bezug auf die Distanz- und Höhendimension können mit dem FAST eine Reihe dyadischer Kennwerte zur Messung von Kohäsion und Macht abgeleitet werden. In einer Serie von Publikationen haben Gehring und seine Mitarbeiter nachgewiesen, daß der FAST sich als ein zuverlässiges und gültiges Instrument qualifiziert (vgl. zusammenfassend Gehring, 1998). Besonders hervorhebenswert sind Untersuchungsbefunde, die einen Beitrag zur konvergenten und diskriminanten Validität des FAST unter Berücksichtigung verbaler Maße zur Erfassung von Kohäsion und Macht leisten. Es hat somit den Anschein, daß es zumindest eine teilweise Überlappung des verbalen und bildhaft-metaphorischen Modus zur Repräsentation von Familienbeziehungen gibt.

Weitere bildhaft-metaphorische Verfahren wie der Test *Familie in Tieren* von Brem-Gräser (1992), der Zeichentest *Die verzauberte Familie* von Kos und Biermann (1984) oder der *Sceno-Test* von v. Staabs (1964), die als projektive Tests mit einem psychoanalytischen Hintergrund häufig in der Arbeit mit Kindern angewandt werden, sollen – auch wenn wir an dieser Stelle nicht detaillierter auf sie eingehen können – zumindest erwähnt werden.

5.8 Zeitperspektive: Vergangenheit vs. Gegenwart vs. Zukunft

Im Hinblick auf unsere allgemeine Definition von Familie als einer Einheit von Personen, die sich innerhalb von Zeit und Raum gemeinsam entwickeln, wenden wir uns nun dem *Zeitaspekt der Familienentwicklung* zu. Die Bedeutung und der Nachdruck, mit dem dieser Aspekt verfolgt wird, hängt von der jeweiligen theoretischen Position ab. So interessieren sich z.B. historisch orientierte Modelle der Familientherapie vor allem für frühe oder generationenübergreifende Familienbeziehungen, wohingegen eher erfahrungsorientierte oder verhaltenstheoretisch beeinflußte Schulen der Familientherapie es wichtiger finden, die Funktionsweise von Familien im »Hier und Jetzt« zu erfassen. Wieder andere Ansätze der Familientherapie (z.B. solche, die sich dem individualpsychologischen Ansatz im Sinne Adlers verpflichtet fühlen) legen großen Wert auf Erhebungsmethoden, die sich auf zukünftige Entwicklungen des Familiensystems beziehen.

Auf der begrifflichen Ebene hat der familienentwicklungstheoretische Ansatz, wie er z.B. von Carter und McGoldrick (1988) propagiert wird, viel zu einer dynamischeren Sichtweise des Familienlebens beigetragen, indem zwischen verschiedenen Stufen und Übergangsphasen des Familienlebenszyklus unterschieden wird (vgl. hierzu Kapitel 3.5). Von daher ist es für jede Art von Familiendiagnostik unerläßlich, etwas über die Entwicklungsphase zu erfahren, in der sich eine bestimmte Familie gerade befindet. Es leuchtet unmittelbar ein, daß sich z.B. die Familienentwicklungsaufgaben bei einem Paar, das sich im Übergang zur Elternschaft befindet, deutlich von denen unterscheiden, die eine Familie mit Jugendlichen in der Ablösungsphase zu bewältigen hat.

Im folgenden werden wir einige Beispiele kennenlernen, die die Bedeutung von vergangenheits-, gegenwarts- und zukunftsbezogenen Vorgehensweisen der Familiendiagnostik deutlich machen. Zuvor sollten wir uns jedoch vergegenwärtigen, daß sich die Kennzeichnung bestimmter Ereignisse als »vergangen«, »gegenwärtig« oder »zukünftig« fortwährend ändert. Gegenwärtige Ereignisse werden unwiderruflich zu historischen, wenn sie auf dem Zeitkontinuum aktualisiert werden. Gleichermaßen nehmen zukünftige oder vorweggenommene Ereignisse den Status der Gegenwärtigkeit an, sobald sie sich »verwirklichen«. Auch vergangene Ereignisse können sich im Licht gegenwärtiger und zukünftiger Erfahrungen verändern, obwohl wir vermutlich eher an den Gedanken gewöhnt sind, daß die Vergangenheit einen Einfluß auf Gegenwärtiges und Zukünftiges ausübt. So können z.B. Ereignisse, die vordem als verheerend erlebt wurden (z.B. der Tod eines nahen Familienmitglieds oder eine Scheidung) eine unterschiedliche Erfahrungsqualität annehmen – manchmal einfach, weil »die Zeit alles heilt«, manchmal, weil ein professioneller Berater oder eine professionelle Beraterin ihren Klienten dazu verhelfen konnte, die Dinge in einem anderen Licht zu sehen.

5.8.1 Vergangenheit

Wenn man auf seine Entwicklungsgeschichte zurückblickt, kann dies – je nachdem, welche Lebensereignisse für einen charakteristisch sind – eine angenehme oder aufwühlende Erfahrung sein. Dies trifft auch für die eigene Beziehungsgeschichte zu, wenn man sie in einer mehr oder weniger ausgedehnten Zeitperspektive Revue passieren läßt.

Ein Ansatz zur Erfassung historischer Familiendaten, der im Rahmen der Mehrgenerationen-Familientherapie besonders gepflegt wird, besteht in der Konstruktion von sogenannten *Familiengenogrammen*. Ein früher Bericht zu dieser Methode findet sich in einer Veröffentlichung von Guerin und Pendagast (1976). Ausgefeiltere Darstellungen der Familiengenogramm-Methode bieten die Arbeiten von Kramer (1985), McGoldrick und Gerson (1990) sowie Gerson et al. (1993) und Kaiser (1993). Das Familiengenogramm ist eine Methode, bei der die

Tab. 5.3: Faktische und Beziehungsdaten zur Vervollständigung eines Genogramms (nach Kramer, 1985, S. 36f)

A. Faktische Daten

Berücksichtige wesentliche Familienereignisse, mit Zeitangabe:
Geburt und gegenwärtiges Alter
Tod und Todesursache
Adoption
Heirat und Wohnort
Scheidung und Zuhause der Kinder
Schwere Krankheiten (physische und psychische), Beschreibung der Dysfunktion
Wohnortwechsel, wohin, und Verursachungsfaktor, wenn relevant Zeitangaben zum Weggang der Familienmitglieder aus dem Haus
Unfälle und Verluste zusätzlich zu den oben genannten
Fehlgeburten, Abgänge, Totgeburten und Kinder, die im Kleinkindalter starben

Berücksichtige ebenso:
Berufe
Besondere Interessen
Ethnische Herkunft
Religionszugehörigkeit
Bildungsstand

Achte auf generationsübergreifende Parallelen wie:
Namen
Berufe, einschließlich Familienbetriebe
Heiraten außerhalb der religiösen, rassischen, nationalen oder kulturellen Gruppe
Scheidungen
Uneheliche Kinder
Auszeichnungen während der Ausbildung oder des Berufslebens
Geschwisterfolge

B. Beziehungsdaten

Achte auf Muster wie:
Balance in der Kernfamilie und mit der erweiterten Familie, einschließlich Allianzen und Ausgrenzungen. Bestehen von seiten der Kernfamilie balancierte Beziehungen zu beiden Zweigen der erweiterten Familie?
Triangulationen
Probleme von Männern/Frauen
Krankheitsmuster
Kommunikationsmuster
Ansammlungen von Dysfunktionen, besonders bei Verlusten

Identifiziere etwa gleichzeitig auftretende Geburten und Todesfälle (innerhalb eines Jahres) und verfolge ihre Effekte.
Höre auf unausgesprochene Familienregeln und -bindungen, wenn die Familienmitglieder ihre Interaktion beschreiben. Schreibe sie auf und ermutige die Familienmitglieder, sie zu diskutieren.

Familie gebeten wird, ihren Familienstammbaum zu konstruieren, wobei wenigstens drei Generationen miteinander verknüpft sein sollen. Zur Kennzeichnung des Familiengenogramms werden zwei Arten von Daten herangezogen, nämlich *faktische Daten* und *Beziehungsdaten*. Kramer (1985, S. 36, 40) hat zur Sammlung dieser beiden Datenarten einige Richtlinien empfohlen, die in Tabelle 5.3 wiedergegeben sind.

Die Sammlung von Familiendaten in einer Mehrgenerationenperspektive erfolgt gewöhnlich im Rahmen eines Genogramm-Interviews, das nach McGoldrick und Gerson (1990) »als Teil einer umfassenden systemisch angelegten klinischen Diagnostik gesehen werden sollte.« Die Autoren weisen jedoch darauf hin, daß es »keine quantitative Meßskala gibt, mit deren Hilfe der Kliniker ein Genogramm in kochbuchartiger Manier für klinische Vorhersagen verwenden kann. Vielmehr ist das Genogramm ein subjektiv interpretierendes Werkzeug, mit dem der Kliniker vorläufige Hypothesen für eine weitere systemische Beurteilung erzeugen kann.« (S. 2).

Dennoch kann es sich als hilfreich erweisen, die in einem Genogramm-Interview gesammelten Informationen graphisch so aufzubereiten, daß die besondere Beziehungskonstellation einer Familie rasch erfaßt werden kann. Zu diesem Zweck wurde eine Reihe von Symbolen zur Darstellung der Mitgliedschaft und der Beziehungen innerhalb eines Mehrgenerationen-Familiensystems entwickelt,

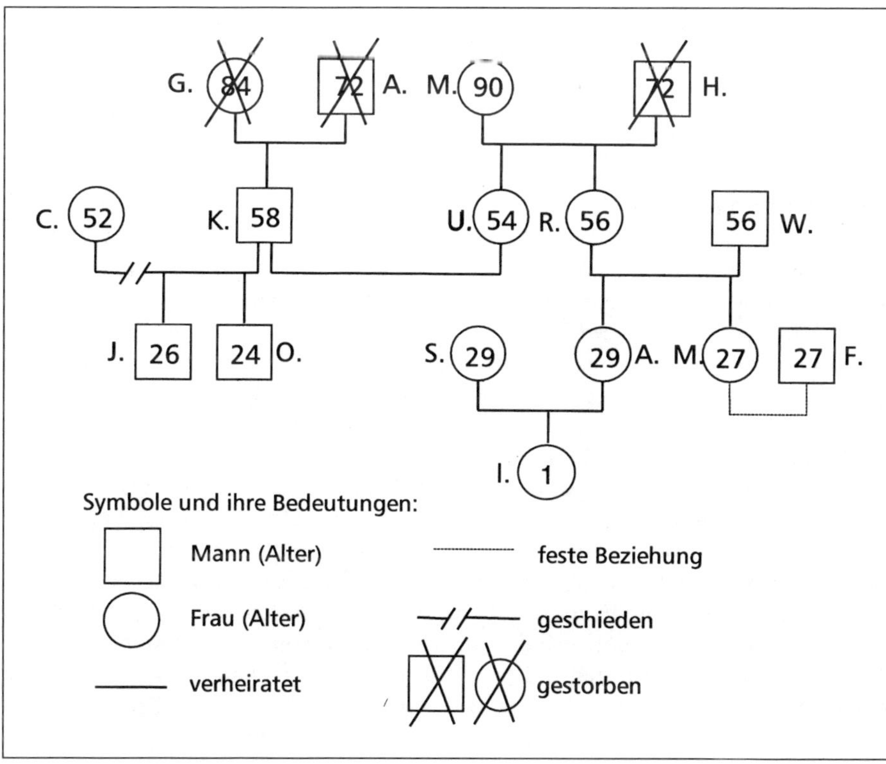

Abb. 5.9: Beispiel für ein Familiengenogramm mit vier Generationen

die sich eng an die von Minuchin (1977) verwendeten Symbole zur Erstellung eines Familienstrukturdiagramms anlehnt (vgl. Abb. 5.2). Ein Beispiel für ein vier Generationen umfassendes Familiengenogramm, das dem Autor wohl vertraut ist, findet sich nebst den entsprechenden Symbolen in Abbildung 5.9.

Während den faktischen Daten, die in einem Genogramm enthalten sind, in der Regel ein hohes Maß an Augenscheinvalidität attestiert werden kann, ist dies für die Beziehungsinformationen als Teil des Familiengenogramms nicht der Fall. Eine Möglichkeit zur Absicherung von Beziehungsdaten besteht darin, sie mit entsprechenden Informationen zu vergleichen, die von anderen Meßinstrumenten stammen. Eines der Instrumente, das für diesen Zweck genutzt werden kann, ist der *Personal Authority in the Family System Questionnaire* (PAFS-Q), der von Bray, Williamson und Malone (1984) entwickelt und von uns im Rahmen einer Längsschnittsstudie zum Übergang zur Elternschaft ins Deutsche übertragen wurde (vgl. Schneewind et al., 1989). Der PAFS-Q ist eines der wenigen standardisierten Selbstberichtsverfahren zur Erfassung von Beziehungen zur Herkunftsfamilie. Dabei werden u.a. Konzepte wie »intergenerationale Intimität«, »Fusion/Individuation«, »Triangulation« oder »Einschüchterung« gemessen. Dabei ist zu berücksichtigen, daß beide Ansätze zur Erfassung historischer Familiendaten – die Genogramm-Methode und der PAFS-Q – retrospektive Verfahren sind. Im Prinzip können jedoch auch gewöhnlich gegenwartsorientiert angewandte verbale und bildhaft-metaphorische Methoden entsprechend angepaßt werden, um Familienbeziehungen retrospektiv zu erfassen. Die Zusammenführung von Daten über vergangene Familienbeziehungen, die aus unterschiedlichen Datenquellen stammen, stellt in der Familienforschung ein unterentwickeltes Gebiet dar und sollte daher in Zukunft mehr Beachtung finden.

5.8.2 Gegenwart

Die meisten der familiendiagnostischen Verfahren, die wir bisher kennengelernt haben, beziehen sich auf die Familie in ihren »Hier und Jetzt«-Beziehungen. Dies trifft natürlich in besonderer Weise für alle beobachtungsbezogenen Schätz- und Kodierungssysteme zu, obwohl man auch dabei berücksichtigen sollte, daß die Zusammenfassung von Beobachtungsdaten über verschiedene Situationen unweigerlich Folgen für die Zeitdimension hat. Im Falle von Selbstberichtsmethoden wird dies noch deutlicher, da hier die befragten Personen häufig darum gebeten werden, daß sie ihre Familie so beurteilen sollen, wie sie sie »gewöhnlich« wahrnehmen. Dies impliziert irgendeine Art von innerer Durchschnittsbildung über eine Vielzahl von Situationen, die die Personen in der Vergangenheit erlebt haben. Wenn z.B. eine Person die Feststellung »In unserer Familie gibt es eine Menge Streit und Reibereien« (ein Item, das für Familienkonflikt steht) bejaht, können wir annehmen, daß sich die Antwort der Person auf eine Reihe von konflikthaften Situationen bezieht, die sich im Laufe einer nicht genau festgelegten Zeitspanne ereignet haben. Abgesehen von einer realzeitlichen Erfassung von Mikro-Ereignissen ist es daher schwierig, Familiendaten zu erfassen, die sich ausschließlich und allein auf die Gegenwart beziehen, obwohl sie zu einem bestimmten Zeitpunkt erhoben werden.

5.8.3 Zukunft

Trotz der allgemeinen Übereinstimmung darüber, daß Familienentwicklung ein zukunftsorientierter Prozeß ist, gibt es erstaunlich wenig Instrumente in der Familiendiagnostik, die diesen Gesichtspunkt auch wirklich berücksichtigen. Eine Ausnahme stellt die bereits erwähnte *Family Environment Scale* (FES) in ihrer englischen Version dar (vgl. Moos & Moos, 1986). Neben der wohl am häufigsten benutzten *Real-Version*, die von der befragten Person eine Einschätzung ihrer gegenwärtigen Familie fordert, gibt es noch zwei weitere Versionen, nämlich eine *Ideal-Version* und eine *Erwartungs-Version*. Moos und Moos (1986) schreiben hierzu, daß die Ideal-Version »entwickelt wurde, um die Ziele und Wertorientierungen der Familienmitglieder zu erfassen« , während die Items und Instruktionen der Erwartungs-Version »umformuliert wurden, um es den Personen zu ermöglichen, sie im Hinblick auf das erwartete Familienklima zu beantworten.« (S. 3). Obwohl Moos und Moos einige Hinweise geben, wann die Erwartungs-Version eingesetzt werden kann (z.B. in Ehevorbereitungsseminaren, bei der Adoptionsvermittlung, bei der Beratung von geschiedenen, verwitweten und sich wiederverheiratenden Personen), berichten sie über keine Forschungsbefunde zur Erwartungs-Version der FES.

Ein direkter Zugang zur Erfassung des Einflusses von zukünftigen Ereignissen besteht darin, die erwarteten Veränderungen, die sich durch den Eintritt eines solchen Ereignisses ergeben, unmittelbar zu erfassen. Ein Beispiel hierfür ist die Entwicklung eines Veränderungsfragebogens, der im Rahmen des Projekts »Optionen junger Ehen« (Schneewind et al., 1989) eingesetzt wurde. Bei diesem Instrument geht es darum, daß zukünftige Eltern, die kurz vor der Geburt ihres ersten Kindes stehen, für unterschiedliche Lebensbereiche angeben sollen, was sich nach der Ankunft ihres Kindes verändern wird. Die so erhobenen *Veränderungserwartungen* lassen sich dann – nachdem das freudige Ereignis tatsächlich eingetreten ist – mit dem entsprechenden *Veränderungsleben* vergleichen (vgl. Knopp et al., 1990). Bei diesem Vergleich können sich *Erwartungsverletzungen* – sei es in die positive, sei es in die negative Richtung – herausstellen. So konnte z.B. Belsky (1985) nachweisen, daß negative Erwartungsverletzungen, d.h. vorgeburtliche Erwartungen bezüglich der partnerschaftlichen Aufgabenteilung im Haushalt und bei der Kinderpflege, die in der Realität nicht eingelöst wurden, auf längere Sicht zu einer Verringerung der ehelichen Beziehungsqualität führen (vgl. hierzu auch Reichle, 1994, die zu ähnlichen Befunden kommt und diese auf einem gerechtigkeitspsychologischen Hintergrund interpretiert).

Solche bislang im Forschungskontext verwendeten Verfahren können mühelos auf den Bereich der klinischen Praxis übertragen werden. So könnte z.B. die Familienskulpturtechnik benützt werden, um die gegenwärtigen Beziehungen innerhalb einer Familie zu erfassen. Als nächstes könnten die Familienmitglieder aufgefordert werden, eine Skulptur von ihren Beziehungen zu stellen, wie sie sich in ihrer Erwartung nach Beendigung der Familienbehandlung ergibt. Schließlich könnte nach Abschluß der Behandlung die Familie wiederum gebeten werden, eine Skulptur ihrer gegenwärtigen Beziehungen zu stellen. Dies würde klinisch tätigen Psychologen und Psychologinnen Informationen darüber liefern, ob und inwieweit der Behandlungserfolg mit den Familienerwartungen übereinstimmt.

Zusammenfassend können wir festhalten, daß sich die Familiendiagnostik stärker auf die Prozesse der Familienentwicklung einstellen sollte. Um dies zu erreichen, sollten Daten berücksichtigt werden, die sich gleichermaßen auf die Vergangenheit, Gegenwart und Zukunft des Familienlebens beziehen und somit einen umfassenderen Einblick in die Dynamik des Familienlebens erlauben.

5.9 Datenquelle: Insider vs. Outsider

Eine der wichtigsten Entscheidungen im Zusammenhang mit der Erfassung von Familienbeziehungen betrifft die Frage, auf welche Datenquelle man sich stützen will. Olson (1977, vgl. auch Cromwell, Olson & Fournier, 1976) hat diesen Gesichtspunkt in die Diskussion eingeführt, indem er zwischen einer Insider- und einer Outsiderperspektive unterscheidet. Nach Olson (1981) ist es von besonderer Bedeutung, »welche Definition der Wirklichkeit am wichtigsten ist, nämlich die Definition derer, die direkt an der Beziehung beteiligt sind (die Insider) oder die Sichtweise derer, die von außen diese Person beobachten (die Outsider).« (S. 78). Je nachdem, wie diese Frage beantwortet wird, unterscheiden sich die erhobenen Daten zum Teil erheblich.

5.9.1 Die Insiderperspektive

Die Hauptdatenart dieser Kategorie bezieht sich auf alle Informationen, die von einem teilnehmenden Familienmitglied bezüglich ihrer sprachlichen und/oder bildhaft-metaphorischen Repräsentation der Familienbeziehungen erhoben werden können. So können etwa alle Selbstberichtsmethoden wie Fragebögen, Ratingverfahren oder Interviewdaten, die Familienbeziehungen zum Gegenstand haben, der Insiderkategorie zugeordnet werden. Gleichermaßen gilt dies für alle nichtsprachlichen Verfahren wie Familienzeichnungen, Familienskulptur oder andere symbolische Repräsentationen des Familienlebens. Beispiele für diese Methoden haben wir in früheren Abschnitten bereits kennengelernt, so daß wir sie an dieser Stelle nicht wiederholen müssen. Statt dessen wenden wir uns zwei allgemeinen Punkten zu, die bei der Verwendung von Insiderdaten Beachtung verdienen.

Eine *erste Überlegung* besteht darin, daß es in einer Familie soviele Insider gibt, wie es Familienmitglieder gibt – vorausgesetzt, wir wissen, wer »in« der Familie ist. Dies führt uns zu der Frage, wessen Insiderperspektive uns das repräsentativste bzw. »genaueste« Bild der Familie liefert. Die Frage so zu stellen heißt jedoch, sie falsch zu stellen, da man nicht von vornherein davon ausgehen kann, daß die subjektiven Sichtweisen verschiedener Familienmitglieder übereinstimmen. In der Familienberatung oder Familientherapie ist man daher auch mehr daran interessiert, etwas über die *Unterschiedlichkeiten verschiedener Familienmitglieder* herauszufinden, wenn sie ihre Familie im Hinblick auf ein bestimmtes Ereignis beschreiben. Darüber hinaus kann das Ausmaß an Übereinstimmung bzw. Nicht-Übereinstimmung zwischen den Familienmitgliedern, die sich auf »dieselben« Phänomene des Familienlebens beziehen, ein wichtiger diagnostischer Indikator an sich sein. Es hat sich z.B. gezeigt, daß das Ausmaß an Inkongruenz zwischen verschiedenen Familienmitgliedern bei der Beantwortung der *Familienklimaskalen* (FKS) positiv mit familiärer Konfliktneigung korreliert. Hingegen geht z.B. ein höheres Maß an Offenheit und aktiver Freizeitgestaltung mit einer größeren Übereinstimmung zwischen den Familienmitgliedern einher (vgl. Schmidt-Rinke, 1982).

Wenn man daran interessiert ist, einen zusammengefaßten Familienkennwert zu bestimmen, werden gewöhnlich Mittelwerte über die individuellen Maße aller Familienmitglieder berechnet. Dies führt jedoch zu einer Reihe von Interpretationsproblemen, insbesondere dann, wenn zwischen den Familienmitgliedern nur geringe Übereinstimmung besteht. Dabei ist allerdings zu bedenken, daß sich mangelnde Übereinstimmung nicht nur auf einen bestimmten Aspekt des Familienlebens beziehen kann, sondern auch auf ein mehrdimensionales Muster von Familienvariablen. Dies würde eine intrafamiliäre Analyse der Ähnlichkeit bzw. Unähnlichkeit von individuell wahrgenommenen Familienmerkmalen erforderlich machen, die dann einer weiteren Analyse zugeführt werden können (vgl. Cattell, Coulter & Tsujioka, 1966). Durch ein derartiges Vorgehen können wertvolle Daten darüber gewonnen werden, wer ein »Outsider« innerhalb einer Gruppe von Insidern ist, d.h. welche Familienmitglieder in hohem Maße von der Sichtweise abweichen, die die anderen Familienmitglieder von ihrem Familienleben gemeinsam haben.

Ein *zweiter Punkt*, den wir berücksichtigen müssen, wenn wir Familiendaten aus der Sicht eines Insiders sammeln, hat ebenfalls methodologische Implikationen. Da es eine ganze Reihe insiderorientierter Erhebungsinstrumente gibt, die vorgeblich dieselben Kernvariablen der Familiendiagnostik messen (z.B. Familienkohäsion oder Familienmacht), stellt sich die Frage, wie hoch die Übereinstimmung ist, wenn man dieselben Insider zu denselben Konzepten, jedoch mit unterschiedlichen Methoden untersucht. Obwohl wir hierzu schon einige Ergebnisse dargestellt haben, die für eine Erhärtung der konvergenten und diskriminanten Validität des standardisierten Familienskulpturtests (FAST) im Hinblick auf entsprechende Selbstberichtsdaten erbringen (vgl. Gehring, 1993, 1998), gibt es andere Forschungsberichte, die sich zu diesem Punkt sehr viel skeptischer äußern. So sind z.B. Studien zur Konstruktvalidität zweier im angloamerikanischen Sprachraum häufig verwendeter Familienfragebögen (FES und FACES) wenig ermutigend verlaufen (vgl. Oliveri & Reiss, 1984; Sigafoos et al., 1985; Dickerson & Coyne, 1987). Die Ergebnisse dieser Studien lassen erhebliche Zweifel bezüglich der begrifflichen Klarheit solcher Konzepte wie »Familienkohäsion« oder »Familienmacht« aufkommen, wenn sie aus der Sicht des Insiders erfaßt werden. Wir müssen daraus den Schluß ziehen, daß wir noch weit davon entfernt sind, die theoretischen, methodologischen und praktischen Implikationen zu verstehen, die sich bei der Verwertung von Daten aus der Insiderperspektive ergeben.

5.9.2 Die Outsiderperspektive

Wenn wir uns nun der *Outsiderperspektive* zuwenden, hat es zunächst den Anschein, daß einige der soeben für Insiderdaten genannten Probleme hier weniger zu Buche schlagen. Im Prinzip bezieht sich die Outsiderperspektive auf alle Personen, die nicht zu der untersuchten Familieneinheit gehören, obwohl sie wichtige Informanten über die Funktionsweise dieser Familie werden können. Zu diesen Outsidern gehören z.B. Freunde, Bekannte, Lehrer, Arbeitskollegen, aber auch professionelles Personal wie Schwestern, Mediziner, Sozialarbeiter und natürlich Familienpsychologinnen und -psychologen. Solange die Daten, die von diesen Personen stammen, auf unsystematischen Beobachtungen beruhen, kann man kaum erwarten, daß sich große Unterschiede im Vergleich zu Daten der Insiderperspektive ergeben.
Dies kann sich jedoch ändern, wenn man systematischere Ansätze zur Erhebung von Familiendaten verfolgt. So erfordern z.B. beobachtungsbezogene Kodierungssysteme wie das *Marital Interaction Coding System* (MICS) gewöhnlich ein hohes Maß an Zuverlässigkeit von zwei oder mehr Kodierern, um auf diese Weise die Objektivität des Instruments zu gewährleisten. Mit anderen Worten: Im Gegensatz zu den Daten, die von verschiedenen Insidern stammen, wird von verschiedenen Outsidern, die ein Kodierungssystem zur Erfassung von Familieninteraktionen verwenden, ein hohes Maß an Übereinstimmung verlangt. Der Preis, den man dafür zu bezahlen hat, ist jedoch hoch: Kodierer müssen lange und intensiv trainiert werden, bis sie ein hinreichendes Maß an Übereinstimmung (gewöhnlich nicht weniger als 80 %) erreichen. Das Kodierertraining sollte eine angemessene Darlegung des theoretischen Konzepts für das Kodiersystem, klare Kodieranweisungen, die Verfügbarkeit von Kodierbeispielen und Mustertranskripten beinhalten (vgl. Grotevant & Carlson, 1987). Darüber hinaus müssen entsprechende Maßnahmen (z.B. zufällige Überprüfung der Kodiergenauigkeit) ergriffen werden, um eine Erosion der Kodierzuverlässigkeit zu verhindern. Schließlich stellt die Art der Datenreduktion ein gewichtiges Problem dar, besonders wenn man an umfassenderen Familienkonstrukten interessiert ist, wie sie Grotevant und Carlson (1987) bei ihrem Versuch zur Klassifikation bestehender Kodierungssysteme für Familieninteraktionen verwenden (z.B. kognitive, affektive, Kontroll- und Sanktionskonstrukte). Auch wenn all diese methodischen Forderungen berücksichtigt werden, wissen wir noch nichts über die Validität und Nützlichkeit dieser Konstrukte.

Die Dinge sind um kein Jota weniger kompliziert, wenn beobachtungsbezogene Schätzskalen von Outsidern – gewöhnlich von Familienforschern oder Klinikern – verwendet werden. So muß z.B. eine Reihe von Kriterien berücksichtigt werden, wenn eine vertretbare Übereinstimmung zwischen verschiedenen Ratern erzielt werden soll. Carlson und Grotevant (1987) nennen in ihrem vergleichenden Überblick zu acht Familienschätzskalen folgende Schlüsselpunkte: »(1) Die Dimensionen sind klar definiert... (2) beziehen sich auf dauerhafte, stabile Merkmale... (3) reflektieren offene, beobachtbare Verhaltenskonstrukte... (4) beinhalten singuläre oder einheitliche Konstrukte im Gegensatz zu multiplen und gemischten Konstrukten... (5) thematisieren Verhaltensweisen, die im Beobachtungssetting mit einiger Wahrscheinlichkeit auftreten... (6) sind im Hinblick auf einen einheitlichen und expliziten Bezugsrahmen konstruiert... (7) haben eine angemessene Zahl von Unterscheidungsgraden.« (S. 29). Darüber hinaus bedarf es der Erfahrung von gut trainiertem Personal, um hohe Standards der Raterzuverlässigkeit zu gewährleisten (vgl. Green, Kolevzon & Vosler, 1985). Auch hier müssen wir erwähnen, daß diese Kriterien unverzichtbare Voraussetzungen sind, bevor es zu einer Überprüfung der Validität sowie der klinischen und Forschungsnützlichkeit von Familienschätzskalen kommt.

Trotz alledem kommen Carlson und Grotevant (1987), gerade im Hinblick auf den Aspekt der klinischen Nützlichkeit, zu dem Schluß, daß »Familienschätzskalen – trotz einer Fülle methodologischer Probleme – die Methode der Wahl im Bereich der Familiendiagnostik sein können... Ratings geben einen Hinweis auf die Intensität eines Problems, helfen bei der Festlegung von Interventionszielen, sind kostengünstig und beeinträchtigen wenig das normale Familienleben.« (S. 44). Wenn man sich dieser Beurteilung anschließt, ist es wünschenswert, in diesen Bereich der Familiendiagnostik mehr Forschungsanstrengungen zu investieren.

5.9.3 Übereinstimmung von Insider- und Outsiderperspektive

Noch einen letzten Punkt wollen wir bei der Gegenüberstellung der Insider-Outsiderperspektive ansprechen, nämlich die Frage der Vereinbarkeit von Informationen, die aus diesen beiden Datenquellen stammen. Im Hinblick auf die bereits genannten Befunde zur Übereinstimmung von Daten *innerhalb* der Insider- bzw. Outsiderperspektive ist es kaum überraschend, daß die Ergebnisse entsprechender Studien zur Vereinbarkeit von Daten *zwischen* diesen beiden Datenquellen recht enttäuschend sind. Dies ist besonders dann der Fall, wenn der Insider- oder Outsiderperspektive unterschiedliche theoretische Modelle zugrunde liegen, und zwar auch dann, wenn diese Modelle vorgeben, dieselben Konstrukte zu messen (vgl. Hampson, Beavers & Hulgus, 1989).

Zu unklaren Ergebnissen kommt es ebenso bei Studien, die Insider- und Outsiderdaten innerhalb desselben theoretischen Modells vergleichen. So wurde z.B. in Studien wie der von Hampson et al. (1989), die sich auf das Beavers System Model (Beavers, 1988) beziehen, mittelhohe Korrelationen für die Insider- und Outsidereinschätzungen von Konstrukten wie »Familienkompetenz« und »Familiengesundheit« gefunden. Andererseits gibt es nach Hampson et al. (1989) aber auch Forschungsbelege dafür, daß Insider- und Outsiderberichte, die auf demselben theoretischen Modell beruhen, nahezu völlig unkorreliert sind. In einer Untersuchung wurden z.B. die zentralen Konstrukte aus Olsons Circumplex Modell, d.h. Familienkohäsion und Familienanpassungsfähigkeit, mit Hilfe des FACES III-Fragebogens (Insiderperspektive) und der Clinical Rating Scale (Outsiderperspektive) erfaßt. Das Ausmaß an Insider-Outsiderübereinstimmung erwies sich als recht gering und legt somit nahe, daß die Sichtweise, die Kliniker bzw. Familien selbst von der Funktionsweise der Familie haben, weit auseinandergehen, was angesichts einer mangelnden theoretischen Basis zur Erklärung solcher Befunde zu einer skeptischen Einschätzung von Selbstberichtsmethoden geführt hat (vgl. Wampler & Halverson, 1993).

Eine mögliche Erklärung für die geringen Übereinstimmungen zwischen Insidern und Outsidern kann darin bestehen, daß die Situationen, auf die Kliniker ihre Beobachtungen aufbauen, sich mehr oder minder von den Situationen unterscheiden, die Familien im Kopf haben, wenn sie gebeten werden, ihr Familienleben zu beschreiben. Hampson et al. (1989) meinen hierzu: »Wenn Forscher Gemeinsamkeiten zwischen ihren Beobachtungen und selbstberichteten Familieneinschätzungen finden wollen, muß das den Familien präsentierte Material annäherungsweise mit der Familienrealität übereinstimmen. So gesehen sind höhere Korrelationen zwischen Insider- und Outsiderratings eine operationale Definition zur konvergenten Validität und klinischen Nützlichkeit von Familienmaßen.« (S. 119). Erneut bedarf es einer größeren Absicherung durch Forschung, um solche Hypothesen zu erhärten. Unabhängig davon kann es jedoch an sich schwierig sein, Übereinstimmungen für Ratings zu bekommen, wenn sie von den verschiedenen Beurteilern – Insidern oder Outsidern – ein hohes Maß an Abstraktion von den zugrundeliegenden Beobachtungsdaten verlangen.

5.10 Datenart: subjektiv vs. objektiv

Diese Dimension bezieht sich auf einen weiteren wichtigen Aspekt der Datenqualität im Bereich der Familiendiagnostik. Olson (1977) ist der Auffassung, daß dieser Aspekt neben der im vorangegangenen Abschnitt dargestellten Insider-Outsiderunterscheidung theoretisch besonders bedeutsam ist. Olson weist darauf hin, daß subjektiv-erfahrungsorientierte Daten nicht nur auf die Insiderperspektive beschränkt sind, sondern auch aus der Sicht von Outsidern erhoben werden können. Gleichermaßen sind objektiv-verhaltensorientierte Daten nicht nur eine Domäne der Outsiderperspektive, sondern können ebenso von Insidern erfaßt werden. Olson und seine Kollegen haben daher wiederholt darauf aufmerksam gemacht, daß vier Typen von Methoden der Familiendiagnostik unterschieden werden können (vgl. Olson 1977, 1981; Cromwell, Olson & Fournier, 1976).

Beispiele für die vier Typen von Methoden zur Erfassung von Familienvariablen haben wir in den vorangegangenen Abschnitten dieses Kapitels bereits kennengelernt. Zur Erinnerung wollen wir jeweils ein oder zwei Beispiele für jede Kategorie noch einmal kurz nennen. Beispiele für Selbstberichtsmethoden auf der Familiensystemebene sind die *Familienklimaskalen* (FKS) von Schneewind (1988b) in Anlehnung an Moos und Moos (1986) oder die *Family Adaptability and Cohesion Scale* (FACES III) von Olson, Portner und Lavee (1985). Für den Bereich der verhaltensorientierten Selbstberichtsverfahren kann das *Familien-Self-Monitoring-System* von Perrez, Berger und Wilhelm (1998) als Beispiel dienen. Familienschätzskalen wie die *Clinical Rating Scale* (CRS) von Olson (1993b) können als beobachterbezogene subjektive Berichte klassifiziert werden, während Beobachtungskodierungssysteme wie das *Kategoriensystem für Partnerschaftliche Interaktion* (KPI) von Hahlweg, Feinstein und Müller (1988) oder das *Relational Communication Coding System* (RELCOM) von Rogers und Farace (1975) unter die verhaltensbezogenen Methoden zu subsumieren sind.

Obwohl Olsons Klassifikation von familiendiagnostischen Methoden sicherlich sehr hilfreich ist, meinen wir, daß die von ihm benutzten Bezeichnungen nicht breit genug sind, um die Fülle von Familienbeziehungsdaten zu erfassen. Dies wird besonders deutlich, wenn wir einen Blick auf einige der Instrumente werfen, die wir in vorangegangenen Abschnitten kennengelernt haben. So ist es z.B. wünschenswert, unter die Kategorie der subjektiven Insiderdaten nicht nur verbale Selbstberichtsmethoden aufzunehmen, sondern auch andere Ansätze wie z.B. die Familienskulpturtechnik, bei der ebenfalls der subjektive Gesichtspunkt – allerdings unter Nutzung des bildhaft-metaphorischen Repräsentationsmodus – im Vordergrund steht. Im übrigen besteht kein Grund dafür, den bildhaft-metaphorischen Modus nur auf die Insiderperspektive zu beschränken. Ein Outsider, z.B. ein Familientherapeut, kann z.B. seinen Eindruck vom Beziehungsmuster einer Familie in einer vorläufigen Familienskulptur wiedergeben. Dabei kann die ausdrückliche Instruktion an die Familienmitglieder sein, sie mögen ihren Therapeuten korrigieren, wann immer sie das Gefühl haben, im Familiensystem nicht richtig repräsentiert zu sein. Dies kann zu wertvollen diagnostischen Informationen für die weitere klinische Arbeit führen.

Auch in der Kategorie objektiver Daten müssen die entsprechenden Informationen nicht nur auf Verhaltensmaße beschränkt bleiben, seien es nun verhaltensorientierte Selbstberichte oder Verhaltensdaten, die über Outsider-Beobachter gewonnen wurden. So wird man beispielsweise aus Outsider- oder Insidersicht ungern auf wichtige Informationen verzichten, die sich auf faktische Daten zur Konstruktion eines Familiengenogramms oder auf medizinische Gesundheitsdaten beziehen.

Wir wollen nun abschließend noch einen kurzen Blick auf die Stärken und Schwächen von subjektiven und objektiven Daten werfen, insofern sie als wichtige Bausteine für ein möglichst umfassendes Repertoire an familiendiagnostischen Methoden Verwendung finden.

(1) *Subjektive Daten.* Mit dem wiederaufgelebten Interesse an kognitiven und affektiven Aspekten des menschlichen Verhaltens hat die subjektiv-introspektive Methode wieder mehr Beachtung gefunden. Dies trifft auch für den Bereich der Familiendiagnostik zu. In diesem Zusammenhang setzt sich mehr und mehr die Auffassung durch, daß eine introspektive Herangehensweise an die Einstellungen, Überzeugungen und Wahrnehmungen zum Familienleben, d.h. die subjektive Realität jeweils einer Person, eine unverzichtbare Informationsquelle für ein umfassendes Verständnis von Familienbeziehungen auf allen Analyseebenen darstellt. Darüber hinaus sind subjektive Daten in der Regel einfacher zu erheben als verhaltensbezogene Daten. Dies ist insbesondere dann der Fall, wenn sie sich auf Phänomene beziehen, die sich in einem intimen Kontext (z.B. sexuelles Verhalten) abspielen. Schließlich erfordern die Durchführung und Auswertung von subjektiv-erfahrungsorientierten Verfahren in der Regel keine langen Trainingszeiten und sind somit unter Ökonomiegesichtspunkten günstig zu beurteilen.

Andererseits sind subjektive Daten mit einer Reihe von Beschränkungen belastet, über die man sich bei der Verwendung solcher Daten im klaren sein muß. Einer der Haupteinwände besteht darin, daß subjektive Daten in hohem Maße für Antwortstile wie z.B. soziale Erwünschtheit oder Simulationstendenzen anfällig sind. So glauben etwa Jacob und Tennenbaum (1988), daß »der Einfluß allgemeiner Antwortstile und Verzerrungen einfach zu mächtig ist, um von den einzelnen Personen zuverlässige und differenzierte Wahrnehmungen zu erhalten, insbesondere, wenn diese Berichte mit intimen, emotionsgeladenen Beziehungen zu tun haben, an denen die antwortende Person selbst beteiligt ist.« (S. 162). Darüber hinaus kann das Ausmaß an begrifflicher Differenziertheit zwischen den Mitgliedern einer bestimmten Familie in hohem Maße variieren. Gleiches gilt natürlich auch für einen Vergleich zwischen verschiedenen Familien, obwohl gerade dies eine bedeutsame diagnostische Information sein kann.

(2) *Objektive Daten.* Die Befürworter einer verhaltenstheoretisch orientierten Forschung und klinischen Arbeit im Bereich der Familienpsychologie haben sich dafür stark gemacht, die Beobachtung und Kodierung realer Familieninteraktionen als den »Königsweg« der Familiendiagnostik zu betrachten. Obwohl dieser Zugang zugegebenerweise arbeitsintensiv und kostspielig ist, erlauben beobachtungsbezogene Kodierungssysteme eine feinrastrige Erfassung des Interaktionsgeschehens in der Familie, wobei ein hoher Grad an Genauigkeit und Beobachterübereinstimmung erzielt werden kann. Darüber hinaus können diese Daten raffinierten statistischen Analysen unterworfen werden, die zur Aufdeckung von Häufigkeitsmustern und wiederkehrenden Abfolgen von Familieninteraktionen führen.

Obwohl diese Argumente auf den ersten Blick zwingend erscheinen, gibt es über die bereits genannten Punkte eines erhöhten Arbeits- und Kostenaufwands einige weitere Bedenken, die viele zögern lassen, diese Methoden in ihrer klinischen Praxis anzuwenden. So besteht z.B. unter den Forschern in diesem Bereich bisher keine Übereinstimmung darüber, welche Kodierungseinheiten am besten geeignet sind, um den »Strom der Interaktion« zu gliedern. Grotevant und Carlson (1987) kommen bei ihrem Überblick über 13 Kodierungssysteme zur Erfassung von Familieninteraktionen zu dem Schluß, daß »sich in ihnen ein breites Spektrum an theoretischen Perspektiven widerspiegelt. ...Es ist daher unerläßlich, daß die Forscher zunächst theoretische Gesichtspunkte berücksichtigen, wenn sie ein Kodierungssystem wählen. Innerhalb bestimmter theoretischer Perspektiven haben bisherige Studien noch nicht verglichen, in welchem Ausmaß unterschiedliche Kodierungssysteme dieselben Dimensionen berühren. Wir betrachten vergleichende Studien zur Kodierung von Familieninteraktionen – und zwar innerhalb und zwischen Theorien – als wichtige Aufgaben für die zukünftige Forschung.« (S. 69).

Dieselben Autoren fanden, daß beobachtungsbezogene Kodierungssysteme hinsichtlich ihrer psychometrischen Eigenschaften einen relativ geringen Reifegrad aufweisen. Dies führte Grotevant und Carlson (1987) zu der Forderung, daß Beobachtungssysteme in »wesentlich größerem Umfang eingesetzt werden müssen, bevor wir eine hinreichende Evidenz für ihre Nützlichkeit haben ... (obwohl) ... der Mangel an psychometrischen Studien ... nicht bedeutet, daß diese Maße weniger gültig sind, sondern nur, daß ihre Gültigkeit bisher noch nicht hinreichend nachgewiesen wurde.« (S. 69).

Eine professionell im Bereich der klinischen Psychologie tätige Person, die dies liest, wird sich sicherlich nicht sehr ermutigt fühlen, systematische Beobachtungskodierungssysteme in ihre familiendiagnostische Batterie aufzunehmen. Statt dessen wird sie es vermutlich vorziehen, auf ihre weniger systematischen Beobachtungen zu vertrauen, wenn sie es mit einer bestimmten Familie zu tun hat. Dennoch sind wir der Meinung, daß klinische Psychologinnen und Psychologen von den bereits bestehenden Familienkodierungssystemen profitieren können, selbst wenn sie glauben, daß diese Instrumente noch nicht hinreichend für den Gebrauch in der klinischen Praxis entwickelt sind. Wie bereits erwähnt, können im klinisch-psychologischen Kontext tätige Personen durch die Kenntnis solcher Beobachtungssysteme für kritische Ereignisse in Familieninteraktionen sensibilisiert werden. Dies wiederum kann sie in ihren Behandlungsentscheidungen in einer theoretisch und praktisch bedeutsamen Weise unterstützen.

Ein letztes Bedenken, das häufig gegen Beobachtungsmethoden im allgemeinen und somit auch gegen Familienkodierungssysteme vorgebracht wird, besteht darin, daß die Bedeutung, die dem objektiv beobachteten Interaktionsverhalten durch die verschiedenen Familienmitglieder zugemessen wird, keine Berücksichtigung findet. Es kann sicherlich nicht geleugnet werden, daß die Familienmitglieder ihre Interaktionen auf dem Hintergrund der Beziehungserfahrungen interpretieren, wie sie sich in ihrer gemeinsamen oder unabhängig erfahrenen Beziehungsgeschichte entwickelt haben. Dieser Gedanke verweist unweigerlich auf die Bedeutung subjektiver Daten im Bereich der Familiendiagnostik.

Es wird somit erkennbar, daß für die Dichotomie von »subjektiv« versus »objektiv« ein »Entweder/Oder« uns in die falsche Richtung führt. Was vielmehr zur Diskussion steht, ist, wie subjektive und objektive Ansätze in der Familiendiagnostik am besten verknüpft werden können, um sich gegenseitig zu ergänzen. Wir stimmen mit Jacob und Tennenbaum (1988) überein, die zu diesem Punkt meinen, daß »es ein Fehler wäre, wenn man zu dem Schluß käme, daß eine Methode generell wertvoller, nützlicher oder vertretbarer sei, als eine andere ... Statt dessen schlagen wir vor, daß beide Strategien notwendig sind, um einen so komplexen Prozeß wie die Familieninteraktion und Psychopathologie voll verstehen zu können.« (S. 161).

5.11 Erhebungs- und Auswertungsmodus: qualitativ vs. quantitativ

Eine weitere und in unserer Darstellung letzte Dichotomie, die sich in der sozialwissenschaftlichen Methodik ganz allgemein und in der familienpsychologischen Diagnostik im besonderen auftut, betrifft die Modalität der erhobenen Daten und deren Auswertung. Sie äußert sich in der Polarität von qualitativen und quantitativen Daten. Dabei spiegeln sich in dieser Polarität nicht etwa geschmäcklerische Vorlieben für bestimmte Erhebungsmethoden wider, sondern tief wurzelnde Unterschiede bezüglich der Bevorzugung bestimmter wissenschaftsparadigmatischer Auffassungen. Im Kapitel 3 hatten wir in Anlehnung an Klein und White (1996) zwischen einer positivistischen und postpositivistischen Wissenschaftsauffassung unterschieden, wobei letztere durch zwei Wissenschaftsparadigmen, nämlich das interpretative und das kritische Wissenschaftsverständnis, vertreten ist. Die Gegenüberstellung eines positivistischen und postpositivistischen Wissenschaftsverständnisses findet sich ziemlich genau in der Dichotomisierung einer quantitativen und qualitativen Diagnostik wieder. Diese Dichotomisierung läßt sich in mehrere Teilaspekte aufgliedern, wie dies z.B. Bortz und Döring (1995, S. 274) in einer tabellarischen Gegenüberstellung vorgeschlagen haben, die in Tabelle 5.4 wiedergegeben ist.

Tab. 5.4: Aspekte quantitativer und qualitativer Diagnostik (nach Bortz & Döring, 1995, S. 274)

Quantitativ	Qualitativ
nomothetisch	idiographisch
naturwissenschaftlich	geisteswissenschaftlich
Labor	Feld
deduktiv	induktiv
partikulär	holistisch
explanativ	explorativ
ahistorisch	historisch
erklären	verstehen
»harte« Methoden	»weiche« Methoden
messen	beschreiben
Stichprobe	Einzelfall
Verhalten	Erleben

Wir möchten – wie es auch Bortz und Döring (1995) selbst tun – für eine äußerst vorsichtige Verwendung solcher Gegensätze plädieren, da sie häufig zur Wertung bestimmter methodischer Positionen und bisweilen auch zur Abwertung derer, die sie vertreten, benutzt werden. Dennoch wird man sich der Überzeugungskraft des Arguments von Rosenblatt und Fischer (1993) kaum entziehen können, wenn sie feststellen: »Die Natur qualitativer Wahrheit und qualitativen Wissens kann sich sehr von der Natur nicht-qualitativer Wahrheit und nicht-qualitativen Wissens unterscheiden. Ein publiziertes Zitat von einer Frau, die mit einer Fehlgeburt zurechtzukommen versucht, spricht den Leser in einer Weise an, wie es keine statistische Tabelle und keine theoretische Darlegung kann.« (S. 174).

An diesem Zitat wird deutlich, daß qualitative Daten an bestimmte Formen der Datenerhebung – im gegebenen Fall etwa die Anwendung eines offenen Interviewverfahrens – gekoppelt sind. Qualitative Datenerhebungsverfahren lassen sich grob in drei Kategorien einteilen, und zwar qualitative Beobachtungen, Inhaltsanalyse von persönlichen Dokumenten und qualitative Interviews.

Das Vorgehen *qualitativer Beobachtungen* kann in Anlehnung an Adler und Adler (1994) etwas genauer beschrieben und auf Familien als »Beobachtungsgegenstand« angewandt werden. Bezogen auf Familien finden qualitative Beobachtungen (a) zumeist im natürlichen Lebensumfeld von Familien (z.B in deren Wohnung) statt, erfordern (b) ein aktives Sich-Einbringen der beobachtenden Person in das Interaktionsgeschehen der Familie im Sinne einer teilnehmenden Beobachtung (z.B. anläßlich einer Familienfeier), konzentrieren sich (c) auf größere Beobachtungseinheiten (z.B. das Geschehen während eines Familienessens), sind (d) offen für neue Beobachtungen (z.B. die Rolle von Haustieren im Familienkontext) und nutzen (e) nicht nur offen erfaßbares Verhalten der Familienmitglieder, sondern interpretieren und deuten auch das beobachtete Geschehen im Hinblick auf umfassendere Motivations- und Sinnzusammenhänge (so z.B. das provozierende Verhalten eines jugendlichen Familienmitglieds als Appell zur Auseinandersetzung mit den Eltern und als Mittel zur Ichabgrenzung).

Die *Inhaltsanalyse persönlicher Dokumente* bietet die Möglichkeit zur Auswertung von Datenquellen, die unbeeinflußt von der Intention der Diagnostikerin bzw. des Diagnostikers im bisherigen Lebensgang einer Familie Spuren hinterlassen haben. Insofern handelt es sich hierbei um non-reaktive Daten, zu denen Dokumente wie z.B. Familienstammbücher, Tagebücher, Liebesbriefe, Familienfotos oder besondere Geschenke gehören. Dokumente dieser Art werden häufig im Zusammenhang mit diagnostischen Fragestellungen im Rahmen von Familienrekonstruktionen etwa bei der Erstellung von Familiengenogrammen verwendet (vgl. Abschnitt 5.8). In einer mehrgenerationalen Perspektive ermöglichen sie eine über die bloße Personenzusammensetzung der Familie hinausgehende Erfassung von Familienbeziehungen. Zugleich läßt die Analyse und Deutung solcher persönlicher Dokumente – auch unter aktiver Einbeziehung derer, die an einem Familienrekonstruktionsprozeß teilnehmen und das entsprechende Material hierfür gesammelt haben (vgl. Hawkins & Killorin, 1979) – transgenerationale Muster von Familienbeziehungen sichtbar werden, die wiederum therapeutisch genutzt werden können (Genaueres zur Methodik und Zielsetzung der Familienrekonstruktion findet sich z.B. bei R. Kaufmann, 1990, oder Satir & Baldwin, 1988).

Qualitative Interviews arbeiten nach Bortz und Döring (1995) »mit offenen Fragen, lassen dem Befragten viel Spielraum bei Antworten und berücksichtigen die Interaktion zwischen Befragtem und Interviewer sowie die Eindrücke und Deutungen des Interviewers als Informationsquellen.« (S. 283). Die gleichen Autoren führen in einer Zusammenstellung unterschiedlicher Varianten qualitativer Interviews nicht weniger als 18 verschiedene Formen (z.B. biographisches Interview, Tiefeninterview, narratives Interview) an. Wir greifen als Beispiel das *narrative Interview* heraus (vgl. Schütze, 1983), bei dem es in seiner Anwendung auf familiendiagnostische Fragestellungen darum geht, durch einen Erzählanstoß (z.B. »Wie war das, als Ihr Sohn ausgezogen ist? Was hat sich da am letzten Tag so abgespielt?«) die Familienmitglieder dazu zu bringen, zu einer bestimmten Thematik Geschichten oder Episoden zu erzählen, aus denen dann die besondere Erlebens- und Verarbeitungsweise der Familie erschlossen werden kann (z.B. Art der Gefühle, Unterstützung, Zukunftsperspektiven bei den einzelnen Familienmitgliedern). Die narrative Methode spielt auch im Rahmen der narrativen familientherapeutischen Modelle, auf die wir im Kapitel 6 noch zu sprechen kommen werden, eine tragende Rolle.

Die Auswertung der Daten, die mit Hilfe qualitativer Verfahren gewonnen wurden, erfolgt häufig auf dem Hintergrund des Ansatzes der »grounded theory« (vgl. Strauss, 1994). Dabei geht es um eine möglichst enge und vorurteilsfreie Orientierung der Entwicklung und Überprüfung von Theorien anhand der Daten, die tunlichst ohne strukturierte Vorgaben von den Personen selbst erzeugt wurden. Erst im nachhinein wird dann das Material z.B. im Sinne einer qualitativen Inhaltsanalyse nach Kategorien geordnet, die sich zum Teil erst bei einer Inspektion des Datenmaterials ergeben (vgl. Mayring, 1993). Spätestens an dieser Stelle wird deutlich, daß man bei der Anwendung qualitativer Erhebungsverfahren genausowenig um eine Strukturierung des Materials herumkommt. Zur Kategorienbildung werden dabei häufig komplexe Auswertungsprozeduren herangezogen, die letztlich – wenn auch in vielen Fällen »nur« auf Nominalskalenniveau – zu einer Messung führen und damit z.B. die in Tabelle 5.4 dargestellt Dichotomie zwischen »Messen« und »Beschreiben« wenig sinnvoll erscheinen lassen.

Außerdem sollte nicht unerwähnt bleiben, daß die unter die Kategorie »quantitative Verfahren« subsumierten diagnostischen Vorgehensweisen (z.B. strukturierte Beobachtungssysteme mit vorgegebenen Kategorien, vollstrukturierte Interviews oder Fragebögen) in aller Regel eine mehr oder minder theoriegeleitete »qualitative Phase« durchlaufen haben, bevor sie als strukturiert-quantitative Verfahren zur Anwendung kommen, die zumeist – wie z.B. die in diesem Kapitel dargestellten Familienfragebögen – eine Reihe von unterschiedlichen qualitativen Dimensionen beinhalten.

Schließlich läßt sich auch eine Verbindung zwischen qualitativen Erhebungsverfahren und quantifizierenden Auswertungsverfahren herstellen. Ein Beispiel hierfür ist etwa das von Wampler et al. (1989) entwickelte *Georgia Family Q-Sort*, das zur Einschätzung von videographierten Familieninteraktionen herangezogen wurde. Wie bei Q-Sortierungsverfahren generell üblich (vgl. Stephenson, 1953), ermöglicht diese Vorgehensweise eine ideographische, d.h. auf die speziellen Gegebenheiten einer bestimmten Familie zugeschnittene Erfassung der Organisation relevanter Familienvariablen. Das Georgia Family Q-Sort besteht aus 43 Items, die Olsons Kategorien des Circumplex-Modells (vgl. Abschnitt 5.5) zugeordnet sind und darüber hinaus noch zwei weitere Kategorien, nämlich Führung und Familienkompetenz, enthalten. Allerdings kommt man auf keinen Fall um eine Festlegung auf bestimmte Auswertungskategorien herum, wenn man sich nicht in theorieloser Beliebigkeit oder methodischer Undiszipliniertheit ergehen will. Dies gilt ebenso für das von Benjamin (1974) entwickelte Modell der *Strukturalen Analyse Sozialen Verhaltens* (SASB) für das Tress (1993) eine deutsche Ratingversion entwickelt hat. Auch hier handelt es sich um ein Cicumplex-Modell mit den Dimensionen Affiliation und Interdependenz, wobei die Kodierung noch drei unterschiedliche Foki des Personenbezugs (im Hinblick auf das Selbst und andere Personen) berücksichtigt. Das SASB Ratingsystem kann u.a. zur Kodierung von narrativen Interviews verwendet werden, wie dies z.B. Borup (1998) zur Analyse von Beziehungsmustern bei Frauen mit Mißbrauchserfahrungen getan hat.

Wir kommen abschließend zu dem Resümee, daß es zwar keine einfachen, dafür aber interessante und variantenreiche Antworten auf die vielfältigen Herausforderungen gibt, denen sich die Familiendiagnostik zu stellen hat. Auch wenn im Bereich der Familiendiagnostik in den letzten Jahren durchaus beachtliche Fortschritte erzielt wurden, dürfte folgende Zusammenfassung, die Jacob und Tennenbaum im Jahre 1988 zum Stand der Familiendiagnostik gegeben haben, heute immer noch Gültigkeit haben: »Über die Notwendigkeit einer Untersuchung der Beziehungen innerhalb und zwischen verschiedenen Methoden hinaus, müssen vermutlich zusätzliche Methodologien und Strategien in Erwägung gezogen werden, um die Phänomene voll zu verstehen, um die es geht, nämlich die Verflochtenheit der Familie. Schließlich müssen wir bei all den genannten Bestrebungen berücksichtigen, daß sich unsere Leitkonzepte weiterentwickeln, daß sich der Gegenstandsbereich noch in einem Zustand der Unreife befindet, und daß es erforderlich ist, Methoden- und Theorieentwicklung stärker miteinander zu verbinden.« (S. 161).

6 Familiäre Intervention – Unterstützung zwischen Optimierung und Therapie

Übersicht:

Das sechste Kapitel behandelt unterschiedliche Formen der familiären Intervention. Dem liegt eine konzeptionelle Gliederung zugrunde, wonach Familien hinsichtlich ihres Grades an Verletzlichkeit bzw. Behandlungsbedürftigkeit unterschieden werden können. Auf diesem Hintergrund werden die wichtigsten familiären Interventionsformen dargestellt, nämlich Familientherapie, Familienberatung und familiäre Prävention.

Im Hinblick auf die Familientherapie werden die unterschiedlichen familientherapeutischen Modelle kurz vorgestellt und methodisch kontrollierte Nachweise zur Effektivität familientherapeutischer Behandlungsformen mitgeteilt. Für die Familienberatung wird ein Überblick über ihre verschiedenen Angebotsformen und Anwendungsfelder gegeben sowie eine Skizze der »Philosophie« und des Vorgehens beraterischer Arbeit präsentiert. Für den Bereich der familiären Prävention wird auf die klassische Unterscheidung von primärer, sekundärer und tertiärer Prävention zurückgegriffen. Die Bedeutung tertiärer Prävention im familiären Kontext wird am Beispiel der Rückfallprophylaxe von Patienten mit psychiatrischen Erkrankungen veranschaulicht. Ansätze zur sekundären Prävention werden im Zusammenhang mit kritischen Übergängen bzw. Phasen im Familienlebenszyklus diskutiert. Schließlich werden primäre Präventionsansätze mit Möglichkeiten der Entwicklungsoptimierung im Sinne einer Stärkung und Steigerung von Beziehungfertigkeiten bzw. der Beziehungsqualität in Verbindung gebracht.

Abschließend werden wichtige Kompetenzen genannt, die für eine sachgerechte professionelle Arbeit in den diversen Handlungsfeldern familiärer Intervention erforderlich sind. Daran anknüpfend werden einige Vorschläge zur Professionalisierung und Qualitätssicherung familiärer Intervention unterbreitet.

6.1 Aufgaben der familiären Intervention

In einer Zeit hochkomplexer Lebensverhältnisse, die zudem einem raschen Wandel unterliegen, ist es für den einzelnen wie für die Familie in ihren unterschiedlichen Erscheinungsformen und Lebensstilen zunehmend schwerer, den vielfältigen Krisen und Herausforderungen des Lebens mit dem nötigen Wissen und den nötigen Fertigkeiten zu begegnen. Entsprechend wächst der Bedarf an angemessener Unterstützung bei der Bewältigung solcher Krisen und Herausforderungen. In vielen Fällen kann eine Familie auf informelle Unterstützung innerhalb und außerhalb der Familie zurückgreifen, ohne daß offizielle Beratungs- oder Therapieangebote in Anspruch genommen werden müssen. Wo allerdings solche Ressourcen nicht vorhanden sind oder versagen, stellt sich für formelle Unterstützungssysteme die Aufgabe, Familien und ihren Mitgliedern bei ihrer Lebensbewältigung behilflich zu sein (vgl. Wingen, 1997).

Familiäre Intervention kann als ein Instrument solch einer formellen Familienunterstützung angesehen werden. In Abgrenzung zu monetären Formen staatlicher familiärer Hilfe (Familienlasten- bzw. -leistungsausgleich) bestehen die zentralen Aufgaben der familiären Intervention – insbesondere in Form von Familientherapie, Familienberatung und familienorientiertem Beziehungstraining – (a) in der Behebung bzw. Reduzierung manifester psychischer und psychosomatischer Störungen und (b) in der Bereitstellung von Wissen sowie der Erweiterung von Handlungsmöglichkeiten mit dem Ziel einer Stärkung des individuellen und familiären Bewältigungspotentials in unterschiedlichen Lebensbereichen und Lebensphasen.

Eine derartige allgemeine Aufgabenumschreibung von familiärer Intervention berücksichtigt gleichermaßen Aspekte der individuellen bzw. familiären Entwicklung und Lebenslage im Rahmen eines familienstreß- und bewältigungstheoretischen Ansatzes (vgl. Kapitel 3). Darüber hinaus läßt sich ein solchermaßen abgegrenztes Aufgabenfeld von familiärer Intervention gut innerhalb eines dreidimensionalen Modells zur Klassifikation von beraterischen und therapeutischen Interventionen lokalisieren (vgl. Morrill, Oeting & Hurst, 1974), das in Abbildung 6.1 wiedergegeben ist.

Diese Autoren unterscheiden in ihrem Modell zwischen den drei Dimensionen: (a) Adressaten der Intervention, (b) Ziele der Intervention und (c) Methoden der Intervention, wobei sie innerhalb jeder Dimension nochmals nach mehreren Kategorien differenzieren. So enthält die Adressatendimension die Kategorien »Individuum«, »Primärgruppe« (z.B. Familien, Gleichaltrigengruppen), »informelle Gruppe« (z.B. Selbsthilfegruppen, Bürgerinitiativen), »Institution und Gemeinschaft« (z.B. Schulen, Betriebe, Gemeinden, Parteien). Die Zieldimension läßt sich nach den Aspekten »Entwicklungsoptimierung« (d.h. Maßnahmen zur Realisierung von Entwicklungspotentialen), »Prävention« (d.h. vorbeugende Maßnahmen zur Abwendung von Fehlentwicklungen) und »Remediation« (d.h. Maßnahmen zur Behebung oder Reduzierung unerwünschter Zustände bzw. Entwicklungsdefizite) unterteilen. Die Methodendimension umfaßt schließlich die Kategorien »direkte Dienstleistung« (d.h. unmittelbarer Kontakt von Beratern/ Therapeuten mit einem oder mehreren Klienten, z.B. im Kontext einer Familientherapie), »Konsultation und Training« (d.h. Heranziehung von Experten zur Klärung von Problemen und Vermittlung von Kompetenzen, z.B. im Rah-

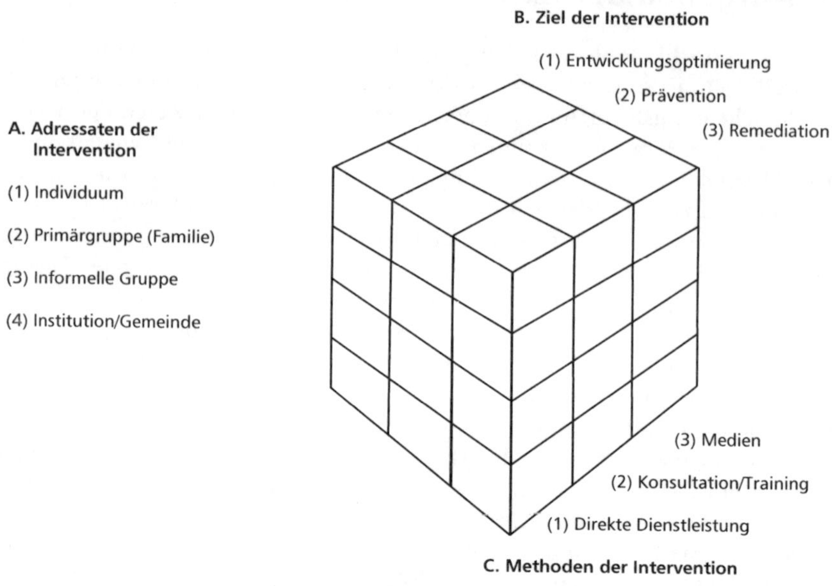

Abb. 6.1: Dreidimensionales Modell zur Klassifizierung von beraterischen und therapeutischen Interventionen (nach Morill, Oeting & Hurst, 1974)

men von Elterntrainings) sowie »Medien« (d.h. Einsatz von interventionsunterstützenden Hilfen wie Büchern, Zeitschriften, Rundfunk- und Fernsehsendungen zur Erreichung der Interventionsziele, etwa im Bereich von Elternerziehungs- oder Familienbildungsprogrammen).

Eine systematische Verknüpfung dieser drei Dimensionen und ihrer Kategorien ergibt insgesamt 36 Einheiten und erlaubt somit, ein weites Spektrum von unterschiedlichen Ansätzen und Vorgehensweisen der familiären Intervention zuzuordnen. Dabei stellt sich die Frage, ob alle 36 Zellen dieses dreidimensionalen Klassifikationskubus' im Hinblick auf die Aufgaben der familiären Intervention gleichermaßen sinnvoll oder relevant sind. Machen wir uns daher zunächst klar, wann und in welchen Fällen es sinnvoll erscheint, die Familie zum Adressaten von Interventionsmaßnahmen zu machen. Die Hauptargumente lassen sich in folgenden Thesen zusammenfassen:

(1) Es gibt primär familienspezifische Problemlagen, die es ratsam erscheinen lassen, zumindest zeitweilig mehrere oder alle betroffenen Familienmitglieder in den Beratungs- und Therapieprozeß mit einzubeziehen (Beispiele: bei Partnerschafts-, Erziehungs- und Scheidungsproblemen).

(2) Es gibt andere Problemlagen, die zwar vordergründig individueller Natur zu sein scheinen, aber insofern dennoch familienrelevant sind, als sie vermutlich im Rahmen der Familie entstanden sind oder zumindest durch sie ausgelöst und aufrechterhalten werden (z.B. psychosomatische oder psychopathologische Symptome wie Anorexie oder Schizophrenie).

(3) Es gibt externe Einflüsse auf die Familie bzw. einzelne Familienmitglieder, die direkt oder indirekt das gesamte Familiensystem tangieren (z.B. Arbeitslosigkeit, Unfälle, Katastrophen) und von daher eine Einbeziehung der betroffenen Familienmitglieder angezeigt erscheinen lassen.
(4) Durch eine familienorientierte Beratung oder Therapie kann auch bei Individualproblemen das Selbsthilfepotential der Familie als einem »natürlichen« Unterstützungssystem genutzt werden (Beispiele: chronische Behinderung oder Straffälligkeit eines Familienmitglieds).

Wenn von familiärer Intervention – insbesondere von Familienberatung oder Familientherapie – die Rede ist, suggeriert dies, daß die gesamte Familie oder zumindest mehrere Familienmitglieder in den Beratungs- und Therapieprozeß einbezogen werden. Dies mag in vielen Fällen wünschenswert sein. Dennoch besagt dies nicht, daß nach dem Konzept der Familienberatung und -therapie keine individuumsbezogene Intervention möglich oder zulässig ist. Im Gegenteil: Auch eine Individualberatung oder -therapie kann durchaus familienorientiert sein, sofern familiäre Aspekte des Problems im Vordergrund stehen (vgl. Carter & Orfanidis, 1976; Weiss & Haertel-Weiss, 1991). Darüber hinaus erweist es sich in vielen Fällen als erfolgreich, individuums- und familienbezogene Ansätze der Beratung und Therapie miteinander zu verbinden (vgl. Pinsof, 1995; Schwartz, 1987; Sugarman, 1987).

Selbst informelle Gruppen bzw. Institutionen oder Gemeinschaften können Adressaten einer familienorientierten Beratung und Therapie sein. Die Zielsetzungen und Programme von Selbsthilfegruppen (z.B. Anonyme Alkoholiker), Gemeinden (z.B. Kindergärten, Sozialstationen) bis hin zu Ministerien (in der Bundesrepublik Deutschland das für Familienpolitik zuständige Bundesministerium) enthalten häufig eine familienbezogene Komponente. In all diesen Fällen läßt sich – wenn auch auf unterschiedlichen Interventionsebenen – von Familienberatung im weitesten Sinne sprechen, obwohl es zur Vermeidung von Mißverständnissen genauer wäre, den Begriff *familienorientierte* und *familienrelevante* Beratung und Therapie zu verwenden (vgl. Ewert, 1988; Keil, 1979; Wissenschaftlicher Beirat für Familienfragen, 1993).

Ein weiteres klärendes Wort ist zur Verwendung der Begriffe »Beratung« und »Therapie« notwendig. Häufig werden diese Begriffe in ihrer Beziehung zu verwandten bzw. konkurrierenden Begriffen (z.B. »Erziehung«, »Konsultation«, »Training«, »psychiatrische Behandlung«) abgehandelt (vgl. Peterson & Nisenholz, 1987; v. Schlippe & Schweitzer, 1996; Textor, 1987). Dabei wird eine Zuordnung der einzelnen interventionsorientierten Begriffe zu bestimmten Disziplinen (z.B. Pädagogik, Sozialarbeit, Psychologie, Psychiatrie) nahegelegt. So lokalisiert etwa Textor (1987) interventionsorientiertes Handeln auf einem »Kontinuum interpersonaler Einwirkung«, wobei er – wenn auch mit Überschneidungen – erzieherische bzw. psychoedukative Aufgaben der Pädagogik, Beratung der Sozialarbeit, Psychotherapie der klinischen Psychologie und psychiatrische Behandlung der Psychiatrie zuordnet.

Entsprechend der oben angeführten Zieldimension familienorientierter Intervention sollen im folgenden die auf eine akute Symptombehandlung bzw. -reduzierung abzielenden *remedialen* Interventionsmaßnahmen dem Ansatz der

Familientherapie und in schwerwiegenderen Fällen bestimmten Formen der *Familienberatung* zugerechnet werden. Hingegen werden *präventive* und *entwicklungsoptimierende* Vorgehensweisen schwerpunktmäßig dem Bereich der auf weniger schwerwiegende Fälle ausgerichteten *Familienberatung* sowie den *familienorientierten Beziehungstrainings* zugeordnet. Wie wir jedoch weiter unten sehen werden, bestehen die Stärken einer familienorientierten Intervention häufig gerade in einer Verknüpfung remedialer, präventiver und entwicklungsoptimierender Ansätze.

So gesehen erscheint es wenig sinnvoll, zur Besitzstandswahrung historisch gewachsener Wissenschaftsbereiche verbale Grabenkämpfe um bestimmte Begriffe zu führen. Entscheidend ist vielmehr, daß interventionsorientiertes Handeln kompetent, effektiv und nach wissenschaftlichen Standards erfolgt. Dies setzt selbstverständlich eine fachliche Spezialisierung, aber auch ein gesellschaftlich anerkanntes Niveau von Professionalisierung voraus (d.h. Ausbildung, Zertifizierung, Lizenzierung und Überwachung des Qualitätsstandards von Dienstleistungen). In Deutschland ist dies trotz des 1999 in Kraft getretenen des Psychotherapeutengesetzes – etwa im Gegensatz zu den USA (vgl. Kaslow, 1987) – erst ansatzweise erreicht. Diese Einschätzung gilt gleichermaßen für allgemeine wie für speziell familienorientierte Interventionsansätze. Deutlicher Beleg hierfür ist die Tatsache, daß Berufsbezeichnungen wie »Familienberater/in« oder »Familientherapeut/in« bisher weder gesetzlich geschützt noch von den Krankenkassen anerkannt sind.

6.2 Ansatzpunkte der familären Intervention

Im folgenden gehen wir von der These aus, daß das Ausmaß an Streßbelastung oder Verletzlichkeit einer Familie in hohem Maße mit ihrer Interventionsbedürftigkeit korreliert ist. Dies besagt: je höher das Verletzlichkeitsniveau einer Familie, desto bedürftiger ist sie für eine professionelle Therapie oder Beratung. Bei einer groben Unterscheidung von drei Verletzlichkeitsniveaus (niedrig: unauffällige Familien; mittel: Risikofamilien; hoch: auffällige Familien) und drei Stufen der Interventionsbedürftigkeit (niedrig, mittel, hoch) lassen sich die im ersten Abschnitt dieses Kapitels angeführten Ziele familiärer Intervention (Entwicklungsoptimierung, Prävention, Remediation) entsprechend zuordnen (vgl. Abb. 6.2).

Den in Abbildung 6.2 durch Pfeile wiedergegebenen Beziehungen zwischen den remedialen, präventiven und entwicklungsoptimierenden Ansatzpunkten der familiären Intervention liegen folgende Annahmen zugrunde: Zum einen sollen die durchgezogenen Pfeile signalisieren, daß eine Verknüpfung zwischen zwei interventiven Ansatzpunkten eine Verringerung des Verletzlichkeitsniveaus und damit der Interventionsbedürftigkeit mit sich bringt. So wird etwa bei Familien, die durch ein bestimmtes Symptom (z.B. Kindesmißhandlung) auffällig geworden sind, der Behandlungserfolg langfristig dauerhafter sein, wenn im Anschluß an eine remediale Intervention präventive Maßnahmen zur Verhütung von Rückfällen durchgeführt werden. Zum anderen – und dies sollen die unterbrochenen

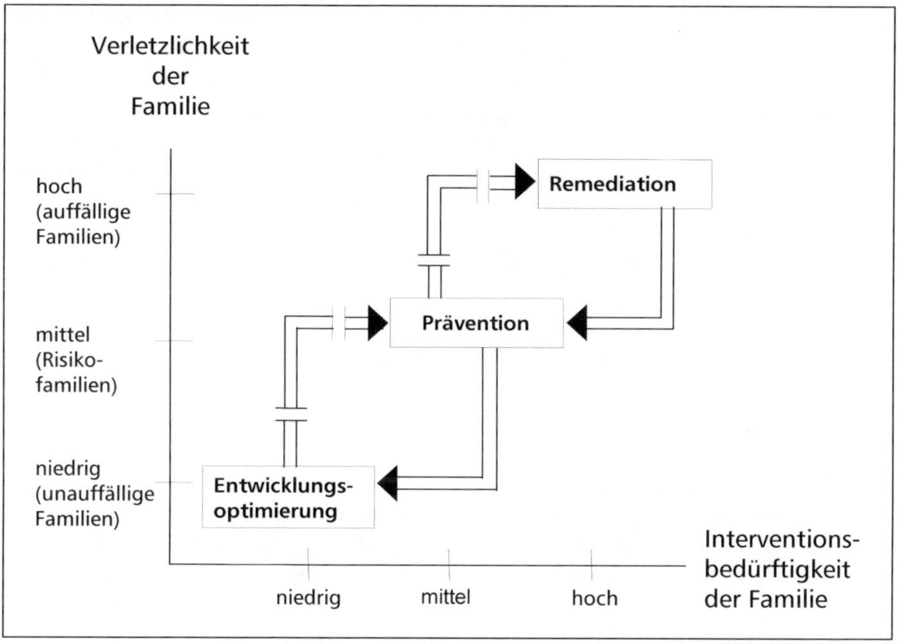

Abb. 6.2: Ziele familiärer Intervention in Abhängigkeit von der familiären Verletzlichkeit und Behandlungsbedürftigkeit

Pfeile in Abbildung 6.2 zum Ausdruck bringen – wird angenommen, daß bei Risikofamilien die Durchführung präventiver Maßnahmen die Erhöhung ihres Verletzlichkeitsniveaus und damit die Notwendigkeit einer remedialen Intervention verhindert. Darüber hinaus kann über entwicklungsoptimierende Maßnahmen bei Risikofamilien deren Verletzlichkeitsniveau noch weiter gesenkt bzw. bei unauffälligen Familien das Auftreten von Risikofaktoren oder behandlungsbedürftigen Symptomen verhindert werden.

Die hier vorgeschlagene Verknüpfung von unterschiedlichen Interventionsansätzen erlaubt im übrigen auch eine Zuordnung der traditionellen Klassifikation von Präventionsformen nach primärer, sekundärer und tertiärer Prävention (vgl. Bloom, 1994; Caplan, 1964). Demnach entspricht die Verknüpfung »Entwicklungsoptimierung – Prävention« dem Aspekt der *primären Prävention*, bei der es schwerpunktmäßig um unauffällige Paare oder Familien geht, die daran interessiert sind, die Qualität ihrer interpersonalen Beziehungen noch über das bestehende Maß hinaus zu verbessern. In der Regel handelt es sich hierbei um die Vermittlung und Einübung von allgemeinen Beziehungsfertigkeiten (z.B. aktives Zuhören, hilfreiches Handeln, Entscheidungsfindung, Konfliktbewältigung) und personenbezogene Selbstkontrolltechniken (z.B. Ärgerkontrolle, Streßmanagement), wozu eine reichhaltige Literatur vorliegt (vgl. Bodenmann, 1997; Curran & Monti, 1982; L'Abate & Milan, 1985; Nelson-Jones, 1990; Schneewind & Graf, 1999).

Als *sekundäre Prävention* läßt sich die Verbindung »Prävention-Remediation« bezeichnen, in der die Verhinderung von erwartbaren Symptomen bei Risikofamilien im Vordergrund steht. In diesen Fällen beziehen sich die Präventionsprogramme auf potentiell krisenhafte Übergänge im Familienlebenszyklus, und zwar mit dem Ziel einer Vermittlung von Bewältigungsstrategien für den Fall, daß die Krise tatsächlich eintritt. In der Regel sind diese Präventionsprogramme wegen ihres Bezugs zu bestimmten Phasen des Familienzyklus inhaltlich auf die antizipierten Problemlagen (z.B. Übergang zur Ehe, zur Erstelternschaft, zur Scheidungs- und Nachscheidungsphase) zugeschnitten (vgl. Stanley et al., 1995; Cowan & Cowan, 1995; Emery, 1995), wenngleich sie sich konzeptionell an dem oben angesprochenen Repertoire allgemeiner Beziehungsfertigkeiten und Selbstkontrolltechniken orientieren. Von daher stellt die Beziehung »Prävention-Entwicklungsoptimierung« eine Generalisierung von familienentwicklungsspezifisch angelegten Präventionsmaßnahmen dar und bildet somit eine weitere Facette der sekundären Prävention.

Bei der *tertiären Prävention* geht es schließlich um die Verknüpfung »Remediation-Prävention«, d.h. um die Reduzierung und Stabilisierung der Verletzlichkeit einer Familie auf einem niedrigeren Niveau als zu Beginn der Intervention. Die Zielsetzung hierbei ist es, zunächst durch eine remediale Intervention den akuten Zustand der Verletzlichkeit zu verringern und anschließend durch präventive Maßnahmen den therapeutischen Effekt zu festigen. Je nachdem, ob man bei der Behebung eines Symptoms von einem medizinischen oder einem psychosozialen Krankheitsmodell bzw. von einem Mischmodell ausgeht, das sowohl somatische wie psychosomatische Aspekte berücksichtigt, werden die remedialen therapeutischen Maßnahmen unterschiedlich aussehen. Bei einer strikt am *medizinischen Krankheitsmodell* orientierten Behandlungsstrategie wird z.B. die Behandlung einer als schizophren diagnostizierten Person ausschließlich, d.h. sowohl remedial als auch präventiv, medikamentös erfolgen. Im *psychosozialen Krankheitsmodell* werden – wie weiter oben bereits angesprochen – die Ursachen für die Entstehung, Auslösung und Aufrechterhaltung von Symptomen ausschließlich in den psychosozialen Umständen gesehen. Diese Störungen sollen daher vorwiegend mit familientherapeutischen Methoden behandelt werden, bevor dann gegebenenfalls präventive Maßnahmen eingesetzt werden. So empfiehlt etwa L'Abate (1986) für die Behandlung von akuten Störungen (z.B. manifesten depressiven Zuständen), zunächst mit indirekten familientherapeutischen Methoden wie positivem Umdeuten oder Verhaltensverschreibungen zu arbeiten, um nach einer Linderung der akuten Krise mit direkten präventiven oder entwicklungsoptimierenden Maßnahmen den Behandlungserfolg zu vertiefen.

Bei einer Behandlungsstrategie, die sich sowohl auf somatische als auch auf psychosoziale Verursachungsfaktoren stützt, können medizinische (z.B. pharmakotherapeutische) Maßnahmen zur remedialen Symptomlinderung mit einer anschließenden Kombination von medikamentösen und psychosozialen Präventivmaßnahmen verbunden werden. Daß dies ein erfolgversprechender Weg ist, wurde z.B. bei der Behandlung schizophrener Patienten in einer Reihe von Studien, auf die wir weiter unten noch zu sprechen kommen, eindrücklich unter Beweis gestellt.

Abschließend muß zu dem in Abbildung 6.2 wiedergegebenen Versuch einer Plazierung von unterschiedlichen Interventionsansätzen der familiären Intervention in einem zweidimensionalen Modell angemerkt werden, daß es sich hierbei allenfalls um ein heuristisches Schema handelt. Zum einen fehlt es bisher an Indikatoren, die eine umfassende, zuverlässige, gültige und konsensfähige Erfassung des Verletzlichkeitsniveaus von Familien erlauben würden. Zum anderen ist das Konzept der Interventionsbedürftigkeit nicht unproblematisch. So kann zumindest im Falle von Familien mit einer hohen Erwartungswahrscheinlichkeit für die Bildung gravierender Symptome (z.B. Kindesmißhandlung oder Ausbruch einer psychischen Erkrankung) die Interventionsbedürftigkeit im Vergleich zu Familien mit manifesten Symptomen genauso hoch eingeschätzt werden.

Trotz dieser Bedenken sollen im folgenden die unterschiedlichen Ansatzpunkte von familiärer Intervention etwas genauer dargestellt und hinsichtlich ihrer wissenschaftlichen Fundierung unter die Lupe genommen werden. Als Interventionsformen behandeln wir in der Reihenfolge der unterstellten Verletzlichkeit bzw. Interventionsbedürftigkeit von Familien die Familientherapie, die Familienberatung sowie präventive Ansätze im Kontext von Partnerschaft und Familie.

6.2.1 Familientherapie

Die auf der Verletzlichkeitsdimension als »auffällig« bezeichneten Familien werden hier aus rein pragmatischen Überlegungen unter diesem Begriff zusammengefaßt. Der gemeinsame Nenner besteht darin, daß entweder die gesamte Familie oder einzelne Subsysteme bzw. Mitglieder der Familie Symptome aufweisen, die von der Familie selbst oder von anderen Instanzen des gesellschaftlichen Systems (z.B. Gesundheitswesen, Rechtssystem, Schule, Betrieb) als »deviant«, »gestört«, »dysfunktional«, »unerwünscht« und damit als behandlungsbedürftig angesehen werden (vgl. Wakefield, 1997). Zweifellos können dabei auch vorschnelle Etikettierungen von Familien und ihren Mitgliedern erfolgen. Der Hintergrund hierfür ist, daß die gesellschaftlichen Bedingungen abweichenden Verhaltens und Erlebens häufig ignoriert werden. Eine umfassende systemische Diagnostik – selbst wenn diese trotz der erzielten Fortschritte (vgl. Kapitel 5) bei weitem noch nicht voll entwickelt ist – wird diese Aspekte jedoch mit zu berücksichtigen haben und zugleich einen Standpunkt einnehmen können, der gegebene Symptome im Kontext ihrer Entstehung, Begleitumstände und Konsequenzen einordnet (vgl. Auerswald, 1968; Keeney, 1979).

Auf der *Individualebene* äußern sich behandlungsbedürftige Störungen in Symptomen wie Schizophrenie, psychosomatische Auffälligkeiten, Alkohol- und Drogenabusus, kriminelles Verhalten, Suizid, Depressionen oder Phobien. Beispiele für Störungen auf der *Paar- bzw. Familienbeziehungsebene* sind etwa chronische Partnerschaftskonflikte, manifeste sexuelle Probleme, Mißhandlungen von Kindern, Frauen oder älteren Familienangehörigen. All diese Symptome können als Indikatoren für ein stark ausgeprägtes Verletzlichkeitsniveau der Familie angesehen werden, die eine hohe Behandlungsbedürftigkeit signalisieren. Das Vorgehen ist dabei in erster Linie remedial, d.h. es geht vor allem um eine Behebung oder zumindest Reduzierung von Symptomen, die bereits manifest geworden sind. Es ist dies vornehmlich die Domäne der von L'Abate (1985) so bezeichneten klinischen Familienpsychologie bzw. der Familienpsychiatrie, wobei das Behandlungskonzept in engerem Sinne als familientherapeutisch zu bezeichnen ist.

6.2.1.1 Familientherapeutische Modelle

Nun gibt es freilich innerhalb des familientherapeutischen Paradigmas nicht nur eine, sondern eine ganze Reihe familientherapeutischer Schulen, die mehr oder weniger für sich in Anspruch nehmen, den Königsweg zur Heilung dysfunktionaler Familien gefunden zu haben. Im gegebenen Kontext verbietet sich eine ausführliche Darstellung und vergleichende Gegenüberstellung der einzelnen familientherapeutischen Schulen. Hierzu muß auf andere Quellen verwiesen werden (vgl. Gurman & Kniskern, 1991; v. Schlippe, 1984; Schmidt, 1994; Piercy, Sprenkle & Wetchler, 1997). Statt dessen soll in historischer Perspektive zunächst ein von Levant (1984) unterbreiteter Vorschlag zur Reduktion familientherapeutischer Schulen auf drei familientherapeutische Modelle kurz vorgestellt werden.

Levant (1984) unterscheidet zwischen drei familientherapeutischen Modellen, nämlich (a) einem historischen, (b) einem struktur-/prozeß- und (c) einem erfahrungsorientierten Modell. Das *historische Modell* konzentriert sich vor allem auf die Vergangenheit und analysiert Familienbeziehungen über wenigstens zwei, meistens jedoch mehrere Generationen. Die therapeutischen Bemühungen laufen darauf hinaus, die Familie und ihre Mitglieder von ihren dysfunktionalen Bindungen an frühere Generationen zu befreien. Die Rolle des Therapeuten ist eher passiv, die Dauer der Therapie relativ lang und die theoretischen Wurzeln dieses Modells liegen vornehmlich in der Psychoanalyse. Beispielhafte Vertreter des historischen Modells sind Boszormenyi-Nagy (1987), Bowen (1978), Stierlin (1975) und Toman (1979).

Das *Struktur-/Prozeßmodell* fokussiert vor allem die gegenwärtige Situation der Familienbeziehungen einschließlich der jüngsten Vergangenheit und der nahen Zukunft. Die therapeutischen Ziele liegen in einer Änderung dysfunktionaler familienstruktureller Regeln und Interaktionen. Die Rolle des Therapeuten ist aktiv und direktiv. Die Behandlungsdauer ist eher kurz, und die theoretischen Orientierungen gründen in der Familiensystemtheorie sowie in der Lerntheorie. Repräsentative Vertreter dieses Modells sind Haley (1976), Minuchin (1977), Selvini Palazzoli et al. (1977), Alexander und Parsons (1982), Patterson (1982) und Stuart (1980).

Im Vergleich zu den beiden anderen Modellen bezieht sich das *erfahrungsorientierte Modell* am stärksten auf die im »Hier und Jetzt« ablaufenden Prozesse innerhalb der Familie. Das therapeutische Ziel besteht in einer Intensivierung positiver emotionaler Erfahrungen zwischen den Familienmitgliedern. Der Therapeut ist aktiv und versteht sich als eine Person, die sich mit viel Einfühlsamkeit auf die Familie einläßt. Die Therapien sind eher von mittlerer Dauer und basieren auf den existentialistischen und phänomenologischen Ansätzen der humanistischen Psychologie. Bekanntere Vertreter dieses familientherapeutischen Modells sind Kempler (1981), Satir (1990) oder Whitaker und Keith (1981).

Sämtliche der von Levant in seinen drei Modellen klassifizierten familientherapeutischen Ansätze werden in der Übersicht, die v. Schlippe und Schweitzer

(1996) über unterschiedliche systemtherapeutische Modelle erarbeitet haben, unter der Rubrik »Klassische Modelle« geführt. Darüber hinaus führen v. Schlippe und Schweitzer noch zwei weitere Kategorien von familientherapeutischen Ansätzen an, nämlich systemtherapeutische Modelle, die sich an den Prinzipien einer »Kybernetik 2. Ordnung« orientieren, und solche, die unter die Bezeichnung »narrative Ansätze« fallen. In der Entwicklungsgeschichte familien- und systemtherapeutischer Orientierungen sind dies Ansätze, die in den späten 80er und in den 90er Jahren entstanden sind. Bevor wir die Besonderheiten dieser beiden neueren Modelle kurz vorstellen, soll zunächst die von v. Schlippe und Schweitzer (1996, S. 24) zusammengestellte Übersicht wiedergegeben werden (vgl. Kasten 6.1).

Während die strukturelle Familientherapie von Minuchin (1977), die strategische Familientherapie von Haley (1977b) oder die (im engeren Sinne) systemische Familientherapie der sog. Mailänder Schule um Selvini Palazzoli (vgl. Selvini Palazzoli et al., 1977) noch dem kybernetischen Modell erster Ordnung zugerechnet werden, fand mit der Entwicklung zur »Kybernetik zweiter Ordnung« (vgl. Golann, 1988; Slovik & Griffith, 1992) ein entscheidender qualitativer Sprung statt. Worin aber besteht nun der Unterschied zwischen einer Kybernetik erster und zweiter Ordnung?

Etwas vereinfacht läßt sich sagen, daß Familientherapeutinnen und -therapeuten sich zunächst an den Grundgedanken des kybernetischen Ansatzes von Weiner (1948) orientiert haben. Dabei gingen sie davon aus, daß die Familie entsprechend dem technischen Paradigma der Kybernetik tatsächlich ein kybernetisch funktionierendes System ist. Aufbauend auf diesem aus heutiger Sicht als *Kybernetik erster Ordnung* bezeichneten Gedanken lag es nahe, daß Familien von außen durch entsprechende strategische Interventionen verändert werden können – etwa nach dem Muster der Neueinstellung des Thermostaten bei einem Kühlschrank, dessen Temperaturregelung nicht mehr funktioniert. Beispiel hierfür sind die mit einer gewissen Starrheit und Unerbittlichkeit vorgetragenen sog. invarianten Interventionen nach dem Mailänder Modell, an die sich alle Familienmitglieder zu halten haben, wenn es nicht zum Abbruch der Therapie kommen soll. Als ein weiteres aktuelles Beispiel kann das von Hellinger (1995) im Rahmen seiner Vorstellungen von den »Ordnungen der Liebe« praktizierte »Familienstellen« gesehen werden – eine »therapeutische« Richtung, die Simon und Retzer (1998) zu Recht als »Ordnungstheologie« entlarvt haben, wonach »Bert Hellinger suggeriert: Es gibt richtige und falsche Ordnungen und er ist es, der sie kennt. Verbunden damit ist das Heilsversprechen: Richtet euch nach der von mir vorgegebenen Ordnung und sorget euch nicht!« (S. 68; vgl. hierzu auch die Hellinger gewidmete Glosse von Schneewind, 1998). Kybernik erster Ordnung in ihrer Anwendung auf Familiensysteme geht also einher mit dem »besseren Wissen« des Experten, der weiß, warum und wie er das Familiensystem wieder »in Ordnung« bringt.

Ganz anders dagegen die Haltung von Systemtherapeutinnen und -therapeuten, die sich an den Prinzipien einer *Kybernetik zweiter Ordnung* orientieren. Diese Haltung geht vor allem auf konstruktivistische (vgl. v. Glaserfeld, 1984) und sozial-konstruktionistische (vgl. Gergen, 1985) Denkansätze zurück. Demnach sind Therapeutinnen und Therapeuten mit ihren Sichtweisen nicht mehr

Kasten 6.1
Systemtherapeutische Modelle im Überblick

Name	Quelle	Systembegriff	Zentrale Methoden
1. KLASSISCHE MODELLE			
Strukturelle Familientherapie (z.B. Minuchin,1977)	Strukturalismus	Struktur, Grenzen, Hierarchien	Herausfordern der Grenzen, Stabilisierung der Subsysteme
Mehrgenerationen-Modell (z.B. Boszormenyi-Nagy & Spark, 1981; Stierlin, 1978)	Psychoanalyse	Unsichtbare Bindungen über Generationen	Klärung der »Konten« und der Vermächtnisse
Erlebnisorientierte Familientherapie (z.B. Satir, 1990, Whitaker, 1991)	Humanistische Psychologie	Selbstwert und Kommunikation	Skulptur, Reframing
Strategische Familientherapie (z.B. Haley, 1976)	Kybernetik	Familie als kybernetischer Regelkreis	Paradoxie, Ordeals, Hausaufgaben
Systemisch-kybernetische Familientherapie (Selvini Palazzoli et al., 1977)	Kybernetik	Das Familienspiel	Zirkulität, Hypothetisieren, Neutralität, Paradox
II. »KYBERNETIK 2. ORDNUNG«			
Systemisch-konstruktivistische Therapie (z.B. Boscolo et al., 1988; Stierlin, 1988)	Konstruktivismus	Familienspiele als Schachspiele	Zirkuläre Fragen, Hypothetische Fragen
Reflecting Team (z.B. Andersen, 1990)	Konstruktivismus	Menschen konstruieren multiple Realitäten	Reflecting Team, Kooperation
III. NARRATIVE ANSÄTZE			
Therapie: konstruktive und hilfreiche Dialoge (z.B. Anderson u. Goolishian, 1990, 1992)	Sozialer Konstruktionismus	Soziale Konstruktion sozialer Realitäten durch Sprache	Multiple Dialoge, Kreation kooperativer Kontexte, Reflektierendes Team
Therapie als Dekonstruktion (z.B. White, 1992)	Postmoderne Philosophie (z.B. Derrida, Foucault)	Systeme bestehen aus Geschichten, Menschen sind Erzähler	Externalisierung, Suche nach Ausnahmen
Lösungsorientierte Kurz-Therapie (z.B. De Shazer, 1989)	Sprach-Philosophie (Derrida)	»Aus der Sprache gibt es kein Entrinnen«	Solution Talk »Wunderfrage«, Hausaufgaben

von außen eingreifende Interventoren, sondern selbst Bestandteil des therapeutischen Systems, in dem sie – gleichberechtigt mit den Klienten oder besser: die Klienten gleichberechtigt mit ihnen – ihre mehr oder minder unterschiedlichen Vorstellungen von der Familie und ihrer Beziehungen in den therapeutischen Prozeß einbringen bzw. mit der Familie aushandeln. In diesem Sinne wird vom »Expertentum« der Familien und einer »respektvollen« Arbeit mit Familien gesprochen (vgl. Anderson & Goolishian, 1992). Das Credo dieses Ansatzes geht auf die biologische Kognitionstheorie von Maturana und Varela (1987) zurück, wonach es keine *instruktive Interaktion* gibt, was v. Schlippe und Schweitzer (1996) wie folgt kommentieren: »›Instruktive Interaktion‹ ist nicht möglich. Welche Zwangsmaßnahmen man auch immer anwenden mag, man kann einen Menschen etwa nicht dazu zwingen, einen anderen zu lieben oder ›freiwillig und gern‹ mit ihm zusammenzuleben.« (S. 69).

Die Konsequenz einer solchen Haltung ist es, daß therapeutische Interventionen nicht als zielsichere Problemlösungen begriffen werden, sondern als Angebote oder Anregungen an das System. Diese rufen gegebenenfalls »Verstörungen« des Systems hervor, was soviel heißt, daß auf dem Wege des Austauschs unterschiedlicher Sichtweisen und Deutungen der Familienmitglieder und des Therapeuten (bzw. therapeutischen Systems) Selbstorganisationsprozesse des Familiensystems in Gang gebracht werden. Dies hat dazu geführt, daß Boscolo und Cecchin – zwei frühere Mitarbeiter von Selvini Palazzoli – sich vom ursprünglichen Mailänder Modell gelöst und ihre eigenes, stärker am Konsultationsgedanken orientiertes Interventionsmodell entwickelt haben (vgl. Boscolo et al., 1988; Boscolo & Betrando, 1994).

Eher aus einem Versehen entstand eine therapeutische Methode, die der norwegische Familientherapeut Andersen (1987, 1990) als die Technik des *Reflektierenden Teams* eingeführt hat und die ursprünglich ebenfalls der Mailänder Schule verpflichtet ist. Andersen machte nämlich von dem in der Mailänder Schule häufig verwendeten Verfahren Gebrauch, wonach ein hinter dem Einwegspiegel sitzendes Beraterteam gelegentlich mit dem im Therapieraum agierenden Therapeuten über eine Gegensprechanlage Kontakt aufnimmt und ihm nach entsprechenden team-internen Beratungen die nach der Auffassung des Beraterteams erforderlichen Interventionen mitteilt. In einem Fall blieb die Tonleitung aus dem Raum des Beraterteams versehentlich offen, so daß die behandelte Familie mithören konnte, was das Beraterteam hinter der Einwegscheibe über sie zu sagen hatte. Entgegen den Erwartungen führte dies nicht etwa zu einer Verärgerung auf seiten der Familie, sondern zu einer vertieften Auseinandersetzung mit dem präsentierten Problem. Andersen nutzte dieses Setting daraufhin systematisch, um in Kooperation zwischen dem therapeutischen System (d.h. Familie und Therapeut) und dem beratenden System (d.h. dem meist aus zwei bis vier Personen bestehenden reflektierenden Team) eine Lösung des von der Familie vorgebrachten Problems zu erarbeiten.

Eine konstruktivistische, d.h. eine die unterschiedlichen subjektiven Wirklichkeiten der einzelnen Familienmitglieder respektierende therapeutische Haltung liegt auch den *narrativen Ansätzen der Familien- und Systemtherapie* zugrunde. Der Kerngedanke besteht darin, daß Familien sich über ihre Geschichten definieren, insbesondere darüber, welche Geschichten sie erzählen und wie sie dies tun.

Das Medium Sprache steht somit im Zentrum dieser Ansätze, da über Sprache Bedeutung intersubjektiv konstruiert und vermittelt wird – ein Gedanke, der seit der Propagierung der grundlegenden Annahmen des Symbolischen Interaktionismus wohlvertraut ist (vgl. Kapitel 3) und nun unter der Bezeichnung sozialer Konstruktionismus auch im Bereich systemischer Therapie fröhliche Urständ feiert (vgl. McNamee & Gergen, 1992).

Zu nennen ist hier die Konzeption von Anderson, Goolishian und Winderman (1986), wonach Familien und deren Probleme unter dem Gesichtspunkt *kollaborativer Sprachsysteme* (collaborative language systems) zu behandeln sind. Entsprechend ist Anderson (1993) der Auffassung, daß innerhalb dieses Ansatzes Probleme nicht durch strategische Interventionen »gelöst«, sondern »aufgelöst« werden, und zwar durch die »natürliche Konsequenz des Dialogs.« (S. 324).

Des weiteren fällt unter die Kategorie der narrativen Ansätze das Vorgehen von White (vgl. White, 1992; White & Epston, 1990), wobei es im wesentlichen um eine Dekonstruktion »versklavender« Sprachmuster und einer sprachlichen Externalisierung von Problemen geht, um auf diesem Wege der Familie eine Möglichkeit zur Kontrolle des Problems zu vermitteln – von White und Epston (1990) metaphorisch als »Zähmung der Monster« bezeichnet. Auch hier spielt im übrigen der gleichberechtige Austausch zwischen Therapeut und Familie – z.T. über briefliche Mitteilungen (vgl. Epston, 1994) – eine wichtige Rolle.

Als letzter Vertreter des narrativen Ansatzes sei noch de Shazer (1989, 1992) mit der von ihm entwickelten *lösungsorientierten Kurzzeittherapie* genannt, auf den u.a. die Einpersonen-Familientherapie von Weiss und Haertel-Weiss (1991) zurückgreift. Statt sich auf Probleme zu konzentrieren (und sie damit zu verfestigen) lenkt de Shazer das Augenmerk auf die in einem Familiensystem stets vorhandenen Ressourcen und die damit verbundenen Lösungsmöglichkeiten. Charakteristisch hierfür ist die sogenannte »Wunderfrage«, die etwa wie folgt lautet: »Angenommen, Ihr Problem wird in einer der nächsten Nächte, während sie schlafen, wie durch ein Wunder gelöst. Woran merken Sie am nächsten Tag, daß dieses Wunder geschehen ist? Und was hat das für Auswirkungen auf Ihre Partnerschaft, auf die Beziehung zu ihrem Chef, auf den Kontakt mit ihren Freunden etc.?«

All die genannten familien- und systemtherapeutischen Ansätze ordnen Mills und Sprenkle (1995) der *postmodernen Ära der Familientherapie* zu, und zwar insofern, als multiple subjektive Wirklichkeiten gleichberechtigt nebeneinander stehen. Zum einen hat dies – zumindest auf der rhetorischen Ebene – zu einer Dekonstruktion therapeutischen Expertentums und damit verbundener Machtbeziehungen geführt. Zum anderen hat diese Sichtweise aber auch zur Betonung erweiterter Optionen subjektiver Wirklichkeitskonstruktionen und damit potentiell zu einer »Verflüssigung« verfestigter Probleme beigetragen. Dennoch sollte man nicht vergessen, daß familientherapeutisches Denken immer noch den Grundannahmen der allgemeinen Systemtheorie und Kybernetik – sei es nun Kybernetik erster oder zweiter Ordnung – verpflichtet ist, weswegen manche Autoren auf der Basis einer konstruktivistischen Therapeutenhaltung wieder Kontakt zu den »Klassikern« wie etwa Minuchins (1977) struktureller oder Haleys (1976) strategischer Familientherapie aufnehmen (vgl. Atkinson & Heath, 1990; Simon, 1992, 1995). Ganz auf dieser Linie schlagen Mills und

Sprenkle (1995) eine mittlere Position vor, wenn sie sagen, daß »strategische Taktiken durchaus angemessen sind, wenn sie von den Prinzipien einer Kybernetik zweiter Ordnung getragen sind, wonach diese Strategien offen als Ideen verstanden werden, die hilfreich sein können oder auch nicht. Ihr Nutzen hängt letztlich von der Bereitschaft und dem Bestreben der jeweiligen Familie ab, sie auszuprobieren. Es ist nicht die Aufgabe des Therapeuten, diese inhärent nützlichen Interventionen in das Leben veränderungsresistenter Familien einzuschleusen. Vielmehr besteht seine Aufgabe darin, diese an einer Kybernetik erster Ordnung orientierten Ideen in die Gespräche mit den Familien einzubringen und offen ihre potentielle Nützlichkeit zu diskutieren.« (S. 372).

6.2.1.2 Effektivitätsnachweise der Familientherapie

Eine andere, unter wissenschaftlichen wie gesundheitspolitischen Gesichtspunkten besonders bedeutsame Frage ist, welche Effektivität die einzelnen familientherapeutischen Schulen nachweisen können. Zu dieser Frage lagen nach dem ersten umfassenden Bericht von Gurman, Kniskern und Pinsof aus dem Jahre 1986 insgesamt 47 Sammelreferate vor. Nach einer Darstellung der vielfältigen methodischen Probleme, die sich bei einer wissenschaftlich fundierten Evaluation von Therapieerfolgs- und Prozeßstudien ergeben, gelangten Gurman et al. (1986) aufgrund ihrer Analyse des bis Mitte der 80er Jahre vorliegenden empirischen Materials zu einer nach dem »box count« Verfahren (d.h. bloße Auszählung von positiven, negativen und insignifikanten Therapieeffekten) erstellten Tabelle, in der sie den Effektivitätsnachweis von insgesamt 15 familientherapeutischen Richtungen in bezug auf zehn spezifizierte Störungen bewerten (vgl. hierzu die ähnliche Vorgehensweise von Olson, Russell & Sprenkle, 1980).

Der Hauptbefund von Gurman et al. (1986) besteht darin, daß von den insgesamt 150 Evaluationsmöglichkeiten, die sich aus der Verknüpfung der Therapieschulen und Störungsformen ergeben, lediglich 35 (25 %) realisiert wurden. Nur in 13 Fällen (9 %) dieser Kombination haben die Autoren eine Einschätzung des Therapieerfolgs abgegeben, die für eine wahrscheinliche oder gesicherte Effektivität der therapeutischen Intervention spricht. Freilich betonen Gurman et al. (1986) auch, daß »diese summarische Einschätzung des Therapieerfolgs nicht mit der Intention erfolgt, Anhänger bestimmter ›Schulen‹ von der Weiterführung ihrer gegenwärtigen Praktiken abzubringen, da das Fehlen eines Wirksamkeitsnachweises offenkundig kein Beleg für Unwirksamkeit ist.« (S. 593).

Betrachtet man die von Gurman et al. (1986) vorgelegten Befunde unter dem Gesichtspunkt des Beitrags, den die oben dargestellten klassischen familientherapeutischen Modelle bezüglich ihres Wirksamkeitsnachweises geleistet haben, so liegt das struktur-prozeßorientierte Modell bei 90 möglichen Kombinationen mit 11 halbwegs gesicherten Effektivitätsbelegen an der Spitze, wobei der Löwenanteil auf die verhaltenstheoretischen Therapieschulen fällt. Das historische Therapiemodell bleibt mit zwei aus 40 möglichen Effektivitätsnachweisen im Vergleich zum struktur-prozeßorientierten Modell deutlich zurück, während das erfahrungsorientierte Therapiemodell auf keinerlei Effektivitätsnachweise zurückblicken kann. Selbst dies muß nach Meinung von Gurman et al. (1986) nicht unbedingt zur Besorgnis Anlaß geben, da »in der Regel positive und bisweilen außerordentlich eindrucksvolle Ergebnisse dokumentiert wurden, wenn familientherapeutische Behandlungsmethoden einem rigorosen Test unterzogen wurden.« (S. 594). Wenngleich diese Einschätzung nicht ganz im Einklang mit einem früheren Befund von Gurman und Kniskern (1978a) steht, wonach es immerhin in 5 bis 10 % der familientherapeutisch behandelten Fälle zu einer Symptomverschlechterung kommt, meinen die gleichen Autoren (vgl. Gurman & Kniskern, 1978b), auch Belege für die Überlegenheit oder zumindest Gleichwertigkeit familientherapeutischer im Vergleich zu individualtherapeutischen Vorgehensweisen beigebracht zu haben.

Diese Schlußfolgerung wird allerdings – zumindest was die nicht-behavioralen Varianten der systemischen Familientherapie anbelangt – von Bednar, Burlingame und Masters (1988) energisch bestritten. Diese Autoren zeigen an einer Stichprobe von 25 Therapieerfolgsstudien, die im weitesten Sinne als nicht-behaviorale Familiensystemtherapie zu bezeichnen sind, daß in keiner dieser Studien systemische Behandlungsvariablen (z.B. Einbeziehung multipler Quellen der Einflußnahme, Diagnostik auf dem Niveau unterschiedlicher System- und Subsystemebenen, Registrierung reziproker Einflüsse, Erfassung der Unmittelbarkeit und Intensität familiärer Transaktionen) Berücksichtigung gefunden haben. Dieser Befund steht im übrigen im Einklang mit einer Bemerkung von Gurman et al. (1986), wonach »Studien zum Ergebnis von Familientherapien, die auf systemischen Diagnosen beruhen, nicht existieren.« (S. 573). Bednar et al. (1988) ziehen daraus den folgenden Schluß: »Wenn Familentherapien wissenschaftlich untermauern wollen, daß sie eine besondere und effektive Behandlungsform darstellen, müssen sie (a) ihre Behandlungsfaktoren definieren und zeigen, in welcher Weise sie eine Besonderheit darstellen und (b) bestimmen, welcher Teil der Ergebnisvarianz auf diese besonderen Behandlungsfaktoren zurückgeführt werden kann. Bis dahin erscheint die Behauptung, daß (a) Familientherapie eine besondere Behandlungsmodalität darstellt, die (b) wenigstens genauso wirksam ist wie Individualtherapie, wenig plausibel.« (S. 417).

Auch im deutschsprachigen Raum kam die Familientherapie, was ihren Wirksamkeitsnachweis anbelangt, bis vor kurzem nicht gut weg. So wurde in dem Forschungsgutachten, das in Vorbereitung des Psychotherapeutengesetzes in Auftrag gegeben worden war (vgl. Meyer et al., 1991), die Familientherapie zwar als eine »wertvolle Bereichung« angesehen, der jedoch im Hinblick auf ihre Effektivitätsnachweise im Vergleich zu psychoanalytischen und verhaltenstherapeutischen Therapieansätzen »bisher jegliche Grundlagen« fehlten (S. 95). Dies dürfte im übrigen entscheidend mit dazu beigetragen haben, daß die Familientherapie in dem 1999 in Kraft getretenen Psychotherapeutengesetz keine Anerkennung als zugelassene und damit abrechnungsfähige Therapieform gefunden hat.

V. Schlippe und Schweitzer berichten noch in ihrem 1996 erschienenen »Lehrbuch der sytemischen Therapie und Beratung« lediglich von einer handvoll evaluierter systemischer Therapien. Allerdings haben sie diese Einschätzung, nachdem sie die internationale Forschungliteratur rezipiert haben, mittlerweile korrigiert (vgl. Ochs, v. Schlippe & Schweitzer-Rothers, 1997). Inzwischen liegt auf der Ebene internationaler Publikationen eine Reihe neuerer Stellungnahmen zum Effektivitätsnachweis von Familientherapien vor (vgl. Alexander, Holtzworth-Monroe & Jamson, 1994; Lebov & Gurman, 1995; Wynne & Pinsof, 1995). Besonders zu erwähnen ist hierbei die von Shadish und Koautoren durchgeführte Metaanalyse von methodisch kontrollierten Studien zur Familientherapie, die auf einer Stichprobe von insgesamt 163 Therapiestudien, von denen 101 Therapievergleichsstudien zur Familientherapie sind, beruht (vgl. Shadish et al., 1993, 1995). In 71 Studien wurden Vergleiche zwischen einer behandelten und einer Kontrollgruppe durchgeführt, wobei 27 dieser Studien auf Ehe- und 44 auf Familientherapien entfallen.

Die zur Auswertung dieser Untersuchungen herangezogene Technik der Metaanalyse basiert auf einer statistischen Aggregierung der Effektgrößen, die sich beim Vergleich zwischen den behandelten und den Kontroll- bzw. Vergleichsgruppen bestimmen lassen. Dabei ist *Effektgröße* (symbolisiert durch den Buchstaben d) als der Wert definiert, der sich nach Abschluß einer Therapie aus der Differenz der Mittelwerte der evaluierten Variablen (z.B. Ausprägungsgrad der präsentierten Symptome) zwischen der behandelten und der unbehandelten (bzw. mit einem anderen therapeutischen Ansatz behandelten) Gruppe, dividiert durch die gepoolte Standardabweichung der behandelten und der Kontroll- bzw. Vergleichsgruppe ergibt (zu den methodischen Aspekten von Evaluationsstudien, insbesondere auch von Metaanalysen, vgl. Bortz & Döring, 1995).

Betrachtet man beispielsweise die durchschnittliche Effektgröße für die 73 Ehe- und Familientherapien, die mit jeweils einer unbehandelten Kontrollgruppe verglichen wurden, so ergibt sich ein Wert von $d = .51$. Dies besagt, daß im Schnitt der Mittelwert der behandelten Gruppen hinsichtlich der untersuchten Therapieerfolgskriterien um eine halbe Standardabweichung höher liegt als bei den unbehandelten Gruppen. Oder anders ausgedrückt: zwei von drei zufällig ausgewählten Ehen oder Familien, die eine Paar- bzw. Familientherapie hinter sich gebracht haben, schneiden besser ab als zufällig ausgewählte Ehen oder Familien, die sich keiner Behandlung unterzogen haben (vgl. Shadish et al., 1993).

Abschließend kommen Shadish et al. (1995) aufgrund ihrer methodisch sorgfältig durchgeführten metaanalytischen Studie zu dem Resümee: »Es ist klar, daß Paar- und Familientherapie wirksam ist. Die Ergebnisse aus der Literatur, auf der diese Schlußfolgerung basiert, sind genauso robust, wie für andere Therapieformen.« (S. 345). Mehr noch: Shadish und seine Mitarbeiter (1995) stellen fest, daß im Vergleich zu anderen Formen von Psychotherapie (vgl. Bergin & Garfield, 1994) wenige »mit solch rigoroser Methodik untersucht worden sind.« (S. 347). Und obwohl sie durchaus noch weiteren Forschungsbedarf anmelden, meinen sie: »Ehe- und Familientherapeuten können stolz darauf sein, daß diese Therapien einer genauen wissenschaftlichen Überprüfung unterzogen wurden.« (S. 347). Dabei sollte auch nicht unerwähnt bleiben, daß man typischerweise für medizinische, chirurgische oder pharmazeutische Evaluationsstudien Effektgrößen findet, die geringer ausfallen als für den Bereich der Ehe- und Familientherapie. Auf diesem Hintergrund ist nicht nachvollziehbar, daß der Familientherapie in Deutschland der Status einer anerkannten Therapieform bislang versagt ist.

6.2.2 Familienberatung

In seinem Gutachten zum Thema »Familie und Beratung» sieht der Wissenschaftliche Beirat für Familienfragen (1993) »die zentrale Aufgabe von Beratung darin, die Ratsuchenden bei der Lösung von Problemen zu unterstützen, ohne ihnen eine bestimmte Lösung aufzudrängen. Das Ziel der Beratung stellt sich somit generell als eine typische Form der Problemlösung im psychosozialen Kontext dar; und zwar so, daß Ratsuchende anläßlich der Beratung fachkundige Unterstützung erfahren, die zu selbständig erarbeiteten Lösungen führen.« (S. 8).

Eine spezielle Adressatengruppe für Beratung sind Familien, d.h. deren Mitglieder sowohl als einzelne wie auch im familiären Verbund, für die sich aus vielerlei Gründen Beratungsbedarf ergeben kann. Allgemein kann Familienberatung als Bestandteil eines umfassenderen Konzepts von *Hilfen für Familien* gesehen werden. Im gemeinnützigen Sektor unseres Gesellschaftssystems werden diese Hilfen von einer Reihe unterschiedlicher Träger, d.h. in öffentlicher (z.B. Jugendämter) und freier Trägerschaft (z.B. Kirchen, Wohlfahrtsverbände), angeboten. Das wichtigste Ziel dieser Träger ist nach Wahl (1988) »die Stärkung der Erziehungskraft und der Selbsthilfe der Familien durch Verbesserung ihrer sozialen und wirtschaftlichen Lage sowie durch Erholungs-, Betreuungs-, Bildungs- und Beratungsangebote für Eltern und Kinder« (S. 435). Im Falle der Familienberatung können die Anlässe zur Inanspruchnahme von Beratungsangeboten mehr oder minder gravierend sein. Dementsprechend läßt sich grob zwischen krisenbezogener, problembezogener und präventiver Familienberatung unterscheiden.

(1) *Krisenbezogene Familienberatung.* Anlaß ist in erster Linie dann gegeben, wenn eine Familie sich in einer Problem- oder Notsituation befindet, die sie ohne Unterstützung von außen nicht bewältigen kann. Bei Notsituationen handelt es sich entweder um gravierende Einzelprobleme oder um Situationen, die durch mehrere gleichzeitig existierende Probleme gekennzeichnet sind. Nielsen und Nielsen (1990) unterscheiden zwischen den beiden folgenden Problemlagen:
»– *Familien mit Einzelkrisen:* Diese Familien haben sich trotz erschwerter Lebensverhältnisse eine hohe Selbstregulierungsfähigkeit erhalten und können ihren Lebensalltag weitgehend ohne fremde Hilfe selbst bewältigen. Schwerwiegende und unerwartete Einzelereignisse wie Partnerverlust, Invalidität durch Krankheit, Beginn von Suchtkrankheiten konfrontieren diese Familien mit einer Krise, die sie ohne fremde Hilfe nicht mehr bewältigen können.
– *Familien mit Strukturkrisen:* Diese Familien sind strukturell Dauerbelastungen ausgesetzt. Hier bestehen oft seit Jahren Partner-, Sucht- und/oder Erziehungsprobleme, Gewalt, unregelmäßige Grundbedürfnisbefriedigung, schlechte Wohnverhältnisse und chronische wirtschaftliche Schwierigkeiten« (S. 440).

Entsprechend der Art, dem Umfang und der Intensität von familiären Notsituationen sind unterschiedliche Formen der Hilfe angezeigt. Sie reichen von der *Familientherapie* als einer vornehmlich auf schwerwiegende sozio-emotionale und Beziehungsprobleme spezialisierten Interventionsform bis zur *sozialpädagogischen Familienhilfe und Familienpflege.* Bei letzteren ist »konkret zupackende Hilfe« (Blandow, Brand & Faltermeier, 1985, S. 361) im Sinne einer aktiven Beteiligung der helfenden Person bei Problemen wie Wohnraum- und Arbeitsplatzsuche bis hin zur Übernahme von Versorgungsaufgaben in der Familie (z.B. bei Krankheit oder Abwesenheit der Mutter) gefordert.

Wie bei jeglicher Beratung, liegt der *Aufgabenschwerpunkt der Familienberatung* vor allem darin, die Ressourcen der Familie zu aktivieren und zu stärken, damit sie ihre Probleme eigenständig, d.h. ohne daß die beratende Person selbst die Problemlösung in die Hand nimmt, bewältigen kann. Dies schließt zwar nicht aus, daß im Laufe des Beratungsprozesses Informationen, Anregungen, Empfehlungen und Hinweise gegeben werden. Zur eigentlichen Problembewältigung muß jedoch die Familie selbst aktiv werden. Zum Beispiel übernimmt eine Familienberaterin keine Elternfunktionen, wenn sie eine Familie mit einem erziehungsschwierigen Kind zu beraten hat. Sie geht auch nicht selbst zu potentiellen Vermietern oder Arbeitgebern, um für ihre Familie eine Wohnung oder für den Familienvater eine Arbeitsstelle zu besorgen. Ihre Hilfe besteht vielmehr darin, gemeinsam mit der Familie Lösungswege und Handlungsmöglichkeiten zu erarbeiten, die die Familie dann in ihrer konkreten Lebenspraxis selbst umsetzen kann.

Dies ist im Kern das Verständnis von Unterstützung und Hilfe in der Familienberatung, wenngleich sich in der Praxis durchaus Überlappungen mit anderen Arbeitsformen ergeben können. Oswald (1988) vergleicht die *Rolle des Familienberaters* mit der des Allgemeinarztes: »Er ist der erste Ansprechpartner in allen Problemsituationen. Er ist in der Lage, kompetent zu helfen, kennt aber seine Grenzen. Es zeichnet ihn als befähigten Allgemeinpraktiker aus, daß er weiß, wann er einen Spezialisten zuziehen muß und daß er die entsprechenden Stellen in seinem Arbeitsfeld kennt. In der Familienberatung gibt es einen weiten Spielraum, die Helferrolle zu definieren. Der Berater kann sich auf bestimmte Bereiche konzentrieren, auf persönliche Konflikte innerhalb der Familie (sozio-emotionaler Bereich) oder darauf, rechtliche Fragen zu klären und die wirtschaftliche Situation einer Familie durch Schuldnerberatung zu verbessern. Diese Variabilität der Beraterrolle bringt es mit sich, daß man im Einzelfall Familienberatung nicht immer klar von den anderen Arbeitsformen unterscheiden kann.« (S. 126).

Wenn auch in der Regel Familienberatung selbst bei Problemen, die vordergründig nur eine Einzelperson zu betreffen scheinen, den Familienverband als Ganzes zum Adressaten hat, ist es nicht immer erforderlich, daß die gesamte Familie am Beratungsprozeß teilnimmt. Im Prinzip ist Familienberatung ebensogut mit Einzelpersonen möglich, sofern in der Beratung ein Bezug zum Familienkontext hergestellt wird.

(2) *Problembezogene Familienberatung.* Nicht alle Situationen, in denen Familien oder einzelne Familienmitglieder um Hilfe nachsuchen, sind Notsituationen im Sinne von akuten Einzel- oder Strukturkrisen. Dennoch mag es Probleme geben, die den Wissens- und Kompetenzhorizont der Familie übersteigen und es insofern erforderlich machen, fremde Hilfe in Anspruch zu nehmen. Der Bedarf an solcher Art *problembezogener Familienberatung* besteht vornehmlich darin, sich umfassend zu informieren, ambivalente Entscheidungslagen zu klären oder bereits getroffene Entscheidungen möglichst gut umzusetzen. Als Beispiele seien genannt: Information über Anspruchsvoraussetzungen familienpolitischer Maßnahmen, Klärungshilfe bei unsicherem Kinderwunsch oder bei Berufswahl- und Karriereentscheidungen, Rechtshilfe bei der Gestaltung von familienrelevanten Verträgen (z.B. Eheverträgen, Testamenten). Nicht immer ist dabei die gesamte Familie der Adressat der Beratung, obwohl direkt oder indirekt ein Familienbezug unschwer erkennbar ist. Deswegen kann auch in solchen Beratungszusammenhängen von einer *familienorientierten Beratung* gesprochen werden.

(3) *Präventive Familienberatung.* Schließlich sind Elemente von Familienberatung in erheblichem Maße genauso in Angeboten enthalten, die traditionellerweise der *Familienbildung* zugerechnet werden. Zu denken ist hier etwa an das gesamte Spektrum von Seminaren und Kursen, die einen mehr oder minder direkten Familienbezug haben (z.B. Selbsterfahrungs-, Paar-, Eltern-Kind- oder Erziehungsseminare). In der Regel sind solche *familienpädagogischen Angebote* nicht auf die Behebung akuter bzw. chronischer familiärer Krisen- oder Notsituationen zugeschnitten. Vielmehr dienen sie der Aufklärung und Kompetenzentwicklung im Hinblick auf unterschiedliche familiäre Lebensbezüge und haben somit in erster Linie eine präventive bzw. entwicklungsoptimierende Funktion. Insofern ist ein Großteil des Angebots im Bereich der Familienbildung als vorbeugende Familienhilfe zu betrachten (vgl. die nachfolgenden Abschnitte zur Prävention im Kontext von Partnerschaft und Familie).

6.2.2.1 Angebotsformen der Familienberatung

In einer offenen und plural verfaßten Gesellschaft findet sich ein breites Spektrum von Angebotsformen der Familienberatung. Dabei können sich teilweise erhebliche Unterschiede hinsichtlich des Organisationsniveaus und der Professionalität ergeben. In einer *Netzwerkperspektive* lassen sich nach Straus (1990) primäre, sekundäre und tertiäre Netzwerke unterscheiden, die – allerdings eingeschränkt auf Fragen der psychischen und physischen Gesundheit – soziale und institutionelle »Ressourcen zur Bewältigung von psychosozialen und krankheitsbedingten Belastungen sowie Gesundheitsgefährdungen« (S. 498) umfassen. Die Netzwerkperspektive ist jedoch nicht auf medizinische und psychosoziale Hilfen beschränkt, sondern kann problemlos auf andere Themen der familienorientierten Beratung übertragen werden. Es folgt eine kurze Skizze von Beratungshilfen in primären, sekundären und tertiären Netzwerken, wobei der Schwerpunkt auf der institutionalisierten Familienberatung im Bereich tertiärer Netzwerke liegt.

(1) *Primäre Netzwerke* zeichnen sich durch geringe Organisiertheit und in der Regel durch geringe Professionalität aus. Zu ihnen zählen das Familien- und Verwandtschaftssystem sowie Freunde und Bekannte im Bereich von Nachbarschaft, Schule und Betrieb. In diesem Kontext findet häufig informelle und von den Betroffenen in vielen Fällen als hilfreich erlebte Familienberatung statt, ohne daß sie ausdrücklich als solche bezeichnet wird. Zugleich werden primäre Netzwerke auch von professionellen Helfern zur Lösung von Familienproblemen genutzt.

(2) *Sekundäre Netzwerke* lassen sich nach Straus (1990) danach unterscheiden, ob sie »geringgradig« oder »höhergradig« organisiert sind. Zu den geringgradig organisierten, sog. »kleinen Netzen« gehören z.B. Selbsthilfe-, Nachbarschafts- und Laienhilfegruppen, die in der Regel nichtprofessionell tätig sind. Höhergradig organisierte sekundäre Netzwerke sind z.B. lokale Bürgervereinigungen oder Vereine und Organisationen mit sozialpädagogischen Aufgaben, deren Mitglieder im allgemeinen nichtprofessionelle und ehrenamtlich tätige Helferinnen bzw. Helfer sind. Aufgrund ihres höheren Organisiertheitsgrades bemühen sich solche

Vereinigungen häufig um finanzielle Unterstützung bei den kommunalen Verwaltungen, was dazu führen kann, daß sie – wie Dangl-Kreyenbühl (1985) am Beispiel organisierter Nachbarschaftshilfen ausführt – »in das Konkurrenzfeld professionaler Dienste« (S. 72) rücken. Trotz der damit einhergehenden Gefahr einer zunehmenden Bürokratisierung erfüllen diese Gruppierungen für die Familienberatung im wesentlichen ähnliche Funktionen einer informellen Hilfe wie im Bereich primärer Netzwerke.

(3) *Tertiäre Netzwerke* umfassen professionelle Dienste, die auf einem hohen Organisationsniveau arbeiten. Generell lassen sich dabei Dienstleistungen des gemeinnützigen von solchen des privatwirtschaftlichen Sektors unterscheiden. Traditionellerweise sind institutionalisierte Angebote der Familienberatung vornehmlich im Bereich des *gemeinnützigen Sektors* zu finden (z.B. in Einrichtungen der Kommunen, Kirchen, freien Wohlfahrtsverbänden. Gewerkschaften, Universitäten etc.). Die Beratungsleistungen werden in der Regel unentgeltlich bzw. allenfalls unter Hinweis auf ein Spendenkonto erbracht.

Demgegenüber hat sich in den letzten Jahren vermehrt ein Beratungsangebot im *privatwirtschaftlichen Sektor* etabliert. Hier sind vor allem freie Praxen von Medizinern, Psychologen, Pädagogen, Heilpraktikern etc. zu nennen. Darüber hinaus gehört zu diesem Bereich die bunte Vielfalt kommerziell orientierter Einrichtungen mit ihren Angeboten an Selbsterfahrungsseminaren, Paargruppen, Familientrainings u.ä. Das Angebot an Familienberatung im privatwirtschaftlichen Sektor ist sowohl in quantitativer als auch in qualitativer Hinsicht noch weniger überschaubar als im gemeinnützigen Sektor. Die Finanzierung von Beratungsleistungen in diesem Bereich erfolgt nur zum Teil über die Krankenkassen, sofern eine direkte Kassenzulassung bzw. ein Delegationsverfahren über einen Arzt gegeben ist. Ansonsten sind die Beratungsleistungen aus der eigenen Tasche der Ratsuchenden zu bezahlen, was sich auf die Selbstselektion der Klientel auswirken dürfte. Insgesamt gibt es insbesondere für das privatwirtschaftlich organisierte Angebot an Familienberatung – auch im Interesse der potentiellen Ratsuchenden – ein Bedürfnis nach mehr Transparenz bezüglich Umfang, Inhalt und Qualität der angebotenen Beratungsleistungen.

6.2.2.2 Arbeitsfelder familienorientierter Beratung

Selbst wenn man die verschiedenen Möglichkeiten nichtinstitutionalisierter Familienberatung im Bereich primärer und sekundärer Netzwerke außer acht läßt und sich nur auf das Angebot an professioneller Familienberatung im Bereich tertiärer Netzwerke konzentriert, fällt es dennoch schwer, die Vielfalt inhaltlicher Beratungsanlässe und -themen in einen ordnenden Rahmen zu bringen. Dies ist vor allem auch darauf zurückzuführen, daß Familienberatung potentiell in allen Lebensbereichen und Phasen des Familienzyklus erforderlich werden kann. Dennoch soll im folgenden anhand einer von Wingen (1997) erarbeiteten Zusammenstellung eine Übersicht über einzelne Arbeitsfelder der Familienberatung, die sich an verschiedenen Phasen des Familienlebenszyklus orientieren, gegeben werden (vgl. Tab. 6.1).

Tab. 6.1: Handlungsfelder von Bildungs- und Beratungshilfen im Kontext der Familienentwicklung

	Entwicklungsphasen von Ehe und Familie			
Handlungsfelder	voreheliche Phase	(noch) kinderlose Phase	Zusammenleben mit Kindern	»nachelterl. Gefährtenschaft«
Bildungshilfen	Ehevorbereitung – z.B. Partnerschaftserziehung	ehebegleitende Bildung	ehebegleitende Bildung	ehebegleitende Bildung
			Eltern- und Familienbildung	Eltern- und Familienbildung
		demographische Information und Bildung	demographische Information und Bildung	
Beratungshilfen	Ehevorbereitung – z.B. Sexual- und Partnerschaftsberatung – Schwangerschafts(konflikt)-beratung	Eheberatung	Eltern- und Familienberatung Eheberatung	Eltern- und Familienberatung Eheberatung
		Familienplanungsberatung	Familienplanungsberatung	
		Beratung bei Trennung und Scheidung	Beratung bei Trennung und Scheidung	Beratung bei Trennung und Scheidung
		Schwangerschafts(konflikt)-beratung	Schwangerschafts(konflikt)-beratung	
			Erziehungsberatung	Erziehungsberatung
		Verbraucher- und Wohnberatung	Verbraucher- und Wohnberatung	Verbraucher- und Wohnberatung
		Gesundheitsberatung, Schuldnerberatung	Gesundheitsberatung, Schuldnerberatung	Gesundheitsberatung, Schuldnerberatung
			Berufsberatung	

Bildungshilfen für Familien werden in Deutschland vor allem über die ca. 350 Familienbildungsstätten angeboten, die sich zumeist in konfessioneller Trägerschaft befinden. Aus der Fülle der *Beratungshilfen für Familien* seien insbesondere die Erziehungsberatungsstellen genannt, von denen es Anfang der 90er Jahre in Deutschland ca. 1.000, davon 830 in den alten Bundesländern, gab (vgl. Menne,

1996). Eine wichtige gesetzliche Grundlage für die Familien- und Erziehungsberatung stellt das 1991 in Kraft getretene Kinder- und Jugendhilfegesetz (KJHG) dar, in dem eine Fülle von Beratungsleistungen verankert sind. So bezieht sich der § 28 des KJHG z.B. auf Fragen der Erziehungsberatung und andere familienbezogene Beratungsleistungen und der § 17 auf Fragen der Partnerschaft, Trennung und Scheidung, soweit Minderjährige betroffen sind.

6.2.2.3 Der Beratungsprozeß

Es gibt inzwischen eine kaum mehr übersehbare Fülle von Beratungs- und Therapierichtungen – manche sprechen von 250 bis 400 unterscheidbaren Ansätzen (vgl. Karasu, 1986). Dennoch scheint ein Grundkonsens hinsichtlich der Zielsetzung von Beratung zu bestehen. Dieser Grundkonsens äußert sich in der oben beschriebenen Auffassung, wonach Beratung als ein Prozeß zu sehen ist, der auf seiten der Ratsuchenden zu einer Aktivierung und Stärkung ihrer Ressourcen führt, so daß sie ihre Probleme letztlich selbst lösen können. Zwar unterscheiden sich die diversen theoretischen Orientierungen danach, wie aktiv oder direktiv der Berater im Beratungsprozeß sein sollte, ohne daß dabei jedoch – zumindest als programmatische Grundüberzeugung – das Prinzip einer Hilfe zur selbstverantworteten Problemlösung und Lebensführung aus den Augen verloren wird.

Der Beratungsprozeß, der dieser Grundauffassung entspricht, läßt sich in einzelne Stufen und auf der jeweiligen Stufe wiederum in einzelne Schritte aufgliedern, wie dies beispielsweise Egan (1990, S. 24f) getan hat.

Auf der *ersten Stufe* wird dem Ratsuchenden geholfen, »den Ist-Zustand zu erforschen«, d.h. sich genauer mit seiner aktuellen Problemlage auseinanderzusetzen. Dies erfolgt in drei Schritten, nämlich

»– den Klienten ermutigen, über sich zu berichten …
– dem Klienten helfen, sich auf seine wichtigen Anliegen zu konzentrieren …
– dem Klienten bei der Entwicklung neuer Perspektiven helfen …«

Auf der *zweiten Stufe* geht es darum, beim Ratsuchenden »einen Sollzustand zu entwickeln«, d.h. eine Vorstellung davon, wie sich eine zukünftige Situation von der gegenwärtigen Problemlage unterscheiden soll. Auch hier lassen sich drei Schritte unterscheiden, nämlich:

»– ein Zukunftsbild entwickeln …
– Zukunftsbilder bewerten …
– Ziele auswählen und zum Engagement ermutigen«

Auf der *dritten Stufe* geht es schließlich darum, »den Soll-Zustand in die Realität umzusetzen«, d.h. den Ratsuchenden dabei zu unterstützen, wie er die in seinem Zukunftsbild herausgearbeiteten Ziele verwirklichen kann. Die Hilfestellung der beratenden Person besteht dabei wieder in drei Schritten. Es sind dies:

»– Handlungsstrategien entwickeln …
– einen Plan formulieren …
– Handlung – die Ausführung des Plans.«

Die hier exemplarisch aufgeführten Phasen des Beratungsprozesses finden sich in ähnlicher Form auch bei anderen Autoren. Dabei ist freilich anzumerken, daß in einer konkreten Beratung die einzelnen Stufen und Schritte nicht immer in der dargestellten Weise aufeinander folgen müssen. Dennoch können sie als allgemeine Orientierung für die Gestaltung des Beratungsprozesses – und zwar gleichermaßen für die Einzel- wie für die Familienberatung – dienen.

Abgesehen von unverzichtbaren diagnostischen Tätigkeiten beinhaltet der Beratungsprozeß aus der Sicht der beratenden Person im wesentlichen drei Aktivitäten, die je nach Beratungsanlaß und Beratungsphasen in unterschiedlichem Mischungsverhältnis zur Anwendung kommen. Es sind dies:

(1) Informieren, d.h. Vermittlung von Wissen und Aufklärung über Sachverhalte, die dem Ratsuchenden nicht oder nur vage bekannt sind. Im Kontext der familienorientierten Beratung gehört hierzu z.B. die Aufklärung über bestimmte Krankheitsbilder und Störungsformen, über ökonomische oder juristische Fakten oder über die Voraussetzungen zur Inanspruchnahme von Leistungen der Familienhilfe.

(2) Empfehlen, d.h. Handlungsanweisungen und Ratschläge geben. Diese Berateraktivität ist im Hinblick auf eine selbstverantwortliche Problemlösung des Ratsuchenden besonders kritisch, da vorschnelle Empfehlungen nicht selten die Wirkung von Rat-»Schlägen« haben und somit den Prozeß der Aktivierung und Stärkung eigener Ressourcen unterminieren. Dennoch sind Empfehlungen und Handlungsanweisungen wichtige strukturierende Bestandteile des Beratungsprozesses und als solche selbst bei einer prononciert nichtdirektiven Haltung der beratenden Person kaum zu vermeiden (z.B. bei Anleitungen zu bestimmten Übungen, Empfehlungen für sog. »Hausaufgaben«, Hinweise zur Kontaktaufnahme mit anderen Personen oder Institutionen, Überweisungen an andere Stellen etc.).

(3) Beraten im engeren Sinne als Unterstützung bei der Erkundung, Entdeckung und Klärung alternativer Lösungsmöglichkeiten von Problemen. An dieser Stelle kann die beratende Person auf das gesamte Repertoire an Beratungstechniken zurückgreifen, das bei den Ratsuchenden zu einer vertieften Selbstexploration, eigenständigen Entscheidungsfindung und schließlich zu selbstverantwortetem Handeln beiträgt. Hierin besteht die eigentliche beraterische Arbeit, die in wesentlichen Teilen von den Ratsuchenden selbst zu tragen ist.

Bezüglich der *Effektivität von Beratung*, insbesondere Erziehungs- und Familienberatung, gibt es, wenn man sich an die methodisch anspruchsvollen metaanalytischen Studien zur Ehe- und Familientherapie erinnert, nichts Vergleichbares zu bieten. In seiner Übersicht zu diesem Thema berichtet Hundsalz (1996) über eine Handvoll Studien, die zumeist post hoc Befragungen von Familien zum Gegenstand haben, die eine Erziehungs- oder Familienberatungsstelle aufgesucht hatten. Hundsalz (1996) zieht aus diesen Studien folgende Schlußfolgerungen: »Die Ratsuchenden sind mit den Ergebnissen der Beratungsgespräche überwiegend zufrieden bis sehr zufrieden; die Symptomatik hat sich zum großen Teil gebessert bis deutlich gebessert; die Ratsuchenden sind teilweise sogar dann zufrieden, wenn sich die Symptome nicht gebessert haben, sie profitieren offensichtlich auf anderen Ebenen (z.B. Einsichten, Kommunikationsstil und Familienklima); Untersuchungen zur Zufriedenheit der Beraterinnen und Berater signalisieren eher eine größere Skepsis dieser Gruppe.« (S. 83). Insgesamt besteht, wie auch Hundsalz selbst betont, ein deutliches Forschungsdefizit bezüglich der Effektivitätsnachweise von Erziehungs- und Familienberatung.

6.2.3 Prävention im Kontext von Partnerschaft und Familie

Entsprechend der in Abbildung 6.2 eingeführten Zuordnung familienorientierter Interventionsformen geht es im Falle der Prävention um die Zielgruppe der Risikofamilien. Als Risikofamilien bezeichnen wir solche Familien, bei denen auf Individual- oder Familienbeziehungsebene die Wahrscheinlichkeit des Auftretens bzw. Wiederauftretens von behandlungsbedürftigen Symptomen mehr oder minder hoch ist. Die Rückfallprophylaxe bei psychischen Störungen und massiven Beziehungsproblemen gehört hier ebenso dazu wie die Abwendung von voraussehbaren Fehlentwicklungen aufgrund normativer und nicht-normativer Stressoren bzw. Übergänge im Familienlebenszyklus (z.B. Erziehungsschwierigkeiten von Kindern, Übergang zur Scheidungs- und Nachscheidungsphase).

Der gemeinsame Nenner präventiver Maßnahmen besteht in der Stärkung personaler und interpersonaler Kompetenzen, um erwartbare Belastungen besser meistern zu können. Dabei geht es vor allem um (a) die Vermittlung und Einübung von Kommunikationsfertigkeiten auf der Ebene des Empfangens und Sendens von verbalen und nonverbalen Informationen, (b) die Lösung von Problemen und Konflikten sowie (c) die Kontrolle von personinternen Zuständen, die einer effektiven Kommunikation im Wege stehen (z.B. Mangel an Selbstbehauptung, Selbstenthüllungsfähigkeit, adäquater Attributionsstrategien, Ärgerkontrolle und Streßregulation). Levant (1986a) spricht in diesem Zusammenhang von einem *psychoedukativen Ansatz der familiären Intervention*, wobei er in einem ausführlichen Überblicksreferat die Fülle der im angloamerikanischen Raum existierenden familienorientierten Programme hinsichtlich ihrer theoretischen Orientierung und ihrer Haupteinsatzgebiete klassifiziert hat. Für den deutschsprachigen Raum sei auf die Sammeldarstellungen von Becker und Minsel (1986), Fthenakis und Eckert (1997), Perrez (1994) sowie Schneewind und Graf (1999) verwiesen.

Da viele der präventiv orientierten Ansätze der familiären Intervention im Vergleich zu den remedialen Interventionsformen einen höheren Grad an Standardisierung und Strukturiertheit aufweisen, scheinen sie auf den ersten Blick für eine wissenschaftlich fundierte Effektivitätskontrolle besonders geeignet zu sein. Trotz einer beachtlichen Fülle an entsprechenden Untersuchungen reduziert sich der verwertbare Korpus an Studien drastisch, wenn man die üblichen Standards der Evaluationsforschung (z.B. Vorhandensein von Kontroll- bzw. Vergleichsgruppen, Prä- und Posttesterhebungen, längerfristige Nachfolgeuntersuchungen) zugrunde legt. So haben z.B. Bagarozzi und Rauen (1981) ihre zunächst auf 50 Programme zur Ehevorbereitung basierende Wirksamkeitsanalyse wegen methodischer Unzulänglichkeiten auf 13 Programme reduzieren müssen. Aber selbst bei diesen 13 letztlich ausgewählten Effektivitätsstudien verwendeten nur sieben eine Kontroll- oder Vergleichsgruppe, nur zwei machten von standardisierten

Meßinstrumenten Gebrauch, und lediglich in zwei Fällen wurden Nachfolgeuntersuchungen durchgeführt. Allerdings hat sich die Forschungssituation in diesem Bereich – wie wir weiter unten noch etwas ausführlicher darlegen werden – inzwischen merklich verbessert.

Im folgenden wollen wir nun exemplarisch auf einige der besser geplanten Studien aus den Bereichen der sekundären und tertiären Prävention eingehen. Wie bereits erwähnt, handelt es sich im Falle der sekundären Prävention um die Stärkung des Bewältigungspotentials von Risikofamilien mit dem Ziel, das Auftreten unerwünschter bzw. behandlungsbedürftiger Symptome zu verhindern, während das Ziel der tertiären Prävention vor allem eine Rückfallprophylaxe im Anschluß an eine Therapie oder intensive Beratung ist. Zunächst wenden wir uns dem Ansatz der tertiären Prävention zu.

6.2.3.1 Tertiäre Prävention im Rahmen der Rückfallprophylaxe

Als Beispiel für das Konzept der tertiären Prävention greifen wir die Bedeutung der familiären Intervention für die Behandlung von schizophrenen Patienten heraus. Hier legen neuere Forschungsbefunde nahe, daß sowohl biologisch-genetische als auch psychosoziale Einflußfaktoren für die Entstehung und Aufrechterhaltung schizophrener Symptome verantwortlich sind (vgl. zusammenfassend hierzu Goldstein, 1988; Goldstein & Strachan, 1987; Hahlweg et al., 1995). Die in diesen Bereich fallenden Untersuchungsansätze gehen von einem Vulnerabilitäts-Streß-Modell aus (vgl. Rosenthal, 1970; Zubin & Spring, 1977), wonach die Prädisposition für Schizophrenie biologisch (z.B. durch den Genotyp) bedingt ist. Die damit gegebene Verletzlichkeit des Persönlichkeitssystems wird durch belastende oder unterstützende Umwelteinflüsse – insbesondere solche in der Familie – moderiert, wodurch wiederum die Wahrscheinlichkeit für das Auftreten der Krankheit beeinflußt wird.

Goldstein (1988) führt anhand von prospektiven Längsschnittsstudien empirische Belege an, die sowohl die Entstehung als auch die Aufrechterhaltung schizophrener Symptome nach dem Vulnerabilitäts-Streß-Modell stützen. In diesem Zusammenhang sind vor allem Untersuchungsbefunde von Interesse, die den Nachweis erbringen, daß präventive Methoden der familiären Intervention in Kombination mit einer pharmakologischen Behandlung bei schizophrenen Patienten zu einer drastischen Verringerung der Rückfallquoten führen. Im Hinblick auf familienbezogene Einflüsse haben sich Variablen wie (a) Kommunikationsabweichung (vgl. Wynne et al., 1977), (b) negatives emotionales Familienklima – in der Literatur als »expressed emotion« (EE) bezeichnet – (vgl. Vaughn & Leff, 1976), (c) ein in der direkten Interaktion erfaßter negativer affektiver Stil (AS nach Doane et al., 1981) sowie (d) ein intensiver Kontakt des Patienten mit Verwandten, die hohe Ausprägungsgrade bezüglich der genannten Kommunikationsmerkmale aufweisen, als rückfallerhöhende Risikofaktoren erwiesen.

Insbesondere eine Veränderung der affektiven Aspekte des Beziehungsklimas in der Familie hat zusammen mit anderen psychoedukativen Methoden (z.B. Aufklärung über die Hintergründe und Erscheinungsformen von Schizophrenie, vgl. Anderson, 1983) in einer Reihe methodisch gut kontrollierter Studien zu drastisch reduzierten und relativ zeitstabilen niedrigen Rückfallquoten geführt. Goldstein und Miklowitz (1995) geben einen Überblick über sechs Studien, die in der Zeit zwischen 1978 und 1994 auf der Basis eines psychoedukativen Ansatzes die Rückfallquoten von schizophrenen Patienten mit und ohne familiäre Intervention erfaßt haben. Abbildung 6.3 informiert über die Ergebnisse dieser Studien (vgl. Goldstein & Miklowitz, 1995, S. 368)

Selbst wenn längerfristige Katamnesen noch ausstehen, demonstrieren die Befunde in beeindruckender Weise die Wirksamkeit familiärer Interventionsansätze zur Rückfallprophylaxe bei schizophrenen Patienten. Für den deutschsprachigen Raum haben Hahlweg et al. (1995) ein manualgestütztes Programm für die Familienarbeit mit schizophren erkrankten Familienmitgliedern entwickelt und erfolgreich evaluiert (vgl. Dürr & Hahlweg, 1996).

Inzwischen gibt es auch Hinweise darauf, daß sich derartige Forschungsbefunde auf andere psychische Störungen mit mutmaßlich biologischer Basis verallgemeinern lassen (vgl. Goldstein & Milkowitz, 1994; Hooley, Orley & Teasdale, 1986). Im übrigen legen die Befunde aus dem Bereich der Schizophrenieforschung nahe, die Familie nicht voreilig zum »identifizierten Patienten« abzustempeln. Johnson (1987) hat an einer Reihe von Beispielen nachgewiesen, daß – eine fundierte Diagnostik vorausgesetzt – bei biologisch begründeten Defiziten von einzelnen Personen eine systemische Umdeutung des Symptoms nicht nur wenig hilfreich ist, sondern sogar schädlich sein kann. Statt dessen mag es sinnvoller sein, die Familie eines Symptomträgers von mehr oder minder impliziten Schuldzuweisungen zu befreien und sie zu Helfern bei der Symptombehandlung zu machen, indem die Bewältigungskompetenzen der Familienmitglieder gestärkt werden.

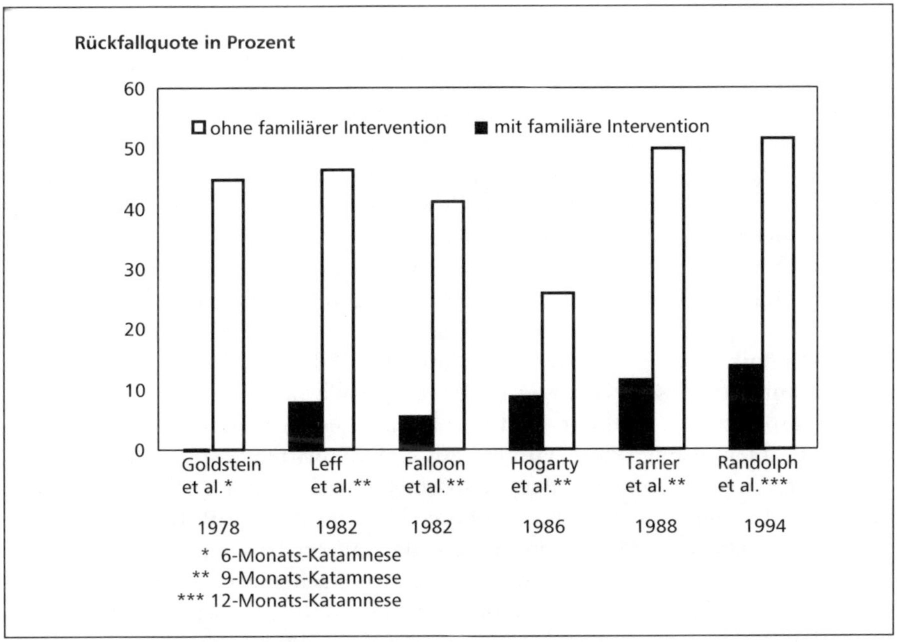

Abb. 6.3: Rückfallquoten schizophrener Patienten mit und ohne familiäre Intervention (nach Goldstein & Milkovitz, 1995, S. 368)

6.2.3.2 Sekundäre Prävention im Verlauf der Familienentwicklung

Wir betrachten im folgenden exemplarisch drei Übergänge bzw. Phasen im Kontext der Familienentwicklung und ihnen zugeordnete Programme, die im wesentlichen dem Format von *Beziehungstrainings* entsprechen. Es sind dies Paarkommunikationstrainings, Programme zur präventiven Unterstützung beim Übergang zur Elternschaft sowie Programme zur Stärkung von Eltern-Kind-Beziehungen. Bezüglich der Thematik »Trennung und Scheidung« sei auf die Interventionsansätze verwiesen, die in Kapitel 4 im Rahmen des Exkurses zur Frage des Entwicklungsrisikos von Kindern und Jugendlichen als Folge von Trennung und Scheidung bereits dargestellt wurden.

(1) Paarbeziehungstrainings. Hier muß an erster Stelle das von Markman und seinen Mitarbeitern seit 1980 entwickelte und evaluierte *Premarital Relationship Enhancement Program* (PREP) genannt werden, das ausdrücklich als ein Präventionsprogramm zur konstruktiven Konfliktregelung und zur Festigung der Paarbeziehung konzipiert wurde – u.a. auch mit dem Ziel einer Verhinderung von Trennung und Scheidung (vgl. Markman, Stanley & Blumberg, 1994). Die Vorteile dieses Programms liegen vor allem darin, daß es einerseits eine starke Forschungskomponente im Sinne einer Programmkonzeption auf der Basis der beziehungspsychologischen Grundlagenforschung aufweist und andererseits auf beachtliche, inzwischen bereits längerfristige Evaluationsbefunde zurückblicken kann (vgl. Bray & Jouriles, 1995; Markman et al., 1993; Renick et al., 1992; Stanley et al., 1995; van Widenfelt et al., 1997).

In Deutschland wurde ein konzeptionell eng an das PREP angelehntes Programm unter der Bezeichnung »Ein Partnerschaftliches Lernprogramm« (EPL) entwickelt und evaluiert (vgl. Engl & Thurmaier, 1995; Thurmaier, 1997; Thurmaier et al., 1993, 1995). Das EPL besteht aus sechs zweieinhalb- bis dreistündigen Sitzungen, in denen vor allem bestimmte Sprecher- und Zuhörerfertigkeiten anhand von Gesprächssituationen mit zunehmendem Schwierigkeitsgrad und emotionaler Involviertheit in einem Gruppensetting (vier Paare und zwei Trainerinnen bzw. Trainer) geübt werden. Tabelle 6.2 gibt einen Überblick über die trainierten Sprecher- und Zuhörerfertigkeiten.

Ein wichtiges EPL-Element ist der kontrollierte Wechsel zwischen Sprecher- und Zuhörerrolle. Dabei wird der in der Zuhörerrolle befindliche Partner gebeten, den Beitrag der Sprecherin bzw. des Sprechers unter Anwendung der genannten Kommunikationsfertigkeiten paraphrasierend, d.h. mit seinen eigenen Worten, zusammenzufassen, bevor er die Sprecherrolle übernimmt. Diese Technik soll insbesondere bei Konflikt- und Problemlösegesprächen angewandt werden. Für die Problemlösung selbst wird ein aus sechs Schritten bestehendes Problemlöseschema angeboten, das folgende Sequenz vorsieht: (a) Problemdiskussion unter Anwendung des Sprecher-/Zuhörer-Rollentauschs, (b) Erkundung und schriftliche Fixierung von Lösungsmöglichkeiten, (c) Diskussion der Lösungsmöglichkeiten, (d) Auswahl der am geeignetsten erscheinenden Lösungsidee, (e) Festlegung der Schritte zur Umsetzung der ausgewählten Lösungsidee, (f) konkrete Umsetzung der Lösungsidee und Überprüfung ihrer Tauglichkeit.

Zum EPL liegen Katamnesen für einen Zeitraum von eineinhalb, drei und fünf Jahren vor. Dabei zeigte sich im Vergleich zwischen einer Gruppe, die das EPL

Tab. 6.2: Zuhörer- und Sprecherfertigkeiten nach dem Paarkommunikationstraining EPL

Sprecherfertigkeiten	**Zuhörerfertigkeiten**
1. Ich-Gebrauch: von sich selbst sprechen, statt Du-Sätzen (Vorwürfen) oder »man«-Gebrauch	1. Aufnehmendes Zuhören: nonverbal Aufmerksamkeit signalisieren (nicken, Blickkontakt, zugewandte Körperhaltung), »mh«, »aha«
2. Konkrete Situation ansprechen und Verallgemeinerungen (»immer«) vermeiden	2. Zusammenfassen der wesentlichen Äußerungen
3. Konkretes Verhalten ansprechen, statt negative Eigenschaften (»typisch«) unterstellen	3. Offene Fragen nach den Empfindungen oder Wünschen des Sprechers oder Beispielen
4. Beim Thema, im Hier und Jetzt, bleiben statt in die Vergangenheit abschweifen (»damals«)	4. Verstärkung von offenem und verständlichem Gesprächsverhalten (»Es freut mich, daß du mir das so offen gesagt hast«)
5. Selbstöffnung: eigene Gefühle und Bedürfnisse direkt beschreiben, statt Vorwürfe machen	5. Rückmeldung des ausgelösten positiven oder negativen Gefühls (»Ich bin völlig verblüfft ...«)

durchlaufen hatte, und einer Kontrollgruppe, daß die EPL-Paare auf der Erlebensebene (z.B. Ehezufriedenheit) und der Verhaltensebene (Verwendung positiver Kommunikationsfertigkeiten) signifikant besser abschneiden (vgl. Thurmaier, 1997; Thurmaier et al., 1993). Als »hartes« Datum sei genannt, daß die Scheidungsrate bei den EPL-trainierten Paaren zum Zeitpunkt der Fünfjahres-Katamnese bei 4 Prozent, bei den Paaren der Kontrollgruppe hingegen bei 24 Prozent lag. Im großen und ganzen bestätigen die Langzeitergebnisse der deutschen Studie die für die USA mitgeteilten Befunde (vgl. Markman et al., 1993; Renick et al., 1992) und damit auch die Tauglichkeit von Beziehungstrainings als Vehikel der Scheidungsprävention.

(2) Präventionsprogramme für den Übergang zur Elternschaft. Eine potentiell krisenhafte Phase der Paar- und Familienentwicklung stellt der Übergang zur Elternschaft dar (vgl. hierzu eine Reihe von Längsschnittsstudien, die mittlerweile auch im deutschsprachigen Raum durchgeführt wurden und in dem von Reichle und Werneck, 1999, herausgegebenen Sammelband dargestellt sind). In Anbetracht der Tatsache, daß eine Reihe von Forschungsstudien klare Belege dafür liefert, daß die Anpassung an die Elternschaft insbesondere bei den Paaren schwierig ist, die bereits vor dem Übergang zur Elternschaft individuelle Probleme, eine mangelnde soziale Unterstützung und eine geringe Qualität der Paarbeziehung aufweisen (vgl. zusammenfassend hierzu Cowan & Cowan, 1995), ist es verwun-

derlich, daß es nur relativ wenige präventive Ansätze in diesem Bereich gibt. Prinzipiell beziehen sich die Interventionsmöglichkeiten auf die Phase der Entscheidungsfindung zur Elternschaft, auf die Phase des eigentlichen Übergangs zur Elternschaft von der vor- bis zur nachgeburtlichen Zeit und auf die Phase der frühen Eltenschaft nach der Geburt des Kindes (vgl. hierzu die Übersichten von Cowan & Cowan, 1995; Duncan & Markman, 1988).

Wir konzentrieren uns im folgenden auf die Phase der Entscheidungsfindung zur Elternschaft. Aus eigenen Untersuchungen wissen wir, daß ca. 15 Prozent jung verheirateter Paare hinsichtlich der Frage, ob sie ein Leben mit oder ohne Kinder führen wollen, unentschieden sind (vgl. Schneewind, Vaskovics et al., 1992) – und dies, obwohl nach Nave-Herz (1994) die Entscheidung, eine Ehe einzugehen, vorwiegend kindorientiert ist. Selbst wenn bereits ein Kind unterwegs ist, gibt es nach Cowan und Cowan (1998) 15 Prozent ambivalente Paare, die »hinsichtlich ihrer Bereitschaft, ein Kind zu haben, fortwährend vor und zurück gehen.« (S. 181). Auf diesem Hintergrund erscheint es angesichts der Vorstellung einer aufgeklärten und verantworteten Elternschaft wünschenswert, daß – wie Duncan und Markman (1988) sich ausdrücken – »potentielle Eltern eine realistischere Abklärung ihrer eigenen Bedürfnisse und Wünsche als Paar und als Individuen vornehmen, so daß ihre Entscheidung, Eltern zu werden, auf Fakten, Diskussion und Introspektion gründet und nicht auf kulturellen Mythen und Unwissenheit.« (S. 275). Im folgenden soll beispielhaft ein eigenes Präventionsprogramm zur Frage »Kinder ja oder nein?« (siehe Kasten 6.2) kurz vorgestellt werden (vgl. Schneewind, 1991; Schneewind & Gehring, 1993).

Einer breiten Implementierung von Programmen, die sich einer Unterstützung von Paaren und jungen Familien in den Phasen vor, während und nach dem Übergang zur Elternschaft annehmen, steht eine Vielzahl von Barrieren entgegen – insbesondere auch auf der gesellschaftlichen und familienpolitischen Ebene. Wir können uns daher den Worten von Cowan und Cowan (1995) anschließen, wonach die »Bewahrung starker Familienbeziehungen die Bereitstellung von mehr Mitteln für Programme erforderlich macht, um Familien entlang des Kontinuums ihrer Risikobelastetheit zu stärken. Programme, die den Übergang zur Elternschaft erleichtern, sind erkennbar geeignet, damit einen Anfang zu machen.« (S. 422).

(3) Präventionsprogramme zur Stärkung von Eltern-Kind-Beziehungen. Neben familientherapeutischen Ansätzen, die sich auf bestimmte Störungsformen kindlichen Verhaltens und Erlebens (z.B. exzessiv aggressives oder scheues Verhalten, Aufmerksamkeitsstörungen, Hyperaktivität) beziehen und somit dem remedialen Bereich familiärer Intervention zuzurechnen sind (vgl. hierzu zusammenfassend Ammerman & Hersen, 1997; und zu ausgewählten Evaluationsbefunden Estrada & Pinsof, 1995), existiert auch eine Reihe von Präventionsprogrammen für Eltern mit »unauffälligen« Kindern, die von Perrez (1994) zusammenfassend dargestellt wurden. Wir wenden uns im folgenden einem international weit verbreiteten präventiven Elterntrainigsprogramm zu, nämlich der von Gordon (1989, 1994) entwickelten »Familienkonferenz« bzw. »Neuen Familienkonferenz«, ein Progamm, das in den USA unter der Bezeichnung »Parent Effectiveness Training« (PET) firmiert und seit 1962 von etwa einer

Kasten 6.2
Kinder ja oder nein?

Das Präventionsprogramm »Kinder ja oder nein?« setzt in der Phase der Entscheidungsfindung für einen Lebensstil mit oder ohne Kinder an und soll vor allem Paaren, die in dieser Frage eine ambivalente Haltung haben, eine Klärungshilfe bieten. Das Programm findet in Form einer Gesprächsgruppe statt, wobei in der Regel vier Paare mit einer Gruppenleiterin bzw. einem Gruppenleiter arbeiten. In sechs Sitzungen werden die Themen »Gründe für und gegen Kinder«, »Ich und Elternschaft«, »Partnerschaft und Elternschaft«, »Herkunftsfamilie und Elternschaft« behandelt. Die einzelnen Programmeinheiten bestehen aus einem methodischen Mix aus Kurzvorträgen, Selbsterfahrungsübungen als Einzelperson und als Paar, Gruppendiskussionen und »Hausaufgaben«.

Beispielhaft seien die Übungen für das Programmsegment »Partnerschaft und Elternschaft« kurz beschrieben. Die *erste Übung* heißt »Partnerschaft ist ...« und besteht darin, daß die einzelnen Partner auf vorbereiteten Kärtchen möglichst viele Argumente zur Vervollständigung dieses Slogans finden und anschließend an eine Pinwand heften sollen. Nach Inspektion der verschiedenen Partnerschaftsaspekte erfolgt ein Austausch zwischen den Gruppenteilnehmern. Die *zweite Übung* thematisiert im Rahmen eines Paargesprächs »Selbstöffnung und aktives Zuhören« am Beispiel einer vorgestellten schwierigen und beglückenden Situation mit einem Kind. Die Partner üben dabei – ähnlich wie im EPL-Programm – den Wechsel von Sprecher- und Zuhörerrolle an diesen beiden Situationen. Die *dritte Übung* ist eine »Reise in die Zukunft« und läuft in Form einer dynamischen Paarskulptur ab. Jedes Paar erhält eine Reihe von Requisiten (Kissen, Puppe, Seil, Babyfoto, Karte mit der Aufschrift »Kind«) und wird gebeten, seine Beziehungsskulptur für den gegenwärtigen Zeitpunkt, für die Zeit einer vorgestellten Schwangerschaft und für die Zeit nach der Geburt eines Kindes darzustellen. Im Anschluß daran erfolgt ein Erfahrungsaustausch in der Gruppe. Die *Hausaufgabe* besteht darin, daß die Paare eine Reihe von Blättern mit einer Henry Moore Familienskulptur erhalten, auf denen der Satzanfang »Elternschaft würde für unsere Partnerschaft bedeuten ...« zunächst von jedem Partner einzeln ergänzt werden soll. Anschließend soll ein Austausch zwischen den Partnern über ihre Argumente unter Beachtung der Sprecher-/Zuhörerregeln erfolgen.

Neben der Gesprächsgruppe existiert für das Programm auch eine schriftliche Version, die z.B. auf postalischem Wege mit Rückmeldung durch die Programmleiterin/den Programmleiter bearbeitet werden kann. Die Evaluation der beiden Programmversionen erfolgt im Sinne einer formativen (programmbegleitenden) und summativen (programmabschließenden) Diagnostik. Die Befunde dieser unmittelbar nach Abschluß des Programms durchgeführten Evaluation und einer Einjahres-Katamnese bestätigen für beide Programmversionen deren Akzeptanz und Wirkung im Sinne der intendierten Klärungshilfe zur Frage »Kinder ja oder nein?«

Million Menschen aus 35 Ländern besucht wurde (persönliche Mitteilung von Dr. Breuer, deutscher Repräsentant von Gordon Training International Inc., Mai 1997).

Das Gordon-Training basiert auf den Prinzipien der humanistischen Psychologie, insbesondere den Vorstellungen von Rogers (1976), dessen Schüler Gordon war. Ähnlich wie in den bereits dargestellten Präventionsprogrammen geht es in der »Familienkonferenz« um Sprecher- und Zuhörerfertigkeiten, nämlich aktives Zuhören und Ich-Botschaften, sowie um konstruktive Formen der Konfliktregulierung. Wichtig ist dabei aus der Sicht der Eltern, ob und inwieweit das Verhalten des Kindes als akzeptabel eingeschätzt wird und wer im »Besitz des Problems« ist (z.B. die Eltern, wenn sie die zu lange bzw. zu kurze Haartracht ihres Sohnes stört, oder das Kind, wenn es mit den vorgeschrieben Zeiten des Nachhausekommens nicht einverstanden ist). Dabei ist auch die Möglichkeit einer Eltern-Kind-Kommunikation zu berücksichtigen, bei der akutell kein Problem besteht. Je nachdem wie sich der Problembesitz darstellt, werden nach dem Gordon-Elterntraining unterschiedliche Techniken vorgeschlagen, nämlich vorbeugende und positive Ich-Botschaften (bei problemloser Kommunikation), aktives Zuhören (wenn das Kind das Problem besitzt), konfrontierende Ich-Botschaften (wenn die Elternperson das Problem besitzt). Im Falle eines fortbestehenden Problems soll die sogenannte »niederlagelose Methode der Konfliktbewältigung« angewandt werden. Im Gegensatz zur Methode I, bei der sich das Kind, und der Methode II, bei der sich die Elternperson durchsetzt, wird die »niederlagelose Methode« auch als Methode III bezeichnet. Sie beruht ähnlich wie bei dem oben bereits beschriebenen EPL auf einem sechsstufigen Problemlöseschema. Einen Überblick über die Struktur des Gordon-Elterntrainings anhand der genannten Konzepte vermittelt Abbildung 6.4 (vgl. Schneewind & Graf, 1999).

Evaluationsbefunde zum Gordon-Elterntraining finden sich bei Cedar und Levant (1990), Heekerens (1986, 1993), Levant (1986b) sowie bei Witte, Andresen und Hesse (1983). Am umfassendsten ist dabei die von Cedar und Levant (1990) vorgelegte Metaanalyse zu den Effekten der »Familienkonferenz«, bei der von 60 Studien aufgrund methodischer Unzulänglichkeiten lediglich 26 verwendet wer-

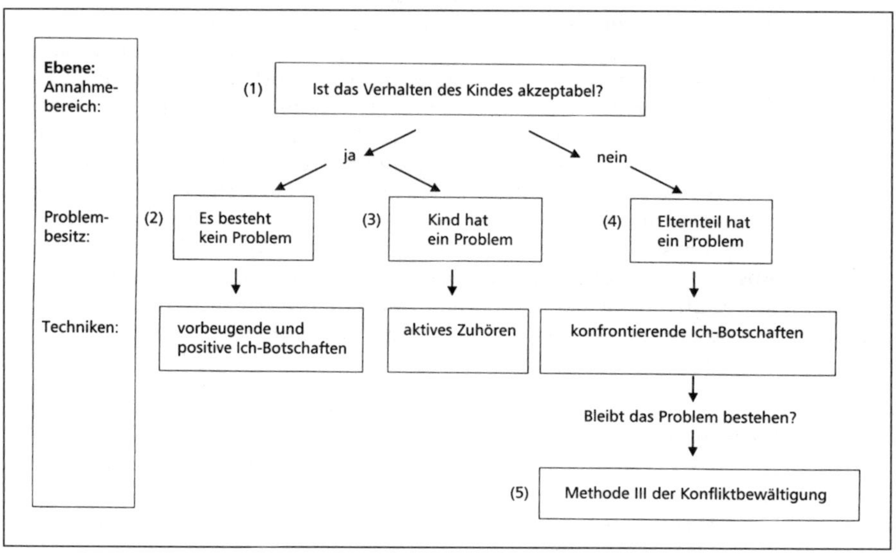

Abb. 6.4: Struktur des Gordon-Elterntrainings (nach Schneewind & Graf, 1999)

den konnten. Die durchschnittliche Effektgröße beläuft sich auf d = .33, was für eine zwar signifikante, aber nach konventionellen Kriterien eher niedrig einzuschätzende Effektivität des Gordon-Elterntrainings spricht. Dennoch bestätigen die Ergebnisse, daß sich als Folge einer Teilnahme an dem Familienkonferenz-Programm sowohl die Eltern hinsichtlich ihres Erziehungswissens, ihrer Einstellungen und Verhaltensweisen als auch die Kinder hinsichtlich ihres Selbstwertgefühls im Schnitt signifikant verändern. Darüber hinaus legen die metaanalytischen Befunde nahe, daß eine Verhaltensänderung auf seiten der Kinder erst mit einer gewissen Zeitverzögerung eintritt. Schließlich ist bemerkenswert, daß die methodisch besser geplanten Evaluationsstudien zu höheren Effektgrößen führen (d = .45) als die weniger gut geplanten Studien (d = .26) – eine Beobachtung, die mit den weiter oben bereits erwähnten metaanalytischen Auswertungen von Shadish et al. (1995) zur Wirksamkeit von Ehe- und Familientherapien im Einklang steht.

6.2.3.3 Primäre Prävention als Entwicklungsoptimierung

Bei unauffälligen Familien ist entsprechend Abbildung 6.2 die Interventionsbedürftigkeit am geringsten ausgeprägt. Abgesehen davon, daß sich hinter den »unauffälligen« Familien bisweilen verkappte Risikofamilien verbergen, gibt es in der Tat Familien, Paare oder einzelne Personen, die eher aus Gründen einer Steigerung und Entfaltung ihrer Möglichkeiten als Person und Beziehungspartner an einer professionellen Unterstützung bei der Verfolgung dieses Zieles interessiert sind – ein Aspekt, den v. Schlippe und Schweitzer (1996, S. 114) in professionell-systemischer Sicht als Auftrag zur »Selbstentdeckung« bezeichnen. In den USA hatte sich dieser Gedanke als Folge des sich ausbreitenden Einflusses der humanistischen Psychologie ab Mitte der 60er Jahre als sogenannte »enrichment«-Bewegung im Bereich Ehe und Familie etabliert (vgl. Mace, 1986).

Mittlerweile gibt es eine Fülle von entsprechenden Programmen mit unterschiedlicher theoretischer Fundierung, Gruppengröße, Dauer, Vermittlungsart und Strukturiertheit (vgl. L'Abate, 1990). Im Kern laufen diese Programme darauf hinaus, eine Verbesserung des Beziehungsklimas und der Beziehungsfertigkeiten über das bereits bestehende hohe Niveau hinaus zu erreichen. Dabei wird je nach Programm auf eine Mixtur von Kurzvorträgen, Selbsterfahrungsübungen, Gruppendiskussionen, Hausaufgaben und Hintergrundslektüre zurückgegriffen. Das Repertoire an Techniken rekrutiert sich im wesentlichen aus dem Methodenarsenal der Familiensystemtherapien sowie aus dem Fundus der eher verhaltens- und kommunikationstheoretisch beeinflußten Methoden des psychoedukativen Ansatzes (vgl. z.B. Ginsberg, 1997). Ähnlich wie bei den sekundär-präventiven Ansätzen sind die meisten Programme auf unterschiedliche Phasen des Familienlebenszyklus zugeschnitten (vgl. Fournier & Olson, 1986; Cartier, 1986). Typischerweise geht es bei den Entwicklungsoptimierungsprogrammen um die Erweiterung bzw. das Wiederauflebenlassen von angenehm empfundenen Aktivitäten – sei es als Einzelperson, Paar oder Familie. Bodenmann (1997) spricht im Zusammenhang mit dem von ihm entwickelten Freiburger Streß-Präventionsprogramm, das insbesondere für Paare vorgesehen ist, von einem »hedonistischen Repertoire« an solch positiven Aktivitäten. Eine von Bodenmann (1997, S. 75) zusammengestellte Liste für ein hedonistisches Repertoire findet sich in Tabelle 6.3.

Tab. 6.3: Hedonistisches Potential an positiven Aktivitäten nach Bodenmann (1997, S. 75)

Möglichkeiten für Aktivitäten im Rahmen des hedonistischen Repertoires
• kulturelle oder bildende Aktivitäten (Konzertbesuche, Museumsbesuche, Reisen, Lesen etc.)
• kreative Aktivitäten (Musizieren, Dichten, Schreiben, Malen, Modellieren etc.)
• körperliche Aktivitäten (Sport, Spaziergänge, Gymnastik etc.)
• passiv-konsumatorische Aktivitäten (Fernsehen, Radio hören, Entspannungsmassagen, Entspannungsbad, Sauna, Siesta etc.)
• soziale Aktivitäten (Freunde treffen, diskutieren, gesellige Anlässe etc.)
• kulinarische Aktivitäten (gutes Essen, Wein, Restaurantbesuche etc.)
• meditativ-religiöse Aktivitäten (Kirchenbesuche, spirituelle Aktivitäten, Meditation etc.)
• sexuelle Aktivitäten (Zärtlichkeitsaustausch, Geschlechtsverkehr, erotische Massagen etc.)
• eigenes Aussehen betreffende Aktivitäten (Kosmetik, Solarium, Coiffeur, Kleidereinkäufe etc.)

Eine detaillierte Beschreibung einzelner Entwicklungsoptimierungsprogramme ist im gegebenen Zusammenhang weder möglich noch ist sie wegen der weitgehenden methodischen und inhaltlichen Nähe zu den bereits erwähnten sekundärpräventiven Ansätzen unbedingt erforderlich. Statt dessen wollen wir kurz die Frage nach der Effektivität dieser Programme ansprechen. Die hierzu bis dato umfassendste und methodisch anspruchsvollste Studie stammt von Giblin, Sprenkle und Sheehan (1985) und basiert auf metaanalytischen Auswertungen von insgesamt 85 Studien, an denen alles in allem 3.886 Paare und Familien teilgenommen hatten (vgl. hierzu auch Bradbury & Fincham, 1990; Guerney & Maxson, 1990). Dabei errechneten die Autoren eine durchschnittliche Effektgröße über alle Programme von d = .44. Die Familienprogramme (d = .55) schnitten – gefolgt von den Ehevorbereitungsprogrammen (d = .52) – am besten ab, während die Eheprogramme mit einer durchschnittlichen Effektgröße von d = .42 etwas zurückfielen.

Insgesamt sprechen somit die von Giblin et al. (1985) vorgelegten Befunde für eine mittelstarke Wirkung von Entwicklungsoptimierungsprogrammen auf Paar- und Familienebene. Leider beziehen sich die Daten nur auf kurze Evaluationszeiträume, so daß Aussagen über die langfristigen präventiven Wirkungen derartiger Programme nicht gemacht werden können. Dabei ist zu berücksichtigen, daß nicht alle Paare und Familien den Eindruck gewinnen, von Entwicklungsoptimierungsprogrammen zu profitieren und in manchen Fällen sogar von einer Verschlechterung ihrer Beziehung berichten. So konnten z.B. Lester und Doherty (1983) bei einer schriftlichen Nachbefragung von 200 Paaren, die an einem von Calvo (1975) ins Leben gerufenen Wochenendprogramm der Ehebegegnung (Marriage-Encounter) teilgenommen hatten, feststellen, daß immerhin 9,3 Prozent der Paare über ernsthafte negative Nachwirkungen ihrer Wochenenderfahrungen berichteten. Solche Befunde machen deutlich, daß insbesondere bei zeitlich limitierten Programmen die Möglichkeit einer Nachbetreuung eine unerläßliche Programmkomponente sein sollte.

6.3 Kompetenzen und Professionalisierung im Bereich der familiären Intervention

Der zuletzt in der Studie von Lester und Doherty (1983) angesprochene Befund macht die Bedeutung einer verantwortlichen professionellen Praxis im Kontext familiärer Intervention deutlich. In diesem Abschnitt sollen daher einige grundlegende Gedanken zu den Kompetenzen, die im Handlungsfeld familiärer Intervention erforderlich sind, vorgestellt werden. Darüber hinaus werden einige Vorschläge zur Professionalisierung und Qualitätssicherung der Praxis familiärer Intervention unterbreitet.

6.3.1 Kompetenzen im Praxisfeld familiärer Intervention

Für Personen, die sich professionell in den unterschiedlichen Aufgabenfeldern familiärer Intervention bewegen, bringt die Komplexität und Intensität der jeweiligen Problemlagen Herausforderungen mit sich, denen im Sinne einer verantwortlichen Berufspraxis nur mit entsprechenden fachlichen Voraussetzungen begegnet werden kann. Teilweise werden diese Voraussetzungen in speziellen Kompetenzerfordernissen festgeschrieben – so z.B. wenn es um bestimmte therapeutische Fertigkeiten im Rahmen einzelner familientherapeutischer Schulen geht (vgl. Figley & Nelson, 1990; Nelson & Figley, 1990; Nelson & Heilbrun, 1993). Im folgenden sollen jedoch einige eher allgemeine Voraussetzungen dargestellt werden, wobei sich zunächst zwischen sachbezogenen und personbezogenen Kompetenzen unterscheiden laßt.

Sachbezogene Kompetenzen umfassen vor allem das Wissen und die Informiertheit von Personen, die im Kontext familiärer Intervention arbeiten. Hierzu gehören z.B. allgemeine und spezielle Kenntnisse zur rechtlichen, ökonomischen, administrativen und institutionellen Fragen. Diese Kenntnisse stellen die Basis für ein sicheres Agieren in dem jeweiligen Handlungsfeld dar.

Personbezogene Kompetenzen haben hingegen mit den Fertigkeiten der in diesem Feld professionell tätigen Personen im Umgang mit ihrer Klientel zu tun. Hierzu lassen sich grob folgende drei Klassen von personbezogenen Kompetenzen unterscheiden:

(a) *diagnostische Kompetenzen*, d.h. Beobachtungsfertigkeiten im Umgang mit den Klienten sowie die Kenntnis und sachgerechte Anwendung von person-, beziehungs- und umweltdiagnostischen Methoden;

(b) *theoretische Kompetenzen*, d.h. die Fähigkeit zur Einordnung der Bedingungen, Begleitumstände und Konsequenzen einer bestimmten Problemlage in einen umfassenden theoretischen Kontext;

(c) *handlungsorientierte Kompetenzen*, d.h. die Verfügbarkeit und sichere Anwendung problemangemessener Interventionstechniken.

Im Bereich der zuletzt genannten handlungsorientierten Kompetenzen lassen sich wiederum drei Klassen von Fertigkeiten unterscheiden, die auf unterschiedlichen Ebenen fachlicher Qualifikation angesiedelt sind. Im einzelnen sind dies:

(1) *Allgemeine Beziehungsfertigkeiten*, wie z.B.
- Signalisieren von Kommunikationsbereitschaft und Offenheit auf der verbalen und nonverbalen Ebene,
- Achtung der Individualität der Klienten auch in schwierigen Fällen (z.B. Straffälligkeit, Inzest),
- Einfühlungsvermögen und Sich-Einlassen auf den inneren Bezugsrahmen der Klienten,
- Echtheit und persönliche Authentizität im Kontakt mit den Klienten.

(2) *Grundlegende Beratungsfertigkeiten*, wie z.B.
- Strukturierung der Sitzung (z.B. Aufklärung über Ziele, Arbeitsweisen, Vertraulichkeit, Videogebrauch, Dauer, Sitzungslänge, Finanzen etc.),
- Aktives Zuhören (z.B. offene und geschlossene Fragen, verbale und nonverbale Ermunterungen, Paraphrasierungen, Widerspiegeln von Gedanken und Gefühlen, Zusammenfassung von Äußerungen der Klienten),
- Beraterische Intervention (z.B. Interpretieren, Umdeuten, Feedback geben, Anwendung und Vermittlung von Entscheidungs- und Problemlösetechniken, Informationen geben, Vorschläge machen, Zusammenfassung wichtiger Aspekte einer Beratung).

(3) *Fortgeschrittene beraterische und therapeutische Fertigkeiten*, wie z.B:.
- spezielle Interventionstechniken (z.B. zirkuläres Fragen, Videokonfrontation),
- Anleitung, Durchführung und Bearbeitung von aktionsbezogenen Interventionstechniken (z.B. Skulpurverfahren, Rollenspiel, Gestaltübungen),
- Anwendung indirekter Methoden (z.B. Verschreibungen, paradoxe Interventionen),
- Anleitung und Feedback zu »Hausaufgaben«,
- Umgang mit schwierigen Situationen (z.B. akute Krisen wie Suizid oder Mißhandlung, Widerstand, Aggressionen),
- Umgang mit schwerwiegenden Symptomen (z.B. psychiatrische Auffälligkeiten, Suchtverhalten, Krebs, Aids),
- Spezielle Fertigkeiten der Leitung von Sitzungen mit mehreren Klienten wie Paaren, Familien, Gruppen etc. (z.B. Regeln setzen, Arbeit mit Subsystemen, Unparteilichkeit).

Abgesehen von den zuletzt genannten speziellen Kompetenzen, die sich auf den Umgang mit Personensystemen beziehen, sind alle anderen handlungsorientierten Fertigkeiten gleichermaßen für die individuums- und familienorientierte Intervention bedeutsam. Allerdings variieren die Anwendungsvoraussetzungen dieser Kompetenzen hinsichtlich des Professionalitätsanspruchs, der für die familäre Intervention bei unterschiedlich komplexen bzw. schwerwiegenden Problemlagen erforderlich ist.

Dabei wird unterstellt, daß *allgemeine Beziehungsfertikeiten* bei jedem mehr oder minder zum Repertoire zwischenmenschlicher Kommunikation gehören, obwohl sich hierbei – quasi »naturwüchsig« – große interindividuelle Unterschiede ergeben können. Wir können zwar einerseits davon ausgehen, daß diese allgemeinen Beziehungsfertigkeiten auf dem Kontinuum familiärer Interventionsfertigkeiten das niedrigste Kompetenzniveau darstellen. Dennoch sind sie andererseits eine unverzichtbare Basis für die Entwicklung eines vertrauensvollen Rapports zu den Klienten. Sie bedürfen daher – wenn sie unterentwickelt sind – vor allem im professionellen Bereich besonderer Beachtung und Pflege.

Über *grundlegende Beratungsfertigkeiten* sollten im Prinzip alle im Bereich der psychosozialen Familienberatung tätigen Personen verfügen. Darüber hinaus wäre es wünschenswert, wenn alle diejenigen, auf die in ihrem beruflichen Kontext zumindest teilweise person- bzw. familienorientierte Beratungsaufgaben zukommen (z.B. Schwestern, Ärzte, Lehrer, Juristen), zumindest über wichtige Anteile dieser Fertigkeiten verfügen würden.

Fortgeschrittene beraterische und therapeutische Fertigkeiten setzen die grundlegenden Beziehungs- und Beratungsfertigkeiten voraus bzw. bauen auf diesen auf. Dieser Kompetenzbereich sollte zur fachlichen Qualifikation derer gehören, die professionell im Bereich von Familientherapie, Familienberatung und familiärer Prävention tätig sind und dort zumindest potentiell mit mehr oder minder schwerwiegenden Krisen konfrontiert sein können.

6.3.2 Professionalisierung und Qualitätssicherung im Praxisfeld familiärer Intervention

Im vorangegangenen Abschnitt haben wir gesehen, daß professionelles Handeln in den unterschiedlichen Praxisfeldern familiärer Intervention eine Reihe sach- und personbezogener Kompetenzen erfordert. Ein Blick auf den gegenwärtigen Stand der Vermittlung solcher Kompetenzen zeigt jedoch, daß in Deutschland – etwa im Gegensatz zu den USA, wo nahezu jede Universität entsprechende zertifizierte Ausbildungsgänge anbietet – eine akademische, am Wissenschaftler-Praktiker-Modell orientierte Ausbildung für den Bereich der familiären Intervention nicht existiert. Auch einen rechtlichen Schutz von berufsbezeichnenden Titeln wie »Familienberater/in« oder »Familientherapeut/in« gibt es bislang nicht. Dies um so mehr, als – wie bereits erwähnt – in dem 1999 in Kraft getretenen Psychotherapeutengesetz der familientherapeutische Ansatz nicht als anerkannte Therapieform aufgenommen wurde. Ebensowenig gibt es eine wissenschaftlich fundierte Ausbildungsforschung, in der die Effektivität von Wissenserwerb, Behandlungskompetenz und Selbsterfahrung für den Bereich der familiären Intervention Gegenstand der Überprüfung ist. Noch 1991 mußte Wirsching zur Frage der Ausbildungsforschung in Familientherapie feststellen: »Die Übersicht der vorhandenen Literatur zeigt ein desolates Bild. Es sind nur ganz vereinzelt wenig aussagekräftige Befunde verfügbar. Die Ausbildung ist in der familientherapeutischen Forschung eine terra incognita.« (S. 246).

Dies läßt sich u.a. auch an der Übersicht über Weiterbildungsangebote in Familientherapie festmachen, die von der Deutschen Arbeitsgemeinschaft für Familientherapie (1991) hinsichtlich der Ausbildungskonzeptionen von 47 kommerziell arbeitenden Ausbildungsinstituten in Familientherapie erstellt wurde. Es zeigt sich dabei eine kaum überbietbare Heterogenität von Konzepten und unüberprüften Zertifizierungen. Um diesem Mißstand abzuhelfen, hat der 1989 gegründete Dachverband für Familientherapie und systemisches Arbeiten (DFS), dem eine größere Zahl von privatwirtschaftlich arbeitenden Instituten zur Weiterbildung in Familientherapie angehört, »Richtlinien für die Weiterbildung in Familientherapie und systemischem Arbeiten« erstellt, auf deren Grundlage für die Mitgliedsinstitute des DFS ab 1992 die Anerkennung als »Familientherapeut/in – systemische/r Therapeut/in (DFS)« erfolgt. Der DFS versteht sich auch als ein Organ zur Akkreditierung von Weiterbildungsgängen, sofern sie den Qualifikationskriterien genügen, die in den DFS-Richtlinien festgelegt sind. Hierzu dient ein namentlich nicht näher gekennzeichneter Ausbildungsausschuß.

Ähnliches trifft für die »Rahmenordnung für die Aufgaben, Tätigkeiten und Qualifizierung des Ehe-, Familien- und Jugendberaters« des Deutschen Arbeitskreises für Jugend-, Ehe- und Familienberatung (DAK) zu, dem die Bundeskonferenz für Erziehungsberatung, die Deutsche Arbeitsgemeinschaft für Jugend- und Eheberatung, die Evangelische Konferenz für Familien- und Lebensberatung, die Katholische Bundesarbeitsgemeinschaft für Beratung sowie Pro Familia – Deutsche Gesellschaft für Sexualberatung und Familienplanung angehören (vgl. Deutsche Arbeitsgemeinschaft für Jugend- und Eheberatung, 1990).

Auf dem Hintergrund der dargestellten Unterschiedlichkeit, Unübersichtlichkeit und mangelnden Qulitätssicherung des Angebots an Aus- und Weiterbildung für den Bereich der familiären Intervention ergibt sich vor allem im Sinne einer ethisch verantwortbaren Versorgung von Familien, die um Therapie, Beratung und präventive Unterstützung nachsuchen, eine Reihe von Forderungen, die in den folgenden drei Punkten zusammengefaßt werden sollen. Diese Forderungen wurden vom Wissenschaftlichen Beirat für Familienfragen (1993) in seinem Gutachten »Familie und Beratung« für den Bereich der Familienberatung verabschiedet und werden im gegebenen Zusammenhang auf das Praxisfeld der familiären Intervention verallgemeinert.

(1) Es bedarf staatlich anerkannter Berufsbilder sowie entsprechender Ausbildungs- und Prüfungsordnungen. Hierfür sollte eine am Wissenschaftler-Praktiker-Modell orientierte öffentlich-rechtliche Standesvertretung verantwortlich sein. Dabei stellen sich folgende Aufgaben:

- Erarbeitung von Richtlinien für die Ausbildung von professionell im Bereich der familären Intervention tätigen Personen,
- staatliche Akkreditierung von Ausbildungsinstitutionen im akademischen und nichtakademischen Bereich,
- Zertifizierung von Personen, die im Handlungsfeld familiärer Intervention im Rahmen von Institutionen oder in freier Praxis arbeiten,
- Festlegung von Übergangsregelungen für berufserfahrene Personen im Praxisfeld familiärer Intervention,
- Anerkennung von Supervisoren und Weiterbildungsangeboten,
- Erarbeitung und Überwachung von ethischen Standards der Profession einschließlich der Einrichtung von Ehrengerichten,
- Förderung der wissenschaftlichen Fundierung von anwendungsgeeigneten Formen familiärer Intervention,
- standespolitische Vertretung der Profession und Kooperation mit anderen Einrichtungen des Gesundheits- und Beratungswesens.

(2) Neben außeruniversitäten Angeboten zur Aus- und Weiterbildung in familiärer Intervention sollten entsprechend berufsqualifizierende Ausbildungsgänge auch an den Hochschulen eingerichtet werden. Am ehesten eigenen sich hierfür postgraduale Studiengänge, die auf ersten berufsqualifizierenden Abschlüssen aufbauen. Auf diese Weise erhöht sich die Wahrscheinlichkeit, daß angemessene Standards einer am Wissenschaftler-Praktiker-Modell orientierten Ausbildung gesichert werden können.

(3) Schließlich bedarf es einer Intensivierung der Forschung im Bereich familiärer Intervention. Dies gilt nicht nur für die Effektivitätskontrolle und Prozeßforschung in diesem Interventionsbereich, sondern auch für die Ausbildungsforschung und für die Forschung zur Gestaltung und Wirkung von Supervision. Forschung ist die Voraussetzung dafür, daß die Qualität der Versorgung mit professionellen Unterstützungsangeboten aus dem Bereich der familiären Intervention ständig verbessert und in ihren Wirkungen überprüft werden kann. Darüber hinaus ist die Dokumentation einer wissenschaftlich fundierten Praxis familiärer Intervention ein bedeutsames Argument, um auf längere Frist der Profession einen angemessenen Status und eine entsprechende Reputation – vor allem im Gesundheitswesen – zu sichern.

Literatur

Achenbach, T. M. & Edelbrock, C. S. (1983). *Manual of the Child Behavior and Revised Child Behavior Profile*. Burlington: University of Vermont, Department of Psychiatry.

Acitelli, L. A. & Duck, S. (1987). Postscript: Intimacy as the proverbial elephant. In D. Perlman & S. Duck (Eds.), *Intimate relationships: Development dynamics, and deterioriation* (pp. 297–308). Newbury Park, CA: Sage.

Adler, A. (1920). *Theorie und Praxis der Individualpsychologie*. München: Bergmann.

Adler, P. & Adler, P. (1994). Observational techniques. In N. K. Denzin & Y. S. Lincoln (Eds.), *Handbook of qualitative research* (pp. 377–392). Thousand Oaks, CA: Sage.

Adler, S., Frevert, G., Cierpka, M., Pokorny, D. & Strack, M. (1994). Die Geburt der Familie. *Psychosozial*, *17*, 9–23.

Ahrons, C. & Bowman, M. (1982). Changes in family relationships following divorce of an adult child: Grandmothers' perceptions. *Journal of Divorce*, *5*, 49–68.

Ainsworth, M. D. S. (1979). Infant-mother attachment. *American Psychologist*, *34*, 932–937.

Ainsworth, M. D. S. (1982). Attachment: Retrospect and prospect. In C. M. Parkes & J. Stevenson-Hinde (Eds.), *The place of attachment in human behavior* (pp. 3–31). New York: Basic Books.

Ainsworth, M. D. S., Blehar, M. C., Waters, E. & Wall, S. N. (1978). *Patterns of Attachment: A psychological of the strange situation*. Hillsdale, NJ: Erlbaum.

Albert, H. (1965) Wertfreiheit als methodisches Prinzip. In E. Topitsch (Hrsg.), *Logik der Sozialwissenschaften* (2. Aufl., S. 181–210). Köln: Kiepenheuer & Witsch.

Aldous, J (1978). *Family careers. Developmental change in families*. New York: Wiley.

Aldous, J. (1996). *Family careers. Rethinking the developmental perspective*. Thousand Oaks, CA: Sage.

Alexander, J. F., Holtzworth-Monroe, A. & Jameson, P. (1994). The process and outcome of marital and family therapy: Research review and evaluation. In A.E. Bergin & S. L. Garfield (Eds.), *Handbook of psychotherapy and behavior change*, (4th ed., pp. 595–630). New York: Wiley.

Alexander, J. F. & Parsons, B. (1982). *Functional family therapy*. Monterey, CA: Brooks/Cole.

Allerbeck, K. & Hoag, W. (1985). *Jugend ohne Zukunft? Einstellungen, Umwelt, Lebensperspektiven*. München: Piper.

Amato, P. R. & Keith, B. (1991a). Parental divorce and the well-being of children: A meta-analysis. *Psychological Bulletin*, *110*, 26–46.

Amato, P. R. & Keith, B. (1991b). Parental divorce and adult well-being: A meta-analysis. *Journal of Marriage and the Family*, *53*, 43–58.

Ambert, A.-M. (1997). *Parents, children, and adolescents*. New York: Haworth Press.

Ammerman, R. T. & Hersen, M. (Eds.) (1997). *Handbook of prevention and treatment of children's problems*. New York: Wiley.

Andersen, T. (1987). The reflecting team. *Family Process*, *26*, 415–428.

Andersen, T. (Hrsg.) (1990). *Das reflektierende Team*. Dortmund: Modernes Leben.

Anderson, C. M. (1983). A psychoeducational program for families of patients with schizophrenia. In W. R. McFarlane (Ed.), *Family therapy in schizophrenia* (pp. 99–116). New York: Guilford Press.

Anderson, H. (1993). On a roller coaster: A collaborative language systems approach to therapy. In S. Friedman (Ed.), *The new language of change: Constructive collaboration in psychotherapy* (pp. 323–344). New York: Guilford Press.

Anderson, H. & Goolishian, H. (1992). The client is the expert: A not-knowing approach to therapy. In S. McNamee & K. J. Gergen (Eds.), *Therapy as social construction* (pp. 25–39). London: Sage.

Anderson, H., Goolishian, H. & Winderman, I. (1986). Problem-determined systems: Towards transformation in family therapy. *Journal of Strategic and Systemic Therapies, 5*, 1–13.

Anderson, K. E., Lytton, H. & Romney, D. M. (1986). Mothers interaction with normal and conduct-disordered boys: Who affects whom? *Developmental Psychology*, *22*, 604–609.

Anderson, S. A., Rigazio-DiCilio, S. A. & Kunkler, K. P. (1995). Training and supervision in family therapy: Current issues and future directions. *Family Relations*, *44*, 489–500.

Angell, R. O. (1936). *The family encounters the depression.* New York: Scribner.

Arbeitsgruppe für Kinder-, Jugendlichen- und Familiendiagnostik (1994). *Elternfragebogen über das Verhalten von Kindern und Jugendlichen (CBCL/4-18).* Göttingen: Hogrefe.

Arias, I. & Taylor-Pape, K. (1994). Physical abuse. In L. L'Abate (Ed.), *Handbook of developmental family psychology* (pp. 284–308). New York: Wiley.

Ariés, P. (1975). *Geschichte der Kindheit.* München: Hanser.

Arnold, S., Joraschky, P. & Cierpka, M. (1996). Die Skulpturverfahren. In M. Cierpka (Hrsg.), *Handbuch der Familiendiagnostik* (S. 339–365). Berlin: Springer.

Asendorpf, J. B. (1988). *Keiner wie der andere.* München: Piper.

Asendorpf, J. B. (1994). Entwicklungsgenetik der Persönlichkeit. In K. A. Schneewind (Hrsg..), *Psychologie der Erziehung und Sozialisation. Enzyklopädie der Psychologie. Pädagogische Psychologie. Band 1* (S. 107–134). Göttingen: Hogrefe.

Atkinson, B. J. & Heath, A. W. (1990). Further thoughts on second-order family therapy. This time it's personal. *Family Process*, *29*, 145–155.

Auerswald, E. (1968). Interdisciplinary versus ecological approach. *Family Process*, *7*, 202–215.

Avioli, P. S. (1989). The social support functions of siblings in later life. *American Behavioral Scientist*, *33*, 45–57.

Bach, G. & Wyden, P. (1970). *The intimate enemy.* New York: Avon Books.

Bagarozzi, D. A. (1989). Family diagnostic testing: A neglected area of expertise for the family psychologist. *American Journal of Family Therapy*, *17*, 257–272.

Bagarozzi, D. A. (1997). Marital intimacy needs questionnaire: A preliminary report. *American Journal of Family Therapy*, *25*, 285–290.

Bagarozzi, D. A. & Rauen, P. (1981). Premarital counseling: Appraisal and status. *American Journal of Family Therapy*, *9*, 13–30.

Bakan, D. (1966). *The duality of human existence: Isolation and communion in Western man.* Boston: Beacon Press.

Bandura, A. (1986). *Social foundation of thoughts and action: A social cognitive theory.* Englewood Cliffs, NJ: Prentice-Hall.

Bandura, A. (1995). *Self-efficacy.* San Francisco, CA: Freeman.

Bartholomew, K. (1990). Avoidance of intimacy: An attachment perspective. *Journal of Social and Personal Relationships, 7*, 147–178.

Bateson, G. (1982). *Geist und Natur. Eine notwendige Einheit.* Frankfurt a. M.: Suhrkamp.

Bateson, G., Jackson, D., Haley, J. & Weakland, W. (1969). Auf dem Weg zu einer Schizophrenietheorie. In G. Bateson, D. Jackson, R. Laing, T. Lidz & L. Wynne (Hrsg.), *Schizophrenie und Familie* (S. 11–43). Frankfurt a. M.: Suhrkamp.

Bauereiss, R., Bayer, H. & Bien, W. (1997). *Familienatlas II. Lebenslagen und Regionen in Deutschland.* Opladen: Leske & Budrich.

Baumrind, D. (1967). Child care practices anteceeding three patterns of preschool behavior. *Genetic Psychology Monographs*, *75*, 45–88.

Baumrind, D. (1971). Current patterns of parental authority. *Developmental Psychology*, *4*, 1–101.

Baumrind, D. (1991). Effective parenting during early adolescent transition. In P. A. Cowan & M. E. Heatherington (Eds.), *Family transitions* (pp. 111–163). Hillsdale, NJ: Erlbaum.
Bavelas, J. B. & Segal, L. (1982). Family systems theory: Background and implications. *Journal of Communication*, *32*, 99–107.
Beaucom, D. H. & Adams, A. N. (1987). Assessing communication in marital interaction. In K. D. O'Leary (Ed.), *Assessment of marital discord* (pp. 139–181). Hillsdale, NJ: Erlbaum.
Beavers, W. R. (1988). A clinically useful model for family assessment. In C. Ramsey (Ed.), *Family systems in medicine* (pp. 62–74). New York: Guilford Press.
Beck, U. (1986). *Risikogesellschaft*. Frankfurt a.M.: Suhrkamp.
Beck, U. (1996). *Reflexive Modernisierung*. Frankfurt a.M.: Suhrkamp.
Beck, U. & Beck-Gernsheim, E. (Hrsg.) (1994). *Riskante Freiheiten*. Frankfurt a.M.: Suhrkamp.
Becker, P. & Minsel, B. (1986). *Psychologie der seelischen Gesundheit*. (Bd. 2). Göttingen: Hogrefe.
Beck-Gernsheim, E. (1992). Arbeitsteilung, Selbstbild und Lebensentwurf: Neue Konfliktlagen in der Familie. *Kölner Zeitschrift für Soziologie und Sozialpsychologie*, *44*, 273–291.
Beck-Gernsheim, E. (1994). Auf dem Weg in die postfamiliale Familie. Von der Notgemeinschaft zur Wahlverwandtschaft. *Aus Politik und Zeitgeschichte. Beilage zur Wochenzeitung Das Parlament*, *29–30/94*, 3–14.
Bedford, V. H. (1993). Geschwisterbeziehungen im Erwachsenenalter. In A. E. Auhagen & M. v. Salisch (Hrsg.), *Zwischenmenschliche Beziehungen* (S. 119– 141). Göttingen: Hogrefe.
Bednar, R. C., Burlingame, G. M. & Masters, K. S. (1988). Systems of family treatment: Substance or semantics? *Annual Review of Psychology*, *39*, 401–434.
Beelmann, W., & Schmidt-Denter, U. (1991). Kindliches Erleben sozial-emotionaler Beziehungen und Unterstützungssysteme in Ein-Elternteil-Familien. *Psychologie in Erziehung und Unterricht*, *38*, 180–189.
Behning, U. (1997). Zum Wandel des Bildes der Familie und der Aufgaben von Männern und Frauen in den Familienberichten der Bundesregierung. *Familienpolitische Informationen der evangelischen Aktionsgemeinschaft für Familienfragen*, *36*, 3–7.
Bell, R. Q. (1968). A reinterpretation of effects in studies of socialization. *Psychological Review*, *75*, 81–94.
Belsky, J. (1981). Early human experience: A family perspective. *Developmental Psychology*, *17*, 3–23.
Belsky, J. (1984). The determinants of parenting: A process model. *Child Development*, *55*, 83–96.
Belsky, J. (1985). Exploring individual differences in marital change across the transition to parenthood: The role of violated expectations. *Journal of Marriage and the Familiy*, *47*, 1037–1044.
Belsky, J. (1990). Parental and nonparental child care and children's socioemotional development: A decade in review. *Journal of Marriage and the Family*, *52*, 885–903.
Belsky, J. (1991). Ehe, Elternschaft und kindliche Entwicklung. In Engfer, A., Minsel, B., & Walper, S. (Hrsg.), *Zeit für Kinder! Kinder in Familie und Gesellschaft* (S. 134–159). Weinheim: Beltz.
Belsky, J. & Isabella, R (1988). Maternal, infant, and social-contextual determinants of attachment security. In J. Belsky & T. Nezworski (Eds.), *Clinical implications of attachment* (pp. 41–94). Hillsdale, NJ: Erlbaum.
Belsky, J., Rovine, M. & Fish, M. (1989). The developing family system. In M. Gunnar (Ed.), *Systems and development: Minnesota Symposium an childpsychology* (Vol. 22, pp. 119–166). Hillsdale, NJ: Erlbaum.

Belsky, J., Steinberg, L. & Draper, P. (1991). Childhood experience, interpersonal development, and reproductive strategy: An evolutionary theory of socialization. *Child Development*, *62*, 647–670.

Belsky, J., Youngblade, L., Rovine, M. & Volling, B. (1991). Patterns of marital change and parent-child interaction. *Journal of Marriage and the Family*, *53*, 487–498.

Bender, D. (1993). Betreuung von hilfs- und pflegebedürftigen Angehörigen in Mehrgenerationenfamilien. In W. Bien (Hrsg.), *Eigeninteresse und Solidarität* (S. 223–248). Opladen: Leske & Budrich.

Benjamin, L. S. (1974). The structural analysis of social behavior. *Psychological Review*, *81*, 392–425.

Benninghoven, D., Cierpka, M. & Thomas, V. (1996). Die familiendiagnostischen Fragebogeninventare. In M. Cierpka (Hrsg.), *Handbuch der Familiendiagnostik* (S. 431–452). Berlin: Springer.

Bergin, A. E. & Garfield, S. L. (Eds.) (1994). *Handbook of psychotherapy and behavior change.* (4th ed.). New York: Wiley.

Berscheid, E. & Peplau, L. A. (1983). The emerging science of relationships. In H. H. Kelley et al. (Ed.), *Close relationships: Perspectives on the meaning of intimacy* (pp. 1–19). New York: Freeman.

Bertram, H. (Hrsg.) (1991). *Die Familie in Westdeutschland. Stabilität und Wandel familialer Lebensformen.* Opladen: Leske + Budrich.

Bertram, H. (Hrsg.) (1992). *Die Familie in den neuen Bundesländern. Stabilität und Wandel in der gesellschaftlichen Umbruchsituation.* Opladen: Leske + Budrich.

Bertram, H. (1994). Die Stadt, das Individuum und das Verschwinden der Familie! *Aus Politik und Zeitgeschichte*, *B 29–30/94*, 15–35.

Bertram, H., Bayer, H. & Bauereiss, R. (1993). *Familien-Atlas: Lebenslagen und Regionen in Deutschland.* Opladen: Leske & Budrich.

Beutler, I. V., Burr, W. R., Bahr, K. S. & Herrin, D. A. (1989). The family realm: Theoretical contributions to understanding its uniqueness. *Journal of Marriage and the Family*, *51*, 805–815.

Beuys, B. (1980). *Familienleben in Deutschland.* Reinbek: Rowohlt.

Bien, W. (Hrsg.) (1994). *Eigeninteresse oder Solidarität.* Opladen: Leske & Budrich.

Bien, W. & Marbach, J. (1991). Haushalt-Verwandtschaft-Beziehungen: Familienleben als Network. In H. Bertram (Hrsg.), *Die Familie in Westdeutschland* (S. 3–44). Opladen: Leske & Budrich.

Blandow, J., Brand, R. & Faltermeier, J. (1985). Zur Verschlechterung der Lebenssituation von Familien und deren Auswirkung auf das Erziehungsklima – Konsequenzen für die soziale Arbeit. *Nachrichtendienst des Deutschen Vereins für Öffentliche und Private Fürsorge*, *11*, 359–362.

Blasio, P., Fischer, J. M. & Prata, E. (1986). The telephone chart: A cornerstone of the first interview with the family. *Journal of Strategic and Systemic Theories*, *5*, 31–44.

Block, J. H., Block, J. & Gjerde, P. F. (1986). The personality of children prior to divorce. A prospective study. *Child Development*, *57*, 827–840.

Block, J. H., Block, J. & Morrison, A. (1981). Parental agreement – disagreement on child – rearing orientations and gender-related personality correlates in children. *Child Development*, *52*, 965–974.

Bloom, B. L. (1985). A factor analysis of self report measures of family functioning. *Family Process*, *24*, 225–239.

Bloom, M. (1994). *Primary prevention practices.* Thousand Oaks, CA: Sage.

Bodenmann, G. (1995). Die Erfassung von dyadischem Coping: Der FDCT-2 Fragebogen. *Zeitschrift für Familienforschung*, *7*, 119–148.

Bodenmann, G. (1996). Prävention bei Paaren: ein bewältigungsorientierter Zugang. *System Familie*, *9*, 74–81.

Bodenmann, G. (1997). *Streß und Partnerschaft. Gemeinsam den Alltag bewältigen.* Bern: Huber.
Bodenmann, G. (1998). *Dyadisches Coping: Eine systemisch-prozessuale Sicht der Stressbewältigung in Partnerschaften.* Unveröffentlichte Habilitationsschrift. Universität Freiburg, Schweiz.
Böning, U. & Henss, R. (1983). Empirische Ergebnisse zum Einsatz der Dyadic Adjustment Scale von G.B. Spanier. *Partnerberatung, 20*, 37–42.
Böse, R., & Schiepek, G. (1989). *Systemische Theorie und Therapie. Ein Handwörterbuch.* Heidelberg: Asanger.
Bohannon, P. (1970). *Divorce and after: An analysis of emotional and social problems of divorce.* Garden City: Anchor.
Bohle, H. H. (1994). Ehescheidung: Soziologische Perspektiven und Forschungsbefunde. *Diskurs, 94(2)*, 69–75.
Borkin, J., Thomas, E. J. & Walters, C. L. (1980). The marital communication rating schedule: A instrument of clinical assessment. *Journal of Behavioral Assessment*, 2, 287–307.
Bortz, J. & Döring, N. (1995). *Forschungsmethoden und Evaluation.* (2. Aufl.). Berlin: Springer.
Borup, M. (1998). *Einmal Opfer, immer Opfer? Beziehungsmuster und Bewältigungsverhalten von Frauen mit Mißbrauchserfahrungen im familiären Umfeld.* Unveröffentlichte Diplomarbeit. Universität München: Institut für Psychologie.
Boscolo, L. & Bertrando, P. (1994). *Die Zeiten der Zeit. Eine neue Perspektive in systemischer Therapie und Konsultation.* Heidelberg: Carl Auer.
Boscolo, L., Cecchin, G., Hoffman, L. & Penn, P. (1988). *Familientherapie – Systemtherapie.* Dortmund: Modernes Leben.
Boss, P. G. (1980). Normative family stress: Family boundary changes across the life-span. *Family Relations, 29*, 445–450.
Boss, P. G. (1987). Family stress. In M. B. Sussmann & S. K. Steinmetz (Eds.), *Handbook of marriage and the family* (pp. 695–723). New York: Plenum Press.
Boss, P. G. (1988). *Family stress management.* Newbury Park, CA: Sage.
Boss, P.G., Doherty, W.J., LaRossa, R., Schumm, W.R. & Steinmetz, S.K. (Eds.) (1993). *Sourcebook of family theories and methods. A contextual approach.* New York: Plenum Press.
Boszormenyi-Nagy, I. (1987). *Foundations of contextual therapy.* New York: Brunner/ Mazel.
Boszormenyi-Nagy, I. & Spark, G. (1981). *Unsichtbare Bindungen. Die Dynamik familiärer Systeme.* Stuttgart: Klett-Cotta.
Bouchard, T. J., Lykken, D. T., McGue, M., Segal, N. L. & Tellegen, A. (1990). Sources of human psychological difference: The Minnesota study of twins reared apart. *Science, 250*, 223–228.
Boughner, S. R., Hayes, S. F., Bubenzer, D. L. & West, J. D. (1994). Use of standardized assessment instruments by marital and family therapist: A survey. *Journal of Marital and Family Therapy, 20*, 69–75.
Bowen, M. (1978). *Family therapy in clinical practice.* New York: Aaronson.
Bowlby, J. (1969). *Attachment and loss: Vol. 1: Attachment.* New York: Basic Books.
Bowlby, J. (1973). *Attachment and loss, Vol. 2: Separation: Anxiety and anger.* New York: Basic Books.
Bowlby, J. (1980). *Attachment and loss, Vol. 3: Loss, sadness and depression.* New York: Basis Books.
Bradbury, T. N. & Fincham, F. D. (1990). Attributions in marriage: Review and critique. *Psychological Bulletin, 107*, 3–33.
Bradbury, T. N. & Fincham, F. D (1991). A contextual model for advancing the study of marital interaction. In G. J. O. Fletcher & F. D. Fincham (Eds.), *Cognition in close relationships* (pp. 127–147). Hillsdale, NJ: Erlbaum.

Bray, J. H. & Jouriles, E. N. (1995). Treatment of marital conflict and prevention of divorce. In W. Pinsof & L. Wynne (Eds.), *The effectiveness of marital and family therapy* (pp. 461– 473). Washington DC: American Association for Marriage and Family Therapy.

Bray, J. H., Williamson, D. S. & Malone, P. E. (1984). Personal authority in the family system: Development of a questionnaire to measure personal authority in intergenerational family process. *Journal of Marital and Family Therapy*, *10*, 167–178.

Brem-Gräser, L. (1992). *Familie in Tieren.* (5. Aufl.). München: Reinhardt.

Bretherton, I. (1992). Attachment and bonding. In V. B. W. Hasselt & M. Herson (Eds.), *Handbook of social development* (pp. 133–155). New York: Plenum Press.

Bretherton, I., Ridgeway, D. & Cassidy, J. (1990). Assessing internal working models of the attachment relationship: An attachment story completion task for three-year olds. In M. T. Greenberg, D. Cicchetti & E. M. Cummings (Eds.), *Attachment in early preschool years* (pp. 273–308). Chicago, IL: University of Chicago Press.

Broderick, C. B. (1993). *Understanding family process.* Newbury Park, CA: Sage.

Brody, G.H. (Ed.) (1996). *Sibling relationships: Their causes and consequences.* Norwood, NJ: Ablex.

Brody, G. H. (1998). Sibling relationships quality: Its causes and consequences. *Annual Review of Psychology*, *49*, 1–24.

Brody, G. H., Stoneman, Z. & Burke, M. (1987). Child temperaments, maternal differential behavior, and sibling relationships. *Developmental Psychology*, *23*, 354–362.

Bronfenbrenner, U. (1979). Context of child rearing: Problems and prospects. *American Psychologist*, *34*, 844–850.

Bronfenbrenner, U. (1981). *Die Ökologie der menschlichen Entwicklung.* Stuttgart: Klett-Cotta.

Bronfenbrenner, U. (1986). Ecology of the family as a context of human development. *Developmental Psychology*, *22*, 723–742.

Bronfenbrenner, U. (1992). Child care in the anglo-saxon mode. In M. E. Lamb, K. J. Sternberg, C. P. Hwang & A. G. Broberg (Eds.), *Child care in context* (pp. 281–291). Hillsdale, NJ: Erlbaum.

Bronfenbrenner, U. (1994). Ecological models of human development. In T. Husen & T. N. Postlethwaite (Eds.), *International encyclopedia of education* (Vol. 3, 2nd ed., pp. 1643–1647). Oxford: Pergamon Press.

Bronfenbrenner, U. (1995). Developmental ecology through space and time: A future perspective. In P. Moen, G. H. Elder & K. Lüscher (Eds.), *Examining lives in context: Perspectives on the ecology of human development* (pp. 619–647). Washington: American Psychological Association.

Bronfenbrenner, U. & Ceci, S. J. (1993). Heredity, environment, and the question of »How«. A new theoretical perspective for the 1990's. In R. Plomin & G. E. McClern (Eds.), *Nature, nurture, and psychology* (pp. 313–323). Washington, DC: American Psychological Association.

Bronfenbrenner, U. & Ceci, S. J. (1994). Nature-nurture reconceptualized: A bioecological model. *Psychological Review*, *101*, 568–686.

Brüderl, L. (1989). *Entwicklungspsychologische Analyse des Übergangs zur Erst- und Zweitelternschaft.* Regensburg: Roderer.

Bruhn, A.R. (1990). Cognitive-perceptual theory and the projective use of autobiographical memory. *Journal of Personality Assessment, 58,* 1–15.

Buchanan, C. M., Maccoby, E. E., & Dornbusch, S. M. (1991). Caught between parents: Adolescents' experience in divorced homes. *Child Development*, *62*, 1008–1029.

Buehlman, K. T., Gottman, J. M. & Katz, L. (1992). How a couple views their past predicts their future: predicting divorce from an oral history interview. *Journal of Family Psychology*, *5*, 295–318.

Bundesminister für Jugend, Familie, Frauen und Gesundheit (1986). *Die Situation der älteren Menschen in der Familie. Vierter Familienbericht.* Bonn.
Bundesminister für Jugend, Familie und Gesundheit (1975). *Bericht über die Lage der Familien in der Bundesrepublik Deutschland. Zweiter Familienbericht.* Bonn.
Bundesministerium für Familie und Senioren (Hrsg.) (1994). *Familien und Familienpolitik im geeinten Deutschland* – Zukunft des Humanvermögens. *Fünfter Familienbericht.* Bonn: Universitäts-Druckerei.
Bundestags-Drucksache 8/3120 (1979). *Die Lage der Familien in der Bundesrepublik Deutschland. Dritter Familienbericht.* Bonn.
Bundestags-Drucksache V/2532 (1968). *Bericht der Bundesregierung über die Lage der Familien in der Bundesrepublik Deutschland.* Bonn.
Burger, E. & Reiter, K. (1993). *Sexueller Mißbrauch von Kindern und Jugendlichen.* Stuttgart: Kohlhammer.
Burgess, E. (1926). The family as a unity of interacting personalities. *Family, 1,* 3–6.
Burkart, E. & Kohli, M. (1992). *Liebe, Ehe, Elternschaft.* München: Piper.
Burr, W. R., Hill, R., Nye, F. I. & Reiss, I. L (1979). *Contemporary theories about the family (two volumes).* New York: Free Press.
Burr, W. R. & Klein,S. R. and associates (1994). *Reexamining family stress.* Thousand Oaks, CA: Sage.
Burr, W. R. & Leigh, G. K. (1983). Famology: A new discipline. *Journal of Marriage and the Family, 45,* 467–480.
Cairns, R. B. & Cairns, B. D. (1994). *Lifelines and risks: Pathways of youth in our time.* New York: Cambridge University Press.
Caldwell, B. & Bradley, R. (1984). *Home observation for measurement of the environment.* Little Rock: University of Arkansas at Little Rock.
Calvo, G. (1975). *Marriage Encounter.* St. Paul: Marriage Encounter Incorp..
Caplan, G. (1964). *Principles of preventive psychiatry.* New York: Basic Books.
Carlson, C. I. (1989). Criteria for family assessment in research and intervention contexts. *Journal of Family Psychology, 3,* 158–176.
Carter, B., & McGoldrick, M. (Eds.) (1988). *The changing family life cycle. A framework for family therapy.* New York: Gardner Press.
Carter, E. A. & Orfanidis, M. M. (1976). Family therapy with one person and the family therapist's own family. In P. J. Guerin (Ed.), *Family therapy: Theory and practice* (pp. 193–320). New York: Gardner Press.
Cartier, M. R. (1986). Marriage enrichment. In R. F. Levant (Ed.), *Psychoeducational approaches to family therapy and counseling* (pp. 223–265). New York: Praeger.
Cashdan, S. (1988). *Object relations therapy.* New York: Norton.
Caspi, A. (1997). Personality development across the life course. In W. Damon (Ser. Ed.) & N. Eisenberg (Vol. Ed.), *Handbook of child psychology, Vol.3: Social, emotional and personality development* (5th ed., pp. 311–388) New York: Wiley.
Caspi, A. & Herbener, E. S. (1990). Continuity and change: Assortative mating and the consistency of personality in adulthood. *Journal of Personality and Social Psychology, 58,* 250–258.
Cattell, R. B., Coulter, M. A. & Tsuijoka, B. (1966). The taxometric recognition of types and functional emergents. In R. B. Cattell (Ed.), *Handbook of multivariate experimental psychology* (pp. 288–329). Chicago, IL: Rand McNally.
Cavan, A., & Ranck, K. R. (1938). *The family and the depression.* Chicago, IL: University of Chicago Press.
Ceci, S. J. & Hembrooke, H. A. (1995). A bioecological model of intellectual development. In P. Moen, G. H. Elder & K. Lüscher (Eds.), *Examining lives in context* (pp. 303–345). Washington, DC: American Psychological Association.
Cedar, B. & Levant, R. F. (1990). A meta-analysis of the effects of parent effectiveness training. *American Journal of Family Therapy, 18,* 373–384.

Cicchetti, D. (1993). Developmental psychopathology: Reactions, reflections, projections. *Developmental Review*, *13*, 471–502.

Cicirelli, V. G. (1985). Sibling relationships throughout the life-cycle. In L. L'Abate (Ed.), *Handbook of family psychology and therapy* (Vol. 1, pp. 177–214). Homewood, IL: Dorsey Press.

Cicirelli, V. G. (1988). Interpersonal relationships among elderly siblings. In M. D. Kahn & K. G. Lewis (Eds.), *Siblings in therapy: Life span and clinical issues* (pp. 435–456). New York: Norton.

Cicirelli, V. G. (1989). Feelings of attachment to siblings and well-being in later life. *Psychology and Aging*, *4*, 211–216.

Cicirelli, V. G. (1994). The longest bond: The sibling life cycle. In L. L'Abate (Ed.), *Handbook of family psychology and psychopathology* (pp. 44–59). New York: Wiley.

Cierpka, M. (1988). Überblick über familiendiagnostische Fragebogeninventare. In M. Cierpka (Hrsg.) *Familiendiagnostik* (S. 215–231). Berlin: Springer.

Cierpka, M. (Hrsg.) (1996). *Handbuch der Familiendiagnostik*. Berlin: Springer.

Cierpka, M. & Frevert, G. (1995). *Die Familienbögen*. Göttingen: Hogrefe.

Clarke, A. M. & Clarke, A. D. B. (1989). The later cognitive effects of early intervention. *Intelligence*, *13*, 289–297.

Clarke-Stewart, K. (1978). And Daddy makes three: The father's impact on mother and young child. *Child Development*, *44*, 466–478.

Cobb, S. (1982). Social support and health through the life course. In H. I. McCubbin, E. A. Cauble & J. M. Patterson (Eds.) *Family stress, coping and social support* (pp. 189–199). Springfield, IL: Thomas.

Cohen, R. S., & Weissman, S. H. (1984). The parenting alliance. In R. S. Cohen, B. J. Cohler & S. H. Weissman (Eds.) *Parenthood: A psycho-dynamic perspective* (pp. 33–49). New York: Guilford Press.

Cohn, D. A., Cowan, P. A., Cowan, C. P. & Pearson, J. (1992). Mothers' and fathers' working models of childhood attachment relationships, parenting styles, and child behavior. *Development and Psychopathology*, *4*, 417–431.

Cohn, D. A., Patterson, C. J. & Christopoulos, C. (1991). The family and children's peer relations. *Journal of Social and Personal Relationships*, *8*, 315–346.

Coleman, J. S. (1990). *Foundations of social theory*. Cambridge, MA: Harvard University Press.

Coleman, M. & Ganong, L. H. (1993). Families and marital disruption. In T. H. Brubacker (Ed.), *Family relations* (pp. 112–128). Newbury Park, CA: Sage.

Combrinck-Graham, M. D. (1985). A developmental model for family systems. *Family Process*, *24*, 139–150.

Conger, R. D., Elder, G. H., Lorenz, F. O., Simons, R. L., & Whitbeck, L. B. (1994). *Families in troubled times: Adapting to change in rural America*. Chicago, IL: Aldine-DeGruyter.

Constantine, L. L. (1978). Family sculpture and relationship mapping. *Journal of Marriage and Family Counseling*, *4*, 13–23.

Constantine, L. L. (1986). *Family paradigms: The practice of theory in family therapy*. New York: Guilford.

Constantine, L. L. (1993). The structure of family paradigms: An analytical model of family variation. *Journal of Marital and Family Therapy*, *19*, 39–70.

Constantine, L. L., Guise, R. M., & Okun, B. (1988). *Measuring synchrony: An extended measure of family organizational style*. Somerville, MA: The Family Center.

Cooley, C. H. (1909). *Social organization*. New York: Charles Scribner's Sons.

Cowan, P.A. (1991). Individual and family life transitions: A proposal for a new defintion. In P.A. Cowan & M. Hetherington (Eds.), *Family transitions. Advances in family research, Vol. II* (pp. 3–30), Hillsdale, NJ: Erlbaum.

Cowan, P. A. & Cowan, C. P. (1998). New families: Modern couples as new pioneers. In M. A. Mason, A. Skolnick & S. D. Sugarman (Eds.), *All our families. New policies for a new century* (pp. 169–192). New York: Oxford University Press.

Cowan, P. A., Cowan, C. P., Schulz, M. C. & Heming, G. (1994). Prebirth to preschool family factors in children's adaptation to Kindergarten. In R. D. Parke & S. Kellam (Eds.), *Exploring family relationships with other social contexts* (pp. 75–114). Hillsdale, NJ: Erlbaum.

Cowan, C. P. & Cowan, P. A. (1987). Men's involvement in parenthood: Identifying the antecedents and understanding the barriers. In P. Berman & F. Pedersen (Eds.), *Men's transitions to parenthood: Longitudinal studies of early family experience* (pp. 145–174). Hillsdale, NJ: Erlbaum.

Cowan, C. P. & Cowan, P. A. (1994). *Wenn Paare Eltern werden. Der große Umbruch im Leben des Paares.* München: Piper.

Cowan, C. P. & Cowan, P. A. (1995). Interventions to ease the transition to parenthood: Why they are needed and what they can do. *Family Relations*, *44*, 412–423.

Cox, M. J., Owen, M. T., Lewis, J. M. & Henderson, V. (1989). Marriage, adult adjustment, and early parenting. *Child Development*, *60*, 1015–1024.

Coysh, W. S., Johnston, J. R., Tschann, J. M., Wallerstein, J. S. & Kline, M. (1989). Parental postdivorce adjustment in joint and sole physical custody families. *Journal of Family Issues*, *10*, 52–71.

Crick, N. R. & Dodge, K. A. (1994). A review and reformulation of social information-processing mechanisms in children's social adjustment. *Psychological Bulletin*, *115*, 74–101.

Crockenberg, S. B. (1981). Infant irritability, mother responsiveness, and social support influences on the security of infant-mother attachment. *Child Development*, *52*, 857– 865.

Crockenberg, S. & McCluskey, K. (1986). Change in maternal behavior during the baby's first year of life. *Child Development*, *57*, 746–753.

Cromwell, R. E. & Olson, D. H. (1975). Multidisciplinary perspectives of power. In R. E. Cromwell & D. H. Olson (Eds.), *Power in families* (pp. 15–37). New York: Halsted Press.

Cromwell, R. E. & Peterson, G. W. (1983). Multisystem-multimethod family assessment in clinical contexts. *Family Process*, *22*, 147–163.

Cromwell, R. E., Olson D. H. & Fournier, D. G. (1976). Diagnosis and evaluation in marital and family counseling. In D. H. Olson (Ed.), *Treating relationships* (pp. 517–562). Lake Mills: Graphic Publishing.

Crouter, A. C. & McHale, S. M. (1993). The long arm of the job: Influences of parental work on childrearing. In T. Luster & L. Okagaki (Eds.), *Parenting. An ecological perspective* (pp. 179–202). Hillsdale, NJ: Erlbaum.

Cummings, E. M. & Davis, P. T. (1994). *Children and marital conflict: The impact of family dispute and resolution*. New York: Guilford Press.

Curran, J. P. & Monti, P. M. (Eds.) (1982). *Social skills training: A practical handbook for assessment and treatment*. New York: Guilford Press.

Cusinato, M. (1994). Parenting over the family life cycle. In L. L'Abate (Ed.), *Handbook of developmental family psychology and psychopathology* (pp. 83–115). New York: Wiley.

Dangl-Kreyenbühl, C. (1985). Organisierte Nachbarschaftshilfen im Großraum München. *Blätter der Wohlfahrtspflege*, *3*, 68–72.

Darling, N, & Steinberg, L. (1993). Parenting style as context: An integrative model. *Psychological Bulletin*, *113*, 487–496.

Day, R.,Gilbert, K., Settles, B. & Burr, W. R. (1995). *Research and theory in family science.* Pacific Grove, CA: Brooks/Cole.

de Shazer, S. (1989). *Der Dreh. Überraschende Wendungen und Lösungen in der Kurzzeittherapie.* Heidelberg: Carl Auer.

de Shazer, S. (1992). *Muster familientherapeutischer Kurzzeittherapie*. Paderborn: Junfermann.
Deutsche Arbeitsgemeinschaft für Familientherapie (1991). *Weiterbildung in Familientherapie*. Loseblattsammlung. Freiburg i.B.
Deutsche Arbeitsgemeinschaft für Jugend- und Eheberatung (1990). *Beratungsführer*. Detmold: Merkur Druck.
Deutsches Jugendinstitut (Hrsg.) (1988) *Wie geht's der Familie?* München: Kösel.
Dickerson, V. C. & Coyne, J. C. (1987). Family cohesion and control: A multitrait-multimethod study. *Journal of Marital and Family Therapy*, *13*, 275–285.
Diekmann, A. & Engelhardt, H. (1995). Die soziale Vererbung des Scheidungsrisikos. *Zeitschrift für Soziologie*, *24*, 215–228.
Dilling, H., Weyerer, S. & Castell, R. (1984). *Psychische Erkrankungen in der Bevölkerung*. Stuttgart: Enke.
Dilworth-Anderson, P., Burton, L. M. & Johnson, L. B. (1993). Reframing theories for understanding race, ethnicity, and families. In P. G. Boss, W. J. Doherty, R. LaRossa, W. R. Schumm & S. K. Steinmetz (Eds.) *Sourcebook of family theories and methods. A contextual approach* (pp. 627–645). New York: Plenum Press.
Dishion, T. J., Patterson, G. R., & Kavanagh, K. A. (1992). An experimental test of the coercion model: Linking theory, measurement and intervention. In J. McCord & R. E. Tremblay (Eds.) *Preventing antisocial behavior* (pp. 253–282). New York: Guilford Press.
Doane, J. A., West, K. L., Goldstein, M. J., Rodnick, E. H. & Jones, J. E. (1981). Parental communication deviance and affective style: Predictors of subsequent schizophrenia spectrum disorders in vulnerable adolescents. *Archives of General Psychiatry*, *38*, 679–685.
Dodge, K. A. (1986). A social-information-processing model of social competence in children. In M. Perlmutter (Ed.), *Minnesota Symposia on Child Psychology* (18th ed., pp. 77–125) Hillsdale, NJ: Erlbaum.
Doll, J., Mentz, M. & Witte, E.H. (1995). Zur Theorie der vier Bindungsstile: Meßprobleme und Korrelate dreier integrierter Verhaltenssysteme. *Zeitschrift für Sozialpsychologie*, *26*, 148–159.
Doherty, W. J. & Campbell, T. (1988). *Families and health*. Beverly Hills, CA: Sage.
Dornbusch, S. M., Ritter, P. L., Leiderman, P. H., Roberts, D. F. & Fraleigh, M. J. (1987). The relation of parenting style to adolescent performance. *Child Development*, *58*, 1244–1257.
Draper, P. & Belsky, J. (1990). Personality development in evolutionary perspective. *Journal of Personality*, *58*, 141–161.
Duck, S. (Ed.) (1997). *Handbook of personal relationships*. (2nd ed.). New York: Wiley.
Dürr, H. & Hahlweg, K. (1996). Familienbetreuung bei schizophrenen Patienten: Analyse des Therapieverlaufs. *Zeitschrift für Klinische Psychologie*, *25*, 33–46.
Duhl, B. & Duhl, F. (1980). *From the inside out: It's hard to kiss a system*. Montreal: Vortrag anläßlich der Montreal Convention der American Psychological Association.
Duhl, F., Kantor, D. & Duhl, B. (1973). Learning, space, and action in family therapy. In D. Bloch (Ed.), *Techniques of family psychotherapy: A primer* (pp. 167–184). New York: Grune & Stratton.
Duncan, S. W. & Markman, H. J. (1988). Intervention programs for the transition to parenthood: Current status from a prevention perspective. In G. Y. Michaels & W. A. Goldberg (Eds.), *The transition to parenthood: Current theory and research* (pp. 270–310). New York: Cambridge University Press.
Dunn, J. & Plomin, R. (1996). *Warum Geschwister so verschieden sind*. Stuttgart: Klett-Cotta.
Dura, J. A. & Kiecolt-Glaser, J. K. (1991). Family transitions, stress and health. In P. A. Cowan & M. Hetherington (Eds.) *Family transitions* (pp. 59–76). Hillsdale, NJ: Erlbaum.

Duss-von Werdt, J. (1980). Der Familienmensch: Identität und Familie. In J. Duss-von Werdt & R. Welter-Enderlin (Hrsg.), *Der Familienmensch* (S. 17–30). Stuttgart: Klett.

Duss-von Werdt, J., Mähler, H.-G. & Mähler, G. (Hrsg.) (1995). *Mediation – die andere Scheidung. Ein interdisziplinärer Überblick*. Stuttgart: Klett-Cotta.

Duvall, E. M. (1977). *Marriage and family development*. New York: Lippincott.

Eckenrode, J. & Bolger, N. (1995). Daily and within-event in assessment. In S. Cohen, R. Kessler, & L. Gordon (Eds.), *Measuring stress: A guide for health and social scientists* (pp. 80–101). New York: Oxford University Press.

Egan, G. (1990). *Helfen durch Gespräch*. Weinheim: Beltz.

Egeland, B., Jacobvitz, D. & Papatola, K. (1987). Intergenerational continuity of abuse. In R. J. Gelles & J. B. Lancaster (Eds.), *Child abuse and neglect: Biosocial dimensions* (pp. 255–276). Chicago, IL: Aldine de Gruyter.

Elder, G. H., Liker, J. & Cross, E. (1984). Parent-child behavior in the great depression: Life course and intergenerationel differences. In P. B. Baltes & O. G. Brim (Eds.), *Life-span development and behavior* (Vol. 6, pp. 109–158). New York: Academic Press.

Ell, E. (1990). *Psychologische Kriterien bei Sorgerechtsregelung und der Diagnostik der emotionalen Beziehungen*. Weinheim: Deutscher Studien Verlag.

Emery, R. E. (1988). *Marriage, divorce, and children's adjustment*. London: Sage.

Emery, R. E. (1995). Divorce mediation: Negotiating agreements and renegotiating relationships. *Family Relations*, *44*, 377–383.

Engfer, A. (1993). Kindesmißhandlung und sexueller Mißbrauch. In M. Markefka & B. Nauck (Hrsg.), *Handbuch der Kindheitsforschung* (S. 617–629). Neuwied: Luchterhand.

Engl, J. (1997). *Determinanten der Ehequalität*. München: Institut für Forschung und Ausbildung in Kommunikationstherapie e.V..

Engl, J. & Thurmaier, F. (1995). *Wie redest Du mit mir? Fehler und Möglichkeiten in der Paarkommunikation*. Freiburg i.B.: Herder.

Engstler, H. (1998). *Die Familie im Spiegel der amtlichen Statistik*. Brühl: Chudeck Druck Service.

Epstein, N. B., Bishop, D. S. & Levin, S. (1978). The McMaster model of family functioning. *Journal of Marriage and Family Counseling*, *4*, 19–31.

Epston, D. (1994). Extending the conversation. *The Family Therapy Networker*, *18 (6)*, 31–63.

Ernst, C. & Angst, J. (1983). *Birth order: Its influence on personality*. Berlin: Springer.

Estrada, A. U. & Pinsof, W. M. (1995). The effectiveness of family therapies for selected behavioral disorders of childhood. In W. M. Pinsof & L. Wynne (Eds.), *Family therapy effectiveness. Current research and theory* (pp. 403–440). Washington, DC: American Association for Marriage and Family Therapy.

Ewert, O. (1988). Veränderungen in der Inanspruchnahme familienorientierter Beratungsangebote am Beispiel der Erziehungsberatung. In R. Nave-Herz (Hrsg.), *Wandel und Kontinuität der Familie in der Bundesrepublik Deutschland* (S. 259–278). Stuttgart: Enke.

Falloon I. R. H., Boyd, J. L. & McGill, C. W. (1982). Family mangagement in the prevention of exacerbations of schizophrenia: A controlled study. *New England Journal of Medicine*, *306*, 1437–1440.

Feeney, J. A., Noller, P. & Callan, V. J. (1994). Attachment style, communication and satisfaction in the early years of marriage. In K. Bartholomew & D. Perlman (Eds.), *Advances in personal relationships* (5th ed., pp. 269–308). London: Jessica Kingsley.

Feeney, J. & Noller, P. (1996). *Adult attachment*. Thousand Oaks, CA: Sage.

Ferreira, A. J. (1963). Decision making in normal and pathological families. *Journal of General Psychiatry*, *8*, 63–73.

Ferri, E. (1984). *Stepchildren. A National Study*. Windsor, U.K.: NFER-Nelson.

Fiedler, K. & Ströhm, W. (1991). Attributionsstrategien in unglücklichen Beziehungen. In M. Amelang & H.-J. Ahrens (Hrsg.), *Partnerwahl und Partnerschaft* (S. 93–116). Göttingen: Hogrefe.

Figley, C. R. & McCubbin, H. I. (Eds.) (1983). *Stress and the family. Vol.2 Coping with catastrophe.* New York: Brunner/Manzel.

Figley, C. R. & Nelson, T. S. (1990). Basic family therapy skills, II: Structural family therapy. *Journal of Marital and Family Therapy*, *16*, 225–239.

Filsinger, E. E. (Ed.) (1983). *Marriage and family assessment: A source book for family therapy.* Beverley Hills, CA: Sage.

Fincham, F. D. & Bradbury, T. N. (Eds.) (1990). *The psychology of marriage: Basic issues and applications.* New York: Guilford Press.

Fischer, H.R. (Hrsg.) (1991). *Autopoiese. Eine Theorie im Brennpunkt der Kritik.* Heidelberg: Carl Auer.

Fisher, L. (1976). Dimension of family assessment: A critical review. *Journal of Marriage and Family Counseling*, *2*, 367–382.

Fisher, L., Kokes, R. F., Ransom, D. C., Phillips, S. L. & Rudd, P. (1985). Alternative strategies for creating »relational« family data. *Family Process*, *24*, 213–224.

Fleuridas, C., Nelson, T. S. & Rosenthal, D. (1986). The evolution of circular questions: Training family therapists. *Journal of Marital and Family Therapy*, *12*, 113–127.

Floyd, F. J., Weinand, J. W. & Cimmarusti, R. A. (1989). Clinical family assessment: Applying stuctured measurement procedures in treatment settings. *Journal of Marital and Family Therapy*, *15*, 271–288.

Floyd, F. J. & Zmich, D. E. (1991). Marriage and parenting partnership: Perception and interactions of parents with mentally retarded and typically developing children. *Child Development*, *62*, 1434–1448.

Fournier, D. G. & Olson, D. H. (1986). Programs for premarital and couples. In R. F. Levant (Ed.), *Psychoeducational approaches to family therapy and counseling* (pp. 194–231). New York: Springer.

Fraenkel, P. (1995). The nomothetic – ideographic debate in family therapy *Family Process*, *34*, 69–75.

Frank, S., Hole, C. B., Jacobson, S., Justkowski, R. & Huyck, M (1986). Psychological predictors of parents' sense of competence and control and self-versus child-focused gratifications. *Developmental Psychology*, *22*, 348–355.

Franz, P. & Herlyn, U. (1995). Familie als Bollwerk oder als Hindernis? Die Rolle der Familienbeziehungen bei der Bewältigung der Vereinigungsfolgen. In B. Nauck, N. Schneider & A. Tölke (Hrsg.), *Familie und Lebensverlauf im gesellschaftlichen Umbruch* (S. 90–102). Stuttgart: Enke.

Friedl, I. & Maier-Aichen, R. (1991). *Leben in Stieffamilien. Familiendynamik und Alltagsbewältigung in neuen Familienkonstellationen.* Weinheim, München: Juventa.

Fthenakis, W. E. (1984). *Väter. (2 Bände).* München: Urban & Schwarzenberg.

Fthenakis, W. E. (1995). Ehescheidung als Übergangsphase im Familienentwicklungsprozess. In M. Perrez, J.-L. Lambert, C. Ermert & B. Plancherel (Hrsg.), *Familie im Wandel* (S. 63–95). Freiburg, Schweiz: Universitätsverlag Freiburg, Schweiz.

Fthenakis, W. E. & Eckert, M. (1997). Präventive Hilfen für Familien in Familienbildung und Beratung. In H. Macha & L. Mauermann (Hrsg.), *Brennpunkte der Familienerziehung* (S. 219–239). Weinheim: Deutscher Studien Verlag.

Fthenakis, W. E., Chow, S., Gemar, K., Köster-Goorkotte, I., Kohlmann, N., Lehmann, F., Mayer-Gaup, G., Seibl, K., Siefert, I., Stahl, F., Walbinger, W. & Wolf, J. (1995). *Gruppeninterventionsprogramm für Kinder mit getrennt lebenden oder geschiedenen Eltern: TSK – Trennungs- und Scheidungskinder.* Weinheim: Beltz.

Fürstenberg, F. F. (1987). Fortsetzungsehen. Ein neues Lebensmuster und seine Folgen. *Soziale Welt*, *3*, 29–39.

Fuller, T. L., & Fincham, F. D. (1994). The marital life cycle. A developmental approach to the study of marital change. In L. L'Abate (Ed.) *Handbook of developmental family psychology and psychopathology* (pp. 60–82). New York: Wiley.
Furman, W. B. D. & Buhrmester, D. (1985). Children's perceptions of the quality of sibling relationships. *Child Developent*, *56*, 448–461.
Furman, W.B.D. & Flanagan, A.S. (1997), The influence of earlier relationships on marriage: An attachment perspective. In W.K. Halford & H.J. Markman (Eds.), *Clinical handbook of marriage and couples intervention* (pp. 179–202). New York: Wiley.
Furstenberg, F. F. (1987). Fortsetzungsehen. Ein neues Lebensmuster und seine Folgen. *Soziale Welt*, *3*, 29 – 39.
Gable, S., Belsky, J. & Crnic, K (1992). Marriage, parenting, and child development: Progress and prospects. *Journal of Family Psychology*, *5*, 276–294.
Galler, H. (1991). Opportunitätskosten der Entscheidung für Familie und Haushalt. In S. Gräbe (Hrsg.), *Der private Haushalt als Wirtschaftsfaktor.* (S. 118–152). Frankfurt a. M.: Campus.
Ganong, L.H., Coleman, M. & Demo, D.H. (1995). Issues in training family scientists. *Family Relations, 44*, 501–507.
Garbarino, J. & Kostelny, K. (1993). Neighborhood and community influences on parenting. In T. Luster & L. Okagaki (Eds.), *Parenting: An ecological perspective* (pp. 203–226). Hillsdale, NJ: Erlbaum.
Gehring, T. M. (1993). *Familiensystemtest FAST.* Weinheim: Beltz.
Gehring, T. M. (1998). *The Family System Test (FAST). A clinical and research tool for the planning and evaluation of family interventions.* Unveröffentlichte Habilitationsschrift. Basel: Universität Basel.
Gehring, T.M. & Schultheiss, R.B. (1987). Spatial representation and assessment of family relationships. *The American Journal of Family Therapy, 15*, 261–264.
Gehring, T. M. & Wyler, I. L. (1986). Family System Test (FAST): A three-dimensional approach to investigate family relationships. *Child Psychiatry and Human Development*, *16*, 235–248.
Gensicke, T (1994). Wertewandel und Familie. *Aus Politik und Zeitgeschichte. Beilage zur Wochenzeitung Das Parlament*, *B29-30/94*, 36–47.
Gergen, K. (1985). The social constuctionist movement in modern psychology. *American Psychologist*, *40*, 266–275.
Gerris, J. R. M., de Brock, A. J. L. & Kentges-Kirschbaum, C. (1991). Ein system-ökologisches Prozessmodell als Rahmenkonzept der Familienforschung. *Psychologie in Erziehung und Unterricht*, *38*, 242–262.
Gerson, R., Hoffman, S., Sauls, M. & Ulrici, D. (1993). Family of origin frames in couple therapy. *Journal of Marital and Family Therapy*, *19*, 341–254.
Giblin, P., Sprenkle, D. & Sheehan, R. (1985). Enrichment outcome research: A meta-analysis of premarital, marital and family findings. *Journal of Marital and Family Therapy*, *11*, 257–271.
Gilbert, M. & Shmukler, D. (1996). *Brief therapy with couples. An integrative approach.* New York: Wiley.
Ginsberg, B. G. (1997). *Relationships enhancement family therapy.* New York: Wiley.
Gladstone, J. W. (1988). Perceived changes in grandmother-grandchild relations following a child's separation or divorce. *Gerontologist*, *28*, 471–484.
Glenn, N. D. (1990). Quantitative research on marital quality in the 1980s: A critical review. *Journal of Marriage and the Family*, *52*, 818–831.
Gloger-Tippelt, G. (1988). *Schwangerschaft und erste Geburt. Psychologische Veränderungen der Eltern.* Stuttgart: Kohlhammer.
Gloger-Tippelt, G. (1989). Familie als Gegenstand psychologischer, insbesondere entwicklungspsychologischer Forschung. *Zeitschrift für Familienforschung*, *1*, 20–39.

Gloger-Tippelt, G. (1992). *Die Entwicklung eines Personschemas vom ersten Kind*. Unveröffentlichte Habilitationsschrift. Heidelberg: Universität Heidelberg.
Gloger-Tippelt, G. (1997). Familienbeziehungen – Formen und Wirkungen aus psychologischer Sicht. In L. A. Vaskovics (Hrsg.), *Familienleitbilder und Familienrealitäten* (S. 83–95). Opladen: Leske & Budrich.
Goetting, A. (1986). The developmental tasks of siblingship over the life cycle. *Journal of Marriage and the Family*, *48*, 703–714.
Golann, S. (1988). On second-order family therapy. *Family Process*, *27*, 51–65.
Gold, D. T. (1989). Sibling relationships: A typology. *International Journal of Aging and Human Development*, *28*, 37–51.
Goldsmith, H. H. (1983). Genetic influences on personality from infancy to adulthood. *Child Development*, *54*, 331–355.
Goldstein, M. J. (1988). The family and psychopathology. *Annual Review of Psychology*, *39*, 283–299.
Goldstein, M. J. & Milkowitz, D. J. (1994). Family intervention for persons with bipolar disorder. In A. B. Hatfield (Ed.), *Family interventions in mental illness* (pp. 23–35). San Francisco, CA: Jossey-Bass.
Goldstein, M. J. & Milkowitz, D. J. (1995). The effectiveness of psychoeducational family therapy in the treatment of schizophrenic disorders. In W. Pinsof & L. Wynne (Eds.), *The effectiveness of marital and family therapy* (pp. 361–376). Washington, DC: American Association for Marriage and Family Therapy.
Goldstein, M. J., Rodnick, E. H., Evans, J. R., May, P. R. A. & Steinberg, M. R. (1978). Drug and family therapy in the aftercare of acute schizophrenics. *Archives of General Psychiatry*, *35*, 1169–1177.
Goldstein, M. J. & Strachan, A. M. (1987). The family and schizophrenia. In T. Jakob (Ed.), *Family interaction and psychopathology* (pp. 481–508). New York: Plenum Press.
Goode, W. J. (1967). *Struktur der Familie*. München: Juventa.
Goodnow, J. I. & Collins, W. A. (Eds.) (1991). *Development according to parents*. Hillsdale, NJ: Erlbaum.
Goodnow, J. J. (1988). Parents ideas, actions and feelings: Models and methods from developmental and social psychology. *Child Development*, *59*, 286–320.
Gordon, T. (1989). *Familienkonferenz. Die Lösung von Konflikten zwischen Eltern und Kind*. München: Heyne.
Gordon, T. (1994). *Die neue Familienkonferenz*. München: Heyne.
Gottman, J. M. (1979). *Marital interaction: Experimental investigations*. New York: Academic Press.
Gottman, J. M. (1994). *What predicts divorce?* Hillsdale, NJ: Erlbaum.
Gottman, J. M. (Ed.) (1996). *What predicts divorce?: The measures*. Hillsdale, NJ: Erlbaum.
Gottman, J. M. (1998). *Laß uns einfach glücklich sein!* München: Heyne.
Gottman, J. M. & Krokoff, L. J. (1989). Marital interaction and satisfaction: A longitudinal view. *Journal of Consulting and Clinical Psychology*, *57*, 47–52.
Gottman, J. M. & Roy, A. K. (1990). *Sequential analysis: A guide for behavioral researchers*. New York: Cambridge University Press.
Gove, W. R. (1984). Gender differences in mental and physical illness: The effects of fixed roles and nurturant roles. *Social Science and Medicine*, *19*, 77–84.
Gove, W., Hughes, M. M. & Style, C. B. (1983). Does marriage have positive effects on the psychological well-being of the individual? *Journal of Health and Social Behavior*, *24*, 122–131.
Green, R. G., Kolevzon, M. S. & Vosler, N. R. (1985). The Beavers-Timberlawn Model for family competence and the Circumplex Model of family adaptability and cohesion: Separate but equal. *Family Process*, *26*, 385–398.
Greenberg, J. R. & Mitchell, S. A. (1983). *Object relations in psychoanalytic theory*. Cambridge, MA: Harvard University Press.

Grossmann, K. E. & Grossmann, K. (1991). Attachment quality as an organizer of emotional and behavioral responses in longitudinal perspective. In C. M. Parkes, J. Stevenson-Hindl & P. Marris (Eds.), *Attachment across the life cycle* (pp. 93–114). London: Tavistock.

Grotevant, H. D. (1989). The role of theory in guiding family assessment. *Journal of Family Psychology*, *3*, 104–117.

Grotevant, H. D. & Carlson, C. I. (1987). Family interaction coding system: A descriptive review. *Family Process*, *26*, 49–74.

Grotevant, H. D. & Carlson, C. J. (1989). *Family assessment: A guide to methods and measures.* New York: Guilford Press.

Group of Advancement of Psychiatry (1970). *The case history method in the study of family process.* (Vol. 6).

Grych, J. H. & Fincham, F. D. (1992). Interventions for children of divorce: Toward greater integration of research and action. *Psychological Bulletin*, *111*, 434– 454.

Guerin, P. J. & Pendagast, E. G. (1976). Evaluation of family system and genogram. In P. J. Guerin (Ed.), *Family therapy: Theory and practice* (pp. 450–464). New York: Gardner Press.

Guerney, B. & Maxson, P. (1990). Marital and family enrichment research: A decade review and a look ahead. *Journal of Marriage and the Family*, *52*, 1127–1135.

Gurman, A. S. & Kniskern, D. P. (1978a). Deterioration in marital and family therapy: Empirical, clinical and conceptual issues. *Family Process*, *17*, 3–20.

Gurman, A. S. & Kniskern, D. P. (1978b). Research on marital and family therapy: Progress, perspective, and prospect. In S. L. Garfield & A. E. Bergin (Eds.), *Handbook of psychotherapy and behavior change* (Vol. 2, pp. 817–901). New York: Wiley.

Gurman, A. S. & Kniskern, D. P. (1991). *Handbook of family therapy (Vol. 2).* New York: Brunner-Mazel.

Gurman, A. S., Kniskern, D. P. & Pinsof, W. M. (1986). Research on the process and outcome of marital and family therapy. In S. L. Garfield & A. E. Bergin (Eds.), *Handbook of psychotherapy and behavior change* (Vol. 3, pp. 565–624). New York: Wiley.

Hahlweg, K. (1991). Störung und Auflösung von Beziehungen: Determinanten der Ehequalität und -stabilität. In M. Amelang, H.-J. Ahrens & H. W. Bierhoff (Hrsg.), *Partnerwahl und Partnerschaft* (S. 117–152). Göttingen: Hogrefe.

Hahlweg, K. (1996). *Fragebogen zur Partnerschaftsdiagnostik.* Göttingen: Hogrefe.

Hahlweg, K., Dürr, H. & Müller, U. (1995). *Familienbetreuung schizophrener Patienten.* Weinheim: Psychologie Verlags Union.

Hahlweg, K., Dürr, H. & Müller, U. (1995). *Familienbetreuung schizophrener Patienten.* Weinheim: Psychologie Verlags Union.

Hahlweg, K., Feinstein, E. & Müller, U. (1988). Analyse familiärer und partnerschaftlicher Kommunikation. In M. Cierpka (Hrsg.), *Familiendiagnostik* (S. 153–169). Heidelberg: Springer.

Hahlweg, K. Dose, M., Feinstein, E. & Müller, U. (1989). Familienbetreuung schizophrener Patienten: Rückfallprophylaxe und Änderung der familiären Kommunikationsstruktur. In H. Brenner & S. Blöker (Hrsg.), *Die Rolle intermediärer Prozesse für Verständnis und Therapie der Schizophrenie* (S. 243–255). Bern: Huber.

Haley J. (1976). *Problem solving therapy.* San Francisco, CA: Jossey-Bass.

Halford, W. K., Kelly, A. & Markman, H. J. (1997). The concept of a healthy marriage. In W. K. Halford & H. J. Markman (Eds.), *Clinical handbook of marriage and couples intervention* (pp. 3–12). New York: Wiley.

Halverson, C. F. & Wampler, K. S. (1997). Family influences on personality development. In R. Hogan, J. Johnson & S. Briggs (Eds.), *Handbook of personality psychology* (pp. 242–267). San Diego, CA: Academic Press.

Hamann, B. (1988). *Familie heute. Ihre Funktion und Aufgabe als gesellschaftliche und pädagogische Institution.* Frankfurt a.M.: Diesterweg.

Hampson, R. B., Beavers, W. R., & Hulgus, Y. F. (1989). Insiders' and outsiders' views of family: The assessment of family competence and style. *Journal of Family Psychology*, *3*, 118–136.
Hank, G., Hahlweg, K., & Klann, N. (1990). *Diagnostische Verfahren für Berater. Materialien zur Diagnostik und Therapie in Ehe-, Familien- und Lebensberatung.* Weinheim: Beltz.
Hannan, K. & Luster, T. (1991). Influence of parent, child, and contextual factors on the quality of the home environment. *Infant Mental Health Journal*, *12*, 17–30.
Hantel-Quitmann, W. (1997). *Beziehungsweise Familie. Arbeits- und Lesebuch Familienpsychologie und Familientherapie. Band 3: Gesundheit und Krankheit.* Freiburg i.B.: Lambertus.
Hareven, T. K. (1982). *Family time and industrial time.* New York: Cambridge University Press.
Hartman, A. (1978). Diagrammatic assessment of family relationships. *Social Casework*, *59*, 465–476.
Hartmann, P. H. (1989). *Warum dauern Ehen nicht ewig? Eine Untersuchung zum Scheidungsrisiko und seinen Ursachen.* Opladen: Westdeutscher Verlag.
Haugaard, J. J. (1994). Sexual abuse in families. In L. L'Abate (Ed.), *Handbook of family psychology and psychopathology* (pp. 309–329). New York: Wiley.
Havighurst, R. (1953). *Developmental tasks and education.* New York: McKay.
Hawkins, J. L. & Killorin, E. A. (1979). Family of origin: an experiential workshop. *The American Journal of Family Therapy*, *7*, 5–18.
Hawkins, R. P. (1979). The functions of assessment: Implications for selection and development of devices for assessing repertoires in clinical, educational, and other settings. *Journal of Applied Behavior Analysis*, *12*, 501–516.
Hayes, S. C., Nelson, R. O. & Jarrett, R. B. (1987). The treatment utility of assessment: A functional approach to evaluating assessment quality. *American Psychologist*, *42*, 963–974.
Hazan, C. & Shaver, P. (1987). Romantic love conceptualized as an attachment process. *Journal of Personality and Social Psychology*, *52*, 511–524.
Hazzard, A., Christensen, A. & Margolin, G. (1983). Children's perceptions of parental behavior. *Journal of Abnormal Child Psychology*, *2*, 49–60.
Heaton, T. B. & Albrecht, S. L. (1991). Stable unhappy marriages. *Journal of Marriage and the Family*, *53*, 747–758.
Heekerens, H.-P. (1986). Effektivität des Gordon-Elterntrainings – eine Sekundäranalyse. *Gruppendynamik*, *17*, 399–420.
Heekerens, H.-P. (1993). Die Wirksamkeit des Gordon-Elterntrainings. *Praxis der Kinderpsychologie und Kinderpsychiatrie*, *42*, 20–25.
Heilig, G. (1985). Die Heiratsneigung lediger Frauen in der Bundesrepublik Deutschland 1950–1984. *Zeitschrift für Bevölkerungswissenschaft*, *11*, 519– 547.
Hellinger, B. (1995). *Ordnungen der Liebe.* (2. Aufl.). Heidelberg: Carl Auer.
Hetherington, M. E. (1993). An overview of the Virginia longitudinal study of divorce and remarriage with a focus on early adolescence. *Journal of Family Psychology*, *7*, 39–56.
Hetherington, M. E., Cox, M. & Cox, R. (1982). Effects of divorce on parents and children. In M. E. Lamb (Ed.), *Nontraditional families: Parenting and child development* (pp. 233–288). Hillsdale: Erlbaum.
Hill, P. B. & Kopp, J. (1995). *Familiensoziologie.* Stuttgart: Teubner.
Hill, R. (1949). *Families under stress.* New York: Harper & Row.
Hill, R. (1958). Generic features of familes under stress. *Social Caseworrk, 49,* 139–150.
Hill, R. & Mattessich, P. (1979). Family development theory and life-span development. In P. B. Baltes & O. G. Brim (Eds.), *Live-span development and behavior* (Vol. 2, pp. 161–204). New York: Academic Press.

Hill, R. & Rodgers, R. H. (1964). The developmental approach. In H. Christensen (Ed.), *Handbook of marriage and the family* (pp. 171–211). Chicago, IL: Rand McNally.

Hinde, R. (1993). Auf dem Weg zu einer Wissenschaft zwischenmenschlicher Beziehungen. In A. E. Auhagen & M. Salisch (Hrsg.), *Zwischenmenschliche Beziehungen* (S. 7–36). Göttingen: Hogrefe.

Hofer, M., Klein-Allermann, E. & Noack, P. (Hrsg.) (1992). *Familienbeziehungen. Eltern und Kinder in der Entwicklung.* Göttingen: Hogrefe.

Hoffman, L. (1991). Das Konstruieren von Realitäten: Eine Kunst der Optik. *Familiendynamik, 3*, 207–225.

Hoffman, L. W. (1991). The influence of the family environment on personality: Accounting for sibling differences. *Psychological Bulletin, 110*, 187–203.

Hoffmann-Riem, C. (1989). Elternhaft ohne Verwandtschaft: Adoption, Stiefbeziehungen und heterologe Insemination. In R. Nave-Herz & M. Markefka (Hrsg.), *Handbuch der Familien- und Jugendforschung. Band 1: Familienforschung* (S. 389–411). Neuwied: Luchterhand.

Hofstätter, P. R. (1963). *Einführung in die Sozialpsychologie.* Stuttgart: Kröner.

Hogarty, G. E., Anderson, C. M., Reiss, D. J., Kornblith, S. J., Greenwald, D. P., Ulrich, R. F. & Carter, M. (1991). Family psychoeducation, social skills training, and maintenance chemotherapy in the aftercare of schizophrenia. *Archives of General Psychiatry, 48*, 340–347.

Holman, A. M. (1983). *Family assessment. Tools for understanding and intervention.* Beverly Hills, CA: Sage.

Homans, G. C. (1972). *Elementarformen des sozialen Verhaltens.* Opladen: Westdeutscher Verlag.

Honig, M. S. (1988). Vom alltäglichen Übel zum Unrecht – Über den Bedeutungswandel familiärer Gewalt. In Deutsches Jugendinstitut (Hrsg.), *Wie geht's der Familie?* (S. 189–202). München: Kösel.

Hooley, J. M., Orley, J. & Teasdale, J. D. (1986). Levels of expressed emotion and relapse in depressed patients. *British Journal of Psychiatry, 148*, 642–647.

Howes, P. & Markman, H. J. (1989). Marital quality and child functioning: A longitudinal investigation. *Child Development, 60*, 1044–1051.

Hundsalz, A. (1996). Erziehungs- und Familienberatung. In M. Hofer, E. Wild & B. Pikowsky (Hrsg.), *Pädagogisch-psychologische Berufsfelder* (S. 57–85). Bern: Huber.

Huston, T. L. & Vangelisti, A. L. (1991). Socioemotional behavior and satisfaction in marital relationships: A longitudinal study. *Journal of Personality and Social Psychology, 61*, 721–733.

Imhoff, A. (1981). *Die gewonnenen Jahre.* München: Beck.

Isabella, R. A., Belsky, J. & v. Eye, A. (1989). Origins of infant-mother attachment: an examination of international Synchrony during the infant's first year. *Developmental Psychology, 25*, 12–21.

Jacob, T. & Tennenbaum, D. L. (1988). *Family assessment: Rationale, methods, and future directions.* New York: Plenum Press.

Jacobson, N. S. & Gurman, A. S. (1995). *Clinical handbook of couple therapy.* New York: Guilford Press.

Johnson, C. L. (1988). Postdivorce reorganization of relationships between divorcing children and their parents. *Journal of Marriage and the Family, 50*, 221–231.

Johnson, H. C. (1987). Biologically based deficits in the identified patient: Indications for psychoeducational strategies. *Journal of Marital and Family Therapy, 13*, 337–348.

Jones, A. C. & Chao, C. M. (1997). Racial, ethnic and cultural issues in couples therapy. In W. K. Halford & H. J. Markman (Eds.), *Clinical handbook of marriage and couples interventions* (pp. 157–176). New York: Wiley.

Joraschky, P. (1996). Die System- und Strukturdiagnose. In M. Cierpka (Hrsg.), *Handbuch der Familiendiagnostik* (S. 317–335). Berlin: Springer.
Jugendwerk der Deutschen Shell (Hrsg.) (1992). *Jugend '92*. Opladen: Leske & Budrich.
Kagitcibasi, C. (1996). *Family and human development across cultures. A view from other side*. Mahwah, NJ: Erlbaum.
Kaiser, P. (1993). Beziehungen in der erweiterten Familie und unterschiedliche Familienformen. In A. E. Auhagen & M. v. Salisch (Hrsg.), *Zwischenmenschliche Beziehungen* (S. 143–172). Göttingen: Hogrefe.
Kamlah, W. & Lorenzen, P. (1967). *Logische Propädeutik*. Mannheim: Bibliographisches Institut.
Kanner, A.D., Coyne, J.C., Schaefer, C. & Lazarus, R.S. (1981). Comparison of two modes of stress measurement: Daily hassles and uplifts versus major life events. *Journal of Behavioral Medicine, 4,* 1–39.
Kantor, D. & Lehr, W. (1975). *Inside the family*. San Francisco, CA: Jossey-Bass.
Karasu, T. (1986). The specificity versus nonspecificity dilemma: Toward identifying therapeutic change agents. *American Journal of Psychiatry*, *143*, 689– 695.
Karney, B. R. & Bradbury, T. N. (1995). The longitudinal course of marital quality and stability: A review of theory, method, and research. *Psychological Bulletin*, *118*, 3–34.
Karpel, M. (1986). *Family resources. The hidden partner in family therapy*. New York: Guilford Press.
Karpel, M. A. & Strauss, E. S. (1983). *Family evaluation*. New York: Gardner Press.
Kaslow, F. (1987). Trends in family psychology. *Journal of Family Psychology*, *1*, 77–89.
Kasten, H. (1992). *Geschwisterbeziehung. Band 1*. Göttingen: Hogrefe.
Kasten, H. (1993). *Geschwisterbeziehung. Band 2*. Göttingen: Hogrefe.
Kaufman, J. & Zigler, E (1987). Do abused children become abusing parents? *American Journal of Orthopsychiatry*, *57*, 186–192.
Kaufmann, F.-X. (1988). Familie und Modernität. In K. Lüscher, F. Schultheis & M. Wehrspaun (Hrsg.), *Die »postmoderne« Familie* (S. 391–415). Konstanz: Universitätsverlag Konstanz.
Kaufmann, F.-X. (1995). *Zukunft der Familie im vereinten Deutschland*. München: Beck.
Kaufmann, R. (1990). *Die Familienrekonstruktion*. Heidelberg: Asanger.
Keeney, B. P. (1979). Ecosystemic epistemology: An alternative paradigm for diagnosis. *Family Process*, *18*, 117–129.
Keil, S. (1979). *Konzeption und Organisation familienrelevanter Beratung in der Bundesrepublik Deutschland*. München: DJI Verlag.
Kelley, H. H. (1986). Personal relationships: Their nature and significance. In R. Gilmour & S. Duck (Eds.), *The emerging field of personal relationships* (pp. 3–19). Hillsdale, NJ: Erlbaum.
Kelley, H. H., Berscheid, E., Christensen, A., Harvey, J. H., Huston, T. L., Levinger, G., McClintock, E., Peplau, L. A. & Peterson, D. R. (1983). *Close relationships: Perspectives on the meaning of intimacy*. New York: Freeman.
Kelly, E. L. & Conley, J. J. (1987). Personality and compatibility: A prospective analysis of marital stability and marital satisfaction. *Journal of Personality and Social Psychology*, *52*, 27–40.
Kelly, G. A. (1955). *The psychology of personal constructs*. New York: Norton.
Kempler, W. (1981). *Experiential psychotherapy with families*. New York: Brunner/Mazel.
Keupp, H. (1994). *Psychologisches Handeln in der Risikogesellschaft*. München: Quintessenz.
Kiecolt-Glaser, J. K., Malarkey, W., Cacioppo, J. T. & Glaser, R. (1994). Stressful personal relationships: Endocrine and immune function. In R. Glaser & J. K. Kiecolt-Glaser (Eds.), *Handbook of human stress and immunity* (pp. 321–339). San Diego, CA: Academic Press.
Kiefl, W. & Kummer, I. (1992). *Paare in der Krise*. Wiesbaden: Bundesinstitut für Bevölkerungsforschung.

Kieselbach, T. (1988). Familie unter dem Druck der Arbeitslosigkeit. »Opfer durch Nähe« und soziale Unterstützung. In K. Menne & K. Alter (Hrsg.), *Familie in der Krise* (S. 47–76). Weinheim: Juventa.

Klages, H. (1984). *Wertorientierungen im Wandel. Rückblick, Gegenwartsanalyse, Prognosen.* Frankfurt a. M.: Campus.

Klages, H. & Gensicke, T. (1994). Spannungsfelder des Wertewandels. Von der spontanen Entwicklung von Selbstentfaltungswerten zu deren Integration. In N. Seibert (Hrsg.), *Bildung und Erziehung an der Schwelle zum dritten Jahrtausend* (S. 674–695). München: Pims Verlag.

Klein, D. M. & Aldous, J. (1979). Three blind mice: Misleading criticisms of the »family life cycle« concept. *Journal of Marriage and the Family, 41*, 689–691.

Klein, D. M. & White, J. M. (1996). *Family theories.* Thousand Oaks, CA: Sage.

Klocke, A. & Hurrelmann, K. (Hrsg.) (1998). *Kinder und Jugendliche in Armut.* Opladen: Westdeutscher Verlag.

Knopp, V., Vierzigman, G., Schneewind, K. A. & Sierwald, W. (1990). Veränderungserwartungen und Erwartungsverletzungen beim Übergang zur Elternschaft. In D. Frey (Hrsg.), *Bericht über den 37. Kongreß der Deutschen Gesellschaft für Psychologie in Kiel 1990* (Bd. 1, S. 599–600). Göttingen: Hogrefe.

Koch, U., Glanzmann, G. & Wenz, C. (1997). Lebendnierenspende unter psychologischer Perspektive. In U. Koch & J. Neuser (Hrsg.), *Transplantationsmedizin aus psychologischer Perspektive* (S. 129–144). Göttingen: Hogrefe.

Köcher, R. (1985). *Einstellungen zu Ehe und Familie im Wandel der Zeit – Eine Repräsentationsuntersuchung im Auftrag des Ministeriums für Arbeit, Gesundheit, Familie und Sozialordnung Baden-Württemberg.* Stuttgart: Graphische Betriebe Süddeutscher Zeitungsdienst.

König, R. (1946). Zwei Grundbegriffe der Familiensoziologie: Desintegration und Desorganisation. In R. König (Hrsg.), *Materialien zur Soziologie der Familie* (S. 55–87). Köln: Francke.

König, R. (1974). *Die Familie der Gegenwart.* München: Beck.

Kötter, S. & Nordmann, E. (1996). Die Analyse der familiären Interaktion – Familiendiagnostische Beobachtungsmethoden. In M. Cierpka (Hrsg.), *Handbuch der Familiendiagnostik* (S. 381–411). Berlin: Springer.

Kobak, R. R. & Hazan, C. (1991). Attachment in marriage: Effects of security and accuracy of working models. *Journal of Personality and Social Psychology, 60*, 861–869.

Kohl, H. (1994). Rede von Bundeskanzler Dr. Helmut Kohl anläßlich des 40jährigen Bestehens des Familienministeriums am 20. Oktober 1993. *Stimme der Familie*, 1–2.

Kohn, M. L. & Schooler, C. (1983). *Work and personality. An inquiry in social stratification.* Norwood: Ablex.

Korzak, D. & Pfefferkorn, G. (1992). *Überschuldungssituation und Schuldnerberatung in der Bundesrepublik Deutschland.* Stuttgart: Kohlhammer.

Kos, M. & Biermann, G. (1984). *Die verzauberte Familie.* München: Reinhardt.

Krämer, S. (1992). *Diagnostik von Geschwisterbeziehungen.* Unveröffentlichte Diplomarbeit. Institut für Psychologie. München: Universität München.

Kramer, J. R. (1985). *Family interfaces: Transgenerational patterns.* New York: Brunner/Mazel.

Kreppner, K. (1988). Changes in parent-child relationships with the birth of the second child. *Marriage and Family Review, 12*, 157–181.

Krohne, H. W. & Pulsack, A. (1995). *Erziehungsstil-Inventar (ESI).* (2. Aufl.). Göttingen: Hogrefe.

Krüsselberg, H.-G. (1987). Ökonomik der Familie. *Kölner Zeitschrift für Soziologie und Sozialpsychologie, Sonderheft 28*, 169–192.

Krüsselberg, H.-G., Auge, M. & Hilzenberger, M. (1986). *Verhaltenshypothesen und Familienbudgets. Die Ansatzpunkte der »Neuen Haushaltsökonomik« für Familienpolitik.* Stuttgart: Kohlhammer.

Kühner, C. (1997). *Fragebogen zur Depressionsdiagnostik nach DSM (FDD-DSM-IV).* Göttingen: Hogrefe.

Kulka, R. A. & Weingarten, H. (1979). The long-term effects of parental divorce in childhood on adult adjustment. *Journal of Social Issues, 35*, 50–78.

Kurdek, L. A. (1993). Predicting marital dissolution: A 5-year prospective longitudinal study of newlywed couples. *Journal of Personality and Social Psychology, 64*, 221–242.

Kusch, M. & Petermann, F. (1996). Konzepte und Ergebnisse der Entwicklungspsychopathologie. In F. Petermann (Hrsg.), *Lehrbuch der klinischen Kinderpsychologie* (S. 53–93). Göttingen: Hogrefe.

Kveback, D., Cromwell, R. & Fournier, D. (1980). *The Kveback Family Sculpture Technique: A diagnostic and research tool in family therapy.* Jonesboro: Pilgrimage.

L'Abate, L. (1983). *Family Psychology.* Washington, DC: University Press of America.

L'Abate, L. (1985). The status and future of family psychology and therapy. In L. L'Abate (Ed.), *Handbook of family psychology and therapy* (Vol. 2, pp. 1417–1435). Homewood, IL: Dorsey Press

L'Abate, L. (1986). *Systematic family therapy.* New York: Brunner/Mazel.

L'Abate, L. (1990). *Building family competence: Primary and secondary prevention strategies.* Newburg Hill, CA: Sage.

L'Abate, L. (1994). *Family evaluation. A psychological approach.* Thousand Oaks, CA: Sage.

L'Abate, L. & Bagarozzi, D. A. (1993). *Sourcebook for marriage and family evaluation.* New York: Brunner/Mazel.

L'Abate, L. & Jurkovic, G. (1987). Family systems theory as a cult: Boom or bankruptcy? In L. L'Abate (Ed.), *Family Psychology II: Theory, therapy, enrichment and training* (pp. 19–27). Lanham: University Press of America.

L'Abate, L. & Milan, M. (Eds.) (1985). *Handbook of social skills training and research.* New York: Wiley.

L'Abate, L., Ganahl, G. & Hansen, J. C. (1986). *Methods of family therapy.* Englewood Cliffs, NJ: Prentice Hall.

Lamb, M. E. (1976). *The role of the father in child development.* Hillsdale, NJ: Erlbaum.

Laux, L. & Schütz, A. (1996). *Stessbewältigung und Wohlbefinden in der Familie.* Stuttgart: Kohlhammer.

Laux, L. Schütz, A., Burd-Vierung, M., Limmer, R. & Vogel, S. (1991). Streßbewältigung und Gesundheit in der Familie. In G. Cyprian et al. (Ed.), *Forschungsforum.* (Band 3, S. 99–104). Bamberg: Berichte aus der Otto-Friedrich-Universität.

Lavee, Y. & Dollhite, D.C. (1991). *The linkage between theory and research in family science.* Journal of Marriage and the Family, 53, 361–373.

Lazarus, R. S. (1991). *Emotion and adaptation.* New York: The Oxford Press.

Lazarus, R. S. & Launier, R. (1981). Stressbezogene Transaktionen zwischen Personen und Umwelt. In J. R. Nitsch (Hrsg.), *Stress: Theorien, Untersuchungen, Maßnahmen* (S. 213–259). Bern: Huber.

Lebov, G. L. & Gurman, A. S. (1995). Research assessing couple and family therapy. *Annual Review of Psychology, 46*, 27–57.

Leff, J., Kuipers, L., Berkowitz, R., Eberlein-Fries, R. & Sturgeon, D. (1982). A controlled trial of social intervention in the families of schizophrenia patients. *British Journal of Psychiatry, 141*, 121–134.

Lempers, J. D., Clark-Lempers, D. & Simons, R. L (1989). Economic hardship, parenting, and distress in adolescence. *Child Development, 60*, 25–39.

Lerner, J. V. (1993). The influence of child temperamental characteristics on parent behaviors. In T. Luster & L. Okagaki (Eds.), *Parenting. An ecological perspective* (pp. 101–120). Hillsdale, NJ: Erlbaum.
Lerner, R. M. & Busch-Rossnagel, N. A. (Eds.) (1981). *Individuals as producers of their own development: A life-span perspective*. New York: Academic Press.
Lester, M. E. & Doherty, W. (1983). Couples' long-term evaluations of their Marriage Encounter weekend. *Journal of Marital and Family Therapy*, *9*, 183–189.
Levant, R. F. (1984). *Family therapy: A comprehensive overview*. Englewood Cliffs, NJ: Prentice Hall.
Levant, R. F. (1986a). An overview of psychoeducational family programs. In R. F. Levant (Ed.), *Psychoeducational approaches to family therapy and counselling* (pp. 1–51). New York: Springer.
Levant, R. F. (1986b). Client-centered skills-training programs for the family. In R. F. Levant (Ed.), *Psychoeducational approaches to family therapy and counseling* (pp. 52–97). New York: Springer.
Lewin, K. (1935). *A dynamic theory of personality*. New York: McGraw-Hill.
Liddle, H. A. (Ed.) (1983). *Clinical implications of the family life cycle*. Rockville, ML: Aspen Systems Corporation.
Liddle, H. A., Breulin, D. C. & Schwartz, R. C. (Eds.) (1988). *Handbook of family therapy training and supervision*. New York: Guilford Press.
Limbach, J. (1988). Die Entwicklung des Familienrechts seit 1949. In R. Nave-Herz (Hrsg.) *Wandel und Kontinuität der Familie in der Bundesrepublik Deutschland* (S. 11–35). Stuttgart: Enke.
Limbach, J. (1989). Die rechtlichen Rahmenbedingungen von Ehe und Elternschaft. In R. Nave-Herz & M. Markefka (Hrsg.), *Handbuch der Familien- und Jugendforschung. Band 1: Familienforschung* (S. 225–240). Neuwied: Luchterhand.
Litwack, E. & Messeri, P. (1989). Organizational theory, social supports, and mortality rates: A theoretical convergence. *American Sociological Review*, *54*, 49–66.
Loehlin, J. C. (1992). *Genes and environment in personality development*. Newbury Park, CA: Sage.
Lösel, F. & Bliesner,T. (1990). Resilience in adolescence: A study on the generalizability of protective factors. In K. Hurrelmann & F. Lösel (Eds.), *Health and hazards in adolescence* (pp. 299–320). Berlin: Walter de Gruyter.
Loveland, N., Wynne, L. & Singer, M. (1963). The Family Rorschach: A new method for studying family interaction. *Family Process*, *2*, 187–215.
Ludwig, P. H. (1997). Familienpädagogik in einer Zeit des Orientierungsverlusts. Der Werte-Pluralismus im Spannungsfeld konservativer und liberaler Erziehungskonzeptionen. In H. Macha & L. Mauermann (Hrsg.), *Brennpunkte der Familienerziehung* (S. 52–73). Weinheim: Deutscher Studien Verlag.
Lüscher, K. (1989). Von der ökologischen Sozialisationsforschung zur Analyse familialer Aufgaben und Leistungen. In R. Nave-Herz & M. Markefka (Hrsg.), *Handbuch der Familien- und Jugendforschung. Band 1: Familienforschung* (S. 95–112). Neuwied: Luchterhand.
Lüscher, K. (1995). Was heißt heute Familie? Thesen zur Familienrhetorik. In U. Gerhardt, S. Hradil, D. Lucke & B. Nauck (Hrsg.), *Familie der Zukunft. Lebensbedingungen und Lebensform*, (S. 51–66). Opladen: Leske & Budrich.
Lüscher, K. (1997). Familienrhetorik, Familienwirklichkeit und Familienforschung. In L. A. Vaskovics (Hrsg.), *Familienleitbilder und Familienrealitäten* (S. 50–67). Opladen: Leske & Budrich.
Lüscher, K. & Schultheis, F. (Hrsg.) (1993). *Generationenbeziehungen in »postmodernen« Gesellschaften*. Konstanz: Universitätsverlag Konstanz.
Lüscher, K., Wehrspaun, M. & Lange, A. (1989). Familienrhetorik – Über die Schwierigkeit, Familie zu definieren. *Zeitschrift für Familienforschung*, *1*, 61–76.

Luster, T. & Kain, E. L. (1987). The relation between family context and perception of parental efficacy. *Early Child Development and Care*, *29*, 301–311.

Luster, T. & Okagaki, L. (Eds.) (1993). *Parenting: An ecological perspective.* Hillsdale, NJ: Erlbaum.

Luster, T., Rhoades, K. & Haas, B. (1989). The relation between parental values and parenting behavior: A test of the Kohn hypothesis. *Journal of Marriage and the Family*, *51*, 139–147.

Lytton, H. (1980). *Parent-child interaction: The socialization process observed in twin and singleton families.* New York: Plenum Press.

MacAdams, D. P. & Vaillant, G. E. (1982). Intimacy motivation and psychological adjustment: A longitudinal study. *Journal of Personality Assessment*, *46*, 586–593.

MacArthur, R. H. & Wilson, E. O. (1967). *The theory of island biogeography.* Princeton: Princeton University Press.

Mace, D. E. (1986). Marriage and family enrichment. In F. P. Piercy, D. H. Sprenkle & Associates (Eds.), *Family therapy sourcebook* (pp. 187–212). New York: Guilford Press.

Macha, H. & Mauermann, L. (Hrsg.) (1997). *Brennpunkte der Familienerziehung.* Weinheim: Deutscher Studien Verlag.

Macklin, E. D. (1980). Nontraditional family forms: A decade of research. *Journal of Marriage and the Family*, *42*, 175–192.

Magnusson, D. (1995). Individual development: A holistic, integrated model. In P. Moen, G. H. Elder & K. Lüscher (Eds.), *Examining lives in context* (pp. 19–60). Washington, DC: American Psychological Association.

Main, M. & Goldwyn, R. (1985). *Adult attachment classification system.* Unpublished manuscript. Berkeley, CA: University of Califonina at Berkeley.

Main, M. & Solomon, J. (1990). Procedures for identifying infants as disorganized/disoriented during the Ainsworth strange situation. In T. M. Greenberg, D. Ciccetti & E. M. Cummings (Eds.), *Attachment in the preschool years* (pp. 221–160). Chicago, IL: University of Chicago Press.

Main, M., Kaplan, N. & Cassidy, J. (1985). Security in infancy, childhood, and adulthood: A move to the level of representation. *Monographs of the Society for Research in Child Development*, *209*, 66–104.

Maiwald, M. & Schreiber, A. (1991). Die biologischen Grundlagen von Paarverhalten: Eine Übersicht biopsychologischer Konzepte. In M. Amelang, H.-J. Ahrens & H. W. Bierhoff (Hrsg.), *Attraktion und Liebe* (S. 1–60). Göttingen: Hogrefe.

Malatesta, C., Culver, C., Tesman, J. & Shepard, B. (1989). The development of emotion expression during the first two year of life: Normative trends and patterns of individual differences. *Monographs of the Society for Research in Child Development, Serial No. 219*, 1–104.

Mansel, J., Pollmer, K. & Hurrelmann, K. (1992). Gestreßt – in Ost und West. In G. Neubauer, W. Melter & K. Hurrelmann (Hrsg.) *Jugend im deutsch-deutschen Vergleich: Die Lebenslage der jungen Generation im Jahr der Vereinigung* (S. 11–92). Neuwied: Luchterhand.

Margolies, P. J. & Weintraub, S. (1977). The revised 56-item CRBPI as a research instrument: Reliability and factor structure. *Journal of Clinical Psychology*, *33*, 472–476.

Margolin, G. (1987). Participant observation procedures in marital and family assessment. In T. Jacob (Ed.), *Family interaction and psychopathology* (pp. 391–426). New York: Plenum Press.

Markman, H. J., Floyd, F. J., Stanley, S. M. & Lewis, H. C. (1986). Prevention. In N. S. Jacobson & A. S. Gurman (Eds.), *Clinical handbook of marital therapy* (pp. 173–195). New York: Guilford Press.

Markman, H. J., Floyd, F. J., Stanley, S. M. & Storaasli, R. (1988). The prevention of marital distress: a longitudinal investigation. *Journal of Consulting and Clinical Psychology*, *56*, 210–217.

Markman, H. J. & Notarius, C. I. (1987). Coding marital and family interaction: Current status. In T. Jacob (Ed.), *Family interaction and psychopathology* (pp. 329–390). New York: Plenum Press.

Markman, H. J., Renick, M. J., Floyd, F. J., Stanley, S. M. & Clements, M. (1993). Preventing marital stress through communication and conflict management training: A four- and five-year follow up. *Journal of Consulting and Clinical Psychology*, *61*, 70–77.

Markman, H. J., Stanley, S. M. & Blumberg, S. L. (1994). *Fighting for your marriage*. San Francisco, CA: Jossey-Bass.

Markus, H. & Nurius, P. (1986). Possible selves. *American Psychologist*, *41*, 954–969.

Martin, G. & Cierpka, M. (1988). Die Strukturdiagnose. In M. Cierpka (Hrsg.), *Familiendiagnostik* (S. 48–67). Berlin: Springer.

Massey, R. F. (1985). Was/wer ist das Familiensystem? *Zeitschrift für systemische Therapie*, *3*, 21–34.

Mattessich, O. & Hill, R. (1987). Life cycle and family development. In M. B. Sussman & S. K. Steinmetz (Eds.), *Handbook of marriage and the family* (pp. 437–470). New York: Plenum Press.

Matthews, S. H. & Sprey, J. (1985). Adolescents' relationship with grandparents: An empirial contribution to conceptual clasification. *Journal of Gerontology*, *40*, 621–626.

Maturana, H. R. (1981). Autopoiesis. In M. Zeleny (Ed.) *Autopoiesis. A theory of living organization* (pp. 21–33). New York: North Holland Press.

Maturana, H. & Varela, F. (1987). *Der Baum der Erkenntnis*. München: Scherz.

Mayer, K. U. (Hrsg.) (1990). Lebensverläufe und sozialer Wandel. *Sonderheft 31 der Kölner Zeitschrift für Soziologie und Sozialpsychologie*. Opladen: Westdeutscher Verlag.

Mayring, P. (1993). *Qualitative Inhaltsanalyse*. Weinheim: Deutscher Studien Verlag.

McAdams, D. P. (1988). Personal needs and personal relationships. In S. Duck (Ed.) *Handbook of personal relationships* (pp. 7–22). London: Wiley.

McAdams, D.P. & Vaillant, G.E. (1982). Intimacy motivation and psychosocial adjustment: A longitudinal study. *Journal of Personality Assessment, 46*, 586–593.

McCorquodale, K. & Meehl, P. E. (1948). On a distinction between hypothetical constructs and intervening variables. *Psychological Review*, *55*, 95–107.

McCubbin, H. I. & Figley, C. R. (1983). Bridging normative and catastrophic family stress. In H. I. McCubbin & C. R. Figley (Eds.), *Stress and the Family. Vol 1: Coping with normative transition* (pp. 5–25). New York: Brunner/Mazel.

McCubbin, H. I. & Patterson, J. M. (1983). The family stress process: The double ABCX model of adjustment and adadaption. *Marriage and Family Review*, *6*, 7–37.

McDaniel, S. H., Hepworth, J. & Doherty, W. J. (1997). *Familientherapie in der Medizin*. Heidelberg: Asanger.

McDonald, G. W. (1980). Family power: The assessment of a decade of theory and research, 1970–1979. *Journal of Marriage and the Family*, *42*, 111–124.

McGoldrick, M. & Gerson, R. (1990). *Genogramme in der Familienberatung*. Bern: Huber.

McGoldrick, M., Pearce, J. K. & Giordano, J. (1992). *Ethnicity and family therapy*. New York: Guilford.

McHale, S. M. & Huston, T. L. (1985). The effects of the transition to parenthood on the marriage relationship: A longitudinal study. *Journal of Family Issues*, *6*, 409–433.

McLanahan, S. & Adams, J. (1987). Parenthood and psychological well-being. *Annual Review of Sociology*, *13*, 237–257.

McLanahan, S. & Bumpass, L. (1988). Intergenerational consequences of family disruption. *American Journal of Sociology*, *94*, 130–152.

McLoyd, V. C (1989). Socialization and development in a changing economy: The effects of paternal job and income loss on children. *American Psychologist*, *44*, 293–302.

McNamee, S. & Gergen, K. J. (Eds.) (1992). *Therapy as social construction*. London: Sage.

Mead, H.G. (1934). *Mind, self and society.* Chicago, IL: University of Chicago Press.
Mederer, H. & Hill, R. (1983). Critical transitions over the family life span: Theory and research. *Marriage and Family Review*, 6, 39–60.
Menaghan, E. G. & Parcel, T. L. (1991). Determining children's home environments: The impact of maternal characteristics and current occupational and family conditions. *Journal of Marriage and the Family*, 53, 417–431.
Menne, K. (1996). Erziehungsberatung. In D. Kraft & I. Mielenz (Hrsg.), *Wörterbuch soziale Arbeit* (S. 173–175). Weinheim: Beltz.
Meyer, A.-E., Richter, R., Grawe, K., Graf v.. Schulenburg, J. M. & Schulte, B. (1991). *Forschungsgutachten zu Fragen eines Psychotherapeutengesetzes im Auftrag des Bundesministeriums für Jugend, Familie, Frauen und Gesundheit.* Hamburg: Universitätskrankenhaus Hamburg-Eppendorf.
Meyer, H. J. (1988). Marital and mother-child relationships: Developmental history, parent personality, and child difficultness. In R. A. Hinde & J. Stevenson-Hinde (Eds.), *Relationships within families* (pp. 119–139). Oxford: Clarendon.
Miegel, M. & Wahl, S. (1994). *Das Ende des Individualismus.* München:
Miller, J. G. (1978). *Living systems.* New York: McGraw Hill.
Mills, S. D. & Sprenkle, D. H. (1995). Family therapy in the postmodern era. *Family Relations*, 44, 368–376.
Minuchin, P. (1985). Families and individual development: Provocations from the field of family therapy. *Child Development*, 56, 289–302.
Minuchin, S. (1977). *Familie und Familientherapie.* Freiburg i.B: Lambertus.
Mitterauer, M. (1980). Der Mythos der vorindustriellen Großfamilie. In M. Mitterauer & R. Sieder (Hrsg.), *Vom Patriarchat zur Partnerschaft* (2. Aufl., S. 38–63). München: Beck.
Mitterauer, M. & Sieder, R. (1980). *Vom Patriarchat zur Partnerschaft. Zum Strukturwandel der Familie.* (2. Aufl.).München: Beck.
Mitterauer, M., & Sieder, R. (Hrsg.) (1982). *Historische Familienforschung.* Frankfurt a. M.: Suhrkamp.
Montada, L. (1995). Fragen, Konzepte, Perspektiven. In R. Oerter & L. Montada (Hrsg.) *Entwicklungspsychologie* (3. Aufl., S. 1–83). Weinheim: Psychologie Verlags Union.
Moorehouse, M. J. (1991). Linking maternal employment patterns to mother-child activities and children's school competence. *Developmental Psychology*, 27, 295–303.
Moos, R. H (1974). *Family Environment Scale.* Palo Alto, CA: Consulting Psychologists' Press.
Moos, R. H. (1979). Messung und Wirkung sozialer Settings. In H. Walter & R. Oerter (Hrsg.) *Ökologie und Entwicklung. Mensch-Umwelt-Modelle in entwicklungspsychologischer Sicht* (S. 172–184). Donauwörth: Auer.
Moos, R. H. & Moos, B. S. (1986). *Family environment scale manual.* (2nd ed.). Palo Alto, CA: Consulting Psychologists' Press.
Moos, R. H. & Schaefer, J. A. (1993). Coping resources and processes: Current concepts and measures. In L. Goldberger & S. Breznitz (Eds.), *Handbook of stress: Theoretical and clinical aspects* (2nd ed., pp. 234–257) New York: The Free Press.
Morrill, W., Oeting, E. & Hurst, J. (1974). Dimensions of counselor functioning. *Personal and Guidance Journal*, 52, 354–359.
Napp-Peters, A. (1988). *Scheidungsfamilien – Interaktionsmuster und kindliche Entwicklung.* Frankfurt a.M.: Schriftenreihe des Deutschen Vereins für öffentliche und private Fürsorge.
Nauck, B. (1991). Familien- und Betreuungssituation im Lebenslauf von Kindern. In H. Bertram (Hrsg.), *Die Familie in Westdeutschland, Stabilität und Wandel familialer Lebensformen.* (S. 389–428). Opladen: Leske & Budrich.
Nauck, B., Schneider N. & Tölke, A. (Hrsg.) (1995). *Familie und Lebensverlauf im gesellschaftlichen Umbruch.* Stuttgart: Enke.

Nauck, B. & Schönpflug, U. (Hrsg.) (1996). *Familien in verschiedenen Kulturen*. Stuttgart: Enke.

Nave-Herz, R. (Hrsg.) (1988a). *Wandel und Kontinuität der Familie in der Bundesrepublik Deutschland*. Stuttgart: Enke.

Nave-Herz, R. (1988b). *Kinderlose Ehen*. München: Juventa.

Nave-Herz, R. (1994). *Familie heute*. Darmstadt: Wissenschaftliche Buchgesellschaft.

Nave-Herz, R. & Krüger, D. (1992). *Ein-Eltern-Familien. Eine empirische Studie zur Lebenssituation und Lebensplanung alleinerziehender Mütter und Väter.* Bielefeld: Kleine.

Nave-Herz, R. & Markefka, M. (Hrsg.) (1989). *Handbuch der Familien- und Jugendforschung. Band 1 Familienforschung.* Neuwied: Luchterhand.

Nave-Herz, R., Daum-Jaballah, M., Hauser, S., Matthias, H. & Scheller, G. (1990). *Scheidungsursachen im Wandel: Eine zeitgeschichtliche Analyse des Anstiegs der Ehescheidungen in der Bundesrepublik Deutschland*. Bielefeld: Kleine.

Needle, R. H., Glynn, M. P. & Needle, M. P. (1983). Drug abuse: Adolescent addictions and the family. In C. R. Figley & H. I. McCubbin (Eds.), *Stress and the family. Vol. 2: Coping with catastrophe* (pp. 37–52). New York: Brunner/ Mazel.

Neidhardt, F (1970). Strukturbedingungen und Probleme familialer Sozialisation. In G. Lüschen & E. Lupri (Hrsg.), *Soziologie der Familie* (S. 144–168). Opladen: Westdeutscher Verlag.

Nelson, T. S. & Figley, C. R. (1990). Basic family therapy skills, III: Brief and strategic schools of family therapy. *Journal of Family Psychology*, *4*, 49–62.

Nelson, T. S. & Heilbrun, G. (1993). Basic family therapy skills, IV: Transgenerational theories of family therapy. *Journal of Marital and Family Therapy*, *19*, 253–266.

Nelson-Jones, R. (1990). *Human relationship skills.* London: Cassell.

Nerin, W. F. (1989). *Familienrekonstruktion*. Paderborn: Junfermann.

Nielsen, H & Nielsen, K. (1990). Sozialpädagogische Familienhilfe. In M. Textor (Hrsg.), *Hilfen für Familien. Ein Handbuch für psychosoziale Berufe* (S. 438– 448). Frankfurt: Fischer.

Nock, S. L. (1987). *Sociology of the family.* Englewood Cliffs, NJ: Prentice-Hall.

Noller, P., Beach, S. & Osgarby, S. (1997). Cognitive and affective processes in marriage. In W. K. Halford & H. J. Markman (Eds.), *Clinical handbook of marriage and couple interventions* (pp. 43–71). Chicester: Wiley.

O'Bryant, S. L. (1988). Sibling support and older widow's well-being. *Journal of Marriage and the Family*, *50*, 173–183.

O'Leary, K. D. & Jouriles, E. N. (1994). Psychological abuse between adult partners: Prevalence and impact on partners and children. In L'Abate (Ed.), *Handbook of family psychology and psychopathology* (pp. 330–349). New York: Wiley.

O'Leary, K. D. (Ed.) (1987). *Assessment of marital discord.* Hillsdale, NJ: Erlbaum.

Ochs, M, v. Schlippe, A. & Schweitzer-Rothers, J. (1997). Evaluationsforschung zur systemischen Paar- und Familientherapie: Methodik, Ergebnisse und Kritik von Sekundäranalysen. *Familiendynamik*, *22*, 34–63.

Offe, H. (1992). Empirische Scheidungsfolgen-Forschung: Ein Überblick über neuere Ergebnisse. In J. Hahn, B. Lomberg & H. Offe (Hrsg.), *Scheidung und Kindeswohl* (S. 25–53). Heidelberg: Asanger.

Okagaki, L. & Johnson-Divecha, D. (1993). Development of parental beliefs. In T. Luster & L. Okagaki (Eds.), *Parenting: an ecological perspective* (pp. 35–67). Hillsdale, NJ: Erlbaum.

Oliveri, M. E. & Reiss, D. (1984). Family concepts and thir measurement: Things are seldom what they seem. *Family Process*, *23*, 33–48.

Olson, D. H. (1977). Insiders' and outsiders' views of relationships. In G. Levinger & H. Rausch (Eds.), *Close relationships* (pp. 115–136). Amherst: University of Massachusetts Press.

Olson, D. H. (1981). Family typologies: Bridging family research and family therapy. In E. E. Filsinger & R. A. Lewis (Eds.), *Assessing marriage: New behavioral approaches* (pp. 74–89). Beverly Hills, CA: Sage.

Olson, D. H. (1990). Family circumplex model: Theory, assessment and intervention. *Japanese Journal of Family Psychology*, *4*, 55–64.

Olson, D. H. (1993a). *Clinical Rating Scale (CRS) for the circumplex model of marital and family systems.* St. Paul, MN: University of Minnesota: Department of Family Social Science.

Olson, D. H. (1993b). Family continuity and change: A family life-cycle perspective. In T. H. Brubaker (Ed.), *Family relations: Challenges for the future* (pp. 17–40). Newbury Park, CA: Sage.

Olson, D. H. (1996a). Clinical assessment and treatment interventions using the family circumplex model. In F. W. Kaslow (Ed.), *Handbook of relational diagnosis and dysfunctional family patterns* (pp. 59–80). New York: Wiley.

Olson, D. H. (1996b). Family stress and coping: A multi-system perspective. In M. Cusinato (Ed.), *Research on family resources and needs across the world* (pp. 73–105). Milano: LED.

Olson, D. H., & Killorin, E. (1985). *Clinical Rating Scale for the circumplex model of marital and family systems.* St. Paul, MN: University of Minnesota, Department of Family Social Science.

Olson, D. H. & Lavee, Y. (1989). Family systems and family stress: A family life cycle perspective. In K. Kreppner & R. M. Lerner (Eds.) *Family systems and life-span development* (pp. 165–195). Hillsdale, NJ: Erlbaum.

Olson, D. H. & McCubbin, H. J. (1982). Circumplex model of marital and family systems V: Application to family stress and crisis intervention. In H.J. McCubbin, A. E. Cauble & M. Patterson (Eds.), *Family stress, coping and social support* (pp. 48–68). Springfield, IL: Thomas.

Olson, D. H., & Stewart, K. L. (1991). Family systems and health behaviors. In H. E. Schroeder (Ed.), *New directions in health psychology assessment* (pp. 27–64). New York: Hemisphere Publishing.

Olson, D. H., Portner, J. & Lavee, Y. (1985). *FACES III manual.* St. Paul, MN: University of Minnesota: Department of Family Social Science.

Olson, D. H., Russell, C. S. & Sprenkle, D. H. (1980). Marital and family therapy: A decade review. *Journal of Marriage and the Family*, *42*, 973–994.

Olson, D. H., Russell, C. S. & Sprenkle, D. H. (1983). Circumplex model of marital and family systems: VI. Theoretical update. *Family Process*, *22*, 69–83.

Olson, D. H., Sprenkle, D. H. & Russell, C. S. (1979). Circumplex model of marital and family systems: I. Cohesion and adaptability dimensions, family types and clinical applications. *Family Process*, *18*, 3–28.

Oswald, G. (1988). *Systemansatz und soziale Familienarbeit*. Freiburg i.B.: Lambertus.

Paetzold, B. & Fried, L. (1989). *Einführung in die Familienpädagogik*. Weinheim: Beltz.

Parke, R. D. & Buriel, R. (1997). Socialization in the family: ethnic and ecological perspectives. In W. Damon (Ser. Ed.) & N. Eisenberg (Vol. Ed.), *Handbook of child psychology. Social, emotional, and personality development* (5th ed. vol. 3, pp. 463–552). New York: Wiley.

Parsons, T. (1951). *The social system*. Glencoe, IL: Free Press.

Parsons, T (1956). Family structure and socialization in the child. In T. Parsons & R. F. Bales (Eds.), *Family, sozialization and interaction process* (pp. 35–131). London: Routledge & Kegan.

Patterson, G. R. (1982). *Coecive family process.* Eugene, OR: Castilia Publishing.

Patterson, G.R., DeBaryshe, B.D. & Ramsey, E. (1989). A developmental perspective on antisocial behavior. *American Psychologist, 44*, 329–335.

Paul, S. (1996). Zehn Gründe, warum man ohne Kinder besser lebt. *Die Woche*, *39*, 46.
Pearlin, L. I. & Schooler, C. (1978). The structure of coping. *Journal of Health and Social Behavior*, *19*, 2–21.
Penn, P. (1982). Circular questioning. *Family Process*, *21*, 267–280.
Perlman, D. & Duck, S. (Eds.) (1987). *Intimate relationships: Development, dynamics, and deteriориation*. Newbury Park, CA: Sage.
Perlman, D. & Fehr, B. (1987). The development of intimate relationships. In D. Perlman & S. Duck (Eds.), *Intimate relationships: Development, dynamics, and deterioration* (pp. 7–43). Newbury Park, CA: Sage.
Perosa, L. M., Hansen, J. & Perosa, S. (1981). Development of the Structural Family Interaction Scale. *Family Therapy*, *8*, 77–90.
Perosa, L. & Perosa, S. (1982). Stuctural interaction patterns in family with a learning disabled child. *Family Therapy*, *9*, 175–187.
Perrez, M. (1994). Optimierung und Prävention im erzieherischen Bereich. In K. A. Schneewind (Hrsg.), *Psychologie der Erziehung und Sozialisation. Enzyklopädie der Psychologie. Pädagogische Psychologie* (Bd. 1, S. 585–617). Göttingen: Hogrefe.
Perrez, M. (1996). Scheidungsfolgen bei Kindern. In G. Bodenmann & M. Perrez (Hrsg.), *Scheidung und ihre Folgen* (S. 117–134). Freiburg, Schweiz: Universitätsverlag Freiburg, Schweiz.
Perrez, M. (1997). Familienstress und Gesundheit. In L. A. Vaskovics (Hrsg.), *Familienleitbilder und Familienrealitäten* (S. 96–115). Opladen: Leske & Budrich.
Perrez, M., Berger, R. & Wilhelm, P. (1998). Die Erfassung von Belastungserleben und Belastungsverarbeitung in der Familie: Self-Monitoring als neuer Ansatz. *Psychologie in Erziehung und Unterricht*, *45*, 19–35.
Peterander, F. (1993). Skalen zur Messung entwicklungsförderlichen Elternverhaltens. *System Familie*, 6, 36–47.
Peterson, J. V. & Niesenholz, B. (1987). *Orientation to counseling*. Boston, MA: Hall.
Petzold, M. (1991). *Paare werden Eltern*. München: Quintessenz.
Petzold, M. (1992). *Familienentwicklungspsychologie*. München: Quintessenz.
Petzold, M. (1996). The psychological definition of »The Family«. In M. Cusinato (Ed.), *Research on family resources and needs across the world* (S. 25–44). Milano: LED.
Petzold, M. & Nickel, H. (1989). Grundlagen und Konzept für eine entwicklungspsychologische Familienforschung. Theoretische und methodische Probleme unter besonderer Berücksichtigung des Übergangs zur Elternschaft. *Psychologie in Erziehung und Unterricht*, *36*, 241–257.
Peukert, R. (1991). *Familienformen in Deutschland*. Opladen: Leske & Budrich.
Piercy, F. D., Sprenkle, D. H. & Wetchler, J. L. (1997). *Family therapy source book*. (2nd ed.). New York: Guilford Press.
Pilisuk, M. & Parks, S. H. (1983). Social support and family stress. *Marriage and Family Review*, 6, 137–156.
Pinsof, W. M. (1995). *Integrative problem-centered therapy: A synthesis of biological, individual and family therapies*. New York: Basic Books.
Pinsof, W. M. & L. Wynne (Eds.) (1995). *Family therapy effectiveness. Current research and theory*. Washington DC: American Association for Marriage and Family Therapy.
Pistole, M.C. (1989). Attachment and adult romantic relationships: Style of conflict resolution and relationship satisfaction. *Journal of Social and Personal Relationships, 6*, 505–510.
Plomin, R. (1989). Nature and nuture in the family. In K. Kreppner & R. M. Lerner (Eds.), *Family systems and life-span development* (pp. 129–148). Hillsdale, NJ: Erlbaum.
Plomin, R. (1995). Genetics and children's experiences in the family. *Journal of Clinical Psychology and Psychiatry*, *36*, 33–68.
Plomin, R. & Daniels, D. (1987). Why are children in the same family so different from one another? *Behavioral and Brain Sciences*, *10*, 1–60.

Plomin, R. & Rende, R. (1991). Human behavioral genetics. *Annual Review of Psychology, 42*, 161–190.
Plomin, R., De Fries, J. C. & Loehlin, J. C. (1977). Genotype-environment interaction and correlation in the analysis of human behavior. *Psychological Bulletin, 84*, 309–322.
Pohl, K., Störtzbach, B. & Wendt, H. (1992). Die demographische Lage in Deutschland und in der Europäischen Gemeinschaft. *Zeitschrift für Bevölkerungswissenschaft, 18*, 3–93.
Portmann, A. (1944). *Biologische Fragmente zu einer Lehre vom Menschen*. Basel: Schwab.
Prim, R. & Tilmann, H. (1973). *Grundlagen einer kritisch-rationalen Sozialwissenschaft*. Heidelberg: Quelle & Meyer.
Proksch, R. (1992). Vermittlung (Mediation) in streitigen Sorge- und Umgangsrechtsverfahren. *Familiendynamik, 17*, 395–414.
Quinton, D., Pickles, A., Manghan, B. & Rutter, M. (1993). Partners, peers, and pathways: Assortative pairing and continuities in conduct disorder. *Development and Psychopathology, 5*, 763–783.
Quinton, D. & Rutter, M. (1988). *Parenting breakdown: The making and breaking of intergenerational links*. Aldershot: Avebury.
Randolph, E. T., Eth, S., Glynn, S. M., Paz, G. C., Leong, G. B., Shaner, A. L., Strachan, A., van Vort, W., Escobar, J. I. & Liberman, R. P. (1994). Behavioral family management in schizophrenia: Outcome of a clinical-based intervention. *British Journal of Psychiatry, 164*, 501–506.
Rapoport, R. (1963). Normal crisis, family structure, and mental health. *Family Process, 2*, 68–80.
Ratzke, K., Gebhardt, S. & Zander, B. (1996). Diagnostik der Erziehungsstile. In M. Cierpka (Hrsg.), *Handbuch der Familiendiagnostik* (S. 259–277). Berlin: Springer.
Reichle, B. (1994). *Die Geburt des ersten Kindes – eine Herausforderung für die Partnerschaft*. Bielefeld: Kleine.
Reichle, B. & Werneck, H. (Hrsg.) (1999). *Übergang zur Elternschaft*. Stuttgart: Enke.
Reis, H. T. & Shaver, P. (1988). Intimacy as an interpersonal process. In S. Duck (Ed.), *Handbook of personal relationships* (1st ed., pp. 367–389) New York: Wiley.
Reiss, D. (1981). *The family's construction of reality*. Cambridge, MA: Harvard University Press.
Reiss, D. (1995). Genetic influence on family systems: Implications for development. *Journal of Marriage and the Family, 57*, 543–560.
Renick, M. J., Blumberg, S. L. & Markman, H. J. (1992). The prevention and relationship enhancement program (PREP). An empirically based preventive intervention program for couples. *Family Relations, 41*, 141–147.
Reuband, K.-H. (1997). Aushandeln statt Gehorsam. Erziehungsziele und Erziehungspraktiken in den alten und neuen Bundesländern im Wandel. In L. Böhnisch & K. Lenz (Hrsg.), *Familien: Eine interdisziplinäre Einführung* (S. 129–153). Weinheim: Juventa.
Ricks, M. H. (1985). The social transmission of parental behavior: Attachment across generations. *Monographs of the Society for Research in Child Development, 50*, 211–227.
Rodgers, J. L. & Rowe, D. C. (1988). Influence of siblings on adolescent sexual behavior. *Developmental Psychology, 24*, 722–728.
Rodgers, R.H. & White, J.M. (1993), Family development theory. In P.G. Boss, W.J. Doherty, R. LaRossa, W.R. Schumm & S.K. Steinmetz (Eds.), *Sourcebook of family theories and methods: A contextual approach* (pp. 225–254). New York: Plenum Press.
Rogers, C. R. (1976). *Entwicklung der Persönlichkeit*. Stuttgart: Klett-Cotta.
Rogers, L. E. & Farace, R. V. (1975). Analysis of relational communication in dyads: New measurement procedures. *Human Communication Research, 1*, 231–251.
Rogers, L. E. & Millar, F. E. (1988). Relational Communication. In S. Duck (Ed.), *Handbook of personal relationships* (1st ed., pp. 289–305). New York: Wiley.

Rosenbaum, H. (1982). *Formen der Familie*. Frankfurt a.M.: Suhrkamp.
Rosenblatt, P. C. & Fischer, L. R. (1993). Qualitative family research. In P. G. Boss, W. J. Doherty, R. LaRossa, W. R. Schumm & S. K. Steinmetz (Eds.), *Sourcebook of family theories and methods* (pp. 167–177). New York: Plenum Press.
Rosenkranz, H. (1994). *Von der Familie zur Gruppe zum Team*. Paderborn: Junfermann.
Rosenthal, D. (1970). *Genetic theory and abnormal behavior.* New York: Mc Graw-Hill.
Ross, C. E., Mirowsky, J. & Goldsteen, K. (1990). The impact of the family on health: The decade in review. *Journal of Marriage and the Family*, 52, 1059–1078.
Rossi, A. S. & Rossi, P. H. (1990). *On human bonding.* Hawthorne, NY: Aldine.
Rothbard, J. C. & Shaver, P. R. (1994). Continuity of attachment across the life span. In M. B. Sperling & W. H. Berman (Eds.), *Attachment in adults: Theory, assessment, and treatment* (pp. 31–71). New York: Guilford Press.
Rottleuthner-Lutter, M. (1989). Ehescheidung. In R. Nave-Herz & M. Markefka (Hrsg.), *Handbuch der Familien- und Jugendforschung. Band 1: Familienforschung* (S. 607–623). Neuwied: Luchterhand.
Rowe, D. C. (1997). *Genetik und Sozialisation. Die Grenzen der Erziehung.* Weinheim: Psychologie Verlags Union.
Rudner, R. S. (1966). *Philosophy of social science.* Englewood Cliffs, NJ: Prentice-Hall.
Rusbult, C. E. (1980). Commitment and satisfaction in romantic associations: A test of the investment model. *Journal of Experimental Social Psychology*, 16, 172–186.
Rusbult,C. E. & Arriaga, X. B. (1997). Interdependence theory. In S. Duck (Ed.), *Handbook of personal relationships* (2nd ed., pp. 221–250). New York: Wiley.
Rusbult, C. E. & Buunk, A. P. (1993). Commitment processes in close relationships: An interdependence analysis. *Journal of Social and Personal Relationships, 10*, 175–203.
Rusbult, C. E. Dirgotas, S. M. & Verette J. (1994). The investment model: An interdependence analysis of commitment processes and relationships maintenance phenomena. In D. J. Canary & L. Stafford (Eds.), *Communication and relational maintenance* (pp. 115–139). San Diego, CA: Academic Press.
Rutter, M. (1987). Psychosocial resilience and protective mechanisms. *American Journal of Orthopsychiatry*, 57, 316 – 331.
Sabatelli, R.M. & Shehan, C.L. (1993). Exchange and resource theories. In P. G. Boss, W. J. Doherty, R. LaRossa, W.R. Schumm & S.K.Steinmetz (Eds.), *Sourcebook of family theories and methods: A contextual approach* (pp. 385–411). New York: Plenum Press.
Salzgeber, J. (1992). *Der Psychologische Sachverständige im Familiengerichtsverfahren.* (2. Aufl.). München: Beck.
Sameroff, A.J. (1975). Transactional models in early social relations. *Human Development, 18, 65–79.*
Sampson, R. J. & Laub, J. H. (1993). *Crime in the making: Pathways and turning points through life.* Cambridge, MA: Harvard University Press.
Sandler, J. & Rosenblatt, B. (1962). The concept of the representational world. *Psychoanalytic Study of the Child, 17*, 128–145.
Sarason, B. R., Sarason, I. G. & Pierce, G. R. (Eds.) (1990). *Social support: An interactional view.* New York: Wiley.
Saß, H., Wittchen, H.-U. & Zaudig, M. (1998). *Diagnostisches und statistisches Manual psychischer Störungen.* (2. Aufl.). Göttingen: Hogrefe.
Satir, V. (1990). *Selbstwert und Kommunikation.* (5. Aufl.). München: Pfeiffer.
Satir, V. & Baldwin, M. (1988). *Familientherapie in Aktion.* Paderborn: Junfermann.
Sauber, R. S., L'Abate, L., Weeks, G. R. & Buchanan, W. L. (1993). *The dictionary of family psychology and family therape.* (2nd ed.). Newbury Park, CA: Sage.
Scanzoni, J., Polonko, K., Teachman, J. & Thompson, L. (1989). *The sexual bond. Rethinking families and close relationships.* Newbury Park, CA: Sage.

Scarr, S. (1992). Developmental theories for the 1990s: Development and individual differences. *Child Development*, *63*, 1–19.
Scarr, S. & McCartney, K. (1983). How people make their own environments: A theory of genotype – environment effects. *Child Development*, *54*, 424–435.
Scarr, S. & Weinberg, R. A. (1977). Intellectual similarities within families of both adopted and biological children. *Intelligence*, *1*, 170–191.
Schaefer, E. S. (1959). A circumplex model for maternal behavior. *Journal of Abnormal and Social Psychology*, *59*, 226–235.
Schäfers, B. (1990). *Gesellschaftlicher Wandel in Deutschland*. Stuttgart: Enke.
Schenk, H. (1988). *Freie Liebe – wilde Ehe*. München: Beck.
Schmidt, M. (1994). Beratung und Therapie im Kontext der Familie. In K. A. Schneewind (Hrsg.), *Psychologie der Erziehung und Sozialisation, Enzyklopädie der Psychologie. Pädagogische Psychologie* (Bd. 1, S. 619–648). Göttingen: Hogrefe.
Schmidt-Denter, U. (1993). Eltern-Kind- und Geschwister-Beziehungen. In M. Markefka & B. Nauck (Hrsg.), *Handbuch der Kindheitsforschung* (S. 337–352). Neuwied: Luchterhand.
Schmidt-Denter, U. & Beelmann, W. (1995). *Familiäre Beziehungen nach Trennung und Scheidung: Veränderungsprozesse bei Müttern, Vätern und Kindern*. Forschungsbericht (2 Bände). Köln: Universität zu Köln.
Schmidt-Denter, U., Beelmann, W. & Hauschild, S. (1997). Formen der Ehepartnerbeziehung und familiäre Anpassungsleistungen nach der Trennung. *Psychologie in Erziehung und Unterricht*, *44*, 289–306.
Schmidt-Rinke, M. (1982). *Familienklassifikation in der familiären Sozialisationsforschung*. Unveröffentlichte Dissertation. München: Institut für Psychologie der Universität München.
Schnabel, T. (1987). *Familienlastenausgleich – Anspruch und Wirklichkeit seit 100 Jahren*. Neuwied: Strüder.
Schneewind, K. A. (1969). *Methodisches Denken in der Psychologie*. Bern: Huber.
Schneewind, K. A. (1978). Eltern-Kind-Beziehungen als Determinanten des generativen Verhaltens. *Zeitschrift für Bevölkerungswissenschaft*, *3*, 269–283.
Schneewind, K. A. (1987). Familienentwicklung. In R. Oerter & L. Montada (Hrsg.), *Entwicklungspsychologie* (S. 970–1014) (2. Aufl.). München: Urban & Schwarzenberg.
Schneewind, K. A. (1988a). Das familiendiagnostische Testsystem (FDTS): Ein Fragebogeninventar zur Erfassung familiärer Beziehungsaspekte auf unterschiedlichen Systemebenen. In M. Cierpka (Hrsg.), *Familiendiagnostik* (S. 320– 347). Heidelberg: Springer.
Schneewind, K. A. (1988b). Die Familienklimaskalen (FKS). In M. Cierpka (Hrsg.), *Familiendiagnostik* (S. 234–255). Berlin: Springer.
Schneewind, K. A. (1990a). Theories and techniques of family psychodiagnostics. *Japanese Journal of Family Psychology*, *4*, 65–76.
Schneewind, K. A. (1990b). The analysis of family and parent-child relations in a systems-oriented perspective. In B. K. Barber & B. C. Rollins (Hrsg.), *Parent-adolescent relationships* (pp. 213–234). Lanham: University Press of America.
Schneewind, K. A. (1991). *Familienpsychologie* (1. Aufl.). Stuttgart: Kohlhammer.
Schneewind, K. A. (1992). *Persönlichkeitstheorien. 2 Bände*. Darmstadt: Wissenschaftliche Buchgesellschaft.
Schneewind, K. A. (1993a). Entwicklung der Familie – Entwicklung in der Familie: Perspektiven der Familienpsychologie. In L. Montada (Hrsg.), *Bericht über den 38. Kongreß der Deutschen Gesellschaft für Psychologie in Trier 1992* (Vol. 2, S. 718–728). Göttingen: Hogrefe.
Schneewind, K. A. (1993b). Paarklima – die »Persönlichkeit« von Partnerschaften. In H. Mandl, M. Dreher & H.-J. Kornadt (Hrsg.), *Entwicklung und Denken im kulturellen Kontext* (S. 145–161). Göttingen: Hogrefe.

Schneewind, K. A. (1994a). Erziehung und Sozialisation in der Familie. In K. A. Schneewind (Hrsg.), *Psychologie der Erziehung und Sozialisation. Enzyklopädie der Psychologie. Pädagogische Psychologie* (Bd. 1, S. 435–464). Göttingen: Hogrefe.

Schneewind, K. A. (1994b). Zur »Modernität« von Ehe und Familie. In Dimpker, S. (Hrsg.), *Individualität – Sozialität – Solidarität. Studien zur Sozialethik und Sozialpolitik* (S. 80–89). Stuttgart: Quell Verlag.

Schneewind, K. A. (1995a). Bewußte Kinderlosigkeit: Subjektive Begründungsfaktoren bei jung verheirateten Paaren. In B. Nauck & C. Onnen-Isemann (Hrsg.), *Familie im Brennpunkt von Wissenschaft und Forschung* (S. 457–472). Neuwied: Luchterhand.

Schneewind, K. A. (1995b). Familienentwicklung. In R. Oerter & L. Montada (Hrsg.), *Entwicklungspsychologie* (S. 128–166) (3. Aufl.). Weinheim: Psychologie Verlags Union.

Schneewind, K. A. (1996). Gesellschaftliche Veränderungswahrnehmung und Wandel des elterlichen Erziehungsstils im Generationenvergleich. In H. P. Buba & N. F. Schneider (Hrsg.), *Familie zwischen gesellschaftlicher Prägung und individuellem Design* (S. 117–128). Opladen: Westdeutscher Verlag.

Schneewind, K. A. (1997). Ehe ja, Kinder nein – eine Lebensform mit Zukunft? *System Familie*, *10*, 160–165.

Schneewind, K. A. (1998). Hellinger als tausend Sonnen oder die Faszination des Simplen. *Systhema*, *12*, 82–84.

Schneewind, K. A. (1999). Das Menschenbild in der Persönlichkeitspsychologie. In R. Oerter (Hrsg.), *Das Menschenbild in Wissenschaft, Wirtschaft und Kultur*. Stuttgart: Enke.

Schneewind, K. A. & Braun, M. (1988). Jugendliche Ablösungsaktivitäten und Familienklima. *System Familie*, *1*, 49–61.

Schneewind, K. A. & Gehring, N. (1993). *Entwicklung und Evaluation eines Präventionsprogramms zur Entscheidungsfindung »Kinder ja oder nein?«*. Unveröffentlichter Forschungsbericht aus dem Projekt »Optionen der Lebensgestaltung junger Ehen und Kinderwunsch. Institutsbereich Persönlichkeitspsychologie und Psychodiagnostik der Universität München.

Schneewind, K. A. & Graf, J. (1998). *Der 16 Persönlichkeits-Faktoren-Test. Revidierte Fassung (16 PF-R)*. Bern: Huber.

Schneewind, K. A. & Graf, J. (1999). Beziehungstraining – Wissen und Handeln im Kontext von Partnerschaft und Familie. In H. Mandl & J. Gerstenmaier (Hrsg.), *Die Kluft zwischen Wissen und Handeln: empirische und theroetische Lösungsansätze*. Göttingen: Hogrefe.

Schneewind, K. A. & Kruse, J. (1999). *Die Paarklimaskalen*. Bern: Huber.

Schneewind, K.A. & Pekrun, R. (1994). Theorien der Erziehungs- und Sozialisationspsychologie. In K.A. Schneewind (Hrsg.), *Psychologie der Erziehung und Sozialisation. Enzyklopädie der Psychologie. Pädagogische Psychologie* (Bd. 1, S. 3–39). Göttingen: Hogrefe.

Schneewind, K. A. & Ruppert, S. (1995). *Familien gestern und heute: Ein Generationenvergleich über 16 Jahre*. München: Quintessenz.

Schneewind, K.A. & Ruppert, S. (1996). Changes in parent-child relations: A 16–year longitudinal study. In M. Cusinato (Ed.), *Research on family resources and needs across the world* (pp. 285–301). Milano: LED.

Schneewind, K. A. & Schmidt, M. (1999). Familiendiagnostik im Kontext der klinischen Entwicklungspsychologie. In R. Oerter, G. Röper & C.v Hagen (Hrsg.), *Klinische Entwicklungspsychologie*. Weinheim: Psychologie Verlags Union.

Schneewind, K. A. & Weiß, J. (1996). *Gesundheit- und Streß-Fragebogen*. Unveröffentlichtes Manuskript. München: Institut für Psychologie der Universität München.

Schneewind, K. A. & Weiß, J. (1999). *Gesundheit und Stress-Fragebogen*. Bern: Huber.

Schneewind, K. A., Beckmann, M. & Engfer, A. (1983). *Eltern und Kinder*. Stuttgart: Kohlhammer.

Schneewind, K. A., Beckmann, M. & Hecht-Jackl, A. (1985). *Familiendiagnostisches Testsystem (FDTS).* Forschungsberichte 1/85–9.2/85 aus dem Institutsbereich Persönlichkeitspsychologie und Psychodiagnostik. München: Institut für Psychologie der Universität München.
Schneewind, K. A., Hillebrand, G. F. & Land, W. (1997). Lebendnierenspende zwischen verwandten und nicht-verwandten Personen: Das Münchner Modell. *Report Psychologie*, *22*, 118–121.
Schneewind, K. A., Vierzigmann, G. & Backmund, V. (1995). Scheidung. In R. Oerter & L. Montada (Hrsg.), *Entwicklungspsychologie* (S. 1101–1109) (3. Aufl.). Weinheim: Psychologie Verlags Union.
Schneewind, K. A., Vierzigmann, G., Sierwald, W., Gotzler, P. & Backmund, V. (1992). *Entwicklungsverläufe junger Ehepaare mit und ohne Kind.* Forschungsbericht 1/1992 aus dem Institutsbereich Persönlichkeitspsychologie und Psychodiagnostik. München: Institut für Psychologie der Universität München.
Schneewind, K. A., Vaskovics, L. A., Backmund, V., Buba, H., Rost, H., Sierwald, W. & Vierzigmann, G. (1992). *Optionen der Lebensgestaltung junger Ehen und Kinderwunsch.* Stuttgart: Kohlhammer.
Schneewind, K. A., Vaskovics, L. A., Gotzler, P., Hofmann, B., Rost, H., Schlehlein, B., Sierwald, W. & Weiß, J. (1997). *Optionen der Lebensgestaltung junger Ehen und Kinderwunsch. Verbundstudie – Endbericht.* Stuttgart: Kohlhammer.
Schneewind, K. A., Vascovics, L. A., Buba, H., Knopp, V., Rost, H., Rupp, M., Schmidt-Rinke, M., Sierwald, W. & Vierzigmann, G. (1989). *Optionen der Lebensgestaltung junger Ehen und Kinderwunsch.* Bamberg/München: Unveröffentlichter Zwischenbericht an das Bundesministerium für Jugend, Familie, Frauen und Gesundheit.
Schneider, N. F. (1990). Woran scheitern Partnerschaften? Subjektive Trennungsgründe und Belastungsfaktoren bei Ehepaaren und nicht-ehelichen Lebensgemeinschaften. *Zeitschrift für Soziologie*, *19*, 458–470.
Schneider, N. F. (1994). *Familie und private Lebensführung in West- und Ostdeutschland. Eine Analyse des Familienlebens 1970–1992.* Stuttgart: Enke.
Schneider, N. F. (1996). Partnerschaften mit getrennten Haushalten in den neuen und alten Bundesländern. In W. Bien (Hrsg.), *Familie an der Schwelle zum neuen Jahrtausend* (S. 88–97). Opladen: Leske & Budrich.
Schneider, N. F., Tölke, A. & Nauck, B. (1995). Familie im gesellschaftlichen Umbruch – Nachholende oder divergierende Modernisierung? In B. Nauck, N. F. Schneider & A. Tölke (Hrsg.), *Familie und Lebensverlauf im gesellschaftlichen Umbruch* (S. 1–25). Stuttgart: Enke.
Schneider, U. (1995). Gewalt in der Familie. *Gruppendynamik*, *26*, 41–62.
Schnibben, C. (1994). Eine heikle Zielgruppe. *Der Spiegel*, *38*, 58–90.
Schütze, F. (1983). Biographieforschung und narratives Interview. *Neue Praxis*, *3*, 283–293.
Schumacher, J., Eisemann, M. & Brähler, E. (i. Dr.). Rückblick auf Eltern: Der Fragebogen zum erinnerten elterlichen Erziehungsverhalten (FEE). *Diagnostica.*
Schwartz, R. C. (1987). Working with ›internal and external‹ families in the treatment of bulimia. *Family Relations*, *36*, 242–245.
Schwarz, K. (1995). *In welchen Familien wachsen in Deutschland die Kinder auf?* Unveröffentlichtes Manuskript. Wiesbaden.
Schwarz, K. (1996). Ist heiraten noch zeitgemäß? *Zeitschrift für Bevölkerungswissenschaft*, *21*, 131–143.
Scott, J. P. (1990). Sibling interaction in later life. In T. H. Brubaker (Ed.), *Family relationships in later life* (pp. 86–99). Newbury Park, CA: Sage.
Seiffge-Krenke, I. (1997). Wie verändern sich die familiären Beziehungen im Jugendalter? *Zeitschrift für Entwicklungspsychologie und Pädagogische Psychologie*, *29*, 133–150.
Seligman, M. E. P. (1992). *Learned Optimism.* New York: Knopf.

Selvini Palazzoli, M., Boscolo, L., Cecchin, G. & Prata, G. (1977). *Paradoxon und Gegenparadoxon*. Stuttgart: Klett-Cotta.
Selvini Palazzoli, M., Boscolo, L., Cecchin, G. & Prata, G. (1981). Hypothetisieren – Zirkularität – Neutralität: Drei Richtlinien für den Leiter der Sitzung. *Familiendynamik*, *6*, 123–139.
Sennett, R. (1998). *Der flexible Mensch*. Berlin: Berlin Verlag.
Shadish, W. R., Montgomery, L. M., Wilson, P., Wilson, M. R., Bright, I. & Okwumabua, T. (1993). The effects of family and marital psychotherapies: A meta-analysis. *Journal of Consulting and Clinical Psychology*, *61*, 992–1102.
Shadish, W. R., Ragsdale, K., Glaser, R. R. & Montgomery, L. M. (1995). The efficacy and effectiveness of marital and family therapy: A perspective from meta-analysis. In W. Pinsof & L. Wynne (Eds.), *Family therapy effectiveness. Current research and theory* (pp. 345–360). Washington, DC: American Association for Marriage and Family Therapy.
Shaver, P. R. & Hazan, C. (1993). Adult romantic attachment: Theory and evidence. In D. Perlman & W. Jones (Eds.), *Advances in personal relationships* (pp. 29– 70). London: Jessica Kingsley.
Shaver, P.R., Collins, N. & Clark, C.L. (1996). Attachment styles and internal working models of self and relationship partner. In G.J.O. Fletcher & J. Fitness (Eds.), *Knowledge structures in close relationships: A social psychological approach* (pp. 25–62). Hillsdale, NJ: Erlbaum.
Sherman, R. & Fredman, N. (1986). *Handbook of structured techniques in marriage and family therapy*. New York: Brunner/Mazel.
Sieder, R (1987). *Sozialgeschichte der Familie*. Frankfurt a.M.: Suhrkamp.
Sierwald, W. (1996). *Das Latente Personen-Methoden-Zeitpunkte Modell*. Münster: Waxmann.
Siewert, H. H. (1983). *Scheidung – Wege zur Bewältigung*. München: Urban & Schwarzenberg.
Sigafoos, A., Reiss, D., Rich, J. & Douglas, E. (1985). Pragmatics in the measurement of family functioning: An interpretive framework for methodology. *Family Process*, *24*, 189–203.
Simon, F. B. & Retzer, A. (1998). Bert Hellinger und die systemische Psychotherapie: zwei Welten. *Psychologie heute*, *25(7)*, 64–69.
Simon, F. B. & Stierlin, H. (1984). *Die Sprache der Familientherapie. Ein Vokabular.* Stuttgart: Klett-Cotta.
Simon, G. M. (1992). Having a second-order mind while doing first-order therapy. *Journal of Marital and Family Therapy*, *18*, 377–387.
Simon, G. M. (1995). A revisionist rendering of structural family therapy. *Journal of Marital and Family Therapy*, *21*, 17–26.
Skinner, H. A. (1987). Self-report instruments for family assessment. In T. Jacob (Ed.), *Family interaction and psychopathology* (pp. 427–478). New York: Plenum Press.
Skinner, H., Steinhauer, P. D. & Santa-Barbara, J. (1983). The family assessment measure. *Journal of Community Mental Health*, *2*, 91–105.
Skolnick, A. (1981). The family and its discontents. *Society*, *18*, 42–47.
Slovik, L. S. & Griffith, J. L. (1992). The current face of family therapy. In J. Rutan (Ed.), *Psychotherapy for the 1990's* (pp. 221–244). New York: Guilford Press.
Smilkstein, E. (1978). The Family APGAR: A proposal for a family function test and its use by physicians. *Journal of Family Practice*, *6*, 1231–1239.
Smilkstein, G., Ashworth, C. & Montano, D. (1982). Validity and reliability of the Family AGPAR as a test for family function. *Journal of Family Practice*, *15*, 303–311.
Snyder, D. K. (1981). *Marital Satisfaction Intventory (MSI) manual*. Los Angeles: Western Psychologie Services.
Spanier, G. B. (1976). Measuring dyadic adjustment: New scales for assessing the quality of marriage and similar dyads. *Journal of Marriage and the Family*, *38*, 15–28.

Speer, D. (1970). Family systems: Morphostasis and morphogenesis, or »is homeostasis enough?«. *Family Process*, *9*, 259–278.

Spitze, G. (1988). Women's employment and family relations: A review. *Journal of Marriage and the Family*, *50*, 595–618.

Sroufe, L. A. (1979). The coherence of individual development. Early care, attachment, and subsequent development. *American Psychologist*, *34*, 834– 841.

Sroufe, L. A. & Fleeson, J. (1986). Attachment and the construction of relationships.. In W. Hartup & L. Rubin (Eds.), *Relationships and development* (pp. 51–71). Hillsdale, NJ: Erlbaum.

Sroufe, L. A., Carlson, E. & Shulman, S. (1993). Individuals in relationships: Development from infancy through adolsescence. In D. E. Funder, R. D. Parke, C. Tomlinson-Keasey & K. Widaman (Eds.), *Studying lives through time* (pp. 315–342). Washington, DC: American Psychological Association.

Stanley, S. M., Markman, H., St. Peters, M. & Leber, B. D. (1995). Strengthening marriages and preventing divorce: New directions in prevention research. *Family Relations*, *44*, 392–401.

Stapf, K. H., Herrmann, T., Stapf, A. & Stäcker, K. H. (1972). *Psychologie des elterlichen Erziehungsstils*. Stuttgart: Klett.

Stephenson, W. (1953), *The study of behavior*. Chicago, IL: University of Chicago Press.

Steinberg, L., Elmen, J. D. & Mounts, N. S. (1989). Authoritative parenting, psychological maturity, and academic success among adolescents. *Child Development*, *60*, 1424–1436.

Steinberg, L., Mounts, N. S., Lamborn, S. D. & Dornbush, S. M. (1991). Authoritative parenting in adolescent adjustment across varied ecological niches. *Journal of Research in Adolescence*, *1*, 19–36.

Steinberg, L. & Silverberg, S. (1986). The vicissitudes of autonomy in early adolescence. *Child Development*, *57*, 841–851.

Steinhauer, P. D. (1987). The family as a small group: The process model of family functioning. In T. Jacob (Ed.), *Family interaction and psychopathology* (pp. 67–115). New York: Plenum Press.

Stierlin, H, (1975). *Von der Psychoanalyse zur Familientherapie*. Stuttgart: Klett-Cotta.

Stierlin, H. (1978). *Delegation und Familie*. Frankfurt a. M.: Suhrkamp.

Stierlin, H. (1988). Familie als Ort psychosomatischer Erkrankungen. *Familiendynamik*, *13*, 288–299.

Stoneman, Z. & Brody, G. H. (1993). Sibling temperaments, conflict, warmth, and role asymmetry. *Child Development*, *64*, 1786–1800.

Straus, F. (1990). Netzwerkarbeit. Die Netzwerkperspektive in der Praxis. In M. Textor (Hrsg.), *Hilfen für Familien. Ein Handbuch für psychosoziale Berufe* (S. 496–520). Frankfurt a.M.: Fischer.

Strauss, A. L. (1994). *Grundlagen qualitativer Sozialforschung*. München: Fink.

Strodtbeck, F. L. (1951). Husband-wife interaction over revealed differences. *American Sociological Review*, *16*, 468–473.

Strohmeier, K. P. (1993). Pluralisierung und Polarisierung der Lebensformen in Deutschland. *Aus Politik und Zeitgeschichte*, *Bd. 17/93*, 11–22.

Strohmeier, K. P. & Schulze, H. J. (1995). Die Familienentwicklung der achtziger Jahre in Ost- und Westdeutschland im Europäischen Kontext. In B. Nauck, N. F. Schneider & A. Tölke (Hrsg.), *Familie und Lebenslauf im gesellschaftlichen Umbruch* (S. 26–38). Stuttgart: Enke.

Stuart, R. B. (1980). *Helping couples change: A social learning approach to marital therapy*. New York: Guilford Press.

Sugarman, S. (1987). *The interface of individual and family therapy*. Rockville, ML: Aspen Publishers.

Szinovacs, M. E. (1987). Family power. In M. R. Sussman & S. K. Steinmetz (Eds.), *Handbook of marriage and the family* (pp. 615–693). New York: Plenum Press.

Tarrier, N., Barrowclough, C. & Porceddu, K. (1988). The community management of schizophrenia: A controlled trial of a behavioral intervention with families to reduce relapse. *British Journal of Psychiatry, 153*, 532–542.

Terry, L.L. (1989). Systems assessment of families through individual treatment: A teaching module. *Journal of Marital and Family Therapy, 15*, 370–385.

Textor, M. R. (1987). Beratung, Erziehung, Psychotherapie: Eine Begriffsbestimmung. *Psychologie in Unterricht und Erziehung, 34*, 1–13.

Thomae, H. (1959). Entwicklung und Prägung. In H. Thomae (Hrsg.), *Handbuch der Psychologie. 3. Band: Entwicklungspsychologie* (S. 240–311). Göttingen: Hogrefe.

Thomas, A. & Chess, S. (1977). *Temperament and development*. New York: Brunner/Mazel.

Thomas, J. L. (1990). The grandparent role: A double bind. *International Journal of Aging and Human Development, 29*, 269–282.

Thomas, V. (1988). Das »Circumplex model« und der FACES. In M. Cierpka (Hrsg.), *Familiendiagnostik* (S. 256–281). Heidelberg: Springer.

Thomas, V. (1996). Prozeßmodelle und Ratingskalen. In M. Cierpka (Hrsg.), *Handbuch der Familiendiagnostik* (S. 413–429). Berlin: Springer.

Thomas, V. & Olson, D. H. (1993). Problem families and the circumplex model: Observational assessment using the Clinical Rating Scale (CRS). *Journal of Marital and Family Therapy, 19*, 159–175.

Thurmaier, F. (1997). *Ehevorbereitung – Ein Partnerschaftliches Lernprogramm (EPL). Methodik, Inhalte und Effektivität eines präventiven Paarkommunikationstrainings*. München: Verlag Institut für Forschung und Ausbildung in Kommunikationstherapie e.V..

Thurmaier, F., Engl, J. & Hahlweg, K. (1995). *Ehevorbereitung – Ein partnerschaftliches Lernprogramm (EPL). Handbuch für ausgebildete Kursleiter.* München: Verlag Institut für Forschung und Ausbildung in Kommunikationstherapie e.V.

Thurmaier, F., Engl, J., Eckert, V. Hahlweg, K. (1993). *Ehevorbereitung – Ein partnerschaftliches Lernprogramm (EPL). Forschungsbericht*. München: Ehrenwirth.

Toman, W. (1962). Family constellation of divorced and married couples. *Journal of Individual Psychology, 18*, 48–51.

Toman, W. (1979). *Familientherapie: Grundlagen, empirische Erkenntnisse und Praxis.* Darmstadt: Wissenschaftliche Buchgesellschaft.

Toman, W. (1991). *Familienkonstellationen*. (5. Aufl.). München: Beck.

Tomm, K. (1985). Circular interviewing: A multifaceted clinical tool. In D. Campell & R. Draper (Eds.), *Application of systemic family therapy* (pp. 33–47). New York: Grune & Stratton.

Tomm, K. (1989). Das systemische Interview als Intervention: Teil III. Lineale, zirkuläre, strategische oder reflexive Fragen. *System Familie, 2*, 21–40.

Tomm, K. (1994). *Die Fragen des Beobachters*. Heidelberg: Carl Auer.

Touliatos, J., Perlmutter, B. F. & Straus, M. A. (Eds.) (1990). *Handbook of family measurement techniques*. Newbury Park, CA: Sage.

Tress, W. (1993). *Die strukturale Analyse sozialen Verhaltens*. Heidelberg: Asanger.

Trommsdorf, G. (Hrsg.) (1989). *Sozialisation im Kulturvergleich*. Stuttgart: Enke.

Troost, K. M. & Filsinger, E. (1993). Emerging biosocial perspectives on the family. In P. G. Boss, W. J. Doharty, R. LaRossa, W. R. Schumm & S. K. Steinmetz (Eds.), *Sourcebook of family theories and methods* (pp. 677–710). New York: Plenum Press.

Tseng, W. & Hsu, J. (1991). *Culture and family: Problems and therapy.* Binghamton, NY: Haworth.

Tucholsky, K. (1985). *Gesammelte Werke in 10 Bänden*. Reinbek: Rowohlt.

Tulkin, S. R. (1977). Social class differences in maternal and infant behavior. In H. Leiderman, S. R. Tulkin & S. Rosenfeld (Eds.) *Culture and infancy* (pp. 495– 537). New York: Academic Press.

Tulkin, S. R. & Covitz, F. E. (1975). *Mother-infant interaction and intellectual functioning at age six*. Paper presented at the meeting of the Society for Research in Child Development, Denver/Colorado.
Tyrell, H. (1988). Ehe und Familie – Institutionalisierung und Deinstitutionalisierung. In K. Lüscher, F. Schultheis & M. Wehrspaun (Hrsg.), *Die »postmoderne« Familie. Familiale Strategien und Familienpolitik in einer Übergangszeit* (S. 145– 156). Konstanz: Universitätsverlag Konstanz.
van Ijzendoorn, H. M. (1993). Intergenerational transmission of parenting: A review of studies in nonclinical populations. *Developmental Review, 12*, 76–99.
van Ijzendoorn, H. M. & Bakermans-Kranenburg M. J. (1996). Attachment representations in mothers, fathers, adolescents, and clinical groups: a meta analystic search for normative data. *Journal of Consulting and Clinical Psychology, 64*, 8–21.
van Widenfeldt, B., Markman, H. J., Guerney, B., Behrens, B. C. & Hosman, C. (1997). Prevention of relationship problems. In W. K. Halford & H. J. Markman (Eds.), *Clinical handbook of marriage and couples intervention* (pp. 651–675). New York: Wiley.
von Bertalanffy, L. (1956). General systems theory. *General Systems Yearbook, 1,1*.
von Eye, A. & Kreppner, K. (1989). Family systems and family development: The selection of analytical units. In K. Kreppner & R. M. Lerner (Hrsg..) *Family systems and life-span development* (pp. 247–269). Hillsdale, NJ: Erlbaum.
von Salisch, M. (1993). Kind-Kind Beziehungen: Symmetrie und Asymmetrie unter Peers, Freunden und Geschwistern. In A. E. Auhagen & M. v. Salisch (Hrsg.), *Zwischenmenschliche Beziehungen* (S. 59–78). Göttingen: Hogrefe.
von Schlippe, A. (1984). *Familientherapie im Überblick*. Paderborn: Junfermann.
von Schlippe, A. & Kriz, J. (1993). Skulpturarbeit und zirkuläres Fragen. *Integrative Therapie, 4*, 222–241.
von Schlippe, A. & Schweitzer, J. (1988). Familienforschung per Fragebogen. Eine epistemologische Kritik am Circumplex-Modell und an den »Family Adaptability and Cohesion Evaluation Scales« (FACES II). *System Familie, 1*, 124–136.
von Schlippe, A. & Schweitzer, J. (1996). *Lehrbuch der systemischen Therapie und Beratung*. Göttingen: Vandenhoeck & Ruprecht.
von Schlippe, A., Molter, H. & Böhmer, N. (1994). *Zugänge zu familiären Wirklichkeiten*. Lehrhilfen und Begleittext der Videokooperative Ruhr.
von Schweitzer, R. (1991). *Einführung in die Wirtschaftslehre des privaten Haushalts*. Stuttgart: Ulmer.
von Staabs, G. (1964). *Der Scenotest*. (3. Aufl.). Bern: Huber.
Vaskovics, L. A., Buba, H. & Rupp, M. (1990). *Optionen der Elternschaft und Lebensgestaltung in nichtehelichen Lebensgemeinschaften*. Bamberg: Forschungsbericht der Sozialwissenschaftlichen Forschungsstelle Bamberg. Universität Bamberg.
Vaskovics, L. A. & Rost, H. (1995). Junge Ehepaare in den alten und neuen Bundesländern – Ein Vergleich. In B. Nauck, N. F. Schneider & A. Tölke (Hrsg.), *Familie und Lebensverlauf im gesellschaftlichen Umbruch* (S. 137–153). Stuttgart: Enke.
Vaughn, C. E. & Leff, J. P. (1976). The influence of family and social factors on the course of psychiatric illness: A comparison of schizophrenic and depressed neurotic patients. *British Journal of Psychiatry, 129*, 125–137.
Vierzigmann, G. (1993). *Beziehungskompetenz im Kontext der Herkunftsfamilie: Intrapersonale Modelle von Frauen und Männern*. Unveröffentlichte Dissertation. München: Institut für Psychologie der Universität München.
Voges, W. (1994). Armut von Familien. *Diskurs, 94 (2)*, 14–21.
Voges, W., Buhr, P. & Zwick, M. (1994). Einmal drin, immer drin? Sozialhilfebezug von Familien. Haushaltskommissionen und »Welfarization«. In Behrens, J. & Voges, W. (Hrsg.), *Kritische Übergänge. Statuspassagen und sozialstaatliche Institutionalisierung*. (S. 285–322). Frankfurt a.M.: Campus.

von Glaserfeld, G. (1984). An introduction of radical constructivism. In P. Watzlawick (Ed.), *The invented reality* (pp. 17–40). New York: Norton.

Voß, H.-G. (1995). Individuelle Unterschiede in der Vater-Kind Beziehung vom ersten zum zweiten Kind. In M. Perrez, J.-L. Lambert, C. Ermert & B. Plancherel (Hrsg.), *Familie im Wandel* (S. 106–122). Freiburg, Schweiz: Universitätsverlag Freiburg, Schweiz.

Voydanoff, P. (1983). Unemployment: Family strategies for adaption. In C. R. Figley & H. I. McCubbin (Eds.), *Stress and the family. Vol. 2: Coping with catastrophe* (pp. 457–476). New York: Wiley.

Wahl, K. (1988). »Im Dienste der Familie« – Träger von Familienhilfen und Interessenverbänden für Familien. In Deutsches Jugendinstitut (Hrsg.), *Wie geht's der Familie* (S. 435–437). München: Kösel.

Wakefield, J. C. (1997). When is development disorderd? Developmental psychopathology and the harmful dysfunction analysis of mental disorder. *Development and Psychopythology*, 9, 269–290.

Walper, S. (1995a). Kinder und Jugendliche in Armut. In K.-J. Bieback & H. Milz (Hrsg.), *Neue Armut* (S. 181–219). Frankfurt: Campus.

Walper, S. (1995b). Youth in changing context: The role of the family in East and West Germany. In J. Youniss (Ed.), *Adolescents in a time of social and political change: The case of German unification. (New Directions of Child Development)* (Vol. No. 70, pp. 3–21). San Francisco, CA: Jossey-Bass.

Walper, S. (1995c). Familienentwicklung und Sozialentwicklung Jugendlicher in Kern-, Eineltern- und Stieffamilien. *Zeitschrift für Entwicklungspsychologie und Pädagogische Psychologie*, 27, 93–121.

Walper, S. (1997). Wenn Kinder arm sind – Familienarmut und ihre Betroffenen. In L. Böhnisch & K. Lenz (Hrsg.), *Familien. Eine interdisziplinäre Einführung* (S. 265–281). Weinheim: Juventa.

Walper, S. (1998). *Individuation Jugendlicher in Konflikt-, Trennungs- und Stieffamilien. Theorie, Diagnostik und Befunde.* Unveröffentlichte Habilitationsschrift. Universität München. München.

Walper, S., Schneewind, K. A. & Gotzler, P. (1994). Prädiktoren der Ehequalität und Trennungsgründe bei jungen Paaren. *Zeitschrift für Familienforschung*, 6, 205–212.

Walsh, F. & Olson, D. H. (1989). Utility of the Circumplex Model with severely dysfunctional family systems. In D. H. Olson, C. S. Russell & D. H. Sprenkle (Eds.), *Circumplex Model: Systemic assessment and treatment of families* (2nd ed., pp. 51–78). New York: Haworth.

Wampler, K. S. & Halverson, C. F. (1993). Quantitative measurement in family research. In P. G. Boss, W. J. Doherty, R. LaRossa, W. R. Schumm & S. K. Steinmetz (Eds.) *Sourcebook of family theories and methods: a contextual approach* (pp. 181–194). New York: Plenum Press.

Wampler, K. S., Halverson, C. F., Moore, J. J. & Walters, L. H. (1989). The Georgia Family Q-Sort: An observational measure of family functioning. *Family Process*, *28*, 223–238.

Watzlawick, P., Beavin, J. & Jackson, D. D. (1967). *Pragmatics of human communication.* New York: Norton.

Watzlawick, P., Weakland, J. H. & Fisch, R. (1974). *Lösungen*. Bern: Huber.

Weber, M. (1919). Wissenschaft als Beruf. In J. Winckelmann (Hrsg.)(1951), *Gesammelte Aufsätze zur Wissenschaftslehre* (2. Aufl, S. 566–597). Tübingen: Mohr.

Weber-Kellermann, I, (1974). *Die deutsche Familie.* Frankfurt a.M.: Suhrkamp.

Weiner, N. (1948). *Cybernetics or control and communication in the animal and the machines.* New York: Wiley.

Weiß, J. (1998). *Streßbewältigung und Gesundheit. Ein multisystemischer Forschungsansatz.* München: Unveröffentlichte Dissertation. München: Institut für Psychologie der Universität München.

Weiß, J., Schneewind, K. A. & Olson, D. H. (1995). Die Bedeutung von Stressoren und Ressourcen für die psychische und physische Gesundheit – ein multisystemischer Ansatz. *Zeitschrift für Gesundheitspsychologie, 3*, 165–182.
Weiss, R. L. & Perry, B. A. (1979). *Assessment and treatment of marital dysfunction.* Eugene, OR: Marital Studies Program.
Weiss, R. L. & Summers, K. J. (1983). Marital Interaction Coding System III. In E. E. Filsinger (Ed.), *Marriage and family assessment* (pp. 85–115). Beverly Hills, CA: Sage.
Weiss, T. H. & Haertel-Weiss, G. (1991). *Familientherapie ohne Familie.* München: Piper.
Welter-Enderlin, R. (1992). *Paare – Leidenschaft und lange Weile.* München: Piper.
Werneck, H. (1998). *Übergang zur Vaterschaft. Auf der Suche nach den »neuen Vätern«.* Wien: Springer.
Werner, E. E. & Smith, R. S. (1982). *Vulnerable but invincible: A longitudinal study of resilient children and youth.* New York: McGraw-Hill.
Westen, D. (1990). Psychoanalytic approaches to personality. In L. A. Pervin (Ed.), *Handbook of personality: Theory and research* (pp. 21–65). New York: Guilford Press.
Whitaker, C. (1991). *Das David und Goliath Syndrom. Manifeste eines Familientherapeuten.* Paderborn: Junfermann.
Whitaker, C. A. & Keith, D. V. (1981). Symbolic-experiential family therapy. In A. S. Gurman & D. P. Kniskern (Eds.), *Handbook of family therapy* (pp. 127–226). New York: Brunner/Mazel.
Whitbeck, L. B., Hoyt, D. R. & Huck, S. M. (1994). Early family relationships, intergenerational solidarity, and support provided to parents by their adult children. *Journal of Gerontology: Social Sciences, 49*, 585–594.
Whitchurch, G. G. & Constantine, L. L. (1993). Systems theory. In P. G. Boss, W. J. Doharty, R. LaRossa, W. R. Schumm & S. K. Steinmetz (Eds.), *Sourcebook of family theories and methods* (pp. 325–352). New York: Plenum Press.
White, L. K., & Booth, A. (1985). The transition to parenthood and marital quality. *Journal of Family Issues, 6*, 435–449.
White, J. (1991). *Dynamics of family development: A theory of family development.* New York: Gulford Press.
White, M. (1992). Therapie als Dekonstruktion. In J. v. Schweitzer, A. Retzer & H. R. Fischer (Hrsg.), *Systemische Praxis und Postmoderne* (S. 39–63). Frankfurt a.M.: Suhrkamp.
White, M. & Epston, D. (1990). *Die Zähmung der Monster. Literarische Mittel zu therapeutischen Zwecken.* Heidelberg: Carl Auer.
Wicki, W. (1997). *Übergänge im Leben der Familie.* Bern: Huber.
Wiggins, J. S. (1991). Agency and communion as conceptional coordinates for the understanding and measurement of interpersonal behavior. In D. Cicchetti &. W. Grove (Eds.), *Thinking clearly about psychology: Essays in honor of Paul Everett Meehl* (pp. 89–113). Minneapolis: University of Minnesota Press.
Willi, J. (1973). *Der Gemeinsame Rorschach-Versuch.* Bern: Huber.
Willi, J. (1991). *Was hält Paare zusammen?* Reinbek: Rowohlt.
Wilson, R. S. (1983). The Louisville twin study: Developmental synchronies in behavior. *Child Development, 54*, 298–316.
Wingen, M. (1997). *Familienpolitik.* Stuttgart: Lucius & Lucius.
Wirsching, M. (1991). Ergebnisprotokoll des zweiten Entwicklungskolloquiums »Weiterbildung als Brücke zwischen Forschung und Praxis«, Freiburg (21.– 23.6.1991). *System Familie, 4*, 245–248.
Wissenschaftlicher Beirat für Familienfragen (1984). *Familie und Arbeitswelt.* Stuttgart: Kohlhammer.
Wissenschaftlicher Beirat für Familienfragen (1993). *Familie und Beratung.* Stuttgart: Kohlhammer.

Wissenschaftlicher Beirat für Familienfragen (1998). *Kinder und Kindheit in Deutschland. Eine Politik für Kinder im Kontext von Familienpolitik*. Stuttgart: Kohlhammer.

Witte, E. H., Andresen, R. & Hesse, G. (1983). Zur Überprüfung eines Trainings nach dem Gordon-Konzept bei alleinerziehenden Personen. *Gruppendynamik*, *14*, 161–172.

Wynne, L. C. (1985). Die Epigenese von Beziehungssystemen: Ein Modell zum Verständnis familiärer Entwicklung. *Familiendynamik*, *10*, 112–146.

Wynne, L. C., Singer, M. T., Bartko, J. & Toohey, M. L. (1977). Schizophrenics and their families: Research on parental communication. In J. Tanner (Ed.), *Developments in psychiatric research* (pp. 254–286). London: Hodder & Stoughton.

Zaslow, M. J. (1988). Sex differences in children's response to parental divorce: 1. Research methodology and postdivorce family forms. *American Journal of Orthopsychiatry*, *58*, 355–378.

Zaslow, M. J. (1989). Sex differences in children's response to parental divorce: 2. Samples, variables, ages, and sources. *American Journal of Orthopsychiatry*, *59*, 118–141.

Zubin, J. & Spring, B. J. (1977). Vulnerability: A new view of schizophrenia. *Journal of Abnormal Psychology*, *86*, 103–126.

Personenregister

Sachregister

RUDOLF MILLER
Umweltpsychologie
Eine Einführung
198 Seiten. Kart. DM 44,–
ISBN 3-17-014772-2

In dieser Einführung werden die grundlegenden psychologischen Theorien und Konzepte dargestellt. Hierzu zählen das Lebensraumkonzept Kurt Lewins, das Behavior-Setting-Konzept von Barker sowie aktuelle kultur- und handlungspsychologische Ansätze. Dem Autor gelingt es, anhand der beiden Anwendungsbereiche »Wohnumwelt und Verhalten« und »Umwelt und Gesundheit« den Themenbereich zu veranschaulichen und dem Leser die Alltagsrelevanz der Konzepte zu verdeutlichen.

ERWIN ROTH (HRSG.)
Intelligenz
Grundlagen und neuere Forschung
256 Seiten. Kart. DM 38,–
ISBN 3-17-014206-2

Die Erforschung der menschlichen Intelligenz gehört zu den ältesten Anliegen der Psychologie. Inzwischen sind die Erkenntnisse der Intelligenzforschung umfangreich und vielschichtig. Im vorliegenden Band gelingt es, das bisherige Wissen zu systematisieren, kritisch zu beleuchten und vorallem anwendungsorientierte Bezüge herzustellen. Der Bogen reicht hierbei von einer Darstellung der Entwicklung der menschlichen Intelligenz seit der Urgeschichte über moderne Ansätze der Informationsbearbeitung und des Problemlösens bis hin zur Leser einen verständlichen Überblick über das Spektrum der Thematik.

Kohlhammer

W. Kohlhammer GmbH · 70549 Stuttgart · Tel. 07 11/78 63 - 2 80